护士岗前培训教程

主　编　王宝珠　杨　辉　孙建民

副主编　双卫兵　李颖芬

编　者（按姓氏笔画排序）

于　静	卫丹丹	马春花	双卫兵
王宝珠	王　嵘	付　瑜	石美霞
石晓菊	刘爱萍	刘瑞云	吕慧颐
孙建民	何　红	王卫东	吴绘美
宋秋香	张红梅	张淑青	张　新
张瑞红	李　青	李　涛	李颖芬
杨　辉	周明群	金丽敏	金　玲
赵爱玲	朱　红	袁丽荣	崔丽娟
康凤英	葛秀春		

人民卫生出版社

图书在版编目(CIP)数据

护士岗前培训教程/王宝珠等主编. —北京:人民卫生出版社,2011.4

ISBN 978-7-117-14103-1

Ⅰ.①护… Ⅱ.①王… Ⅲ.①护士-技术培训-教材 Ⅳ.①R192.6

中国版本图书馆 CIP 数据核字(2011)第 016245 号

| 门户网:**www. pmph. com** | 出版物查询、网上书店 |
| 卫人网:**www. ipmph. com** | 护士、医师、药师、中医师、卫生资格考试培训 |

版权所有,侵权必究!

护士岗前培训教程

主　编:王宝珠　杨　辉　孙建民
出版发行:人民卫生出版社 (中继线 010-59780011)
地　　址:北京市朝阳区潘家园南里 19 号
邮　　编:100021
E - mail:pmph @ pmph. com
购书热线:010-67605754　010-65264830
　　　　　010-59787586　010-59787592
印　　刷:潮河印业有限公司
经　　销:新华书店
开　　本:850×1168　1/32　印张:26
字　　数:672 千字
版　　次:2011 年 4 月第 1 版　2011 年 4 月第 1 版第 1 次印刷
标准书号:ISBN 978-7-117-14103-1/R·14104
定　　价:54.00 元

打击盗版举报电话:010-59787491　E-mail:WQ @ pmph. com
(凡属印装质量问题请与本社销售中心联系退换)

前　言

　　随着社会的不断发展,法制观念不断完善,医疗卫生事业面临着极大的机遇与挑战。护士继续教育是近年来人们谈论较多的一个话题。为了适应新形势及现代化医疗护理服务的要求,稳定护理队伍,提高护士的综合素质和业务水平,达到护理工作标准化、管理制度化、技术操作规范化,确保患者安全、促进疾病康复、提高患者满意度,我们编写了《护士岗前培训教程》一书。我们希望通过有针对性的岗前培训,使即将上岗的护理姐妹能尽快建立良好的临床护理工作态度与信念,加强法律意识,完善知识结构,提高临床护理工作综合能力,为更好地完成临床护理工作奠定良好的基础。因此,本书力求做到系统、科学,重点突出,补充知识缺陷,强化临床常用和重点的知识和技能。

　　本书编写过程中,有数名专家参加编写和审校,在此表示衷心的感谢!

　　由于编者水平有限,且护理学科的发展日新月异,书中难免有不当或不全面的地方,望广大护理界同仁不吝赐教。

本书编写组
2011 年 1 月

目 录

绪论 …………………………………………………………… 1

第一篇 护士基本素质培训

第一章 护士职业道德 ……………………………………… 7
　第一节 护士职业道德的基本内容 ………………… 8
　第二节 护士职业道德的培养 …………………… 10

第二章 护士行为规范与护理礼仪 …………………… 12
　第一节 护士行为规范 ………………………… 12
　第二节 护理礼仪 …………………………………… 13

第三章 护理工作中的人际沟通 …………………… 17
　第一节 人际沟通的基本知识 …………………… 17
　第二节 护理工作中的人际关系与护患沟通 ………… 23

第四章 护理工作中常见的心理应激与调适 ………… 30
　第一节 概述 …………………………………… 30
　第二节 常见应激源和应激反应 ………………… 32
　第三节 常用心理调适方法 …………………… 34

第五章 护士职业生涯规划 ……………………… 47
　第一节 职业生涯规划的意义 …………………… 47

第二节　职业生涯规划的步骤与建议 ·············· 49
第三节　护理人员职业生涯规划 ·················· 52

第二篇　相关法律法规及规章制度

第一章　医疗机构及医护人员管理的相关法律法规 ········ 57
第一节　护士条例 ····························· 57
第二节　护士执业注册管理办法 ·················· 64
第三节　中华人民共和国护士管理办法 ············· 68
第四节　关于提高护士工资标准的实施办法 ·········· 72
第五节　中华人民共和国执业医师法 ··············· 73
第六节　医疗事故处理条例 ····················· 75
第七节　医疗事故分级标准（试行） ··············· 89
第八节　医疗机构病历管理规定 ················· 101
第九节　重大医疗过失行为和医疗事故报告
　　　　制度的规定 ························· 105
第十节　司法部、卫生部关于出国护士执业证书
　　　　办理公证的规定 ····················· 108
第十一节　中等卫生学校与医院联合办学培养护士的
　　　　　暂行规定 ······················· 109
第十二节　专业技术资格考试暂行规定及考试
　　　　　实施办法 ······················· 112

第二章　医疗药品医疗器械管理相关法律法规 ········· 119
第一节　中华人民共和国药品管理法 ·············· 119
第二节　中华人民共和国药品管理法实施条例 ········ 131
第三节　中华人民共和国麻醉药品和精神药品管理
　　　　条例 ····························· 140
第四节　医疗用毒性药品管理办法 ················ 150
第五节　戒毒药品管理办法 ···················· 153

第六节　放射性药品管理办法…………………………… 155

第七节　医疗机构制剂配制质量管理规范…………… 158

第八节　处方管理办法…………………………………… 165

第九节　药品不良反应报告和监测管理办法………… 175

第十节　城镇职工基本医疗保险用药范围管理暂行

办法…………………………………………… 180

第十一节　药品临床试验质量管理规范……………… 183

第十二节　医疗器械监督管理条例…………………… 203

第十三节　一次性使用无菌医疗器械监督管理

办法（暂行）……………………………… 206

第十四节　中华人民共和国食品安全法……………… 210

第十五节　中华人民共和国食品安全法实施条例…… 221

第三章　有关疾病控制与突发事件的法律法规……… 224

第一节　中华人民共和国献血法……………………… 224

第二节　血液制品管理条例…………………………… 227

第三节　中华人民共和国传染病防治法……………… 236

第四节　中华人民共和国传染病防治法实施办法…… 250

第五节　性病防治管理办法…………………………… 264

第六节　艾滋病防治条例……………………………… 268

第七节　血吸虫病防治条例…………………………… 281

第八节　病原微生物实验室生物安全管理条例……… 293

第九节　医院感染管理办法…………………………… 303

第十节　中华人民共和国突发事件应对法…………… 310

第十一节　突发公共卫生事件应急条例……………… 319

第十二节　突发公共卫生事件与传染病疫情监测信息

报告管理办法…………………………… 329

第十三节　食物中毒事故处理办法…………………… 338

第十四节　消毒管理办法……………………………… 342

第四章　有关卫生保健和计划生育的相关法律法规········ 351

第一节　中华人民共和国职业病防治法·············· 351

第二节　初级卫生保健工作管理程序（试行）·········· 369

第三节　全民健身条例························· 376

第四节　中华人民共和国人口与计划生育法·········· 378

第五节　计划生育技术服务管理条例·············· 383

第六节　人体器官移植条例····················· 393

第七节　人类辅助生殖技术管理办法·············· 399

第五章　有关劳动法规与工作制度················· 405

第一节　中华人民共和国劳动法················· 405

第二节　中华人民共和国劳动合同法·············· 419

第三节　中华人民共和国劳动合同法实施条例········ 437

第四节　医院工作制度与人员岗位职责············· 444

第三篇　护理安全与临床护理告知

第一章　护理安全····························· 521

第一节　患者安全·························· 521

第二节　自身职业防护······················· 523

第三节　医院安全·························· 549

第四节　医院感染相关知识··················· 557

第二章　临床护理告知························· 563

第一节　常见内科疾病护理告知················· 563

第二节　常见外科疾病护理告知················· 577

第三节　常见妇产科疾病护理告知··············· 587

第四节　常见儿科疾病护理告知················· 590

第四篇　常用临床护理知识与技能

第一章　常见基础护理知识与技能…………………………… 595
　第一节　卧位的种类、目的和方法 ………………………… 595
　第二节　常用冷、热疗法 …………………………………… 600
　第三节　压疮……………………………………………… 607
　第四节　生命体征的测量………………………………… 609
　第五节　静脉输液与静脉输血…………………………… 620
　第六节　皮肤护理………………………………………… 628
　第七节　注射法…………………………………………… 630
　第八节　导尿术…………………………………………… 640
　第九节　灌肠法…………………………………………… 643
　第十节　临床常用实验室检查正常值及采集标本的
　　　　　注意事项………………………………………… 647
　第十一节　用药护理……………………………………… 666

第二章　临床常见症状护理………………………………… 701
　第一节　呼吸系统常见症状的护理……………………… 701
　第二节　循环系统常见症状的护理……………………… 707
　第三节　消化系统常见症状的护理……………………… 712
　第四节　泌尿系统常见症状的护理……………………… 721
　第五节　神经系统常见症状的护理……………………… 727

第三章　急救护理…………………………………………… 736
　第一节　休克患者的护理………………………………… 736
　第二节　意识障碍患者的护理…………………………… 742
　第三节　心力衰竭患者的护理…………………………… 743
　第四节　肾衰竭患者的护理……………………………… 747
　第五节　呼吸衰竭患者的护理…………………………… 751

　　第六节　水、电解质、酸碱代谢紊乱患者的护理………… 759

　　第七节　临床常用急救技术…………………………… 766

第四章　护理文件书写规范………………………… 808

　第一节　基本原则和相关依据………………………… 808

　第二节　体温单的绘制要求…………………………… 809

　第三节　临时医嘱单书写要求………………………… 811

　第四节　长期医嘱单书写要求………………………… 812

　第五节　一般护理记录单书写要求…………………… 814

　第六节　危重患者护理及一级记录单书写要求………… 816

　第七节　手术患者护理记录书写要求………………… 817

　第八节　护理交班报告书写要求……………………… 818

参考文献………………………………………………… 821

绪 论

随着医疗体制改革和医护发展规模的不断扩大,在新形势下如何稳定护士队伍,提高护理质量是当前亟待解决的问题。护理质量是护理管理的核心,有效的培训是培养护士良好综合素质的重要手段。"以患者为中心"就是要为患者提供优质的个体化护理,这就要求护士不仅要具备完善的知识结构、优良的护理技术、周到且令人感到愉悦的沟通能力,还要为患者提供细致、科学的健康指导等,以满足和适应不同患者的护理需求,促进他们的康复。因此,建立一支业务素质高、结构合理的护理专业队伍是非常必要的。

对于各个医院而言,每年都会有人员退休和新员工进入,其中,护士占到了相当数量。新护士临床经验不足,如果直接上岗工作,在护理工作上可能存在安全隐患。因此,新护士必须接受包括基础技能和服务规范训练等内容的岗前培训。临床一般护士要进入 ICU、血液透析室、手术室等专业性较强的工作岗位,也需要进行岗前培训,以便能够尽早地进入角色,减少事故隐患。此外,新任命的护士长、负责教学和科研的护士,在开展工作前,也应该经过岗前培训的过程,使其能够尽快对管理、教学和科研方面有较为充分的认识,有利于今后工作的开展。护士岗前培训的目的是在巩固护士基本技能及理论知识的基础上,有效提高护理质量和护士素质,增强护士的工作自豪感,提高护理工作效率,和谐护患关系。通过有计划地对护士进行培训,对医院方面而言,不仅提高了护士整体素质、临床护理和教学的质量,满足了患者优质安全服务的需求,而且建立了一支业务能力

1

强、综合素质高的护理专业技术队伍，并树立了医院护理工作的品牌形象；对于护士而言，岗前培训可以使护理技术更加娴熟，理论基础更加扎实，为更好地工作奠定基础。

随着护理模式的转变和护理新知识、新技术、新理论的不断出现，患者全面需求程度的增加，以往较单一的"自学-练习-考试"的培训方法在护士工作能力、业务素质的提高上显得力不从心，护士培训迫切需要多途径、多渠道的具体实施手段。岗前培训是全方位的培训，除了护理理论和技术外，还包括护理职业道德、护理安全教育、护士仪容仪表、相关法律法规、护理工作中潜在的法律问题、护理规章制度等。

一、护理岗前培训的作用与意义

（一）加强基础理论知识的学习

一个合格的护士应具有扎实的理论基础知识和过硬的操作技术能力。护士规范、准确、熟练的护理操作技术水平，直接反映了护士的业务素质和工作能力，也直接影响着医院的护理质量和患者满意度。因此，基础理论知识学习的重点是"三基"（即基础理论、基本知识、基本技能）与临床实践相结合。要求护士了解各种工作职责与程序，熟练掌握基础护理操作技术，了解专科护理理论与技能。

技能的掌握一般需要经过模仿、形成、熟练的过程。经过反复的练习，使操作连贯、规范化，进而达到熟练。对新进的护士，基础理论及基本护理操作技术培训进行短期的集中培训，专人负责。基础理论采用专题讲座、看录像、集中学习的方式；操作培训通过示教、练习，给予具体指导，使每个人都能够熟练掌握各项护理操作。培训需要不仅需要制订学习计划，还需要有考核计划。理论与实践的考核应紧密结合，技能考核可遵照国家相关要求和标准，同时要将相关理论知识结合起来考核。

（二）提高护士自身素质

如何提高护士素质是护理管理中的一个新课题。有调查显示：61％的患者认为护士职业形象会影响患者的健康，90％的患者认为护士的举止应做到文明礼貌，89％的患者认为护士的着装仪表应大方得体。在医院里护士服务不到位的现象极易引起患者的不满情绪，导致护患纠纷。实践证明，只有培养一支爱岗敬业、素质过硬、专业理论和技术操作水平高的护士队伍，才能更好地完成医院的护理工作，提高护理质量。

提高护士自身素质，包括思想素质、业务素质和身体素质等方面。护士应做到"三贴近"——贴近临床、贴近患者、贴近社会，落实基础护理，回归护理本源，改善护理服务，提高护理质量，为患者提供安全、优质、满意的护理服务。

（三）加强护理礼仪

护理礼仪是一种建立在公共礼仪基础上的特殊礼仪，是一种职业礼仪，它是医院文化建设中不可缺少的重要组成部分，对提高护理服务质量起到积极的促进作用。

在护士岗前培训中，护理礼仪是不可缺少的内容。作为护士素质培训的重要组成部分，护理礼仪要求护士在班时要精神饱满，服装整洁，衣扣要扣齐，头发不可过肩，护士帽要戴正，不配戴首饰，提倡淡妆上岗，须佩戴胸卡。举止端庄大方，操作时动作轻巧、优雅。工作时要做到四轻：说话轻、走路轻、开关门声轻、治疗操作轻。具体工作要做到精细美、和谐美、娴熟美。语言要做到和气、文雅、谦虚，工作中"请"字开头，"谢"字结尾。在护理患者过程中要体现人文关怀，克服"三无"，即护理过程中无称谓、无表情、无语言；做到"五声""五心"，即患者入院有问候声、患者不适有安慰声、操作不成功有道歉声、健康教育有解释声、患者出院要祝福声，对待患者诚心、接待患者热心、听取意见虚心、解释工作耐心、护理服务细心。

（四）加强护士法律意识

加强护士的法律意识是培训的重要内容之一，通过培训使护士明确护理工作中不安全因素及防范措施，明确自己的责任、义务和权利。

（五）注重新理论、新知识、新技术的学习，广泛积累经验、知识

护士培训是继护理学历教育之后，以学习新理论、新知识、新技术和新方法为主的一种终身教育。随着医学的不断进步与卫生事业的快速发展，知识不断更新，对高素质护理人才的需求愈来愈迫切，只有对护士进行培训，才能使各级护士不断更新知识和提高业务水平，才能有一大批的护理人才去适应飞速发展的医学科学，提高护理工作的整体质量。尤其是长期不从事某一护理工作的人员再次从事相关工作时，需要补充新的理念和知识，来改变陈旧的观点和误区，因此，新上岗/重新上岗前进行培训是十分必要的。

二、护理岗前培训的内容和形式

护理岗前培训是以岗位需求为导向，以能力培养为目的的护士培训，旨在全面提高护士综合素质，提高护理工作效率，和谐护患关系。根据不同护士岗前培训的需求，可采取分层次培训方案。

分层次的培训包括：新职工上岗前培训、个性化基础培训、专科护士培训、教学能力培训、科研能力培训、管理能力培训。

（一）新职工上岗前培训

新职工上岗前培训的内容主要包括医院发展规划、护理专业生涯规划、发展树立正确的职业价值观、国家相关的法规、护理安全与核心制度、护患沟通与交流技巧等。让护士更好地了解医院文化，培养其归属感与对临床护理工作的热爱。使新职工尽快地适应临床护士的角色。

（二）个性化基础培训

目前护士学历呈现多元化状况，为了满足护士的个人发展，实现自身价值，尝试让不同岗位的护士设计自己的职业生涯。积极开展护士岗位规范性基础培训，对于本科生与硕士生，除了与大专生一样需要进行基础理论知识与护理技能培养外，还应增加教学与科研能力的培训内容。在规范性基础培训中提出护士的素质要求、理论要求、技能考核标准以及教学科研能力的量化指标,使被培训的护士具有一定的解决临床问题能力、教学与科研能力、英语读写能力,并且根据个人特点与科室发展目标,制订其未来重点的发展方向。

(三) 专科护士培训

建立以岗位需求为导向的护士培训模式是时代发展的需求,是体现综合竞争力的有效手段。根据临床工作岗位的需要,在重点专科护理领域开展专业培训。结合计划上岗护士的个人特点与科室发展目标,对其进行有侧重点的培训。根据不同专科的特点培养护士的专科护理理论与专科技能,并要达到医院对专科护士的基本要求。

(四) 教学能力培训

对计划参与护理教学的人员,开展教学能力的培训,同时还要结合实习学生与学校教师的反馈意见,对临床教师进行有针对性的培训。通过学习相关的教育理论、方法和技巧等培训,结合教学需要对其进行查体辅导、小讲课、病历书写的培训与考核,进而培养和提高其教学素质与能力。在现有护理人力资源紧张的情况下,可以达到充分挖掘护理队伍潜力,提高护理服务内涵的目的。

(五) 科研能力培训

临床护理工作是理论与实际相结合的具体实践,为了提高护士的实际工作能力,需要护士在掌握大量理论知识的同时,不断总结工作经验,积极撰写论文,分享研究成果。开展科研能力培训,在科研项目选题、研究设计、研究步骤的实施、研究报告书写等方面进行辅导,指导护士参与科研活动,总结临床经验,撰写护理论文,并通过这种培训引导护士对新理论、新知识的学习,以解决临床实际问题作为护理科研的主要目的,充分调动护士学术研究的积极性。

（六）管理能力培训

护士长是基层管理的核心人物,护士长的管理能力是护理质量进一步提高的有力保证。护士长管理能力培训,可以提高护士长的管理水平,促进医院护理质量的提高。通过各种形式培养护士长的管理能力,以便更好地解决临床问题和参与护理教学,指导下级护士工作,并为临床培养一大批管理后备人员。

在职培训过程中,护士始终是教育的主体。因此无论是课堂教学,还是平时的督察,都应注意营造和谐、轻松的教学环境,让教与学充分互动。鼓励护士参与现场讨论,大胆表达自己的观点,提出合理化建议,变被动学习为主动学习,变为拿学分而学习为解决实际工作问题而学习,调动护士学习与工作的主观能动性。

培训教育为护理人才成长搭建了平台,充分调动了护士的积极性、主动性和创造性,最大限度地发挥了护士的潜在优势;分层次培训满足了不同学历、不同发展目标护士的学习需求,提高了护理在职培训的效果;对护理培训人员进行考核,是为了保证培训质量的持续改进及提高,严谨的在职培训督察方法是保证培训效果的有效手段。

通过进行岗前培训,护士综合素质必将得到很大提高,从而提高护理服务质量,并且将在更新护士知识结构、满足日益发展的医疗护理服务需求方面发挥越来越重要的作用。

第一篇 护士基本素质培训

第一章

护士职业道德

职业道德是所有从业人员在职业活动中应该遵守的基本行为准则,是社会道德的重要组成部分,是社会道德在职业活动中的具体表现,是一种更为具体化、职业化、个性化的社会道德。

随着社会的发展和进步,人们对健康的认识日益深化,对医疗服务提出了更高的要求。特别是人们对护理专业人才的关注和护理专业内涵的扩展,护理事业正在发生着巨大的变化,如从重视学历,到重视能力,现在发展为重视职业道德和综合素质的变化。护士必须具有良好的职业道德、业务能力、心理素质,才能满足人民群众健康的服务需求。所以,良好的职业道德是护理服务质量的保证。

一、道德和职业道德

道德是一种社会意识形态,是以善恶为评价标准,通过舆论、传统习惯和内心信念来维系、调整人们的行为规范的总和。

职业道德又称为专业品格,是指人们在从事正当职业、履行职责的过程中,应当遵守的行为准则。职业道德是共产主义道德和一般社会道德在职业生活中的具体体现。

二、护士职业道德

护士职业道德，是在一般社会道德基础上，根据护理专业的性质、任务，以及护理岗位对人类健康所承担的社会义务和责任，对护理工作者提出的护士职业道德标准和护士行为规范，是护士用于指导自己言行，调整护士与患者、护士与集体、护士与社会之间关系；判断自己和他人在医疗、护理、预防、保健、护理管理、护理科研等实践过程中行为是非、善恶、荣辱和褒贬的标准。

第一节 护士职业道德的基本内容

护士职业道德的基本内容包括五个方面：

1. 对护士职业价值的正确认识 这是对道德理论的认知，形成道德观念的基础，也是理解和掌握道德规范的前提。

2. 职业道德情感 以纯洁、诚挚的情怀爱护生命，处理职业关系，评价职业行为的善恶、是非。

3. 职业道德意志 在履行道德义务过程中，自觉克服困难，有排除障碍的毅力和能力。

4. 职业道德信念 有发自内心的履行"救死扶伤，实行革命人道主义"的真诚信念和道德责任感。

5. 良好的职业行为和习惯

从心理学角度来看，护士的职业道德由意（意志）、情（情感）、知（知识）、行（行为）四要素组成，具体说应该有如下几个方面：

1. 热爱本职、忠诚专业 护理是一种专门职业，护士的基本职责是通过护理工作保护生命、减轻痛苦、促进健康。护理教育创始人南丁格尔说："护士必须有一颗同情的心和一双愿意工作的手。"护士面对的患者来自社会的各阶层，不同民族、不同年龄、不同性别、不同性格，且病情各不相同，复杂的工作对象群体决定了护士工作的复杂性。这就要求护士必须具有良好的职业道德，爱岗敬业才能把工作做好。

2. 体贴同情、和蔼可亲　患者接触最多的是护士，护士的一言一行将直接影响他们的情绪，如护士亲切的语言会使患者充满信心，感到温暖。反之护士轻视、厌恶的态度则会使患者感到屈辱，甚至激怒，从而加重病情。因此护士应具有一颗慈善而纯洁的心，视患者如父母兄妹，做到礼貌热情，主动周到，体贴入微。

3. 知识丰富，技能精巧　现代科学的发展对护士的知识结构提出了更高的要求，如护士还需要掌握一定的自然科学、社会科学知识，较全面的医学基础知识等。护理学科是一门实践性很强的学科，因此护士不但要理论基础知识扎实，而且要技术操作精巧熟练，这样才能更好的造福于患者。因此，护士除了学完护理教育的全部课程外，还应结合工作实践刻苦学习，不断掌握本行业、本专科的新技术，学习新理论，注意新动态，并争取有所创新，不断进步。

4. 有道德、有修养的行为

(1)风度优雅、举止端庄：由于护士的工作对象特殊，所以护士在工作中，应做到服装整洁，言谈文雅，举止端庄，作风正派，这样才能使患者对护士产生信赖感。

(2)勤劳细致、严肃忠诚：在医院里，不少患者昏迷不醒或瘫痪，一切要由护士照料，而护理技术操作又多为护士独立进行，因此勤劳细致，严肃忠诚是护士专业品格中不可缺少的组成部分，护士在工作中应始终坚持严肃的态度、严格的要求、严密的方法。无论何时何事应忠诚老实、认真负责，不弄虚作假。工作一旦发生差错事故，应毫不隐瞒，迅速汇报，及时处理。

(3)谦虚谨慎，善于合作：护士相处的对象除患者之外，还有家属、医生、其他护士及医院员工。因此，一个护士应有良好的个性修养，做到谦虚谨慎，尊重人，体谅人，帮助人。对患者家属应耐心解释和指导，对医生应尊重和信任，密切合作。年轻护士对资历老的护士应尊重和体贴,年老的护士对年轻的护士要关心、爱护和指导。

(4)情绪稳定、老练沉着:在工作中,特别是紧张的抢救中,护士要做到沉着果断,灵活敏捷,有条不紊。在个人遇到困难和挫折时,能理智地控制自己的感情,决不因个人情绪影响工作。对那些性情暴躁或者爱挑剔的患者不与其计较,始终保持护士崇高的职业道德。

总之,护士的职业道德规范可归纳为八个字:爱(专业)、亲(患者)、精(技巧)、雅(风度)、严(作风)、勤(工作)、诚(协助)、稳(情绪)。

第二节 护士职业道德的培养

1. 加强护士的职业道德教育。学校应开设一些有关的人文科学、社会科学和心理学课程。尤其是在教师讲课和示范操作时应以身作则,即使是患者模型也要当真正的患者对待。而对已经工作的护士,应普遍进行教育,针对个别护士的不正确行为,如不测量体温、血压等,讲解这种错误行为的危害。

2. 激发护士的道德情感。有道德情感就会有道德行为。对护士来说,激发和培养事业心、责任感特别重要。可请护理界的老前辈讲传统或请英雄模范人物作报告,或用定期召开工休座谈会,批评不道德的坏人坏事等方式,加深护士与患者之间的相互了解,进一步激发护士的道德情感。

3. 注意培养护士的道德行为习惯。护理工作光靠建立、健全各种规章制度还不够,还要让道德行为形成习惯。护士长应以身作则,充分发挥党团员、护师的骨干作用。结合工作实际,一个时期可重点抓一个问题,定期讲评,发动护士、医生、伤病员及家属采取不记名投票的方式,或是每个患者出院时填一张卡片,推选"优秀护士",长期培养道德行为的氛围为培养护士良好的专业品格创造良好的环境。

4. 加强对护理工作的领导，优化护士的工作环境。目前，医护比例失调，护士缺编，导致临床护理工作繁重，护士的工作压力很大，护士流失率较高；护士的社会地位、经济收入较其他医学专业人员相对较低；这些因素都影响着护士的职业道德建设。面对当前护理队伍的现状，必须加强对护理工作的领导，优化护士的工作环境。

护理职业道德是护理社会价值和护士理想价值的具体体现，它与护士的职业劳动紧密结合。形成高尚的护理职业风范，对指导护理专业的道德发展方向，调节护患关系，促进医疗卫生战线的精神文明建设，造福于人民的健康事业具有深远的意义。

第二章

护士行为规范与护理礼仪

第一节 护士行为规范

关于护士的行为规范有很多版本,本书认为护士的行为规范应遵循中华护理学会 2008 年发布的《护士守则》。

第一条 护士应当奉行救死扶伤的人道主义精神,履行保护生命、减轻痛苦、增进健康的专业职责。

第二条 护士应当对患者一视同仁,尊重患者,维护患者的健康权益。

第三条 护士应当为患者提供医学照顾,协助完成诊疗计划,开展健康指导,提供心理支持。

第四条 护士应当履行岗位职责,工作严谨、慎独,对个人的护理判断及执业行为负责。

第五条 护士应当关心、爱护患者,保护患者的隐私。

第六条 护士发现患者的生命安全受到威胁时,应当积极采取保护措施。

第七条 护士应当积极参与公共卫生和健康促进活动,参与突发事件时的医疗救护。

第八条 护士应当加强学习,提高执业能力,适应医学科学和护理专业的发展。

第九条 护士应当积极加入护理专业团体,参与促进护理专业发展的活动。

第十条 护士应当与其他医务工作者建立良好关系,密切配合、团结协作。

第二节 护 理 礼 仪

一、护理礼仪的基本概念

礼仪是指人们与他人交往的程序、方式以及实施交往行为时的外在表象方面的规范,包括语言、仪容、仪态、风度。

护理礼仪是一种职业礼仪,是护理工作者在进行医疗护理工作和健康服务过程中所遵循的行为标准,是护士素质、修养、行为、气质的综合反映,它包括护士仪表、使用语言的艺术、人际沟通技巧及护士行为规范,它既是护士修养素质的外在表现,也是护士职业道德的具体表现。

二、护理礼仪规范的内容

护理礼仪规范的内容包括:

1. 规范的仪表 患者进入医院后,首先注意的是护士的仪表。着装直接影响护士的形象,护士着装应符合护理工作的特点,护士服大方、合体、干净。燕尾帽要戴端正,给患者留下干净利落的印象;长发不过肩,淡装上岗,给患者以整洁俊美之感;精神要饱满,以赢得患者的尊重和信任,这是建立良好护患关系的开端。

2. 规范的职业形象 在患者面前,护士应态度认真,对患者的病痛、伤残、死亡应给予同情和帮助,不可漠不关心或嬉笑,也不能过分悲伤或哭泣;在护士办公室及病室内不吃东西;不接受患者的馈赠。与患者讲话时,应注意保持平等水平,如患者坐着,自己也坐着,如患者站着,自己也应起身与之谈话。

3. 规范的形体语言 形体语言是非语言交流的一个重要部分,在日常工作中要特别注意。比如:走路时步履轻盈、挺胸抬头、平视前方。患者向你走来时要起身相迎,患者行动不便时要出手相助,在为患者测血压、心率和脉搏等需要接触患者的身体时,要先将手搓热,护理操作要认真、细致、规范,着力轻重、范围大小都要适当。护士通过这些形体语言,可使患者消除顾虑、减少紧张情绪,增加信任感。

4. 规范的职业用语 俗话说"良言一句三冬暖,恶语伤人六月寒"。护士在护理工作中熟练掌握和使用文明用语非常重要。工作中应当以"请"字当头,"谢"字结尾,在接待患者或进行各项护理操作时,应根据不同的患者、病情、年龄、性别、职业、地位、文化背景等给患者一个合适的称谓,以表示对患者的尊重。每次查房及操作时向患者问好;患者提出问题时耐心倾听,做好解释、解答和安抚工作;因护理操作失败给患者增加了痛苦时,要说"对不起",以表示歉意。

5. 娴熟的专业技术 患者患病后,既要忍受疾病的折磨,承担精神压力,还要忍受各种治疗带来的痛苦。所以,护士在进行各项护理操作时要为患者着想。操作时动作轻柔、娴熟,以减轻患者的痛苦和思想负担,给患者安全感。护士要不断提高自身的技能水平,以减轻患者的痛苦。

三、护理礼仪在护理工作中的作用

护理礼仪能满足患者心理需求,在"以患者为中心"的整体护理中,护士不仅要关心患者身体上的疾病,还要关注由身体疾病引发的各种心理反应,把心理护理作为促进患者康复的重要护理手段,护理礼仪在这个过程中所起的作用是巨大的。一句温暖的语言,一种文雅、健康的姿态,一个自然、亲切的表情,都可促使患者把心里话讲出来,便于护士发现患者现存和潜在的心理问题,使患者在与护士的沟通中得到安慰、理解、帮助和鼓励。

1. 护理礼仪可以加大护患关系的亲和力 护患关系是护士与患者及其家属在一定条件下形成的关系。护患关系的好坏直接影响患者的康复效果。长期以来，护患关系一直停留在单纯的打针、发药、机械地执行医嘱，完成一些技术操作和简单的生活护理上，护患之间缺乏应有的沟通和交流。而在社会飞速发展和进步的今天，护患关系需要建立在平等、尊重、信任、合作的基础上。一个热情大方、仪容整洁、面带微笑、举止优雅的护士，能使患者产生亲切感、信任感，从而加大护患之间的亲和力。如患者在入院时，护士投以微笑，把患者带入病室，为患者整理床铺，热情进行自我介绍和环境介绍，告诉患者"我将热情地为您的健康服务。如果您有什么困难，可随时找我和其他护士，您将会得到满意的服务"等。这些看上去简单、普通的行为和话语，会让患者产生一种亲切感，从而有效地拉近护患之间的距离。

2. 护理礼仪能保证护理质量的提高　护理工作是科学的、细致的，是关系到患者安危的大事，稍不注意，就可能酿成大祸。护理礼仪的塑造，是强化护理行为效果、促进护理质量提高的重要条件。护士具有各种职业要求和规范，如操作三查七对、执行医疗保密制度、技术操作标准等，但标准的执行不应是机械的，都需要护士具有恰当的护理礼仪。住院治疗的患者是一个特殊的群体，由于疾病，他们普遍存在耐性差、自尊心强的特点，因此尤其需要护士良好的职业礼仪去抚平患者的创伤，促使患者向有利于康复的方向发展。良好的护理礼仪不仅体现在护理操作中，而且贯穿于整个护理工作。如与患者交谈时面部表情过于丰富，动作超度，就会给患者留下轻浮印象；如果采取正确姿势：双脚平肩而立，双手前握或自然下垂，将给对方留下稳重、端庄的感觉，从而为护患关系创造一个良好的开端。护理礼仪能使护士在护理实践中充满自尊心、自信心、责任心，并在工作中严格要求自己，从而减少差错发生，提高护理质量。

3. 护理礼仪能满足患者心理需求，促进早日康复　护士在工作中的美不仅是外表美，同时还有心灵美、语言美、行为美。患者刚进入医院时接诊护士投以微笑，并亲切地做自我介绍，消除患者因环境陌生产生的不安情绪,及时询问病情,耐心回答问题,细致地给予讲解一些疾病的注意事项。一位具有良好礼仪风范的护士,给患者传递的信息就会产生正面效应;相反,如果护士在工作中不注意语言艺术、保护性医疗制度,就会给患者造成不良后果,对患者及家属造成心理负担。所以护士端庄的仪表、得体的举止、和蔼可亲的态度、恰当的言谈等良好的礼仪行为可达到医药所不能达到的效果。

4. 礼仪能宣传护士形象　在激烈的社会服务竞争中,社会对护士的业务水准提出了更高的要求。护理礼仪是宣传、塑造护士形象的主要手段。

5. 护理礼仪在医疗竞争市场中的作用　随着医疗改革的不断深入,医院竞争日益加剧,患者有权利选择医疗单位。非技术性服务作为医疗服务价值的内在因素,已为大多数医院所接受,并将它作为医疗服务的附加服务,成为影响医院在社会公众中总体形象的关键和人们选择医院的一大要素。因此,优质的护理服务、高水平的人员素质、饱满的精神风貌将直接显示医院的管理水平,同时也关系到医院的发展。

护士是医院里人数最多、与患者接触最密切、接触时间最长的医务专业人员,随着医疗体制改革的深入和健康观念的转变,护理理念和内涵发生了巨大变革,人类精神文明和物质文明的发展,人们需求水平不断提高,对护士的要求也越来越高,护理礼仪在工作中就显得尤为重要。良好的护理礼仪可以达到内强素质、外树形象、增进交往、减少纠纷的作用,对患者的康复也起着重要作用。一名合格的护理工作者,不仅仅需要丰富的医学理论知识和熟练的操作技能,还要不断地提高自身素质,增强礼仪修养。

第三章

护理工作中的人际沟通

随着社会的进步和文明程度的提高、人际关系领域的沟通日益引起人们的重视。拥有良好的人际关系，不但是快乐生活的源泉，更是能否取得成功的关键。护理作为服务于社会人群健康的专业，沟通能力是护士必备的素质。

第一节　人际沟通的基本知识

一、人际沟通的概念及特征

"一个不会交往的人，犹如陆地上的船，永远不会漂流到人生的大海中去。"在心理学领域里，社会心理学家把人际交往看成是人与人之间相互沟通、相互知觉、相互影响的过程，是人与人之间信息的传递，包括意见、情感、观点、思考等的交换过程，依此取得彼此间的了解、信任及良好的人际关系。

沟通与相互作用被看成是人际交往的两个基本特征。人们相互沟通和相互知觉的结果，形成一定的情感关系——人际关系。

二、人际沟通的类型

根据信息载体的异同，沟通可以分为言语沟通和非言语沟通。言语沟通建立在语言文字基础上，又可分为口头沟通和书面沟通两种形式。

（一）口头信息沟通

在面对面的人际沟通中，人们多数采用口头言语沟通的方式，例如，会谈、讨论、演讲以及对话等。口头言语沟通可以直接、及时地交流信息、沟通意见。

1. 口头信息沟通的优点　在这种方式下，信息可以在最短的时间内被传送，并在最短的时间内得到对方回复。如果接受者对信息有疑问，迅速的反馈可使发送者及时检查其中不够明确的地方并改正。良好的口头信息沟通有助于对问题的了解。

2. 口头信息沟通的缺点　口头信息沟通也有缺陷，信息从发送者一段段接力式的传送过程中，存在着信息失真可能性。每个人都以自己的偏好增删信息，以自己的方式诠释信息，当信息经过长途跋涉到达终点时，其内容往往与最初的含义存在着较大的偏差。而且这种方式不省时，有时甚至浪费时间。

（二）书面信息沟通

在间接沟通过程中，书面沟通用得比较多。书面沟通的好处是它不受时空条件的限制，有机会修正内容，便于保留，沟通的信息不容易造成失误，沟通的准确性和持久性都较高。同时，由于人们通过阅读接受信息的速度通常高于通过听讲接受信息的速度，因而在单位时间里的书面沟通的效率会较高。

1. 书面信息沟通的优点　书面记录具有有形展示、长期保存、法律防护依据等优点。一般情况下，发送者和接受者都拥有沟通记录，沟通的信息可以长期保存下去，如果对信息的内容有疑问，过后的查询是完全有可能的，对于复杂或长期的沟通来说，这尤为重要。同时，由于要把表达的内容写出来，可以促使人们对信息更加认真地思考。因此，书面沟通显得更加周密，条理清楚。

2. 书面信息沟通的缺点　相对于口头沟通而言，书面沟通耗费时间较长。同等时间的交流口头比书面所表达的信息要多得多。事实上，花费一小时写出来的东西可能只要15分钟就可以表达完。书面沟通的另一个缺点,是不能即时提供信息反馈,口头沟通能够使接受者对其所听到的东西及时提出自己的看法,而书面沟通缺乏这种内在的反馈机制,其结果是无法确保所发出的信息能够被接收到。

(三)非语言沟通

从沟通的方式来看,人们不仅可以用言语方式沟通,也可以用非言语方式进行沟通。非言语沟通与言语沟通往往在效果上是互相补充的。心理学家认为,在人所获得的信息总量中,语词的只占了 7%,声音的占了 38%,而来自于身体语言,主要是面部语言的信息大约占了 55% 左右。

1. 人际沟通中的非语言因素 非语言沟通的内涵十分丰富,其类型主要有以下几种。

(1)丰富的表情:表情是仅次于语言而最常用的一种非语言符号,因此,交际活动中面部表情备受人们的注意。而在千变万化的表情中,眼神和微笑是最常见的交际符号。

1)眼神:注视的时候要掌握好长短。对于不太熟悉的人,注视时间要短;对于谈得来的人,可适当延长注视时间。注视的位置亦应选择适当。在交往中,目光应投放在额头至两眼之间。

2)微笑:笑主要是由嘴部来完成的。微笑的基本特点是:不发声、不露齿、肌肉放松,嘴角两端向上略微翘起,面含笑意,亲切自然,最重要的是要出自内心,发自肺腑。

(2)合理的空间距离,常见的沟通距离有:

1)亲密区:与对方只有一臂之遥,适合进行较敏感的沟通。只有较亲密的人,才允许进入该区,如果陌生人进入,人们通常会感到不舒服,并设法拉开距离。

2)私人区:朋友之间交谈的距离保持在一臂之遥到距离身体 $0.76 \sim 1.2\text{m}$ 左右。

3)社交区:延伸到 $2.1 \sim 3.6\text{m}$,适合于一般商务及社交的来往。例如,多数办公桌的设计,都是要人们坐在社交区的范围内。

4)公共区:超过3.6m,是人们管不到,也是可以不理会的地方。

(3)恰当的副语言:一般来说,人在高兴、激动时,语调往往清朗、欢畅,如滔滔海浪;而悲伤、抑郁时则黯淡、低沉,如幽咽泉流;平静时畅缓、柔和,如清清小溪;愤怒时则重浊、快速,如出膛的炮弹。从一句话的字面看,往往难以判定其真实的含义,而它的弦外之音则可传递出不同的信息。恰当的语调、音调和语速可以完整正确地传递人与人之间的信息和情感,加深沟通的程度。

(4)优雅的态势:态势是说话者传情达意的又一重要手段,一种沟通"语言"。它包括说话者的姿态、手势、身体动作等,既可以帮助说话,又可以诉诸对方视觉的因素。态势作为一种沟通语言,我们在说话中应怎样正确地运用它呢?

1)态势要美观:站着说话时,身体要伸直、挺胸、收腹,重心放在两腿之间,两臂自然下垂,形成一种优美挺拔的体态,使对方感觉到你的有力和潇洒,留下良好的印象。坐着说话时,上身要保持垂直,可轻靠在椅背上,以自然、舒适、端正为原则;双手可以放在腿上,或抱臂。

2)要有明确的目的:我们在说话时,一举手一投足,都要使其有内在的根据和清楚的用意,这样才能更好地发挥态势语的表达和交流作用,就能更有助于获取说话的最佳效果。

3)要确切精练:说话时,我们运用态势语的主要目的是要沟通感情,补充或加强话语语气,帮助对方理解。因此,态势要精练,要以少胜多、恰到好处。例如手势动作,如果不间断地随便使用,或者多次重复使用同一种手势,就有可能丧失它的功效。

4)要得体:说话时要根据环境和对象运用各种态势语。在长辈和上司面前不要用手指指点点,更不要勾肩搭背,否则就会被视为失礼。在同辈和亲朋好友面前可以随便一点,但也要掌握分寸,切忌用手指点他人的鼻子和眼睛。要时刻注意你的各种态势应与你的说话内容默契配合,自然灵活,恰到好处。

虽然非言语符号在人际沟通中起着很大的作用,但是非言语符号系统在使用时具有较大的不确定性,它往往与沟通情境,沟通者的身份、年龄、性别、地位等有关,所以,非言语沟通符号在使用过程中一定要注意内容、气氛、条件等因素。一般情况下,非言语符号系统的使用总是与言语沟通交织在一起的。

三、影响人际沟通的因素

人际沟通不可能在真空中进行,它会受到客观环境中许多因素的干扰。同时,沟通者个人的生理、心理等因素也会对沟通产生影响。

(一) 客观环境因素对沟通的影响

1. 嘈杂声干扰 像门窗开关的碰击声、邻街的汽车声和叫卖声、邻室的音响声、各种机械噪声,以及与沟通无关的谈笑声等等。

2. 环境氛围的影响 像房间光线昏暗,沟通者便看不清对方的表情;室温过高或过低,及难闻的气味等,会使沟通者精神涣散,注意力不集中;单调、庄重的环境布置和氛围,有利于集中精神、进行正式而严肃的会谈,但也会使沟通者感到紧张、压抑而词不达意;色彩鲜丽活泼的环境布置和氛围,可使沟通者放松、愉快,有利于促膝谈心。

3. 隐私条件的影响 凡沟通内容涉及个人隐私时,若有其他无关人员在场,缺乏隐私条件,便会干扰沟通。回避无关人员的安静场所则有利于消除顾虑、畅所欲言。

(二) 个人因素对沟通的影响

个人因素范围较广,既有生理性的因素,也有心理、社会性的因素。其中与沟通有较密切关系的因素包括:

1. 生理因素的影响 例如暂时性的生理不适,像疼痛、气急、饥饿、疲劳等,会使沟通者难以集中精力而影响沟通。但当这些生理不适消失后,沟通就能正常进行。永久性的生理缺陷,则会长期影响沟通,如感官功能不健全(听力不足、视力障碍甚至是聋哑、盲人等)、智力发育不健全(弱智、痴呆等)。与这些特殊对象进行沟通便要采取特殊方式,如加大声音强度和光线强度,借助哑语、盲文等。

2. 情绪状态的影响　沟通者处于特定情绪状态时,常常会对信息的理解"失真"。例如,当沟通者处于愤怒、激动状态时,对某些信息的反应常会过分(超过应有程度),这也会影响沟通。由于身体状况、家庭问题、人际关系等因素而导致的情绪不稳定,波动性大,从而影响沟通正常的进行。

3. 个人特征的影响　现实中每个人都会因其生活环境和社会经历的不同而形成各不相同的心理、社会特征。许多特征都会不同程度地对人际沟通产生影响。人格对人际沟通的影响包括如下一些方面:

(1)性格特征的影响:例如两位性格都很独立、主观性又很强的人相互沟通,往往不容易建立和谐的沟通关系,甚至会发生矛盾冲突。而独立型性格的人与顺从型性格的人相互沟通,则常常因为"性格互补"而建立良好的沟通关系,有利于沟通的顺利展开。一般来说,与性格开朗、大方、爽快的人沟通比较容易,而与性格内向、孤僻、拘谨、狭隘的人沟通往往会遇到较多困难。

(2)认识差异的影响:由于个人经历、教育程度和生活环境等不同,每个人的认识范围、深度和广度,以及认知涉及的领域、专业等都有差异。一般来说,知识水平越接近,知识面重叠程度越大(例如专业相同或相近等),沟通时越容易相互理解。知识面广、认知水平高的人,比较能适合与不同认知范围和水平的人进行沟通。

(3)文化传统影响:文化发展具有历史的延续性。不同地域、不同民族的文化在长期的发展过程中会形成许多具有鲜明地域性和民族性特征,从而形成特定的文化传统。这种文化传统的影响定势,总是在左右着每个人的行为,形成它们既有共性又有个性的"文化"特征。一般来说,文化传统相同或相近的人在一起会感到亲切、自然,容易建立相互信任的沟通关系。当沟通双方文化传统有差异时,理解并尊重对方文化传统将有利于沟通;反之,将对沟通产生不利影响。

4. 沟通技能的影响　例如有的人口才很好而写作不行,口头交流时讲得头头是道,但书面交流则困难重重;有的人正好相反。另外,如地方口音重、不会说普通话、口齿不清、书面记录速度慢等,也会影响沟通。

人际沟通的情境千差万别,其影响因素也颇为复杂多样。了解一些常见的影响因素,有利于沟通者在设计沟通时"兴利除弊",在沟通进行时随机应变。

第二节　护理工作中的人际关系与护患沟通

护理工作是整个医疗工作中的重要组成部分,做好护理工作,需要多方面的配合,而工作中的人际关系融洽与否,直接关系到护士的工作情绪和工作的积极性。进而影响护理质量和患者的康复。因此,护士能否建立良好的人际关系,对顺利开展各项护理工作有着举足轻重的作用。

护士每天面对的不仅是患者、家属、医生,还有医技、后勤、社会人员等等。因此护士的人际关系主要包括:护患关系、护士与患者家属的关系、医护关系、护际关系、护士与医院各部门各类人员的关系、护士与社会群体的关系、护士与社会环境的关系等。

一、护 患 关 系

护患关系是一种帮助性的人际关系。良好的护患关系,能有效地减轻或消除患者来自环境、治疗过程及疾病本身的压力,有助于加速疾病的康复进程。它贯穿于护理工作的每个步骤中。

(一) 护患关系的模式

护患关系模式是医学模式在人际关系中的具体体现。按照萨斯(T. Sxas)和霍华德(M. Hohade)的观点(1956)我们可以将护患关系区分出 3 种基本模式。

1. "主动-被动"型(纯护理型)　这种模式是把患者置于被动地位,护士处于主动的主导地位的一种模式。护患之间没有相互作用,事实上患者丧失了表达意愿和主动行为的可能性,在这种模式下,患者就好像是不能自助的婴幼儿,护士则形同他们的父母。此种模式适用于新生儿、全麻、昏迷、休克等患者。模式的原型:父母-婴儿。

2. "指导-合作"型(指引型)　这是一种一方指导,另一方有限度地合作的过渡模式。在这个模式中护士是主角,患者是配角。护士对患者进行生理、心理方面的帮助指导。包括:常规指导、随时指导、情感指导。这一模式特征是:告诉患者做什么。适用于清醒的急性、较严重患者。模式原型:父母-儿童。

3. "共同参与"型(自护型)　这是一种以平等关系为基础的护患关系,护患双方具有相等的主动性,彼此都具有促使健康恢复的共同愿望,共同协商治疗疾病的方案和措施。其作用特点:①双方有同等的权利;②彼此相互需要;③从事双方都满意的某些活动。护士应偏重与从科学理论上来指导、安排患者的抗病措施,包括生活习惯、行为方式、人际关系的改变与调整。目的在于调动患者的积极性,即帮助患者自护。适用于慢性病、轻病或恢复期患者。模式原型:成人-成人。

(二)护患关系的重要性

护患间的沟通有助于了解患者的心身状况,向患者提供正确的信息,是实现护士为患者服务,减轻患者心身痛苦,创造最佳心身状态的需要,亦是促进护患间理解与支持,提高治疗、护理效果的需要。

第一:良好的护患关系是实施交流的基础。在护患关系满意的情况下,护士在患者心目中具有一定的威信,护士的要求、承诺和解释易为患者所接受,从而保证了对患者评估的顺利进行和采集资料的可靠性。

第二：融洽的护患关系会造就良好的心理氛围和情绪反应。对于患者来说,不仅可消除疾病所造成的心理应激,而且可以从良好情绪反应所致的躯体效应中获益。它可以减轻患者的疾苦,缓和焦虑,激发患者的希望和信心。对于护士来说,从这种充满生气的环境中也可得到更多的心理上满足。即良好的护患关系本身就是一种交流的手段,它不仅可以促进患者的康复,而且对护士的心理健康也是必需的。因此,在与患者的交往中,不仅要接触他们的疾病,而且要学会接触患者整体。

　　（三）护患沟通的要求

　　1. 使患者感觉到自己很受欢迎。这要求护士面带微笑地迎接患者,用眼睛同患者交流,并且首先作自我介绍。当患者有困难或不清楚某些情况时,应立即主动提供帮助。

　　2. 举止、穿着得体,佩戴有姓名的胸卡,对患者有礼貌,注意使用问候语。如"请""谢谢"等,不摆架子,随时发现并主动帮助患者拿取所需物品等。接电话时在电话里说明从事的职业,而且要注意放低声音,语气要舒缓。

　　3. 保守患者的个人隐私和秘密。进入病房前尽量先敲门,得到允许后方才进门。注意谈话的内容和眼睛注视的方位,不该涉及的方面不主动涉及。

　　4. 细心操作,耐心护理。搬动患者时动作轻柔,触摸患者时态度文雅,注意认真倾听患者的叙述,不对患者说使其情绪沮丧的话或听不懂的话。

　　5. 主动为患者服务。对于患者期待的事情,要优先考虑去做,并提出积极的意见或建议。全方位做好工作,为患者解决实际问题和病痛。将心比心,以实际行动争取患者的理解,保持良好的护患合作。为患者提供良好的休养环境,保持室内环境清洁和安静。对于自己无法解决的问题,要为患者介绍有能力解决的人。

　　6. 注重团队精神的培养,积极主动地帮助周围的同事。相互之间充分信赖,经常交流探讨,用心维护整个团体的形象和利益,不夸大传闻,不做影响团队形象的事。

(四)掌握与不同患者沟通的技巧

护士在接触患者的过程中要以人为本,注意沟通技巧。

1. 接诊患者时　一般人在患病后均会有紧张、焦虑、痛苦等负性心理,因此应把消除患者负性心理,解除痛苦,给予精神上的安慰放在首位。此时护士应举止端庄,态度和蔼,以亲切的语言作自我介绍,使患者感到接诊护士是可以信赖的。

2. 治疗疾病过程中　患者一旦入院,最迫切的愿望是早日康复、及早出院。患者如需手术,护士应尽快做好术前准备及各项术前检查;不需手术,要安慰其既来之则安之。患者需做辅助检查时,在检查前可先让患者观察做此项检查的过程,做好心理护理;在做辅助检查时应充分体谅患者患病的痛苦,以温和的话语指导患者配合检查以明确诊断;检查后还要告知其注意事项,避免加重患者的不适。在每天查房和进行护理操作时,护士对整个病房的患者可先问一声:"大家好!",使患者产生亲切感,并感觉到自己得到了应有的尊重与关注。

3. 患者出院时　部分患者出院后需要随访和继续服药,有后遗症者还要进行功能锻炼等,这些情况要向患者及家属清楚告知。对病情有可能复发者,要嘱其避免诱发因素,密切注意其复发前征兆,发现可疑情况要嘱咐其及早就诊,以免延误治疗。

护患沟通是增进护患关系的桥梁,是促进整体护理工作开展,打开护理服务通向患者满意大门的金钥匙。

二、医护关系

在医院的日常工作中,医护之间具有密不可分的关系,因为医生和护士的服务对象是一样的。在长期的医疗护理实践中表明,建立协调的、健康的医护关系应做到以下3个方面。

1. 把握各自的位置和角色　医生和护士虽然工作的对象、目的相同,但工作的侧重面和使用的技术手段不尽相同。在临床医疗过程中两者密不可分。医生主要的责任是做出正确的诊断和采取恰当的治疗手段,护士的责任是通过护理解决患者现存的和潜在的健康问题。其中,非常重要的工作是能动地执行医嘱,向患者解释医嘱的内容,取得患者的理解和合作;如果发现医嘱有误,能主动地向医生提出意见和建议,协助医生修改、调整不恰当的医嘱。

2. 真诚合作、互相配合　医护双方的关系是相互尊重、相互支持、真诚合作,而不是发号施令与机械执行的关系。医护需要绝对的团队协作精神。医生和护士在为患者服务时,只有分工不同,没有高低之分。医生的正确诊断与护士的优质护理相配合是取得最佳医疗效果的保证。

3. 关心体贴、互相理解　医护双方要充分认识对方的作用,承认对方的独立性和重要性,支持对方工作,互相配合,互相尊重、平等合作。

4. 互相监督、建立友谊　任何一种医院差错都可能给患者带来痛苦和灾难,因此,医护之间应该监督对方的医疗行为,以便及时发现和预防,减少医疗差错的发生。一旦发生医疗差错,应该不护短、不隐瞒、不包庇,要给予及时纠正,使之不铸成大错。

总之,在整个医疗活动过程中,医护关系的好坏直接影响到医护工作的配合,同时也影响到患者疾病的转归和医疗服务质量。

三、护际关系

护际关系即护士与护士之间的相互关系,它是护士人际关系中的一种基本关系。护理工作是整个医疗卫生工作的重要组成部分,正确处理好护士之间的关系,是保障护理工作的一个重要前提。由于护理工作不仅有工作业务上的是是非非,也有人际关系的复杂性。护士的内心世界常常面临各种抉择和矛盾。哪些行为是好的、善的,值得赞美和努力遵循的? 哪些是不好的、恶的,需要抵制和摒弃的? 面对人生境界的选择,多年来护

理实践证明,若要搞好护际关系,必须遵循以下几条原则:

1. 不断提高道德修养 在医疗护理工作中,护士内部的协调与配合是十分重要的,用什么方法和标准来处理好同行之间的关系,反映了职业道德中最普通的要求。道德作为一种巨大的精神力量是调整人与人之间、个人与社会之间关系的行为规范,是以道德评价为形式,依靠社会舆论和人们内心信念来维持的。护士应树立正确的人生观、价值观,提升自身品位,重视人格塑造,在平凡的职业中不断提高自己的精神境界,创造自身美好的内心世界,即心灵美。另外,在护理工作中要自尊、自爱、自强、自信。

2. 互相尊重、互相学习 在护理工作中,同行之间的互相尊重是十分重要的,要做到同行间互相尊重,就必须尊重他人意见,尊重他人的人格。不在背后议论别人的不是,彼此间瞧不起、互相不服气,以致互相诋毁。这种不道德的行为于人于己都有害无益。只有大家共同创造谦让、包容、互相尊重、互相学习的工作环境,个人价值才可能得到最大程度的实现。

3. 互相帮助、互相勉励 由于护士之间存在职称、学历、技术、经验、思想认识的差别,且阅历、家庭、身体等方面的条件各不相同,可能会存在各种分歧。但一个科室的护士面临的服务对象是同一群体的患者,大家需要完成共同的工作任务,因此减少或消灭分歧,互相帮助是必不可少的。在护理工作中,应提倡助人为乐的精神,主动帮助遇到困难的同志,尤其当同事在生病、家庭出现困难时,伸出友谊之手,"雪中送炭",体现"人间处处有真情"。所谓互相勉励,是指当别人取得成绩时,视为是对自己的鞭策;当同事出现差错时,应帮助他寻找根源,防微杜渐,共同进步,提倡"与人为善、治病救人",杜绝"事不关己,高高挂起"的做法。

4. 互相谅解、互相支持 护理工作的特点是任何工作上的疏忽和失误,都会给社会、患者和自己带来难以弥补的危害,护士之间的融洽至关重要,所以提倡护士间互相谅解、互相支持、互相配合，同心同德为患者服务，一切从患者的实际情况出发，共同完成护理工作。若同行之间闹意见，交接班不清楚，轻者出现差错，重者出现医疗事故，这样就会涉及法律责任，造成严重的局面和后果。所以护士间要以诚相待，分工合作，当班的工作决不留给下一班，发现别人工作中的失误要积极给予补救，形成团结互助、乐于奉献的良好氛围。

5. 管理情绪、加强沟通　护理工作充满了职业应激。近年来许多文献报道，工作中的人际冲突已成为护士的主要工作应激源。护士需通过职业性调整来缓解职业应激。护士应提高抗挫折能力，管理好自己的情绪，及时疏导负性情绪，不让负性情绪影响患者和同事。同时，要注重与同事之间的沟通，及时解决问题和矛盾，努力建立信任与合作的关系。

21世纪是知识大爆炸的世纪，谁最有知识，谁就最有可能成功。现在我们的护理队伍是一支以年轻人为主的队伍，年轻护士思想活跃，接受新生事物快，学习能力强，精力旺盛。目前临床不少年轻护士在老护士前晋升，护士长也有年轻化的趋势，打破了以往"论资排辈"的格局，无论对年纪大还是年纪小的护士都会造成一定的心理冲击。如果不进行心理调适，将会引发新的护际矛盾，因此护士应主动学习心理学、人际关系学的知识，不仅在书本上学，更要在实践中学。护士之间可以经常互通信息，切磋技艺，互相交流学习体会。年轻护士应主动向年长护士虚心学习、请教，年长护士则应主动传、帮、带、有问必答。相互之间形成互相关心、互相帮助、互相学习的好风气。只有这样才能形成一个良性循环，有利于护理事业的发展。

第四章

护理工作中常见的心理应激与调适

第一节 概　述

由于护士长期工作在充满应激源的环境中，经常面临着危急、突发、多变的情景，因此较医生、药剂师及一般人群有更高的应激水平，这就要求广大护士对此引起重视，了解护士工作常见的心理应激源以及影响护士心理应激的主要因素，掌握心理应激的调控方式，从而增进心理健康，提高工作质量。

一、应激的概念

应激一词被用来描述人们在面对工作、人际关系、个人责任等的要求时所感受到的心理和精神上的紧张状态。应激又叫压力（stress），指当人们觉察到自己的需要与满足这种需要的能力之间存在不平衡时所发生的生理、心理反应。压力与自尊紧密相关。应激可以说是最普遍、影响最广的心理健康问题，如果处理得宜，压力可转化为推动力，提升效率及表现；相反，处理失当则可引发严重的生理及精神问题。

应激的成分：

S＝stressor：能引发内心紧张的刺激性事件或主观认知。

T＝transaction：个体与环境之间不断进行调节。

R＝resistance：努力应对，持续地进行。

E＝energy spent：应对过程中付出心理、生理能量。

S＝strains：应对过程中身心疲惫不堪、紧张、过劳。

S＝solution or slide：结局可能是解除压力，也可能耗竭。

二、应激的分类

Selye 分类法：

应激可能有利，也可能有害。超过了某一个阈值，就从有利变为有害了。Selye 对应激进行了系统研究，他认为应激应分为良性应激和不良应激。

1. 良性应激 给人振奋，增强动力、带来益处，适度应激对维持个体的心身平衡是有益的。可提高人的注意、记忆力、增强思维灵活性，使行为敏捷，有利于调动潜能，增强应付能力。

2. 不良应激 有害刺激作用于机体导致非特意性的全身适应综合征。

根据其导致的结果，压力可以分为：

1. 正性压力（eustress） 好的压力，会激发个体朝向成就或健康的理想水平。

2. 中性压力（neustress） 被认为无关紧要或无所谓的信息或感官刺激。

3. 负性压力（distress） 真实的或想象中的威胁性事件，个体对它的解释是厌恶或消极的，它会产生恐惧或愤怒的情绪，常被简称为压力。

据压力的强烈程度与持续时间分为：

1. 急性压力（Acute stress）：性质强烈，但持续短暂的压力。

2. 慢性压力（Chronic stress）：性质不甚强烈，但持久作用于个体的压力。

耶斯基·多德森法则（Yerkes-Dodson Principle）：正性压力对健康与绩效是必要的，但离开最佳水平，不论上升还是下降,都会随压力的变化对机体产生危害。

近年来关于护士应激的研究逐步增多,研究显示护士都面临着程度不同的应激。

第二节　常见应激源和应激反应

随着社会的进步以及顺逆境的交替出现,特别在繁忙的护理工作中,压力似乎是无处不在、不可避免的,已经成为我们生活的一部分。压力来自内在和外在,内在包括内心的挣扎与矛盾;外在包括竞争与资源不足。然而压力不一定由令人不愉快的事情引起,开心的事同样会带来压力。因此,令人紧张、焦虑的事情,都是压力的来源。

一、应　激　源

应激源(stressor)或应激性生活事件(stressful life event 简称生活事件)被认为是任何有威胁的真实的或想象的情境、环境或刺激,即各种超过一定阈值的刺激。

在生命周期的每一个阶段,个体都会遇到一种或几种形式的压力。常见的应激源一般有:

1. 来自工作的压力　如业绩、竞争、下岗、破产等。

2. 来自生活的压力　如结婚、购房、上学、医疗等。

3. 来自人际关系的压力　如摩擦、争执、报复、陌生感、拥挤、文化不认同等。

4. 来自身体的压力　如传染病、残疾、相貌等。

5. 来自自我实现的压力　如升职、晋职、论文专著的出版等。

按不同环境因素,将应激源分为三大类:

1. 家庭环境因素,如父母离异,亲子关系恶劣等。

2. 工作或学习环境,如工作负担过重、职业转换等。

3. 社会环境因素,如严重的自然灾害,交通事故等。

护士执业应激状况测评显示,护士常见职业应激因素包括晋升和深造的机会太少;三班倒扰乱了自身的生理节律;工作负荷过重,护士编制不足;高风险职业的压力,担心护理医疗纠纷,担心差错事故以及缺乏社会支持和护士社会地位低,工作未被病人和家属认可,管理及人际关系方面的问题等等,这些都是护士最主要的职业应激因素。

二、应激反应

　　应激反应:当个体遇到生活事件时,引起的心理、生理和行为改变。

　　应激反应的强度既和外界刺激的强度有关,又与机体内部情况和其他外界因素相关。即与人们的个性、既往生活经验、机体状态、社会支持等多种因素有关。当机体处于疲劳、饥饿、感染、消耗、孕期、分娩期或因手术、外伤、药物依赖等状态下,其对精神刺激的耐受性降低。此外,个性在心理应激过程中也起到很重要的作用,内向、抑郁性格的人,往往与人保持一定距离,对人心存戒备,不关心别人,别人对他也较冷淡和疏远。这种人怯懦、内向,在困难面前常感无能为力,容易灰心丧气,其意志薄弱,对心理应激的耐受力较差,容易患病。与之相反,开朗、乐观性格的人,乐于与周围人进行思想、情感交流,对人亲切、热忱,乐于助人,愿意理解别人,也容易被人理解。这种人好胜、外向,乐于接受挑战,在心理应激过程中能对挫折表现出较强的耐受性。

　　压力反应的四个阶段:

　　1. 来自感官的刺激传入大脑。

　　2. 大脑解读刺激,确认反应——战或逃。

　　3. 身体激活唤醒,直至威胁消失。

　　4. 身体恢复平衡。

　　当刺激＞机体的耐受力时,会有心理、生理方面的表现:

　　1. 生理应激过程　　面临应激,机体可产生生化、内分泌、代谢、免疫等一系列的应激反应。

应激状态下,下丘脑释放促肾上腺皮质激素释放因子(CRF),作用于垂体前叶促使肾上腺皮质激素(ACTH)释放;ACTH作用于肾上腺皮质,刺激糖皮质激素合成与释放;糖皮质激素动员机体进入"战斗与逃跑"状态,表现为呼吸和心率加快,瞳孔扩大,肝糖原释放,皮肤和内脏血管收缩。

神经系统、内分泌系统变化:应激反应还可产生交感神经和副交感神经兴奋,出现心跳加快、胃肠蠕动增加、大汗淋漓、晕厥等多种症状。

免疫系统变化:应激可使免疫功能降低。

压力下的部分生理反应:①心跳加快——为肌肉供应血液;②血压升高——为肌肉传输血液;③呼吸急促——为肌肉提供氧气;④手足大肌群血管扩张,肌力增强;⑤葡萄糖代谢加速;⑥脂动员,为持续供能准备;⑦血凝时间缩短,为止血和伤口愈合提供便利;⑧胃蠕动减弱,腹部血流减少,血供集中在肌肉;⑨汗液分泌增多,达到降低体温的目的。

2. 心理应激过程　机体对外界各种刺激,首先对其性质进行辨认,并对他与机体的关系进行评估,将其划分为有利的、无关的和有害的刺激,然后作出相应的情绪和行为反应。对有利的刺激出现阳性情绪和趋向行为;对有害刺激出现阴性情绪和回避反应,或采取相应的心理应付机制。

第三节　常用心理调适方法

心理调适指运用心理学的方法,对自己或他人进行心理调整,以使其达到健康状态的过程。所谓调适就是"和顺舒适"。护理人员的心理调适技术是运用心理学的原理和方法,针对促进护士个体成长和健康所做的一种自我了解、自我发现、自我改变、自我适应和自我发展的心理帮助。调适的基本目标就是尽可能延长积极状态的时间,缩短消极状态的时间。

下面介绍几种常见的自我心理调适的方法。

一、意义寻觅法

一种寻找和发现生命意义、树立明确生活目标，以积极向上的态度来面对生活的心理自助方法。精神追求可以统领人的心智，使人关注未来的事情，忽略微小的心理活动，以良好的心态投入到生活和工作之中。有了精神追求，还可以使人有勇气面对各种困难，甚至是心理痛苦。意义寻觅法的核心就是学会寻找失落的生活目标和价值，建立起坚定、乐观的人生态度。当一个人懂得为什么而活着时，就什么困难都可以克服了。

正向心理学家告诉我们，觉得自己的生活有意义和价值的人，活得比较快乐满足；另一方面有调查发现，只有约 7% 的人能清楚说明自己的人生目的是什么，而写下来的人则不超过 3%，可见这是较难掌握或说明的一个概念。心理学家 Emmons 的研究发现，大多数人认同的生活意义不超出以下 4 个范围：亲密的关系、工作/成就、宗教信仰、对别人和对社会的贡献。似乎以上人生目标，没有一个是以享乐为中心的。事实上，古今中外大多数的哲学和思想家都认为享乐主义和自我膨胀是近代人心灵空虚、苦闷的主因之一。想要真正的快乐，就要追求超越短暂式享乐的目标，例如帮助别人、发挥所长、与人建立正面持久的关系等。任何人都可以找到自己的人生目标，只要这些目标对己对人都有益和有价值，就不妨全情投入，享受追寻的过程。

二、认知调控法

引发人情绪激动、产生心理问题的原因往往不是事件本身，而是人对事件的看法。同一件事，想开了是天堂，想不开就是地狱。古希腊哲学家爱比克泰德说："问题不在于发生了什么，而在于你如何看待它。"现实告诉我们，很多心理问题来源于认知障碍。下面这个案例可以充分的说明这一点。

高中时，我认识一位老师，他脸上有一块巨大而丑陋的胎记。紫红色的胎记从他的左眼角一直延伸到嘴唇,好像有人在他脸上划了一刀,英俊的脸由于胎记而变得狰狞吓人。但外表的缺陷掩盖不了这位年轻老师的友善、幽默、积极向上的性格,凡是和他打过交道的人都会不由自主地喜欢上他。他还经常主持大会,参加演讲。刚开始老师、同学的表情总是惊讶、恐惧,但当他讲完,人人都心悦诚服,场下掌声雷动。每当这时,我都暗暗叹服他的勇气。那块胎记一定曾给他深深的自卑,并不是每个人都能克服这么严重的心理障碍,在众人惊异的目光里言谈自如。

当我们跨越了师生关系,成为好朋友后,有一天,我向他提出了藏在心里的疑问:"老师,你是怎么应付那块胎记的呢?"

他的回答我一辈子不忘:"应付?我向来以它为荣呢!很小的时候,我爸就告诉我:'儿子,你出生前,我向上天祈求,请他给我一个与众不同的孩子,于是上天给了你特殊的才能,同时在你脸上作了记号,这样我就能在人群中找到你。'小时候,父亲一有机会就给我将这个故事,所以我对自己的好运气深信不疑。我当时以为,陌生人的惊讶是出于羡慕,于是我更加积极努力,生怕浪费了我的特殊才能。长大以后我仍然觉得父亲当年没有骗我。每个人都从上天那儿得到了特殊才能,而每个孩子对父母来说都是与众不同的。正因为有了这块胎记,我才会不断奋斗,取得今天的成绩,它何尝不是天赐的幸运标志呢?"

所以,改变自己对世界,对自我,对一切的认识,世界真的就灿烂起来了。

认知调控法就是当个人出现不适度、不恰当的情绪反应时,理智的分析和评价所处的情景,冷静地拿出应对的方法。工作任务、奖金分配、职称晋升、人际关系等与护士切身利益相关的问题,往往容易让护士患得患失,产生心理波动或者心理问题,其实,世界本就是二律字反的,得与失、利与弊、好与坏,就像白天与黑夜一样难舍难分。塞翁失马,焉知非福。换一个角度、变一种思路,就会发现别有洞天。

三、活动调适法

这是通过从事有趣的活动，达到调节情绪，促进身心健康的一种方法。活动调适法实质就是将注意力转移到喜欢的、感兴趣的活动上，从而保持乐观的情绪和积极的心态。除了读书、写字、听音乐等活动外，还可以通过以下活动来调适心理：

1. 拥抱大树。在澳大利亚公园里，每天都有人拥抱大树。心理学家研究发现，拥抱大树可以释放体内的快乐激素，使机体充满活力，其功效可与服用维生素相媲美。

2. 细雨中漫步。细雨会产生大量负离子，能调解人的神经系统，提高免疫功能，促进血液循环和新陈代谢。步行是一种较为轻柔的有氧运动，它比静态运动更能促进血液循环和脑部血氧，使头脑更清晰，思考更敏锐，还可以锻炼肌肉和预防骨质流失。

3. 笑口常开。笑容可以令人看起来更有自信和魅力，还有助于发展友谊、结交朋友，从而增加人的社会支持力量。在遇到心理问题时，微笑可以得到别人的援助，保持心理健康。

四、合理宣泄法

作为一种特殊职业的护士，承受着更多的心理压力，合理宣泄法就是通过一些途径，以合理的方式将压抑的情绪释放出去，以减轻或消除心理压力。具体说，有以下几种方法：

1. 倾诉　在人的一生中，应敞开心扉，多交朋友，能拥有几个可以推心置腹谈心的朋友是非常重要的。当遇到心理问题时，向朋友尽情的倾诉心中的不快，可以减轻心理压力。

2. 书写　可以写日记、写信、写文章，甚至可以信手涂鸦，让不良情绪在字里行间得以化解。

3. 运动　可以去爬山、打球，体育锻炼有着多重功效，它能让人意志坚定、内心充实、身体健康、心情开朗。据研究运动可以治疗抑郁症。

4. 哭泣　研究表明，女性比男性更具有调节情绪的能力，原因就在于女性善于用各种方法宣泄，尤其是哭泣。哭泣可以缓解因各种压力导致的植物神经系统的紧张状态，可以调节内分泌系统，可以促进新陈代谢。护士可以选区适合自己、并允许的宣泄方式。

五、自我心理暗示

自我心理暗示是指建立瓦伦达心态，专注比赛过程，实现心理控制。

瓦伦达是美国一个著名的商业走钢丝表演者，在一次重大的表演中不幸失足身亡。事后，他的妻子说："'我知道这次一定要出事。'因为他在出场前就这样不断地说，'这次太重要了，不能失败'。在这以前每次成功的表演，他只是想走好钢丝这事的本身，不去管这件事可能带来的一切。"后来，人们就把专心去做某事，而不去管这件事的意义，不患得患失的这种心态，称为"瓦伦达心态"。

六、身心放松法

护士紧张的工作、快节奏的生活、高强度的工作量、严格的组织纪律性，都已让人产生紧张、焦虑等消极情绪，以至于引起头痛、失眠等生理反应。研究表明，放松训练所导致的松弛状态，可使大脑皮层的唤醒水平下降，通过内分泌系统和植物神经系统功能的调解，使人因紧张而造成的身心失调得以缓解并恢复正常。放松训练对于缓解紧张性头痛、失眠、高血压、焦虑不安、气愤等状态较为有效。常用的身体放松方法有做操、散步、游泳、洗热水澡等；常用的精神放松方法有听音乐、看漫画、静坐等。下面介绍两种比较有效的放松训练方法。

（一）深呼吸法

深呼吸的方法是瑞士图宾根大学学生阿尔布莱克·冯·哈勒（Albrecht Von Haller）的新发明。哈勒被称为天才神童，19

岁就得到莱登大学博士学位。他努力研究生理学,被称为"生理学之父"。在他的著作中,提倡深呼吸法,从此欧洲人对深呼吸法广泛学习,认为是最有益于人生的方法。

深呼吸法即腹式呼吸法。这是学习放松最基本的部分,一吸一呼为一次,一般人在放松的状态下,每分钟呼吸约 15 次左右,如果平日停下工作时,呼吸的频率比这快许多,可能是长期处于紧张状态,需要放松一下了。每个人的呼吸节拍都有差别,一般而言,可尝试以 3 秒的节拍去呼吸——吸气 3 秒,呼气 3 秒,心中默念(吸、2、3;呼、2、3)。由于人紧张的时候,心中节拍会较平常快,因此起初练习时,可以对着手表或时钟,尝试掌握节奏。这也需要循序渐进,逐步适应,逐步增加难度。坐姿、站姿、卧姿都可以。但要注意务必保持身体的舒适,清除大小便,解除胸腹部的束缚,如解开领口、脱掉紧身衣、松开腰带等。练习过程中必须停下工作,把思想集中在"放松"的念头上。除了可默念着呼吸的节奏,更可在紧张的事件出现时,告诉自己:"我现在要放松,其他事情稍后再想"。心中默想着"放松"或"松"等字眼。当熟悉了放松节拍后,可在吸气时想象氧气进入身体的细胞中,呼气时想象不必要的紧张情绪已呼出体外。以坐姿为例:

1. 选定一段不受干扰的时间(大约 15~20 分钟),停下所有活动。姿势要端正,将全身放松,不宜用力。

2. 选择舒适的环境,坐在椅子上。

3. 整个人安静下来,闭上眼睛,思想集中在"放松"的念头上。

4. 用鼻子缓缓吸气,数 1、2、3,再缓缓呼气,数 3、2、1,脑中默念"放松"等字眼。

5. 重复第四步直至整个人感到完全放松。

6. 张开眼睛,习惯四周的光线和环境。

(二)渐进性肌肉放松

作为达到深度放松状态的一种系统性的技巧,渐进式肌肉放松(PMR)是由艾德蒙·雅各布医生 50 多年以前发明的。雅各布医生发现这种深度放松状态能够缓解多种症状,包括头疼、背疼、颚部紧绷、眼周紧绷、肌肉痉挛、高血压和失眠。除非要拉伸和放松的肌肉组群受伤了,否则,渐进式肌肉放松没有禁忌。

1. 指导原则

(1)每天至少练习 20 分钟,最好进行 2 个 20 分钟时间段的练习。要想获得效果,每天练习一次是必须的。

(2)选择安静的、不会被打扰到的地方练习。

(3)定期做练习。醒来时、休息前或吃饭前通常是最好的练习时间。经常性的放松能够巩固练习的效果。

(4)空腹练习。饭后,食物消化会干扰深度放松练习的进行。

(5)选择舒服的位置。整个身体,包括头部,必须被支撑着。躺在沙发或床上和坐在躺椅上是能够完整地支撑身体的两种最好方式。如果感到又累又困,坐起来要比躺下好。这样有利于真切地体验到完全的放松而不睡着。

(6)尽量不穿任何紧身的衣服,并脱掉鞋子,摘下手表、眼镜、隐形眼镜、珠宝等。

(7)保证不要为任何事担忧。向自己保证把当天的担忧暂时放在一边。要对自己好一点,保持平和的心态比任何事情都重要。(一次成功的放松取决于你在评价所有日程安排的重要性时要优先考虑平和的心态。)

(8)采取一种被动的、淡然的态度,这也许是最为重要的因素。要持有一种"顺其自然"的态度,并且不要担心在运用技术上的表现怎样。不要试着放松,不要试着控制你的身体,不要评价你的表现。放松的重点是要放得开。

2. 方法和步骤 渐进式肌肉放松是连续使全身 16 处不同的肌肉组群一紧和一松。方法是用力拉伸每组肌肉(力度不要太大,否则会使你过度疲劳),持续大约 10 秒,然后一下放松。在活动下一组肌肉前,给自己 15～20 秒时间放松,对比紧张时的感觉,注意放松时肌肉组的感觉如何。在每个肌肉组放松的时间里,你可以对自己说,"我在放松""放开""让紧张走开吧!"或者其他任何放松性词汇。在运动期间,要始终关注你的肌肉。当你走神时,要尽快把注意力转回到你正在活动着的肌肉组群。下面详细介绍渐进式肌肉放松的方法:

(1)确定你正在安静且舒服的环境中。遵守先前描述放松练习时的指导原则。

(2)当你拉伸某一肌肉组群时,强度要尽量的大,持续做7~10秒,但不要使其过度疲劳。你可以数"1001""1002"……来计秒数。

(3)关注正在进行的过程。感觉每块肌肉紧张感的形成过程。想象一下某一肌肉组群正处于拉伸状态,这样做通常是有好处的。

(4)你放松肌肉时候一定要突然地松开,享受那种肌肉突然一下变得软绵绵的感觉。在活动下组肌肉前至少要放松15~20秒。

(5)当活动某一肌肉群时,要尽可能让你身体其他所有肌肉都放松。

(6)一次拉伸或放松一组肌肉。但是,如果某个特定位置感到特别的紧张,你可以对其进行拉伸或放松2~3次,每个循环之间停大约20秒。

(7)舒适地坐在椅子里,慢而深地呼吸(2~3次),屏住呼吸几秒,逐个部位地收紧肌肉,直到快坚持不住了,呼气、快速而彻底地完全放松肌肉,最后,再同时对全部肌肉做一遍。

练习步骤:

(1)深吸一口气到腹部,然后慢慢地呼出。照这样做3次,你呼气时,要想象你全身的紧张感开始消失。

(2)攥紧拳头,坚持7~10秒,然后放开15~20秒。以同样的时间间隔运动其他所有的肌肉群。

(3)抬起前臂向肩膀处靠近以拉紧肱二头肌,双臂同时用力以显现出肌肉形状。坚持……然后放松。

(4)向外伸直胳膊，转动肘部以拉紧肱三头肌——大臂下侧的肌肉。坚持……然后放松。

(5)尽你所能抬高眉毛以拉紧前额的肌肉。坚持……然后放松。放松时，想象你前额的肌肉变得平滑而柔软。

(6)紧闭双眼以拉紧眼周的肌肉。坚持……然后放松。想象深度放松的感觉，从眼周扩散开去。

(7)张大嘴伸展颚部周围的肌肉以拉紧颚部。坚持……然后放松。嘴唇分开，让颚部松垮下来。

(8)头向后仰以拉紧脖子后面的肌肉，就像你要用头部去触及背部一样(动作要轻，以免受伤)。只集中拉伸你脖子的肌肉。坚持……然后放松。(因为该位置经常处于紧绷状态，所以做两次拉紧-放松的活动是有好处的。)

(9)做几次深呼吸，从而使你的头不再发沉。

(10)抬高肩膀，就像你要用肩膀去触摸耳朵一样，从而拉紧肩部肌肉。坚持……然后放松。

(11)向后拉伸肩胛，就像你要使左右肩胛接触，从而拉紧肩胛周围的肌肉。让你肩胛保持紧张……然后放松。因为该处经常处于紧张状态，你可以重复进行两次拉紧—放松的活动。

(12)深呼吸，从而可以拉紧胸部的肌肉。坚持10秒……然后慢慢地呼气。想象在呼气的过程中，胸部所有多余的紧张感都消失了。

(13)收腹，从而拉紧你腹部肌肉。坚持……然后放松。想象一股放松感遍及了你的腹部。

(14)弓起背部，从而拉紧你背下面的肌肉。(如果你背下部有伤，你可以不做这项运动。)坚持……然后放松。

(15)把臀部肌肉向中间挤，从而拉紧臀部的肌肉。坚持……然后放松。想象臀部的肌肉变得平滑而柔软。

(16)挤压你大腿上的肌肉一直往下到膝盖。可能随着挤压大腿会拉紧臀部的肌肉，因为大腿上的肌肉与骨盆相连。坚持……然后放松。感觉你的肌肉变得平滑，并且得到了彻底的放松。

（17）把脚趾向上翘，并向内拉伸，从而拉紧小腿的肌肉（小心地弯曲，以免抽筋）。坚持……然后放松。

（18）向下弯曲脚趾，从而拉紧脚上的肌肉。坚持……然后放松。

（19）感觉自己的身体有没有任何残留的紧张感。如果在某些的地方还有紧张感，对那组肌肉重复一或两次拉伸——放松活动。

（20）现在，想象一股放松感慢慢遍及你的全身，从头部开始向下直到你的脚趾，逐渐渗透到每块肌肉。

完成渐进式肌肉放松后，想象自己正置身一个安静的场景中，这样做对你是很有帮助的。渐进式肌肉放松只作用于某一些特定的肌肉组群，而当你想象自己处于一种非常安静的场景时，你会感觉全身心的放松，从而有助于你从焦虑的想法中走出来。安静的场景可以是静谧的海滩、山中的河流，或者平静的湖面，还可以是卧室或者是冬天夜里舒适的火炉边。不要让自己受到现实的约束。重要的是要足够详细地想象该场景，这样才能完全吸引你的注意力，并且给你带来实际上的生理效果，包括肌肉的紧张感的减轻、心率变缓、呼吸加深以及毛细血管扩张以致手脚变暖等等。

七、求助专业人士帮助

不是每个受生活压力而感觉困扰的人，都要立即向专业人士求助。许多心理学研究指出：压力不一定对我们的精神健康有害，适量的压力有激励和鼓舞的作用。

但是我们要观察和留意压力对自己的身心有没有造成伤害，下面这些指标可以帮助我们识别、判断：经常感觉筋疲力尽、睡觉后仍然有疲乏的感觉、焦虑不安、头痛、失眠、没有胃口、无精打采、肌肉筋骨疼痛、容易受感染、胃痛、呼吸系统或心脏出现问题等。若有以上情况,除了及早医治身体的毛病外,应积极采用以上心理调适方法,当感到"外在"或"内在"的压力超出自己的适应能力,影响情绪或身体时,则应寻求合适的专业人士的协助和治疗。并做好以下准备,以便达到最理想的效果。

先把自己感到困扰的问题详细反思一下,总结要点,用纸笔记录下来。包括:

1. 困扰的事实和环境。

2. 主要的感受和程度。

3. 曾经做过什么去尝试解决问题? 效果如何?

4. 自我评估曾经尝试过的努力。

5. 希望问题如何解决。

6. 期望专业人士如何帮助自己。

这些反思,不但有助你系统的把问题向专业人士表达,而且令你对自己、问题和客观环境有更深刻的了解,有更充足的准备去参与讨论解决问题的方案。

如果有了解和支持自己的家人,可以邀请他们一同反思和分析。加强你对问题看法的客观性。

附1 压力测试表

请回想一下自己在过去一个月内有否出现下述情况

序号	项 目	从未发生	间中发生	经常发生
1	觉得手上工作太多,无法应付	0	1	2
2	觉得时间不够用,所以要分秒必争。例如过马路时闯红灯,走路和说话时的节奏很快	0	1	2
3	觉得没有时间消遣,终日记挂着工作或学习	0	1	2
4	遇到挫败时很容易发脾气	0	1	2
5	担心别人对自己工作表现的评价	0	1	2

续表

序号	项 目	从未发生	间中发生	经常发生
6	觉得上司和家人都不欣赏自己	0	1	2
7	担心自己的经济状况	0	1	2
8	有头痛、胃痛、背痛的毛病,难以治愈	0	1	2
9	需要借烟酒、药物、零食等抑制不安的情绪	0	1	2
10	需要借助安眠药协助入睡	0	1	2
11	与家人、朋友、同事、同学的相处令你容易发脾气	0	1	2
12	与人倾谈时,会打断对方的话	0	1	2
13	上床后觉得思潮起伏,很多事情牵挂,难以入睡	0	1	2
14	太多工作,不能每件事做到尽善尽美	0	1	2
15	空闲时轻松一下也会感到内疚	0	1	2
16	做事急躁、任性,事后却感到内疚	0	1	2
17	认为自己不应该享乐	0	1	2
	合计			

0~10分:精神压力程度低,但可能表示生活缺乏刺激,比较简单沉闷,缺乏做事能力。

11~15分:精神压力程度中等,虽然某些时候感到压力较大,仍可应付。

16分以上:精神压力偏高,需反省一下压力来源和寻求解决办法。

附2 心理健康处方

人在生活、工作和学习时需要适度的精神紧张。但是影响正常的生活、工作和学习的紧张是有害健康的。任何人在生活中都难免遇到不幸事件,每个人也都可以学会对付应激、避免精神过度紧张的方法。

一、六种行之有效的方法

1. 精神胜利法　在你的事业、爱情、婚姻不尽如人意时，在你因经济上得不到合理对待而失落时，在你无端遇到人身攻击或不公正的评价而气恼时，在你因生理缺陷遭到嘲笑而郁郁寡欢时，你不妨用阿Q精神调适一下失衡的心理。

2. 难得糊涂法　这是心理环境免遭侵蚀的保护膜。在一些非原则性问题上"糊涂"一下，以恬淡平和的心境对待各种生活紧张事件。

3. 随遇而安法　生活中，每个人总会遇到一些不愉快的事件，生老病死、天灾人祸都会不期而至，用恬淡的、随遇而安的心境去对待生活，你将拥有一片宁静、清新的心灵天地。

4. 幽默人生法　当人受到挫折或处于尴尬紧张的境况时，可用幽默来化解困境，维持心态平衡。幽默是人际关系的润滑剂，使沉重的心境变得豁达、开朗。

5. 宣泄积郁法　宣泄是人的一种正常的心理和生理需要。悲伤忧郁时不妨与亲人朋友倾诉，或进行一项你所喜爱的运动，也可以作一次旅行来改变心境。

6. 音乐冥想法　当你出现焦虑、抑郁、紧张等不良情绪时，不妨试看去做一次"心理按摩"——音乐冥想。

二、其他缓解压力的方法

1. 修身养性。

2. 学会放松。

3. 改变认识，事从容则有余味，人从容则有余年。

4. 芳香疗法。

5. 宠物疗法。

6. 宣泄疗法

第五章

护士职业生涯规划

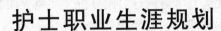

职业,是指参与社会分工,利用专门的知识和技能创造物质财富、精神财富,获得报酬,满足物质和精神生活的活动,是从时间和空间两个维度去认识工作,即存在于不同时期,不同组织中的同一类工作,如教师职业、医生职业、职业规划师职业等。

职业生涯(career)即事业生涯,是指一个人一生连续从事的工作职业和承担的工作职务的发展道路。职业生涯设计要求根据自身的兴趣、特点,将自己定位在一个最能发挥长处的位置,可以最大限度地实现自我价值。

职业生涯规划,简称职业规划,也可叫职业生涯设计,是指个人和组织相结合,在对一个人职业生涯的主客观条件进行测定、分析、总结、研究的基础上,对自己的兴趣、爱好、能力、特长、经历及不足等各方面进行综合分析与权衡,结合时代特点,根据自己的职业倾向,确定其最佳的职业奋斗目标,并为实现这一目标做出行之有效的安排。

第一节 职业生涯规划的意义

护士首先要认识到职业生涯规划的重要意义,职业生涯活动将伴随我们的大半生,拥有成功的职业生涯才能实现完美人生。因此,职业生涯规划具有特别重要的意义。

一、职业生涯规划可以发掘自我潜能，增强个人实力。

一份行之有效的职业生涯规划将会：①引导我们正确认识自身的个性特质、现有与潜在的资源优势，帮助我们重新对自己的价值进行定位并使其持续增值。②引导我们对自己的综合优势与劣势进行对比分析。③树立明确的职业发展目标与职业理想。④引导我们评估个人目标与现实之间的差距。⑤引导我们前瞻与实际相结合的职业定位，搜索或发现新的或有潜力的职业机会。⑥学会如何运用科学的方法采取可行的步骤与措施，不断增强你的职业竞争力，实现自己的职业目标与理想。

二、职业生涯规划可以增强发展的目的性与计划性，提升成功的机会。

生涯发展要有计划、有目的，不可盲目地"撞大运"，很多时候我们的职业生涯受挫就是由于规划没有做好。好的计划是成功的开始，凡事"预则立，不预则废"就是这个道理。

三、职业生涯规划可以提升应对竞争的能力。

当今社会处在变革的时代，到处充满着激烈的竞争。物竞天择，适者生存。职业活动的竞争非常突出，尤其是我国加入 WTO 后。要想在这场激烈的竞争中脱颖而出并保持立于不败之地，必须设计好自己的职业生涯规划。这样才能做到心中有数，不打无准备之仗。而不少应届毕业生不是首先坐下来做好自己的职业生涯规划，而是不切实际地到处跑，总想会撞到好运气。结果浪费了大量的时间、精力与资金，到头来埋怨招聘单位是有眼无珠，不能"慧眼识英雄"，叹息自己英雄无用武之地。这部分毕业生没有充分认识到职业生涯规划的意义与重要性，认为找到理想的工作靠的是学识、业绩、耐心、关系、口才等条件，认为职业生涯规划纯属纸上谈兵，简直是耽误时间。这是一种错误的理念，实际上未雨绸缪，先做好职业生涯规划，磨刀不误砍柴工，有了清晰的认识与明确的目标之后再把求职活动付诸实践，这样的效果要好得多,也更经济、更科学。

第二节　职业生涯规划的步骤与建议

一、职业生涯规划的基本步骤

1. 确定志向　志向是事业成功的基本前提,没有志向,事业的成功也就无从谈起。俗话说:"志不立,天下无可成之事。"立志是人生的起跑点,反映着一个人的理想、胸怀、情趣和价值观,影响着一个人的奋斗目标及成就的大小。所以,在制定生涯规划时,首先要确立志向,这是制定职业生涯规划的关键,也是职业生涯中最重要的一点。

2. 自我评估　自我评估的目的,是认识自己、了解自己。因为只有认识了自己,才能对自己的职业作出正确的选择,才能选定适合自己发展的职业生涯路线,才能对自己的职业生涯目标作出最佳抉择。自我评估包括自己的兴趣、特长、性格、学识、技能、智商、情商、思维方式、思维方法、道德水准以及社会中的自我等等。

3. 职业生涯机会的评估　职业生涯机会的评估,主要是评估各种环境因素对自己职业生涯发展的影响,每一个人都处在一定的环境之中,离开了这个环境,便无法生存与成长。所以,在制定个人的职业生涯规划时,要分析环境条件的特点、环境的发展变化情况、自己与环境的关系、自己在这个环境中的地位、环境对自己提出的要求以及环境对自己有利的条件与不利的条件等等。只有对这些环境因素充分了解,才能做到在复杂的环境中避害趋利,使你的职业生涯规划具有实际意义。

4. 职业的选择　职业选择正确与否,直接关系到人生事业的成功与失败。据统计,在选错职业的人当中,有80%的人在事业上是失败者。由此可见,职业选择对人生事业发展是何等重要。如何才能选择正确的职业呢？至少应考虑以下几点：性格与职业的匹配、兴趣与职业的匹配、内外环境与职业相适应。

5. 职业生涯路线的选择 在职业确定后，向哪一路线发展，此时要作出选择。即是向行政管理路线发展，还是向专业技术路线发展；是先走技术路线，再转向行政管理路线……由于发展路线不同，对职业发展的要求也不相同。因此，在职业生涯规划中，必须作出抉择，以便使自己的学习、工作以及各种行动措施沿着职业生涯路线或预定的方向前进。

6. 设定职业生涯目标 职业生涯目标的设定，是职业生涯规划的核心。一个人事业的成败，很大程度上取决于有无正确适当的目标。没有目标如同驶入大海的孤舟，四野茫茫，没有方向，不知道自己走向何方。只有树立了目标，才能明确奋斗方向，犹如海洋中的灯塔，引导我们避开险礁暗石，走向成功。

目标的设定，是在继职业选择、职业生涯路线选择后，对人生目标做出的抉择。其抉择是以自己的最佳才能、最优性格、最大兴趣、最有利的环境等信息为依据。通常目标分短期目标、中期目标、长期目标和人生目标。短期目标一般为 1～2 年，短期目标又分日目标、周目标、月目标、年目标。中期目标一般为3～5 年。长期目标一般为 5～10 年。

7. 制订行动计划与措施 在确定了职业生涯目标后，行动便成了关键的环节。没有达成目标的行动，目标就难以实现，也就谈不上事业的成功。这里所指的行动，是指落实目标的具体措施，主要包括：

工作、训练、教育、轮岗等方面的措施。例如，为达成目标，在工作方面，计划采取什么措施，提高工作效率？在业务素质方面，计划学习哪些知识，掌握哪些技能，提高业务能力？在潜能开发方面，采取什么措施开发潜能等等，都要有具体的计划与明确的措施。并且这些计划特别具体，以便于定时检查。

8. 评估与回馈。

二、职业生涯规划的建议

1. 了解自我 一个有效的职业生涯设计，必须是在充分且正确地认识自身的条件与相关环境的基础上进行。对自我及环境的了解越透彻，越能做好职业生涯设计。因为职业生涯设计的目的不只是协助达到和实现个人目标，更重要的也是帮助真正了解自己。每个人都需要审视自己、认识自己、了解自己、并做自我评估。自我评估包括自己的兴趣、特长、性格、学识、技能、智商、情商、思维方式、思维方法、道德水准以及社会中的自我等内容。

详细估量内外环境的优势与限制设计出自己的合理且可行的职业生涯发展方向，通过对自己以往的经历及经验的分析，找出自己的专业特长与兴趣点，这是职业设计的第一步。

值得注意的是，很多人往往认为选择最热门的职业就意味着对自己最有前途，专家提醒：选择职业重要的是能正确地分析自己，找到自己最适合做的专业，然后努力成为本行业的佼佼者。

2. 清楚目标，明确梦想 如果不知道要到哪儿去，那通常哪儿也去不了。

每个人眼前都有一个目标。这个目标至少在自己看来是伟大的。没有切实可行的目标作驱动力，人们是很容易对现状妥协的。盖尔希伊在《开拓者们》中，通过一份内容十分广泛的"人生历程调查问卷"，访问了 6 万多个各行各业的人士，发现那些最成功和对自己生活最满意的人有一个共同的特点：他们都致力于实现一个其实际能力所难于达到的目标。他们的生活有意义，而且比那些没有长远目标驱使其向前的人更会享受生活。

制定自己的职业目标并没有想象的那么难,只要考虑希望在多少年之内达到什么目标,然后一步一步往回算就可以了。目标的设定要以自己的最佳才能、最优性格、最大兴趣、最有利的环境等信息为依据。

确立目标是制定职业生涯规划的关键,有效的生涯设计需要切实可行的目标,以便排除不必要的犹豫和干扰,全心致力于目标的实现。

3. 制订行动方案 正如一场战役、一场足球比赛都需要确定作战方案一样,有效的生涯设计也需要有确实能够执行的生涯策略方案,这些具体的且可行性较强的行动方案会帮助你一步一步走向成功,实现目标。

通常职业生涯方向的选择需要考虑以下三个问题:①我想往哪方面发展? ②我能往哪方面发展? ③我可以往哪方面发展?

4. 停止梦想,开始行动 行动,这是所有生涯设计中最艰难的一个步骤,因为行动就意味着你要停止梦想而切实地开始行动。如果动机不转换成行动,动机终归是动机,目标也只能停留在梦想阶段。

职业规划成功的案例都是在有明确的职业目标后,在求职过程中不断与那个目标看齐。当然,并不是每一个人都具有远见,定下自己的目标,并有计划地不断朝这个方向努力的,但这一点对职业发展起着至关重要的作用。

第三节 护理人员职业生涯规划

护理专业人员职业生涯规划发源于 20 世纪中叶的欧美国家,通过近五十余年的发展,理论研究及临床应用不断深入,对护理人员的职业生涯指明了发展方向,促进了护理人员的成才和护理队伍的稳定。

一、护理人员职业生涯规划概念

护理人员职业生涯规划是指组织护理人员共同构建职业发展通路,通过工作历程,使护理人员与组织的职业岗位需求相匹配、协调和融合,以达到满足组织及成员各自需求,彼此受益的目标。

护士职业生涯规划是组织、部门管理者和护理人员个人通过一系列职业生涯规划活动,实现护理人员个人、组织发展目标的动态过程。

二、护理人员职业生涯规划研究现状

有关护理人员职业生涯规划国外研究开展得较多,欧美国家已经将生涯规划的理论引入护理教育中。Hall 等通过对注册护士的调查发现,参与过职业生涯规划与发展教育的护士与没有参加该培训的护士相比有较高的职业满意度,更能有效的做出自我职业生涯决定,能更具策略性地利用职业生涯规划。而在我国临床护理人员在工作前绝大多数未接受过职业生涯规划方面的培训。我国职业生涯规划调查显示,目前人们对自己职业的满意率较低,仅有 3％的人对自己的职业状况很满意,14％的人对自己的职业比较满意,40％的人觉得自己的职业一般,26％的人对职业不满意,而对自己的职业很不满意的人则占了 7％,总体的满意度仅为 26.81％。组织行为学认为,工作满意度与流失率呈显著负相关,专业思想的不稳定,职业兴趣的减退,使其产生再择业的心理活动倾向,最终导致护理人员的离职和流失。

三、护理人员职业生涯规划方案

1. 认识自我及环境　①认识自我的需要、兴趣、能力、个性、专业价值观、潜能、个人在家庭、社会工作上扮演的角色、学识水平以及组织管理能力等,明确工作动机。②了解自己所处医疗机构的特点、工作条件、工作环境及进修学习的机会,了解对护理管理人员和专科护士的需求、护理科研开展的状况等。

2. 评估专业 关注专业发展,了解专业发展途径、发展的趋势,确定个人专业规划。

3. 综合确立个人成长目标和计划 ①根据个性特点选择适合自己的专科护理工作;②根据自己的优势选择专业发展方向。

当你与你的工作达到完全协调时,应该具有以下3种积极的感觉:①感到能够胜任工作;②感到热爱这份工作;③认为个人的价值观与工作是一致的。

4. 跟踪评价、动态调整和修订完善职业生涯规划方案。

例如:职业目标

目标 注册麻醉护士(CRNA)

步骤1 以护理学士学位毕业

步骤2 在遥控监护病房获得职位(1~2年)

步骤3 在急症监护病房获得职位(2~3年)

步骤4 申请CRNA的课程(3~4年)

四、护理人员职业发展途径

随着医疗技术的不断发展进步,护理学科的专业化趋势愈加显得迫切,护理人员可根据自己的兴趣、特点、优势,逐步向专业化的方向发展,制定可行的职业生涯规划。下面介绍几种职业发展途径:

1. 临床护理专家 具有专科及以上学历;临床护理实践5年以上、护理绩效考评优秀;专业基础培训合格;具备专科护士能力,可以进一步发展成为临床护理专家。

2. 护理管理专家 具有本科及以上学历;临床护理实践3年以上;护理绩效考评优秀;专业基础培训合格;初级管理者;中级职称;具备资深护士的资质。

3. 护理教育专家　具有硕士研究生及以上学历；临床护理实践 2 年以上；护理绩效考评优秀；专业基础培训合格；由初级教师逐步发展为资深教师，可以进一步发展成为护理教育专家。

通过加强不同阶段临床护理人员的培养与管理，正确引导护理人员的职业发展，提升护理人员的综合能力及职业满意度，可有效提高护理服务质量，开创护理人员与护理工作共同发展的双赢局面。

第二篇 相关法律法规及规章制度

第一章

医疗机构及医护人员管理的相关法律法规

第一节 护 士 条 例

《护士条例》2008 年 1 月 23 日国务院第 206 次常务会议通过,温家宝总理于 2008 年 1 月 31 日签署中华人民共和国国务院令(第 517 号)予以公布,该条例自 2008 年 5 月 12 日起施行。该条例包括 6 章 35 条,现全文收录如下:

第一章 总 则

第一条 为了维护护士的合法权益,规范护理行为,促进护理事业发展,保障医疗安全和人体健康,制定本条例。

第二条 本条例所称护士,是指经执业注册取得护士执业证书,依照本条例规定从事护理活动,履行保护生命、减轻痛苦、增进健康职责的卫生技术人员。

第三条 护士人格尊严、人身安全不受侵犯。护士依法履行职责,受法律保护。

全社会应当尊重护士。

第四条　国务院有关部门、县级以上地方人民政府及其有关部门以及乡（镇）人民政府应当采取措施，改善护士的工作条件，保障护士待遇，加强护士队伍建设，促进护理事业健康发展。

国务院有关部门和县级以上地方人民政府应当采取措施，鼓励护士到农村、基层医疗卫生机构工作。

第五条　国务院卫生主管部门负责全国的护士监督管理工作。

县级以上地方人民政府卫生主管部门负责本行政区域的护士监督管理工作。

第六条　国务院有关部门对在护理工作中做出杰出贡献的护士，应当授予全国卫生系统先进工作者荣誉称号或者颁发白求恩奖章，受到表彰、奖励的护士享受省部级劳动模范、先进工作者待遇；对长期从事护理工作的护士应当颁发荣誉证书。具体办法由国务院有关部门制定。

县级以上地方人民政府及其有关部门对本行政区域内做出突出贡献的护士，按照省、自治区、直辖市人民政府的有关规定给予表彰、奖励。

第二章　执业注册

第七条　护士执业，应当经执业注册取得护士执业证书。

申请护士执业注册，应当具备下列条件：

（一）具有完全民事行为能力；

（二）在中等职业学校、高等学校完成国务院教育主管部门和国务院卫生主管部门规定的普通全日制 3 年以上的护理、助产专业课程学习，包括在教学、综合医院完成 8 个月以上护理临床实习，并取得相应学历证书；

（三）通过国务院卫生主管部门组织的护士执业资格考试；

（四）符合国务院卫生主管部门规定的健康标准。

护士执业注册申请，应当自通过护士执业资格考试之日起 3 年内提出；逾期提出申请的，除应当具备前款第（一）项、第(二)项和第(四)项规定条件外,还应当在符合国务院卫生主管部门规定条件的医疗卫生机构接受3个月临床护理培训并考核合格。

护士执业资格考试办法由国务院卫生主管部门会同国务院人事部门制定。

第八条　申请护士执业注册的,应当向拟执业地省、自治区、直辖市人民政府卫生主管部门提出申请。收到申请的卫生主管部门应当自收到申请之日起20个工作日内做出决定,对具备本条例规定条件的,准予注册,并发给护士执业证书;对不具备本条例规定条件的,不予注册,并书面说明理由。

护士执业注册有效期为5年。

第九条　护士在其执业注册有效期内变更执业地点的,应当向拟执业地省、自治区、直辖市人民政府卫生主管部门报告。收到报告的卫生主管部门应当自收到报告之日起7个工作日内为其办理变更手续。护士跨省、自治区、直辖市变更执业地点的,收到报告的卫生主管部门还应当向其原执业地省、自治区、直辖市人民政府卫生主管部门通报。

第十条　护士执业注册有效期届满需要继续执业的,应当在护士执业注册有效期届满前30日向执业地省、自治区、直辖市人民政府卫生主管部门申请延续注册。收到申请的卫生主管部门对具备本条例规定条件的,准予延续,延续执业注册有效期为5年;对不具备本条例规定条件的,不予延续,并书面说明理由。

护士有行政许可法规定的应当予以注销执业注册情形的,原注册部门应当依照行政许可法的规定注销其执业注册。

第十一条　县级以上地方人民政府卫生主管部门应当建立本行政区域的护士执业良好记录和不良记录,并将该记录记入护士执业信息系统。

护士执业良好记录包括护士受到的表彰、奖励以及完成政府指令性任务的情况等内容。护士执业不良记录包括护士因违反本条例以及其他卫生管理法律、法规、规章或者诊疗技术规范的规定受到行政处罚、处分的情况等内容。

第三章 权利和义务

第十二条 护士执业,有按照国家有关规定获取工资报酬、享受福利待遇、参加社会保险的权利。任何单位或者个人不得克扣护士工资,降低或者取消护士福利等待遇。

第十三条 护士执业,有获得与其所从事的护理工作相适应的卫生防护、医疗保健服务的权利。从事直接接触有毒有害物质、有感染传染病危险工作的护士,有依照有关法律、行政法规的规定接受职业健康监护的权利;患职业病的,有依照有关法律、行政法规的规定获得赔偿的权利。

第十四条 护士有按照国家有关规定获得与本人业务能力和学术水平相应的专业技术职务、职称的权利;有参加专业培训、从事学术研究和交流、参加行业协会和专业学术团体的权利。

第十五条 护士有获得疾病诊疗、护理相关信息的权利和其他与履行护理职责相关的权利,可以对医疗卫生机构和卫生主管部门的工作提出意见和建议。

第十六条 护士执业,应当遵守法律、法规、规章和诊疗技术规范的规定。

第十七条 护士在执业活动中,发现患者病情危急,应当立即通知医师;在紧急情况下为抢救垂危患者生命,应当先行实施必要的紧急救护。

护士发现医嘱违反法律、法规、规章或者诊疗技术规范规定的,应当及时向开具医嘱的医师提出;必要时,应当向该医师所在科室的负责人或者医疗卫生机构负责医疗服务管理的人员报告。

第十八条 护士应当尊重、关心、爱护患者,保护患者的隐私。

第十九条　护士有义务参与公共卫生和疾病预防控制工作。发生自然灾害、公共卫生事件等严重威胁公众生命健康的突发事件,护士应当服从县级以上人民政府卫生主管部门或者所在医疗卫生机构的安排,参加医疗救护。

第四章　医疗卫生机构的职责

第二十条　医疗卫生机构配备护士的数量不得低于国务院卫生主管部门规定的护士配备标准。

第二十一条　医疗卫生机构不得允许下列人员在本机构从事诊疗技术规范规定的护理活动:

(一)未取得护士执业证书的人员;

(二)未依照本条例第九条的规定办理执业地点变更手续的护士;

(三)护士执业注册有效期届满未延续执业注册的护士。

在教学、综合医院进行护理临床实习的人员应当在护士指导下开展有关工作。

第二十二条　医疗卫生机构应当为护士提供卫生防护用品,并采取有效的卫生防护措施和医疗保健措施。

第二十三条　医疗卫生机构应当执行国家有关工资、福利待遇等规定,按照国家有关规定为在本机构从事护理工作的护士足额缴纳社会保险费用,保障护士的合法权益。

对在艰苦边远地区工作,或者从事直接接触有毒有害物质、有感染传染病危险工作的护士,所在医疗卫生机构应当按照国家有关规定给予津贴。

第二十四条　医疗卫生机构应当制定、实施本机构护士在职培训计划,并保证护士接受培训。

护士培训应当注重新知识、新技术的应用;根据临床专科护理发展和专科护理岗位的需要,开展对护士的专科护理培训。

第二十五条　医疗卫生机构应当按照国务院卫生主管部门的规定,设置专门机构或者配备专(兼)职人员负责护理管理工作。

第二十六条　医疗卫生机构应当建立护士岗位责任制并进行监督检查。

护士因不履行职责或者违反职业道德受到投诉的,其所在医疗卫生机构应当进行调查。经查证属实的,医疗卫生机构应当对护士做出处理,并将调查处理情况告知投诉人。

第五章　法律责任

第二十七条　卫生主管部门的工作人员未依照本条例规定履行职责,在护士监督管理工作中滥用职权、徇私舞弊,或者有其他失职、渎职行为的,依法给予处分;构成犯罪的,依法追究刑事责任。

第二十八条　医疗卫生机构有下列情形之一的,由县级以上地方人民政府卫生主管部门依据职责分工责令限期改正,给予警告;逾期不改正的,根据国务院卫生主管部门规定的护士配备标准和在医疗卫生机构合法执业的护士数量核减其诊疗科目,或者暂停其6个月以上1年以下执业活动;国家举办的医疗卫生机构有下列情形之一、情节严重的,还应当对负有责任的主管人员和其他直接责任人员依法给予处分:

(一)违反本条例规定,护士的配备数量低于国务院卫生主管部门规定的护士配备标准的;

(二)允许未取得护士执业证书的人员或者允许未依照本条例规定办理执业地点变更手续、延续执业注册有效期的护士在本机构从事诊疗技术规范规定的护理活动的。

第二十九条　医疗卫生机构有下列情形之一的,依照有关法律、行政法规的规定给予处罚;国家举办的医疗卫生机构有下列情形之一、情节严重的,还应当对负有责任的主管人员和其他直接责任人员依法给予处分:

(一)未执行国家有关工资、福利待遇等规定的;

(二)对在本机构从事护理工作的护士,未按照国家有关规定足额缴纳社会保险费用的；

（三）未为护士提供卫生防护用品，或者未采取有效的卫生防护措施、医疗保健措施的；

（四）对在艰苦边远地区工作，或者从事直接接触有毒有害物质、有感染传染病危险工作的护士，未按照国家有关规定给予津贴的。

第三十条　医疗卫生机构有下列情形之一的，由县级以上地方人民政府卫生主管部门依据职责分工责令限期改正，给予警告：

（一）未制定、实施本机构护士在职培训计划或者未保证护士接受培训的；

（二）未依照本条例规定履行护士管理职责的。

第三十一条　护士在执业活动中有下列情形之一的，由县级以上地方人民政府卫生主管部门依据职责分工责令改正，给予警告；情节严重的，暂停其6个月以上1年以下执业活动，直至由原发证部门吊销其护士执业证书：

（一）发现患者病情危急未立即通知医师的；

（二）发现医嘱违反法律、法规、规章或者诊疗技术规范的规定，未依照本条例第十七条的规定提出或者报告的；

（三）泄露患者隐私的；

（四）发生自然灾害、公共卫生事件等严重威胁公众生命健康的突发事件，不服从安排参加医疗救护的。

护士在执业活动中造成医疗事故的，依照医疗事故处理的有关规定承担法律责任。

第三十二条　护士被吊销执业证书的，自执业证书被吊销之日起2年内不得申请执业注册。

第三十三条　扰乱医疗秩序，阻碍护士依法开展执业活动，侮辱、威胁、殴打护士，或者有其他侵犯护士合法权益行为的，由公安机关依照治安管理处罚法的规定给予处罚；构成犯罪的，依法追究刑事责任。

第六章 附 则

第三十四条 本条例施行前按照国家有关规定已经取得护士执业证书或者护理专业技术职称、从事护理活动的人员,经执业地省、自治区、直辖市人民政府卫生主管部门审核合格,换领护士执业证书。

本条例施行前,尚未达到护士配备标准的医疗卫生机构,应当按照国务院卫生主管部门规定的实施步骤,自本条例施行之日起 3 年内达到护士配备标准。

第三十五条 本条例自 2008 年 5 月 12 日起施行。

第二节 护士执业注册管理办法

为了规范护士执业注册管理,根据《护士条例》,2008 年 5 月 4 日经卫生部部务会议讨论通过了《护士执业注册管理办法》,卫生部陈竺部长于 2008 年 5 月 6 日签署中华人民共和国卫生部令(第 59 号)予以发布,自 2008 年 5 月 12 日起施行。现全文收录如下:

第一条 为了规范护士执业注册管理,根据《护士条例》,制定本办法。

第二条 护士经执业注册取得《护士执业证书》后,方可按照注册的执业地点从事护理工作。

未经执业注册取得《护士执业证书》者,不得从事诊疗技术规范规定的护理活动。

第三条 卫生部负责全国护士执业注册监督管理工作。

省、自治区、直辖市人民政府卫生行政部门是护士执业注册的主管部门,负责本行政区域的护士执业注册管理工作。

第四条 省、自治区、直辖市人民政府卫生行政部门结合本行政区域的实际情况,制定护士执业注册工作的具体办法,并报卫生部备案。

第五条　申请护士执业注册，应当具备下列条件：

（一）具有完全民事行为能力；

（二）在中等职业学校、高等学校完成教育部和卫生部规定的普通全日制 3 年以上的护理、助产专业课程学习，包括在教学、综合医院完成 8 个月以上护理临床实习，并取得相应学历证书；

（三）通过卫生部组织的护士执业资格考试；

（四）符合本办法第六条规定的健康标准。

第六条　申请护士执业注册，应当符合下列健康标准：

（一）无精神病史；

（二）无色盲、色弱、双耳听力障碍；

（三）无影响履行护理职责的疾病、残疾或者功能障碍。

第七条　申请护士执业注册，应当提交下列材料：

（一）护士执业注册申请审核表；

（二）申请人身份证明；

（三）申请人学历证书及专业学习中的临床实习证明；

（四）护士执业资格考试成绩合格证明；

（五）省、自治区、直辖市人民政府卫生行政部门指定的医疗机构出具的申请人 6 个月内健康体检证明；

（六）医疗卫生机构拟聘用的相关材料。

第八条　卫生行政部门应当自受理申请之日起 20 个工作日内，对申请人提交的材料进行审核。审核合格的，准予注册，发给《护士执业证书》；对不符合规定条件的，不予注册，并书面说明理由。

《护士执业证书》上应当注明护士的姓名、性别、出生日期等个人信息及证书编号、注册日期和执业地点。

《护士执业证书》由卫生部统一印制。

第九条　护士执业注册申请，应当自通过护士执业资格考试之日起 3 年内提出；逾期提出申请的，除本办法第七条规定的材料外，还应当提交在省、自治区、直辖市人民政府卫生行政部门规定的教学、综合医院接受 3 个月临床护理培训并考核合格的证明。

第十条　护士执业注册有效期为 5 年。护士执业注册有效期届满需要继续执业的,应当在有效期届满前 30 日,向原注册部门申请延续注册。

第十一条　护士申请延续注册,应当提交下列材料:

(一)护士延续注册申请审核表;

(二)申请人的《护士执业证书》;

(三)省、自治区、直辖市人民政府卫生行政部门指定的医疗机构出具的申请人 6 个月内健康体检证明。

第十二条　注册部门自受理延续注册申请之日起 20 日内进行审核。审核合格的,予以延续注册。

第十三条　有下列情形之一的,不予延续注册:

(一)不符合本办法第六条规定的健康标准的;

(二)被处暂停执业活动处罚期限未满的。

第十四条　医疗卫生机构可以为本机构聘用的护士集体申请办理护士执业注册和延续注册。

第十五条　有下列情形之一的,拟在医疗卫生机构执业时,应当重新申请注册:

(一)注册有效期届满未延续注册的;

(二)受吊销《护士执业证书》处罚,自吊销之日起满 2 年的。

重新申请注册的,按照本办法第七条的规定提交材料;中断护理执业活动超过 3 年的,还应当提交在省、自治区、直辖市人民政府卫生行政部门规定的教学、综合医院接受 3 个月临床护理培训并考核合格的证明。

第十六条　护士在其执业注册有效期内变更执业地点等注册项目,应当办理变更注册。

但承担卫生行政部门交办或者批准的任务以及履行医疗卫生机构职责的护理活动,包括经医疗卫生机构批准的进修、学术交流等除外。

第十七条　护士在其执业注册有效期内变更执业地点的，应当向拟执业地注册主管部门报告，并提交下列材料：

（一）护士变更注册申请审核表；

（二）申请人的《护士执业证书》。

注册部门应当自受理之日起7个工作日内为其办理变更手续。

护士跨省、自治区、直辖市变更执业地点的，收到报告的注册部门还应当向其原执业地注册部门通报。

省、自治区、直辖市人民政府卫生行政部门应当通过护士执业注册信息系统，为护士变更注册提供便利。

第十八条　护士执业注册后有下列情形之一的，原注册部门办理注销执业注册：

（一）注册有效期届满未延续注册；

（二）受吊销《护士执业证书》处罚；

（三）护士死亡或者丧失民事行为能力。

第十九条　卫生行政部门实施护士执业注册，有下列情形之一的，由其上级卫生行政部门或者监察机关责令改正，对直接负责的主管人员或者其他直接责任人员依法给予行政处分：

（一）对不符合护士执业注册条件者准予护士执业注册的；

（二）对符合护士执业注册条件者不予护士执业注册的。

第二十条　护士执业注册申请人隐瞒有关情况或者提供虚假材料申请护士执业注册的，卫生行政部门不予受理或者不予护士执业注册，并给予警告；已经注册的，应当撤销注册。

第二十一条　在内地完成护理、助产专业学习的香港、澳门特别行政区及台湾地区人员，符合本办法第五条、第六条、第七条规定的，可以申请护士执业注册。

第二十二条　计划生育技术服务机构护士的执业注册管理适用本办法的规定。

第二十三条　本办法下列用语的含义：

教学医院,是指与中等职业学校、高等学校有承担护理临床实习任务的合同关系,并能够按照护理临床实习教学计划完成教学任务的医院。

综合医院,是指依照《医疗机构管理条例》、《医疗机构基本标准》的规定,符合综合医院基本标准的医院。

第二十四条 本办法自 2008 年 5 月 12 日起施行。

第三节 中华人民共和国护士管理办法

为加强护士管理,提高护理质量,保障医疗和护理安全,保护护士的合法权益,卫生部于 1993 年 3 月 26 日以卫生部令第 31 号的形式颁布了《中华人民共和国护士管理办法》。并于 1994 年 1 月 1 日起施行。全文分 6 章 38 条。现全文收录如下:

第一章 总 则

第一条 为加强护士管理,提高护理质量,保障医疗和护理安全,保护护士的合法权益,制定本办法。

第二条 本办法所称护士系指按本办法规定取得《中华人民共和国护士执业证书》并经过注册的护理专业技术人员。

第三条 国家发展护理事业,促进护理学科的发展,加强护士队伍建设,重视和发挥护士在医疗、预防、保健和康复工作中的作用。

第四条 护士的执业权利受法律保护。护士的劳动受全社会的尊重。

第五条 各省、自治区、直辖市卫生行政部门负责护士的监督管理。

第二章 考 试

第六条 凡申请护士执业者必须通过卫生部统一执业考

试,取得《中华人民共和国护士执业证书》。

第七条 获得高等医学院校护理专业专科以上毕业文凭者,以及获得经省级以上卫生行政部门确认免考资格的普通中等卫生(护士)学校护理专业毕业文凭者,可以免于护士执业考试。

获得其他普通中等卫生(护士)学校护理专业毕业文凭者,可以申请护士执业考试。

第八条 护士执业考试每年举行一次。

第九条 护士执业考试的具体办法另行制定。

第十条 符合本办法第七条规定以及护士执业考试合格者,由省、自治区、直辖市卫生行政部门发给《中华人民共和国护士执业证书》。

第十一条 《中华人民共和国护士执业证书》由卫生部监制。

第三章 注 册

第十二条 获得《中华人民共和国护士执业证书》者,方可申请护士执业注册。

第十三条 护士注册机关为执业所在地的县级卫生行政部门。

第十四条 申请首次护士注册必须填写《护士注册申请表》,缴纳注册费,并向注册机关缴验:

(一)《中华人民共和国护士执业证书》;

(二)身份证明;

(三)健康检查证明;

(四)省级卫生行政部门规定提交的其他证明。

第十五条 注册机关在受理注册申请后,应当在三十日内完成审核,审核合格的,予以注册;审核不合格的,应当书面通知申请者。

第十六条 护士注册的有效期为两年。

护士连续注册，在前一注册期满前六十日，对《中华人民共和国护士执业证书》进行个人或集体校验注册。

第十七条　中断注册五年以上者，必须按省、自治区、直辖市卫生行政部门的规定参加临床实践三个月，并向注册机关提交有关证明，方可办理再次注册。

第十八条　有下列情形之一的，不予注册：

（一）服刑期间；

（二）因健康原因不能或不宜执行护理业务；

（三）违反本办法被中止或取消注册；

（四）其他不宜从事护士工作的。

第四章　执　　业

第十九条　未经护士执业注册者不得从事护士工作。

护理专业在校生或毕业生进行专业实习，以及按本办法第十八条规定进行临床实践的，必须按照卫生部的有关规定在护士的指导下进行。

第二十条　护理员只能在护士的指导下从事临床生活护理工作。

第二十一条　护士在执业中应当正确执行医嘱，观察患者的身心状态，对患者进行科学的护理。遇紧急情况应及时通知医生并配合抢救，医生不在场时，护士应当采取力所能及的急救措施。

第二十二条　护士有承担预防保健工作、宣传防病治病知识、进行康复指导、开展健康教育、提供卫生咨询的义务。

第二十三条　护士执业必须遵守职业道德和医疗护理工作的规章制度及技术规范。

第二十四条　护士在执业中得悉就医者的隐私，不得泄露，但法律另有规定的除外。

第二十五条　遇有自然灾害、传染病流行、突发重大伤亡事故及其他严重威胁人群生命健康的紧急情况，护士必须服从卫生行政部门的调遣,参加医疗救护和预防保健工作。

第二十六条 护士依法履行职责的权利受法律保护,任何单位和个人不得侵犯。

第五章 罚 则

第二十七条 违反本办法第十九条规定,未经护士执业注册从事护士工作的,由卫生行政部门予以取缔。

第二十八条 非法取得《中华人民共和国护士执业证书》的,由卫生行政部门予以缴销。

第二十九条 护士执业违反医疗护理规章制度及技术规范的,由卫生行政部门视情节予以警告、责令改正、中止注册直至取消其注册。

第三十条 违反本办法第二十六条规定,非法阻挠护士依法执业或侵犯护士人身权利的,由护士所在单位提请公安机关予以治安行政处罚;情节严重,触犯刑律的,提交司法机关依法追究刑事责任。

第三十一条 违反本办法其他规定的,由卫生行政部门视情节予以警告、责令改正、中止注册直至取消其注册。

第三十二条 当事人对行政处理决定不服的,可以依照国家法律、法规的规定申请行政复议或者提起行政诉讼。当事人对行政处理决定不履行又未在法定期限内申请复议或提起诉讼的,卫生行政部门可以申请人民法院强制执行。

第六章 附 则

第三十三条 本办法实施前已经取得护士以上技术职称者,经省、自治区、直辖市卫生行政部门审核合格,发给《中华人民共和国护士执业证书》,并准许按本办法的规定办理护士执业注册。

本办法实施前从事护士工作但未取得护士职称者的执业证书颁发办法,由省、自治区、直辖市卫生行政部门根据本地区的实际情况和当事人实际水平作出具体规定。

第三十四条　境外人员申请在中华人民共和国境内从事护士工作的,必须依本办法的规定通过执业考试,取得《中华人民共和国护士执业证书》并办理注册。

第三十五条　护士申请开业及成立护理服务机构,由县级以上卫生行政部门比照医疗机构管理的有关规定审批。

第三十六条　本办法的解释权在卫生部。

第三十七条　本办法的实施细则由省、自治区、直辖市制定。

第三十八条　本办法自 1994 年 1 月 1 日起施行。

第四节　关于提高护士工资标准的实施办法

《关于提高护士工资标准的实施办法》由人事部/卫生部/财政部联合颁布。其内容如下:

根据《国务院关于提高部分专业技术人员工资的通知》(国发〔1988〕60 号文件)的规定,从 1988 年 10 月起,将国家机关、事业单位护士现行的各级工资标准(基础工资、职务工资之和,下同)均提高 10%。具体实施办法如下:

一、提高工资标准的范围是:在国家机关、事业单位各级各类医疗卫生机构中从事护理工作的护士、助产士、护师、主管护师、正副主任护师(上述人员统称"护士")。

二、提高工资标准的护士,从事护士工作不满 20 年的,调离护士工作岗位后,工资标准提高的部分即行取消,并执行新工作岗位的工资标准;从事护士工作满 20 年及其以上,因工作需要,经领导批准调离护士工作岗位后,在医疗卫生机构从事其他工作的,仍按提高的工资标准执行。

三、从事护士工作满 20 年及其以上的护士,在医疗卫生机构离休、退休时,其工资标准提高的部分,计入离退休费基数。

四、这次医疗卫生机构提高护士工资标准所增加的工资基金,允许劳动工资改革的试点单位统筹使用。具体由省、自治区、直辖市和国务院有关部门根据实际情况确定。

五、国家机关、事业单位提高护士工资标准所需经费,按单位隶属关系,分别由中央财政和地方财政负担。

六、企业和集体所有制的医疗卫生机构是否参照执行,分别由企业和各省、自治区、直辖市根据实际情况确定。企业如参照执行,不得高于上述标准,不得将增加的开支列入成本。

七、各省、自治区、直辖市人民政府可根据国务院的通知和本办法的规定,制定实施细则,并抄送人事部、卫生部、财政部备案。中央各部门所属的医疗卫生单位,按所在省、自治区、直辖市的实施细则执行。

第五节　中华人民共和国执业医师法

为了加强医师队伍的建设,提高医师的职业道德和业务素质,保障医师的合法权益,保护人民健康。《中华人民共和国执业医师法》由中华人民共和国第九届全国人民代表大会常务委员会第三次会议于 1998 年 6 月 26 日通过,1999 年 5 月 1 日起施行。内容包括 6 章 48 条:第一章　总则(1~7 条),第二章　考试和注册(8~20 条),第三章　执业规则(21~30 条),第四章　考核和培训(31~35 条),第五章　法律责任(36~42 条)和第六章　附则(43~48 条)。

本书节选了第三章"执业规则"中的有关医师权利与义务的内容。

第二十一条　医师在执业活动中享有下列权利:

(一)在注册的执业范围内,进行医学诊查、疾病调查、医学处置、出具相应的医学证明文件,选择合理的医疗、预防、保健方案;

(二)按照国务院卫生行政部门规定的标准,获得与本人执业活动相当的医疗设备基本条件;

（三）从事医学研究、学术交流，参加专业学术团体；

（四）参加专业培训，接受继续医学教育；

（五）在执业活动中，人格尊严、人身安全不受侵犯；

（六）获取工资报酬和津贴，享受国家规定的福利待遇；

（七）对所在机构的医疗、预防、保健工作和卫生行政部门的工作提出意见和建议，依法参与所在机构的民主管理。

第二十二条　医师在执业活动中履行下列义务：

（一）遵守法律、法规，遵守技术操作规范；

（二）树立敬业精神，遵守职业道德，履行医师职责，尽职尽责为患者服务；

（三）关心、爱护、尊重患者，保护患者的隐私；

（四）努力钻研业务，更新知识，提高专业技术水平；

（五）宣传卫生保健知识，对患者进行健康教育。

第二十三条　医师实施医疗、预防、保健措施，签署有关医学证明文件，必须亲自诊查、调查，并按照规定及时填写医学文书，不得隐匿、伪造或者销毁医学文书及有关资料。

医师不得出具与自己执业范围无关或者与执业类别不相符的医学证明文件。

第二十四条　对急危患者，医师应当采取紧急措施进行诊治；不得拒绝急救处置。

第二十五条　医师应当使用经国家有关部门批准使用的药品、消毒药剂和医疗器械。

除正当诊断治疗外，不得使用麻醉药品、医疗用毒性药品、精神药品和放射性药品。

第二十六条　医师应当如实向患者或者其家属介绍病情，但应注意避免对患者产生不利后果。

医师进行实验性临床医疗，应当经医院批准并征得患者本人或者其家属同意。

第二十七条　医师不得利用职务之便，索取、非法收受患者财物或者牟取其他不正当利益。

第二十八条　遇有自然灾害、传染病流行、突发重大伤亡事故及其他严重威胁人民生命健康的紧急情况时,医师应当服从县级以上人民政府卫生行政部门的调遣。

第二十九条　医师发生医疗事故或者发现传染病疫情时,应当按照有关规定及时向所在机构或者卫生行政部门报告。

医师发现患者涉嫌伤害事件或者非正常死亡时,应当按照有关规定向有关部门报告。

第六节　医疗事故处理条例

《医疗事故处理条例》2002 年 2 月 20 日国务院第 55 次常务会议通过,2002 年 4 月 4 日以中华人民共和国国务院令第 351 号予公布,自 2002 年 9 月 1 日起施行。该条例包括 7 章 63 条,第一章　总则(1～4),第二章　医疗事故的预防与处置(5～19),第三章　医疗事故的技术鉴定(20～34),第四章　医疗事故的行政处理与监督(35～45),第五章　医疗事故的赔偿(46～52),第六章　罚则(53～59),第七章　附则(60～63)。现全文收录如下:

第一章　总　　则

第一条　为了正确处理医疗事故,保护患者和医疗机构及其医务人员的合法权益,维护医疗秩序,保障医疗安全,促进医学科学的发展,制定本条例。

第二条　本条例所称医疗事故,是指医疗机构及其医务人员在医疗活动中,违反医疗卫生管理法律、行政法规、部门规章和诊疗护理规范、常规,过失造成患者人身损害的事故。

第三条　处理医疗事故,应当遵循公开、公平、公正、及时、便民的原则,坚持实事求是的科学态度,做到事实清楚、定性准确、责任明确、处理恰当。

第四条　根据对患者人身造成的损害程度,医疗事故分为四级：

一级医疗事故：造成患者死亡、重度残疾的；

二级医疗事故：造成患者中度残疾、器官组织损伤导致严重功能障碍的；

三级医疗事故：造成患者轻度残疾、器官组织损伤导致一般功能障碍的；

四级医疗事故：造成患者明显人身损害的其他后果的。

具体分级标准由国务院卫生行政部门制定。

第二章 医疗事故的预防与处置

第五条 医疗机构及其医务人员在医疗活动中，必须严格遵守医疗卫生管理法律、行政法规、部门规章和诊疗护理规范、常规，恪守医疗服务职业道德。

第六条 医疗机构应当对其医务人员进行医疗卫生管理法律、行政法规、部门规章和诊疗护理规范、常规的培训和医疗服务职业道德教育。

第七条 医疗机构应当设置医疗服务质量监控部门或者配备专（兼）职人员，具体负责监督本医疗机构的医务人员的医疗服务工作，检查医务人员执业情况，接受患者对医疗服务的投诉，向其提供咨询服务。

第八条 医疗机构应当按照国务院卫生行政部门规定的要求，书写并妥善保管病历资料。

因抢救急危患者，未能及时书写病历的，有关医务人员应当在抢救结束后6小时内据实补记，并加以注明。

第九条 严禁涂改、伪造、隐匿、销毁或者抢夺病历资料。

第十条 患者有权复印或者复制其门诊病历、住院志、体温单、医嘱单、化验单（检验报告）、医学影像检查资料、特殊检查同意书、手术同意书、手术及麻醉记录单、病理资料、护理记录以及国务院卫生行政部门规定的其他病历资料。

患者依照前款规定要求复印或者复制病历资料的，医疗机构应当提供复印或者复制服务并在复印或者复制的病历资料上加盖证明印记。复印或者复制病历资料时,应当有患者在场。

医疗机构应患者的要求,为其复印或者复制病历资料,可以按照规定收取工本费。具体收费标准由省、自治区、直辖市人民政府价格主管部门会同同级卫生行政部门规定。

第十一条 在医疗活动中,医疗机构及其医务人员应当将患者的病情、医疗措施、医疗风险等如实告知患者,及时解答其咨询;但是,应当避免对患者产生不利后果。

第十二条 医疗机构应当制定防范、处理医疗事故的预案,预防医疗事故的发生,减轻医疗事故的损害。

第十三条 医务人员在医疗活动中发生或者发现医疗事故、可能引起医疗事故的医疗过失行为或者发生医疗事故争议的,应当立即向所在科室负责人报告,科室负责人应当及时向本医疗机构负责医疗服务质量监控的部门或者专(兼)职人员报告;负责医疗服务质量监控的部门或者专(兼)职人员接到报告后,应当立即进行调查、核实,将有关情况如实向本医疗机构的负责人报告,并向患者通报、解释。

第十四条 发生医疗事故的,医疗机构应当按照规定向所在地卫生行政部门报告。

发生下列重大医疗过失行为的,医疗机构应当在 12 小时内向所在地卫生行政部门报告:

(一)导致患者死亡或者可能为二级以上的医疗事故;

(二)导致 3 人以上人身损害后果;

(三)国务院卫生行政部门和省、自治区、直辖市人民政府卫生行政部门规定的其他情形。

第十五条 发生或者发现医疗过失行为,医疗机构及其医务人员应当立即采取有效措施,避免或者减轻对患者身体健康的损害,防止损害扩大。

第十六条 发生医疗事故争议时,死亡病例讨论记录、疑难病例讨论记录、上级医师查房记录、会诊意见、病程记录应当在医患双方在场的情况下封存和启封。封存的病历资料可以是复印件,由医疗机构保管。

第十七条 疑似输液、输血、注射、药物等引起不良后果的,医患双方应当共同对现场实物进行封存和启封,封存的现场实物由医疗机构保管;需要检验的,应当由双方共同指定的、依法具有检验资格的检验机构进行检验;双方无法共同指定时,由卫生行政部门指定。

疑似输血引起不良后果,需要对血液进行封存保留的,医疗机构应当通知提供该血液的采供血机构派员到场。

第十八条 患者死亡,医患双方当事人不能确定死因或者对死因有异议的,应当在患者死亡后 48 小时内进行尸检;具备尸体冻存条件的,可以延长至 7 日。尸检应当经死者近亲属同意并签字。

尸检应当由按照国家有关规定取得相应资格的机构和病理解剖专业技术人员进行。承担尸检任务的机构和病理解剖专业技术人员有进行尸检的义务。

医疗事故争议双方当事人可以请法医病理学人员参加尸检,也可以委派代表观察尸检过程。拒绝或者拖延尸检,超过规定时间,影响对死因判定的,由拒绝或者拖延的一方承担责任。

第十九条 患者在医疗机构内死亡的,尸体应当立即移放太平间。死者尸体存放时间一般不得超过 2 周。逾期不处理的尸体,经医疗机构所在地卫生行政部门批准,并报经同级公安部门备案后,由医疗机构按照规定进行处理。

第三章 医疗事故的技术鉴定

第二十条 卫生行政部门接到医疗机构关于重大医疗过失行为的报告或者医疗事故争议当事人要求处理医疗事故争议的申请后,对需要进行医疗事故技术鉴定的,应当交由负责医疗事故技术鉴定工作的医学会组织鉴定;医患双方协商解决医疗事故争议,需要进行医疗事故技术鉴定的,由双方当事人共同委托负责医疗事故技术鉴定工作的医学会组织鉴定。

第二十一条　设区的市级地方医学会和省、自治区、直辖市直接管辖的县(市)地方医学会负责组织首次医疗事故技术鉴定工作。省、自治区、直辖市地方医学会负责组织再次鉴定工作。

必要时,中华医学会可以组织疑难、复杂并在全国有重大影响的医疗事故争议的技术鉴定工作。

第二十二条　当事人对首次医疗事故技术鉴定结论不服的,可以自收到首次鉴定结论之日起15日内向医疗机构所在地卫生行政部门提出再次鉴定的申请。

第二十三条　负责组织医疗事故技术鉴定工作的医学会应当建立专家库。

专家库由具备下列条件的医疗卫生专业技术人员组成:

(一)有良好的业务素质和执业品德;

(二)受聘于医疗卫生机构或者医学教学、科研机构并担任相应专业高级技术职务3年以上。

符合前款第(一)项规定条件并具备高级技术任职资格的法医可以受聘进入专家库。

负责组织医疗事故技术鉴定工作的医学会依照本条例规定聘请医疗卫生专业技术人员和法医进入专家库,可以不受行政区域的限制。

第二十四条　医疗事故技术鉴定,由负责组织医疗事故技术鉴定工作的医学会组织专家鉴定组进行。

参加医疗事故技术鉴定的相关专业的专家,由医患双方在医学会主持下从专家库中随机抽取。在特殊情况下,医学会根据医疗事故技术鉴定工作的需要,可以组织医患双方在其他医学会建立的专家库中随机抽取相关专业的专家参加鉴定或者函件咨询。

符合本条例第二十三条规定条件的医疗卫生专业技术人员和法医有义务受聘进入专家库,并承担医疗事故技术鉴定工作。

第二十五条　专家鉴定组进行医疗事故技术鉴定,实行合议制。专家鉴定组人数为单数，涉及的主要学科的专家一般不得少于鉴定组成员的二分之一；涉及死因、伤残等级鉴定的，并应当从专家库中随机抽取法医参加专家鉴定组。

第二十六条　专家鉴定组成员有下列情形之一的，应当回避，当事人也可以以口头或者书面的方式申请其回避：

（一）是医疗事故争议当事人或者当事人的近亲属的；

（二）与医疗事故争议有利害关系的；

（三）与医疗事故争议当事人有其他关系，可能影响公正鉴定的。

第二十七条　专家鉴定组依照医疗卫生管理法律、行政法规、部门规章和诊疗护理规范、常规，运用医学科学原理和专业知识，独立进行医疗事故技术鉴定，对医疗事故进行鉴别和判定，为处理医疗事故争议提供医学依据。

任何单位或者个人不得干扰医疗事故技术鉴定工作，不得威胁、利诱、辱骂、殴打专家鉴定组成员。

专家鉴定组成员不得接受双方当事人的财物或者其他利益。

第二十八条　负责组织医疗事故技术鉴定工作的医学会应当自受理医疗事故技术鉴定之日起5日内通知医疗事故争议双方当事人提交进行医疗事故技术鉴定所需的材料。

当事人应当自收到医学会的通知之日起10日内提交有关医疗事故技术鉴定的材料、书面陈述及答辩。医疗机构提交的有关医疗事故技术鉴定的材料应当包括下列内容：

（一）住院患者的病程记录、死亡病例讨论记录、疑难病例讨论记录、会诊意见、上级医师查房记录等病历资料原件；

（二）住院患者的住院志、体温单、医嘱单、化验单（检验报告）、医学影像检查资料、特殊检查同意书、手术同意书、手术及麻醉记录单、病理资料、护理记录等病历资料原件；

（三）抢救急危患者，在规定时间内补记的病历资料原件；

（四）封存保留的输液、注射用物品和血液、药物等实物，或者依法具有检验资格的检验机构对这些物品、实物作出的检验报告；

（五）与医疗事故技术鉴定有关的其他材料。

在医疗机构建有病历档案的门诊、急诊患者，其病历资料由医疗机构提供；没有在医疗机构建立病历档案的，由患者提供。

医患双方应当依照本条例的规定提交相关材料。医疗机构无正当理由未依照本条例的规定如实提供相关材料，导致医疗事故技术鉴定不能进行的，应当承担责任。

第二十九条　负责组织医疗事故技术鉴定工作的医学会应当自接到当事人提交的有关医疗事故技术鉴定的材料、书面陈述及答辩之日起 45 日内组织鉴定并出具医疗事故技术鉴定书。

负责组织医疗事故技术鉴定工作的医学会可以向双方当事人调查取证。

第三十条　专家鉴定组应当认真审查双方当事人提交的材料，听取双方当事人的陈述及答辩并进行核实。

双方当事人应当按照本条例的规定如实提交进行医疗事故技术鉴定所需要的材料，并积极配合调查。当事人任何一方不予配合，影响医疗事故技术鉴定的，由不予配合的一方承担责任。

第三十一条　专家鉴定组应当在事实清楚、证据确凿的基础上，综合分析患者的病情和个体差异，作出鉴定结论，并制作医疗事故技术鉴定书。鉴定结论以专家鉴定组成员的过半数通过。鉴定过程应当如实记载。

医疗事故技术鉴定书应当包括下列主要内容：

（一）双方当事人的基本情况及要求；

（二）当事人提交的材料和负责组织医疗事故技术鉴定工作的医学会的调查材料；

（三）对鉴定过程的说明；

（四）医疗行为是否违反医疗卫生管理法律、行政法规、部门规章和诊疗护理规范、常规；

（五）医疗过失行为与人身损害后果之间是否存在因果关系；

（六）医疗过失行为在医疗事故损害后果中的责任程度；

（七）医疗事故等级；

（八）对医疗事故患者的医疗护理医学建议。

第三十二条　医疗事故技术鉴定办法由国务院卫生行政部门制定。

第三十三条　有下列情形之一的，不属于医疗事故：

（一）在紧急情况下为抢救垂危患者生命而采取紧急医学措施造成不良后果的；

（二）在医疗活动中由于患者病情异常或者患者体质特殊而发生医疗意外的；

（三）在现有医学科学技术条件下，发生无法预料或者不能防范的不良后果的；

（四）无过错输血感染造成不良后果的；

（五）因患方原因延误诊疗导致不良后果的；

（六）因不可抗力造成不良后果的。

第三十四条　医疗事故技术鉴定，可以收取鉴定费用。经鉴定，属于医疗事故的，鉴定费用由医疗机构支付；不属于医疗事故的，鉴定费用由提出医疗事故处理申请的一方支付。鉴定费用标准由省、自治区、直辖市人民政府价格主管部门会同同级财政部门、卫生行政部门规定。

第四章　医疗事故的行政处理与监督

第三十五条　卫生行政部门应当依照本条例和有关法律、行政法规、部门规章的规定，对发生医疗事故的医疗机构和医务人员作出行政处理。

第三十六条　卫生行政部门接到医疗机构关于重大医疗过失行为的报告后，除责令医疗机构及时采取必要的医疗救治措施，防止损害后果扩大外，应当组织调查，判定是否属于医疗事故；对不能判定是否属于医疗事故的，应当依照本条例的有关规定交由负责医疗事故技术鉴定工作的医学会组织鉴定。

第三十七条　发生医疗事故争议，当事人申请卫生行政部门处理的，应当提出书面申请。申请书应当载明申请人的基本情况、有关事实、具体请求及理由等。

当事人自知道或者应当知道其身体健康受到损害之日起1年内，可以向卫生行政部门提出医疗事故争议处理申请。

第三十八条　发生医疗事故争议，当事人申请卫生行政部门处理的，由医疗机构所在地的县级人民政府卫生行政部门受理。医疗机构所在地是直辖市的，由医疗机构所在地的区、县人民政府卫生行政部门受理。

有下列情形之一的，县级人民政府卫生行政部门应当自接到医疗机构的报告或者当事人提出医疗事故争议处理申请之日起7日内移送上一级人民政府卫生行政部门处理：

（一）患者死亡；

（二）可能为二级以上的医疗事故；

（三）国务院卫生行政部门和省、自治区、直辖市人民政府卫生行政部门规定的其他情形。

第三十九条　卫生行政部门应当自收到医疗事故争议处理申请之日起10日内进行审查，作出是否受理的决定。对符合本条例规定，予以受理，需要进行医疗事故技术鉴定的，应当自作出受理决定之日起5日内将有关材料交由负责医疗事故技术鉴定工作的医学会组织鉴定并书面通知申请人；对不符合本条例规定，不予受理的，应当书面通知申请人并说明理由。

当事人对首次医疗事故技术鉴定结论有异议，申请再次鉴定的，卫生行政部门应当自收到申请之日起7日内交由省、自治区、直辖市地方医学会组织再次鉴定。

第四十条　当事人既向卫生行政部门提出医疗事故争议处理申请，又向人民法院提起诉讼的，卫生行政部门不予受理；卫生行政部门已经受理的，应当终止处理。

第四十一条　卫生行政部门收到负责组织医疗事故技术鉴定工作的医学会出具的医疗事故技术鉴定书后,应当对参加鉴定的人员资格和专业类别、鉴定程序进行审核;必要时,可以组织调查,听取医疗事故争议双方当事人的意见。

第四十二条　卫生行政部门经审核,对符合本条例规定作出的医疗事故技术鉴定结论,应当作为对发生医疗事故的医疗机构和医务人员作出行政处理以及进行医疗事故赔偿调解的依据;经审核,发现医疗事故技术鉴定不符合本条例规定的,应当要求重新鉴定。

第四十三条　医疗事故争议由双方当事人自行协商解决的,医疗机构应当自协商解决之日起7日内向所在地卫生行政部门作出书面报告,并附具协议书。

第四十四条　医疗事故争议经人民法院调解或者判决解决的,医疗机构应当自收到生效的人民法院的调解书或者判决书之日起7日内向所在地卫生行政部门作出书面报告,并附具调解书或者判决书。

第四十五条　县级以上地方人民政府卫生行政部门应当按照规定逐级将当地发生的医疗事故以及依法对发生医疗事故的医疗机构和医务人员作出行政处理的情况,上报国务院卫生行政部门。

第五章　医疗事故的赔偿

第四十六条　发生医疗事故的赔偿等民事责任争议,医患双方可以协商解决;不愿意协商或者协商不成的,当事人可以向卫生行政部门提出调解申请,也可以直接向人民法院提起民事诉讼。

第四十七条　双方当事人协商解决医疗事故的赔偿等民事责任争议的,应当制作协议书。协议书应当载明双方当事人的基本情况和医疗事故的原因、双方当事人共同认定的医疗事故等级以及协商确定的赔偿数额等,并由双方当事人在协议书上签名。

第四十八条　已确定为医疗事故的,卫生行政部门应医疗事故争议双方当事人请求,可以进行医疗事故赔偿调解。调解时,应当遵循当事人双方自愿原则,并应当依据本条例的规定计算赔偿数额。

经调解,双方当事人就赔偿数额达成协议的,制作调解书,双方当事人应当履行;调解不成或者经调解达成协议后一方反悔的,卫生行政部门不再调解。

第四十九条　医疗事故赔偿,应当考虑下列因素,确定具体赔偿数额:

(一)医疗事故等级;

(二)医疗过失行为在医疗事故损害后果中的责任程度;

(三)医疗事故损害后果与患者原有疾病状况之间的关系。

不属于医疗事故的,医疗机构不承担赔偿责任。

第五十条　医疗事故赔偿,按照下列项目和标准计算:

(一)医疗费:按照医疗事故对患者造成的人身损害进行治疗所发生的医疗费用计算,凭据支付,但不包括原发病医疗费用。结案后确实需要继续治疗的,按照基本医疗费用支付。

(二)误工费:患者有固定收入的,按照本人因误工减少的固定收入计算,对收入高于医疗事故发生地上一年度职工年平均工资3倍以上的,按照3倍计算;无固定收入的,按照医疗事故发生地上一年度职工年平均工资计算。

(三)住院伙食补助费:按照医疗事故发生地国家机关一般工作人员的出差伙食补助标准计算。

(四)陪护费:患者住院期间需要专人陪护的,按照医疗事故发生地上一年度职工年平均工资计算。

(五)残疾生活补助费:根据伤残等级,按照医疗事故发生地居民年平均生活费计算,自定残之月起最长赔偿30年;但是,60周岁以上的,不超过15年;70周岁以上的,不超过5年。

(六)残疾用具费:因残疾需要配置补偿功能器具的,凭医疗机构证明,按照普及型器具的费用计算。

(七)丧葬费:按照医疗事故发生地规定的丧葬费补助标准计算。

(八)被扶养人生活费:以死者生前或者残疾者丧失劳动能力前实际扶养且没有劳动能力的人为限,按照其户籍所在地或者居所地居民最低生活保障标准计算。对不满16周岁的,扶养到16周岁。对年满16周岁但无劳动能力的,扶养20年;但是,60周岁以上的,不超过15年;70周岁以上的,不超过5年。

(九)交通费:按照患者实际必需的交通费用计算,凭据支付。

(十)住宿费:按照医疗事故发生地国家机关一般工作人员的出差住宿补助标准计算,凭据支付。

(十一)精神损害抚慰金:按照医疗事故发生地居民年平均生活费计算。造成患者死亡的,赔偿年限最长不超过6年;造成患者残疾的,赔偿年限最长不超过3年。

第五十一条 参加医疗事故处理的患者近亲属所需交通费、误工费、住宿费,参照本条例第五十条的有关规定计算,计算费用的人数不超过2人。

医疗事故造成患者死亡的,参加丧葬活动的患者的配偶和直系亲属所需交通费、误工费、住宿费,参照本条例第五十条的有关规定计算,计算费用的人数不超过2人。

第五十二条 医疗事故赔偿费用,实行一次性结算,由承担医疗事故责任的医疗机构支付。

第六章 罚 则

第五十三条 卫生行政部门的工作人员在处理医疗事故过程中违反本条例的规定,利用职务上的便利收受他人财物或者其他利益,滥用职权,玩忽职守,或者发现违法行为不予查处,造成严重后果的,依照刑法关于受贿罪、滥用职权罪、玩忽职守罪或者其他有关罪的规定,依法追究刑事责任;尚不够刑事处罚的,依法给予降级或者撤职的行政处分。

第五十四条 卫生行政部门违反本条例的规定,有下列情形之一的,由上级卫生行政部门给予警告并责令限期改正;情节严重的,对负有责任的主管人员和其他直接责任人员依法给予行政处分:

(一)接到医疗机构关于重大医疗过失行为的报告后,未及时组织调查的;

(二)接到医疗事故争议处理申请后,未在规定时间内审查或者移送上一级人民政府卫生行政部门处理的;

(三)未将应当进行医疗事故技术鉴定的重大医疗过失行为或者医疗事故争议移交医学会组织鉴定的;

(四)未按照规定逐级将当地发生的医疗事故以及依法对发生医疗事故的医疗机构和医务人员的行政处理情况上报的;

(五)未依照本条例规定审核医疗事故技术鉴定书的。

第五十五条 医疗机构发生医疗事故的,由卫生行政部门根据医疗事故等级和情节,给予警告;情节严重的,责令限期停业整顿直至由原发证部门吊销执业许可证,对负有责任的医务人员依照刑法关于医疗事故罪的规定,依法追究刑事责任;尚不够刑事处罚的,依法给予行政处分或者纪律处分。

对发生医疗事故的有关医务人员,除依照前款处罚外,卫生行政部门并可以责令暂停 6 个月以上 1 年以下执业活动;情节严重的,吊销其执业证书。

第五十六条 医疗机构违反本条例的规定,有下列情形之一的,由卫生行政部门责令改正;情节严重的,对负有责任的主管人员和其他直接责任人员依法给予行政处分或者纪律处分:

(一)未如实告知患者病情、医疗措施和医疗风险的;

(二)没有正当理由,拒绝为患者提供复印或者复制病历资料服务的;

(三)未按照国务院卫生行政部门规定的要求书写和妥善保管病历资料的;

（四）未在规定时间内补记抢救工作病历内容的；

（五）未按照本条例的规定封存、保管和启封病历资料和实物的；

（六）未设置医疗服务质量监控部门或者配备专（兼）职人员的；

（七）未制定有关医疗事故防范和处理预案的；

（八）未在规定时间内向卫生行政部门报告重大医疗过失行为的；

（九）未按照本条例的规定向卫生行政部门报告医疗事故的；

（十）未按照规定进行尸检和保存、处理尸体的。

第五十七条　参加医疗事故技术鉴定工作的人员违反本条例的规定，接受申请鉴定双方或者一方当事人的财物或者其他利益，出具虚假医疗事故技术鉴定书，造成严重后果的，依照刑法关于受贿罪的规定，依法追究刑事责任；尚不够刑事处罚的，由原发证部门吊销其执业证书或者资格证书。

第五十八条　医疗机构或者其他有关机构违反本条例的规定，有下列情形之一的，由卫生行政部门责令改正，给予警告；对负有责任的主管人员和其他直接责任人员依法给予行政处分或者纪律处分；情节严重的，由原发证部门吊销其执业证书或者资格证书：

（一）承担尸检任务的机构没有正当理由，拒绝进行尸检的；

（二）涂改、伪造、隐匿、销毁病历资料的。

第五十九条　以医疗事故为由，寻衅滋事、抢夺病历资料，扰乱医疗机构正常医疗秩序和医疗事故技术鉴定工作，依照刑法关于扰乱社会秩序罪的规定，依法追究刑事责任；尚不够刑事处罚的，依法给予治安管理处罚。

第七章　附　　则

第六十条　本条例所称医疗机构，是指依照《医疗机构管理条例》的规定取得《医疗机构执业许可证》的机构。

县级以上城市从事计划生育技术服务的机构依照《计划生育技术服务管理条例》的规定开展与计划生育有关的临床医疗服务,发生的计划生育技术服务事故,依照本条例的有关规定处理;但是,其中不属于医疗机构的县级以上城市从事计划生育技术服务的机构发生的计划生育技术服务事故,由计划生育行政部门行使依照本条例有关规定由卫生行政部门承担的受理、交由负责医疗事故技术鉴定工作的医学会组织鉴定和赔偿调解的职能;对发生计划生育技术服务事故的该机构及其有关责任人员,依法进行处理。

第六十一条 非法行医,造成患者人身损害,不属于医疗事故,触犯刑律的,依法追究刑事责任;有关赔偿,由受害人直接向人民法院提起诉讼。

第六十二条 军队医疗机构的医疗事故处理办法,由中国人民解放军卫生主管部门会同国务院卫生行政部门依据本条例制定。

第六十三条 本条例自2002年9月1日起施行。1987年6月29日国务院发布的《医疗事故处理办法》同时废止。本条例施行前已经处理结案的医疗事故争议,不再重新处理。

第七节 医疗事故分级标准(试行)

《医疗事故分级标准(试行)》已于2002年7月19日经卫生部部务会讨论通过,2002年7月31日以中华人民共和国卫生部令第32号发布,自2002年9月1日起施行。现全文收录如下:

为了科学划分医疗事故等级,正确处理医疗事故争议,保护患者和医疗机构及其医务人员的合法权益,根据《医疗事故处理条例》,制定本标准。

专家鉴定组在进行医疗事故技术鉴定、卫生行政部门在判定重大医疗过失行为是否为医疗事故或医疗事故争议双方当事人在协商解决医疗事故争议时,应当按照本标准确定的基本原则和实际情况具体判定医疗事故的等级。

本标准列举的情形是医疗事故中常见的造成患者人身损害的后果。

本标准中医疗事故一级乙等至三级戊等对应伤残等级一至十级。

一、一级医疗事故

系指造成患者死亡、重度残疾。

(一)一级甲等医疗事故:死亡。

(二)一级乙等医疗事故:重要器官缺失或功能完全丧失,其他器官不能代偿,存在特殊医疗依赖,生活完全不能自理。例如造成患者下列情形之一的:

1. 植物人状态;

2. 极重度智能障碍;

3. 临床判定不能恢复的昏迷;

4. 临床判定自主呼吸功能完全丧失,不能恢复,靠呼吸机维持;

5. 四肢瘫,肌力 0 级,临床判定不能恢复。

二、二级医疗事故

系指造成患者中度残疾、器官组织损伤导致严重功能障碍。

(一)二级甲等医疗事故:器官缺失或功能完全丧失,其他器官不能代偿,可能存在特殊医疗依赖,或生活大部分不能自理。例如造成患者下列情形之一的:

1. 双眼球摘除或双眼经客观检查证实无光感;

2. 小肠缺失 90% 以上,功能完全丧失;

3. 双侧有功能肾脏缺失或孤立有功能肾缺失,用透析替代治疗;

4. 四肢肌力Ⅱ级（二级）以下（含Ⅱ级），临床判定不能恢复；

5. 上肢一侧腕上缺失或一侧手功能完全丧失，不能装配假肢，伴下肢双膝以上缺失。

（二）二级乙等医疗事故：存在器官缺失、严重缺损、严重畸形情形之一，有严重功能障碍，可能存在特殊医疗依赖，或生活大部分不能自理。例如造成患者下列情形之一的：

1. 重度智能障碍；

2. 单眼球摘除或经客观检查证实无光感，另眼球结构损伤，闪光视觉诱发电位（VEP）P100 波潜时延长＞160ms（毫秒），矫正视力＜0.02，视野半径＜5°；

3. 双侧上颌骨或双侧下颌骨完全缺失；

4. 一侧上颌骨及对侧下颌骨完全缺失，并伴有颜面软组织缺损大于 30cm^2；

5. 一侧全肺缺失并需改胸术；

6. 肺功能持续重度损害；

7. 持续性心功能不全，心功能四级；

8. 持续性心功能不全，心功能三级伴有不能控制的严重心律失常；

9. 食管闭锁，摄食依赖造瘘；

10. 肝缺损 3/4，并有肝功能重度损害；

11. 胆道损伤致肝功能重度损害；

12. 全胰缺失；

13. 小肠缺损大于 3/4，普通膳食不能维持营养；

14. 肾功能部分损害不全失代偿；

15. 两侧睾丸、副睾丸缺损；

16. 阴茎缺损或性功能严重障碍；

17. 双侧卵巢缺失；

18. 未育妇女子宫全部缺失或大部分缺损；

19. 四肢瘫，肌力Ⅲ级（三级）或截瘫、偏瘫，肌力Ⅲ级以下，临床判定不能恢复；

20. 双上肢腕关节以上缺失、双侧前臂缺失或双手功能完全丧失，不能装配假肢；

21. 肩、肘、髋、膝关节中有四个以上（含四个）关节功能完全丧失；

22. 重型再生障碍性贫血（Ⅰ型）。

（三）二级丙等医疗事故：存在器官缺失、严重缺损、明显畸形情形之一，有严重功能障碍，可能存在特殊医疗依赖，或生活部分不能自理。例如造成患者下列情形之一的：

1. 面部重度毁容；

2. 单眼球摘除或客观检查无光感，另眼球结构损伤，闪光视觉诱发电位（VEP）＞155ms（毫秒），矫正视力＜0.05，视野半径＜10°；

3. 一侧上颌骨或下颌骨完全缺失，伴颜面部软组织缺损大于 30cm²；

4. 同侧上下颌骨完全性缺失；

5. 双侧甲状腺或孤立甲状腺全缺失；

6. 双侧甲状旁腺全缺失；

7. 持续性心功能不全，心功能三级；

8. 持续性心功能不全，心功能二级伴有不能控制的严重心律失常；

9. 全胃缺失；

10. 肝缺损 2/3，并肝功能重度损害；

11. 一侧有功能肾缺失或肾功能完全丧失，对侧肾功能不全代偿；

12. 永久性输尿管腹壁造瘘；

13. 膀胱全缺失；

14. 两侧输精管缺损不能修复；

15. 双上肢肌力Ⅳ级（四级），双下肢肌力 0 级，临床判定不能恢复；

16. 单肢两个大关节（肩、肘、腕、髋、膝、踝）功能完全丧失，不能行关节置换；

17. 一侧上肢肘上缺失或肘、腕、手功能完全丧失，不能手术重建功能或装配假肢；

18. 一手缺失或功能完全丧失，另一手功能丧失50%以上，不能手术重建功能或装配假肢；

19. 一手腕上缺失，另一手拇指缺失，不能手术重建功能或装配假肢；

20. 双手拇、食指均缺失或功能完全丧失无法矫正；

21. 双侧膝关节或者髋关节功能完全丧失，不能行关节置换；

22. 一下肢膝上缺失，无法装配假肢；

23. 重型再生障碍性贫血（Ⅱ型）。

（四）二级丁等医疗事故：存在器官缺失、大部分缺损、畸形情形之一，有严重功能障碍，可能存在一般医疗依赖，生活能自理。例如造成患者下列情形之一的：

1. 中度智能障碍；

2. 难治性癫痫；

3. 完全性失语，伴有神经系统客观检查阳性所见；

4. 双侧重度周围性面瘫；

5. 面部中度毁容或全身瘢痕面积大于70%；

6. 双眼球结构损伤，较好眼闪光视觉诱发电位（VEP）＞155ms（毫秒），矫正视力＜0.05，视野半径＜10°；

7. 双耳经客观检查证实听力在原有基础上损失大于91dbHL（分贝）；

8. 舌缺损大于全舌2/3；

9. 一侧上颌骨缺损1/2，颜面部软组织缺损大于20cm²；

10. 下颌骨缺损长6cm以上的区段，口腔、颜面软组织缺损大于20cm²；

11. 甲状旁腺功能重度损害；

12. 食管狭窄只能进流食；

13. 吞咽功能严重损伤，依赖鼻饲管进食；

14. 肝缺损 2/3，功能中度损害；

15. 肝缺损 1/2 伴有胆道损伤致严重肝功能损害；

16. 胰缺损，胰岛素依赖；

17. 小肠缺损 2/3，包括回盲部缺损；

18. 全结肠、直肠、肛门缺失，回肠造瘘；

19. 肾上腺功能明显减退；

20. 大、小便失禁，临床判定不能恢复；

21. 女性双侧乳腺缺失；

22. 单肢肌力Ⅱ级（二级），临床判定不能恢复；

23. 双前臂缺失；

24. 双下肢瘫；

25. 一手缺失或功能完全丧失，另一手功能正常，不能手术重建功能或装配假肢；

26. 双拇指完全缺失或无功能；

27. 双膝以下缺失或无功能，不能手术重建功能或装配假肢；

28. 一侧下肢膝上缺失，不能手术重建功能或装配假肢；

29. 一侧膝以下缺失，另一侧前足缺失，不能手术重建功能或装配假肢；

30. 双足全肌瘫，肌力Ⅱ级（二级），临床判定不能恢复。

三、三级医疗事故

系指造成患者轻度残疾、器官组织损伤导致一般功能障碍。

（一）三级甲等医疗事故：存在器官缺失、大部分缺损、畸形情形之一，有较重功能障碍，可能存在一般医疗依赖，生活能自理。例如造成患者下列情形之一的：

1. 不完全失语并伴有失用、失写、失读、失认之一者，同时有神经系统客观检查阳性所见；

2. 不能修补的脑脊液瘘；

3. 尿崩，有严重离子紊乱，需要长期依赖药物治疗；

4. 面部轻度毁容；

5. 面颊部洞穿性缺损大于 $20cm^2$；

6. 单侧眼球摘除或客观检查无光感，另眼球结构损伤，闪光视觉诱发电位（VEP）＞150ms（毫秒），矫正视力 $0.05\sim0.1$，视野半径＜$15°$；

7. 双耳经客观检查证实听力在原有基础上损失大于81dbHL（分贝）；

8. 鼻缺损 1/3 以上；

9. 上唇或下唇缺损大于 1/2；

10. 一侧上颌骨缺损 1/4 或下颌骨缺损长 4cm 以上区段，伴口腔、颜面软组织缺损大于 $10cm^2$；

11. 肺功能中度持续损伤；

12. 胃缺损 3/4；

13. 肝缺损 1/2 伴较重功能障碍；

14. 慢性中毒性肝病伴较重功能障碍；

15. 脾缺失；

16. 胰缺损 2/3 造成内、外分泌腺功能障碍；

17. 小肠缺损 2/3，保留回盲部；

18. 尿道狭窄，需定期行尿道扩张术；

19. 直肠、肛门、结肠部分缺损，结肠造瘘；

20. 肛门损伤致排便障碍；

21. 一侧肾缺失或输尿管狭窄，肾功能不全代偿；

22. 不能修复的尿道瘘；

23. 膀胱大部分缺损；

24. 双侧输卵管缺失；

25. 阴道闭锁丧失性功能；

26. 不能修复的Ⅲ度（三度）会阴裂伤；

27. 四肢瘫，肌力Ⅳ级（四级），临床判定不能恢复；

28. 单肢瘫,肌力Ⅲ级(三级),临床判定不能恢复;

29. 肩、肘、腕关节之一功能完全丧失;

30. 利手全肌瘫,肌力Ⅲ级(三级),临床判定不能恢复;

31. 一手拇指缺失,另一手拇指功能丧失50％以上;

32. 一手拇指缺失或无功能,另一手除拇指外三指缺失或无功能,不能手术重建功能;

33. 双下肢肌力Ⅲ级(三级)以下,临床判定不能恢复。大、小便失禁;

34. 下肢双膝以上缺失伴一侧腕上缺失或手功能部分丧失,能装配假肢;

35. 一髋或一膝关节功能完全丧失,不能手术重建功能;

36. 双足全肌瘫,肌力Ⅲ级(三级),临床判定不能恢复;

37. 双前足缺失;

38. 慢性再生障碍性贫血。

(二)三级乙等医疗事故:器官大部分缺损或畸形,有中度功能障碍,可能存在一般医疗依赖,生活能自理。例如造成患者下列情形之一的:

1. 轻度智能减退;

2. 癫痫中度;

3. 不完全性失语,伴有神经系统客观检查阳性所见;

4. 头皮、眉毛完全缺损;

5. 一侧完全性面瘫,对侧不完全性面瘫;

6. 面部重度异常色素沉着或全身瘢痕面积达60％～69％;

7. 面部软组织缺损大于20cm^2;

8. 双眼球结构损伤,较好眼闪光视觉诱发电位(VEP)＞150ms(毫秒),矫正视力0.05～0.1,视野半径＜15°;

9. 双耳经客观检查证实听力损失大于71dbHL(分贝);

10. 双侧前庭功能丧失,睁眼行走困难,不能并足站立;

11. 甲状腺功能严重损害,依赖药物治疗;

12. 不能控制的严重器质性心律失常;

13. 胃缺损 2/3 伴轻度功能障碍；

14. 肝缺损 1/3 伴轻度功能障碍；

15. 胆道损伤伴轻度肝功能障碍；

16. 胰缺损 1/2；

17. 小肠缺损 1/2（包括回盲部）；

18. 腹壁缺损大于腹壁 1/4；

19. 肾上腺皮质功能轻度减退；

20. 双侧睾丸萎缩，血清睾丸酮水平低于正常范围；

21. 非利手全肌瘫，肌力Ⅳ级（四级），临床判定不能恢复，不能手术重建功能；

22. 一拇指完全缺失；

23. 双下肢肌力Ⅳ级（四级），临床判定不能恢复。大、小便失禁；

24. 一髋或一膝关节功能不全；

25. 一侧踝以下缺失或一侧踝关节畸形，功能完全丧失，不能手术重建功能；

26. 双足部分肌瘫，肌力Ⅳ级（四级），临床判定不能恢复，不能手术重建功能；

27. 单足全肌瘫，肌力Ⅳ级（四级），临床判定不能恢复，不能手术重建功能。

（三）三级丙等医疗事故：器官大部分缺损或畸形，有轻度功能障碍，可能存在一般医疗依赖，生活能自理。例如造成患者下列情形之一的：

1. 不完全性失用、失写、失读、失认之一者，伴有神经系统客观检查阳性所见；

2. 全身瘢痕面积 50%～59%；

3. 双侧中度周围性面瘫，临床判定不能恢复；

4. 双眼球结构损伤，较好眼闪光视觉诱发电位（VEP）＞140ms（毫秒），矫正视力 0.1～0.3，视野半径＜20°；

5. 双耳经客观检查证实听力损失大于 56dbHL（分贝）；

6. 喉保护功能丧失,饮食时呛咳并易发生误吸,临床判定不能恢复;

7. 颈颏粘连,影响部分活动;

8. 肺叶缺失伴轻度功能障碍;

9. 持续性心功能不全,心功能二级;

10. 胃缺损 1/2 伴轻度功能障碍;

11. 肝缺损 1/4 伴轻度功能障碍;

12. 慢性轻度中毒性肝病伴轻度功能障碍;

13. 胆道损伤,需行胆肠吻合术;

14. 胰缺损 1/3 伴轻度功能障碍;

15. 小肠缺损 1/2 伴轻度功能障碍;

16. 结肠大部分缺损;

17. 永久性膀胱造瘘;

18. 未育妇女单侧乳腺缺失;

19. 未育妇女单侧卵巢缺失;

20. 育龄已育妇女双侧输卵管缺失;

21. 育龄已育妇女子宫缺失或部分缺损;

22. 阴道狭窄不能通过二横指;

23. 颈部或腰部活动度丧失 50% 以上;

24. 腕、肘、肩、踝、膝、髋关节之一丧失功能 50% 以上;

25. 截瘫或偏瘫,肌力 IV 级(四级),临床判定不能恢复;

26. 单肢两个大关节(肩、肘、腕、髋、膝、踝)功能部分丧失,能行关节置换;

27. 一侧肘上缺失或肘、腕、手功能部分丧失,可以手术重建功能或装配假肢;

28. 一手缺失或功能部分丧失,另一手功能丧失 50% 以上,可以手术重建功能或装配假肢;

29. 一手腕上缺失,另一手拇指缺失,可以手术重建功能或装配假肢;

30. 利手全肌瘫,肌力 IV 级(四级),临床判定不能恢复;

31. 单手部分肌瘫，肌力Ⅲ级（三级），临床判定不能恢复；

32. 除拇指外 3 指缺失或功能完全丧失；

33. 双下肢长度相差 4cm 以上；

34. 双侧膝关节或者髋关节功能部分丧失，可以行关节置换；

35. 单侧下肢膝上缺失，可以装配假肢；

36. 双足部分肌瘫，肌力Ⅲ级（三级），临床判定不能恢复；

37. 单足全肌瘫，肌力Ⅲ级（三级），临床判定不能恢复。

（四）三级丁等医疗事故：器官部分缺损或畸形，有轻度功能障碍，无医疗依赖，生活能自理。例如造成患者下列情形之一的：

1. 边缘智能；

2. 发声及言语困难；

3. 双眼结构损伤，较好眼闪光视觉诱发电位（VEP）＞130ms（毫秒），矫正视力 0.3～0.5，视野半径＜30°；

4. 双耳经客观检查证实听力损失大于 41dbHL（分贝）或单耳大于 91dbHL（分贝）；

5. 耳郭缺损 2/3 以上；

6. 器械或异物误入呼吸道需行肺段切除术；

7. 甲状旁腺功能轻度损害；

8. 肺段缺损，轻度持续肺功能障碍；

9. 腹壁缺损小于 1/4；

10. 一侧肾上腺缺失伴轻度功能障碍；

11. 一侧睾丸、附睾缺失伴轻度功能障碍；

12. 一侧输精管缺损，不能修复；

13. 一侧卵巢缺失，一侧输卵管缺失；

14. 一手缺失或功能完全丧失，另一手功能正常，可以手术重建功能及装配假肢；

15. 双大腿肌力近Ⅴ级（五级），双小腿肌力Ⅲ级（三级）以下，临床判定不能恢复。大、小便轻度失禁；

16. 双膝以下缺失或无功能,可以手术重建功能或装配假肢;

17. 单侧下肢膝上缺失,可以手术重建功能或装配假肢;

18. 一侧膝以下缺失,另一侧前足缺失,可以手术重建功能或装配假肢。

（五）三级戊等医疗事故:器官部分缺损或畸形,有轻微功能障碍,无医疗依赖,生活能自理。例如造成患者下列情形之一的:

1. 脑叶缺失后轻度智力障碍;

2. 发声或言语不畅;

3. 双眼结构损伤,较好眼闪光视觉诱发电位（VEP）＞120ms（毫秒）,矫正视力＜0.6,视野半径＜50°;

4. 泪器损伤,手术无法改进溢泪;

5. 双耳经客观检查证实听力在原有基础上损失大于31dbHL（分贝）或一耳听力在原有基础上损失大于71dbHL（分贝）;

6. 耳郭缺损大于1/3而小于2/3;

7. 甲状腺功能低下;

8. 支气管损伤需行手术治疗;

9. 器械或异物误入消化道,需开腹取出;

10. 一拇指指关节功能不全;

11. 双小腿肌力Ⅳ级（四级）,临床判定不能恢复。大、小便轻度失禁;

12. 手术后当时引起脊柱侧弯30°以上;

13. 手术后当时引起脊柱后凸成角（胸段大于60°,胸腰段大于30°,腰段大于20°以上）;

14. 原有脊柱、躯干或肢体畸形又严重加重;

15. 损伤重要脏器,修补后功能有轻微障碍。

四、四级医疗事故

系指造成患者明显人身损害的其他后果的医疗事故。例如造成患者下列情形之一的：

　　1. 双侧轻度不完全性面瘫，无功能障碍；

　　2. 面部轻度色素沉着或脱失；

　　3. 一侧眼睑有明显缺损或外翻；

　　4. 拔除健康恒牙；

　　5. 器械或异物误入呼吸道或消化道，需全麻后内窥镜下取出；

　　6. 口周及颜面软组织轻度损伤；

　　7. 非解剖变异等因素，拔除上颌后牙时牙根或异物进入上颌窦需手术取出；

　　8. 组织、器官轻度损伤，行修补术后无功能障碍；

　　9. 一拇指末节 1/2 缺损；

　　10. 一手除拇指、食指外，有两指近侧指间关节无功能；

　　11. 一足跨趾末节缺失；

　　12. 软组织内异物滞留；

　　13. 体腔遗留异物已包裹，无需手术取出，无功能障碍；

　　14. 局部注射造成组织坏死，成人大于体表面积 2%，儿童大于体表面积 5%；

　　15. 剖宫产术引起胎儿损伤；

　　16. 产后胎盘残留引起大出血，无其他并发症。

第八节　医疗机构病历管理规定

　　根据《医疗机构管理条例》和《医疗事故处理条例》，卫生部和国家中医药管理局制定了《医疗机构病历管理规定》。此规定 2002 年 7 月 19 日经部务会讨论通过，2002 年 8 月 2 日颁布执行。该规定共 23 条，全文收录如下：

　　第一条　为了加强医疗机构病历管理，保证病历资料客观、真实、完整，根据《医疗机构管理条例》和《医疗事故处理条例》等法规，制定本规定。

第二条 病历是指医务人员在医疗活动过程中形成的文字、符号、图表、影像、切片等资料的总和，包括门（急）诊病历和住院病历。

第三条 医疗机构应当建立病历管理制度，设置专门部门或者配备专（兼）职人员，具体负责本机构病历和病案的保存与管理工作。

第四条 在医疗机构建有门（急）诊病历档案的，其门（急）诊病历由医疗机构负责保管；没有在医疗机构建立门（急）诊病历档案的，其门（急）诊病历由患者负责保管。

住院病历由医疗机构负责保管。

第五条 医疗机构应当严格病历管理，严禁任何人涂改、伪造、隐匿、销毁、抢夺、窃取病历。

第六条 除涉及对患者实施医疗活动的医务人员及医疗服务质量监控人员外，其他任何机构和个人不得擅自查阅该患者的病历。

因科研、教学需要查阅病历的，需经患者就诊的医疗机构有关部门同意后查阅。阅后应当立即归还。不得泄露患者隐私。

第七条 医疗机构应当建立门（急）诊病历和住院病历编号制度。

门（急）诊病历和住院病历应当标注页码。

第八条 在医疗机构建有门（急）诊病历档案患者的门（急）诊病历，应当由医疗机构指定专人送达患者就诊科室；患者同时在多科室就诊的，应当由医疗机构指定专人送达后续就诊科室。

在患者每次诊疗活动结束后 24 小时内，其门（急）诊病历应当收回。

第九条 医疗机构应当将门（急）诊患者的化验单（检验报告）、医学影像检查资料等在检查结果出具后 24 小时内归入门（急）诊病历档案。

第十条 在患者住院期间，其住院病历由所在病区负责集中、统一保管。

病区应当在收到住院患者的化验单(检验报告)、医学影像检查资料等检查结果后 24 小时内归入住院病历。

住院病历在患者出院后由设置的专门部门或者专(兼)职人员负责集中、统一保存与管理。

第十一条 住院病历因医疗活动或复印、复制等需要带离病区时,应当由病区指定专门人员负责携带和保管。

第十二条 医疗机构应当受理下列人员和机构复印或者复制病历资料的申请:

(一)患者本人或其代理人;

(二)死亡患者近亲属或其代理人;

(三)保险机构。

第十三条 医疗机构应当由负责医疗服务质量监控的部门或者专(兼)职人员负责受理复印或者复制病历资料的申请。受理申请时,应当要求申请人按照下列要求提供有关证明材料:

(一)申请人为患者本人的,应当提供其有效身份证明;

(二)申请人为患者代理人的,应当提供患者及其代理人的有效身份证明、申请人与患者代理关系的法定证明材料;

(三)申请人为死亡患者近亲属的,应当提供患者死亡证明及其近亲属的有效身份证明、申请人是死亡患者近亲属的法定证明材料;

(四)申请人为死亡患者近亲属代理人的,应当提供患者死亡证明、死亡患者近亲属及其代理人的有效身份证明,死亡患者与其近亲属关系的法定证明材料,申请人与死亡患者近亲属代理关系的法定证明材料;

(五)申请人为保险机构的,应当提供保险合同复印件,承办人员的有效身份证明,患者本人或者其代理人同意的法定证明材料;患者死亡的,应当提供保险合同复印件,承办人员的有效身份证明,死亡患者近亲属或者其代理人同意的法定证明材料。合同或者法律另有规定的除外。

第十四条 公安、司法机关因办理案件,需要查阅、复印或

103

者复制病历资料的,医疗机构应当在公安、司法机关出具采集证据的法定证明及执行公务人员的有效身份证明后予以协助。

第十五条　医疗机构可以为申请人复印或者复制的病历资料包括:门(急)诊病历和住院病历中的住院志(即入院记录)、体温单、医嘱单、化验单(检验报告)、医学影像检查资料、特殊检查(治疗)同意书、手术同意书、手术及麻醉记录单、病理报告、护理记录、出院记录。

第十六条　医疗机构受理复印或者复制病历资料申请后,应当在医务人员按规定时限完成病历后予以提供。

第十七条　医疗机构受理复印或者复制病历资料申请后,由负责医疗服务质量监控的部门或者专(兼)职人员通知负责保管门(急)诊病历档案的部门(人员)或者病区,将需要复印或者复制的病历资料在规定时间内送至指定地点,并在申请人在场的情况下复印或者复制。

复印或者复制的病历资料经申请人核对无误后,医疗机构应当加盖证明印记。

第十八条　医疗机构复印或者复制病历资料,可以按照规定收取工本费。

第十九条　发生医疗事故争议时,医疗机构负责医疗服务质量监控的部门或者专(兼)职人员应当在患者或者其代理人在场的情况下封存死亡病例讨论记录、疑难病例讨论记录、上级医师查房记录、会诊意见、病程记录等。

封存的病历由医疗机构负责医疗服务质量监控的部门或者专(兼)职人员保管。

封存的病历可以是复印件。

第二十条　门(急)诊病历档案的保存时间自患者最后一次就诊之日起不少于15年。

第二十一条　病案的查阅、复印或者复制参照本规定执行。

第二十二条　本规定由卫生部负责解释。

第二十三条　本规定自2002年9月1日起施行。

第九节　重大医疗过失行为和医疗事故
报告制度的规定

根据《医疗事故处理条例》和《医疗机构管理条例》，卫生部和国家中医药管理局制定了《重大医疗过失行为和医疗事故报告制度的规定》。该规定包括13条，现全文收录如下：

第一条　为防范重大医疗过失行为和医疗事故的发生，正确处理医疗事故，不断提高医疗服务质量，根据《医疗事故处理条例》和《医疗机构管理条例》制定本规定。

第二条　卫生行政部门应当建立健全医疗事故报告制度。

医疗机构应当建立健全重大医疗过失行为和医疗事故报告制度。

第三条　医疗机构发生或发现重大医疗过失行为后，应于12小时内向所在地县级卫生行政部门报告。报告的内容包括：

（一）医疗机构名称；

（二）当事医务人员的姓名、性别、科室、专业、职务和/或专业技术职务任职资格；

（三）患者姓名、性别、年龄、国籍、就诊或入院时间、简要诊疗经过、目前状况；

（四）重大医疗过失行为发生的时间、经过；

（五）采取的医疗救治措施；

（六）患方的要求；

（七）省级以上卫生行政部门规定的其他内容。

第四条　重大医疗过失行为导致3名以上患者死亡、10名以上患者出现人身损害的，医疗机构应当立即向所在地县级卫生行政部门报告，地方卫生行政部门应当立即逐级报告至卫生部；中医、中西医结合、民族医医疗机构发生上述情形的，还应当同时逐级报告至国家中医药管理局。报告的内容包括：

（一）医疗机构名称；

（二）患者姓名、性别、年龄、国籍、就诊或入院时间、简要诊疗经过、目前状况；

（三）重大医疗过失行为发生的时间、经过。

第五条　医疗事故争议未经医疗事故技术鉴定，由双方当事人自行协商解决的，医疗机构应当自协商解决之日起7日内向所在地县级卫生行政部门作出书面报告。报告的内容包括：

（一）双方当事人签定的协议书，载明双方当事人的基本情况和医疗事故的原因、双方当事人共同认定的医疗事故等级、医疗过失行为责任程度以及协商确定的赔偿数额等；

（二）协议执行计划或执行情况；

（三）医疗机构对当事医务人员的处理情况；

（四）医疗机构整改措施；

（五）对当事医务人员的行政处理建议；

（六）省级以上卫生行政部门规定的其他内容。

第六条　医疗事故争议经医疗事故技术鉴定确定为医疗事故，双方当事人协商或卫生行政部门调解解决的，医疗机构应当在协商（调解）解决后7日内向所在地县级卫生行政部门作出书面报告。报告的内容包括：

（一）医疗事故技术鉴定书；

（二）双方当事人签定的协议书或行政调解书，载明协商确定的赔偿数额；

（三）双方当事人签定的或行政调解达成的协议执行计划或执行情况；

（四）医疗机构对当事医务人员的处理情况；

（五）医疗机构整改措施；

（六）对当事医务人员的行政处理建议；

（七）省级卫生行政部门规定的其他内容。

第七条　医疗事故争议经人民法院调解或者判决解决的，医疗机构应当自收到生效的人民法院调解书或者判决书之日起7日内向所在地县级卫生行政部门作出书面报告。报告的内容包括：

（一）人民法院的调解书或判决书；

（二）人民法院调解书或判决书执行计划或者执行情况；

（三）医疗机构对当事医务人员的处理情况；

（四）医疗机构整改措施；

（五）对当事医务人员的行政处理建议；

（六）省级以上卫生行政部门规定的其他内容。

第八条 省、自治区、直辖市卫生行政部门应当将上一年度本辖区内发生医疗事故的有关情况汇总，于3月31日前上报至卫生部（见附表〔略〕）；其中中医、中西医结合、民族医医疗机构发生的医疗事故，也按附表要求汇总后报国家中医药管理局。上报的内容包括：

（一）按医疗事故等级统计的医疗事故数量；

（二）按医疗事故等级和解决途径（双方当事人协商、行政调解和民事诉讼）统计的医疗事故数量；

（三）按医疗事故等级和医疗过失行为责任程度统计的医疗事故数量；

（四）按医疗事故等级和首次鉴定、再次鉴定、中华医学会组织鉴定统计的医疗事故数量；

（五）按医疗事故等级和医疗机构类别统计的医疗事故数量；

（六）按医疗事故等级统计的医疗事故赔偿总金额，个案最高赔偿金额、最低赔偿金额；

（七）按医疗事故等级和行政处理方式统计的对医疗机构的行政处理情况；

（八）按医疗事故等级和行政处理方式统计的对医务人员的行政处理情况；

（九）卫生部规定的其他内容。

第九条 卫生行政部门违反《医疗事故处理条例》和本规定的，按照《医疗事故处理条例》第五十四条的规定处理，并予以通报。

第十条　医疗机构违反《医疗事故处理条例》和本规定的，按照《医疗事故处理条例》第五十六条的规定处理，并予以通报。

第十一条　省、自治区、直辖市卫生行政部门可以根据本规定确定本辖区医疗事故的报告内容、程序和时间。

第十二条　本规定由卫生部负责解释。

第十三条　本规定自 2002 年 9 月 1 日起施行。

第十节　司法部、卫生部关于出国护士执业证书办理公证的规定

1995 年 7 月 25 日，司发通[1995]088 号颁布了《司法部、卫生部关于出国护士执业证书办理公证的规定》。并于颁布之日起执行。其具体内容如下：

各省、自治区、直辖市司法厅（局）、卫生厅（局）：

随着我国改革开放的不断深入，护士进行国际劳务合作与交流活动日益扩大，护士赴国外工作的人数逐年递增。为了维护国家对护士管理及护士执业证书核发与管理的严肃性，保证出国护士的素质，适应国际交流的需要，现对各地区、各部门、各单位派遣或个人申请出国的护士持有的《中华人民共和国护士执业证书》（以下简称《护士执业证书》）的公证问题作如下规定：

一、各地区、各部门、各单位派遣（包括地区和有关部门负责劳务输出的公司）或个人申请出国的护士，均须在当事人住所地公证处申请办理《护士执业证书》公证。

二、当事人向公证处申办《护士执业证书》公证时，应向公证处提交本人证书及所在工作单位出具的证明，公证处经调查核实后予以办理，以证明其证书复印件与原件相符，原件上中华人民共和国卫生部印鉴，省、自治区、直辖市卫生厅（局）印鉴及注册机关印鉴属实的方式出具公证书。

三、解放军各总部及其所属企事业单位派遣出国的护士，

其《护士执业证书》的公证方式与第二条相同。

四、对非卫生行政部门颁发的《护士执业证书》，公证机关一律不予办理公证。对乱制、伪造、滥发《护士执业证书》的单位或个人，由卫生行政部门予以处罚。

各地公证处和卫生行政部门在办理《护士执业证书》公证时，应加强联系，密切配合，对执行中出现的问题应及时逐级请示。

第十一节　中等卫生学校与医院联合办学培养护士的暂行规定

1987 年 12 月 10 日，卫生部和国家教育委员会联合颁布了《中等卫生学校与医院联合办学培养护士的暂行规定》分为 6 章 20 条。现收录如下：

一、总　则

第一条　为充分发挥全日制普通中等卫生（护士）学校（以下简称卫校）基础教学和医院临床教学各自的优势，加速发展中等护理教育，更好地适应卫生事业迅速发展的需要，特制定本规定。

第二条　卫校与医院联合办学是加速培养护士的有效措施之一，它属于正规教育制度，应纳入国家教育事业计划，参加省内中专统一招生考试。学生毕业后由卫校发给毕业证书，享受中等专业学校毕业生待遇。

第三条　卫校与医院联合办学可实行总校与分校管理体制，卫校为总校，医院设立护士分校。总校和分校在培养学生方面是一个整体，教学过程采取分段负责制。

二、条件和审批手续

第四条　凡准备实行总校和分校体制的卫校与医院，按照隶属关系,须向卫生主管部门提出申请报告,经省卫生部门审核批准,报省教育部门备案。

第五条 实行总校与分校体制的卫校,应是按照国家教委(86)教职字010号文颁发的《普通中等专业学校设置暂行办法》的规定批准成立的全日制普通中等卫生学校,并须有较好的办学条件,较强的师资队伍和较齐全的教学设备,具有指导分校教学业务等方面的工作能力。

第六条 设立分校的医院,一般应是地、市级(含地、市级)以上的医院,并须具备承担分校教学工作的能力,能提供适应分校教学要求的兼职师资、实习条件、教学设备和相应的教学用房和生活用房。

第七条 分校一经批准设立不得随意停办,如确需调整或停办,须由总校提出申请,说明原因,报省卫生部门审核批准,报省教育部门备案。

第八条 经批准调整或停办的分校,应保证在校学生完成全部学业,不得遣散或提前结业和分配工作。

三、职责范围

第九条 总校的主要职责:

1. 负责编报总的招生计划和招生工作、学籍管理、教学计划的制订与执行、教材的提供、学生的毕业考核、毕业证书的发放以及毕业分配工作;

2. 负责完成普通文化课及医学基础课的教学工作;

3. 做好学生在总校学习期间的思想政治教育和生活管理工作;

4. 搞好教学质量管理,指导分校的教学业务,经常深入分校听取意见,有计划地组织总校与分校专兼职教师的教研活动,总结交流经验,指导改进教学工作;

5. 协助分校建立相对稳定的教师队伍,分校的专任和兼职教师的人选,在分校提名的基础上,由总校审核聘任;

6. 负责提供学生在总校学习期间的教学设施和生活设施。

第十条　分校的主要职责：

1. 按照总校统一的教学计划，负责完成临床课的理论教学与临床实习，并保证教学质量；

2. 认真选派临床经验丰富并具有一定教学能力的主治医师、医师、护师和护士长担任分校兼职教师。兼职教师队伍要保持相对稳定；

3. 负责学生在分校期间的思想政治教育和生活管理工作；

4. 配合总校做好学籍管理和毕业分配工作；

5. 负责提供学生在分校学习期间的教学设施和生活设施；

6. 规划分校的基本建设，不断改善分校的办学条件。

四、编制和待遇

第十一条　设立分校的医院应有一定的教学编制。分校的教学编制可参照国家教委、劳动人事部(85)教职字008号文颁发的《全日制普通中等专业学校人员编制标准(试行)》，根据分校的规模制定相应的编制定额。其中专任教师编制应放在有授课任务的各临床科室，统一安排使用，也可设临床专职教师的编制。

第十二条　分校专职工作人员的专业技术职务及工资、福利待遇与总校的教职工同等对待，享受寒暑假，班主任按总校规定发给班主任津贴，专职教师享受教龄津贴，医院也可聘请他们兼任相应的临床职务。他们的考绩亦应作为晋升和表彰的依据。

第十三条　分校兼职教师的待遇也应作出合理规定，以利教学工作。他们的考绩亦应作为晋升和表彰的依据，总校也可聘请他们兼任相应的教学职务，并应按规定发给授课酬金。

第十四条　分校所在医院在办学中承担了一定的义务，在学生分配上应给予适当优惠，除了统一下达的毕业生分配计划外，可按在校毕业生20%～25%的比例择优留用。

五、办学经费

第十五条　分校的正常教学经费在卫生事业费"中等专业学校经费"科目内列支，由上级卫生主管部门按有关定额标准核给总校，总校根据分校承担的教学任务和在校学生数拨给分校所在医院的财务部门，也可由上级卫生主管部门按照正常的教学经费直接拨到分校。

第十六条　分校经费由所在医院财务部门兼管，单独建账，单独核算，由分校教学办公室参照国家有关规定安排使用，年终向总校或有关部门报送决算。

六、组织领导

第十七条　各省、自治区、直辖市卫生厅（局）和各卫生主管部门要加强领导，并有主要负责同志分管该项工作，主管处室具体指导，协调总校与分校工作。

第十八条　总校应设立分校工作管理部门，该部门属学校的中层机构，在校长的领导以及各有关科室的密切配合下，负责做好分校的各项工作。

第十九条　分校由所在医院的业务院长（或护理部主任）兼任校长，下设分校办公室，负责学生在分校期间的教学及管理工作。分校办公室属医院的中层机构，可设专职主任也可由护理部主任兼任，并配备一定数量的专职干部和专职班主任。

分校的人事关系隶属医院，教学工作受总校及医院双重领导。

第二十条　凡实行以上体制的省、自治区、直辖市卫生厅（局），可根据本规定，结合当地的实际，制定具体办法和工作细则，报省教育部门备案。

第十二节　专业技术资格考试暂行
规定及考试实施办法

卫生部、人事部于 2001 年 6 月 13 日以卫人发〔2001〕164

号文件的形式发出了"关于印发《预防医学、全科医学、药学、护理、其他卫生技术等专业技术资格考试暂行规定》及《临床医学、预防医学、全科医学、药学、护理、其他卫生技术等专业技术资格考试实施办法》的通知"同时颁布了《预防医学、全科医学、药学、护理、其他卫生技术等专业技术资格考试暂行规定》和《临床医学、预防医学、全科医学、药学、护理、其他卫生技术等专业技术资格考试实施办法》现收录如下：

预防医学、全科医学、药学、护理、其他卫生技术等专业技术资格考试暂行规定

第一条　为贯彻落实人事部、卫生部《关于加强卫生专业技术职务评聘工作的通知》（人发［2000］114 号）精神，制定本暂行规定。

第二条　本规定适用于经国家有关部门批准的医疗卫生机构内从事医疗、预防、保健、药学、护理、其他卫生技术（以下简称"技术"）专业工作的人员。

第三条　预防医学、全科医学、药学、护理、技术专业实行全国统一组织、统一考试时间、统一考试大纲、统一考试命题、统一合格标准的考试制度，原则上每年进行一次。

第四条　本规定下发之日前，已按国家规定取得卫生系列初、中级专业技术职务任职资格的人员，其资格继续有效。本规定下发后，各地、各部门不再进行相应专业技术职务任职资格的考试和评审。通过考试取得专业技术资格，表明其已具备担任卫生系列相应级别专业技术职务的水平和能力，用人单位根据工作需要，从获得资格证书的人员中择优聘任。

第五条　预防医学、药学、护理、技术专业分为初级资格、中级资格、高级资格。全科医学专业分为中级资格、高级资格。

（一）取得初级资格，根据有关规定，并按照下列条件聘任相应的专业技术职务：

1. 药、护、技师：取得中专学历，担任药、护、技士职务满 5

年;取得大专学历,从事本专业工作满 3 年;取得本科学历,从事本专业工作满 1 年。

2. 不符合上述条件的人员只可聘任药、护、技士职务。

(二)取得中级资格,并符合有关规定,可聘任主治(管)医师,主管药、护、技师职务。

(三)高级资格的取得均实行考评结合方式,具体办法另行制定。

第六条　按照《中华人民共和国执业医师法》的有关规定,参加国家医师资格考试,取得执业助理医师资格,可聘任医士职务;取得执业医师资格,可聘任医师职务。

第七条　人事部和卫生部共同负责国家预防医学、全科医学、药学、护理、技术专业技术资格考试的政策制定、组织协调等工作。

卫生部负责拟定考试大纲和命题,组建国家级题库,组织实施考试工作,管理考试用书,规划考前培训,研究考试办法,拟定合格标准等工作。

人事部负责审定考试大纲和试题,会同卫生部对考试工作进行指导、监督、检查和确定合格标准。

第八条　通过预防医学、全科医学、药学、护理、技术专业技术资格考试并合格者,由各省、自治区、直辖市人事(职改)部门颁发人事部统一印制,人事部、卫生部用印的专业技术资格证书。该证书在全国范围内有效。各地在颁发证书时,不得附加任何条件。聘任专业技术职务所需的其他条件按照国家有关规定办理。

第九条　参加预防医学、全科医学、药学、护理、技术专业技术资格考试的人员,应具备下列基本条件:

(一)遵守中华人民共和国的宪法和法律。

(二)具备良好的医德医风和敬业精神。

第十条　参加药学、护理、技术专业初级资格考试的人员,除具备第九条所规定的基本条件外,还必须具备相应专业中专以上学历。

第十一条　参加预防医学、全科医学、药学、护理、技术专业中级资格考试的人员,除具备第九条所规定的条件外,还必须具备下列条件之一:

(一)取得相应专业中专学历,受聘担任医(药、护、技)师职务满 7 年。

(二)取得相应专业大专学历,从事医(药、护、技)师工作满 6 年。

(三)取得相应专业本科学历,从事医(药、护、技)师工作满 4 年。

(四)取得相应专业硕士学位,从事医(药、护、技)师工作满 2 年。

(五)取得相应专业博士学位。

第十二条　有下列情形之一的,不得申请参加预防医学、全科医学、药学、护理、技术专业技术资格的考试:

(一)医疗事故责任者未满 3 年。

(二)医疗差错责任者未满 1 年。

(三)受到行政处分者在处分时期内。

(四)伪造学历或考试期间有违纪行为未满 2 年。

(五)省级卫生行政部门规定的其他情形。

第十三条　取得预防医学、全科医学、药学、护理、技术专业技术资格人员,应按照国家有关规定,参加继续医学教育。

第十四条　有下列情形之一的,由卫生行政管理部门吊销其相应专业技术资格,由发证机关收回其专业技术资格证书,2 年内不得参加卫生系列专业技术资格考试:

(一)伪造学历和专业技术工作资历证明;

(二)考试期间有违纪行为;

(三)国务院卫生、人事行政主管部门规定的其他情形。

第十五条　本暂行规定由卫生部、人事部按职责分工负责解释。

第十六条 军队系统卫生系列初、中级专业技术资格考试的组织实施由总政治部负责。

第十七条 卫生部、人事部《临床医学专业技术资格考试暂行规定》(卫人发〔2000〕462号)未明确事项,均按本规定执行。

临床医学、预防医学、全科医学、药学、护理、其他卫生技术等专业技术资格考试实施办法

第一条 根据卫生部、人事部《临床医学专业技术资格考试暂行规定》和《预防医学、全科医学、药学、护理、其他卫生技术等专业技术资格考试暂行规定》(以下均简称"暂行规定"),制定本办法。

第二条 临床医学、预防医学、全科医学、药学、护理、其他卫生技术(以下简称"技术")专业技术资格考试在卫生部、人事部的统一领导下进行。根据《暂行规定》的要求,两部门成立"卫生专业技术资格考试专家委员会"(委员会分设临床医学、预防医学、全科医学、药学、护理和技术等专业组)和"卫生专业技术资格考试办公室",办公室设在卫生部人事司。具体考务工作委托卫生部人才交流服务中心实施。

各地考试工作由省级人事和卫生行政部门按照职能分工组织实施。

第三条 临床医学、预防医学、全科医学专业中级资格和药学、护理、技术专业初、中级资格考试原则上每年举行1次,考试日期定于每年10月。首次考试拟定于2001年10月20-21日。

第四条 临床医学、预防医学、全科医学专业中级资格和药学、护理、技术专业初、中级资格考试均分4个半天进行,各级别考试均设置了"基础知识"、"相关专业知识"、"专业知识"、"专业实践能力"等4个考试科目。考试原则上采用人机对话的方式。参加相应专业考试的人员,必须在一个考试年度内通过全部科目的考试,方可获得专业技术资格证书。

第五条 参加考试的人员,必须符合《暂行规定》中与报名

有关的各项条件。由本人提出申请,经所在单位审核同意,按规定携带有关证明材料到当地考试机构报名,经考试管理机构审核合格后,领取准考证,凭准考证在指定的时间、地点参加考试。

中央和国务院各部门及其直属单位的人员参加考试,实行属地化管理原则。

第六条 报名条件中有关学历的要求,是指经国家教育、卫生行政主管部门认可的正规全日制院校毕业的学历;有关工作年限的要求,是指取得正规学历前后从事本专业工作时间的总和。工作年限计算的截止日期为考试报名年度当年年底。

第七条 考场原则上设在省辖市以上的中心城市或行政专员公署所在地,具有计算机教学设备的高考定点学校或高等院校。

第八条 卫生部负责组织或授权组织编写培训教材和有关参考资料。严禁任何单位和个人盗用卫生部名义,编写、发行考试用书和举办各种与考试有关的考前培训,使考生利益受到损害。

第九条 为保证培训工作的顺利进行,卫生部制定资格考试培训管理办法,各地要按规定认真做好培训工作。培训单位必须具备场地、师资、教材等条件,由当地卫生部门会同人事(职改)部门审核批准,报卫生部、人事部备案。

第十条 培训必须坚持与考试分开的原则,参与培训的工作人员,不得参加考试命题及考试组织管理工作。应考人员参加培训坚持自愿原则。

第十一条 考试和培训等项目的收费标准,须经当地价格主管部门核准。

第十二条 考试考务管理工作要严格执行有关规章和纪律,切实做好试卷的命制、印刷、发送和保管过程中的保密工作。严格遵守保密制度,严防泄密。

第十三条 考试工作人员要认真执行考试回避制度,严肃考场纪律,对违反考试纪律和有关规定者,要严肃处理,并追究领导责任。

第十四条 为促进卫生专业技术资格考试工作顺利实施，保证各地卫生专业技术职务聘任工作的平稳有序进行，在2005年底前，各省、自治区、直辖市人事厅（局）按国家公布的考试合格标准为考试合格人员颁发全国统一的专业技术资格证书的同时，还可根据当地实际情况，会同卫生厅（局）确定本地区考试合格标准，作为本地区范围内聘任卫生系列相应专业技术职务的条件。各地确定的地区考试合格标准，报人事部、卫生部备案。

医疗药品医疗器械管理相关
法律法规

第一节　中华人民共和国药品管理法

《中华人民共和国药品管理法》1984 年 9 月 20 日第六届全国人民代表大会常务委员会第七次会议通过,2001 年 2 月 28 日第九届全国人民代表大会常务委员会第二十次会议修订通过,并以 2001 年中华人民共和国第四十五号主席令颁布,2001 年 12 月 1 日起施行。修订后该法包括:10 章 106 条。分别为:第一章　总则;第二章　药品生产企业管理;第三章　药品经营企业管理;第四章　医疗机构的药剂管理;第五章　药品管理;第六章　药品包装的管理;第七章　药品价格和广告的管理;第八章　药品监督;第九章　法律责任;第十章　附则。现节略收录如下:

第一章　总　　则

第一条　为加强药品监督管理,保证药品质量,保障人体用药安全,维护人民身体健康和用药的合法权益,特制定本法。

第二条　在中华人民共和国境内从事药品的研制、生产、经营、使用和监督管理的单位或者个人,必须遵守本法。

第三条　国家发展现代药和传统药,充分发挥其在预防、医疗和保健中的作用。

国家保护野生药材资源,鼓励培育中药材。

第四条　国家鼓励研究和创制新药,保护公民、法人和其他组织研究、开发新药的合法权益。

第五条　国务院药品监督管理部门主管全国药品监督管理工作。国务院有关部门在各自的职责范围内负责与药品有关的监督管理工作。

省、自治区、直辖市人民政府药品监督管理部门负责本行政区域内的药品监督管理工作。省、自治区、直辖市人民政府有关部门在各自的职责范围内负责与药品有关的监督管理工作。

国务院药品监督管理部门应当配合国务院经济综合主管部门,执行国家制定的药品行业发展规划和产业政策。

第六条　药品监督管理部门设置或者确定的药品检验机构,承担依法实施药品审批和药品质量监督检查所需的药品检验工作。

第二章　药品生产企业管理(节略)

第十条　除中药饮片的炮制外,药品必须按照国家药品标准和国务院药品监督管理部门批准的生产工艺进行生产,生产记录必须完整准确。药品生产企业改变影响药品质量的生产工艺的,必须报原批准部门审核批准。

中药饮片必须按照国家药品标准炮制;国家药品标准没有规定的,必须按照省、自治区、直辖市人民政府药品监督管理部门制定的炮制规范炮制。省、自治区、直辖市人民政府药品监督管理部门制定的炮制规范应当报国务院药品监督管理部门备案。

第三章　药品经营企业管理(略)

第四章　医疗机构的药剂管理

第二十二条　医疗机构必须配备依法经过资格认定的药学

技术人员。非药学技术人员不得直接从事药剂技术工作。

第二十三条 医疗机构配制制剂,须经所在地省、自治区、直辖市人民政府卫生行政部门审核同意,由省、自治区、直辖市人民政府药品监督管理部门批准,发给《医疗机构制剂许可证》。无《医疗机构制剂许可证》的,不得配制制剂。

《医疗机构制剂许可证》应当标明有效期,到期重新审查发证。

第二十四条 医疗机构配制制剂,必须具有能够保证制剂质量的设施、管理制度、检验仪器和卫生条件。

第二十五条 医疗机构配制的制剂,应当是本单位临床需要而市场上没有供应的品种,并须经所在地省、自治区、直辖市人民政府药品监督管理部门批准后方可配制。配制的制剂必须按照规定进行质量检验;合格的,凭医师处方在本医疗机构使用。特殊情况下,经国务院或者省、自治区、直辖市人民政府的药品监督管理部门批准,医疗机构配制的制剂可以在指定的医疗机构之间调剂使用。

医疗机构配制的制剂,不得在市场销售。

第二十六条 医疗机构购进药品,必须建立并执行进货检查验收制度,验明药品合格证明和其他标识;不符合规定要求的,不得购进和使用。

第二十七条 医疗机构的药剂人员调配处方,必须经过核对,对处方所列药品不得擅自更改或者代用。对有配伍禁忌或者超剂量的处方,应当拒绝调配;必要时,经处方医师更正或者重新签字,方可调配。

第二十八条 医疗机构必须制定和执行药品保管制度,采取必要的冷藏、防冻、防潮、防虫、防鼠等措施,保证药品质量。

第五章 药品管理

第二十九条 研制新药,必须按照国务院药品监督管理部门的规定如实报送研制方法、质量指标、药理及毒理试验结果等有关资料和样品,经国务院药品监督管理部门批准后,方可进行临床试验。药物临床试验机构资格的认定办法,由国务院药品监督管理部门、国务院卫生行政部门共同制定。

完成临床试验并通过审批的新药,由国务院药品监督管理部门批准,发给新药证书。

第三十条　药物的非临床安全性评价研究机构和临床试验机构必须分别执行药物非临床研究质量管理规范、药物临床试验质量管理规范。

药物非临床研究质量管理规范、药物临床试验质量管理规范由国务院确定的部门制定。

第三十一条　生产新药或者已有国家标准的药品的,须经国务院药品监督管理部门批准,并发给药品批准文号;但是,生产没有实施批准文号管理的中药材和中药饮片除外。实施批准文号管理的中药材、中药饮片品种目录由国务院药品监督管理部门会同国务院中医药管理部门制定。

药品生产企业在取得药品批准文号后,方可生产该药品。

第三十二条　药品必须符合国家药品标准。中药饮片依照本法第十条第二款的规定执行。

国务院药品监督管理部门颁布的《中华人民共和国药典》和药品标准为国家药品标准。

国务院药品监督管理部门组织药典委员会,负责国家药品标准的制定和修订。

国务院药品监督管理部门的药品检验机构负责标定国家药品标准品、对照品。

第三十三条　国务院药品监督管理部门组织药学、医学和其他技术人员,对新药进行审评,对已经批准生产的药品进行再评价。

第三十四条　药品生产企业、药品经营企业、医疗机构必须从具有药品生产、经营资格的企业购进药品;但是,购进没有实施批准文号管理的中药材除外。

第三十五条　国家对麻醉药品、精神药品、医疗用毒性药品、放射性药品,实行特殊管理。管理办法由国务院制定。

第三十六条　国家实行中药品种保护制度。具体办法由国务院制定。

第三十七条　国家对药品实行处方药与非处方药分类管理制度。具体办法由国务院制定。

第三十八条　禁止进口疗效不确、不良反应大或者其他原因危害人体健康的药品。

第三十九条　药品进口,须经国务院药品监督管理部门组织审查,经审查确认符合质量标准、安全有效的,方可批准进口,并发给进口药品注册证书。

医疗单位临床急需或者个人自用进口的少量药品,按照国家有关规定办理进口手续。

第四十条　药品必须从允许药品进口的口岸进口,并由进口药品的企业向口岸所在地药品监督管理部门登记备案。海关凭药品监督管理部门出具的《进口药品通关单》放行。无《进口药品通关单》的,海关不得放行。

口岸所在地药品监督管理部门应当通知药品检验机构按照国务院药品监督管理部门的规定对进口药品进行抽查检验,并依照本法第四十一条第二款的规定收取检验费。

允许药品进口的口岸由国务院药品监督管理部门会同海关总署提出,报国务院批准。

第四十一条　国务院药品监督管理部门对下列药品在销售前或者进口时,指定药品检验机构进行检验;检验不合格的,不得销售或者进口:

(一)国务院药品监督管理部门规定的生物制品;

(二)首次在中国销售的药品;

(三)国务院规定的其他药品。

前款所列药品的检验费项目和收费标准由国务院财政部门会同国务院价格主管部门核定并公告。检验费收缴办法由国务院财政部门会同国务院药品监督管理部门制定。

第四十二条 国务院药品监督管理部门对已经批准生产或者进口的药品,应当组织调查;对疗效不确、不良反应大或者其他原因危害人体健康的药品,应当撤销批准文号或者进口药品注册证书。

已被撤销批准文号或者进口药品注册证书的药品,不得生产或者进口、销售和使用;已经生产或者进口的,由当地药品监督管理部门监督销毁或者处理。

第四十三条 国家实行药品储备制度。

国内发生重大灾情、疫情及其他突发事件时,国务院规定的部门可以紧急调用企业药品。

第四十四条 对国内供应不足的药品,国务院有权限制或者禁止出口。

第四十五条 进口、出口麻醉药品和国家规定范围内的精神药品,必须持有国务院药品监督管理部门发给的《进口准许证》、《出口准许证》。

第四十六条 新发现和从国外引种的药材,经国务院药品监督管理部门审核批准后,方可销售。

第四十七条 地区性民间习用药材的管理办法,由国务院药品监督管理部门会同国务院中医药管理部门制定。

第四十八条 禁止生产(包括配制,下同)、销售假药。

有下列情形之一的,为假药:

(一)药品所含成分与国家药品标准规定的成分不符的;

(二)以非药品冒充药品或者以他种药品冒充此种药品的。

有下列情形之一的药品,按假药论处:

(一)国务院药品监督管理部门规定禁止使用的;

(二)依照本法必须批准而未经批准生产、进口,或者依照本法必须检验而未经检验即销售的;

(三)变质的;

(四)被污染的;

（五）使用依照本法必须取得批准文号而未取得批准文号的原料药生产的；

（六）所标明的适应证或者功能主治超出规定范围的。

第四十九条 禁止生产、销售劣药。

药品成分的含量不符合国家药品标准的，为劣药。

有下列情形之一的药品，按劣药论处：

（一）未标明有效期或者更改有效期的；

（二）不注明或者更改生产批号的；

（三）超过有效期的；

（四）直接接触药品的包装材料和容器未经批准的；

（五）擅自添加着色剂、防腐剂、香料、矫味剂及辅料的；

（六）其他不符合药品标准规定的。

第五十条 列入国家药品标准的药品名称为药品通用名称。已经作为药品通用名称的，该名称不得作为药品商标使用。

第五十一条 药品生产企业、药品经营企业和医疗机构直接接触药品的工作人员，必须每年进行健康检查。患有传染病或者其他可能污染药品的疾病的，不得从事直接接触药品的工作。

第六章 药品包装的管理

第五十二条 直接接触药品的包装材料和容器，必须符合药用要求，符合保障人体健康、安全的标准，并由药品监督管理部门在审批药品时一并审批。

药品生产企业不得使用未经批准的直接接触药品的包装材料和容器。

对不合格的直接接触药品的包装材料和容器，由药品监督管理部门责令停止使用。

第五十三条 药品包装必须适合药品质量的要求，方便储存、运输和医疗使用。

发运中药材必须有包装。在每件包装上，必须注明品名、产地、日期、调出单位,并附有质量合格的标志。

第五十四条 药品包装必须按照规定印有或者贴有标签并附有说明书。

标签或者说明书上必须注明药品的通用名称、成分、规格、生产企业、批准文号、产品批号、生产日期、有效期、适应证或者功能主治、用法、用量、禁忌、不良反应和注意事项。

麻醉药品、精神药品、医疗用毒性药品、放射性药品、外用药品和非处方药的标签,必须印有规定的标志。

第七章 药品价格和广告的管理

第五十五条 依法实行政府定价、政府指导价的药品,政府价格主管部门应当依照《中华人民共和国价格法》规定的定价原则,依据社会平均成本、市场供求状况和社会承受能力合理制定和调整价格,做到质价相符,消除虚高价格,保护用药者的正当利益。

药品的生产企业、经营企业和医疗机构必须执行政府定价、政府指导价,不得以任何形式擅自提高价格。

药品生产企业应当依法向政府价格主管部门如实提供药品的生产经营成本,不得拒报、虚报、瞒报。

第五十六条 依法实行市场调节价的药品,药品的生产企业、经营企业和医疗机构应当按照公平、合理和诚实信用、质价相符的原则制定价格,为用药者提供价格合理的药品。

药品的生产企业、经营企业和医疗机构应当遵守国务院价格主管部门关于药价管理的规定,制定和标明药品零售价格,禁止暴利和损害用药者利益的价格欺诈行为。

第五十七条 药品的生产企业、经营企业、医疗机构应当依法向政府价格主管部门提供其药品的实际购销价格和购销数量等资料。

第五十八条 医疗机构应当向患者提供所用药品的价格清单;医疗保险定点医疗机构还应当按照规定的办法如实公布其

常用药品的价格,加强合理用药的管理。具体办法由国务院卫生行政部门规定。

第五十九条 禁止药品的生产企业、经营企业和医疗机构在药品购销中账外暗中给予、收受回扣或者其他利益。

禁止药品的生产企业、经营企业或者其代理人以任何名义给予使用其药品的医疗机构的负责人、药品采购人员、医师等有关人员以财物或者其他利益。禁止医疗机构的负责人、药品采购人员、医师等有关人员以任何名义收受药品的生产企业、经营企业或者其代理人给予的财物或者其他利益。

第六十条 药品广告须经企业所在地省、自治区、直辖市人民政府药品监督管理部门批准,并发给药品广告批准文号;未取得药品广告批准文号的,不得发布。

处方药可以在国务院卫生行政部门和国务院药品监督管理部门共同指定的医学、药学专业刊物上介绍,但不得在大众传播媒介发布广告或者以其他方式进行以公众为对象的广告宣传。

第六十一条 药品广告的内容必须真实、合法,以国务院药品监督管理部门批准的说明书为准,不得含有虚假的内容。

药品广告不得含有不科学的表示功效的断言或者保证;不得利用国家机关、医药科研单位、学术机构或者专家、学者、医师、患者的名义和形象作证明。

非药品广告不得有涉及药品的宣传。

第六十二条 省、自治区、直辖市人民政府药品监督管理部门应当对其批准的药品广告进行检查,对于违反本法和《中华人民共和国广告法》的广告,应当向广告监督管理机关通报并提出处理建议,广告监督管理机关应当依法作出处理。

第六十三条 药品价格和广告,本法未规定的,适用《中华人民共和国价格法》、《中华人民共和国广告法》的规定。

第八章　药品监督(节略)

第六十七条 当事人对药品检验机构的检验结果有异议

的,可以自收到药品检验结果之日起七日内向原药品检验机构或者上一级药品监督管理部门设置或者确定的药品检验机构申请复验,也可以直接向国务院药品监督管理部门设置或者确定的药品检验机构申请复验。受理复验的药品检验机构必须在国务院药品监督管理部门规定的时间内作出复验结论。

第七十一条 国家实行药品不良反应报告制度。药品生产企业、药品经营企业和医疗机构必须经常考察本单位所生产、经营、使用的药品质量、疗效和反应。发现可能与用药有关的严重不良反应,必须及时向当地省、自治区、直辖市人民政府药品监督管理部门和卫生行政部门报告。具体办法由国务院药品监督管理部门会同国务院卫生行政部门制定。

对已确认发生严重不良反应的药品,国务院或者省、自治区、直辖市人民政府的药品监督管理部门可以采取停止生产、销售、使用的紧急控制措施,并应当在五日内组织鉴定,自鉴定结论作出之日起十五日内依法作出行政处理决定。

第七十二条 药品生产企业、药品经营企业和医疗机构的药品检验机构或者人员,应当接受当地药品监督管理部门设置的药品检验机构的业务指导。

第九章 法律责任(节略)

第七十六条 从事生产、销售假药及生产、销售劣药情节严重的企业或者其他单位,其直接负责的主管人员和其他直接责任人员十年内不得从事药品生产、经营活动。

对生产者专门用于生产假药、劣药的原辅材料、包装材料、生产设备,予以没收。

第七十七条 知道或者应当知道属于假劣药品而为其提供运输、保管、仓储等便利条件的,没收全部运输、保管、仓储的收入,并处违法收入百分之五十以上三倍以下的罚款;构成犯罪的,依法追究刑事责任。

第七十八条 对假药、劣药的处罚通知,必须载明药品检验机构的质量检验结果；但是，本法第四十八条第三款第（一）、（二）、（五）、（六）项和第四十九条第三款规定的情形除外。

第七十九条　药品的生产企业、经营企业、药物非临床安全性评价研究机构、药物临床试验机构未按照规定实施《药品生产质量管理规范》、《药品经营质量管理规范》、药物非临床研究质量管理规范、药物临床试验质量管理规范的，给予警告，责令限期改正；逾期不改正的，责令停产、停业整顿，并处 5000 元以上 2 万元以下的罚款；情节严重的，吊销《药品生产许可证》、《药品经营许可证》和药物临床试验机构的资格。

第八十条　药品的生产企业、经营企业或者医疗机构违反本法第三十四条的规定，从无《药品生产许可证》、《药品经营许可证》的企业购进药品的，责令改正，没收违法购进的药品，并处违法购进药品货值金额 2 倍以上五倍以下的罚款；有违法所得的，没收违法所得；情节严重的，吊销《药品生产许可证》、《药品经营许可证》或者医疗机构执业许可证书。

第八十一条　进口已获得药品进口注册证书的药品，未按照本法规定向允许药品进口的口岸所在地的药品监督管理部门登记备案的，给予警告，责令限期改正；逾期不改正的，撤销进口药品注册证书。

第八十二条　伪造、变造、买卖、出租、出借许可证或者药品批准证明文件的，没收违法所得，并处违法所得一倍以上三倍以下的罚款；没有违法所得的，处 2 万元以上十万元以下的罚款；情节严重的，并吊销卖方、出租方、出借方的《药品生产许可证》、《药品经营许可证》、《医疗机构制剂许可证》或者撤销药品批准证明文件；构成犯罪的，依法追究刑事责任。

第八十三条　违反本法规定，提供虚假的证明、文件资料样品或者采取其他欺骗手段取得《药品生产许可证》、《药品经营许可证》、《医疗机构制剂许可证》或者药品批准证明文件的，吊销《药品生产许可证》、《药品经营许可证》、《医疗机构制剂许可证》或者撤销药品批准证明文件，五年内不受理其申请，并处一万元以上三万元以下的罚款。

第八十四条　医疗机构将其配制的制剂在市场销售的,责令改正,没收违法销售的制剂,并处违法销售制剂货值金额一倍以上三倍以下的罚款;有违法所得的,没收违法所得。

第九十条　药品的生产企业、经营企业、医疗机构在药品购销中暗中给予、收受回扣或者其他利益的,药品的生产企业、经营企业或者其代理人给予使用其药品的医疗机构的负责人、药品采购人员、医师等有关人员以财物或者其他利益的,由工商行政管理部门处一万元以上二十万元以下的罚款,有违法所得的,予以没收;情节严重的,由工商行政管理部门吊销药品生产企业、药品经营企业的营业执照,并通知药品监督管理部门,由药品监督管理部门吊销其《药品生产许可证》《药品经营许可证》;构成犯罪的,依法追究刑事责任。

第九十一条　药品的生产企业、经营企业的负责人、采购人员等有关人员在药品购销中收受其他生产企业、经营企业或者其代理人给予的财物或者其他利益的,依法给予处分,没收违法所得;构成犯罪的,依法追究刑事责任。

医疗机构的负责人、药品采购人员、医师等有关人员收受药品生产企业、药品经营企业或者其代理人给予的财物或者其他利益的,由卫生行政部门或者本单位给予处分,没收违法所得;对违法行为情节严重的执业医师,由卫生行政部门吊销其执业证书;构成犯罪的,依法追究刑事责任。

第九十三条　药品的生产企业、经营企业、医疗机构违反本法规定,给药品使用者造成损害的,依法承担赔偿责任。

第十章　附　　则

第一百零二条　本法下列用语的含义是:

药品,是指用于预防、治疗、诊断人的疾病,有目的地调节人的生理机能并规定有适应证或者功能主治、用法和用量的物质,包括中药材、中药饮片、中成药、化学原料药及其制剂、抗生素、生化药品、放射性药品、血清、疫苗、血液制品和诊断药品等。

辅料，是指生产药品和调配处方时所用的赋形剂和附加剂。

药品生产企业，是指生产药品的专营企业或者兼营企业。

药品经营企业，是指经营药品的专营企业或者兼营企业。

第一百零三条 中药材的种植、采集和饲养的管理办法，由国务院另行制定。

第一百零四条 国家对预防性生物制品的流通实行特殊管理。具体办法由国务院制定。

第一百零五条 中国人民解放军执行本法的具体办法，由国务院、中央军事委员会依据本法制定。

第一百零六条 本法自 2001 年 12 月 1 日起施行。

第二节 中华人民共和国药品管理法实施条例

《中华人民共和国药品管理法实施条例》于 2002 年 8 月 4 日以中华人民共和国国务院令第 360 号公布，自 2002 年 9 月 15 日起施行。该条例包括 10 章 86 条，现节录如下：

第一章 总 则

第一条 根据《中华人民共和国药品管理法》（以下简称《药品管理法》），制定本条例。

第二条 国务院药品监督管理部门设置国家药品检验机构。

省、自治区、直辖市人民政府药品监督管理部门可以在本行政区域内设置药品检验机构。地方药品检验机构的设置规划由省、自治区、直辖市人民政府药品监督管理部门提出，报省、自治区、直辖市人民政府批准。

国务院和省、自治区、直辖市人民政府的药品监督管理部门可以根据需要，确定符合药品检验条件的检验机构承担药品检验工作。

第二章 药品生产企业管理（略）

第三章 药品经营企业管理（节选）

第十五条 国家实行处方药和非处方药分类管理制度。国家根据非处方药品的安全性，将非处方药分为甲类非处方药和乙类非处方药。

经营处方药、甲类非处方药的药品零售企业，应当配备执业药师或者其他依法经资格认定的药学技术人员。经营乙类非处方药的药品零售企业，应当配备经设区的市级药品监督管理机构或者省、自治区、直辖市人民政府药品监督管理部门直接设置的县级药品监督管理机构组织考核合格的业务人员。

第十八条 交通不便的边远地区城乡集市贸易市场没有药品零售企业的，当地药品零售企业经所在地县（市）药品监督管理机构批准并到工商行政管理部门办理登记注册后，可以在该城乡集市贸易市场内设点并在批准经营的药品范围内销售非处方药品。

第十九条 通过互联网进行药品交易的药品生产企业、药品经营企业、医疗机构及其交易的药品，必须符合《药品管理法》和本条例的规定。互联网药品交易服务的管理办法，由国务院药品监督管理部门会同国务院有关部门制定。

第四章 医疗机构的药剂管理

第二十条 医疗机构设立制剂室，应当向所在地省、自治区、直辖市人民政府卫生行政部门提出申请，经审核同意后，报同级人民政府药品监督管理部门审批；省、自治区、直辖市人民政府药品监督管理部门验收合格的，予以批准，发给《医疗机构制剂许可证》。

省、自治区、直辖市人民政府卫生行政部门和药品监督管理部门应当在各自收到申请之日起 30 个工作日内，作出是否同意或者批准的决定。

第二十一条　医疗机构变更《医疗机构制剂许可证》许可事项的,应当在许可事项发生变更 30 日前,依照本条例第二十条的规定向原审核、批准机关申请《医疗机构制剂许可证》变更登记;未经批准,不得变更许可事项。原审核、批准机关应当在各自收到申请之日起 15 个工作日内作出决定。

医疗机构新增配制剂型或者改变配制场所的,应当经所在地省、自治区、直辖市人民政府药品监督管理部门验收合格后,依照前款规定办理《医疗机构制剂许可证》变更登记。

第二十二条　《医疗机构制剂许可证》有效期为 5 年。有效期届满,需要继续配制制剂的,医疗机构应当在许可证有效期届满前 6 个月,按照国务院药品监督管理部门的规定申请换发《医疗机构制剂许可证》。

医疗机构终止配制制剂或者关闭的,《医疗机构制剂许可证》由原发证机关缴销。

第二十三条　医疗机构配制制剂,必须按照国务院药品监督管理部门的规定报送有关资料和样品,经所在地省、自治区、直辖市人民政府药品监督管理部门批准,并发给制剂批准文号后,方可配制。

第二十四条　医疗机构配制的制剂不得在市场上销售或者变相销售,不得发布医疗机构制剂广告。

发生灾情、疫情、突发事件或者临床急需而市场没有供应时,经国务院或者省、自治区、直辖市人民政府的药品监督管理部门批准,在规定期限内,医疗机构配制的制剂可以在指定的医疗机构之间调剂使用。

国务院药品监督管理部门规定的特殊制剂的调剂使用以及省、自治区、直辖市之间医疗机构制剂的调剂使用,必须经国务院药品监督管理部门批准。

第二十五条　医疗机构审核和调配处方的药剂人员必须是依法经资格认定的药学技术人员。

第二十六条 医疗机构购进药品,必须有真实、完整的药品购进记录。药品购进记录必须注明药品的通用名称、剂型、规格、批号、有效期、生产厂商、供货单位、购货数量、购进价格、购货日期以及国务院药品监督管理部门规定的其他内容。

第二十七条 医疗机构向患者提供的药品应当与诊疗范围相适应,并凭执业医师或者执业助理医师的处方调配。

计划生育技术服务机构采购和向患者提供药品,其范围应当与经批准的服务范围相一致,并凭执业医师或者执业助理医师的处方调配。

个人设置的门诊部、诊所等医疗机构不得配备常用药品和急救药品以外的其他药品。常用药品和急救药品的范围和品种,由所在地的省、自治区、直辖市人民政府卫生行政部门会同同级人民政府药品监督管理部门规定。

第五章 药品管理(节录)

第二十八条 药物非临床安全性评价研究机构必须执行《药物非临床研究质量管理规范》,药物临床试验机构必须执行《药物临床试验质量管理规范》。《药物非临床研究质量管理规范》、《药物临床试验质量管理规范》由国务院药品监督管理部门分别商国务院科学技术行政部门和国务院卫生行政部门制定。

第三十条 研制新药,需要进行临床试验的,应当依照《药品管理法》第二十九条的规定,经国务院药品监督管理部门批准。

药物临床试验申请经国务院药品监督管理部门批准后,申报人应当在经依法认定的具有药物临床试验资格的机构中选择承担药物临床试验的机构,并将该临床试验机构报国务院药品监督管理部门和国务院卫生行政部门备案。

药物临床试验机构进行药物临床试验,应当事先告知受试者或者其监护人真实情况,并取得其书面同意。

第三十七条 医疗机构因临床急需进口少量药品的,应当持《医疗机构执业许可证》向国务院药品监督管理部门提出申请；经批准后，方可进口。进口的药品应当在指定医疗机构内用于特定医疗目的。

第三十八条　进口药品到岸后，进口单位应当持《进口药品注册证》或者《医药产品注册证》以及产地证明原件、购货合同副本、装箱单、运单、货运发票、出厂检验报告书、说明书等材料，向口岸所在地药品监督管理部门备案。口岸所在地药品监督管理部门经审查，提交的材料符合要求的，发给《进口药品通关单》。进口单位凭《进口药品通关单》向海关办理报关验放手续。

口岸所在地药品监督管理部门应当通知药品检验机构对进口药品逐批进行抽查检验；但是，有《药品管理法》第四十一条规定情形的除外。

第三十九条　疫苗类制品、血液制品、用于血源筛查的体外诊断试剂以及国务院药品监督管理部门规定的其他生物制品在销售前或者进口时，应当按照国务院药品监督管理部门的规定进行检验或者审核批准；检验不合格或者未获批准的，不得销售或者进口。

第四十条　国家鼓励培育中药材。对集中规模化栽培养殖、质量可以控制并符合国务院药品监督管理部门规定条件的中药材品种，实行批准文号管理。

第四十三条　非药品不得在其包装、标签、说明书及有关宣传资料上进行含有预防、治疗、诊断人体疾病等有关内容的宣传；但是，法律、行政法规另有规定的除外。

第六章　药品包装的管理

第四十四条　药品生产企业使用的直接接触药品的包装材料和容器，必须符合药用要求和保障人体健康、安全的标准，并经国务院药品监督管理部门批准注册。

直接接触药品的包装材料和容器的管理办法、产品目录和药用要求与标准，由国务院药品监督管理部门组织制定并公布。

第四十五条　生产中药饮片,应当选用与药品性质相适应的包装材料和容器;包装不符合规定的中药饮片,不得销售。中药饮片包装必须印有或者贴有标签。

中药饮片的标签必须注明品名、规格、产地、生产企业、产品批号、生产日期,实施批准文号管理的中药饮片还必须注明药品批准文号。

第四十六条　药品包装、标签、说明书必须依照《药品管理法》第五十四条和国务院药品监督管理部门的规定印制。

药品商品名称应当符合国务院药品监督管理部门的规定。

第四十七条　医疗机构配制制剂所使用的直接接触药品的包装材料和容器、制剂的标签和说明书应当符合《药品管理法》第六章和本条例的有关规定,并经省、自治区、直辖市人民政府药品监督管理部门批准。

第七章　药品价格和广告的管理(略)

第八章　药品监督(略)

第九章　法律责任

第六十四条　违反《药品管理法》第十三条的规定,擅自委托或者接受委托生产药品的,对委托方和受托方均依照《药品管理法》第七十四条的规定给予处罚。

第六十五条　未经批准,擅自在城乡集市贸易市场设点销售药品或者在城乡集市贸易市场设点销售的药品超出批准经营的药品范围的,依照《药品管理法》第七十三条的规定给予处罚。

第六十六条　未经批准,医疗机构擅自使用其他医疗机构配制的制剂的,依照《药品管理法》第八十条的规定给予处罚。

第六十七条　个人设置的门诊部、诊所等医疗机构向患者提供的药品超出规定的范围和品种的,依照《药品管理法》第七十三条的规定给予处罚。

第六十八条 医疗机构使用假药、劣药的,依照《药品管理法》第七十四条、第七十五条的规定给予处罚。

第六十九条 违反《药品管理法》第二十九条的规定,擅自进行临床试验的,对承担药物临床试验的机构,依照《药品管理法》第七十九条的规定给予处罚。

第七十条 药品申报者在申报临床试验时,报送虚假研制方法、质量标准、药理及毒理试验结果等有关资料和样品的,国务院药品监督管理部门对该申报药品的临床试验不予批准,对药品申报者给予警告;情节严重的,3年内不受理该药品申报者申报该品种的临床试验申请。

第七十一条 生产没有国家药品标准的中药饮片,不符合省、自治区、直辖市人民政府药品监督管理部门制定的炮制规范的;医疗机构不按照省、自治区、直辖市人民政府药品监督管理部门批准的标准配制制剂的,依照《药品管理法》第七十五条的规定给予处罚。

第七十二条 药品监督管理部门及其工作人员违反规定,泄露生产者、销售者为获得生产、销售含有新型化学成分药品许可而提交的未披露试验数据或者其他数据,造成申请人损失的,由药品监督管理部门依法承担赔偿责任;药品监督管理部门赔偿损失后,应当责令故意或者有重大过失的工作人员承担部分或者全部赔偿费用,并对直接责任人员依法给予行政处分。

第七十三条 药品生产企业、药品经营企业生产、经营的药品及医疗机构配制的制剂,其包装、标签、说明书违反《药品管理法》及本条例规定的,依照《药品管理法》第八十六条的规定给予处罚。

第七十四条 药品生产企业、药品经营企业和医疗机构变更药品生产经营许可事项,应当办理变更登记手续而未办理的,由原发证部门给予警告,责令限期补办变更登记手续;逾期不补办的,宣布其《药品生产许可证》、《药品经营许可证》和《医疗机构制剂许可证》无效;仍从事药品生产经营活动的,依照《药品管理法》第七十三条的规定给予处罚。

第七十五条　违反本条例第四十八条、第四十九条、第五十条、第五十一条、第五十二条关于药品价格管理的规定的,依照《价格法》的有关规定给予处罚。

第七十六条　篡改经批准的药品广告内容的,由药品监督管理部门责令广告主立即停止该药品广告的发布,并由原审批的药品监督管理部门依照《药品管理法》第九十二条的规定给予处罚。

药品监督管理部门撤销药品广告批准文号后,应当自作出行政处理决定之日起5个工作日内通知广告监督管理机关。广告监督管理机关应当自收到药品监督管理部门通知之日起15个工作日内,依照《中华人民共和国广告法》的有关规定作出行政处理决定。

第七十七条　发布药品广告的企业在药品生产企业所在地或者进口药品代理机构所在地以外的省、自治区、直辖市发布药品广告,未按照规定向发布地省、自治区、直辖市人民政府药品监督管理部门备案的,由发布地的药品监督管理部门责令限期改正;逾期不改正的,停止该药品品种在发布地的广告发布活动。

第七十八条　未经省、自治区、直辖市人民政府药品监督管理部门批准,擅自发布药品广告的,药品监督管理部门发现后,应当通知广告监督管理部门依法查处。

第七十九条　违反《药品管理法》和本条例的规定,有下列行为之一的,由药品监督管理部门在《药品管理法》和本条例规定的处罚幅度内从重处罚:

(一)以麻醉药品、精神药品、医疗用毒性药品、放射性药品冒充其他药品,或者以其他药品冒充上述药品的;

(二)生产、销售以孕产妇、婴幼儿及儿童为主要使用对象的假药、劣药的;

(三)生产、销售的生物制品、血液制品属于假药、劣药的;

（四）生产、销售、使用假药、劣药，造成人员伤害后果的；

（五）生产、销售、使用假药、劣药，经处理后重犯的；

（六）拒绝、逃避监督检查，或者伪造、销毁、隐匿有关证据材料的，或者擅自动用查封、扣押物品的。

第八十条 药品监督管理部门设置的派出机构，有权作出《药品管理法》和本条例规定的警告、罚款、没收违法生产、销售的药品和违法所得的行政处罚。

第八十一条 药品经营企业、医疗机构未违反《药品管理法》和本条例的有关规定，并有充分证据证明其不知道所销售或者使用的药品是假药、劣药的，应当没收其销售或者使用的假药、劣药和违法所得；但是，可以免除其他行政处罚。

第八十二条 依照《药品管理法》和本条例的规定没收的物品，由药品监督管理部门按照规定监督处理。

第十章 附 则

第八十三条 本条例下列用语的含义：

药品合格证明和其他标识，是指药品生产批准证明文件、药品检验报告书、药品的包装、标签和说明书。

新药，是指未曾在中国境内上市销售的药品。

处方药，是指凭执业医师和执业助理医师处方方可购买、调配和使用的药品。

非处方药，是指由国务院药品监督管理部门公布的，不需要凭执业医师和执业助理医师处方，消费者可以自行判断、购买和使用的药品。

医疗机构制剂，是指医疗机构根据本单位临床需要经批准而配制、自用的固定处方制剂。

药品认证，是指药品监督管理部门对药品研制、生产、经营、使用单位实施相应质量管理规范进行检查、评价并决定是否发给相应认证证书的过程。

药品经营方式，是指药品批发和药品零售。

药品经营范围,是指经药品监督管理部门核准经营药品的品种类别。

　　药品批发企业,是指将购进的药品销售给药品生产企业、药品经营企业、医疗机构的药品经营企业。

　　药品零售企业,是指将购进的药品直接销售给消费者的药品经营企业。

　　第八十四条　《药品管理法》第四十一条中"首次在中国销售的药品",是指国内或者国外药品生产企业第一次在中国销售的药品,包括不同药品生产企业生产的相同品种。

　　第八十五条　《药品管理法》第五十九条第二款"禁止药品的生产企业、经营企业或者其代理人以任何名义给予使用其药品的医疗机构的负责人、药品采购人员、医师等有关人员以财物或者其他利益"中的"财物或者其他利益",是指药品的生产企业、经营企业或者其代理人向医疗机构的负责人、药品采购人员、医师等有关人员提供的目的在于影响其药品采购或者药品处方行为的不正当利益。

　　第八十六条　本条例自 2002 年 9 月 15 日起施行。

第三节　中华人民共和国麻醉药品和
精神药品管理条例

　　1978 年 9 月 13 日国务院颁发《麻醉药品管理条例》(1987年废止)。1987 年 11 月 28 日国务院发布的《麻醉药品管理办法》和 1988 年 12 月 27 日国务院发布的《精神药品管理办法》。2005 年 7 月 26 日国务院第 100 次常务会议通过《中华人民共和国麻醉药品和精神药品管理条例》,2005 年 8 月 3 日以中华人民共和国国务院令第 442 号公布,自 2005 年 11 月 1 日起施行,原《麻醉药品管理办法》和《精神药品管理办法》同时废止。

　　中华人民共和国麻醉药品和精神药品管理条例包括 9 章 89 条,现节录如下:

第一章　总　　则

第一条　为加强麻醉药品和精神药品的管理,保证麻醉药品和精神药品的合法、安全、合理使用,防止流入非法渠道,根据药品管理法和其他有关法律的规定,制定本条例。

第二条　麻醉药品药用原植物的种植,麻醉药品和精神药品的实验研究、生产、经营、使用、储存、运输等活动以及监督管理,适用本条例。

麻醉药品和精神药品的进出口依照有关法律的规定办理。

第三条　本条例所称麻醉药品和精神药品,是指列入麻醉药品目录、精神药品目录(以下称目录)的药品和其他物质。精神药品分为第一类精神药品和第二类精神药品。

目录由国务院药品监督管理部门会同国务院公安部门、国务院卫生主管部门制定、调整并公布。

上市销售但尚未列入目录的药品和其他物质或者第二类精神药品发生滥用,已经造成或者可能造成严重社会危害的,国务院药品监督管理部门会同国务院公安部门、国务院卫生主管部门应当及时将该药品和该物质列入目录或者将该第二类精神药品调整为第一类精神药品。

第四条　国家对麻醉药品药用原植物以及麻醉药品和精神药品实行管制。除本条例另有规定的外,任何单位、个人不得进行麻醉药品药用原植物的种植以及麻醉药品和精神药品的实验研究、生产、经营、使用、储存、运输等活动。

第五条　国务院药品监督管理部门负责全国麻醉药品和精神药品的监督管理工作,并会同国务院农业主管部门对麻醉药品药用原植物实施监督管理。国务院公安部门负责对造成麻醉药品药用原植物、麻醉药品和精神药品流入非法渠道的行为进行查处。国务院其他有关主管部门在各自的职责范围内负责与麻醉药品和精神药品有关的管理工作。

省、自治区、直辖市人民政府药品监督管理部门负责本行政区域内麻醉药品和精神药品的监督管理工作。县级以上地方公安机关负责对本行政区域内造成麻醉药品和精神药品流入非法渠道的行为进行查处。县级以上地方人民政府其他有关主管部门在各自的职责范围内负责与麻醉药品和精神药品有关的管理工作。

第六条 麻醉药品和精神药品生产、经营企业和使用单位可以依法参加行业协会。行业协会应当加强行业自律管理。

第二章 种植、实验研究和生产（节录）

第十条 开展麻醉药品和精神药品实验研究活动应当具备下列条件，并经国务院药品监督管理部门批准：

（一）以医疗、科学研究或者教学为目的；

（二）有保证实验所需麻醉药品和精神药品安全的措施和管理制度；

（三）单位及其工作人员2年内没有违反有关禁毒的法律、行政法规规定的行为。

第十一条 麻醉药品和精神药品的实验研究单位申请相关药品批准证明文件，应当依照药品管理法的规定办理；需要转让研究成果的，应当经国务院药品监督管理部门批准。

第十二条 药品研究单位在普通药品的实验研究过程中，产生本条例规定的管制品种的，应当立即停止实验研究活动，并向国务院药品监督管理部门报告。国务院药品监督管理部门应当根据情况，及时做出是否同意其继续实验研究的决定。

第十三条 麻醉药品和第一类精神药品的临床试验，不得以健康人为受试对象。

第三章 经营（节录）

第三十条 麻醉药品和第一类精神药品不得零售。

禁止使用现金进行麻醉药品和精神药品交易，但是个人合法购买麻醉药品和精神药品的除外。

第三十二条　第二类精神药品零售企业应当凭执业医师出具的处方，按规定剂量销售第二类精神药品，并将处方保存2年备查；禁止超剂量或者无处方销售第二类精神药品；不得向未成年人销售第二类精神药品。

第四章　使　　用

第三十四条　药品生产企业需要以麻醉药品和第一类精神药品为原料生产普通药品的，应当向所在地省、自治区、直辖市人民政府药品监督管理部门报送年度需求计划，由省、自治区、直辖市人民政府药品监督管理部门汇总报国务院药品监督管理部门批准后，向定点生产企业购买。

药品生产企业需要以第二类精神药品为原料生产普通药品的，应当将年度需求计划报所在地省、自治区、直辖市人民政府药品监督管理部门，并向定点批发企业或者定点生产企业购买。

第三十五条　食品、食品添加剂、化妆品、油漆等非药品生产企业需要使用咖啡因作为原料的，应当经所在地省、自治区、直辖市人民政府药品监督管理部门批准，向定点批发企业或者定点生产企业购买。

科学研究、教学单位需要使用麻醉药品和精神药品开展实验、教学活动的，应当经所在地省、自治区、直辖市人民政府药品监督管理部门批准，向定点批发企业或者定点生产企业购买。

需要使用麻醉药品和精神药品的标准品、对照品的，应当经所在地省、自治区、直辖市人民政府药品监督管理部门批准，向国务院药品监督管理部门批准的单位购买。

第三十六条　医疗机构需要使用麻醉药品和第一类精神药品的，应当经所在地设区的市级人民政府卫生主管部门批准，取得麻醉药品、第一类精神药品购用印鉴卡（以下称印鉴卡）。医疗机构应当凭印鉴卡向本省、自治区、直辖市行政区域内的定点批发企业购买麻醉药品和第一类精神药品。

设区的市级人民政府卫生主管部门发给医疗机构印鉴卡

时,应当将取得印鉴卡的医疗机构情况抄送所在地设区的市级药品监督管理部门,并报省、自治区、直辖市人民政府卫生主管部门备案。省、自治区、直辖市人民政府卫生主管部门应当将取得印鉴卡的医疗机构名单向本行政区域内的定点批发企业通报。

第三十七条　医疗机构取得印鉴卡应当具备下列条件:

(一)有专职的麻醉药品和第一类精神药品管理人员;

(二)有获得麻醉药品和第一类精神药品处方资格的执业医师;

(三)有保证麻醉药品和第一类精神药品安全储存的设施和管理制度。

第三十八条　医疗机构应当按照国务院卫生主管部门的规定,对本单位执业医师进行有关麻醉药品和精神药品使用知识的培训、考核,经考核合格的,授予麻醉药品和第一类精神药品处方资格。执业医师取得麻醉药品和第一类精神药品的处方资格后,方可在本医疗机构开具麻醉药品和第一类精神药品处方,但不得为自己开具该种处方。

医疗机构应当将具有麻醉药品和第一类精神药品处方资格的执业医师名单及其变更情况,定期报送所在地设区的市级人民政府卫生主管部门,并抄送同级药品监督管理部门。

医务人员应当根据国务院卫生主管部门制定的临床应用指导原则,使用麻醉药品和精神药品。

第三十九条　具有麻醉药品和第一类精神药品处方资格的执业医师,根据临床应用指导原则,对确需使用麻醉药品或者第一类精神药品的患者,应当满足其合理用药需求。在医疗机构就诊的癌症疼痛患者和其他危重患者得不到麻醉药品或者第一类精神药品时,患者或者其亲属可以向执业医师提出申请。具有麻醉药品和第一类精神药品处方资格的执业医师认为要求合理的,应当及时为患者提供所需麻醉药品或者第一类精神药品。

第四十条　执业医师应当使用专用处方开具麻醉药品和精

神药品,单张处方的最大用量应当符合国务院卫生主管部门的规定。

对麻醉药品和第一类精神药品处方,处方的调配人、核对人应当仔细核对,签署姓名,并予以登记;对不符合本条例规定的,处方的调配人、核对人应当拒绝发药。

麻醉药品和精神药品专用处方的格式由国务院卫生主管部门规定。

第四十一条　医疗机构应当对麻醉药品和精神药品处方进行专册登记,加强管理。麻醉药品处方至少保存3年,精神药品处方至少保存2年。

第四十二条　医疗机构抢救患者急需麻醉药品和第一类精神药品而本医疗机构无法提供时,可以从其他医疗机构或者定点批发企业紧急借用;抢救工作结束后,应当及时将借用情况报所在地设区的市级药品监督管理部门和卫生主管部门备案。

第四十三条　对临床需要而市场无供应的麻醉药品和精神药品,持有医疗机构制剂许可证和印鉴卡的医疗机构需要配制制剂的,应当经所在地省、自治区、直辖市人民政府药品监督管理部门批准。医疗机构配制的麻醉药品和精神药品制剂只能在本医疗机构使用,不得对外销售。

第四十四条　因治疗疾病需要,个人凭医疗机构出具的医疗诊断书、本人身份证明,可以携带单张处方最大用量以内的麻醉药品和第一类精神药品;携带麻醉药品和第一类精神药品出入境的,由海关根据自用、合理的原则放行。

医务人员为了医疗需要携带少量麻醉药品和精神药品出入境的,应当持有省级以上人民政府药品监督管理部门发放的携带麻醉药品和精神药品证明。海关凭携带麻醉药品和精神药品证明放行。

第四十五条　医疗机构、戒毒机构以开展戒毒治疗为目的,可以使用美沙酮或者国家确定的其他用于戒毒治疗的麻醉药品和精神药品。具体管理办法由国务院药品监督管理部门、国务院公安部门和国务院卫生主管部门制定。

第五章 储存（节录）

第四十七条 麻醉药品和第一类精神药品的使用单位应当设立专库或者专柜储存麻醉药品和第一类精神药品。专库应当设有防盗设施并安装报警装置；专柜应当使用保险柜。专库和专柜应当实行双人双锁管理。

第四十九条 第二类精神药品经营企业应当在药品库房中设立独立的专库或者专柜储存第二类精神药品，并建立专用账册，实行专人管理。专用账册的保存期限应当自药品有效期期满之日起不少于 5 年。

第六章 运输（略）

第七章 审批程序和监督管理（节选）

第六十一条 麻醉药品和精神药品的生产、经营企业和使用单位对过期、损坏的麻醉药品和精神药品应当登记造册，并向所在地县级药品监督管理部门申请销毁。药品监督管理部门应当自接到申请之日起 5 日内到场监督销毁。医疗机构对存放在本单位的过期、损坏麻醉药品和精神药品，应当按照本条规定的程序向卫生主管部门提出申请，由卫生主管部门负责监督销毁。

对依法收缴的麻醉药品和精神药品，除经国务院药品监督管理部门或者国务院公安部门批准用于科学研究外，应当依照国家有关规定予以销毁。

第六十二条 县级以上人民政府卫生主管部门应当对执业医师开具麻醉药品和精神药品处方的情况进行监督检查。

第六十四条 发生麻醉药品和精神药品被盗、被抢、丢失或者其他流入非法渠道的情形的，案发单位应当立即采取必要的控制措施，同时报告所在地县级公安机关和药品监督管理部门。医疗机构发生上述情形的，还应当报告其主管部门。

公安机关接到报告、举报，或者有证据证明麻醉药品和精神药品可能流入非法渠道时，应当及时开展调查，并可以对相关单位采取必要的控制措施。

药品监督管理部门、卫生主管部门以及其他有关部门应当配合公安机关开展工作。

第八章　法律责任

第六十五条　药品监督管理部门、卫生主管部门违反本条例的规定，有下列情形之一的，由其上级行政机关或者监察机关责令改正；情节严重的，对直接负责的主管人员和其他直接责任人员依法给予行政处分；构成犯罪的，依法追究刑事责任：

（一）对不符合条件的申请人准予行政许可或者超越法定职权作出准予行政许可决定的；

（二）未到场监督销毁过期、损坏的麻醉药品和精神药品的；

（三）未依法履行监督检查职责，应当发现而未发现违法行为、发现违法行为不及时查处，或者未依照本条例规定的程序实施监督检查的；

（四）违反本条例规定的其他失职、渎职行为。

第七十条　第二类精神药品零售企业违反本条例的规定储存、销售或者销毁第二类精神药品的，由药品监督管理部门责令限期改正，给予警告，并没收违法所得和违法销售的药品；逾期不改正的，责令停业，并处5000元以上2万元以下的罚款；情节严重的，取消其第二类精神药品零售资格。

第七十一条　本条例第三十四条、第三十五条规定的单位违反本条例的规定，购买麻醉药品和精神药品的，由药品监督管理部门没收违法购买的麻醉药品和精神药品，责令限期改正，给予警告；逾期不改正的，责令停产或者停止相关活动，并处2万元以上5万元以下的罚款。

第七十二条　取得印鉴卡的医疗机构违反本条例的规定，

有下列情形之一的,由设区的市级人民政府卫生主管部门责令限期改正,给予警告;逾期不改正的,处 5000 元以上 1 万元以下的罚款;情节严重的,吊销其印鉴卡;对直接负责的主管人员和其他直接责任人员,依法给予降级、撤职、开除的处分:

(一)未依照规定购买、储存麻醉药品和第一类精神药品的;

(二)未依照规定保存麻醉药品和精神药品专用处方,或者未依照规定进行处方专册登记的;

(三)未依照规定报告麻醉药品和精神药品的进货、库存、使用数量的;

(四)紧急借用麻醉药品和第一类精神药品后未备案的;

(五)未依照规定销毁麻醉药品和精神药品的。

第七十三条 具有麻醉药品和第一类精神药品处方资格的执业医师,违反本条例的规定开具麻醉药品和第一类精神药品处方,或者未按照临床应用指导原则的要求使用麻醉药品和第一类精神药品的,由其所在医疗机构取消其麻醉药品和第一类精神药品处方资格;造成严重后果的,由原发证部门吊销其执业证书。执业医师未按照临床应用指导原则的要求使用第二类精神药品或者未使用专用处方开具第二类精神药品,造成严重后果的,由原发证部门吊销其执业证书。

未取得麻醉药品和第一类精神药品处方资格的执业医师擅自开具麻醉药品和第一类精神药品处方,由县级以上人民政府卫生主管部门给予警告,暂停其执业活动;造成严重后果的,吊销其执业证书;构成犯罪的,依法追究刑事责任。

处方的调配人、核对人违反本条例的规定未对麻醉药品和第一类精神药品处方进行核对,造成严重后果的,由原发证部门吊销其执业证书。

第七十五条 提供虚假材料、隐瞒有关情况,或者采取其他欺骗手段取得麻醉药品和精神药品的实验研究、生产、经营、使用资格的,由原审批部门撤销其已取得的资格,5 年内不得提出有关麻醉药品和精神药品的申请;情节严重的,处1万元以上3万元以下的罚款;有药品生产许可证、药品经营许可证、医疗机构执业许可证的,依法吊销其许可证明文件。

第七十七条 药物临床试验机构以健康人为麻醉药品和第一类精神药品临床试验的受试对象的,由药品监督管理部门责令停止违法行为,给予警告;情节严重的,取消其药物临床试验机构的资格;构成犯罪的,依法追究刑事责任。对受试对象造成损害的,药物临床试验机构依法承担治疗和赔偿责任。

第八十一条 依法取得麻醉药品药用原植物种植或者麻醉药品和精神药品实验研究、生产、经营、使用、运输等资格的单位,倒卖、转让、出租、出借、涂改其麻醉药品和精神药品许可证明文件的,由原审批部门吊销相应许可证明文件,没收违法所得;情节严重的,处违法所得2倍以上5倍以下的罚款;没有违法所得的,处2万元以上5万元以下的罚款;构成犯罪的,依法追究刑事责任。

第八十二条 违反本条例的规定,致使麻醉药品和精神药品流入非法渠道造成危害,构成犯罪的,依法追究刑事责任;尚不构成犯罪的,由县级以上公安机关处5万元以上10万元以下的罚款;有违法所得的,没收违法所得;情节严重的,处违法所得2倍以上5倍以下的罚款;由原发证部门吊销其药品生产、经营和使用许可证明文件。

药品监督管理部门、卫生主管部门在监督管理工作中发现前款规定情形的,应当立即通报所在地同级公安机关,并依照国家有关规定,将案件以及相关材料移送公安机关。

第八十三条 本章规定由药品监督管理部门作出的行政处罚,由县级以上药品监督管理部门按照国务院药品监督管理部门规定的职责分工决定。

第九章 附 则

第八十四条 本条例所称实验研究是指以医疗、科学研究或者教学为目的的临床前药物研究。

经批准可以开展与计划生育有关的临床医疗服务的计划生育技术服务机构需要使用麻醉药品和精神药品的,依照本条例有关医疗机构使用麻醉药品和精神药品的规定执行。

第八十五条 麻醉药品目录中的罂粟壳只能用于中药饮片和中成药的生产以及医疗配方使用。具体管理办法由国务院药品监督管理部门另行制定。

第八十六条 生产含麻醉药品的复方制剂,需要购进、储存、使用麻醉药品原料药的,应当遵守本条例有关麻醉药品管理的规定。

第八十七条 军队医疗机构麻醉药品和精神药品的供应、使用,由国务院药品监督管理部门会同中国人民解放军总后勤部依据本条例制定具体管理办法。

第八十八条 对动物用麻醉药品和精神药品的管理,由国务院兽医主管部门会同国务院药品监督管理部门依据本条例制定具体管理办法。

第八十九条 本条例自 2005 年 11 月 1 日起施行。1987 年 11 月 28 日国务院发布的《麻醉药品管理办法》和 1988 年 12 月 27 日国务院发布的《精神药品管理办法》同时废止。

第四节 医疗用毒性药品管理办法

1988 年 11 月 15 日国务院第二十五次常务会议通过《医疗用毒性药品管理办法》,1988 年 12 月 27 日以国务院中华人民共和国国务院令第 23 号发布施行。本管理办法包括 14 条。具体内容如下:

第一条 为加强医疗用毒性药品的管理,防止中毒或死亡事故的发生,根据《中华人民共和国药品管理法》的规定,制定本办法。

第二条 医疗用毒性药品(以下简称毒性药品),系指毒性剧烈、治疗剂量与中毒剂量相近,使用不当会致人中毒或死亡的药品。

毒性药品的管理品种,由卫生部会同国家医药管理局、国家中医药管理局规定。

第三条　毒性药品年度生产、收购、供应和配制计划,由省、自治区、直辖市医药管理部门根据医疗需要制定,经省、自治区、直辖市卫生行政部门审核后,由医药管理部门下达给指定的毒性药品生产、收购、供应单位,并抄报卫生部、国家医药管理局和国家中医药管理局。生产单位不得擅自改变生产计划,自行销售。

第四条　药厂必须由医药专业人员负责生产、配制和质量检验,并建立严格的管理制度,严防与其他药品混杂。每次配料,必须经之人以上复核无误,并详细记录每次生产所用原料和成品数,经手人要签字备查。所有工具、容器要处理干净,以防污染其他药品。标示量要准确无误,包装容器要有毒药标志。

第五条　毒性药品的收购、经营,由各级医药管理部门指定的药品经营单位负责;配方用药由国营药店、医疗单位负责。其他任何单位或者个人均不得从事毒性药品的收购、经营和配方业务。

第六条　收购、经营、加工、使用毒性药品的单位必须建立健全保管、验收、领发、核对等制度;严防收假、发错,严禁与其他药品混杂,做到划定仓间或仓位,专柜加锁并由专人保管。

毒性药品的包装容器上必须印有毒药标志,在运输毒性药品的过程中,应当采取有效措施,防止发生事故。

第七条　凡加工炮制毒性中药,必须按照《中华人民共和国药典》或者省、自治区、直辖市卫生行政部门制定的《炮制规范》的规定进行。药材符合药用要求的,方可供应、配方和用于中成药生产。

第八条　生产毒性药品及其制剂,必须严格执行生产工艺操作规程,在本单位药品检验人员的监督下准确投料,并建立完整的生产记录,保存五年备查。

在生产毒性药品过程中产生的废弃物,必须妥善处理,不得污染环境。

第九条　医疗单位供应和调配毒性药品,凭医生签名的正式处方。国营药店供应和调配毒性药品,凭盖有医生所在的医疗单位公章的正式处方。每次处方剂量不得超过两日极量。

调配处方时,必须认真负责,计量准确,按医嘱注明要求,并由配方人员及具有药师以上技术职称的复核人员签名盖章后方可发出。对处方未注明"生用"的毒性中药,应当附炮制品。如发现处方有疑问时,须经原处方医生重新审定后再行调配。处方:次有效,取药后处方保存两年备查。

第十条　科研和教学单位所需的毒性药品,必须持本单位的证明信,经单位所在地县以上卫生行政部门批准后,供应部门方能发售。

群众自配民间单、秘、验方需用毒性中药,购买时要持有本单位或者城市街道办事处、乡(镇)人民政府的证明信,供应部门方可发售。每次购用量不得超过2日极量。

第十一条　对违反本办法的规定,擅自生产、收购、经营毒性药品的单位或者个人,由县以上卫生行政部门没收其全部毒性药品,并处以警告或按非法所得的5至10倍罚款。情节严重、致人伤残或死亡,构成犯罪的,由司法机关依法追究其刑事责任。

第十二条　当事人对处罚不服的,可在接到处罚通知之日起15日内,向作出处理的机关的上级机关申请复议。但申请复议期间仍应执行原处罚决定。上级机关应在接到申请之日起10日内作出答复。对答复不服的,可在接到答复之日起15日内,向人民法院起诉。

第十三条　本办法由卫生部负责解释。

第十四条　本办法自发布之日起施行。1964 年 4 月 20 日卫生部、商业部、化工部发布的《管理毒药、限制性剧药暂行规定》，1964 年 12 月 7 日卫生部、商业部发布的《管理毒性中药的暂行办法》，1979 年 6 月 30 日卫生部、国家医药管理总局发布的《医疗用毒药、限制性剧药管理规定》，同时废止。

附:毒性药品管理品种

一、毒性中药品种

砒石(红砒、白砒)　砒霜　水银　生马前子生川乌　生草乌　生白附子　生附子　生半夏　生南星　生巴豆　斑蝥　青娘虫　红娘虫　生甘遂　生狼毒　生藤黄　生千金子　生天仙子　闹阳花　雪上一枝蒿　红升丹　白降丹　蟾酥　洋金花红粉　轻粉　雄黄

二、西药毒药品种

去乙酰毛花甙丙　阿托品　洋地黄毒甙　氢溴酸后马托品三氧化二砷　毛果芸香碱　升汞　水杨酸毒扁豆碱　亚砷酸钾氢溴酸东莨菪碱　士的年

第五节　戒毒药品管理办法

《戒毒药品管理办法》于 1999 年 4 月 12 日经国家药品监督管理局局务会审议通过，1999 年 6 月 26 日，以国家药品监督管理局局令第 11 号发布。本办法自 1999 年 8 月 1 日起执行。本办法分 6 章 24 条现节录如下:

第一章　总　　则

第一条　为加强戒毒药品的管理，保证戒毒药品质量，对滥用药品者实施有效的治疗，按照《中华人民共和国药品管理法》

和《全国人民代表人会常务委员会关于禁毒的决定》的有关规定,特制定本办法。

第二条 戒毒药品系指控制并消除滥用阿片类药物成瘾者的急剧戒断症状与体征的药品。

含有麻醉药品的戒毒药品简称麻醉性戒毒药品;不含有麻醉药品的戒毒药品简称非麻醉性戒毒药品。

第三条 国家严格管理戒毒药品的研究、生产、供应和使用。

第四条 国家鼓励发展传统医药,发挥其在戒毒与康复治疗中的作用。

第五条 卫生部主管全国戒毒药品的监督管理工作。

第二章 戒毒药品的研制、临床研究和审批

第六条 戒毒药品研制计划应当报送所在地的省、自治区、直辖市卫生行政部门初审同意后,报卫生部药政管理局批准。

第七条 戒毒药品的分类及审批规定,按《新药审批办法》中的中、西药的规定办理。

第八条 戒毒药品在进行临床实验或者验证前,应当向卫生部药政管理局提出申请,按《新药审批办法》的规定报送资料及样品,经卫生部药政管理局审批同意后在指定的戒毒医疗机构进行临床研究。

进口戒毒药品,由申请进口单位将资料直接报送卫生部药政管理局审批同意后,在指定的戒毒机构进行临床研究。

第九条 戒毒药品在临床研究结束后,向卫生部药政管理局提出申请,经审核批准,发给新药证书。

第十条 医疗科研机构开展戒毒治疗研究工作须经省级卫生行政部门审核同意后报卫生部药政管理局批准。

第十一条 戒毒药品的国家标准,由卫生部药典委员会负责审定,报卫生部审批颁发。

第三章　戒毒药品的生产和供应(略)

第四章　戒毒药品的包装和运输(略)

第五章　戒毒药品的使用

第二十条　戒毒药品只供应经国家批准的戒毒医疗机构开展戒毒治疗使用。医生应当根据阿片类成瘾者戒毒临床使用指导原则合理使用戒毒药品,严禁滥用。麻醉性戒毒药品的处方要按规定留存两年备查。

第二十一条　麻醉性戒毒药品的生产供应单位和使用单位应当建立该药品的收支账目,按季度盘点。做到账物相符。

戒毒医疗机构购买的麻醉性戒毒药品只准在本单位使用,不得转售。

第六章　附　　则

第二十二条　对违反本办法规定的单位或者个人,由县以上卫生行政部门按照《药品管理法》和有关行政法规的规定处罚。构成犯罪的由司法机关依法追究其刑事责任。

第二十三条　本办法由卫生部负责解释。

第二十四条　本办法自发布之日起施行。

第六节　放射性药品管理办法

《放射性药品管理办法》于 1989 年 1 月 13 日国务院令第25 号发布施行。共 7 章 31 条,现节录如下:

第一章　总　　则

第一条　为了加强放射性药品的管理,根据《中华人民共和国药品管理法》(以下称《药品管理法》)的规定,制定本办法。

第二条　放射性药品是指用于临床诊断或者治疗的放射性核素制剂或者其标记药物。

第三条　凡在中华人民共和国领域内进行放射性药品的研究、生产、经营、运输、使用、检验、监督管理的单位和个人都必须遵守本办法。

第四条　卫生部主管全国放射性药品监督管理工作。能源部主管放射性药品生产、经营管理工作。

第二章　放射性新药的研制、临床研究和审批

第五条　放射性新药是指我国首次生产的放射性药品。药品研制单位的放射性新药年度研制计划,应当报送能源部备案,并报所在地的省、自治区、直辖市卫生行政部门,经卫生行政部门汇总后,报卫生部备案。

第六条　放射性新药的研制内容,包括工艺路线、质量标准、临床前药理及临床研究。研制单位在制订新药工艺路线的同时,必须研究该药的理化性能、纯度(包括核素纯度)及检验方法、药理、毒理、动物药代动力学、放射性比活度、剂量、剂型、稳定性等。

研制单位对放射免疫分析药盒必须进行可测限度、范围、特异性、准确度、精密度、稳定性等方法学的研究。

放射性新药的分类,按新药审批办法的规定办理。

第七条　研制单位研制的放射性新药,在进行临床试验或者验证前,应当向卫生部门提出申请,按新药审批办法的规定报送资料及样品,经卫生部审批同意后,在卫生部指定的医院进行临床研究。

第八条　研制单位在放射性新药临床研究结束后,向卫生部提出申请,经卫生部审核批准,发给新药证书。卫生部在审核批准时,应当征求能源部的意见。

第九条　放射性新药投入生产,需由生产单位或者取得放射性药品生产许可证的研制单位,凭新药证书(副本)向卫生部

提出生产该药的申请,并提供样品,由卫生部审核发给批准文号。

第三章　放射性药品的生产、经营和进出口(略)

第四章　放射性药品的包装和运输(略)

第五章　放射性药品的使用

第二十二条　医疗单位设置核医学科、室(同位素室),必须配备与其医疗任务相适应的并经核医学技术培训的技术人员。非核医学专业技术人员未经培训,不得从事放射性药品使用工作。

第二十三条　医疗单位使用放射性药品,必须符合国家放射性同位素卫生防护管理的有关规定。所在地的省、自治区、直辖市的公安、环保和卫生行政部门,应当根据医疗单位核医疗技术人员的水平、设备条件,核发相应等级的《放射性药品使用许可证》,无许可证的医疗单位不得临床使用放射性药品。

《放射性药品使用许可证》有效期为五年,期满前六个月,医疗单位应当向原发证的行政部门重新提出申请,经审核批准后,换发新证。

第二十四条　持有《放射性药品使用许可证》的医疗单位,在研究配制放射性制剂并进行临床验证前,应当根据放射性药品的特点,提出该制剂的药理、毒性等资料,由省、自治区、直辖市卫生行政部门批准,并报卫生部备案。该制剂只限本单位内使用。

第二十五条　持有《放射性药品使用许可证》的医疗单位,必须负责对使用的放射性药品进行临床质量检验,收集药品不良反应等项工作,并定期向所在地卫生行政部门报告。由省、自治区、直辖市卫生行政部门汇总后报卫生部。

第二十六条　放射性药品使用后的废物(包括患者排出物),必须按国家有关规定妥善处置。

第六章　放射性药品标准和检验

第二十七条　放射性药品的国家标准,由卫生部药典委员会负责制定和修订,报卫生部审批颁发。

第二十八条　放射性药品的检验由中国药品生物制品检定所或者卫生部授权的药品检验所承担。

第七章　附　　则

第二十九条　对违反本办法规定的单位或者个人,由县以上卫生行政部门,按照《药品管理法》和有关法规的规定处罚。

第三十条　本办法由卫生部负责解释。

第三十一条　本办法自发布之日起施行。

第七节　医疗机构制剂配制质量管理规范

《医疗机构制剂配制质量管理规范》(试行)于 2000 年 12 月 5 日经国家药品监督管理局局务会议通过,2001 年 3 月 13 日以国家药品监督管理局令第 27 号发布,自发布之日起施行。该规范包括 11 章 68 条,第一章　总则(1～5);第二章　机构与人员(6～10);第三章　房屋与设施(11～25);第四章　设备(26～31);第五章　物料(32～38);第六章　卫生(39～47);第七章文件(48～52);第八章　配制管理(53～59);第九章　质量管理与自检(60～62);第十章　使用管理(63～65);第十一章　附则(66～68)。现节录如下:

第一章　总　　则

第一条　根据《中华人民共和国药品管理法》的规定,参照《药品生产质量管理规范》的基本原则,制定本规范。

第二条　医疗机构制剂是指医疗机构根据本单位临床需要而常规配制、自用的固定处方制剂。

第三条　医疗机构配制制剂应取得省、自治区、直辖市药品监督管理局颁发的《医疗机构制剂许可证》。

第四条 国家药品监督管理局和省、自治区、直辖市药品监督管理局负责对医疗机构制剂进行质量监督,并发布质量公告。

第五条 本规范是医疗机构制剂配制和质量管理的基本准则,适用于制剂配制的全过程。

第二章 机构与人员

第六条 医疗机构制剂配制应在药剂部门设制剂室、药检室和质量管理组织。机构与岗位人员的职责应明确,并配备具有相应素质及相应数量的专业技术人员。

第七条 医疗机构负责人对本《规范》的实施及制剂质量负责。

第八条 制剂室和药检室的负责人应具有大专以上药学或相关专业学历,具有相应管理的实践经验,有对工作中出现的问题作出正确判断和处理的能力。

制剂室和药检室的负责人不得互相兼任。

第九条 从事制剂配制操作及药检人员,应经专业技术培训,具有基础理论知识和实际操作技能。

凡有特殊要求的制剂配制操作和药检人员还应经相应的专业技术培训。

第十条 凡从事制剂配制工作的所有人员均应熟悉本规范,并应通过本规范的培训与考核。

第三章 房屋与设施(略)

第四章 设备(略)

第五章 物料(略)

第六章 卫 生

第三十九条 制剂室应有防止污染的卫生措施和卫生管理制度,并由专人负责。

第四十条　配制间不得存放与配制无关的物品。配制中的废弃物应及时处理。

第四十一条　更衣室、浴室及厕所的设置不得对洁净室（区）产生不良影响。

第四十二条　配制间和制剂设备、容器等应有清洁规程，内容包括：清洁方法、程序、间隔时间、使用清洁剂或消毒剂、清洁工具的清洁方法和存放地点等。

第四十三条　洁净室（区）应定期消毒。使用的消毒剂不得对设备、物料和成品产生污染。消毒剂品种应定期更换，防止产生耐药菌株。

第四十四条　工作服的选材、式样及穿戴方式应与配制操作和洁净度级别要求相适应。

洁净室工作服的质地应光滑、不产生静电、不脱落纤维和颗粒性物质。无菌工作服必须包盖全部头发、胡须及脚部，并能阻留人体脱落物并不得混穿。

不同洁净度级别房间使用的工作服应分别定期清洗、整理，必要时应消毒或灭菌。洗涤时不应带入附加的颗粒物质。

第四十五条　洁净室（区）仅限于在该室的配制人员和经批准的人员进入。

第四十六条　进入洁净室（区）的人员不得化妆和佩戴饰物，不得裸手直接接触药品。

第四十七条　配制人员应有健康档案，并每年至少体检一次。传染病、皮肤病患者和体表有伤口者不得从事制剂配制工作。

第七章　文　　件

第四十八条　制剂室应有下列文件：

（一）《医疗机构制剂许可证》及申报文件、验收、整改记录；

（二）制剂品种申报及批准文件；

（三）制剂室年检、抽验及监督检查文件及记录；

第四十九条 医疗机构制剂室应有配制管理、质量管理的各项制度和记录。

（一）制剂室操作间、设施和设备的使用、维护、保养等制度和记录；

（二）物料的验收、配制操作、检验、发放、成品分发和使用部门及患者的反馈、投诉等制度和记录；

（三）配制返工、不合格品管理、物料退库、报损、特殊情况处理等制度和记录；

（四）留样观察制度和记录；

（五）制剂室内外环境、设备、人员等卫生管理制度和记录；

（六）本规范和专业技术培训的制度和记录。

第五十条 制剂配制管理文件主要有：

（一）配制规程和标准操作规程

配制规程包括：制剂名称、剂型、处方、配制工艺的操作要求，原料、中间产品、成品的质量标准和技术参数及储存注意事项，成品容器、包装材料的要求等。

标准操作规程：配制过程中涉及的单元操作（如加热、搅拌、振摇、混合等）具体规定和应达到的要求。

（二）配制记录

配制记录（制剂单）应包括：编号、制剂名称、配制日期、制剂批号、有关设备名称与操作记录、原料用量、成品和半成品数量、配制过程的控制记录及特殊情况处理记录和各工序的操作者、复核者、清场者的签名等。

第五十一条 配制制剂的质量管理文件主要有：

（一）物料、半成品、成品的质量标准和检验操作规程；

（二）制剂质量稳定性考察记录；

（三）检验记录。

第五十二条 制剂配制管理文件和质量管理文件的要求：

（一）制订文件应符合《药品管理法》和相关法律、法规、规章的要求；

（二）应建立文件的管理制度。使用的文件应为批准的现行文本,已撤销和过时的文件除留档备查外,不得在工作现场出现。

（三）文件的制订、审查和批准的责任应明确,并有责任人签名;

（四）有关配制记录和质量检验记录应完整归档,至少保存2年备查。

第八章　配制管理

第五十三条　配制规程和标准操作规程不得任意修改。如需修改时必须按制定时的程序办理修订、审批手续。

第五十四条　在同一配制周期中制备出来的一定数量常规配制的制剂为一批,一批制剂在规定限度内具有同一性质和质量。每批制剂均应编制制剂批号。

第五十五条　每批制剂均应按投入和产出的物料平衡进行检查,如有显著差异,必须查明原因,在得出合理解释,确认无潜在质量事故后,方可按正常程序处理。

第五十六条　为防止制剂被污染和混淆,配制操作应采取下述措施:

（一）每次配制后应清场,并填写清场记录。每次配制前应确认无上次遗留物;

（二）不同制剂（包括同一制剂的不同规格）的配制操作不得在同一操作间同时进行。

如确实无法避免时,必须在不同的操作台配制,并应采取防止污染和混淆的措施;

（三）在配制过程中应防止称量、过筛、粉碎等可能造成粉末飞散而引起的交叉污染;

（四）在配制过程中使用的容器须有标明物料名称、批号、状态及数量等的标志。

第五十七条　根据制剂配制规程选用工艺用水。工艺用水应符合质量标准并定期检验。根据验证结果,规定检验周期。

第五十八条　每批制剂均应有一份能反映配制各个环节的完整记录。操作人员应及时填写记录,填写字迹清晰、内容真实、数据完整,并由操作人、复核人及清场人签字。记录应保持整洁,不得撕毁和任意涂改。需要更改时,更改人应在更改处签字,并需使被更改部分可以辨认。

第五十九条　新制剂的配制工艺及主要设备应按验证方案进行验证。当影响制剂质量的主要因素,如配制工艺或质量控制方法、主要原辅料、主要配制设备等发生改变时,以及配制一定周期后,应进行再验证。所有验证记录应归档保存。

第九章　质量管理与自检

第六十条　质量管理组织负责制剂配制全过程的质量管理。其主要职责:

（一）制定质量管理组织任务、职责;

（二）决定物料和中间品能否使用;

（三）研究处理制剂重大质量问题;

（四）制剂经检验合格后,由质量管理组织负责人审查配制全过程记录并决定是否发放使用;

（五）审核不合格品的处理程序及监督实施。

第六十一条　药检室负责制剂配制全过程的检验。其主要职责:

（一）制定和修订物料、中间品和成品的内控标准和检验操作规程,制定取样和留样制度;

（二）制定检验用设备、仪器、试剂、试液、标准品（或参考品）、滴定液与培养基及实验动物等管理办法;

（三）对物料、中间品和成品进行取样、检验、留样,并出具检验报告;

（四）监测洁净室（区）的微生物数和尘粒数;

（五）评价原料、中间品及成品的质量稳定性,为确定物料储存期和制剂有效期提供数据；

（六）制定药检室人员的职责。

第六十二条　医疗机构制剂质量管理组织应定期组织自检。自检应按预定的程序，按规定内容进行检查，以证实与本规范的一致性。

自检应有记录并写出自检报告，包括评价及改进措施等。

第十章　使用管理

第六十三条　医疗机构制剂应按药品监督管理部门制定的原则并结合剂型特点、原料药的稳定性和制剂稳定性试验结果规定使用期限。

第六十四条　制剂配发必须有完整的记录或凭据。内容包括：领用部门、制剂名称、批号、规格、数量等。制剂在使用过程中出现质量问题时，制剂质量管理组织应及时进行处理，出现质量问题的制剂应立即收回，并填写收回记录。收回记录应包括：制剂名称、批号、规格、数量、收回部门、收回原因、处理意见及日期等。

第六十五条　制剂使用过程中发现的不良反应，应按《药品不良反应监测管理办法》的规定予以记录，填表上报。保留病历和有关检验、检查报告单等原始记录至少一年备查。

第十一章　附　　则

第六十六条　本规范所使用的术语：

标准操作规程：经批准用以指示操作的通用性文件或管理办法。

配制规程：为各个制剂制定，为配制该制剂的标准操作，包括投料、配制工艺、成品包装等内容。

物料：原料、辅料、包装材料等。

验证：证明任何程序、配制过程、设备、物料、活动或系统确实能达到预期结果的有文件证明的一系列行动。

洁净室（区）：需要对尘粒及微生物数量进行控制的房间（区域）。其建筑结构、装备及其使用均具有减少该区域内污染源的介入、产生和滞留的功能。

　　一般区：是指洁净区之外，未规定有空气洁净度级别要求的区域，应符合卫生要求。

　　工艺用水：制剂配制工艺中使用的水，包括：饮用水、纯化水、注射用水。

　　纯化水：为蒸馏法、离子交换法、反渗透法或其他适宜的方法制得供药用的水，不含任何附加剂。

　　质量管理组织：是指医疗机构为加强制剂质量管理而由药剂部门及制剂室、药检室负责人组成的小组。

　　第六十七条　本规范由国家药品监督管理局负责解释。

　　第六十八条　本规范自发布之日起施行。

第八节　处方管理办法

　　《处方管理办法》于 2006 年 11 月 27 日经卫生部部务会议讨论通过，2007 年 2 月 14 日中华人民共和国卫生部令第 53 号予以发布，自 2007 年 5 月 1 日起施行，2004 年颁布的《处方管理办法（试行）》（卫医发〔2004〕269 号）同时废止。现全文收录如下：

第一章　总　　则

　　第一条　为规范处方管理，提高处方质量，促进合理用药，保障医疗安全，根据《执业医师法》、《药品管理法》、《医疗机构管理条例》、《麻醉药品和精神药品管理条例》等有关法律、法规，制定本办法。

　　第二条　本办法所称处方，是指由注册的执业医师和执业助理医师（以下简称医师）在诊疗活动中为患者开具的、由取得药学专业技术职务任职资格的药学专业技术人员（以下简称药师)审核、调配、核对,并作为患者用药凭证的医疗文书。处方包括医疗机构病区用药医嘱单。

本办法适用于与处方开具、调剂、保管相关的医疗机构及其人员。

第三条 卫生部负责全国处方开具、调剂、保管相关工作的监督管理。

县级以上地方卫生行政部门负责本行政区域内处方开具、调剂、保管相关工作的监督管理。

第四条 医师开具处方和药师调剂处方应当遵循安全、有效、经济的原则。

处方药应当凭医师处方销售、调剂和使用。

第二章 处方管理的一般规定

第五条 处方标准(附件1)由卫生部统一规定,处方格式由省、自治区、直辖市卫生行政部门(以下简称省级卫生行政部门)统一制定,处方由医疗机构按照规定的标准和格式印制。

第六条 处方书写应当符合下列规则:

(一)患者一般情况、临床诊断填写清晰、完整,并与病历记载相一致。

(二)每张处方限于一名患者的用药。

(三)字迹清楚,不得涂改;如需修改,应当在修改处签名并注明修改日期。

(四)药品名称应当使用规范的中文名称书写,没有中文名称的可以使用规范的英文名称书写;医疗机构或者医师、药师不得自行编制药品缩写名称或者使用代号;书写药品名称、剂量、规格、用法、用量要准确规范,药品用法可用规范的中文、英文、拉丁文或者缩写体书写,但不得使用"遵医嘱"、"自用"等含糊不清字句。

(五)患者年龄应当填写实足年龄,新生儿、婴幼儿写日、月龄,必要时要注明体重。

（六）西药和中成药可以分别开具处方，也可以开具一张处方，中药饮片应当单独开具处方。

（七）开具西药、中成药处方，每一种药品应当另起一行，每张处方不得超过 5 种药品。

（八）中药饮片处方的书写，一般应当按照"君、臣、佐、使"的顺序排列；调剂、煎煮的特殊要求注明在药品右上方，并加括号，如布包、先煎、后下等；对饮片的产地、炮制有特殊要求的，应当在药品名称之前写明。

（九）药品用法用量应当按照药品说明书规定的常规用法用量使用，特殊情况需要超剂量使用时，应当注明原因并再次签名。

（十）除特殊情况外，应当注明临床诊断。

（十一）开具处方后的空白处画一斜线以示处方完毕。

（十二）处方医师的签名式样和专用签章应当与院内药学部门留样备查的式样相一致，不得任意改动，否则应当重新登记留样备案。

第七条　药品剂量与数量用阿拉伯数字书写。剂量应当使用法定剂量单位：重量以克（g）、毫克（mg）、微克（μg）、纳克（ng）为单位；容量以升（L）、毫升（ml）为单位；国际单位（IU）、单位（U）；中药饮片以克（g）为单位。

片剂、丸剂、胶囊剂、颗粒剂分别以片、丸、粒、袋为单位；溶液剂以支、瓶为单位；软膏及乳膏剂以支、盒为单位；注射剂以支、瓶为单位，应当注明含量；中药饮片以剂为单位。

第三章　处方权的获得

第八条　经注册的执业医师在执业地点取得相应的处方权。

经注册的执业助理医师在医疗机构开具的处方，应当经所在执业地点执业医师签名或加盖专用签章后方有效。

第九条　经注册的执业助理医师在乡、民族乡、镇、村的医疗机构独立从事一般的执业活动,可以在注册的执业地点取得相应的处方权。

第十条 医师应当在注册的医疗机构签名留样或者专用签章备案后,方可开具处方。

第十一条 医疗机构应当按照有关规定,对本机构执业医师和药师进行麻醉药品和精神药品使用知识和规范化管理的培训。执业医师经考核合格后取得麻醉药品和第一类精神药品的处方权,药师经考核合格后取得麻醉药品和第一类精神药品调剂资格。

医师取得麻醉药品和第一类精神药品处方权后,方可在本机构开具麻醉药品和第一类精神药品处方,但不得为自己开具该类药品处方。药师取得麻醉药品和第一类精神药品调剂资格后,方可在本机构调剂麻醉药品和第一类精神药品。

第十二条 试用期人员开具处方,应当经所在医疗机构有处方权的执业医师审核、并签名或加盖专用签章后方有效。

第十三条 进修医师由接收进修的医疗机构对其胜任本专业工作的实际情况进行认定后授予相应的处方权。

第四章 处方的开具

第十四条 医师应当根据医疗、预防、保健需要,按照诊疗规范、药品说明书中的药品适应证、药理作用、用法、用量、禁忌、不良反应和注意事项等开具处方。

开具医疗用毒性药品、放射性药品的处方应当严格遵守有关法律、法规和规章的规定。

第十五条 医疗机构应当根据本机构性质、功能、任务,制定药品处方集。

第十六条 医疗机构应当按照经药品监督管理部门批准并公布的药品通用名称购进药品。同一通用名称药品的品种,注射剂型和口服剂型各不得超过2种,处方组成类同的复方制剂1~2种。因特殊诊疗需要使用其他剂型和剂量规格药品的情况除外。

第十七条 医师开具处方应当使用经药品监督管理部门批准并公布的药品通用名称、新活性化合物的专利药品名称和复方制剂药品名称。

医师开具院内制剂处方时应当使用经省级卫生行政部门审核、药品监督管理部门批准的名称。

医师可以使用由卫生部公布的药品习惯名称开具处方。

第十八条 处方开具当日有效。特殊情况下需延长有效期的,由开具处方的医师注明有效期限,但有效期最长不得超过3天。

第十九条 处方一般不得超过7日用量;急诊处方一般不得超过3日用量;对于某些慢性病、老年病或特殊情况,处方用量可适当延长,但医师应当注明理由。

医疗用毒性药品、放射性药品的处方用量应当严格按照国家有关规定执行。

第二十条 医师应当按照卫生部制定的麻醉药品和精神药品临床应用指导原则,开具麻醉药品、第一类精神药品处方。

第二十一条 门(急)诊癌症疼痛患者和中、重度慢性疼痛患者需长期使用麻醉药品和第一类精神药品的,首诊医师应当亲自诊查患者,建立相应的病历,要求其签署《知情同意书》。

病历中应当留存下列材料复印件:

(一)二级以上医院开具的诊断证明;

(二)患者户籍簿、身份证或者其他相关有效身份证明文件;

(三)为患者代办人员身份证明文件。

第二十二条 除需长期使用麻醉药品和第一类精神药品的门(急)诊癌症疼痛患者和中、重度慢性疼痛患者外,麻醉药品注射剂仅限于医疗机构内使用。

第二十三条 为门(急)诊患者开具的麻醉药品注射剂,每张处方为一次常用量;控缓释制剂,每张处方不得超过7日常用量;其他剂型,每张处方不得超过 3 日常用量。

第一类精神药品注射剂,每张处方为一次常用量;控缓释制剂,每张处方不得超过 7 日常用量;其他剂型,每张处方不得超过 3 日常用量。哌醋甲酯用于治疗儿童多动症时,每张处方不得超过 15 日常用量。

第二类精神药品一般每张处方不得超过 7 日常用量;对于慢性病或某些特殊情况的患者,处方用量可以适当延长,医师应当注明理由。

第二十四条 为门(急)诊癌症疼痛患者和中、重度慢性疼痛患者开具的麻醉药品、第一类精神药品注射剂,每张处方不得超过 3 日常用量;控缓释制剂,每张处方不得超过 15 日常用量;其他剂型,每张处方不得超过 7 日常用量。

第二十五条 为住院患者开具的麻醉药品和第一类精神药品处方应当逐日开具,每张处方为 1 日常用量。

第二十六条 对于需要特别加强管制的麻醉药品,盐酸二氢埃托啡处方为一次常用量,仅限于二级以上医院内使用;盐酸哌替啶处方为一次常用量,仅限于医疗机构内使用。

第二十七条 医疗机构应当要求长期使用麻醉药品和第一类精神药品的门(急)诊癌症患者和中、重度慢性疼痛患者,每 3 个月复诊或者随诊一次。

第二十八条 医师利用计算机开具、传递普通处方时,应当同时打印出纸质处方,其格式与手写处方一致;打印的纸质处方经签名或者加盖签章后有效。药师核发药品时,应当核对打印的纸质处方,无误后发给药品,并将打印的纸质处方与计算机传递处方同时收存备查。

第五章 处方的调剂

第二十九条 取得药学专业技术职务任职资格的人员方可从事处方调剂工作。

第三十条 药师在执业的医疗机构取得处方调剂资格。药师签名或者专用签章式样应当在本机构留样备查。

第三十一条　具有药师以上专业技术职务任职资格的人员负责处方审核、评估、核对、发药以及安全用药指导；药士从事处方调配工作。

第三十二条　药师应当凭医师处方调剂处方药品，非经医师处方不得调剂。

第三十三条　药师应当按照操作规程调剂处方药品：认真审核处方，准确调配药品，正确书写药袋或粘贴标签，注明患者姓名和药品名称、用法、用量，包装；向患者交付药品时，按照药品说明书或者处方用法，进行用药交待与指导，包括每种药品的用法、用量、注意事项等。

第三十四条　药师应当认真逐项检查处方前记、正文和后记书写是否清晰、完整，并确认处方的合法性。

第三十五条　药师应当对处方用药适宜性进行审核，审核内容包括：

（一）规定必须做皮试的药品，处方医师是否注明过敏试验及结果的判定；

（二）处方用药与临床诊断的相符性；

（三）剂量、用法的正确性；

（四）选用剂型与给药途径的合理性；

（五）是否有重复给药现象；

（六）是否有潜在临床意义的药物相互作用和配伍禁忌；

（七）其他用药不适宜情况。

第三十六条　药师经处方审核后，认为存在用药不适宜时，应当告知处方医师，请其确认或者重新开具处方。

药师发现严重不合理用药或者用药错误，应当拒绝调剂，及时告知处方医师，并应当记录，按照有关规定报告。

第三十七条　药师调剂处方时必须做到"四查十对"：查处方，对科别、姓名、年龄；查药品，对药名、剂型、规格、数量；查配伍禁忌，对药品性状、用法用量；查用药合理性；对临床诊断。

第三十八条　药师在完成处方调剂后,应当在处方上签名或者加盖专用签章。

第三十九条　药师应当对麻醉药品和第一类精神药品处方,按年月日逐日编制顺序号。

第四十条　药师对于不规范处方或者不能判定其合法性的处方,不得调剂。

第四十一条　医疗机构应当将本机构基本用药供应目录内同类药品相关信息告知患者。

第四十二条　除麻醉药品、精神药品、医疗用毒性药品和儿科处方外,医疗机构不得限制门诊就诊人员持处方到药品零售企业购药。

第六章　监督管理

第四十三条　医疗机构应当加强对本机构处方开具、调剂和保管的管理。

第四十四条　医疗机构应当建立处方点评制度,填写处方评价表(附件2),对处方实施动态监测及超常预警,登记并通报不合理处方,对不合理用药及时予以干预。

第四十五条　医疗机构应当对出现超常处方3次以上且无正当理由的医师提出警告,限制其处方权;限制处方权后,仍连续2次以上出现超常处方且无正当理由的,取消其处方权。

第四十六条　医师出现下列情形之一的,处方权由其所在医疗机构予以取消:

(一)被责令暂停执业;

(二)考核不合格离岗培训期间;

(三)被注销、吊销执业证书;

(四)不按照规定开具处方,造成严重后果的;

(五)不按照规定使用药品,造成严重后果的;

(六)因开具处方牟取私利。

第四十七条　未取得处方权的人员及被取消处方权的医师

不得开具处方。未取得麻醉药品和第一类精神药品处方资格的医师不得开具麻醉药品和第一类精神药品处方。

第四十八条　除治疗需要外,医师不得开具麻醉药品、精神药品、医疗用毒性药品和放射性药品处方。

第四十九条　未取得药学专业技术职务任职资格的人员不得从事处方调剂工作。

第五十条　处方由调剂处方药品的医疗机构妥善保存。普通处方、急诊处方、儿科处方保存期限为1年,医疗用毒性药品、第二类精神药品处方保存期限为2年,麻醉药品和第一类精神药品处方保存期限为3年。

处方保存期满后,经医疗机构主要负责人批准、登记备案,方可销毁。

第五十一条　医疗机构应当根据麻醉药品和精神药品处方开具情况,按照麻醉药品和精神药品品种、规格对其消耗量进行专册登记,登记内容包括发药日期、患者姓名、用药数量。专册保存期限为3年。

第五十二条　县级以上地方卫生行政部门应当定期对本行政区域内医疗机构处方管理情况进行监督检查。

县级以上卫生行政部门在对医疗机构实施监督管理过程中,发现医师出现本办法第四十六条规定情形的,应当责令医疗机构取消医师处方权。

第五十三条　卫生行政部门的工作人员依法对医疗机构处方管理情况进行监督检查时,应当出示证件;被检查的医疗机构应当予以配合,如实反映情况,提供必要的资料,不得拒绝、阻碍、隐瞒。

第七章　法律责任

第五十四条　医疗机构有下列情形之一的,由县级以上卫生行政部门按照《医疗机构管理条例》第四十八条的规定,责令限期改正,并可处以5000元以下的罚款;情节严重的,吊销其

《医疗机构执业许可证》：

（一）使用未取得处方权的人员、被取消处方权的医师开具处方的；

（二）使用未取得麻醉药品和第一类精神药品处方资格的医师开具麻醉药品和第一类精神药品处方的；

（三）使用未取得药学专业技术职务任职资格的人员从事处方调剂工作的。

第五十五条　医疗机构未按照规定保管麻醉药品和精神药品处方，或者未依照规定进行专册登记的，按照《麻醉药品和精神药品管理条例》第七十二条的规定，由设区的市级卫生行政部门责令限期改正，给予警告；逾期不改正的，处 5000 元以上 1 万元以下的罚款；情节严重的，吊销其印鉴卡；对直接负责的主管人员和其他直接责任人员，依法给予降级、撤职、开除的处分。

第五十六条　医师和药师出现下列情形之一的，由县级以上卫生行政部门按照《麻醉药品和精神药品管理条例》第七十三条的规定予以处罚：

（一）未取得麻醉药品和第一类精神药品处方资格的医师擅自开具麻醉药品和第一类精神药品处方的；

（二）具有麻醉药品和第一类精神药品处方医师未按照规定开具麻醉药品和第一类精神药品处方，或者未按照卫生部制定的麻醉药品和精神药品临床应用指导原则使用麻醉药品和第一类精神药品的；

（三）药师未按照规定调剂麻醉药品、精神药品处方的。

第五十七条　医师出现下列情形之一的，按照《执业医师法》第三十七条的规定，由县级以上卫生行政部门给予警告或者责令暂停六个月以上一年以下执业活动；情节严重的，吊销其执业证书：

（一）未取得处方权或者被取消处方权后开具药品处方的；

（二）未按照本办法规定开具药品处方的；

（三）违反本办法其他规定的。

第五十八条　药师未按照规定调剂处方药品,情节严重的,由县级以上卫生行政部门责令改正、通报批评,给予警告;并由所在医疗机构或者其上级单位给予纪律处分。

第五十九条　县级以上地方卫生行政部门未按照本办法规定履行监管职责的,由上级卫生行政部门责令改正。

第八章　附　　则

第六十条　乡村医生按照《乡村医生从业管理条例》的规定,在省级卫生行政部门制定的乡村医生基本用药目录范围内开具药品处方。

第六十一条　本办法所称药学专业技术人员,是指按照卫生部《卫生技术人员职务试行条例》规定,取得药学专业技术职务任职资格人员,包括主任药师、副主任药师、主管药师、药师、药士。

第六十二条　本办法所称医疗机构,是指按照《医疗机构管理条例》批准登记的从事疾病诊断、治疗活动的医院、社区卫生服务中心(站)、妇幼保健院、卫生院、疗养院、门诊部、诊所、卫生室(所)、急救中心(站)、专科疾病防治院(所、站)以及护理院(站)等医疗机构。

第六十三条　本办法自 2007 年 5 月 1 日起施行。《处方管理办法(试行)》(卫医发〔2004〕269 号)和《麻醉药品、精神药品处方管理规定》(卫医法〔2005〕436 号)同时废止。

第九节　药品不良反应报告和监测管理办法

药品不良反应报告和监测管理办法》经中华人民共和国卫生部、国家食品药品监督管理局审议通过,2004 年 3 月 4 日以卫生部国家食品药品监督管理局令第 7 号发布。本办法自发布之日起施行。包括 6 章 33 条,第一章　总则(1～5);第二章　职责(6～11);第三章　报告(12～21);第四章　评价与控制(22～26);第

五章 处罚(27~28);第六章 附则(29~33)。现节录如下：

第一章 总　　则

第一条　为加强上市药品的安全监管,规范药品不良反应报告和监测的管理,保障公众用药安全,根据《中华人民共和国药品管理法》制定本办法。

第二条　国家实行药品不良反应报告制度。药品生产企业、药品经营企业、医疗卫生机构应按规定报告所发现的药品不良反应。

第三条　国家食品药品监督管理局主管全国药品不良反应监测工作,省、自治区、直辖市人民政府(食品)药品监督管理局主管本行政区域内的药品不良反应监测工作,各级卫生主管部门负责医疗卫生机构中与实施药品不良反应报告制度有关的管理工作。

第四条　本办法适用于中华人民共和国境内的药品生产、经营企业和医疗卫生机构,药品不良反应监测专业机构,(食品)药品监督管理部门和其他有关主管部门。

第五条　国家鼓励有关单位和个人报告药品不良反应。

第二章 职责(节录)

第八条　国务院卫生主管部门和地方各级卫生主管部门在职责范围内,依法对已确认的药品不良反应采取相关的紧急措施。

第三章 报　　告

第十二条　药品不良反应实行逐级、定期报告制度,必要时可以越级报告。

第十三条　药品生产、经营企业和医疗卫生机构必须指定专(兼)职人员负责本单位生产、经营、使用药品的不良反应报告和监测工作,发现可能与用药有关的不良反应应详细记录、调查、分析、评价、处理，并填写《药品不良反应/事件报告表》，每季度集中向所在地的省、自治区、直辖市药品不良反应监测中心报告，其中新的或严重的药品不良反应应于发现之日起 15 日内报告，死亡病例须及时报告。

第十四条　《药品不良反应/事件报告表》的填报内容应真实、完整、准确。

第十五条　新药监测期内的药品应报告该药品发生的所有不良反应；新药监测期已满的药品，报告该药品引起的新的和严重的不良反应。

药品生产企业除按第十三条规定报告外，还应以《药品不良反应/事件定期汇总表》的形式进行年度汇总后，向所在地的省、自治区、直辖市药品不良反应监测中心报告。对新药监测期内的药品，每年汇总报告一次；对新药监测期已满的药品，在首次药品批准证明文件有效期届满当年汇总报告一次，以后每 5 年汇总报告一次。

第十六条　进口药品自首次获准进口之日起 5 年内，报告该进口药品发生的所有不良反应；满 5 年的，报告该进口药品发生的新的和严重的不良反应。此外，对进口药品发生的不良反应还应进行年度汇总报告，进口药品自首次获准进口之日起 5 年内，每年汇总报告一次；满 5 年的，每 5 年汇总报告一次。

进口药品在其他国家和地区发生新的或严重的不良反应，代理经营该进口药品的单位应于不良反应发现之日起一个月内报告国家药品不良反应监测中心。

第十七条　药品生产、经营企业和医疗卫生机构发现群体不良反应，应立即向所在地的省、自治区、直辖市（食品）药品监督管理局、卫生厅（局）以及药品不良反应监测中心报告。省、自治区、直辖市（食品）药品监督管理局应立即会同同级卫生厅（局）组织调查核实，并向国家食品药品监督管理局、卫生部和国家药品不良反应监测中心报告。

第十八条　个人发现药品引起的新的或严重的不良反应，

可直接向所在地的省、自治区、直辖市药品不良反应监测中心或（食品）药品监督管理局报告。

第十九条　省、自治区、直辖市药品不良反应监测中心，应每季度向国家药品不良反应监测中心报告所收集的一般不良反应报告；对新的或严重的不良反应报告应当进行核实，并于接到报告之日起 3 日内报告，同时抄报本省、自治区、直辖市（食品）药品监督管理局和卫生厅（局）；每年向国家药品不良反应监测中心报告所收集的定期汇总报告。

第二十条　国家药品不良反应监测中心应每半年向国家食品药品监督管理局和卫生部报告药品不良反应监测统计资料，其中新的或严重的不良反应报告和群体不良反应报告资料应分析评价后及时报告。

第二十一条　药品不良反应监测中心应对报告药品不良反应的单位或个人反馈相关信息。

第四章　评价与控制（节录）

第二十二条　药品生产、经营企业和医疗卫生机构应经常对本单位生产、经营、使用的药品所发生的不良反应进行分析、评价，并应采取有效措施减少和防止药品不良反应的重复发生。

第五章　处罚（节录）

第二十七条　省级以上（食品）药品监督管理部门对药品生产、经营企业和除医疗机构外的药品使用单位有下列情形之一的，视情节严重程度，予以责令改正、通报批评或警告，并可处以一千元以上三万元以下的罚款；情节严重并造成不良后果的，按照有关法律法规的规定进行处罚。

（一）无专职或兼职人员负责本单位药品不良反应监测工作的；

（二）未按要求报告药品不良反应的；

（三）发现药品不良反应匿而不报的；

（四）未按要求修订药品说明书的；

（五）隐瞒药品不良反应资料。

医疗卫生机构有以上行为之一的，由（食品）药品监督管理部门移交同级卫生主管部门进行处理。

第六章　附　　则

第二十九条　本办法下列用语的含义是：

（一）药品不良反应　是指合格药品在正常用法用量下出现的与用药目的无关的或意外的有害反应。

（二）药品不良反应报告和监测　是指药品不良反应的发现、报告、评价和控制的过程。

（三）新的药品不良反应　是指药品说明书中未载明的不良反应。

（四）药品严重不良反应　是指因服用药品引起以下损害情形之一的反应：

1. 引起死亡；

2. 致癌、致畸、致出生缺陷；

3. 对生命有危险并能够导致人体永久的或显著的伤残；

4. 对器官功能产生永久损伤；

5. 导致住院或住院时间延长。

第三十条　药品不良反应报告的内容和统计资料是加强药品监督管理、指导合理用药的依据，不作为医疗事故、医疗诉讼和处理药品质量事故的依据。

第三十一条　中国人民解放军的药品不良反应报告和监测管理办法根据本办法制定具体实施办法。

第三十二条　本办法由国家食品药品监督管理局会同卫生部进行解释。

第三十三条　本办法自发布之日起施行。原国家药品监督管理局和卫生部于 1999 年 11 月 26 日联合发布的《药品不良反应监测管理办法（试行）》同时废止。

第十节　城镇职工基本医疗保险用药范围管理暂行办法

为了贯彻落实《国务院关于建立城镇职工基本医疗保险制度的决定》(国发〔1998〕44 号),劳动保障部、国家计委、国家经贸委、财政部、卫生部、药品监管局、中医药局制定了《城镇职工基本医疗保险用药范围管理暂行办法》,1999 年 5 月 12 日上述部位联合颁布,并于颁布之日起施行,包括 14 条,全文收录如下:

第一条　为了保障职工基本医疗用药,合理控制药品费用,规范基本医疗保险用药范围管理,根据《国务院关于建立城镇职工基本医疗保险制度的决定》(国发〔1998〕44 号),制定本办法。

第二条　基本医疗保险用药范围通过制定《基本医疗保险药品目录》(以下简称《药品目录》)进行管理。确定《药品目录》中药品品种时要考虑临床治疗的基本需要,也要考虑地区间的经济差异和用药习惯,中西药并重。

第三条　纳入《药品目录》的药品,应是临床必需、安全有效、价格合理、使用方便、市场能够保证供应的药品,并具备下列条件之一:

(一)《中华人民共和国药典》(现行版)收载的药品;

(二) 符合国家药品监督管理部门颁发标准的药品;

(三) 国家药品监督管理部门批准正式进口的药品。

第四条　以下药品不能纳入基本医疗保险用药范围:

(一) 主要起营养滋补作用的药品;

(二) 部分可以入药的动物及动物脏器,干(水)果类;

(三) 用中药材和中药饮片泡制的各类酒制剂;

(四) 各类药品中的果味制剂、口服泡腾剂;

(五) 血液制品、蛋白类制品(特殊适应证与急救、抢救除外);

(六) 劳动保障部规定基本医疗保险基金不予支付的其他

药品。

第五条　《药品目录》所列药品包括西药、中成药（含民族药，下同）、中药饮片（含民族药，下同）。西药和中成药列基本医疗保险基金准予支付的药品目录，药品名称采用通用名，并标明剂型。中药饮片列基本医疗保险基金不予支付的药品目录，药品名称采用药典名。

第六条　《药品目录》中的西药和中成药在《国家基本药物》的基础上遴选，并分"甲类目录"和"乙类目录"。"甲类目录"的药品是临床治疗必需，使用广泛，疗效好，同类药品中价格低的药品。"乙类目录"的药品是可供临床治疗选择使用，疗效好，同类药品中比"甲类目录"药品价格略高的药品。

第七条　"甲类目录"由国家统一制定，各地不得调整。"乙类目录"由国家制定，各省、自治区、直辖市可根据当地经济水平、医疗需求和用药习惯，适当进行调整，增加和减少的品种数之和不得超过国家制定的"乙类目录"药品总数的15%。

各省、自治区、直辖市对本省（自治区、直辖市）《药品目录》"乙类目录"中易滥用、毒副作用大的药品，可按临床适应证和医院级别分别予以限定。

第八条　基本医疗保险参保人员使用《药品目录》中的药品，所发生的费用按以下原则支付。

使用"甲类目录"的药品所发生的费用，按基本医疗保险的规定支付。使用"乙类目录"的药品所发生的费用，先由参保人员自付一定比例，再按基本医疗保险的规定支付。个人自付的具体比例，由统筹地区规定，报省、自治区、直辖市劳动保障行政部门备案。

使用中药饮片所发生的费用，除基本医疗保险基金不予支付的药品外，均按基本医疗保险的规定支付。

第九条　急救、抢救期间所需药品的使用可适当放宽范围，各统筹地区要根据当地实际制定具体的管理办法。

第十条　在国家《药品目录》中的药品，有下列情况之一的，从基本医疗保险用药范围或国家和地方的《药品目录》中删除：

（一）药品监管局撤销批准文号的；

（二）药品监管局吊销《进口药品注册证》的；

（三）药品监管局禁止生产、销售和使用的；

（四）经主管部门查实，在生产、销售过程中有违法行为的；

（五）在评审过程中有弄虚作假行为的。

第十一条　国家《药品目录》原则上每两年调整一次，各省、自治区、直辖市《药品目录》进行相应调整。国家《药品目录》的新药增补工作每年进行一次，各地不得自行进行新药增补。增补进入国家"乙类目录"的药品，各省、自治区、直辖市可根据实际情况，确定是否进入当地的"乙类目录"。

在制定《药品目录》的工作中，各级劳动保障行政部门不再进行药品检验，不得向药品生产和经销企业收取评审费和各种名目的费用，不得巧立名目加重企业的负担。制定《药品目录》所需经费由劳动保障行政部门向财政部门提出申请，由同级财政拨款解决。

第十二条　国家《药品目录》的组织制定工作由劳动保障部负责。要成立由劳动保障部、国家计委、国家经贸委、财政部、卫生部、药品监管局和中医药局组成的国家《药品目录》评审领导小组，负责评审《药品目录》及每年新增补和删除的药品，审核《药品目录》遴选专家组和专家咨询小组成员名单，以及《药品目录》评审和实施过程中的协调工作。领导小组下设办公室，办公室设在劳动保障部，负责组织制定国家基本医疗保险药品目录的具体工作。

领导小组办公室要在全国范围内选择专业技术水平较高的临床医学和药学专家，组成药品遴选专家组，负责遴选药品。要聘请专业技术水平较高的临床医学、药学、药品经济学和医疗保险、卫生管理等方面的专家，组成专家咨询小组，负责对领导小组办公室的工作提出专业咨询和建议。

各省、自治区、直辖市《药品目录》的制定工作由各省、自治区、直辖市劳动保障行政部门负责,要参照国家《药品目录》制定工作的组织形式,建立相应的评审机构和专家组。

第十三条 国家《药品目录》由劳动保障部会同国家计委、国家经贸委、财政部、卫生部、药品监管局、中医药局共同制定,由劳动保障部发布。各省、自治区、直辖市的《药品目录》由各省、自治区、直辖市劳动保障行政部门会同有关部门共同制定,并报劳动保障部备案。

第十四条 本办法自发布之日起施行。

第十一节 药品临床试验质量管理规范

《药物临床试验质量管理规范》于 2003 年 6 月 4 日经国家食品药品监督管理局局务会审议通过,2003 年 8 月 6 日以国家食品药品监督管理局令第 3 号现予发布。本规范自 2003 年 9 月 1 日起施行。1999 年日国家食品药品监督管理局发布的《药品临床试验管理规范》同时废止。该规范包括 13 章 70 条,第一章 总则(1~4),第二章 临床试验前的准备与必要条件(5~7),第三章 受试者的权益保障(8~15),第四章 试验方案(16~18),第五章 研究者的职责(19~31),第六章 申办者的职责(32~44),第七章 监查员的职责(45~47),第八章 记录与报告(48~52),第九章 数据管理与统计分析(53~55),第十章 试验用药品的管理(56~60),第十一章 质量保证(61~64),第十二章 多中心试验(65~67),第十三章 附则(68~70)。鉴于目前护士参与药品临床试验的科研较多,现全文收录该规范如下:

第一章 总 则

第一条 为保证药物临床试验过程规范,结果科学可靠,保护受试者的权益并保障其安全,根据《中华人民共和国药品管理法》、《中华人民共和国药品管理法实施条例》,参照国际公认原则,制定本规范。

第二条　药物临床试验质量管理规范是临床试验全过程的标准规定,包括方案设计、组织实施、监查、稽查、记录、分析总结和报告。

第三条　凡进行各期临床试验、人体生物利用度或生物等效性试验,均须按本规范执行。

第四条　所有以人为对象的研究必须符合《世界医学大会赫尔辛基宣言》(附录),即公正、尊重人格、力求使受试者最大程度受益和尽可能避免伤害。

第二章　临床试验前的准备与必要条件

第五条　进行药物临床试验必须有充分的科学依据。在进行人体试验前,必须周密考虑该试验的目的及要解决的问题,应权衡对受试者和公众健康预期的受益及风险,预期的受益应超过可能出现的损害。选择临床试验方法必须符合科学和伦理要求。

第六条　临床试验用药品由申办者准备和提供。进行临床试验前,申办者必须提供试验药物的临床前研究资料,包括处方组成、制造工艺和质量检验结果。所提供的临床前资料必须符合进行相应各期临床试验的要求,同时还应提供试验药物已完成和其他地区正在进行与临床试验有关的有效性和安全性资料。临床试验药物的制备,应当符合《药品生产质量管理规范》。

第七条　药物临床试验机构的设施与条件应满足安全有效地进行临床试验的需要。所有研究者都应具备承担该项临床试验的专业特长、资格和能力,并经过培训。临床试验开始前,研究者和申办者应就试验方案、试验的监查、稽查和标准操作规程以及试验中的职责分工等达成书面协议。

第三章　受试者的权益保障

第八条　在药物临床试验的过程中,必须对受试者的个人权益给予充分的保障,并确保试验的科学性和可靠性。受试者的权益、安全和健康必须高于对科学和社会利益的考虑。伦理委员会与知情同意书是保障受试者权益的主要措施。

第九条　为确保临床试验中受试者的权益，须成立独立的伦理委员会，并向国家食品药品监督管理局备案。伦理委员会应有从事医药相关专业人员、非医药专业人员、法律专家及来自其他单位的人员，至少五人组成，并有不同性别的委员。伦理委员会的组成和工作不应受任何参与试验者的影响。

第十条　试验方案需经伦理委员会审议同意并签署批准意见后方可实施。在试验进行期间，试验方案的任何修改均应经伦理委员会批准；试验中发生严重不良事件，应及时向伦理委员会报告。

第十一条　伦理委员会对临床试验方案的审查意见应在讨论后以投票方式作出决定，参与该临床试验的委员应当回避。因工作需要可邀请非委员的专家出席会议，但不投票。伦理委员会应建立工作程序，所有会议及其决议均应有书面记录，记录保存至临床试验结束后五年。

第十二条　伦理委员会应从保障受试者权益的角度严格按下列各项审议试验方案：

（一）研究者的资格、经验、是否有充分的时间参加临床试验，人员配备及设备条件等是否符合试验要求；

（二）试验方案是否充分考虑了伦理原则，包括研究目的、受试者及其他人员可能遭受的风险和受益及试验设计的科学性；

（三）受试者入选的方法，向受试者（或其家属、监护人、法定代理人）提供有关本试验的信息资料是否完整易懂，获取知情同意书的方法是否适当；

（四）受试者因参加临床试验而受到损害甚至发生死亡时，给予的治疗和/或保险措施；

（五）对试验方案提出的修正意见是否可接受；

（六）定期审查临床试验进行中受试者的风险程度。

第十三条　伦理委员会接到申请后应及时召开会议，审阅讨论，签发书面意见，并附出席会议的委员名单、专业情况及本人签名。伦理委员会的意见可以是：

（一）同意；

（二）作必要的修正后同意；

（三）不同意；

（四）终止或暂停已批准的试验。

第十四条　研究者或其指定的代表必须向受试者说明有关临床试验的详细情况：

（一）受试者参加试验应是自愿的，而且有权在试验的任何阶段随时退出试验而不会遭到歧视或报复，其医疗待遇与权益不会受到影响；

（二）必须使受试者了解，参加试验及在试验中的个人资料均属保密。必要时，药品监督管理部门、伦理委员会或申办者，按规定可以查阅参加试验的受试者资料；

（三）试验目的、试验的过程与期限、检查操作、受试者预期可能的受益和风险，告知受试者可能被分配到试验的不同组别；

（四）必须给受试者充分的时间以便考虑是否愿意参加试验，对无能力表达同意的受试者，应向其法定代理人提供上述介绍与说明。知情同意过程应采用受试者或法定代理人能理解的语言和文字，试验期间，受试者可随时了解与其有关的信息资料；

（五）如发生与试验相关的损害时，受试者可以获得治疗和相应的补偿。

第十五条　经充分和详细解释试验的情况后获得知情同意书：

（一）由受试者或其法定代理人在知情同意书上签字并注明日期，执行知情同意过程的研究者也需在知情同意书上签署姓名和日期；

（二）对无行为能力的受试者，如果伦理委员会原则上同

意、研究者认为受试者参加试验符合其本身利益时,则这些病人也可以进入试验,同时应经其法定监护人同意并签名及注明日期;

(三)儿童作为受试者,必须征得其法定监护人的知情同意并签署知情同意书,当儿童能做出同意参加研究的决定时,还必须征得其本人同意;

(四)在紧急情况下,无法取得本人及其合法代表人的知情同意书,如缺乏已被证实有效的治疗方法,而试验药物有望挽救生命,恢复健康,或减轻病痛,可考虑作为受试者,但需要在试验方案和有关文件中清楚说明接受这些受试者的方法,并事先取得伦理委员会同意;

(五)如发现涉及试验药物的重要新资料则必须将知情同意书作书面修改送伦理委员会批准后,再次取得受试者同意。

第四章 试验方案

第十六条 临床试验开始前应制定试验方案,该方案应由研究者与申办者共同商定并签字,报伦理委员会审批后实施。

第十七条 临床试验方案应包括以下内容:

(一)试验题目;

(二)试验目的,试验背景,临床前研究中有临床意义的发现和与该试验有关的临床试验结果、已知对人体的可能危险与受益,及试验药物存在人种差异的可能;

(三)申办者的名称和地址,进行试验的场所,研究者的姓名、资格和地址;

(四)试验设计的类型,随机化分组方法及设盲的水平;

(五)受试者的入选标准,排除标准和剔除标准,选择受试者的步骤,受试者分配的方法;

(六)根据统计学原理计算要达到试验预期目的所需的病例数;

(七)试验用药品的剂型、剂量、给药途径、给药方法、给药次数、疗程和有关合并用药的规定，以及对包装和标签的说明；

（八）拟进行临床和实验室检查的项目、测定的次数和药代动力学分析等；

（九）试验用药品的登记与使用记录、递送、分发方式及贮存条件；

（十）临床观察、随访和保证受试者依从性的措施；

（十一）中止临床试验的标准，结束临床试验的规定；

（十二）疗效评定标准，包括评定参数的方法、观察时间、记录与分析；

（十三）受试者的编码、随机数字表及病例报告表的保存手续；

（十四）不良事件的记录要求和严重不良事件的报告方法、处理措施、随访的方式、时间和转归；

（十五）试验用药品编码的建立和保存，揭盲方法和紧急情况下破盲的规定；

（十六）统计分析计划，统计分析数据集的定义和选择；

（十七）数据管理和数据可溯源性的规定；

（十八）临床试验的质量控制与质量保证；

（十九）试验相关的伦理学；

（二十）临床试验预期的进度和完成日期；

（二十一）试验结束后的随访和医疗措施；

（二十二）各方承担的职责及其他有关规定；

（二十三）参考文献。

第十八条　临床试验中，若确有需要，可以按规定程序对试验方案作修正。

第五章　研究者的职责

第十九条　负责临床试验的研究者应具备下列条件：

（一）在医疗机构中具有相应专业技术职务任职和行医资格；

（二）具有试验方案中所要求的专业知识和经验；

（三）对临床试验方法具有丰富经验或者能得到本单位有经验的研究者在学术上的指导；

（四）熟悉申办者所提供的与临床试验有关的资料与文献；

（五）有权支配参与该项试验的人员和使用该项试验所需的设备。

第二十条　研究者必须详细阅读和了解试验方案的内容，并严格按照方案执行。

第二十一条　研究者应了解并熟悉试验药物的性质、作用、疗效及安全性（包括该药物临床前研究的有关资料），同时也应掌握临床试验进行期间发现的所有与该药物有关的新信息。

第二十二条　研究者必须在有良好医疗设施、实验室设备、人员配备的医疗机构进行临床试验，该机构应具备处理紧急情况的一切设施，以确保受试者的安全。实验室检查结果应准确可靠。

第二十三条　研究者应获得所在医疗机构或主管单位的同意，保证有充分的时间在方案规定的期限内负责和完成临床试验。研究者须向参加临床试验的所有工作人员说明有关试验的资料、规定和职责，确保有足够数量并符合试验方案的受试者进入临床试验。

第二十四条　研究者应向受试者说明经伦理委员会同意的有关试验的详细情况，并取得知情同意书。

第二十五条　研究者负责作出与临床试验相关的医疗决定，保证受试者在试验期间出现不良事件时得到适当的治疗。

第二十六条　研究者有义务采取必要的措施以保障受试者的安全，并记录在案。在临床试验过程中如发生严重不良事件，研究者应立即对受试者采取适当的治疗措施，同时报告药品监督管理部门、卫生行政部门、申办者和伦理委员会，并在报告上签名及注明日期。

第二十七条　研究者应保证将数据真实、准确、完整、及时、合法地载入病历和病例报告表。

第二十八条　研究者应接受申办者派遣的监查员或稽查员的监查和稽查及药品监督管理部门的稽查和视察，确保临床试验的质量。

第二十九条　研究者应与申办者商定有关临床试验的费用，并在合同中写明。研究者在临床试验过程中，不得向受试者收取试验用药所需的费用。

第三十条　临床试验完成后，研究者必须写出总结报告，签名并注明日期后送申办者。

第三十一条　研究者中止一项临床试验必须通知受试者、申办者、伦理委员会和药品监督管理部门，并阐明理由。

第六章　申办者的职责

第三十二条　申办者负责发起、申请、组织、监查和稽查一项临床试验，并提供试验经费。申办者按国家法律、法规等有关规定，向国家食品药品监督管理局递交临床试验的申请，也可委托合同研究组织执行临床试验中的某些工作和任务。

第三十三条　申办者选择临床试验的机构和研究者，认可其资格及条件以保证试验的完成。

第三十四条　申办者提供研究者手册，其内容包括试验药物的化学、药学、毒理学、药理学和临床的（包括以前的和正在进行的试验）资料和数据。

第三十五条　申办者在获得国家食品药品监督管理局批准并取得伦理委员会批准件后方可按方案组织临床试验。

第三十六条　申办者、研究者共同设计临床试验方案，述明在方案实施、数据管理、统计分析、结果报告、发表论文方式等方面职责及分工。签署双方同意的试验方案及合同。

第三十七条　申办者向研究者提供具有易于识别、正确编码并贴有特殊标签的试验药物、标准品、对照药品或安慰剂，并保证质量合格。试验用药品应按试验方案的需要进行适当包装、保存。申办者应建立试验用药品的管理制度和记录系统。

第三十八条　申办者任命合格的监查员，并为研究者所接受。

第三十九条　申办者应建立对临床试验的质量控制和质量保证系统，可组织对临床试验的稽查以保证质量。

第四十条　申办者应与研究者迅速研究所发生的严重不良事件，采取必要的措施以保证受试者的安全和权益，并及时向药品监督管理部门和卫生行政部门报告，同时向涉及同一药物的临床试验的其他研究者通报。

第四十一条　申办者中止一项临床试验前，须通知研究者、伦理委员会和国家食品药品监督管理局，并述明理由。

第四十二条　申办者负责向国家食品药品监督管理局递交试验的总结报告。

第四十三条　申办者应对参加临床试验的受试者提供保险，对于发生与试验相关的损害或死亡的受试者承担治疗的费用及相应的经济补偿。申办者应向研究者提供法律上与经济上的担保，但由医疗事故所致者除外。

第四十四条　研究者不遵从已批准的方案或有关法规进行临床试验时，申办者应指出以求纠正，如情况严重或坚持不改，则应终止研究者参加临床试验并向药品监督管理部门报告。

第七章　监查员的职责

第四十五条　监查的目的是为了保证临床试验中受试者的权益受到保障，试验记录与报告的数据准确、完整无误，保证试验遵循已批准的方案和有关法规。

第四十六条　监查员是申办者与研究者之间的主要联系人。其人数及访视的次数取决于临床试验的复杂程度和参与试验的医疗机构的数目。监查员应有适当的医学、药学或相关专业学历，并经过必要的训练，熟悉药品管理有关法规，熟悉有关试验药物的临床前和临床方面的信息以及临床试验方案及其相关的文件。

第四十七条　监查员应遵循标准操作规程，督促临床试验的进行，以保证临床试验按方案执行。具体内容包括：

（一）在试验前确认试验承担单位已具有适当的条件，包括人员配备与培训情况，实验室设备齐全、运转良好，具备各种与试验有关的检查条件，估计有足够数量的受试者，参与研究人员熟悉试验方案中的要求；

（二）在试验过程中监查研究者对试验方案的执行情况，确认在试验前取得所有受试者的知情同意书，了解受试者的入选率及试验的进展状况，确认入选的受试者合格；

（三）确认所有数据的记录与报告正确完整，所有病例报告表填写正确，并与原始资料一致。所有错误或遗漏均已改正或注明，经研究者签名并注明日期。每一受试者的剂量改变、治疗变更、合并用药、间发疾病、失访、检查遗漏等均应确认并记录。核实入选受试者的退出与失访已在病例报告表中予以说明；

（四）确认所有不良事件均记录在案，严重不良事件在规定时间内作出报告并记录在案；

（五）核实试验用药品按照有关法规进行供应、储藏、分发、收回，并做相应的记录；

（六）协助研究者进行必要的通知及申请事宜，向申办者报告试验数据和结果；

（七）应清楚如实记录研究者未能做到的随访、未进行的试验、未做的检查，以及是否对错误、遗漏作出纠正；

（八）每次访视后作一书面报告递送申办者，报告应述明监查日期、时间、监查员姓名、监查的发现等。

第八章　记录与报告

第四十八条　病历作为临床试验的原始文件，应完整保存。病例报告表中的数据来自原始文件并与原始文件一致，试验中的任何观察、检查结果均应及时、准确、完整、规范、真实地记录于病历和正确地填写至病例报告表中，不得随意更改，确因填写错误，作任何更正时应保持原记录清晰可辨，由更正者签署姓名和时间。

第四十九条　临床试验中各种实验室数据均应记录或将原始报告复印件粘贴在病例报告表上，在正常范围内的数据也应具体记录。对显著偏离或在临床可接受范围以外的数据须加以核实。检测项目必须注明所采用的计量单位。

第五十条　为保护受试者隐私，病例报告表上不应出现受试者的姓名。研究者应按受试者的代码确认其身份并记录。

第五十一条　临床试验总结报告内容应与试验方案要求一致，包括：

（一）随机进入各组的实际病例数，脱落和剔除的病例及其理由；

（二）不同组间的基线特征比较，以确定可比性；

（三）对所有疗效评价指标进行统计分析和临床意义分析。统计结果的解释应着重考虑其临床意义；

（四）安全性评价应有临床不良事件和实验室指标合理的统计分析，对严重不良事件应详细描述和评价；

（五）多中心试验评价疗效，应考虑中心间存在的差异及其影响；

（六）对试验药物的疗效和安全性以及风险和受益之间的关系作出简要概述和讨论。

第五十二条　临床试验中的资料均须按规定保存（附录2）及管理。研究者应保存临床试验资料至临床试验终止后五年。申办者应保存临床试验资料至试验药物被批准上市后五年。

第九章　数据管理与统计分析

第五十三条　数据管理的目的在于把试验数据迅速、完整、无误地纳入报告，所有涉及数据管理的各种步骤均需记录在案，以便对数据质量及试验实施进行检查。用适当的程序保证数据库的保密性,应具有计算机数据库的维护和支持程序。

第五十四条 临床试验中受试者分配必须按试验设计确定的随机分配方案进行,每名受试者的处理分组编码应作为盲底由申办者和研究者分别保存。设盲试验应在方案中规定揭盲的条件和执行揭盲的程序,并配有相应处理编码的应急信件。在紧急情况下,允许对个别受试者紧急破盲而了解其所接受的治疗,但必须在病例报告表上述明理由。

第五十五条 临床试验资料的统计分析过程及其结果的表达必须采用规范的统计学方法。临床试验各阶段均需有生物统计学专业人员参与。临床试验方案中需有统计分析计划,并在正式统计分析前加以确认和细化。若需作中期分析,应说明理由及操作规程。对治疗作用的评价应将可信区间与假设检验的结果一并考虑。所选用统计分析数据集需加以说明。对于遗漏、未用或多余的资料须加以说明,临床试验的统计报告必须与临床试验总结报告相符。

第十章 试验用药品的管理

第五十六条 临床试验用药品不得销售。

第五十七条 申办者负责对临床试验用药品作适当的包装与标签,并标明为临床试验专用。在双盲临床试验中,试验药物与对照药品或安慰剂在外形、气味、包装、标签和其他特征上均应一致。

第五十八条 试验用药品的使用记录应包括数量、装运、递送、接受、分配、应用后剩余药物的回收与销毁等方面的信息。

第五十九条 试验用药品的使用由研究者负责,研究者必须保证所有试验用药品仅用于该临床试验的受试者,其剂量与用法应遵照试验方案,剩余的试验用药品退回申办者,上述过程需由专人负责并记录在案,试验用药品须有专人管理。研究者不得把试验用药品转交任何非临床试验参加者。

第六十条　试验用药品的供给、使用、贮存及剩余药物的处理过程应接受相关人员的检查。

第十一章　质量保证

第六十一条　申办者及研究者均应履行各自职责，并严格遵循临床试验方案，采用标准操作规程，以保证临床试验的质量控制和质量保证系统的实施。

第六十二条　临床试验中有关所有观察结果和发现都应加以核实，在数据处理的每一阶段必须进行质量控制，以保证数据完整、准确、真实、可靠。

第六十三条　药品监督管理部门、申办者可委托稽查人员对临床试验相关活动和文件进行系统性检查，以评价试验是否按照试验方案、标准操作规程以及相关法规要求进行，试验数据是否及时、真实、准确、完整地记录。稽查应由不直接涉及该临床试验的人员执行。

第六十四条　药品监督管理部门应对研究者与申办者在实施试验中各自的任务与执行状况进行视察。参加临床试验的医疗机构和实验室的有关资料及文件（包括病历）均应接受药品监督管理部门的视察。

第十二章　多中心试验

第六十五条　多中心试验是由多位研究者按同一试验方案在不同地点和单位同时进行的临床试验。各中心同期开始与结束试验。多中心试验由一位主要研究者总负责，并作为临床试验各中心间的协调研究者。

第六十六条　多中心试验的计划和组织实施要考虑以下各点：

（一）试验方案由各中心的主要研究者与申办者共同讨论认定，伦理委员会批准后执行；

（二）在临床试验开始时及进行的中期应组织研究者会议；

（三）各中心同期进行临床试验；

（四）各中心临床试验样本大小及中心间的分配应符合统计分析的要求；

（五）保证在不同中心以相同程序管理试验用药品，包括分发和储藏；

（六）根据同一试验方案培训参加该试验的研究者；

（七）建立标准化的评价方法，试验中所采用的实验室和临床评价方法均应有统一的质量控制，实验室检查也可由中心实验室进行；

（八）数据资料应集中管理与分析，应建立数据传递、管理、核查与查询程序；

（九）保证各试验中心研究者遵从试验方案，包括在违背方案时终止其参加试验。

第六十七条　多中心试验应当根据参加试验的中心数目和试验的要求，以及对试验用药品的了解程度建立管理系统，协调研究者负责整个试验的实施。

第十三章　附　　则

第六十八条　本规范下列用语的含义是：

临床试验（Clinical Trial），指任何在人体（患者或健康志愿者）进行药物的系统性研究，以证实或揭示试验药物的作用、不良反应及/或试验药物的吸收、分布、代谢和排泄，目的是确定试验药物的疗效与安全性。

试验方案（Protocol），叙述试验的背景、理论基础和目的，试验设计、方法和组织，包括统计学考虑、试验执行和完成的条件。方案必须由参加试验的主要研究者、研究机构和申办者签章并注明日期。

研究者手册（Investigator's Brochure），是有关试验药物在进行人体研究时已有的临床与非临床研究资料。

知情同意（Informed Consent），指向受试者告知一项试验的各方面情况后,受试者自愿确认其同意参加该项临床试验的过程,须以签名和注明日期的知情同意书作为文件证明。

知情同意书(Informed Consent Form),是每位受试者表示自愿参加某一试验的文件证明。研究者需向受试者说明试验性质、试验目的、可能的受益和风险、可供选用的其他治疗方法以及符合《赫尔辛基宣言》规定的受试者的权利和义务等,使受试者充分了解后表达其同意。

伦理委员会(Ethics Committee),由医学专业人员、法律专家及非医务人员组成的独立组织,其职责为核查临床试验方案及附件是否合乎道德,并为之提供公众保证,确保受试者的安全、健康和权益受到保护。该委员会的组成和一切活动不应受临床试验组织和实施者的干扰或影响。

研究者(Investigator),实施临床试验并对临床试验的质量及受试者安全和权益的负责者。研究者必须经过资格审查,具有临床试验的专业特长、资格和能力。

协调研究者(Coordinating Investigator),在多中心临床试验中负责协调参加各中心研究者工作的一名研究者。

申办者(Sponsor),发起一项临床试验,并对该试验的启动、管理、财务和监查负责的公司、机构或组织。

监查员(Monitor),由申办者任命并对申办者负责的具备相关知识的人员,其任务是监查和报告试验的进行情况和核实数据。

稽查(Audit),指由不直接涉及试验的人员所进行的一种系统性检查,以评价试验的实施、数据的记录和分析是否与试验方案、标准操作规程以及药物临床试验相关法规要求相符。

视察(Inspection),药品监督管理部门对一项临床试验的有关文件、设施、记录和其他方面进行官方审阅,视察可以在试验单位、申办者所在地或合同研究组织所在地进行。

病例报告表(Case Report Form,CRF),指按试验方案所规定设计的一种文件,用以记录每一名受试者在试验过程中的数据。

试验用药品（Investigational Product），用于临床试验中的试验药物、对照药品或安慰剂。

不良事件（Adverse Event），患者或临床试验受试者接受一种药品后出现的不良医学事件，但并不一定与治疗有因果关系。

严重不良事件（Serious Adverse Event），临床试验过程中发生需住院治疗、延长住院时间、伤残、影响工作能力、危及生命或死亡、导致先天畸形等事件。

标准操作规程（Standard Operating Proce-dure，SOP），为有效地实施和完成某一临床试验中每项工作所拟定的标准和详细的书面规程。

设盲（Blinding/Masking），临床试验中使一方或多方不知道受试者治疗分配的程序。单盲指受试者不知，双盲指受试者、研究者、监查员或数据分析者均不知治疗分配。

合同研究组织（Contract Research Organiza-tion，CRO），一种学术性或商业性的科学机构。申办者可委托其执行临床试验中的某些工作和任务，此种委托必须作出书面规定。

第六十九条　本规范由国家食品药品监督管理局负责解释。

第七十条　本规范自2003年9月1日起施行，原国家药品监督管理局1999年9月1日发布的《药品临床试验管理规范》同时废止。

附　世界医学大会赫尔辛基宣言

人体医学研究的伦理准则

通过：1964年6月第18届世界医学大会，芬兰赫尔辛基。

修订：1975年10月第29届世界医学大会，日本东京；1983年10月第35届世界医学大会，意大利威尼斯；1989年9月第41届世界医学大会，中国香港；1996年10月第48届世界医学大会,南非;2000 年 10 月第 52 届世界医学大会,苏格兰爱丁堡。

一、前　言

1. 世界医学大会起草的赫尔辛基宣言,是人体医学研究伦理准则的声明,用以指导医生及其他参与者进行人体医学研究。人体医学研究包括对人体本身和相关数据或资料的研究。

2. 促进和保护人类健康是医生的职责。医生的知识和道德正是为了履行这一职责。

3. 世界医学大会的日内瓦宣言用"病人的健康必须是我们首先考虑的事"这样的语言对医生加以约束。医学伦理的国际准则宣告:"只有在符合病人的利益时,医生才可提供可能对病人的生理和心理产生不利影响的医疗措施"。

4. 医学的进步是以研究为基础的,这些研究在一定程度上最终有赖于以人作为受试者的试验。

5. 在人体医学研究中,对受试者健康的考虑应优先于科学和社会的兴趣。

6. 人体医学研究的主要目的是改进预防、诊断和治疗方法,提高对疾病病因学和发病机理的认识。即使是已被证实了的最好的预防、诊断和治疗方法都应不断的通过研究来检验其有效性、效率、可行性和质量。

7. 在目前的医学实践和医学研究中,大多数的预防、诊断和治疗都包含有风险和负担。

8. 医学研究应遵从伦理标准,对所有的人加以尊重并保护他们的健康和权益。有些受试人群是弱势群体需加以特别保护。必须认清经济和医疗上处于不利地位的人的特殊需要。要特别关注那些不能做出知情同意或拒绝知情同意的受试者、可能在胁迫下才做出知情同意的受试者、从研究中本人得不到受益的受试者及同时接受治疗的受试者。

9. 研究者必须知道所在国关于人体研究方面的伦理、法律和法规的要求，并且要符合国际的要求。任何国家的伦理、法律和法规都不允许减少或取消本宣言中对受试者所规定的保护。

二、医学研究的基本原则

10. 在医学研究中，保护受试者的生命和健康，维护他们的隐私和尊严是医生的职责。

11. 人体医学研究必须遵从普遍接受的科学原则，并基于对科学文献和相关资料的全面了解及充分的实验室试验和动物试验（如有必要）。

12. 必须适当谨慎地实施可能影响环境的研究，并要尊重用于研究的实验动物的权利。

13. 每项人体试验的设计和实施均应在试验方案中明确说明，并应将试验方案提交给伦理审批委员会进行审核、评论、指导，适当情况下，进行审核批准。该伦理委员会必须独立于研究者和申办者，并且不受任何其他方面的影响。该伦理委员会应遵从试验所在国的法律和制度。委员会有权监督进行中的试验。研究人员有责任向委员会提交监查资料，尤其是所有的严重不良事件的资料。研究人员还应向委员会提交其他资料以备审批，包括有关资金、申办者、研究机构以及其他对受试者潜在的利益冲突或鼓励的资料。

14. 研究方案必须有关于伦理方面的考虑的说明，并表明该方案符合本宣言中所陈述的原则。

15. 人体医学研究只能由有专业资格的人员并在临床医学专家的指导监督下进行。必须始终是医学上有资格的人员对受试者负责，而决不是由受试者本人负责，即使受试者已经知情同意参加该项研究。

16. 每项人体医学研究开始之前，应首先认真评价受试者或其他人员的预期风险、负担与受益比。这并不排除健康受试者参加医学研究。所有研究设计都应公开可以获得。

17. 医生只有当确信能够充分地预见试验中的风险并能够

较好地处理的时候才能进行该项人体研究。如果发现风险超过可能的受益或已经得出阳性的结论和有利的结果时医生应当停止研究。

18. 人体医学研究只有试验目的的重要性超过了受试者本身的风险和负担时才可进行。这对受试者是健康志愿者时尤为重要。

19. 医学研究只有在受试人群能够从研究的结果中受益时才能进行。

20. 受试者必须是自愿参加并且对研究项目有充分的了解。

21. 必须始终尊重受试者保护自身的权利。尽可能采取措施以尊重受试者的隐私、病人资料的保密并将对受试者身体和精神以及人格的影响减至最小。

22. 在任何人体研究中都应向每位受试候选者充分地告知研究的目的、方法、资金来源、可能的利益冲突、研究者所在的研究附属机构、研究的预期的受益和潜在的风险以及可能出现的不适。应告知受试者有权拒绝参加试验或在任何时间退出试验并且不会受到任何报复。当确认受试者理解了这些信息后,医生应获得受试者自愿给出的知情同意,以书面形式为宜。如果不能得到书面的同意书,则必须正规记录非书面同意的获得过程并要有见证。

23. 在取得研究项目的知情同意时,应特别注意受试者与医生是否存在依赖性关系或可能被迫同意参加。在这种情况下,知情同意的获得应由充分了解但不参加此研究与并受试者也完全无依赖关系的医生来进行。

24. 对于在法律上没有资格,身体或精神状况不允许给出知情同意,或未成年人的研究受试者,研究者必须遵照相关法律,从其法定全权代表处获得知情同意。只有该研究对促进他们所代表的群体的健康存在必需的意义,或不能在法律上有资格的人群中进行时,这些人才能被纳入研究。

25. 当无法定资格的受试者，如未成年儿童，实际上能作出参加研究的决定时，研究者除得到法定授权代表人的同意，还必须征得本人的同意。

26. 有些研究不能从受试者处得到同意，包括委托人或先前的同意，只有当受试者身体/精神状况不允许获得知情同意是这个人群的必要特征时，这项研究才可进行。应当在试验方案中阐明致使参加研究的受试者不能作出知情同意的特殊原因，并提交伦理委员会审查和批准。方案中还需说明在继续的研究中应尽快从受试者本人或法定授权代理人处得到知情同意。

27. 作者和出版商都要承担伦理责任。在发表研究结果时，研究者有责任保证结果的准确性。与阳性结果一样，阴性结果也应发表或以其他方式公之于众。出版物中应说明资金来源、研究附属机构和任何可能的利益冲突。与本宣言中公布的原则不符的研究报告不能被接受与发表。

三、医学研究与医疗相结合的附加原则

28. 医生可以将医学研究与医疗措施相结合，但仅限于该研究已被证实具有潜在的预防、诊断和治疗价值的情况下。当医学研究与医疗措施相结合时，病人作为研究的受试者要有附加条例加以保护。

29. 新方法的益处、风险、负担和有效性都应当与现有最佳的预防、诊断和治疗方法作对比。这并不排除在目前没有有效的预防、诊断和治疗方法存在的研究中，使用安慰剂或无治疗作为对照。

30. 在研究结束时，每个入组病人都应当确保得到经该研究证实的最有效的预防、诊断和治疗方法。

31. 医生应当充分告知病人其接受的治疗中的那一部分与研究有关。病人拒绝参加研究绝不应该影响该病人与医生的关系。

32. 在对病人的治疗中，对于没有已被证明的预防、诊断和

治疗方法，或在使用无效的情况下，若医生判定一种未经证实或新的预防、诊断和治疗方法有望挽救生命、恢复健康和减轻痛苦，在获得病人的知情同意的前提下，应不受限制地应用这种方法。在可能的情况下，这些方法应被作为研究对象，并有计划地评价其安全性和有效性。记录从所有相关病例中得到的新资料，适当时予以发表。同时要遵循本宣言的其他相关原则。

第十二节　医疗器械监督管理条例

《医疗器械监督管理条例》1999 年 12 月 28 日国务院第 24 次常务会议通过，2000 年 1 月 4 日以中华人民共和国国务院令第 276 号颁布，2000 年 4 月 1 日起施行。本条例包括六章 48 条，第一章　总则(1～6)；第二章　医疗器械的管理(7～18)；第三章　医疗器械生产、经营和使用的管理(19～28)；第四章　医疗器械的监督(29～34)；第五章　罚则(35～46)；第六章　附则(47～48)。现节录部分内容如下：

第一章　总　则

第一条　为了加强对医疗器械的监督管理，保证医疗器械的安全、有效，保障人体健康和生命安全，制定本条例。

第二条　在中华人民共和国境内从事医疗器械的研制、生产、经营、使用、监督管理的单位或者个人，应当遵守本条例。

第三条　本条例所称医疗器械，是指单独或者组合使用于人体的仪器、设备、器具、材料或者其他物品，包括所需要的软件；其用于人体体表及体内的作用不是用药理学、免疫学或者代谢的手段获得，但是可能有这些手段参与并起一定的辅助作用；其使用旨在达到下列预期目的：

（一）对疾病的预防、诊断、治疗、监护、缓解；

（二）对损伤或者残疾的诊断、治疗、监护、缓解、补偿；

（三）对解剖或者生理过程的研究、替代、调节；

（四）妊娠控制。

第四条　国务院药品监督管理部门负责全国的医疗器械监督管理工作。

县级以上地方人民政府药品监督管理部门负责本行政区域内的医疗器械监督管理工作。

国务院药品监督管理部门应当配合国务院经济综合管理部门，贯彻实施国家医疗器械产业政策。

第五条　国家对医疗器械实行分类管理。

第一类是指通过常规管理足以保证其安全性、有效性的医疗器械。

第二类是指对其安全性、有效性应当加以控制的医疗器械。

第三类是指植入人体；用于支持、维持生命；对人体具有潜在危险，对其安全性、有效性必须严格控制的医疗器械。

医疗器械分类目录由国务院药品监督管理部门依据医疗器械分类规则，国务院卫生行政部门制定、调整、公布。

第六条　生产和使用以提供具体量值为目的的医疗器械，应当符合计量法的规定。具体产品目录由国务院药品监督管理部门会同国务院计量行政管理部门制定并公布。

第二章　医疗器械的管理（节录）

第七条　国家鼓励研制医疗器械新产品。医疗器械新产品，是指国内市场尚未出现过的或者安全性、有效性及产品机理未得到国内认可的全新的品种。

第二类、第三类医疗器械新产品的临床试用，应当按照国务院药品监督管理部门的规定，经批准后进行。

完成临床试用并通过国务院药品监督管理部门组织专家评审的医疗器械新产品，由国务院药品监督管理部门批准，并发给新产品证书。

第九条　省、自治区、直辖市人民政府药品监督管理部门负责审批本行政区域内的第二类医疗器械的临床试用或者临床验证。国务院药品监督管理部门负责审批第三类医疗器械的临床试用或者临床验证。

临床试用或者临床验证应当在省级以上人民政府药品监督管理部门指定的医疗机构进行。医疗机构进行临床试用或者临床验证，应当符合国务院药品监督管理部门的规定。

进行临床试用或者临床验证的医疗机构的资格，由国务院药品监督管理部门会同国务院卫生行政部门认定。

第十条　医疗机构根据本单位的临床需要，可以研制医疗器械，在执业医师指导下在本单位使用。

医疗机构研制的第二类医疗器械，应当报省级以上人民政府药品监督管理部门审查批准；医疗机构研制的第三类医疗器械，应当报国务院药品监督管理部门审查批准。

第十一条　首次进口的医疗器械，进口单位应当提供该医疗器械的说明书、质量标准、检验方法等有关资料和样品以及出口国（地区）批准生产、销售的证明文件，经国务院药品监督管理部门审批注册，领取进口注册证书后，方可向海关申请办理进口手续。

第三章　医疗器械生产、经营和使用的管理（节录）

第二十七条　医疗机构对一次性使用的医疗器械不得重复使用；使用过的，应当按照国家有关规定销毁，并作记录。

第二十八条　国家建立医疗器械质量事故报告制度和医疗器械质量事故公告制度。具体办法由国务院药品监督管理部门会同国务院卫生行政部门、计划生育行政管理部门制定。

第四章　医疗器械的监督（略）

第五章　罚则（节录）

第四十二条　违反本条例规定，医疗机构使用无产品注册证书、无合格证明、过期、失效、淘汰的医疗器械的，或者从无《医疗器械生产企业许可证》、《医疗器械经营企业许可证》的企业购进医疗器械的，由县级以上人民政府药品监督管理部门责令改正，给予警告，没收违法使用的产品和违法所得，违法所得 5000元以上的，并处违法所得 2 倍以上 5 倍以下的罚款；没有违法所得或者违法所得不足 5000 元的，并处 5000 元以上 2 万元以下的罚款；对主管人员和其他直接责任人员依法给予纪律处分；构成犯罪的，依法追究刑事责任。

第四十三条　违反本条例规定，医疗机构重复使用一次性使用的医疗器械的，或者对应当销毁未进行销毁的，由县级以上人民政府药品监督管理部门责令改正，给予警告，可以处 5000元以上 3 万元以下的罚款；情节严重的，可以对医疗机构处 3 万元以上 5 万元以下的罚款，对主管人员和其他直接责任人员依法给予纪律处分；构成犯罪的，依法追究刑事责任。

第四十四条　违反本条例规定，承担医疗器械临床试用或者临床验证的医疗机构提供虚假报告的，由省级以上人民政府药品监督管理部门责令改正，给予警告，可以处 1 万元以上 3 万元以下罚款；情节严重的，撤销其临床试用或者临床验证资格，对主管人员和其他直接责任人员依法给予纪律处分；构成犯罪的，依法追究刑事责任。

第六章　附　　则

第四十七条　非营利的避孕医疗器械产品的管理办法，由国务院药品监督管理部门会同国务院有关部门另行制定。

第四十八条　本条例自 2000 年 4 月 1 日起施行。

第十三节　一次性使用无菌医疗器械
监督管理办法（暂行）

《一次性使用无菌医疗器械监督管理办法》（暂行）于 2000 年8 月 17 日经国家药品监督管理局局务会审议通过，2000 年 10 月

13 日国家药品监督管理局令第 24 号予发布,自发布之日起施行。本办法包括 7 章 42 条,第一章　总则(1~3);第二章　生产的监督管理(4~13);第三章　经营的监督管理(14~20);第四章　使用的监督(21~26);第五章　无菌器械的监督检查(27~28);第六章　罚则(29~40);第七章　附则(41~42)。现节录如下:

第一章　总　　则

第一条　为加强一次性使用无菌医疗器械的监督管理,保证产品安全、有效,依据《医疗器械监督管理条例》制定本办法。

第二条　本办法所称一次性使用无菌医疗器械(以下简称无菌器械)是指无菌、无致热原、经检验合格,在有效期内一次性直接使用的医疗器械。

无菌器械按《一次性使用无菌医疗器械目录》(以下简称《目录》)实施重点监督管理。《目录》(见附件)由国家药品监督管理局公布并调整。

第三条　凡在中华人民共和国境内从事无菌器械的生产、经营、使用、监督管理的单位或个人应当遵守本办法。

第二章　生产的监督管理(节录)

第七条　生产企业只能销售本企业生产的无菌器械。生产企业的销售人员应在销售所在地药品监督管理部门登记。销售时应出具下列证明:

(一)加盖本企业印章的《医疗器械生产企业许可证》、《医疗器械产品注册证》的复印件及产品合格证;

(二)加盖本企业印章和企业法定代表人印章或签字的企业法定代表人的委托授权书原件,委托授权书应明确授权范围;

(三)销售人员的身份证。

第三章　经营的监督管理(节录)

第十七条　经营企业销售人员销售无菌器械,应出具下列证明：

（一）加盖本企业印章的《医疗器械经营企业许可证》、《医疗器械产品注册证》的复印件及产品合格证；

（二）加盖本企业印章和企业法定代表人印章或签字的企业法定代表人的委托授权书原件，委托授权书应明确其授权范围；

（三）销售人员的身份证。

第四章　使用的监督

第二十一条　医疗机构应从具有《医疗器械生产企业许可证》或《医疗器械经营企业许可证》的企业购进无菌器械。

医疗机构应建立无菌器械采购、验收制度，严格执行并做好记录。采购记录至少应包括：购进产品的企业名称、产品名称、型号规格、产品数量、生产批号、灭菌批号、产品有效期等。按照记录应能追查到每批无菌器械的进货来源。

（一）从生产企业采购无菌器械，应验明生产企业销售人员出具的证明，所出具证明的内容按第七条规定。

（二）从经营企业采购无菌器械，应验明经营企业销售人员出具的证明，所出具证明的内容按第十七条规定。

第二十二条　医疗机构应建立无菌器械使用后销毁制度。使用过的无菌器械必须按规定销毁，使其零部件不再具有使用功能，经消毒无害化处理，并做好记录。

医疗机构不得重复使用无菌器械。

第二十三条　医疗机构发现不合格无菌器械，应立即停止使用、封存，并及时报告所在地药品监督管理部门，不得擅自处理。

经验证为不合格的无菌器械，在所在地药品监督管理部门的监督下予以处理。

第二十四条　医疗机构使用不合格无菌器械，不能指明不合格品生产者的，视为使用无产品注册证的产品；不能指明不合格品供货者的,视为从无《医疗器械经营企业许可证》的企业购进产品。

第二十五条　医疗机构使用无菌器械发生严重不良事件时,应在事件发生后 24 小时内,报告所在地省级药品监督管理部门和卫生行政部门。

第二十六条　医疗机构不得有下列行为:

(一)从非法渠道购进无菌器械;

(二)使用小包装已破损、标识不清的无菌器械;

(三)使用过期、已淘汰无菌器械;

(四)使用无《医疗器械产品注册证》、无医疗器械产品合格证的无菌器械。

第五章　无菌器械的监督检查

第二十七条　国家药品监督管理局负责编制全国无菌器械的抽查计划,并组织实施。省级药品监督管理局负责编制本辖区无菌器械的抽查计划,报国家药品监督管理局备案后组织实施。

国家药品监督管理局和各省、自治区、直辖市药品监督管理局公布无菌器械抽查结果。

第二十八条　生产、经营企业和医疗机构对抽查结果有异议的,可以自收到检验报告之日起 15 日内,向实施抽查的药品监督管理部门或上一级药品监督管理部门申请复验,由受理复验的药品监督管理部门做出复验结论。

第六章　罚则(节录)

第三十五条　医疗机构使用无《医疗器械产品注册证》、无合格证明、过期、失效、淘汰无菌器械的,或者从非法渠道购进无菌器械的,依据《医疗器械监督管理条例》第四十二条处罚。

第三十六条　医疗机构重复使用无菌器械的,或者对应当销毁未进行销毁的,按《医疗器械监督管理条例》第四十三条处罚。

第三十七条　无菌器械的生产、经营企业和医疗机构违反本办法规定,有下列行为之一的,由县级以上药品监督管理部门责令改正,给予警告,并处 1 万元以上 3 万元以下罚款:

(一)生产企业违反《生产实施细则》规定生产的;

(二)生产企业伪造产品原始记录及购销票据的;

(三)生产企业销售其他企业无菌器械的;

(四)生产、经营企业将有效证件出租、出借给他人使用的;

(五)经营不合格无菌器械的;

(六)医疗机构未建立使用后销毁制度或伪造、变造无菌器械采购、使用后销毁记录的;

(七)生产、经营企业、医疗机构向城乡集贸市场提供无菌器械或直接参与城乡集贸市场无菌器械交易的。

第四十条　无菌器械的生产、经营企业和医疗机构违反本办法规定,有下列行为之一的,由县级以上药品监督管理部门责令改正,给予警告:

(一)发现不合格无菌器械,不按规定报告,擅自处理的;

(二)对废弃零部件、过期或废弃的产品包装,不按规定处理的;

(三)经营或使用小包装已破损、标识不清的无菌器械的;

(四)使用无菌器械发生严重不良事件时,不按规定报告的。

第七章　附　　则

第四十一条　本办法由国家药品监督管理局负责解释。

第四十二条　本办法自颁布之日起实施。

第十四节　中华人民共和国食品安全法

《中华人民共和国食品安全法》由中华人民共和国第十一届

全国人民代表大会常务委员会第七次会议于 2009 年 2 月 28 日通过,通过当日以中华人民共和国主席令第九号予公布,自 2009 年 6 月 1 日起施行。本法包括 10 章 104 条,第一章 总则(1~10);第二章 食品安全风险监测和评估(11~17);第三章 食品安全标准(18~26);第四章 食品生产经营(27~56);第五章 食品检验(57~61);第六章 食品进出口(62~69);第七章 食品安全事故处置(70~75);第八章 监督管理(76~83);第九章 法律责任(84~98);第十章 附则(99~104)。现节录如下:

第一章 总则(略)

第二章 食品安全风险监测和评估(略)

第三章 食品安全标准

第十八条 制定食品安全标准,应当以保障公众身体健康为宗旨,做到科学合理、安全可靠。

第十九条 食品安全标准是强制执行的标准。除食品安全标准外,不得制定其他的食品强制性标准。

第二十条 食品安全标准应当包括下列内容:

(一)食品、食品相关产品中的致病性微生物、农药残留、兽药残留、重金属、污染物质以及其他危害人体健康物质的限量规定;

(二)食品添加剂的品种、使用范围、用量;

(三)专供婴幼儿和其他特定人群的主辅食品的营养成分要求;

(四)对与食品安全、营养有关的标签、标识、说明书的要求;

(五)食品生产经营过程的卫生要求;

(六)与食品安全有关的质量要求;

（七）食品检验方法与规程；

（八）其他需要制定为食品安全标准的内容。

第二十一条　食品安全国家标准由国务院卫生行政部门负责制定、公布，国务院标准化行政部门提供国家标准编号。

食品中农药残留、兽药残留的限量规定及其检验方法与规程由国务院卫生行政部门、国务院农业行政部门制定。

屠宰畜、禽的检验规程由国务院有关主管部门会同国务院卫生行政部门制定。

有关产品国家标准涉及食品安全国家标准规定内容的，应当与食品安全国家标准相一致。

第二十二条　国务院卫生行政部门应当对现行的食用农产品质量安全标准、食品卫生标准、食品质量标准和有关食品的行业标准中强制执行的标准予以整合，统一公布为食品安全国家标准。

本法规定的食品安全国家标准公布前，食品生产经营者应当按照现行食用农产品质量安全标准、食品卫生标准、食品质量标准和有关食品的行业标准生产经营食品。

第二十三条　食品安全国家标准应当经食品安全国家标准审评委员会审查通过。食品安全国家标准审评委员会由医学、农业、食品、营养等方面的专家以及国务院有关部门的代表组成。

制定食品安全国家标准，应当依据食品安全风险评估结果并充分考虑食用农产品质量安全风险评估结果，参照相关的国际标准和国际食品安全风险评估结果，并广泛听取食品生产经营者和消费者的意见。

第二十四条　没有食品安全国家标准的，可以制定食品安全地方标准。

省、自治区、直辖市人民政府卫生行政部门组织制定食品安全地方标准，应当参照执行本法有关食品安全国家标准制定的规定，并报国务院卫生行政部门备案。

第二十五条　企业生产的食品没有食品安全国家标准或者地方标准的,应当制定企业标准,作为组织生产的依据。国家鼓励食品生产企业制定严于食品安全国家标准或者地方标准的企业标准。企业标准应当报省级卫生行政部门备案,在本企业内部适用。

第二十六条　食品安全标准应当供公众免费查阅。

第四章　食品生产经营(节录)

第二十八条　禁止生产经营下列食品:

(一)用非食品原料生产的食品或者添加食品添加剂以外的化学物质和其他可能危害人体健康物质的食品,或者用回收食品作为原料生产的食品;

(二)致病性微生物、农药残留、兽药残留、重金属、污染物质以及其他危害人体健康的物质含量超过食品安全标准限量的食品;

(三)营养成分不符合食品安全标准的专供婴幼儿和其他特定人群的主辅食品;

(四)腐败变质、油脂酸败、霉变生虫、污秽不洁、混有异物、掺假掺杂或者感官性状异常的食品;

(五)病死、毒死或者死因不明的禽、畜、兽、水产动物肉类及其制品;

(六)未经动物卫生监督机构检疫或者检疫不合格的肉类,或者未经检验或者检验不合格的肉类制品;

(七)被包装材料、容器、运输工具等污染的食品;

(八)超过保质期的食品;

(九)无标签的预包装食品;

(十)国家为防病等特殊需要明令禁止生产经营的食品;

(十一)其他不符合食品安全标准或者要求的食品。

第三十四条　食品生产经营者应当建立并执行从业人员健康管理制度。患有痢疾、伤寒、病毒性肝炎等消化道传染病的人员,以及患有活动性肺结核、化脓性或者渗出性皮肤病等有碍食品安全的疾病的人员,不得从事接触直接入口食品的工作。

食品生产经营人员每年应当进行健康检查,取得健康证明后方可参加工作。

第四十二条　预包装食品的包装上应当有标签。标签应当标明下列事项:

(一) 名称、规格、净含量、生产日期;

(二) 成分或者配料表;

(三) 生产者的名称、地址、联系方式;

(四) 保质期;

(五) 产品标准代号;

(六) 贮存条件;

(七) 所使用的食品添加剂在国家标准中的通用名称;

(八) 生产许可证编号;

(九) 法律、法规或者食品安全标准规定必须标明的其他事项。

专供婴幼儿和其他特定人群的主辅食品,其标签还应当标明主要营养成分及其含量。

第四十四条　申请利用新的食品原料从事食品生产或者从事食品添加剂新品种、食品相关产品新品种生产活动的单位或者个人,应当向国务院卫生行政部门提交相关产品的安全性评估材料。国务院卫生行政部门应当自收到申请之日起六十日内组织对相关产品的安全性评估材料进行审查;对符合食品安全要求的,依法决定准予许可并予以公布;对不符合食品安全要求的,决定不予许可并书面说明理由。

第五十一条　国家对声称具有特定保健功能的食品实行严格监管。有关监督管理部门应当依法履职,承担责任。具体管理办法由国务院规定。

声称具有特定保健功能的食品不得对人体产生急性、亚急性或者慢性危害,其标签、说明书不得涉及疾病预防、治疗功能,内容必须真实,应当载明适宜人群、不适宜人群、功效成分或者标志性成分及其含量等;产品的功能和成分必须与标签、说明书相一致。

第五十三条　国家建立食品召回制度。食品生产者发现其生产的食品不符合食品安全标准,应当立即停止生产,召回已经上市销售的食品,通知相关生产经营者和消费者,并记录召回和通知情况。

食品经营者发现其经营的食品不符合食品安全标准,应当立即停止经营,通知相关生产经营者和消费者,并记录停止经营和通知情况。食品生产者认为应当召回的,应当立即召回。

食品生产者应当对召回的食品采取补救、无害化处理、销毁等措施,并将食品召回和处理情况向县级以上质量监督部门报告。

食品生产经营者未依照本条规定召回或者停止经营不符合食品安全标准的食品的,县级以上质量监督、工商行政管理、食品药品监督管理部门可以责令其召回或者停止经营。

第五十五条　社会团体或者其他组织、个人在虚假广告中向消费者推荐食品,使消费者的合法权益受到损害的,与食品生产经营者承担连带责任。

第五章　食品检验(节录)

第五十八条　食品检验由食品检验机构指定的检验人独立进行。

检验人应当依照有关法律、法规的规定,并依照食品安全标准和检验规范对食品进行检验,尊重科学,恪守职业道德,保证出具的检验数据和结论客观、公正,不得出具虚假的检验报告。

第五十九条　食品检验实行食品检验机构与检验人负责制。食品检验报告应当加盖食品检验机构公章,并有检验人的签名或者盖章。食品检验机构和检验人对出具的食品检验报告负责。

第六十条　食品安全监督管理部门对食品不得实施免检。

县级以上质量监督、工商行政管理、食品药品监督管理部门应当对食品进行定期或者不定期的抽样检验。进行抽样检验，应当购买抽取的样品，不收取检验费和其他任何费用。

县级以上质量监督、工商行政管理、食品药品监督管理部门在执法工作中需要对食品进行检验的，应当委托符合本法规定的食品检验机构进行，并支付相关费用。对检验结论有异议的，可以依法进行复检。

第六十一条　食品生产经营企业可以自行对所生产的食品进行检验，也可以委托符合本法规定的食品检验机构进行检验。

食品行业协会等组织、消费者需要委托食品检验机构对食品进行检验的，应当委托符合本法规定的食品检验机构进行。

第六章　食品进出口（节录）

第六十二条　进口的食品、食品添加剂以及食品相关产品应当符合我国食品安全国家标准。

进口的食品应当经出入境检验检疫机构检验合格后，海关凭出入境检验检疫机构签发的通关证明放行。

第六十六条　进口的预包装食品应当有中文标签、中文说明书。标签、说明书应当符合本法以及我国其他有关法律、行政法规的规定和食品安全国家标准的要求，载明食品的原产地以及境内代理商的名称、地址、联系方式。预包装食品没有中文标签、中文说明书或者标签、说明书不符合本条规定的，不得进口。

第七章　食品安全事故处置

第七十条　国务院组织制定国家食品安全事故应急预案。

县级以上地方人民政府应当根据有关法律、法规的规定和上级人民政府的食品安全事故应急预案以及本地区的实际情况，制定本行政区域的食品安全事故应急预案，并报上一级人民政府备案。

食品生产经营企业应当制定食品安全事故处置方案，定期检查本企业各项食品安全防范措施的落实情况，及时消除食品安全事故隐患。

　　第七十一条　发生食品安全事故的单位应当立即予以处置，防止事故扩大。事故发生单位和接收病人进行治疗的单位应当及时向事故发生地县级卫生行政部门报告。

　　农业行政、质量监督、工商行政管理、食品药品监督管理部门在日常监督管理中发现食品安全事故，或者接到有关食品安全事故的举报，应当立即向卫生行政部门通报。

　　发生重大食品安全事故的，接到报告的县级卫生行政部门应当按照规定向本级人民政府和上级人民政府卫生行政部门报告。县级人民政府和上级人民政府卫生行政部门应当按照规定上报。

　　任何单位或者个人不得对食品安全事故隐瞒、谎报、缓报，不得毁灭有关证据。

　　第七十二条　县级以上卫生行政部门接到食品安全事故的报告后，应当立即会同有关农业行政、质量监督、工商行政管理、食品药品监督管理部门进行调查处理，并采取下列措施，防止或者减轻社会危害：

　　（一）开展应急救援工作，对因食品安全事故导致人身伤害的人员，卫生行政部门应当立即组织救治；

　　（二）封存可能导致食品安全事故的食品及其原料，并立即进行检验；对确认属于被污染的食品及其原料，责令食品生产经营者依照本法第五十三条的规定予以召回、停止经营并销毁；

　　（三）封存被污染的食品用工具及用具，并责令进行清洗消毒；

　　（四）做好信息发布工作，依法对食品安全事故及其处理情况进行发布，并对可能产生的危害加以解释、说明。

　　发生重大食品安全事故的，县级以上人民政府应当立即成立食品安全事故处置指挥机构,启动应急预案,依照前款规定进行处置。

第七十三条 发生重大食品安全事故,设区的市级以上人民政府卫生行政部门应当立即会同有关部门进行事故责任调查,督促有关部门履行职责,向本级人民政府提出事故责任调查处理报告。

重大食品安全事故涉及两个以上省、自治区、直辖市的,由国务院卫生行政部门依照前款规定组织事故责任调查。

第七十四条 发生食品安全事故,县级以上疾病预防控制机构应当协助卫生行政部门和有关部门对事故现场进行卫生处理,并对与食品安全事故有关的因素开展流行病学调查。

第七十五条 调查食品安全事故,除了查明事故单位的责任,还应当查明负有监督管理和认证职责的监督管理部门、认证机构的工作人员失职、渎职情况。

第八章 监督管理(节录)

第八十二条 国家建立食品安全信息统一公布制度。下列信息由国务院卫生行政部门统一公布:

(一)国家食品安全总体情况;

(二)食品安全风险评估信息和食品安全风险警示信息;

(三)重大食品安全事故及其处理信息;

(四)其他重要的食品安全信息和国务院确定的需要统一公布的信息。

前款第二项、第三项规定的信息,其影响限于特定区域的,也可以由有关省、自治区、直辖市人民政府卫生行政部门公布。县级以上农业行政、质量监督、工商行政管理、食品药品监督管理部门依据各自职责公布食品安全日常监督管理信息。

食品安全监督管理部门公布信息,应当做到准确、及时、客观。

第八十三条 县级以上地方卫生行政、农业行政、质量监督、工商行政管理、食品药品监督管理部门获知本法第八十二条第一款规定的需要统一公布的信息,应当向上级主管部门报告,由上级主管部门立即报告国务院卫生行政部门;必要时,可以直接向国务院卫生行政部门报告。

县级以上卫生行政、农业行政、质量监督、工商行政管理、食品药品监督管理部门应当相互通报获知的食品安全信息。

第九章　法律责任(节录)

第九十六条　违反本法规定,造成人身、财产或者其他损害的,依法承担赔偿责任。

生产不符合食品安全标准的食品或者销售明知是不符合食品安全标准的食品,消费者除要求赔偿损失外,还可以向生产者或者销售者要求支付价款十倍的赔偿金。

第九十七条　违反本法规定,应当承担民事赔偿责任和缴纳罚款、罚金,其财产不足以同时支付时,先承担民事赔偿责任。

第九十八条　违反本法规定,构成犯罪的,依法追究刑事责任。

第十章　附　　则

第九十九条　本法下列用语的含义:

食品,指各种供人食用或者饮用的成品和原料以及按照传统既是食品又是药品的物品,但是不包括以治疗为目的的物品。

食品安全,指食品无毒、无害,符合应当有的营养要求,对人体健康不造成任何急性、亚急性或者慢性危害。

预包装食品,指预先定量包装或者制作在包装材料和容器中的食品。

食品添加剂,指为改善食品品质和色、香、味以及为防腐、保鲜和加工工艺的需要而加入食品中的人工合成或者天然物质。

用于食品的包装材料和容器,指包装、盛放食品或者食品添加剂用的纸、竹、木、金属、搪瓷、陶瓷、塑料、橡胶、天然纤维、化学纤维、玻璃等制品和直接接触食品或者食品添加剂的涂料。

用于食品生产经营的工具、设备，指在食品或者食品添加剂生产、流通、使用过程中直接接触食品或者食品添加剂的机械、管道、传送带、容器、用具、餐具等。

用于食品的洗涤剂、消毒剂，指直接用于洗涤或者消毒食品、餐饮具以及直接接触食品的工具、设备或者食品包装材料和容器的物质。

保质期，指预包装食品在标签指明的贮存条件下保持品质的期限。

食源性疾病，指食品中致病因素进入人体引起的感染性、中毒性等疾病。

食物中毒，指食用了被有毒有害物质污染的食品或者食用了含有毒有害物质的食品后出现的急性、亚急性疾病。

食品安全事故，指食物中毒、食源性疾病、食品污染等源于食品，对人体健康有危害或者可能有危害的事故。

第一百条　食品生产经营者在本法施行前已经取得相应许可证的，该许可证继续有效。

第一百零一条　乳品、转基因食品、生猪屠宰、酒类和食盐的食品安全管理，适用本法；法律、行政法规另有规定的，依照其规定。

第一百零二条　铁路运营中食品安全的管理办法由国务院卫生行政部门会同国务院有关部门依照本法制定。

军队专用食品和自供食品的食品安全管理办法由中央军事委员会依照本法制定。

第一百零三条　国务院根据实际需要，可以对食品安全监督管理体制作出调整。

第一百零四条　本法自 2009 年 6 月 1 日起施行。《中华人民共和国食品卫生法》同时废止。

第十五节　中华人民共和国食品安全法实施条例

　　《中华人民共和国食品安全法实施条例》于 2009 年 7 月 8 日国务院第 73 次常务会议通过,2009 年 7 月 20 日中华人民共和国国务院令第 557 号予公布,自公布之日起施行。本条例包括 10 章 64 条,第一章　总则(1～4);第二章　食品安全风险监测和评估(5～14);第三章　食品安全标准(15～19);第四章　食品生产经营(20～33);第五章　食品检验(34～35);第六章　食品进出口(36～42);第七章　食品安全事故处置(43～46);第八章　监督管理(47～54);第九章　法律责任(55～61);第十章　附则(62～64)。现节录如下:

第一章　总　　则

　　第一条　根据《中华人民共和国食品安全法》(以下简称食品安全法),制定本条例。

　　第二条　县级以上地方人民政府应当履行食品安全法规定的职责;加强食品安全监督管理能力建设,为食品安全监督管理工作提供保障;建立健全食品安全监督管理部门的协调配合机制,整合、完善食品安全信息网络,实现食品安全信息共享和食品检验等技术资源的共享。

　　第三条　食品生产经营者应当依照法律、法规和食品安全标准从事生产经营活动,建立健全食品安全管理制度,采取有效管理措施,保证食品安全。

　　食品生产经营者对其生产经营的食品安全负责,对社会和公众负责,承担社会责任。

　　第四条　食品安全监督管理部门应当依照食品安全法和本条例的规定公布食品安全信息,为公众咨询、投诉、举报提供方便;任何组织和个人有权向有关部门了解食品安全信息。

第二章　食品安全风险监测和评估(节录)

第八条　医疗机构发现其接收的病人属于食源性疾病病人、食物中毒病人，或者疑似食源性疾病病人、疑似食物中毒病人的，应当及时向所在地县级人民政府卫生行政部门报告有关疾病信息。

接到报告的卫生行政部门应当汇总、分析有关疾病信息，及时向本级人民政府报告，同时报告上级卫生行政部门；必要时，可以直接向国务院卫生行政部门报告，同时报告本级人民政府和上级卫生行政部门。

第三章　食品安全标准(略)

第四章　食品生产经营(略)

第五章　食品检验(略)

第六章　食品进出口(略)

第七章　食品安全事故处置

第四十三条　发生食品安全事故的单位对导致或者可能导致食品安全事故的食品及原料、工具、设备等，应当立即采取封存等控制措施，并自事故发生之时起 2 小时内向所在地县级人民政府卫生行政部门报告。

第四十四条　调查食品安全事故，应当坚持实事求是、尊重科学的原则，及时、准确查清事故性质和原因，认定事故责任，提出整改措施。

参与食品安全事故调查的部门应当在卫生行政部门的统一组织协调下分工协作、相互配合，提高事故调查处理的工作效率。

食品安全事故的调查处理办法由国务院卫生行政部门会同国务院有关部门制定。

第四十五条　参与食品安全事故调查的部门有权向有关单位和个人了解与事故有关的情况，并要求提供相关资料和样品。

有关单位和个人应当配合食品安全事故调查处理工作，按照要求提供相关资料和样品，不得拒绝。

第四十六条　任何单位或者个人不得阻挠、干涉食品安全事故的调查处理。

第八章　监督管理(略)

第九章　法律责任(节录)

第五十九条　医疗机构未依照本条例第八条规定报告有关疾病信息的，由卫生行政部门责令改正，给予警告。

第十章　附　则

第六十二条　本条例下列用语的含义：

食品安全风险评估，指对食品、食品添加剂中生物性、化学性和物理性危害对人体健康可能造成的不良影响所进行的科学评估，包括危害识别、危害特征描述、暴露评估、风险特征描述等。

餐饮服务，指通过即时制作加工、商业销售和服务性劳动等，向消费者提供食品和消费场所及设施的服务活动。

第六十三条　食用农产品质量安全风险监测和风险评估由县级以上人民政府农业行政部门依照《中华人民共和国农产品质量安全法》的规定进行。

国境口岸食品的监督管理由出入境检验检疫机构依照食品安全法和本条例以及有关法律、行政法规的规定实施。

食品药品监督管理部门对声称具有特定保健功能的食品实行严格监管，具体办法由国务院另行制定。

第六十四条　本条例自公布之日起施行。

第三章

有关疾病控制与突发事件的法律法规

第一节 中华人民共和国献血法

《中华人民共和国献血法》由中华人民共和国第八届全国人民代表大会常务委员会第二十九次会议于 1997 年 12 月 29 日通过,现予公布,自 1998 年 10 月 1 日起施行。共 24 条,现将全文收录如下:

第一条 为保证医疗临床用血需要和安全,保障献血者和用血者身体健康,发扬人道主义精神,促进社会主义物质文明和精神文明建设,制定本法。

第二条 国家实行无偿献血制度。

国家提倡十八周岁至五十五周岁的健康公民自愿献血。

第三条 地方各级人民政府领导本行政区域内的献血工作,统一规划并负责组织、协调有关部门共同做好献血工作。

第四条 县级以上各级人民政府卫生行政部门监督管理献血工作。

各级红十字会依法参与、推动献血工作。

第五条 各级人民政府采取措施广泛宣传献血的意义,普及献血的科学知识,开展预防和控制经血液途径传播的疾病的教育。

新闻媒介应当开展献血的社会公益性宣传。

第六条　国家机关、军队、社会团体、企业事业组织、居民委员会、村民委员会，应当动员和组织本单位或者本居住区的适龄公民参加献血。

现役军人献血的动员和组织办法，由中国人民解放军卫生主管部门制定。

对献血者，发给国务院卫生行政部门制作的无偿献血证书，有关单位可以给予适当补贴。

第七条　国家鼓励国家工作人员、现役军人和高等学校在校学生率先献血，为树立社会新风尚作表率。

第八条　血站是采集、提供临床用血的机构，是不以营利为目的的公益性组织。设立血站向公民采集血液，必须经国务院卫生行政部门或者省、自治区、直辖市人民政府卫生行政部门批准。血站应当为献血者提供各种安全、卫生、便利的条件。血站的设立条件和管理办法由国务院卫生行政部门制定。

第九条　血站对献血者必须免费进行必要的健康检查；身体状况不符合献血条件的，血站应当向其说明情况，不得采集血液。献血者的身体健康条件由国务院卫生行政部门规定。

血站对献血者每次采集血液量一般为二百毫升，最多不得超过四百毫升，两次采集间隔期不少于六个月。

严格禁止血站违反前款规定对献血者超量、频繁采集血液。

第十条　血站采集血液必须严格遵守有关操作规程和制度，采血必须由具有采血资格的医务人员进行，一次性采血器材用后必须销毁，确保献血者的身体健康。

血站应当根据国务院卫生行政部门制定的标准，保证血液质量。

血站对采集的血液必须进行检测；未经检测或者检测不合格的血液，不得向医疗机构提供。

第十一条　无偿献血的血液必须用于临床，不得买卖。血站、医疗机构不得将无偿献血的血液出售给单采血浆站或者血液制品生产单位。

第十二条　临床用血的包装、储存、运输,必须符合国家规定的卫生标准和要求。

第十三条　医疗机构对临床用血必须进行核查,不得将不符合国家规定标准的血液用于临床。

第十四条　公民临床用血时只交付用于血液的采集、储存、分离、检验等费用;具体收费标准由国务院卫生行政部门会同国务院价格主管部门制定。

无偿献血者临床需要用血时,免交前款规定的费用;无偿献血者的配偶和直系亲属临床需要用血时,可以按照省、自治区、直辖市人民政府的规定免交或者减交前款规定的费用。

第十五条　为保障公民临床急救用血的需要,国家提倡并指导择期手术的患者自身储血,动员家庭、亲友、所在单位以及社会互助献血。

为保证应急用血,医疗机构可以临时采集血液,但应当依照本法规定,确保采血用血安全。

第十六条　医疗机构临床用血应当制定用血计划,遵循合理、科学的原则,不得浪费和滥用血液。

医疗机构应当积极推行按血液成分针对医疗实际需要输血,具体管理办法由国务院卫生行政部门制定。

国家鼓励临床用血新技术的研究和推广。

第十七条　各级人民政府和红十字会对积极参加献血和在献血工作中做出显著成绩的单位和个人,给予奖励。

第十八条　有下列行为之一的,由县级以上地方人民政府卫生行政部门予以取缔,没收违法所得,可以并处十万元以下的罚款;构成犯罪的,依法追究刑事责任:

（一）非法采集血液的;

（二）血站、医疗机构出售无偿献血的血液的;

（三）非法组织他人出卖血液的。

第十九条　血站违反有关操作规程和制度采集血液,由县级以上地方人民政府卫生行政部门责令改正;给献血者健康造成损害的,应当依法赔偿,对直接负责的主管人员和其他直接责任人员,依法给予行政处分;构成犯罪的,依法追究刑事责任。

第二十条　临床用血的包装、储存、运输,不符合国家规定的卫生标准和要求的,由县级以上地方人民政府卫生行政部门责令改正,给予警告,可以并处一万元以下的罚款。

第二十一条　血站违反本法的规定,向医疗机构提供不符合国家规定标准的血液的,由县级以上人民政府卫生行政部门责令改正;情节严重,造成经血液途径传播的疾病传播或者有传播严重危险的,限期整顿,对直接负责的主管人员和其他直接责任人员,依法给予行政处分;构成犯罪的,依法追究刑事责任。

第二十二条　医疗机构的医务人员违反本法规定,将不符合国家规定标准的血液用于患者的,由县级以上地方人民政府卫生行政部门责令改正;给患者健康造成损害的,应当依法赔偿,对直接负责的主管人员和其他直接责任人员,依法给予行政处分;构成犯罪的,依法追究刑事责任。

第二十三条　卫生行政部门及其工作人员在献血、用血的监督管理工作中,玩忽职守,造成严重后果,构成犯罪的,依法追究刑事责任;尚不构成犯罪的,依法给予行政处分。

第二十四条　本法自1998年10月1日起施行。

第二节　血液制品管理条例

《血液制品管理条例》由国务院于1996年12月30日颁布实施,共分为5章48条,现收录如下:

第一章　总　　则

第一条　为了加强血液制品管理,预防和控制经血液途径传播的疾病,保证血液制品的质量,根据药品管理法和传染病防治法,制定本条例。

第二条　本条例适用于在中华人民共和国境内从事原料血浆的采集、供应以及血液制品的生产、经营活动。

第三条　国务院卫生行政部门对全国的原料血浆的采集、供应和血液制品的生产、经营活动实施监督管理。

县级以上地方各级人民政府卫生行政部门对本行政区域内的原料血浆的采集、供应和血液制品的生产、经营活动，依照本条例第三十条规定的职责实施监督管理。

第二章　原料血浆的管理

第四条　国家实行单采血浆站统一规划、设置的制度。

国务院卫生行政部门根据核准的全国生产用原料血浆的需求，对单采血浆站的布局、数量和规模制定总体规划。省、自治区、直辖市人民政府卫生行政部门根据总体规划制定本行政区域内单采血浆站设置规划和采集血浆的区域规划，并报国务院卫生行政部门备案。

第五条　单采血浆站由血液制品生产单位设置或者由县级人民政府卫生行政部门设置，专门从事单采血浆活动，具有独立法人资格。其他任何单位和个人不得从事单采血浆活动。

第六条　设置单采血浆站，必须具备下列条件：

（一）符合单采血浆站布局、数量、规模的规划；

（二）具有与所采集原料血浆适应的卫生专业技术人员；

（三）具有与所采集原料血浆适应的场所及卫生环境；

（四）具有识别供血浆者的身份识别系统；

（五）具有与所采集原料浆相适应的单采血浆机械及其他设置；

（六）具有对所采集原料血浆进行质量检验的技术人员以及必要的仪器设备。

第七条　申请设置单采血浆站的，由县级人民政府卫生行政部门初审，经设区的市、自治州人民政府卫生行政部门或者省、自治区人民政府设立的派出机关的卫生行政机构审查同意，报省、自治区、直辖市人民政府卫生行政部门审批；经审查符合条件的，由省、自治区、直辖市人民政府卫生行政部门核发《单采血浆许可证》，并报国务院卫生行政部门备案。

单采血浆站只能对省、自治区、直辖市人民政府卫生行政部门划定区域内的供血浆者进行筛查和采集血浆。

第八条 《单采血浆许可证》应当规定有效期。

第九条 在一个采血浆区域内，只能设置一个单采血浆站。

严禁单采血浆站采集非划定区域内的供血浆者和其他人员的血浆。

第十条 单采血浆站必须对供血浆者进行健康检查；检查合格的，由县级人民政府卫生行政部门核发《供血浆证》。

供血浆者健康检查标准，由国务院卫生行政部门制定。

第十一条 《供血浆证》由省、自治区、直辖市人民政府卫生行政部门负责设计和印制。《供血浆证》不得涂改、伪造、转让。

第十二条 单采血浆站在采集血浆前，必须对供血浆者进行身份识别并核实其《供血浆证》，确认无误的，方可按照规定程序进行健康检查和血液化验；对检查、化验合格的，按照有关技术操作标准及程序采集血浆，并建立供血浆者健康检查及供血浆记录档案；对检查、化验不合格的，由单采血浆站收缴《供血浆证》，并由所在地县级人民政府卫生行政部门监督销毁。

严禁采集无《供血浆证》者的血浆。

血浆采集技术操作标准及程序，由国务院卫生行政部门制定。

第十三条 单采血浆站只能向一个与其签订质量责任书的血液制品生产单位供应原料血浆，严禁向其他任何单位供应原料血浆。

第十四条 单采血浆站必须使用单采血浆机械采集血浆，严禁手工操作采集血浆。采集的血浆必须按单人份冰冻保存，不得混浆。

严禁单采血浆站采集血液或者将所采集的原料血浆用于

临床。

第十五条　单采血浆站必须使用有产品批准文号并经国家药品生物制品检定机构逐批检定合格的体外诊断试剂以及合格的一次性采血浆器材。

采血器材等一次性消耗品使用后，必须按照国家有关规定予以销毁，并作记录。

第十六条　单采血浆站采集的原料血浆的包装、储存、运输，必须符合国家规定的卫生标准和要求。

第十七条　单采血浆站必须依照传染病防治法及其实施办法等有关规定，严格执行消毒管理及疫情上报制度。

第十八条　单采血浆站应当每半年向所在地的县级人民政府卫生行政部门报告有关原料血浆采集情况，同时抄报设区的市、自治州人民政府卫生行政部门或者省、自治区人民政府设立的派出机关的卫生行政机构及省、自治区、直辖市人民政府卫生行政部门。省、自治区、直辖市人民政府卫生行政部门应当每年向国务院卫生行政部门汇总报告本行政区域内原料血浆的采集情况。

第十九条　国家禁止出口原料血浆。

第三章　血液制品生产经营单位管理

第二十条　新建、改建或者扩建血液制品生产单位，经国务院卫生行政部门根据总体规划进行立项审查同意后，由省、自治区、直辖市人民政府卫生行政部门依照药品管理法的规定审核批准。

第二十一条　血液制品生产单位必须达到国务院卫生行政部门制定的《药品生产质量管理规范》规定的标准，经国务院卫生行政部门审查合格，并依法向工商行政管理部门申领营业执照后，方可从事血液制品的生产活动。

第二十二条　血液制品生产单位应当积极开发新品种，提高血浆综合利用率。

血液制品生产单位生产国内已经生产的品种,必须依法向国务院卫生行政部门申请产品批准文号;国内尚未生产的品种,必须按照国家有关新药审批的程序和要求申报。

第二十三条　严禁血液制品生产单位出让、出租、出借以及与他人共用《药品生产企业许可证》和产品批准文号。

第二十四条　血液制品生产单位不得向无《单采血浆许可证》的单采血浆站或者未与其签订质量责任书的单采血浆站及其他任何单位收集原料血浆。

血液制品生产单位不得向其他任何单位供应原料血浆。

第二十五条　血液制品生产单位在原料血浆投料生产前,必须使用有产品批准文号并经国家药品生物制品检定机构逐批检定合格的体外诊断试剂,对每一人份血浆进行全面复检,并作检测记录。

原料血浆经复检不合格的,不得投料生产,并必须在省级药品监督下按照规定程序和方法予以销毁,并作记录。

原料血浆经复检发现有血液途径传播的疾病的,必须通知供应血浆的单采血浆站,并及时上报所在地省、自治区、直辖市人民政府卫生行政部门。

第二十六条　血液制品出厂前,必须经过质量检验;经检验不符合国家标准的,严禁出厂。

第二十七条　开办血液制品经营单位,由省、自治区、直辖市人民政府卫生行政部门审核批准。

第二十八条　血液制品经营单位应当具备与所经营的产品相适应的冷藏条件和熟悉所经营品种的业务人员。

第二十九条　血液制品生产经营单位生产、包装、储存、运输、经营血液制品,应当符合国家规定的卫生标准和要求。

第四章　监督管理

第三十条　县级以上各级人民政府卫生行政部门依照本条例的规定负责本行政区域内的单采血浆站、供血浆者、原料血浆的采集及血液制品经营单位的监督管理。

省、自治区、直辖市人民政府卫生行政部门依照本条例的规定负责本行政区域内的血液制品生产单位的监督管理。

县级以上地方各级人民政府卫生行政部门的监督人员执行职务时，可以按照国家有关规定抽取样品和索取有关资料，有关单位不得拒绝和隐瞒。

第三十一条　省、自治区、直辖市人民政府卫生行政部门每年组织一次对本行政区域内单采血浆站的监督检查并进行年度注册。

设区的市、自治州人民政府卫生行政部门或者省、自治区人民政府设立的派出机关的卫生行政机构每半年对本行政区域内的单采血浆站进行一次检查。

第三十二条　国家药品生物制品检定机构及国务院卫生行政部门指定的省级药品检验机构，应当依照本条例和国家规定的标准和要求，对血液制品生产单位生产的产品定期进行检定。

第三十三条　国务院卫生行政部门负责全国进出口血液制品的审批及监督管理。

第五章　罚　则

第三十四条　违反本条例规定，未取得省、自治区、直辖市人民政府卫生行政部门核发的《单采血浆许可证》，非法从事组织、采集、供应、倒卖原料血浆活动的，由县级以上地方人民政府卫生行政部门予以取缔，没收违法所得和从事活动的器材、设备，并处违法所得 5 倍以上 10 倍以下的罚款；没有违法所得的，并处 5 万元以上 10 万元以下的罚款；造成经血液途径传播的疾病传播、人身伤害等危害，构成犯罪的，依法追究刑事责任。

第三十五条　单采血浆站有下列行为之一的，由县级以上地方人民政府卫生行政部门责令限期改正，处 5 万元以上 10 万元以下的罚款；有第八项所列行为的，或者有下列其他行为并且情节严重的，由省、自治区、直辖市人民政府卫生行政部门吊销

《单采血浆许可证》；构成犯罪的，对负有直接责任的主管人员和其他直接责任人员依法追究刑事责任：

（一）采血浆前，未按照国务院卫生行政部门颁布的健康检查标准对供血浆者进行健康检查和血液化验的；

（二）采集非划定区域内的供血浆者或者其他人员的血浆的，或者不对供血浆者进行身份识别，采集冒名顶替者、健康检查不合格者或者无《供血浆证》者的血浆的；

（三）违反国务院卫生行政部门制定的血浆采集技术操作标准和程序，过频过量采集血浆的；

（四）向医疗机构直接供应原料血浆或者擅自采集血液的；

（五）未使用单采血浆机械进行血浆采集的；

（六）未使用有产品批准文号并经国家药品生物制品检定机构逐批检定合格的体外诊断试剂以及合格的一次性采血浆器材的；

（七）未按照国家规定的卫生标准和要求包装、储存、运输原料血浆的；

（八）对国家规定检测项目检测结果呈阳性的血浆不清除、不及时上报的；

（九）对污染的注射器、采血浆器材及不合格血浆等不经消毒处理，擅自倾倒，污染环境，造成社会危害的；

（十）重复使用一次性采血浆器材的；

（十一）向与其签订质量责任书的血液制品生产单位以外的其他单位供应原料血浆的。

第三十六条　单采血浆站已知其采集的血浆检测结果呈阳性，仍向血液制品生产单位供应的，由省、自治区、直辖市人民政府卫生行政部门吊销《单采血浆许可证》，由县级以上地方人民政府卫生行政部门没收违法所得，并处 10 万元以上 30 万元以下的罚款；造成经血液途径传播的疾病传播、人身伤害等危害，构成犯罪的，对负责有直接责任的主管人员和其他直接责任人员依法追究刑事责任。

第三十七条　涂改、伪造、转让《供血许可证》的，由县级人民政府卫生行政部门收缴《供血浆证》，没收违法所得，并处违法所得 3 倍以上 5 倍以下的罚款，没有违法所得的，并处 1 万元以下的罚款；构成犯罪的，依法追究刑事责任。

第三十八条　血制品生产单位有下列行为之一的，由省级人民政府卫生行政部门依照药品管理法及其实施办法等有关规定，按照生产假药、劣药予以处罚；构成犯罪的，对负有直接责任的主管人员和其他直接责任人员依法追究刑事责任：

（一）使用无《单采血浆许可证》的单采血浆站或者未与其签订质量责任书的单采血浆站及其他任何单位供应的原料血浆的，或者非法采集原料血浆的；

（二）投料生产前未对原料血浆进行复检的，或者使用没有产品批准文号或者未经国家药品生物制品检定机构逐批检定合格的体外诊断试剂进行复检的，或者将检测不合格的原料血浆投入生产的；

（三）擅自更改生产工艺和质量标准的，或者将检验不合格的产品出厂的；

（四）与他人共用产品批准文号的。

第三十九条　血液制品生产单位违反本条例规定，擅自向其他单位出让、出租、出借以及与他人共用《药品生产企业许可证》、产品批准文号或者供应原料血浆的，由省级以上人民政府卫生行政部门没收违法所得，并处违法所得 5 倍以上 10 以下的罚款，没有违法所得的，并处 5 万元以上 10 万元以下的罚款。

第四十条　违反本条例规定，血液制品生产经营单位生产、包装、储存、运输、经营血液制品不符合国家规定的卫生标准和要求的，由省、自治区、直辖市人民政府卫生行政部门责令改正，可以处 1 万元以下的罚款，

第四十一条　在血液制品生产单位成品库待出厂的产品中，经抽检有一批次达不到国家规定的指标，经复检仍不合格

的,由国务院卫生行政部门撤销血液制品批准文号。

第四十二条　违反本条例规定,擅自进出口血液制品或者出口原料血浆的,由省级以上人民政府卫生行政部门没收所进出口的血液制品或者所出口的原料血浆和违法所得,并处所进出口的血液制品或者所出口的原料血浆总值3倍以上5倍以下的罚款。

第四十三条　血液制品检验人员虚报、瞒报、涂改、伪造检验报告及有关资料的,依法给予行政处分;构成犯罪的,依法追究刑事责任。

第四十四条　卫生行政部门工作人员滥用职权、玩忽职守、徇私舞弊、索贿受贿,构成犯罪的,依法追究刑事责任;尚不构成犯罪的,依法给予行政处分。

第六章　附　　则

第四十五条　本条例下列用语的含义:

血液制品,是特指各种人血浆蛋白制品。

原料血浆,是指由单采血浆站采集的专用于血液制品生产原料的血浆。

供血浆者,是指根据地区血源资源按照有关标准和要求并经严格审批设立,采集供应血液制品生产用原料血浆的单位。

第四十六条　原料血浆的采集、供应和血液制品的价格标准和价格管理办法,由国务院物价管理部门会同国务院卫生行政部门制定。

第四十七条　本条例施行前已经设立的单采血浆站和血液制品生产经营单位应当自本条例施行之日起6个月内,依照本条例规定重新办理审批手续;凡不符合本条例规定的,一律予以关闭。

本条例施行前已经设立的单采血浆站适用本条例第六条第五项的时间,由国务院卫生行政部门另行规定。

第四十八条　本条例自发布之日起施行。

第三节　中华人民共和国传染病防治法

1998 年 2 月 21 日第七届全国人民代表大会常务委员会第六次会议通过了《中华人民共和国传染病防治法》,2004 年 8 月 28 日第十届全国人民代表大会常务委员会第十一次会议修订通过,修订后的《中华人民共和国传染病防治法》于 2004 年 12 月 1 日起施行。共 9 章 80 条,第一章　总则(1~12 条),第二章　传染病预防(13~29 条),第三章　疫情报告、通报和公布(30~38 条),第四章　疫情控制(39~49 条),第五章　医疗救治(50~52 条),第六章　监督管理(53~58 条),第七章　保障措施(59~64 条),第八章　法律责任(65~77 条),第九章　附则(78~80 条)。现节录如下:

第一章　总则(节录)

第一条　为了预防、控制和消除传染病的发生与流行,保障人体健康和公共卫生,制定本法。

第二条　国家对传染病防治实行预防为主的方针,防治结合、分类管理、依靠科学、依靠群众。

第三条　本法规定的传染病分为甲类、乙类和丙类。

甲类传染病是指:鼠疫、霍乱。

乙类传染病是指:传染性非典型肺炎、艾滋病、病毒性肝炎、脊髓灰质炎、人感染高致病性禽流感、麻疹、流行性出血热、狂犬病、流行性乙型脑炎、登革热、炭疽、细菌性和阿米巴性痢疾、肺结核、伤寒和副伤寒、流行性脑脊髓膜炎、百日咳、白喉、新生儿破伤风、猩红热、布鲁氏菌病、淋病、梅毒、钩端螺旋体病、血吸虫病、疟疾。

丙类传染病是指:流行性感冒、流行性腮腺炎、风疹、急性出血性结膜炎、麻风病、流行性和地方性斑疹伤寒、黑热病、包虫病、丝虫病,除霍乱、细菌性和阿米巴性痢疾、伤寒和副伤寒以外的感染性腹泻病。

上述规定以外的其他传染病，根据其暴发、流行情况和危害程度，需要列入乙类、丙类传染病的，由国务院卫生行政部门决定并予以公布。

第四条　对乙类传染病中传染性非典型肺炎、炭疽中的肺炭疽和人感染高致病性禽流感，采取本法所称甲类传染病的预防、控制措施。其他乙类传染病和突发原因不明的传染病需要采取本法所称甲类传染病的预防、控制措施的，由国务院卫生行政部门及时报经国务院批准后予以公布、实施。

省、自治区、直辖市人民政府对本行政区域内常见、多发的其他地方性传染病，可以根据情况决定按照乙类或者丙类传染病管理并予以公布，报国务院卫生行政部门备案。

第十二条　在中华人民共和国领域内的一切单位和个人，必须接受疾病预防控制机构、医疗机构有关传染病的调查、检验、采集样本、隔离治疗等预防、控制措施，如实提供有关情况。疾病预防控制机构、医疗机构不得泄露涉及个人隐私的有关信息、资料。

卫生行政部门以及其他有关部门、疾病预防控制机构和医疗机构因违法实施行政管理或者预防、控制措施，侵犯单位和个人合法权益的，有关单位和个人可以依法申请行政复议或者提起诉讼。

第二章　传染病预防（节录）

第十五条　国家实行有计划的预防接种制度。国务院卫生行政部门和省、自治区、直辖市人民政府卫生行政部门，根据传染病预防、控制的需要，制定传染病预防接种规划并组织实施。用于预防接种的疫苗必须符合国家质量标准。

国家对儿童实行预防接种证制度。国家免疫规划项目的预防接种实行免费。医疗机构、疾病预防控制机构与儿童的监护人应当相互配合，保证儿童及时接受预防接种。具体办法由国务院制定。

第十六条　国家和社会应当关心、帮助传染病患者、病原携带者和疑似传染病患者，使其得到及时救治。任何单位和个人不得歧视传染病患者、病原携带者和疑似传染病患者。

传染病患者、病原携带者和疑似传染病患者，在治愈前或者在排除传染病嫌疑前，不得从事法律、行政法规和国务院卫生行政部门规定禁止从事的易使该传染病扩散的工作。

第十七条　国家建立传染病监测制度。

国务院卫生行政部门制定国家传染病监测规划和方案。省、自治区、直辖市人民政府卫生行政部门根据国家传染病监测规划和方案，制定本行政区域的传染病监测计划和工作方案。

各级疾病预防控制机构对传染病的发生、流行以及影响其发生、流行的因素，进行监测；对国外发生、国内尚未发生的传染病或者国内新发生的传染病，进行监测。

第十八条　各级疾病预防控制机构在传染病预防控制中履行下列职责：

（一）实施传染病预防控制规划、计划和方案；

（二）收集、分析和报告传染病监测信息，预测传染病的发生、流行趋势；

（三）开展对传染病疫情和突发公共卫生事件的流行病学调查、现场处理及其效果评价；

（四）开展传染病实验室检测、诊断、病原学鉴定；

（五）实施免疫规划，负责预防性生物制品的使用管理；

（六）开展健康教育、咨询，普及传染病防治知识；

（七）指导、培训下级疾病预防控制机构及其工作人员开展传染病监测工作；

（八）开展传染病防治应用性研究和卫生评价，提供技术咨询。

国家、省级疾病预防控制机构负责对传染病发生、流行以及分布进行监测，对重大传染病流行趋势进行预测，提出预防控制对策,参与并指导对暴发的疫情进行调查处理,开展传染病病原学鉴定,建立检测质量控制体系,开展应用性研究和卫生评价。

设区的市和县级疾病预防控制机构负责传染病预防控制规划、方案的落实,组织实施免疫、消毒、控制病媒生物的危害,普及传染病防治知识,负责本地区疫情和突发公共卫生事件监测、报告,开展流行病学调查和常见病原微生物检测。

第十九条　国家建立传染病预警制度。

国务院卫生行政部门和省、自治区、直辖市人民政府根据传染病发生、流行趋势的预测,及时发出传染病预警,根据情况予以公布。

第二十条　县级以上地方人民政府应当制定传染病预防、控制预案,报上一级人民政府备案。

传染病预防、控制预案应当包括以下主要内容:

(一)传染病预防控制指挥部的组成和相关部门的职责;

(二)传染病的监测、信息收集、分析、报告、通报制度;

(三)疾病预防控制机构、医疗机构在发生传染病疫情时的任务与职责;

(四)传染病暴发、流行情况的分级以及相应的应急工作方案;

(五)传染病预防、疫点疫区现场控制,应急设施、设备、救治药品和医疗器械以及其他物资和技术的储备与调用。

地方人民政府和疾病预防控制机构接到国务院卫生行政部门或者省、自治区、直辖市人民政府发出的传染病预警后,应当按照传染病预防、控制预案,采取相应的预防、控制措施。

第二十一条　医疗机构必须严格执行国务院卫生行政部门规定的管理制度、操作规范,防止传染病的医源性感染和医院感染。

医疗机构应当确定专门的部门或者人员,承担传染病疫情报告、本单位的传染病预防、控制以及责任区域内的传染病预防工作;承担医疗活动中与医院感染有关的危险因素监测、安全防护、消毒、隔离和医疗废物处置工作。

疾病预防控制机构应当指定专门人员负责对医疗机构内传染病预防工作进行指导、考核,开展流行病学调查。

第二十二条　疾病预防控制机构、医疗机构的实验室和从事病原微生物实验的单位,应当符合国家规定的条件和技术标准,建立严格的监督管理制度,对传染病病原体样本按照规定的措施实行严格监督管理,严防传染病病原体的实验室感染和病原微生物的扩散。

第二十三条　采供血机构、生物制品生产单位必须严格执行国家有关规定,保证血液、血液制品的质量。禁止非法采集血液或者组织他人出卖血液。

疾病预防控制机构、医疗机构使用血液和血液制品,必须遵守国家有关规定,防止因输入血液、使用血液制品引起经血液传播疾病的发生。

第二十四条　各级人民政府应当加强艾滋病的防治工作,采取预防、控制措施,防止艾滋病的传播。具体办法由国务院制定。

第二十五条　县级以上人民政府农业、林业行政部门以及其他有关部门,依据各自的职责负责与人畜共患传染病有关的动物传染病的防治管理工作。

与人畜共患传染病有关的野生动物、家畜家禽,经检疫合格后,方可出售、运输。

第三章　疫情报告、通报和公布

第三十条　疾病预防控制机构、医疗机构和采供血机构及其执行职务的人员发现本法规定的传染病疫情或者发现其他传染病暴发、流行以及突发原因不明的传染病时,应当遵循疫情报告属地管理原则,按照国务院规定的或者国务院卫生行政部门规定的内容、程序、方式和时限报告。

军队医疗机构向社会公众提供医疗服务,发现前款规定的传染病疫情时,应当按照国务院卫生行政部门的规定报告。

第三十一条　任何单位和个人发现传染病病人或者疑似传染病病人时,应当及时向附近的疾病预防控制机构或者医疗机构报告。

第三十二条　港口、机场、铁路疾病预防控制机构以及国境卫生检疫机关发现甲类传染病病人、病原携带者、疑似传染病病人时,应当按照国家有关规定立即向国境口岸所在地的疾病预防控制机构或者所在地县级以上地方人民政府卫生行政部门报告并互相通报。

第三十三条　疾病预防控制机构应当主动收集、分析、调查、核实传染病疫情信息。接到甲类、乙类传染病疫情报告或者发现传染病暴发、流行时,应当立即报告当地卫生行政部门,由当地卫生行政部门立即报告当地人民政府,同时报告上级卫生行政部门和国务院卫生行政部门。

疾病预防控制机构应当设立或者指定专门的部门、人员负责传染病疫情信息管理工作,及时对疫情报告进行核实、分析。

第三十四条　县级以上地方人民政府卫生行政部门应当及时向本行政区域内的疾病预防控制机构和医疗机构通报传染病疫情以及监测、预警的相关信息。接到通报的疾病预防控制机构和医疗机构应当及时告知本单位的有关人员。

第三十五条　国务院卫生行政部门应当及时向国务院其他有关部门和各省、自治区、直辖市人民政府卫生行政部门通报全国传染病疫情以及监测、预警的相关信息。

毗邻的以及相关的地方人民政府卫生行政部门,应当及时互相通报本行政区域的传染病疫情以及监测、预警的相关信息。

县级以上人民政府有关部门发现传染病疫情时,应当及时向同级人民政府卫生行政部门通报。

中国人民解放军卫生主管部门发现传染病疫情时,应当向国务院卫生行政部门通报。

第三十六条　动物防疫机构和疾病预防控制机构,应当及时互相通报动物间和人间发生的人畜共患传染病疫情以及相关信息。

第三十七条　依照本法的规定负有传染病疫情报告职责的人民政府有关部门、疾病预防控制机构、医疗机构、采供血机构及其工作人员,不得隐瞒、谎报、缓报传染病疫情。

第三十八条　国家建立传染病疫情信息公布制度。

国务院卫生行政部门定期公布全国传染病疫情信息。省、自治区、直辖市人民政府卫生行政部门定期公布本行政区域的传染病疫情信息。

传染病暴发、流行时,国务院卫生行政部门负责向社会公布传染病疫情信息,并可以授权省、自治区、直辖市人民政府卫生行政部门向社会公布本行政区域的传染病疫情信息。

公布传染病疫情信息应当及时、准确。

第四章　疫情控制

第三十九条　医疗机构发现甲类传染病时,应当及时采取下列措施:

(一)对病人、病原携带者,予以隔离治疗,隔离期限根据医学检查结果确定;

(二)对疑似病人,确诊前在指定场所单独隔离治疗;

(三)对医疗机构内的病人、病原携带者、疑似病人的密切接触者,在指定场所进行医学观察和采取其他必要的预防措施。

拒绝隔离治疗或者隔离期未满擅自脱离隔离治疗的,可以由公安机关协助医疗机构采取强制隔离治疗措施。

医疗机构发现乙类或者丙类传染病病人,应当根据病情采取必要的治疗和控制传播措施。

医疗机构对本单位内被传染病病原体污染的场所、物品以及医疗废物,必须依照法律、法规的规定实施消毒和无害化处置。

第四十条　疾病预防控制机构发现传染病疫情或者接到传

染病疫情报告时,应当及时采取下列措施:

(一)对传染病疫情进行流行病学调查,根据调查情况提出划定疫点、疫区的建议,对被污染的场所进行卫生处理,对密切接触者,在指定场所进行医学观察和采取其他必要的预防措施,并向卫生行政部门提出疫情控制方案;

(二)传染病暴发、流行时,对疫点、疫区进行卫生处理,向卫生行政部门提出疫情控制方案,并按照卫生行政部门的要求采取措施;

(三)指导下级疾病预防控制机构实施传染病预防、控制措施,组织、指导有关单位对传染病疫情的处理。

第四十一条　对已经发生甲类传染病病例的场所或者该场所内的特定区域的人员,所在地的县级以上地方人民政府可以实施隔离措施,并同时向上一级人民政府报告;接到报告的上级人民政府应当即时作出是否批准的决定。上级人民政府作出不予批准决定的,实施隔离措施的人民政府应当立即解除隔离措施。

在隔离期间,实施隔离措施的人民政府应当对被隔离人员提供生活保障;被隔离人员有工作单位的,所在单位不得停止支付其隔离期间的工作报酬。

隔离措施的解除,由原决定机关决定并宣布。

第四十二条　传染病暴发、流行时,县级以上地方人民政府应当立即组织力量,按照预防、控制预案进行防治,切断传染病的传播途径,必要时,报经上一级人民政府决定,可以采取下列紧急措施并予以公告:

(一)限制或者停止集市、影剧院演出或者其他人群聚集的活动;

(二)停工、停业、停课;

(三)封闭或者封存被传染病病原体污染的公共饮用水源、食品以及相关物品;

(四)控制或者扑杀染疫野生动物、家畜家禽;

（五）封闭可能造成传染病扩散的场所。

上级人民政府接到下级人民政府关于采取前款所列紧急措施的报告时，应当即时作出决定。

紧急措施的解除，由原决定机关决定并宣布。

第四十三条　甲类、乙类传染病暴发、流行时，县级以上地方人民政府报经上一级人民政府决定，可以宣布本行政区域部分或者全部为疫区；国务院可以决定并宣布跨省、自治区、直辖市的疫区。县级以上地方人民政府可以在疫区内采取本法第四十二条规定的紧急措施，并可以对出入疫区的人员、物资和交通工具实施卫生检疫。

省、自治区、直辖市人民政府可以决定对本行政区域内的甲类传染病疫区实施封锁；但是，封锁大、中城市的疫区或者封锁跨省、自治区、直辖市的疫区，以及封锁疫区导致中断干线交通或者封锁国境的，由国务院决定。

疫区封锁的解除，由原决定机关决定并宣布。

第四十四条　发生甲类传染病时，为了防止该传染病通过交通工具及其乘运的人员、物资传播，可以实施交通卫生检疫。具体办法由国务院制定。

第四十五条　传染病暴发、流行时，根据传染病疫情控制的需要，国务院有权在全国范围或者跨省、自治区、直辖市范围内，县级以上地方人民政府有权在本行政区域内紧急调集人员或者调用储备物资，临时征用房屋、交通工具以及相关设施、设备。

紧急调集人员的，应当按照规定给予合理报酬。临时征用房屋、交通工具以及相关设施、设备的，应当依法给予补偿；能返还的，应当及时返还。

第四十六条　患甲类传染病、炭疽死亡的，应当将尸体立即进行卫生处理，就近火化。患其他传染病死亡的，必要时，应当将尸体进行卫生处理后火化或者按照规定深埋。

为了查找传染病病因，医疗机构在必要时可以按照国务院卫生行政部门的规定，对传染病病人尸体或者疑似传染病病人尸体进行解剖查验,并应当告知死者家属。

第四十七条　疫区中被传染病病原体污染或者可能被传染病病原体污染的物品,经消毒可以使用的,应当在当地疾病预防控制机构的指导下,进行消毒处理后,方可使用、出售和运输。

第四十八条　发生传染病疫情时,疾病预防控制机构和省级以上人民政府卫生行政部门指派的其他与传染病有关的专业技术机构,可以进入传染病疫点、疫区进行调查、采集样本、技术分析和检验。

第四十九条　传染病暴发、流行时,药品和医疗器械生产、供应单位应当及时生产、供应防治传染病的药品和医疗器械。铁路、交通、民用航空经营单位必须优先运送处理传染病疫情的人员以及防治传染病的药品和医疗器械。县级以上人民政府有关部门应当做好组织协调工作。

第五章　医疗救治

第五十条　县级以上人民政府应当加强和完善传染病医疗救治服务网络的建设,指定具备传染病救治条件和能力的医疗机构承担传染病救治任务,或者根据传染病救治需要设置传染病医院。

第五十一条　医疗机构的基本标准、建筑设计和服务流程,应当符合预防传染病医院感染的要求。

医疗机构应当按照规定对使用的医疗器械进行消毒;对按照规定一次使用的医疗器具,应当在使用后予以销毁。

医疗机构应当按照国务院卫生行政部门规定的传染病诊断标准和治疗要求,采取相应措施,提高传染病医疗救治能力。

第五十二条　医疗机构应当对传染病病人或者疑似传染病病人提供医疗救护、现场救援和接诊治疗,书写病历记录以及其他有关资料,并妥善保管。

医疗机构应当实行传染病预检、分诊制度;对传染病病人、疑似传染病病人,应当引导至相对隔离的分诊点进行初诊。医疗机构不具备相应救治能力的,应当将患者及其病历记录复印件一并转至具备相应救治能力的医疗机构。具体办法由国务院卫生行政部门规定。

第六章　监督管理(略)

第七章　保障措施(节录)

第六十四条　对从事传染病预防、医疗、科研、教学、现场处理疫情的人员,以及在生产、工作中接触传染病病原体的其他人员,有关单位应当按照国家规定,采取有效的卫生防护措施和医疗保健措施,并给予适当的津贴。

第八章　法律责任(节录)

第六十六条　县级以上人民政府卫生行政部门违反本法规定,有下列情形之一的,由本级人民政府、上级人民政府卫生行政部门责令改正,通报批评;造成传染病传播、流行或者其他严重后果的,对负有责任的主管人员和其他直接责任人员,依法给予行政处分;构成犯罪的,依法追究刑事责任:

(一)未依法履行传染病疫情通报、报告或者公布职责,或者隐瞒、谎报、缓报传染病疫情的;

(二)发生或者可能发生传染病传播时未及时采取预防、控制措施的;

(三)未依法履行监督检查职责,或者发现违法行为不及时查处的;

(四)未及时调查、处理单位和个人对下级卫生行政部门不履行传染病防治职责的举报的;

(五)违反本法的其他失职、渎职行为。

第六十七条　县级以上人民政府有关部门未依照本法的规定履行传染病防治和保障职责的,由本级人民政府或者上级人民政府有关部门责令改正,通报批评;造成传染病传播、流行或者其他严重后果的,对负有责任的主管人员和其他直接责任人员,依法给予行政处分;构成犯罪的,依法追究刑事责任。

第六十八条 疾病预防控制机构违反本法规定,有下列情形之一的,由县级以上人民政府卫生行政部门责令限期改正,通报批评,给予警告;对负有责任的主管人员和其他直接责任人员,依法给予降级、撤职、开除的处分,并可以依法吊销有关责任人员的执业证书;构成犯罪的,依法追究刑事责任:

(一)未依法履行传染病监测职责的;

(二)未依法履行传染病疫情报告、通报职责,或者隐瞒、谎报、缓报传染病疫情的;

(三)未主动收集传染病疫情信息,或者对传染病疫情信息和疫情报告未及时进行分析、调查、核实的;

(四)发现传染病疫情时,未依据职责及时采取本法规定的措施的;

(五)故意泄露传染病病人、病原携带者、疑似传染病病人、密切接触者涉及个人隐私的有关信息、资料的。

第六十九条 医疗机构违反本法规定,有下列情形之一的,由县级以上人民政府卫生行政部门责令改正,通报批评,给予警告;造成传染病传播、流行或者其他严重后果的,对负有责任的主管人员和其他直接责任人员,依法给予降级、撤职、开除的处分,并可以依法吊销有关责任人员的执业证书;构成犯罪的,依法追究刑事责任:

(一)未按照规定承担本单位的传染病预防、控制工作、医院感染控制任务和责任区域内的传染病预防工作的;

(二)未按照规定报告传染病疫情,或者隐瞒、谎报、缓报传染病疫情的;

(三)发现传染病疫情时,未按照规定对传染病病人、疑似传染病病人提供医疗救护、现场救援、接诊、转诊的,或者拒绝接受转诊的;

(四)未按照规定对本单位内被传染病病原体污染的场所、

物品以及医疗废物实施消毒或者无害化处置的；

（五）未按照规定对医疗器械进行消毒，或者对按照规定一次使用的医疗器具未予销毁，再次使用的；

（六）在医疗救治过程中未按照规定保管医学记录资料的；

（七）故意泄露传染病病人、病原携带者、疑似传染病病人、密切接触者涉及个人隐私的有关信息、资料的。

第七十条　采供血机构未按照规定报告传染病疫情，或者隐瞒、谎报、缓报传染病疫情，或者未执行国家有关规定，导致因输入血液引起经血液传播疾病发生的，由县级以上人民政府卫生行政部门责令改正，通报批评，给予警告；造成传染病传播、流行或者其他严重后果的，对负有责任的主管人员和其他直接责任人员，依法给予降级、撤职、开除的处分，并可以依法吊销采供血机构的执业许可证；构成犯罪的，依法追究刑事责任。

非法采集血液或者组织他人出卖血液的，由县级以上人民政府卫生行政部门予以取缔，没收违法所得，可以并处十万元以下的罚款；构成犯罪的，依法追究刑事责任。

第七十四条　违反本法规定，有下列情形之一的，由县级以上地方人民政府卫生行政部门责令改正，通报批评，给予警告，已取得许可证的，可以依法暂扣或者吊销许可证；造成传染病传播、流行以及其他严重后果的，对负有责任的主管人员和其他直接责任人员，依法给予降级、撤职、开除的处分，并可以依法吊销有关责任人员的执业证书；构成犯罪的，依法追究刑事责任：

（一）疾病预防控制机构、医疗机构和从事病原微生物实验的单位，不符合国家规定的条件和技术标准，对传染病病原体样本未按照规定进行严格管理，造成实验室感染和病原微生物扩散的；

（二）违反国家有关规定，采集、保藏、携带、运输和使用传染病菌种、毒种和传染病检测样本的；

（三）疾病预防控制机构、医疗机构未执行国家有关规定，导致因输入血液、使用血液制品引起经血液传播疾病发生的。

第九章 附 则

第七十八条 本法中下列用语的含义：

（一）传染病病人、疑似传染病病人：指根据国务院卫生行政部门发布的《中华人民共和国传染病防治法规定管理的传染病诊断标准》，符合传染病病人和疑似传染病病人诊断标准的人。

（二）病原携带者：指感染病原体无临床症状但能排出病原体的人。

（三）流行病学调查：指对人群中疾病或者健康状况的分布及其决定因素进行调查研究，提出疾病预防控制措施及保健对策。

（四）疫点：指病原体从传染源向周围播散的范围较小或者单个疫源地。

（五）疫区：指传染病在人群中暴发、流行，其病原体向周围播散时所能波及的地区。

（六）人畜共患传染病：指人与脊椎动物共同罹患的传染病，如鼠疫、狂犬病、血吸虫病等。

（七）自然疫源地：指某些可引起人类传染病的病原体在自然界的野生动物中长期存在和循环的地区。

（八）病媒生物：指能够将病原体从人或者其他动物传播给人的生物，如蚊、蝇、蚤类等。

（九）医源性感染：指在医学服务中，因病原体传播引起的感染。

（十）医院感染：指住院病人在医院内获得的感染，包括在住院期间发生的感染和在医院内获得出院后发生的感染，但不包括入院前已开始或者入院时已处于潜伏期的感染。医院工作人员在医院内获得的感染也属医院感染。

（十一）实验室感染：指从事实验室工作时，因接触病原体所致的感染。

（十二）菌种、毒种：指可能引起本法规定的传染病发生的细菌菌种、病毒毒种。

（十三）消毒：指用化学、物理、生物的方法杀灭或者消除环境中的病原微生物。

（十四）疾病预防控制机构：指从事疾病预防控制活动的疾病预防控制中心以及与上述机构业务活动相同的单位。

（十五）医疗机构：指按照《医疗机构管理条例》取得医疗机构执业许可证，从事疾病诊断、治疗活动的机构。

第七十九条　传染病防治中有关食品、药品、血液、水、医疗废物和病原微生物的管理以及动物防疫和国境卫生检疫，本法未规定的，分别适用其他有关法律、行政法规的规定。

第八十条　本法自 2004 年 12 月 1 日起施行。

第四节　中华人民共和国传染病防治法实施办法

《中华人民共和国传染病防治法实施办法》1991 年 10 月 4 日国务院国批准，1991 年 12 月 6 日卫生部令第 17 号发布施行。共 7 章 76 条。第一章　总则（1～6 条），第二章　预防（7～33 条），第三章　疫情报告（34～43 条），第四章　控制（44～58 条），第五章　监督（59～65 条），第六章　罚则（66～72 条），第七章　附则（73～76 条）。现节录如下：

第一章　总　　则

第一条　根据《中华人民共和国传染病防治法》（以下简称《传染病防治法》）的规定，制定本办法。

第二条　国家对传染病实行预防为主的方针，各级政府在制定社会经济发展规划时，必须包括传染病防治目标，并组织有关部门共同实施。

第三条　各级政府卫生行政部门对传染病防治工作实施统一监督管理。

受国务院卫生行政部门委托的其他有关部门卫生主管机构,在本系统内行使《传染病防治法》第三十二条第一款所列职权。

军队的传染病防治工作,依照《传染病防治法》和本办法中的有关规定以及国家其他有关规定,由中国人民解放军卫生主管部门实施监督管理。

第四条　各级各类卫生防疫机构按照专业分工承担传染病监测管理的责任和范围,由省级政府卫生行政部门确定。

铁路、交通、民航、厂(场)矿的卫生防疫机构,承担本系统传染病监测管理工作,并接受本系统上级卫生主管机构和省级政府卫生行政部门指定的卫生防疫机构的业务指导。

第五条　各级各类医疗保健机构承担传染病防治管理的责任和范围,由当地政府卫生行政部门确定。

第六条　各级政府对预防、控制传染病做出显著成绩和贡献的单位和个人,应当给予奖励。

第二章　预　　防

第七条　各级政府应当组织有关部门,开展传染病预防知识和防治措施的卫生健康教育。

第十一条　国家实行有计划的预防接种制度。

中华人民共和国境内的任何人均应按照有关规定接受预防接种。

各省、自治区、直辖市政府卫生行政部门可以根据当地传染病的流行情况,增加预防接种项目。

第十二条　国家对儿童实行预防接种证制度。

适龄儿童应当按照国家有关规定,接受预防接种。适龄儿童的家长或者监护人应当及时向医疗保健机构申请办理预防接种证。

托幼机构、学校在办理入托、入学手续时,应当查验预防接种证,未按规定接种的儿童应当及时补种。

第十三条　各级各类医疗保健机构的预防保健组织或者人员,在本单位及责任地段内承担下列工作:

(一)传染病疫情报告和管理;

(二)传染病预防和控制工作;

(三)卫生行政部门指定的卫生防疫机构交付的传染病防治和监测任务。

第十四条　医疗保健机构必须按照国务院卫生行政部门的有关规定,严格执行消毒隔离制度,防止医院内感染和医源性感染。

第十五条　卫生防疫机构和从事致病性微生物实验的科研、教学、生产等单位必须做到:

(一)建立健全防止致病性微生物扩散的制度和人体防护措施;

(二)严格执行实验操作规程,对实验后的样品、器材、污染物品等,按照有关规定严格消毒后处理;

(三)实验动物必须按照国家有关规定进行管理。

第十六条　传染病的菌(毒)种分为下列3类:

一类:鼠疫耶尔森氏菌、霍乱弧菌;天花病毒、艾滋病病毒;

二类:布氏菌、炭疽菌、麻风杆菌;肝炎病毒、狂犬病毒、出血热病毒、登革热病毒;斑疹伤寒立克次体;

三类:脑膜炎双球菌、链球菌、淋病双球菌、结核杆菌、百日咳嗜血杆菌、白喉棒状杆菌、沙门氏菌、志贺氏菌、破伤风梭状杆菌;钩端螺旋体、梅毒螺旋体;乙型脑炎病毒、脊髓灰质炎病毒、流感病毒、流行性腮腺炎病毒、麻疹病毒、风疹病毒。

国务院卫生行政部门可以根据情况增加或者减少菌(毒)种的种类。

第十七条　国家对传染病菌(毒)种的保藏、携带、运输实行严格管理:

(一)菌(毒)种的保藏由国务院卫生行政部门指定的单位负责。

（二）一、二类菌（毒）种的供应由国务院卫生行政部门指定的保藏管理单位供应。三类菌（毒）种由设有专业实验室的单位或者国务院卫生行政部门指定的保藏管理单位供应。

（三）使用一类菌（毒）种的单位，必须经国务院卫生行政部门批准；使用二类菌（毒）种的单位必须经省级政府卫生行政部门批准；使用三类菌（毒）种的单位，应当经县级政府卫生行政部门批准。

（四）一、二类菌（毒）种，应派专人向供应单位领取，不得邮寄；三类菌（毒）种的邮寄必须持有邮寄单位的证明，并按照菌（毒）种邮寄与包装的有关规定办理。

第十八条 对患有下列传染病的病人或者病原携带者予以必要的隔离治疗，直至医疗保健机构证明其不具有传染性时，方可恢复工作：

（一）鼠疫、霍乱；

（二）艾滋病、病毒性肝炎、细菌性和阿米巴痢疾、伤寒和副伤寒、炭疽、斑疹伤寒、麻疹、百日咳、白喉、脊髓灰质炎、流行性脑脊髓膜炎、猩红热、流行性出血热、登革热、淋病、梅毒；

（三）肺结核、麻风病、流行性腮腺炎、风疹、急性出血性结膜炎。

第十九条 从事饮水、饮食、整容、保育等易使传染病扩散工作的从业人员，必须按照国家有关规定取得健康合格证后方可上岗。

第二十条 招用流动人员 200 人以上的用工单位，应当向当地政府卫生行政部门指定的卫生防疫机构报告，并按照要求采取预防控制传染病的卫生措施。

第二十一条 被甲类传染病病原体污染的污水、污物、粪便，有关单位和个人必须在卫生防疫人员的指导监督下，按照下列要求进行处理：

（一）被鼠疫病原体污染

1. 被污染的室内空气、地面、四壁必须进行严格消毒，被污染的物品必须严格消毒或者焚烧处理；

2. 彻底消除鼠疫疫区内的鼠类、蚤类；发现病鼠、死鼠应当送检：解剖检验后的鼠尸必须焚化；

3. 疫区内啮齿类动物的皮毛不能就地进行有效的消毒处理时，必须在卫生防疫机构的监督下焚烧。

（二）被霍乱病原体污染

1. 被污染的饮用水，必须进行严格消毒处理；

2. 污水经消毒处理后排放；

3. 被污染的食物要就地封存，消毒处理；

4. 粪便消毒处理达到无害化；

5. 被污染的物品，必须进行严格消毒或者焚烧处理。

第二十二条　被伤寒和副伤寒、细菌性痢疾、脊髓灰质炎、病毒性肝炎病原体污染的水、物品、粪便，有关单位和个人应当按照下列要求进行处理：

（一）被污染的饮用水，应当进行严格消毒处理；

（二）污水经消毒处理后排放；

（三）被污染的物品，应当进行严格消毒处理或者焚烧处理；

（四）粪便消毒处理达到无害化。

死于炭疽的动物尸体必须就地焚化，被污染的用具必须消毒处理，被污染的土地、草皮消毒后，必须将 10 厘米厚的表层土铲除，并在远离水源及河流的地方深埋。

第二十三条　出售、运输被传染病病原体污染或者来自疫区可能被传染病病原体污染的皮毛、旧衣物及生活用品等，必须按照卫生防疫机构的要求进行必要的卫生处理。

第二十四条　用于预防传染病的菌苗、疫苗等生物制品，由各省、自治区、直辖市卫生防疫机构统一向生物制品生产单位订购，其他任何单位和个人不得经营。

用于预防传染病的菌苗、疫苗等生物制品必须在卫生防疫机构监督指导下使用。

第二十五条　凡从事可能导致经血液传播传染病的美容、整容等单位和个人,必须执行国务院卫生行政部门的有关规定。

　　第二十六条　血站(库)、生物制品生产单位,必须严格执行国务院卫生行政部门的有关规定,保证血液、血液制品的质量,防止因输入血液、血液制品引起病毒性肝炎、艾滋病、疟疾等疾病的发生。任何单位和个人不准使用国务院卫生行政部门禁止进口的血液和血液制品。

　　第二十七条　生产、经营、使用消毒药剂和消毒器械、卫生用品、卫生材料、一次性医疗器材、隐形眼镜、人造器官等必须符合国家有关标准,不符合国家有关标准的不得生产、经营和使用。

　　第二十八条　发现人畜共患传染病已在人、畜间流行时,卫生行政部门与畜牧兽医部门应当深入疫区,按照职责分别对人、畜开展防治工作。

　　传染病流行区的家畜家禽,未经畜牧兽医部门检疫不得外运。

　　进入鼠疫自然疫源地捕猎旱獭应按照国家有关规定执行。

　　第二十九条　狂犬病的防治管理工作按照下列规定分工负责:

　　(一)公安部门负责县以上城市养犬的审批与违章养犬的处理,捕杀狂犬、野犬。

　　(二)畜牧兽医部门负责兽用狂犬病疫苗的研制、生产和供应;对城乡经批准的养犬进行预防接种、登记和发放"家犬免疫证";对犬类狂犬病的疫情进行监测和负责进出口犬类的检疫、免疫及管理。

　　(三)乡(镇)政府负责辖区内养犬的管理,捕杀狂犬、野犬。

　　(四)卫生部门负责人用狂犬病疫苗的供应、接种和病人的诊治。

　　第三十条　自然疫源地或者可能是自然疫源地的地区计划兴建大型建设项目时,建设单位在设计任务书批准后,应当向当地卫生防疫机构申请对施工环境进行卫生调查,并根据卫生防疫机构的意见采取必要的卫生防疫措施后,方可办理开工手续。

兴建城市规划内的建设项目,属于在自然疫源地和可能是自然疫源地范围内的,城市规划主管部门在核发建设工程规划许可证明中,必须有卫生防疫部门提出的有关意见及结论。建设单位在施工过程中,必须采取预防传染病传播和扩散的措施。

第三十一条　卫生防疫机构接到在自然疫源地和可能是自然疫源地范围内兴办大型建设项目的建设单位的卫生调查申请后,应当及时组成调查组到现场进行调查,并提出该地区自然环境中可能存在的传染病病种、流行范围、流行强度及预第三十二条　在自然疫源地或者可能是自然疫源地内施工的建设单位,应当设立预防保健组织负责施工期间的卫生防疫工作。

第三十三条　凡在生产、工作中接触传染病病原体的工作人员,可以按照国家有关规定申领卫生防疫津贴。

第三章　疫情报告

第三十四条　执行职务的医疗保健人员、卫生防疫人员为责任疫情报告人。

责任疫情报告人应当按照本办法第三十五条规定的时限向卫生行政部门指定的卫生防疫机构报告疫情,并做疫情登记。

第三十五条　责任疫情报告人发现甲类传染病和乙类传染病中的艾滋病、肺炭疽的病人、病原携带者和疑似传染病病人时,城镇于6小时内,农村于12小时内,以最快的通讯方式向发病地的卫生防疫机构报告,并同时报出传染病报告卡。

责任疫情报告人发现乙类传染病病人、病原携带者和疑似传染病病人时,城镇于12小时内,农村于24小时内向发病地的卫生防疫机构报出传染病报告卡。

责任疫情报告人在丙类传染病监测区内发现丙类传染病病人时,应当在24小时内向发病地的卫生防疫机构报出传染病报告卡。

第三十六条 传染病暴发、流行时，责任疫情报告人应当以最快的通讯方式向当地卫生防疫机构报告疫情。接到疫情报告的卫生防疫机构应当以最快的通讯方式报告上级卫生防疫机构和当地政府卫生行政部门，卫生行政部门接到报告后，应当立即报告当地政府。

省级政府卫生行政部门接到发现甲类传染病和发生传染病暴发、流行的报告后，应当于6小时内报告国务院卫生行政部门。

第三十七条 流动人员中的传染病病人、病原携带者和疑似传染病病人的传染病。

第三十八条 铁路、交通、民航、厂（场）矿的卫生防疫机构，应当定期向所在地卫生行政部门指定的卫生防疫机构报告疫情。

第三十九条 军队的传染病疫情，由中国人民解放军卫生主管部门根据军队有关规定向国务院卫生行政部门报告。

军队的医疗保健和卫生防疫机构，发现地方就诊的传染病病人、病原携带者、疑似传染病病人时，应当按照本办法第三十五条的规定报告疫情，并接受当地卫生防疫机构的业务指导。

第四十条 国境口岸所在地卫生行政部门指定的卫生防疫机构和港口、机场、铁路卫生防疫机构和国境卫生检疫机关在发现国境卫生检疫法规定的检疫传染病时，应当互相通报疫情。

发现人畜共患传染病时，卫生防疫机构和畜牧兽医部门应当互相通报疫情。

第四十一条 各级政府卫生行政部门指定的卫生防疫机构应当对辖区内各类医疗保健机构的疫情登记报告和管理情况定期进行核实、检查、指导。

第四十二条 传染病报告卡片邮寄信封应当印有明显的"红十字"标志及写明××卫生防疫机构收的字样。

邮电部门应当及时传递疫情报告的电话或者信卡，并实行邮资总付。

第四十三条 医务人员未经县级以上政府卫生行政部门批

准,不得将就诊的淋病、梅毒、麻风病、艾滋病病人患者和艾滋病病原携带者及其家属的姓名、住址和个人病史公开。

第四章　控　　制

第四十四条　卫生防疫机构和医疗保健机构传染病的疫情处理实行分级分工管理。

第四十五条　艾滋病的监测管理按照国务院有关规定执行。

第四十六条　淋病、梅毒病人应当在医疗保健机构、卫生防疫机构接受治疗。尚未治愈前,不得进入公共浴池、游泳池。

第四十七条　医疗保健机构或者卫生防疫机构在诊治中发现甲类传染病的疑似病人,应当在二日内作出明确诊断。

第四十八条　甲类传染病病人和病原携带者以及乙类传染病中的艾滋病、淋病、梅毒病人的密切接触者必须按照有关规定接受检疫、医学检查和防治措施。

前款以外的乙类传染病病人及病原携带者的密切接触者,应当接受医学检查和防治措施。

第四十九条　甲类传染病疑似病人或者病原携带者的密切接触者,经留验排除是病人或者病原携带者后,留验期间的工资福利待遇由所属单位按出勤照发。

第五十条　发现甲类传染病病人、病原携带者或者疑似病人的污染场所,卫生防疫机构接到疫情报告后,应立即进行严格的卫生处理。

第五十一条　地方各级政府卫生行政部门发现本地区发生从未有过的传染病或者国家已宣布消除的传染病时,应当立即采取措施,必要时,向当地政府报告。

第五十二条　在传染病暴发、流行区域,当地政府应当根据传染病疫情控制的需要,组织卫生、医药、公安、工商、交通、水利、城建、农业、商业、民政、邮电、广播电视等部门采取下列预防、控制措施:

（一）对病人进行抢救、隔离治疗；

（二）加强粪便管理，清除垃圾、污物；

（三）加强自来水和其他饮用水的管理，保护饮用水源；

（四）消除病媒昆虫、钉螺、鼠类及其他染疫动物；

（五）加强易使传染病传播扩散活动的卫生管理；

（六）开展防病知识的宣传；

（七）组织对传染病病人、病原携带者、染疫动物密切接触人群的检疫、预防服药、应急接种等；

（八）供应用于预防和控制疫情所必需的药品、生物制品、消毒药品、器械等；

（九）保证居民生活必需品的供应。

第五十三条　县级以上政府接到下一级政府关于采取《传染病防治法》第二十五条规定的紧急措施报告时，应当在二十四小时内做出决定。下一级政府在上一级政府作出决定前，必要时，可以临时采取《传染病防治法》第二十五条第一款第（一）、（四）项紧急措施，但不得超过二十四小时。

第五十四条　撤销采取《传染病防治法》第二十五条紧急措施的条件是：

（一）甲类传染病病人、病原携带者全部治愈，乙类传染病病人、病原携带者得到有效的隔离治疗；病人尸体得到严格消毒处理；

（二）污染的物品及环境已经过消毒等卫生处理；有关病媒昆虫、染疫动物基本消除；

（三）暴发、流行的传染病病种，经过最长潜伏期后，未发现新的传染病病人，疫情得到有效的控制。

第五十五条　因患鼠疫、霍乱和炭疽病死亡的病人尸体，由治疗病人的医疗单位负责消毒处理，处理后应当立即火化。

患病毒性肝炎、伤寒和副伤寒、艾滋病、白喉、炭疽、脊髓灰质炎死亡的病人尸体，由治疗病人的医疗单位或者当地卫生防疫机构消毒处理后火化。

不具备火化条件的农村、边远地区,由治疗病人的医疗单位或者当地卫生防疫机构负责消毒后,可选远离居民点 500 米以外、远离饮用水源 50 米以外的地方,将尸体在距地面两米以下深埋。

民族自治地方执行前款的规定,依照《传染病防治法》第二十八条第三款的规定办理。

第五十六条　医疗保健机构、卫生防疫机构经县级以上政府卫生行政部门的批准可以对传染病病人尸体或者疑似传染病病人的尸体进行解剖查验。

第五十七条　卫生防疫机构处理传染病疫情的人员,可以凭当地政府卫生行政部门出具的处理疫情证明及有效的身份证明,优先在铁路、交通、民航部门购票,铁路、交通、民航部门应当保证售给最近 1 次通往目的地的车、船、机票。

交付运输的处理疫情的物品应当有明显标志,铁路、交通、民航部门应当保证用最快通往目的地的交通工具运出。

第五十八条　用于传染病监督控制的车辆,其标志由国务院卫生行政部门会同有关部门统一制定。任何单位和个人不得阻拦依法执行处理疫情任务的车辆和人员。

第五章　监督(略)

第六章　罚　则

第六十六条　有下列行为之一的,由县级以上政府卫生行政部门责令限期改正,可以处 5000 元以下的罚款;情节较严重的,可以处 5000 元以上 2 万元以下的罚款,对主管人员和直接责任人员由其所在单位或者上级机关给予行政处分:

(一)集中式供水单位供应的饮用水不符合国家规定的《生活饮用水卫生标准》的;

(二)单位自备水源未经批准与城镇供水系统连接的;

(三)未按城市环境卫生设施标准修建公共卫生设施致使

垃圾、粪便、污水不能进行无害化处理的；

（四）对被传染病病原体污染的污水、污物、粪便不按规定进行消毒处理的；

（五）对被甲类和乙类传染病病人、病原携带者、疑似传染病病人污染的场所、物品未按照卫生防疫机构的要求实施必要的卫生处理的；

（六）造成传染病的医源性感染、医院内感染、实验室感染和致病性微生物扩散的；

（七）生产、经营、使用消毒药剂和消毒器械、卫生用品、卫生材料、一次性医疗器材、隐形眼镜、人造器官等不符合国家卫生标准，可能造成传染病的传播、扩散或者造成传染病的传播、扩散的；

（八）准许或者纵容传染病病人、病原携带者和疑似传染病病人，从事国务院卫生行政部门规定禁止从事的易使该传染病扩散的工作的；

（九）传染病病人、病原携带者故意传播传染病，造成他人感染的；

（十）甲类传染病病人、病原携带者或者疑似传染病病人，乙类传染病中艾滋病、肺炭疽病人拒绝进行隔离治疗的；

（十一）招用流动人员的用工单位，未向卫生防疫机构报告并未采取卫生措施，造成传染病传播、流行的；

（十二）违章养犬或者拒绝、阻挠捕杀违章犬，造成咬伤他人或者导致人群中发生狂犬病的。

前款所称情节较严重的，是指下列情形之一：

（一）造成甲类传染病、艾滋病、肺炭疽传播危险的；

（二）造成除艾滋病、肺炭疽之外的乙、丙类传染病暴发、流行的；

（三）造成传染病菌（毒）种扩散的；

（四）造成病人残疾、死亡的；

（五）拒绝执行《传染病防治法》及本办法的规定，屡经教育仍继续违法的。

第六十七条　在自然疫源地和可能是自然疫源地的地区兴建大型建设项目未经卫生调查即进行施工的,由县级以上政府卫生行政部门责令限期改正,可以处 2000 元以上 2 万元以下的罚款。

第六十八条　单位和个人出售、运输被传染病病原体污染和来自疫区可能被传染病病原体污染的皮毛、旧衣物及生活用品的,由县级以上政府卫生行政部门责令限期进行卫生处理,可以处出售金额 1 倍以下的罚款;造成传染病流行的,根据情节,可以处相当出售金额 3 倍以下的罚款,危害严重,出售金额不满 2000 元的,以 2000 元计算;对主管人员和直接责任人员由所在单位或者上级机关给予行政处分。

第六十九条　单位和个人非法经营、出售用于预防传染病菌苗、疫苗等生物制品的,县级以上政府卫生行政部门可以处相当出售金额 3 倍以下的罚款,危害严重,出售金额不满 5000 元的,以 5000 元计算;对主管人员和直接责任人员由所在单位或者上级机关根据情节,可以给予行政处分。

第七十条　有下列行为之一的单位和个人,县级以上政府卫生行政部门报请同级政府批准,对单位予以通报批评;对主管人员和直接责任人员由所在单位或者上级机关给予行政处分:

(一)传染病暴发、流行时,妨碍或者拒绝执行政府采取紧急措施的;

(二)传染病暴发、流行时,医疗保健人员、卫生防疫人员拒绝执行各级政府卫生行政部门调集其参加控制疫情的决定的;

(三)对控制传染病暴发、流行负有责任的部门拒绝执行政府有关控制疫情决定的;

(四)无故阻止和拦截依法执行处理疫情任务的车辆和人员的。

第七十一条　执行职务的医疗保健人员、卫生防疫人员和责任单位,不报、漏报、迟报传染病疫情的,由县级以上政府卫生行政部门责令限期改正,对主管人员和直接责任人员由其所在单位或者上级机关根据情节,可以给予行政处分。

个体行医人员在执行职务时,不报、漏报、迟报传染病疫情的,由县级以上政府卫生行政部门责令限期改正,限期内不改的,可以处 100 元以上 500 元以下罚款;对造成传染病传播流行的,可以处 200 元以上 2000 元以下罚款。

第七十二条 县级政府卫生行政部门可以作出处 1 万元以下罚款的决定;决定处 1 万元以上罚款的,须报上一级政府卫生行政部门批准。

受国务院卫生行政部门委托的有关部门卫生主管机构可以作出处 2000 元以下罚款的决定;决定处 2000 元以上罚款的,须报当地县级以上政府卫生行政部门批准。

县级以上政府卫生行政部门在收取罚款时,应当出具正式的罚款收据。罚款全部上缴国库。

第七章 附 则

第七十三条 《传染病防治法》及本办法的用语含义如下:

传染病病人、疑似传染病病人:指根据国务院卫生行政部门发布的《中华人民共和国传染病防治法规定管理的传染病诊断标准》,符合传染病病人和疑似传染病病人诊断标准的人。

病原携带者:指感染病原体无临床症状但能排出病原体的人。

暴发:指在 1 个局部地区,短期内,突然发生多例同 1 种传染病病人。

流行:指 1 个地区某种传染病发病率显著超过该病历年的一般发病率水平。

重大传染病疫情:指《传染病防治法》第二十五条所称的传染病的暴发、流行。

传染病监测:指对人群传染病的发生、流行及影响因素进行有计划地、系统地长期观察。

疫区:指传染病在人群中暴发或者流行,其病原体向周围传播时可能波及的地区。

人畜共患传染病:指鼠疫、流行性出血热、狂犬病、钩端螺旋体病、布鲁氏菌病、炭疽、流行性乙型脑炎、黑热病、包虫病、血吸虫病。

自然疫源地:指某些传染病的病原体在自然界的野生动物中长期保存并造成动物间流行的地区。

可能是自然疫源地:指在自然界中具有自然疫源性疾病存在的传染源和传播媒介,但尚未查明的地区。

医源性感染:指在医学服务中,因病原体传播引起的感染。

医院内感染:指就诊患者在医疗保健机构内受到的感染。

实验室感染:指从事实验室工作时,因接触病原体所致的感染。

消毒:指用化学、物理、生物的方法杀灭或者消除环境中的致病性微生物。

卫生处理:指消毒、杀虫、灭鼠等卫生措施以及隔离、留验、就地检验等医学措施。

卫生防疫机构:指卫生防疫站、结核病防治研究所(院)、寄生虫病防治研究所(站)、血吸虫病防治研究所(站)、皮肤病性病防治研究所(站)、地方病防治研究所(站)、鼠疫防治站(所)、乡镇预防保健站(所)及与上述机构专业相同的单位。

医疗保健机构:指医院、卫生院(所)、门诊部(所)、疗养院(所)、妇幼保健院(站)及与上述机构业务活动相同的单位。

第七十四条 省、自治区、直辖市政府可以根据《传染病防治法》和本办法制定实施细则。

第七十五条 本办法由国务院卫生行政部门负责解释。

第七十六条 本办法自发布之日起施行。

第五节 性病防治管理办法

《性病防治管理办法》由卫生部于 1991 年 8 月 12 日卫生部

令 15 号颁布实施,共 6 章 29 条:第一章　总则(1~4 条),第二章　机构(5~9 条),第三章　预防(10~13 条),第四章　治疗(14~20 条),第五章　报告(21~24 条),第六章　附则(25~29条),现全文收录如下:

第一章　总　　则

第一条　为预防、控制和消除性病的发生与蔓延,保护人体健康,根据《中华人民共和国传染病防治法》的有关规定,制定本办法。

第二条　本办法所称性病包括:

(一)《中华人民共和国传染病防治法》乙类传染病中的艾滋病、淋病和梅毒;

(二)软下疳、性病性淋巴肉芽肿、非淋菌性尿道炎、尖锐湿疣、生殖器疱疹。

第三条　国家对性病防治实行预防为主、防治结合、综合治理的方针。

第四条　各级卫生行政部门应在各级人民政府的领导下,开展性病防治工作。

第二章　机　　构

第五条　县以上卫生行政部门根据工作需要可设性病防治机构,并健全疫情报告监测网络。

本办法所称性病防治机构是指县以上皮肤病性病防治院、所、站或卫生行政部门指定承担皮肤病性病防治机构职责的医疗预防保健机构。

第六条　省级性病防治机构的主要职责是:

(一)研究拟定所在地区性病防治工作规划,报经批准后组织实施;

(二)负责所在地区性病的监测,以及性病疫情的统计、分析和预测工作;

（三）负责所在地区性病防治的技术指导和培训工作。

第七条 其他性病防治机构的主要职责是：

（一）根据性病防治规划制定具体实施办法；

（二）负责所在地区性病的监测，以及性病疫情的统计、分析和预测工作；

（三）对特定人群进行预防性体检；

（四）对性病患者进行随访指导；

（五）开展性病防治知识的宣传工作；

（六）培训性病防治专业人员。

第八条 医疗预防保健机构开展专科性性病防治业务的应当经所在地卫生行政部门许可，并符合下列条件：

（一）具有性病防治专业技术人员；

（二）具有性病辅助诊断技术设备和人员。

第九条 个体医生从事专科性性病诊断治疗业务的，必须经执业所在地卫生行政部门许可。

第三章 预 防

第十条 性病防治机构要利用多种形式宣传性病的危害、传播方式和防治知识。医学院校应增加性病防治教学内容。

第十一条 性病防治机构应严格执行各项管理制度和技术操作规程，防止性病的医源性感染，推广使用一次性用品和注射器。

第十二条 对特定职业的从业人员和有关出入境人员的健康体检和健康管理，按有关法律法规办理。

第十三条 各级医疗预防保健机构在发现孕妇患有性病时，应当给予积极治疗。

各级医疗预防保健机构要建立新生儿 1‰硝酸银点眼制度。

第四章 治 疗

第十四条 凡性病患者或疑似患有性病的，应当及时到性病防治机构进行诊断治疗。

第十五条　性病防治机构要积极协助配合公安、司法部门对查禁的卖淫、嫖娼人员，进行性病检查。

第十六条　性病防治机构和从事性病诊断治疗业务的个体医生对诊治的性病患者应当进行规范化治疗。

第十七条　性病防治机构和从事性病诊断治疗业务的个体医生在诊治性病患者时，必须采取保护性医疗措施，严格为患者保守秘密。

第十八条　性病患者在就诊时，应当如实提供染病及有关情况，并遵照医嘱进行定期检查彻底治疗。

第十九条　性病检查治疗收费标准由各省、自治区、直辖市规定。

第二十条　对艾滋病患者的治疗和管理，按照《艾滋病监测管理的若干规定》执行。

第五章　报　告

第二十一条　性病防治机构和从事性病防治诊断治疗业务的个体医发现艾滋病、淋病和梅毒及疑似患者时，必须按规定向所在地卫生防疫机构报告。

第二十二条　各级医疗预防保健机构和个体医发现本办法第二条第（二）款规定性病患者及疑似患者时，应当按规定向所在地县级性病防治机构报告。

前款规定的报告办法由各省、自治区、直辖市卫生行政部门规定。

第二十三条　性病防治机构对所在地区的艾滋病、淋病和梅毒疫情，必须及时向上级性病防治机构报告。

性病防治机构对所在地区其他性病疫情，必须按月向上级性病防治机构报告。

第二十四条　从事性病防治、卫生防疫、传染病管理监督的人员，不得隐瞒、谎报或者授意他人隐瞒、谎报疫情。

第六章　附　　则

第二十五条　未经卫生行政部门许可,擅自开展性病专科诊治业务的单位和个人,由卫生行政部门予以取缔。

第二十六条　对违反本办法的单位和个人,由卫生行政部门根据情节,按照《中华人民共和国传染病防治法》及有关法律法规的规定处理,并可建议有关部门给予行政处分。

第二十七条　各省、自治区、直辖市可根据本办法制定实施细则。

第二十八条　本办法由卫生部负责解释。

第二十九条　本办法自发布之日起施行。

第六节　艾滋病防治条例

《艾滋病防治条例》经 2006 年 1 月 18 日国务院第 122 次常务会议通过,并以中华人民共和国国务院令第 457 号予公布,2006 年 3 月 1 日起施行。共 7 章 64 条:第一章　总则(1～9条),第二章　宣传教育(10～21 条),第三章　预防与控制(22～40 条),第四章　治疗与救助(41～47 条),第五章　保障措施(48～51 条),第六章　法律责任(52～62 条),第七章　附则(63～64 条),全文收录如下:

第一章　总　　则

第一条　为了预防、控制艾滋病的发生与流行,保障人体健康和公共卫生,根据传染病防治法,制定本条例。

第二条　艾滋病防治工作坚持预防为主、防治结合的方针,建立政府组织领导、部门各负其责、全社会共同参与的机制,加强宣传教育,采取行为干预和关怀救助等措施,实行综合防治。

第三条　任何单位和个人不得歧视艾滋病病毒感染者、艾滋病病人及其家属。艾滋病病毒感染者、艾滋病病人及其家属享有的婚姻、就业、就医、入学等合法权益受法律保护。

第四条　县级以上人民政府统一领导艾滋病防治工作，建立健全艾滋病防治工作协调机制和工作责任制，对有关部门承担的艾滋病防治工作进行考核、监督。

县级以上人民政府有关部门按照职责分工负责艾滋病防治及其监督管理工作。

第五条　国务院卫生主管部门会同国务院其他有关部门制定国家艾滋病防治规划；县级以上地方人民政府依照本条例规定和国家艾滋病防治规划，制定并组织实施本行政区域的艾滋病防治行动计划。

第六条　国家鼓励和支持工会、共产主义青年团、妇女联合会、红十字会等团体协助各级人民政府开展艾滋病防治工作。

居民委员会和村民委员会应当协助地方各级人民政府和政府有关部门开展有关艾滋病防治的法律、法规、政策和知识的宣传教育，发展有关艾滋病防治的公益事业，做好艾滋病防治工作。

第七条　各级人民政府和政府有关部门应当采取措施，鼓励和支持有关组织和个人依照本条例规定以及国家艾滋病防治规划和艾滋病防治行动计划的要求，参与艾滋病防治工作，对艾滋病防治工作提供捐赠，对有易感染艾滋病病毒危险行为的人群进行行为干预，对艾滋病病毒感染者、艾滋病病人及其家属提供关怀和救助。

第八条　国家鼓励和支持开展与艾滋病预防、诊断、治疗等有关的科学研究，提高艾滋病防治的科学技术水平；鼓励和支持开展传统医药以及传统医药与现代医药相结合防治艾滋病的临床治疗与研究。

国家鼓励和支持开展艾滋病防治工作的国际合作与交流。

第九条　县级以上人民政府和政府有关部门对在艾滋病防治工作中做出显著成绩和贡献的单位和个人，给予表彰和奖励。

对因参与艾滋病防治工作或者因执行公务感染艾滋病病

毒，以及因此致病、丧失劳动能力或者死亡的人员，按照有关规定给予补助、抚恤。

第二章 宣传教育

第十条 地方各级人民政府和政府有关部门应当组织开展艾滋病防治以及关怀和不歧视艾滋病病毒感染者、艾滋病病人及其家属的宣传教育，提倡健康文明的生活方式，营造良好的艾滋病防治的社会环境。

第十一条 地方各级人民政府和政府有关部门应当在车站、码头、机场、公园等公共场所以及旅客列车和从事旅客运输的船舶等公共交通工具显著位置，设置固定的艾滋病防治广告牌或者张贴艾滋病防治公益广告，组织发放艾滋病防治宣传材料。

第十二条 县级以上人民政府卫生主管部门应当加强艾滋病防治的宣传教育工作，对有关部门、组织和个人开展艾滋病防治的宣传教育工作提供技术支持。

医疗卫生机构应当组织工作人员学习有关艾滋病防治的法律、法规、政策和知识；医务人员在开展艾滋病、性病等相关疾病咨询、诊断和治疗过程中，应当对就诊者进行艾滋病防治的宣传教育。

第十三条 县级以上人民政府教育主管部门应当指导、督促高等院校、中等职业学校和普通中学将艾滋病防治知识纳入有关课程，开展有关课外教育活动。

高等院校、中等职业学校和普通中学应当组织学生学习艾滋病防治知识。

第十四条 县级以上人民政府人口和计划生育主管部门应当利用计划生育宣传和技术服务网络，组织开展艾滋病防治的宣传教育。

计划生育技术服务机构向育龄人群提供计划生育技术服务和生殖健康服务时，应当开展艾滋病防治的宣传教育。

第十五条　县级以上人民政府有关部门和从事劳务中介服务的机构,应当对进城务工人员加强艾滋病防治的宣传教育。

第十六条　出入境检验检疫机构应当在出入境口岸加强艾滋病防治的宣传教育工作,对出入境人员有针对性地提供艾滋病防治咨询和指导。

第十七条　国家鼓励和支持妇女联合会、红十字会开展艾滋病防治的宣传教育,将艾滋病防治的宣传教育纳入妇女儿童工作内容,提高妇女预防艾滋病的意识和能力,组织红十字会会员和红十字会志愿者开展艾滋病防治的宣传教育。

第十八条　地方各级人民政府和政府有关部门应当采取措施,鼓励和支持有关组织和个人对有易感染艾滋病病毒危险行为的人群开展艾滋病防治的咨询、指导和宣传教育。

第十九条　广播、电视、报刊、互联网等新闻媒体应当开展艾滋病防治的公益宣传。

第二十条　机关、团体、企业事业单位、个体经济组织应当组织本单位从业人员学习有关艾滋病防治的法律、法规、政策和知识,支持本单位从业人员参与艾滋病防治的宣传教育活动。

第二十一条　县级以上地方人民政府应当在医疗卫生机构开通艾滋病防治咨询服务电话,向公众提供艾滋病防治咨询服务和指导。

第三章　预防与控制

第二十二条　国家建立健全艾滋病监测网络。

国务院卫生主管部门制定国家艾滋病监测规划和方案。省、自治区、直辖市人民政府卫生主管部门根据国家艾滋病监测规划和方案,制定本行政区域的艾滋病监测计划和工作方案,组织开展艾滋病监测和专题调查,掌握艾滋病疫情变化情况和流行趋势。

疾病预防控制机构负责对艾滋病发生、流行以及影响其发生、流行的因素开展监测活动。

出入境检验检疫机构负责对出入境人员进行艾滋病监测，并将监测结果及时向卫生主管部门报告。

第二十三条 国家实行艾滋病自愿咨询和自愿检测制度。

县级以上地方人民政府卫生主管部门指定的医疗卫生机构，应当按照国务院卫生主管部门会同国务院其他有关部门制定的艾滋病自愿咨询和检测办法，为自愿接受艾滋病咨询、检测的人员免费提供咨询和初筛检测。

第二十四条 国务院卫生主管部门会同国务院其他有关部门根据预防、控制艾滋病的需要，可以规定应当进行艾滋病检测的情形。

第二十五条 省级以上人民政府卫生主管部门根据医疗卫生机构布局和艾滋病流行情况，按照国家有关规定确定承担艾滋病检测工作的实验室。

国家出入境检验检疫机构按照国务院卫生主管部门规定的标准和规范，确定承担出入境人员艾滋病检测工作的实验室。

第二十六条 县级以上地方人民政府和政府有关部门应当依照本条例规定，根据本行政区域艾滋病的流行情况，制定措施，鼓励和支持居民委员会、村民委员会以及其他有关组织和个人推广预防艾滋病的行为干预措施，帮助有易感染艾滋病病毒危险行为的人群改变行为。

有关组织和个人对有易感染艾滋病病毒危险行为的人群实施行为干预措施，应当符合本条例的规定以及国家艾滋病防治规划和艾滋病防治行动计划的要求。

第二十七条 县级以上人民政府应当建立艾滋病防治工作与禁毒工作的协调机制，组织有关部门落实针对吸毒人群的艾滋病防治措施。

省、自治区、直辖市人民政府卫生、公安和药品监督管理部门应当互相配合，根据本行政区域艾滋病流行和吸毒者的情况，积极稳妥地开展对吸毒成瘾者的药物维持治疗工作，并有计划地实施其他干预措施。

第二十八条　县级以上人民政府卫生、人口和计划生育、工商、药品监督管理、质量监督检验检疫、广播电影电视等部门应当组织推广使用安全套，建立和完善安全套供应网络。

第二十九条　省、自治区、直辖市人民政府确定的公共场所的经营者应当在公共场所内放置安全套或者设置安全套发售设施。

第三十条　公共场所的服务人员应当依照《公共场所卫生管理条例》的规定，定期进行相关健康检查，取得健康合格证明；经营者应当查验其健康合格证明，不得允许未取得健康合格证明的人员从事服务工作。

第三十一条　公安、司法行政机关对被依法逮捕、拘留和在监狱中执行刑罚以及被依法收容教育、强制戒毒和劳动教养的艾滋病病毒感染者和艾滋病病人，应当采取相应的防治措施，防止艾滋病传播。

对公安、司法行政机关依照前款规定采取的防治措施，县级以上地方人民政府应当给予经费保障，疾病预防控制机构应当予以技术指导和配合。

第三十二条　对卫生技术人员和在执行公务中可能感染艾滋病病毒的人员，县级以上人民政府卫生主管部门和其他有关部门应当组织开展艾滋病防治知识和专业技能的培训，有关单位应当采取有效的卫生防护措施和医疗保健措施。

第三十三条　医疗卫生机构和出入境检验检疫机构应当按照国务院卫生主管部门的规定，遵守标准防护原则，严格执行操作规程和消毒管理制度，防止发生艾滋病医院感染和医源性感染。

第三十四条　疾病预防控制机构应当按照属地管理的原则，对艾滋病病毒感染者和艾滋病病人进行医学随访。

第三十五条　血站、单采血浆站应当对采集的人体血液、血浆进行艾滋病检测；不得向医疗机构和血液制品生产单位供应未经艾滋病检测或者艾滋病检测阳性的人体血液、血浆。

273

血液制品生产单位应当在原料血浆投料生产前对每一份血浆进行艾滋病检测；未经艾滋病检测或者艾滋病检测阳性的血浆，不得作为原料血浆投料生产。

医疗机构应当对因应急用血而临时采集的血液进行艾滋病检测，对临床用血艾滋病检测结果进行核查；对未经艾滋病检测、核查或者艾滋病检测阳性的血液，不得采集或者使用。

第三十六条　采集或者使用人体组织、器官、细胞、骨髓等时，应当进行艾滋病检测；未经艾滋病检测或者艾滋病检测阳性者，不得采集或者使用。但是，用于艾滋病防治科研、教学的除外。

第三十七条　进口人体血液、血浆、组织、器官、细胞、骨髓等，应当经国务院卫生主管部门批准；进口人体血液制品，应当依照药品管理法的规定，经国务院药品监督管理部门批准，取得进口药品注册证书。

经国务院卫生主管部门批准进口的人体血液、血浆、组织、器官、细胞、骨髓等，应当依照国境卫生检疫法律、行政法规的有关规定，接受出入境检验检疫机构的检疫。未经检疫或者检疫不合格的，不得进口。

第三十八条　艾滋病病毒感染者和艾滋病病人应当履行下列义务：

（一）接受疾病预防控制机构或者出入境检验检疫机构的流行病学调查和指导；

（二）将感染或者发病的事实及时告知与其有性关系者；

（三）就医时，将感染或者发病的事实如实告知接诊医生；

（四）采取必要的防护措施，防止感染他人。

艾滋病病毒感染者和艾滋病病人不得以任何方式故意传播艾滋病。

第三十九条　疾病预防控制机构和出入境检验检疫机构进行艾滋病流行病学调查时，被调查单位和个人应当如实提供有关情况。

未经本人或者其监护人同意,任何单位或者个人不得公开艾滋病病毒感染者、艾滋病病人及其家属的姓名、住址、工作单位、肖像、病史资料以及其他可能推断出其具体身份的信息。

第四十条 县级以上人民政府卫生主管部门和出入境检验检疫机构可以封存有证据证明可能被艾滋病病毒污染的物品,并予以检验或者进行消毒。经检验,属于被艾滋病病毒污染的物品,应当进行卫生处理或者予以销毁;对未被艾滋病病毒污染的物品或者经消毒后可以使用的物品,应当及时解除封存。

第四章 治疗与救助

第四十一条 医疗机构应当为艾滋病病毒感染者和艾滋病病人提供艾滋病防治咨询、诊断和治疗服务。

医疗机构不得因就诊的病人是艾滋病病毒感染者或者艾滋病病人,推诿或者拒绝对其其他疾病进行治疗。

第四十二条 对确诊的艾滋病病毒感染者和艾滋病病人,医疗卫生机构的工作人员应当将其感染或者发病的事实告知本人;本人为无行为能力人或者限制行为能力人的,应当告知其监护人。

第四十三条 医疗卫生机构应当按照国务院卫生主管部门制定的预防艾滋病母婴传播技术指导方案的规定,对孕产妇提供艾滋病防治咨询和检测,对感染艾滋病病毒的孕产妇及其婴儿,提供预防艾滋病母婴传播的咨询、产前指导、阻断、治疗、产后访视、婴儿随访和检测等服务。

第四十四条 县级以上人民政府应当采取下列艾滋病防治关怀、救助措施:

(一)向农村艾滋病病人和城镇经济困难的艾滋病病人免费提供抗艾滋病病毒治疗药品;

(二)对农村和城镇经济困难的艾滋病病毒感染者、艾滋病病人适当减免抗机会性感染治疗药品的费用;

(三)向接受艾滋病咨询、检测的人员免费提供咨询和初筛检测；

（四）向感染艾滋病病毒的孕产妇免费提供预防艾滋病母婴传播的治疗和咨询。

第四十五条　生活困难的艾滋病病人遗留的孤儿和感染艾滋病病毒的未成年人接受义务教育的，应当免收杂费、书本费；接受学前教育和高中阶段教育的，应当减免学费等相关费用。

第四十六条　县级以上地方人民政府应当对生活困难并符合社会救助条件的艾滋病病毒感染者、艾滋病病人及其家属给予生活救助。

第四十七条　县级以上地方人民政府有关部门应当创造条件，扶持有劳动能力的艾滋病病毒感染者和艾滋病病人，从事力所能及的生产和工作。

第五章　保障措施

第四十八条　县级以上人民政府应当将艾滋病防治工作纳入国民经济和社会发展规划，加强和完善艾滋病预防、检测、控制、治疗和救助服务网络的建设，建立健全艾滋病防治专业队伍。

各级人民政府应当根据艾滋病防治工作需要，将艾滋病防治经费列入本级财政预算。

第四十九条　县级以上地方人民政府按照本级政府的职责，负责艾滋病预防、控制、监督工作所需经费。

国务院卫生主管部门会同国务院其他有关部门，根据艾滋病流行趋势，确定全国与艾滋病防治相关的宣传、培训、监测、检测、流行病学调查、医疗救治、应急处置以及监督检查等项目。中央财政对在艾滋病流行严重地区和贫困地区实施的艾滋病防治重大项目给予补助。

省、自治区、直辖市人民政府根据本行政区域的艾滋病防治工作需要和艾滋病流行趋势，确定与艾滋病防治相关的项目，并保障项目的实施经费。

第五十条　县级以上人民政府应当根据艾滋病防治工作需要和艾滋病流行趋势,储备抗艾滋病病毒治疗药品、检测试剂和其他物资。

第五十一条　地方各级人民政府应当制定扶持措施,对有关组织和个人开展艾滋病防治活动提供必要的资金支持和便利条件。有关组织和个人参与艾滋病防治公益事业,依法享受税收优惠。

第六章　法律责任

第五十二条　地方各级人民政府未依照本条例规定履行组织、领导、保障艾滋病防治工作职责,或者未采取艾滋病防治和救助措施的,由上级人民政府责令改正,通报批评;造成艾滋病传播、流行或者其他严重后果的,对负有责任的主管人员依法给予行政处分;构成犯罪的,依法追究刑事责任。

第五十三条　县级以上人民政府卫生主管部门违反本条例规定,有下列情形之一的,由本级人民政府或者上级人民政府卫生主管部门责令改正,通报批评;造成艾滋病传播、流行或者其他严重后果的,对负有责任的主管人员和其他直接责任人员依法给予行政处分;构成犯罪的,依法追究刑事责任:

（一）未履行艾滋病防治宣传教育职责的;

（二）对有证据证明可能被艾滋病病毒污染的物品,未采取控制措施的;

（三）其他有关失职、渎职行为。

出入境检验检疫机构有前款规定情形的,由其上级主管部门依照本条规定予以处罚。

第五十四条　县级以上人民政府有关部门未依照本条例规定履行宣传教育、预防控制职责的,由本级人民政府或者上级人民政府有关部门责令改正,通报批评;造成艾滋病传播、流行或者其他严重后果的,对负有责任的主管人员和其他直接责任人员依法给予行政处分;构成犯罪的,依法追究刑事责任。

第五十五条　医疗卫生机构未依照本条例规定履行职责，有下列情形之一的，由县级以上人民政府卫生主管部门责令限期改正，通报批评，给予警告；造成艾滋病传播、流行或者其他严重后果的，对负有责任的主管人员和其他直接责任人员依法给予降级、撤职、开除的处分，并可以依法吊销有关机构或者责任人员的执业许可证件；构成犯罪的，依法追究刑事责任：

（一）未履行艾滋病监测职责的；

（二）未按照规定免费提供咨询和初筛检测的；

（三）对临时应急采集的血液未进行艾滋病检测，对临床用血艾滋病检测结果未进行核查，或者将艾滋病检测阳性的血液用于临床的；

（四）未遵守标准防护原则，或者未执行操作规程和消毒管理制度，发生艾滋病医院感染或者医源性感染的；

（五）未采取有效的卫生防护措施和医疗保健措施的；

（六）推诿、拒绝治疗艾滋病病毒感染者或者艾滋病病人的其他疾病，或者对艾滋病病毒感染者、艾滋病病人未提供咨询、诊断和治疗服务的；

（七）未对艾滋病病毒感染者或者艾滋病病人进行医学随访的；

（八）未按照规定对感染艾滋病病毒的孕产妇及其婴儿提供预防艾滋病母婴传播技术指导的。

出入境检验检疫机构有前款第（一）项、第（四）项、第（五）项规定情形的，由其上级主管部门依照前款规定予以处罚。

第五十六条　医疗卫生机构违反本条例第三十九条第二款规定，公开艾滋病病毒感染者、艾滋病病人或者其家属的信息的，依照传染病防治法的规定予以处罚。

出入境检验检疫机构、计划生育技术服务机构或者其他单位、个人违反本条例第三十九条第二款规定，公开艾滋病病毒感染者、艾滋病病人或者其家属的信息的，由其上级主管部门责令改正，通报批评，给予警告，对负有责任的主管人员和其他直接责任人员依法给予处分;情节严重的,由原发证部门吊销有关机构或者责任人员的执业许可证件。

第五十七条　血站、单采血浆站违反本条例规定,有下列情形之一,构成犯罪的,依法追究刑事责任;尚不构成犯罪的,由县级以上人民政府卫生主管部门依照献血法和《血液制品管理条例》的规定予以处罚;造成艾滋病传播、流行或者其他严重后果的,对负有责任的主管人员和其他直接责任人员依法给予降级、撤职、开除的处分,并可以依法吊销血站、单采血浆站的执业许可证:

(一)对采集的人体血液、血浆未进行艾滋病检测,或者发现艾滋病检测阳性的人体血液、血浆仍然采集的;

(二)将未经艾滋病检测的人体血液、血浆,或者艾滋病检测阳性的人体血液、血浆供应给医疗机构和血液制品生产单位的。

第五十八条　违反本条例第三十六条规定采集或者使用人体组织、器官、细胞、骨髓等的,由县级人民政府卫生主管部门责令改正,通报批评,给予警告;情节严重的,责令停业整顿,有执业许可证件的,由原发证部门暂扣或者吊销其执业许可证件。

第五十九条　未经国务院卫生主管部门批准进口的人体血液、血浆、组织、器官、细胞、骨髓等,进口口岸出入境检验检疫机构应当禁止入境或者监督销毁。提供、使用未经出入境检验检疫机构检疫的进口人体血液、血浆、组织、器官、细胞、骨髓等的,由县级以上人民政府卫生主管部门没收违法物品以及违法所得,并处违法物品货值金额3倍以上5倍以下的罚款;对负有责任的主管人员和其他直接责任人员由其所在单位或者上级主管部门依法给予处分。

未经国务院药品监督管理部门批准,进口血液制品的,依照药品管理法的规定予以处罚。

第六十条　血站、单采血浆站、医疗卫生机构和血液制品生产单位违反法律、行政法规的规定,造成他人感染艾滋病病毒的,应当依法承担民事赔偿责任。

第六十一条　公共场所的经营者未查验服务人员的健康合格证明或者允许未取得健康合格证明的人员从事服务工作,省、自治区、直辖市人民政府确定的公共场所的经营者未在公共场所内放置安全套或者设置安全套发售设施的,由县级以上人民政府卫生主管部门责令限期改正,给予警告,可以并处500元以上5000元以下的罚款;逾期不改正的,责令停业整顿;情节严重的,由原发证部门依法吊销其执业许可证件。

第六十二条　艾滋病病毒感染者或者艾滋病病人故意传播艾滋病的,依法承担民事赔偿责任;构成犯罪的,依法追究刑事责任。

第七章　附　　则

第六十三条　本条例下列用语的含义:

艾滋病,是指人类免疫缺陷病毒(艾滋病病毒)引起的获得性免疫缺陷综合征。

对吸毒成瘾者的药物维持治疗,是指在批准开办戒毒治疗业务的医疗卫生机构中,选用合适的药物,对吸毒成瘾者进行维持治疗,以减轻对毒品的依赖,减少注射吸毒引起艾滋病病毒的感染和扩散,减少毒品成瘾引起的疾病、死亡和引发的犯罪。

标准防护原则,是指医务人员将所有病人的血液、其他体液以及被血液、其他体液污染的物品均视为具有传染性的病原物质,医务人员在接触这些物质时,必须采取防护措施。

有易感染艾滋病病毒危险行为的人群,是指有卖淫、嫖娼、多性伴、男性同性性行为、注射吸毒等危险行为的人群。

艾滋病监测,是指连续、系统地收集各类人群中艾滋病(或者艾滋病病毒感染)及其相关因素的分布资料,对这些资料综合分析,为有关部门制定预防控制策略和措施提供及时可靠的信息和依据,并对预防控制措施进行效果评价。

艾滋病检测,是指采用实验室方法对人体血液、其他体液、组织器官、血液衍生物等进行艾滋病病毒、艾滋病病毒抗体及相关免疫指标检测，包括监测、检验检疫、自愿咨询检测、临床诊断、血液及血液制品筛查工作中的艾滋病检测。

行为干预措施，是指能够有效减少艾滋病传播的各种措施，包括：针对经注射吸毒传播艾滋病的美沙酮维持治疗等措施；针对经性传播艾滋病的安全套推广使用措施，以及规范、方便的性病诊疗措施；针对母婴传播艾滋病的抗病毒药物预防和人工代乳品喂养等措施；早期发现感染者和有助于危险行为改变的自愿咨询检测措施；健康教育措施；提高个人规范意识以及减少危险行为的针对性同伴教育措施。

第六十四条　本条例自 2006 年 3 月 1 日起施行。1987 年 12 月 26 日经国务院批准，1988 年 1 月 14 日由卫生部、外交部、公安部、原国家教育委员会、国家旅游局、原中国民用航空局、国家外国专家局发布的《艾滋病监测管理的若干规定》同时废止。

第七节　血吸虫病防治条例

《血吸虫病防治条例》经 2006 年 3 月 22 日国务院第 129 次常务会议通过，并以中华人民共和国国务院令第 463 号于 2006 年 4 月 1 日予公布，自 2006 年 5 月 1 日起施行。共 7 章 54 条：第一章　总则（1～7 条），第二章　预防（8～23 条），第三章　疫情控制（24～30 条），第四章　保障措施（31～38 条），第五章　监督管理（39～46 条），第六章　法律责任（47～52 条），第七章　附则（53～54 条），全文收录如下：

第一章　总　　则

第一条　为了预防、控制和消灭血吸虫病，保障人体健康、动物健康和公共卫生，促进经济社会发展，根据传染病防治法、动物防疫法，制定本条例。

第二条　国家对血吸虫病防治实行预防为主的方针，坚持防治结合、分类管理、综合治理、联防联控,人与家畜同步防治,重点加强对传染源的管理。

第三条　国务院卫生主管部门会同国务院有关部门制定全国血吸虫病防治规划并组织实施。国务院卫生、农业、水利、林业主管部门依照本条例规定的职责和全国血吸虫病防治规划,制定血吸虫病防治专项工作计划并组织实施。

有血吸虫病防治任务的地区(以下称血吸虫病防治地区)县级以上地方人民政府卫生、农业或者兽医、水利、林业主管部门依照本条例规定的职责,负责本行政区域内的血吸虫病防治及其监督管理工作。

第四条　血吸虫病防治地区县级以上地方人民政府统一领导本行政区域内的血吸虫病防治工作;根据全国血吸虫病防治规划,制定本行政区域的血吸虫病防治计划并组织实施;建立健全血吸虫病防治工作协调机制和工作责任制,对有关部门承担的血吸虫病防治工作进行综合协调和考核、监督。

第五条　血吸虫病防治地区村民委员会、居民委员会应当协助地方各级人民政府及其有关部门开展血吸虫病防治的宣传教育,组织村民、居民参与血吸虫病防治工作。

第六条　国家鼓励血吸虫病防治地区的村民、居民积极参与血吸虫病防治的有关活动;鼓励共产主义青年团等社会组织动员青年团员等积极参与血吸虫病防治的有关活动。

血吸虫病防治地区地方各级人民政府及其有关部门应当完善有关制度,方便单位和个人参与血吸虫病防治的宣传教育、捐赠等活动。

第七条　国务院有关部门、血吸虫病防治地区县级以上地方人民政府及其有关部门对在血吸虫病防治工作中做出显著成绩的单位和个人,给予表彰或者奖励。

第二章　预　　防

第八条　血吸虫病防治地区根据血吸虫病预防控制标准,

划分为重点防治地区和一般防治地区。具体办法由国务院卫生主管部门会同国务院农业主管部门制定。

第九条　血吸虫病防治地区县级以上地方人民政府及其有关部门应当组织各类新闻媒体开展公益性血吸虫病防治宣传教育。各类新闻媒体应当开展公益性血吸虫病防治宣传教育。

血吸虫病防治地区县级以上地方人民政府教育主管部门应当组织各级各类学校对学生开展血吸虫病防治知识教育。各级各类学校应当对学生开展血吸虫病防治知识教育。

血吸虫病防治地区的机关、团体、企业事业单位、个体经济组织应当组织本单位人员学习血吸虫病防治知识。

第十条　处于同一水系或者同一相对独立地理环境的血吸虫病防治地区各地方人民政府应当开展血吸虫病联防联控，组织有关部门和机构同步实施下列血吸虫病防治措施：

（一）在农业、兽医、水利、林业等工程项目中采取与血吸虫病防治有关的工程措施；

（二）进行人和家畜的血吸虫病筛查、治疗和管理；

（三）开展流行病学调查和疫情监测；

（四）调查钉螺分布，实施药物杀灭钉螺；

（五）防止未经无害化处理的粪便直接进入水体；

（六）其他防治措施。

第十一条　血吸虫病防治地区县级人民政府应当制定本行政区域的血吸虫病联防联控方案，组织乡（镇）人民政府同步实施。

血吸虫病防治地区两个以上的县、不设区的市、市辖区或者两个以上设区的市需要同步实施血吸虫病防治措施的，其共同的上一级人民政府应当制定血吸虫病联防联控方案，并组织实施。

血吸虫病防治地区两个以上的省、自治区、直辖市需要同步实施血吸虫病防治措施的，有关省、自治区、直辖市人民政府应当共同制定血吸虫病联防联控方案，报国务院卫生、农业主管部门备案,由省、自治区、直辖市人民政府组织实施。

第十二条　在血吸虫病防治地区实施农业、兽医、水利、林业等工程项目以及开展人、家畜血吸虫病防治工作,应当符合相关血吸虫病防治技术规范的要求。相关血吸虫病防治技术规范由国务院卫生、农业、水利、林业主管部门分别制定。

第十三条　血吸虫病重点防治地区县级以上地方人民政府应当在渔船集中停靠地设点发放抗血吸虫基本预防药物;按照无害化要求和血吸虫病防治技术规范修建公共厕所;推行在渔船和水上运输工具上安装和使用粪便收集容器,并采取措施,对所收集的粪便进行集中无害化处理。

第十四条　县级以上地方人民政府及其有关部门在血吸虫病重点防治地区,应当安排并组织实施农业机械化推广、农村改厕、沼气池建设以及人、家畜饮用水设施建设等项目。

国务院有关主管部门安排农业机械化推广、农村改厕、沼气池建设以及人、家畜饮用水设施建设等项目,应当优先安排血吸虫病重点防治地区的有关项目。

第十五条　血吸虫病防治地区县级以上地方人民政府卫生、农业主管部门组织实施农村改厕、沼气池建设项目,应当按照无害化要求和血吸虫病防治技术规范,保证厕所和沼气池具备杀灭粪便中血吸虫卵的功能。

血吸虫病防治地区的公共厕所应当具备杀灭粪便中血吸虫卵的功能。

第十六条　县级以上人民政府农业主管部门在血吸虫病重点防治地区应当适应血吸虫病防治工作的需要,引导和扶持农业种植结构的调整,推行以机械化耕作代替牲畜耕作的措施。

县级以上人民政府农业或者兽医主管部门在血吸虫病重点防治地区应当引导和扶持养殖结构的调整,推行对牛、羊、猪等家畜的舍饲圈养,加强对圈养家畜粪便的无害化处理,开展对家畜的血吸虫病检查和对感染血吸虫的家畜的治疗、处理。

第十七条　禁止在血吸虫病防治地区施用未经无害化处理

的粪便。

第十八条　县级以上人民政府水利主管部门在血吸虫病防治地区进行水利建设项目,应当同步建设血吸虫病防治设施;结合血吸虫病防治地区的江河、湖泊治理工程和人畜饮水、灌区改造等水利工程项目,改善水环境,防止钉螺孳生。

第十九条　县级以上人民政府林业主管部门在血吸虫病防治地区应当结合退耕还林、长江防护林建设、野生动物植物保护、湿地保护以及自然保护区建设等林业工程,开展血吸虫病综合防治。

县级以上人民政府交通主管部门在血吸虫病防治地区应当结合航道工程建设,开展血吸虫病综合防治。

第二十条　国务院卫生主管部门应当根据血吸虫病流行病学资料、钉螺分布以及孳生环境的特点、药物特性,制定药物杀灭钉螺工作规范。

血吸虫病防治地区县级人民政府及其卫生主管部门应当根据药物杀灭钉螺工作规范,组织实施本行政区域内的药物杀灭钉螺工作。

血吸虫病防治地区乡(镇)人民政府应当在实施药物杀灭钉螺7日前,公告施药的时间、地点、种类、方法、影响范围和注意事项。有关单位和个人应当予以配合。

杀灭钉螺严禁使用国家明令禁止使用的药物。

第二十一条　血吸虫病防治地区县级人民政府卫生主管部门会同同级人民政府农业或者兽医、水利、林业主管部门,根据血吸虫病监测等流行病学资料,划定、变更有钉螺地带,并报本级人民政府批准。县级人民政府应当及时公告有钉螺地带。

禁止在有钉螺地带放养牛、羊、猪等家畜,禁止引种在有钉螺地带培育的芦苇等植物和农作物的种子、种苗等繁殖材料。

乡(镇)人民政府应当在有钉螺地带设立警示标志,并在县级人民政府作出解除有钉螺地带决定后予以撤销。警示标志由乡(镇)人民政府负责保护,所在地村民委员会、居民委员会应当予以协助。任何单位或者个人不得损坏或者擅自移动警示标志。

在有钉螺地带完成杀灭钉螺后,由原批准机关决定并公告解除本条第二款规定的禁止行为。

第二十二条　医疗机构、疾病预防控制机构、动物防疫监督机构和植物检疫机构应当根据血吸虫病防治技术规范,在各自的职责范围内,开展血吸虫病的监测、筛查、预测、流行病学调查、疫情报告和处理工作,开展杀灭钉螺、血吸虫病防治技术指导以及其他防治工作。

血吸虫病防治地区的医疗机构、疾病预防控制机构、动物防疫监督机构和植物检疫机构应当定期对其工作人员进行血吸虫病防治知识、技能的培训和考核。

第二十三条　建设单位在血吸虫病防治地区兴建水利、交通、旅游、能源等大型建设项目,应当事先提请省级以上疾病预防控制机构对施工环境进行卫生调查,并根据疾病预防控制机构的意见,采取必要的血吸虫病预防、控制措施。施工期间,建设单位应当设专人负责工地上的血吸虫病防治工作;工程竣工后,应当告知当地县级疾病预防控制机构,由其对该地区的血吸虫病进行监测。

第三章　疫情控制

第二十四条　血吸虫病防治地区县级以上地方人民政府应当根据有关法律、行政法规和国家有关规定,结合本地实际,制定血吸虫病应急预案。

第二十五条　急性血吸虫病暴发、流行时,县级以上地方人民政府应当根据控制急性血吸虫病暴发、流行的需要,依照传染病防治法和其他有关法律的规定采取紧急措施,进行下列应急处理:

(一)组织医疗机构救治急性血吸虫病病人;

(二)组织疾病预防控制机构和动物防疫监督机构分别对

接触疫水的人和家畜实施预防性服药；

（三）组织有关部门和单位杀灭钉螺和处理疫水；

（四）组织乡（镇）人民政府在有钉螺地带设置警示标志，禁止人和家畜接触疫水。

第二十六条　疾病预防控制机构发现急性血吸虫病疫情或者接到急性血吸虫病暴发、流行报告时，应当及时采取下列措施：

（一）进行现场流行病学调查；

（二）提出疫情控制方案，明确有钉螺地带范围、预防性服药的人和家畜范围，以及采取杀灭钉螺和处理疫水的措施；

（三）指导医疗机构和下级疾病预防控制机构处理疫情；

（四）卫生主管部门要求采取的其他措施。

第二十七条　有关单位对因生产、工作必须接触疫水的人员应当按照疾病预防控制机构的要求采取防护措施，并定期组织进行血吸虫病的专项体检。

血吸虫病防治地区地方各级人民政府及其有关部门对因防汛、抗洪抢险必须接触疫水的人员，应当按照疾病预防控制机构的要求采取防护措施。血吸虫病防治地区县级人民政府对参加防汛、抗洪抢险的人员，应当及时组织有关部门和机构进行血吸虫病的专项体检。

第二十八条　血吸虫病防治地区县级以上地方人民政府卫生、农业或者兽医主管部门应当根据血吸虫病防治技术规范，组织开展对本地村民、居民和流动人口血吸虫病以及家畜血吸虫病的筛查、治疗和预防性服药工作。

血吸虫病防治地区省、自治区、直辖市人民政府应当采取措施，组织对晚期血吸虫病病人的治疗。

第二十九条　血吸虫病防治地区的动物防疫监督机构、植物检疫机构应当加强对本行政区域内的家畜和植物的血吸虫病检疫工作。动物防疫监督机构对经检疫发现的患血吸虫病的家畜，应当实施药物治疗；植物检疫机构对发现的携带钉螺的植物,应当实施杀灭钉螺。

　　凡患血吸虫病的家畜、携带钉螺的植物,在血吸虫病防治地区未经检疫的家畜、植物,一律不得出售、外运。

　　第三十条　血吸虫病疫情的报告、通报和公布,依照传染病防治法和动物防疫法的有关规定执行。

第四章　保障措施

　　第三十一条　血吸虫病防治地区县级以上地方人民政府应当根据血吸虫病防治规划、计划,安排血吸虫病防治经费和基本建设投资,纳入同级财政预算。

　　省、自治区、直辖市人民政府和设区的市级人民政府根据血吸虫病防治工作需要,对经济困难的县级人民政府开展血吸虫病防治工作给予适当补助。

　　国家对经济困难地区的血吸虫病防治经费、血吸虫病重大疫情应急处理经费给予适当补助,对承担血吸虫病防治任务的机构的基本建设和跨地区的血吸虫病防治重大工程项目给予必要支持。

　　第三十二条　血吸虫病防治地区县级以上地方人民政府编制或者审批血吸虫病防治地区的农业、兽医、水利、林业等工程项目,应当将有关血吸虫病防治的工程措施纳入项目统筹安排。

　　第三十三条　国家对农民免费提供抗血吸虫基本预防药物,对经济困难农民的血吸虫病治疗费用予以减免。

　　因工作原因感染血吸虫病的,依照《工伤保险条例》的规定,享受工伤待遇。参加城镇职工基本医疗保险的血吸虫病病人,不属于工伤的,按照国家规定享受医疗保险待遇。对未参加工伤保险、医疗保险的人员因防汛、抗洪抢险患血吸虫病的,按照县级以上地方人民政府的规定解决所需的检查、治疗费用。

　　第三十四条　血吸虫病防治地区县级以上地方人民政府民政部门对符合救助条件的血吸虫病病人进行救助。

　　第三十五条　国家对家畜免费实施血吸虫病检查和治疗,

免费提供抗血吸虫基本预防药物。

第三十六条　血吸虫病防治地区县级以上地方人民政府应当根据血吸虫病防治工作需要和血吸虫病流行趋势，储备血吸虫病防治药物、杀灭钉螺药物和有关防护用品。

第三十七条　血吸虫病防治地区县级以上地方人民政府应当加强血吸虫病防治网络建设，将承担血吸虫病防治任务的机构所需基本建设投资列入基本建设计划。

第三十八条　血吸虫病防治地区省、自治区、直辖市人民政府在制定和实施本行政区域的血吸虫病防治计划时，应当统筹协调血吸虫病防治项目和资金，确保实现血吸虫病防治项目的综合效益。

血吸虫病防治经费应当专款专用，严禁截留或者挪作他用。严禁倒买倒卖、挪用国家免费供应的防治血吸虫病药品和其他物品。有关单位使用血吸虫病防治经费应当依法接受审计机关的审计监督。

第五章　监督管理

第三十九条　县级以上人民政府卫生主管部门负责血吸虫病监测、预防、控制、治疗和疫情的管理工作，对杀灭钉螺药物的使用情况进行监督检查。

第四十条　县级以上人民政府农业或者兽医主管部门对下列事项进行监督检查：

（一）本条例第十六条规定的血吸虫病防治措施的实施情况；

（二）家畜血吸虫病监测、预防、控制、治疗和疫情管理工作情况；

（三）治疗家畜血吸虫病药物的管理、使用情况；

（四）农业工程项目中执行血吸虫病防治技术规范情况。

第四十一条　县级以上人民政府水利主管部门对本条例第十八条规定的血吸虫病防治措施的实施情况和水利工程项目中

执行血吸虫病防治技术规范情况进行监督检查。

第四十二条　县级以上人民政府林业主管部门对血吸虫病防治地区的林业工程项目的实施情况和林业工程项目中执行血吸虫病防治技术规范情况进行监督检查。

第四十三条　县级以上人民政府卫生、农业或者兽医、水利、林业主管部门在监督检查过程中,发现违反或者不执行本条例规定的,应当责令有关单位和个人及时改正并依法予以处理;属于其他部门职责范围的,应当移送有监督管理职责的部门依法处理;涉及多个部门职责的,应当共同处理。

第四十四条　县级以上人民政府卫生、农业或者兽医、水利、林业主管部门在履行血吸虫病防治监督检查职责时,有权进入被检查单位和血吸虫病疫情发生现场调查取证,查阅、复制有关资料和采集样本。被检查单位应当予以配合,不得拒绝、阻挠。

第四十五条　血吸虫病防治地区县级以上动物防疫监督机构对在有钉螺地带放养的牛、羊、猪等家畜,有权予以暂扣并进行强制检疫。

第四十六条　上级主管部门发现下级主管部门未及时依照本条例的规定处理职责范围内的事项,应当责令纠正,或者直接处理下级主管部门未及时处理的事项。

第六章　法律责任

第四十七条　县级以上地方各级人民政府有下列情形之一的,由上级人民政府责令改正,通报批评;造成血吸虫病传播、流行或者其他严重后果的,对负有责任的主管人员,依法给予行政处分;负有责任的主管人员构成犯罪的,依法追究刑事责任:

（一）未依照本条例的规定开展血吸虫病联防联控的;

（二）急性血吸虫病暴发、流行时,未依照本条例的规定采取紧急措施,进行应急处理的;

（三）未履行血吸虫病防治组织、领导、保障职责的;

（四）未依照本条例的规定采取其他血吸虫病防治措施的。

乡（镇）人民政府未依照本条例的规定采取血吸虫病防治措施的，由上级人民政府责令改正，通报批评；造成血吸虫病传播、流行或者其他严重后果的，对负有责任的主管人员，依法给予行政处分；负有责任的主管人员构成犯罪的，依法追究刑事责任。

第四十八条　县级以上人民政府有关主管部门违反本条例规定，有下列情形之一的，由本级人民政府或者上级人民政府有关主管部门责令改正，通报批评；造成血吸虫病传播、流行或者其他严重后果的，对负有责任的主管人员和其他直接责任人员依法给予行政处分；负有责任的主管人员和其他直接责任人员构成犯罪的，依法追究刑事责任：

（一）在组织实施农村改厕、沼气池建设项目时，未按照无害化要求和血吸虫病防治技术规范，保证厕所或者沼气池具备杀灭粪便中血吸虫卵功能的；

（二）在血吸虫病重点防治地区未开展家畜血吸虫病检查，或者未对感染血吸虫的家畜进行治疗、处理的；

（三）在血吸虫病防治地区进行水利建设项目，未同步建设血吸虫病防治设施，或者未结合血吸虫病防治地区的江河、湖泊治理工程和人畜饮水、灌区改造等水利工程项目，改善水环境，导致钉螺孳生的；

（四）在血吸虫病防治地区未结合退耕还林、长江防护林建设、野生动物植物保护、湿地保护以及自然保护区建设等林业工程，开展血吸虫病综合防治的；

（五）未制定药物杀灭钉螺规范，或者未组织实施本行政区域内药物杀灭钉螺工作的；

（六）未组织开展血吸虫病筛查、治疗和预防性服药工作的；

（七）未依照本条例规定履行监督管理职责，或者发现违法行为不及时查处的；

（八）有违反本条例规定的其他失职、渎职行为的。

第四十九条 医疗机构、疾病预防控制机构、动物防疫监督机构或者植物检疫机构违反本条例规定,有下列情形之一的,由县级以上人民政府卫生主管部门、农业或者兽医主管部门依据各自职责责令限期改正,通报批评,给予警告;逾期不改正,造成血吸虫病传播、流行或者其他严重后果的,对负有责任的主管人员和其他直接责任人员依法给予降级、撤职、开除的处分,并可以依法吊销有关责任人员的执业证书;负有责任的主管人员和其他直接责任人员构成犯罪的,依法追究刑事责任:

(一)未依照本条例规定开展血吸虫病防治工作的;

(二)未定期对其工作人员进行血吸虫病防治知识、技能培训和考核的;

(三)发现急性血吸虫病疫情或者接到急性血吸虫病暴发、流行报告时,未及时采取措施的;

(四)未对本行政区域内出售、外运的家畜或者植物进行血吸虫病检疫的;

(五)未对经检疫发现的患血吸虫病的家畜实施药物治疗,或者未对发现的携带钉螺的植物实施杀灭钉螺的。

第五十条 建设单位在血吸虫病防治地区兴建水利、交通、旅游、能源等大型建设项目,未事先提请省级以上疾病预防控制机构进行卫生调查,或者未根据疾病预防控制机构的意见,采取必要的血吸虫病预防、控制措施的,由县级以上人民政府卫生主管部门责令限期改正,给予警告,处 5000 元以上 3 万元以下的罚款;逾期不改正的,处 3 万元以上 10 万元以下的罚款,并可以提请有关人民政府依据职责权限,责令停建、关闭;造成血吸虫病疫情扩散或者其他严重后果的,对负有责任的主管人员和其他直接责任人员依法给予处分。

第五十一条 单位和个人损坏或者擅自移动有钉螺地带警示标志的,由乡(镇)人民政府责令修复或者赔偿损失,给予警告;情节严重的,对单位处 1000 元以上 3000 元以下的罚款,对个人处 50 元以上 200 元以下的罚款。

第五十二条　违反本条例规定,有下列情形之一的,由县级以上人民政府卫生、农业或者兽医、水利、林业主管部门依据各自职责责令改正,给予警告,对单位处 1000 元以上 1 万元以下的罚款,对个人处 50 元以上 500 元以下的罚款,并没收用于违法活动的工具和物品;造成血吸虫病疫情扩散或者其他严重后果的,对负有责任的主管人员和其他直接责任人员依法给予处分:

(一)单位未依照本条例的规定对因生产、工作必须接触疫水的人员采取防护措施,或者未定期组织进行血吸虫病的专项体检的;

(二)对政府有关部门采取的预防、控制措施不予配合的;

(三)使用国家明令禁止使用的药物杀灭钉螺的;

(四)引种在有钉螺地带培育的芦苇等植物或者农作物的种子、种苗等繁殖材料的;

(五)在血吸虫病防治地区施用未经无害化处理粪便的。

第七章　附　　则

第五十三条　本条例下列用语的含义:

血吸虫病,是血吸虫寄生于人体或者哺乳动物体内,导致其发病的一种寄生虫病。

疫水,是指含有血吸虫尾蚴的水体。

第五十四条　本条例自 2006 年 5 月 1 日起施行。

第八节　病原微生物实验室生物安全管理条例

《病原微生物实验室生物安全管理条例》2004 年 11 月 5 日国务院第 69 次常务会议通过,2004 年 11 月 12 日中华人民共和国国务院令第 424 号予以公布,并自公布之日起施行。该条例共 7 章 72 条,第一章　总则(1~6 条)第二章　病原微生物的分类和管理(7~17 条),第三章　实验室的设立与管理(18~41 条),第四章　实验室感染控制(42~49 条),第五章　监督管

理(50～55条),第六章 法律责任(56～69条),第七章 附则(70～72条),现节录如下:

第一章 总 则

第一条 为了加强病原微生物实验室(以下称实验室)生物安全管理,保护实验室工作人员和公众的健康,制定本条例。

第二条 对中华人民共和国境内的实验室及其从事实验活动的生物安全管理,适用本条例。

本条例所称病原微生物,是指能够使人或者动物致病的微生物。

本条例所称实验活动,是指实验室从事与病原微生物菌(毒)种、样本有关的研究、教学、检测、诊断等活动。

第三条 国务院卫生主管部门主管与人体健康有关的实验室及其实验活动的生物安全监督工作。

国务院兽医主管部门主管与动物有关的实验室及其实验活动的生物安全监督工作。

国务院其他有关部门在各自职责范围内负责实验室及其实验活动的生物安全管理工作。

县级以上地方人民政府及其有关部门在各自职责范围内负责实验室及其实验活动的生物安全管理工作。

第四条 国家对病原微生物实行分类管理,对实验室实行分级管理。

第五条 国家实行统一的实验室生物安全标准。实验室应当符合国家标准和要求。

第六条 实验室的设立单位及其主管部门负责实验室日常活动的管理,承担建立健全安全管理制度,检查、维护实验设施、设备,控制实验室感染的职责。

第二章 病原微生物的分类和管理(节录)

第七条 国家根据病原微生物的传染性、感染后对个体或

者群体的危害程度,将病原微生物分为四类:

第一类病原微生物,是指能够引起人类或者动物非常严重疾病的微生物,以及我国尚未发现或者已经宣布消灭的微生物。

第二类病原微生物,是指能够引起人类或者动物严重疾病,比较容易直接或者间接在人与人、动物与人、动物与动物间传播的微生物。

第三类病原微生物,是指能够引起人类或者动物疾病,但一般情况下对人、动物或者环境不构成严重危害,传播风险有限,实验室感染后很少引起严重疾病,并且具备有效治疗和预防措施的微生物。

第四类病原微生物,是指在通常情况下不会引起人类或者动物疾病的微生物。

第一类、第二类病原微生物统称为高致病性病原微生物。

第九条 采集病原微生物样本应当具备下列条件:

(一)具有与采集病原微生物样本所需要的生物安全防护水平相适应的设备;

(二)具有掌握相关专业知识和操作技能的工作人员;

(三)具有有效的防止病原微生物扩散和感染的措施;

(四)具有保证病原微生物样本质量的技术方法和手段。

采集高致病性病原微生物样本的工作人员在采集过程中应当防止病原微生物扩散和感染,并对样本的来源、采集过程和方法等作详细记录。

第三章　实验室的设立与管理(略)

第四章　实验室感染控制

第四十二条 实验室的设立单位应当指定专门的机构或者人员承担实验室感染控制工作,定期检查实验室的生物安全防护、病原微生物菌(毒)种和样本保存与使用、安全操作、实验室排放的废水和废气以及其他废物处置等规章制度的实施情况。

负责实验室感染控制工作的机构或者人员应当具有与该实验室中的病原微生物有关的传染病防治知识，并定期调查、了解实验室工作人员的健康状况。

第四十三条　实验室工作人员出现与本实验室从事的高致病性病原微生物相关实验活动有关的感染临床症状或者体征时，实验室负责人应当向负责实验室感染控制工作的机构或者人员报告，同时派专人陪同及时就诊；实验室工作人员应当将近期所接触的病原微生物的种类和危险程度如实告知诊治医疗机构。接诊的医疗机构应当及时救治；不具备相应救治条件的，应当依照规定将感染的实验室工作人员转诊至具备相应传染病救治条件的医疗机构；具备相应传染病救治条件的医疗机构应当接诊治疗，不得拒绝救治。

第四十四条　实验室发生高致病性病原微生物泄漏时，实验室工作人员应当立即采取控制措施，防止高致病性病原微生物扩散，并同时向负责实验室感染控制工作的机构或者人员报告。

第四十五条　负责实验室感染控制工作的机构或者人员接到本条例第四十三条、第四十四条规定的报告后，应当立即启动实验室感染应急处置预案，并组织人员对该实验室生物安全状况等情况进行调查；确认发生实验室感染或者高致病性病原微生物泄漏的，应当依照本条例第十七条的规定进行报告，并同时采取控制措施，对有关人员进行医学观察或者隔离治疗，封闭实验室，防止扩散。

第四十六条　卫生主管部门或者兽医主管部门接到关于实验室发生工作人员感染事故或者病原微生物泄漏事件的报告，或者发现实验室从事病原微生物相关实验活动造成实验室感染事故的，应当立即组织疾病预防控制机构、动物防疫监督机构和医疗机构以及其他有关机构依法采取下列预防、控制措施：

（一）封闭被病原微生物污染的实验室或者可能造成病原微生物扩散的场所；

（二）开展流行病学调查；

（三）对病人进行隔离治疗，对相关人员进行医学检查；

（四）对密切接触者进行医学观察；

（五）进行现场消毒；

（六）对染疫或者疑似染疫的动物采取隔离、扑杀等措施；

（七）其他需要采取的预防、控制措施。

第四十七条　医疗机构或者兽医医疗机构及其执行职务的医务人员发现由于实验室感染而引起的与高致病性病原微生物相关的传染病病人、疑似传染病病人或者患有疫病、疑似患有疫病的动物，诊治的医疗机构或者兽医医疗机构应当在2小时内报告所在地的县级人民政府卫生主管部门或者兽医主管部门；接到报告的卫生主管部门或者兽医主管部门应当在2小时内通报实验室所在地的县级人民政府卫生主管部门或者兽医主管部门。接到通报的卫生主管部门或者兽医主管部门应当依照本条例第四十六条的规定采取预防、控制措施。

第四十八条　发生病原微生物扩散，有可能造成传染病暴发、流行时，县级以上人民政府卫生主管部门或者兽医主管部门应当依照有关法律、行政法规的规定以及实验室感染应急处置预案进行处理。

第五章　监督管理（节录）

第五十二条　卫生主管部门、兽医主管部门、环境保护主管部门应当依据法定的职权和程序履行职责，做到公正、公平、公开、文明、高效。

第五十三条　卫生主管部门、兽医主管部门、环境保护主管部门的执法人员执行职务时，应当有2名以上执法人员参加，出示执法证件，并依照规定填写执法文书。

现场检查笔录、采样记录等文书经核对无误后，应当由执法人员和被检查人、被采样人签名。被检查人、被采样人拒绝签名的，执法人员应当在自己签名后注明情况。

第五十四条　卫生主管部门、兽医主管部门、环境保护主管部门及其执法人员执行职务，应当自觉接受社会和公民的监督。公民、法人和其他组织有权向上级人民政府及其卫生主管部门、兽医主管部门、环境保护主管部门举报地方人民政府及其有关主管部门不依照规定履行职责的情况。接到举报的有关人民政府或者其卫生主管部门、兽医主管部门、环境保护主管部门，应当及时调查处理。

第五十五条　上级人民政府卫生主管部门、兽医主管部门、环境保护主管部门发现属于下级人民政府卫生主管部门、兽医主管部门、环境保护主管部门职责范围内需要处理的事项的，应当及时告知该部门处理；下级人民政府卫生主管部门、兽医主管部门、环境保护主管部门不及时处理或者不积极履行本部门职责的，上级人民政府卫生主管部门、兽医主管部门、环境保护主管部门应当责令其限期改正；逾期不改正的，上级人民政府卫生主管部门、兽医主管部门、环境保护主管部门有权直接予以处理。

第六章　法律责任

第五十六条　三级、四级实验室未依照本条例的规定取得从事高致病性病原微生物实验活动的资格证书，或者已经取得相关资格证书但是未经批准从事某种高致病性病原微生物或者疑似高致病性病原微生物实验活动的，由县级以上地方人民政府卫生主管部门、兽医主管部门依照各自职责，责令停止有关活动，监督其将用于实验活动的病原微生物销毁或者送交保藏机构，并给予警告；造成传染病传播、流行或者其他严重后果的，由实验室的设立单位对主要负责人、直接负责的主管人员和其他直接责任人员，依法给予撤职、开除的处分；有资格证书的，应当吊销其资格证书；构成犯罪的，依法追究刑事责任。

第五十七条　卫生主管部门或者兽医主管部门违反本条例的规定，准予不符合本条例规定条件的实验室从事高致病性病原微生物相关实验活动的，由作出批准决定的卫生主管部门或者兽医主管部门撤销原批准决定，责令有关实验室立即停止有关活动，并监督其将用于实验活动的病原微生物销毁或者送交保藏机构，对直接负责的主管人员和其他直接责任人员依法给予行政处分；构成犯罪的，依法追究刑事责任。

因违法作出批准决定给当事人的合法权益造成损害的，作出批准决定的卫生主管部门或者兽医主管部门应当依法承担赔偿责任。

第五十八条　卫生主管部门或者兽医主管部门对符合法定条件的实验室不颁发从事高致病性病原微生物实验活动的资格证书，或者对出入境检验检疫机构为了检验检疫工作的紧急需要，申请在实验室对高致病性病原微生物或者疑似高致病性病原微生物开展进一步检测活动，不在法定期限内作出是否批准决定的，由其上级行政机关或者监察机关责令改正，给予警告；造成传染病传播、流行或者其他严重后果的，对直接负责的主管人员和其他直接责任人员依法给予撤职、开除的行政处分；构成犯罪的，依法追究刑事责任。

第五十九条　违反本条例规定，在不符合相应生物安全要求的实验室从事病原微生物相关实验活动的，由县级以上地方人民政府卫生主管部门、兽医主管部门依照各自职责，责令停止有关活动，监督其将用于实验活动的病原微生物销毁或者送交保藏机构，并给予警告；造成传染病传播、流行或者其他严重后果的，由实验室的设立单位对主要负责人、直接负责的主管人员和其他直接责任人员，依法给予撤职、开除的处分；构成犯罪的，依法追究刑事责任。

第六十条　实验室有下列行为之一的，由县级以上地方人民政府卫生主管部门、兽医主管部门依照各自职责，责令限期改正，给予警告；逾期不改正的，由实验室的设立单位对主要负责人、直接负责的主管人员和其他直接责任人员，依法给予撤职、开除的处分；有许可证件的，并由原发证部门吊销有关许可证件：

（一）未依照规定在明显位置标示国务院卫生主管部门和兽医主管部门规定的生物危险标识和生物安全实验室级别标志的；

（二）未向原批准部门报告实验活动结果以及工作情况的；

（三）未依照规定采集病原微生物样本，或者对所采集样本的来源、采集过程和方法等未作详细记录的；

（四）新建、改建或者扩建一级、二级实验室未向设区的市级人民政府卫生主管部门或者兽医主管部门备案的；

（五）未依照规定定期对工作人员进行培训，或者工作人员考核不合格允许其上岗，或者批准未采取防护措施的人员进入实验室的；

（六）实验室工作人员未遵守实验室生物安全技术规范和操作规程的；

（七）未依照规定建立或者保存实验档案的；

（八）未依照规定制定实验室感染应急处置预案并备案的。

第六十一条　经依法批准从事高致病性病原微生物相关实验活动的实验室的设立单位未建立健全安全保卫制度，或者未采取安全保卫措施的，由县级以上地方人民政府卫生主管部门、兽医主管部门依照各自职责，责令限期改正；逾期不改正，导致高致病性病原微生物菌（毒）种、样本被盗、被抢或者造成其他严重后果的，由原发证部门吊销该实验室从事高致病性病原微生物相关实验活动的资格证书；造成传染病传播、流行的，该实验室设立单位的主管部门还应当对该实验室的设立单位的直接负责的主管人员和其他直接责任人员，依法给予降级、撤职、开除的处分；构成犯罪的，依法追究刑事责任。

第六十二条　未经批准运输高致病性病原微生物菌（毒）种或者样本，或者承运单位经批准运输高致病性病原微生物菌（毒）种或者样本未履行保护义务，导致高致病性病原微生物菌（毒）种或者样本被盗、被抢、丢失、泄漏的，由县级以上地方人民政府卫生主管部门、兽医主管部门依照各自职责,责令采取措施,消除隐患,给予警告;造成传染病传播、流行或者其他严重后果的,由托运单位和承运单位的主管部门对主要负责人、直接负责的主管人员和其他直接责任人员,依法给予撤职、开除的处分;构成犯罪的,依法追究刑事责任。

第六十三条　有下列行为之一的,由实验室所在地的设区的市级以上地方人民政府卫生主管部门、兽医主管部门依照各自职责,责令有关单位立即停止违法活动,监督其将病原微生物销毁或者送交保藏机构;造成传染病传播、流行或者其他严重后果的,由其所在单位或者其上级主管部门对主要负责人、直接负责的主管人员和其他直接责任人员,依法给予撤职、开除的处分;有许可证件的,并由原发证部门吊销有关许可证件;构成犯罪的,依法追究刑事责任:

(一)实验室在相关实验活动结束后,未依照规定及时将病原微生物菌(毒)种和样本就地销毁或者送交保藏机构保管的;

(二)实验室使用新技术、新方法从事高致病性病原微生物相关实验活动未经国家病原微生物实验室生物安全专家委员会论证的;

(三)未经批准擅自从事在我国尚未发现或者已经宣布消灭的病原微生物相关实验活动的;

(四)在未经指定的专业实验室从事在我国尚未发现或者已经宣布消灭的病原微生物相关实验活动的;

(五)在同一个实验室的同一个独立安全区域内同时从事两种或者两种以上高致病性病原微生物的相关实验活动的。

第六十四条　认可机构对不符合实验室生物安全国家标准以及本条例规定条件的实验室予以认可,或者对符合实验室生物安全国家标准以及本条例规定条件的实验室不予认可的,由国务院认证认可监督管理部门责令限期改正,给予警告;造成传染病传播、流行或者其他严重后果的,由国务院认证认可监督管理部门撤销其认可资格,有上级主管部门的,由其上级主管部门对主要负责人、直接负责的主管人员和其他直接责任人员依法给予撤职、开除的处分；构成犯罪的，依法追究刑事责任。

第六十五条 实验室工作人员出现该实验室从事的病原微生物相关实验活动有关的感染临床症状或者体征，以及实验室发生高致病性病原微生物泄漏时，实验室负责人、实验室工作人员、负责实验室感染控制的专门机构或者人员未依照规定报告，或者未依照规定采取控制措施的，由县级以上地方人民政府卫生主管部门、兽医主管部门依照各自职责，责令限期改正，给予警告；造成传染病传播、流行或者其他严重后果的，由其设立单位对实验室主要负责人、直接负责的主管人员和其他直接责任人员，依法给予撤职、开除的处分；有许可证件的，并由原发证部门吊销有关许可证件；构成犯罪的，依法追究刑事责任。

第六十六条 拒绝接受卫生主管部门、兽医主管部门依法开展有关高致病性病原微生物扩散的调查取证、采集样品等活动或者依照本条例规定采取有关预防、控制措施的，由县级以上人民政府卫生主管部门、兽医主管部门依照各自职责，责令改正，给予警告；造成传染病传播、流行以及其他严重后果的，由实验室的设立单位对实验室主要负责人、直接负责的主管人员和其他直接责任人员，依法给予降级、撤职、开除的处分；有许可证件的，并由原发证部门吊销有关许可证件；构成犯罪的，依法追究刑事责任。

第六十七条 发生病原微生物被盗、被抢、丢失、泄漏，承运单位、护送人、保藏机构和实验室的设立单位未依照本条例的规定报告的，由所在地的县级人民政府卫生主管部门或者兽医主管部门给予警告；造成传染病传播、流行或者其他严重后果的，由实验室的设立单位或者承运单位、保藏机构的上级主管部门对主要负责人、直接负责的主管人员和其他直接责任人员，依法给予撤职、开除的处分；构成犯罪的，依法追究刑事责任。

第六十八条 保藏机构未依照规定储存实验室送交的菌（毒）种和样本，或者未依照规定提供菌（毒）种和样本的，由其指定部门责令限期改正,收回违法提供的菌(毒)种和样本,并给予警告;造成传染病传播、流行或者其他严重后果的,由其所在单位或者其上级主管部门对主要负责人、直接负责的主管人员和其他直接责任人员,依法给予撤职、开除的处分;构成犯罪的,依法追究刑事责任。

第六十九条 县级以上人民政府有关主管部门,未依照本条例的规定履行实验室及其实验活动监督检查职责的,由有关人民政府在各自职责范围内责令改正,通报批评;造成传染病传播、流行或者其他严重后果的,对直接负责的主管人员,依法给予行政处分;构成犯罪的,依法追究刑事责任。

第七章 附 则

第七十条 军队实验室由中国人民解放军卫生主管部门参照本条例负责监督管理。

第七十一条 本条例施行前设立的实验室,应当自本条例施行之日起 6 个月内,依照本条例的规定,办理有关手续。

第七十二条 本条例自公布之日起施行。

第九节 医院感染管理办法

《医院感染管理办法》于 2006 年 6 月 15 日经卫生部部务会议讨论通过,以中华人民共和国卫生部令第 48 号予以发布,自 2006 年 9 月 1 日起施行。本条例包括 7 章 39 条,第一章 总则(1~4 条),第二章 组织管理(5~10 条)。第三章 预防与控制(11~22 条),第四章 人员培训(23~27 条),第五章 监督管理(28~31 条)第六章 罚则(32~35 条),第七章 附则(36~39 条)。现全文收录如下:

第一章 总 则

第一条 为加强医院感染管理,有效预防和控制医院感染,提高医疗质量,保证医疗安全,根据《传染病防治法》、《医疗机构管理条例》和《突发公共卫生事件应急条例》等法律、行政法规的规定,制定本办法。

第二条　医院感染管理是各级卫生行政部门、医疗机构及医务人员针对诊疗活动中存在的医院感染、医源性感染及相关的危险因素进行的预防、诊断和控制活动。

第三条　各级各类医疗机构应当严格按照本办法的规定实施医院感染管理工作。医务人员的职业卫生防护,按照《职业病防治法》及其配套规章和标准的有关规定执行。

第四条　卫生部负责全国医院感染管理的监督管理工作。县级以上地方人民政府卫生行政部门负责本行政区域内医院感染管理的监督管理工作。

第二章　组织管理

第五条　各级各类医疗机构应当建立医院感染管理责任制,制定并落实医院感染管理的规章制度和工作规范,严格执行有关技术操作规范和工作标准,有效预防和控制医院感染,防止传染病病原体、耐药菌、条件致病菌及其他病原微生物的传播。

第六条　住院床位总数在100张以上的医院应当设立医院感染管理委员会和独立的医院感染管理部门。住院床位总数在100张以下的医院应当指定分管医院感染管理工作的部门。其他医疗机构应当有医院感染管理专(兼)职人员。

第七条　医院感染管理委员会由医院感染管理部门、医务部门、护理部门、临床科室、消毒供应室、手术室、临床检验部门、药事管理部门、设备管理部门、后勤管理部门及其他有关部门的主要负责人组成,主任委员由医院院长或者主管医疗工作的副院长担任。

医院感染管理委员会的职责是:(一)认真贯彻医院感染管理方面的法律法规及技术规范、标准,制定本医院预防和控制医院感染的规章制度、医院感染诊断标准并监督实施;(二)根据预防医院感染和卫生学要求,对本医院的建筑设计、重点科室建设的基本标准、基本设施和工作流程进行审查并提出意见;(三)研究并确定本医院的医院感染管理工作计划,并对计划的实施进行考核和评价;(四)研究并确定本医院的医院感染重点部门、重点环节、重点流程、危险因素以及采取的干预措施,明确各有关部门、人员在预防和控制医院感染工作中的责任;(五)研究并制定本医院发生医院感染暴发及出现不明原因传染性疾病或者特殊病原体感染病例等事件时的控制预案;(六)建立会议制度,定期研究、协调和解决有关医院感染管理方面的问题;(七)根据本医院病原体特点和耐药现状,配合药事管理委员会提出合理使用抗菌药物的指导意见;(八)其他有关医院感染管理的重要事宜。

第八条 医院感染管理部门、分管部门及医院感染管理专(兼)职人员具体负责医院感染预防与控制方面的管理和业务工作。主要职责是:(一)对有关预防和控制医院感染管理规章制度的落实情况进行检查和指导;(二)对医院感染及其相关危险因素进行监测、分析和反馈,针对问题提出控制措施并指导实施;(三)对医院感染发生状况进行调查、统计分析,并向医院感染管理委员会或者医疗机构负责人报告;(四)对医院的清洁、消毒灭菌与隔离、无菌操作技术、医疗废物管理等工作提供指导;(五)对传染病的医院感染控制工作提供指导;(六)对医务人员有关预防医院感染的职业卫生安全防护工作提供指导;(七)对医院感染暴发事件进行报告和调查分析,提出控制措施并协调、组织有关部门进行处理;(八)对医务人员进行预防和控制医院感染的培训工作;(九)参与抗菌药物临床应用的管理工作;(十)对消毒药械和一次性使用医疗器械、器具的相关证明进行审核;(十一)组织开展医院感染预防与控制方面的科研工作;(十二)完成医院感染管理委员会或者医疗机构负责人交办的其他工作。

第九条 卫生部成立医院感染预防与控制专家组,成员由医院感染管理、疾病控制、传染病学、临床检验、流行病学、消毒学、临床药学、护理学等专业的专家组成。主要职责是：（一）研究起草有关医院感染预防与控制、医院感染诊断的技术性标准和规范；（二）对全国医院感染预防与控制工作进行业务指导；（三）对全国医院感染发生状况及危险因素进行调查、分析；（四）对全国重大医院感染事件进行调查和业务指导；（五）完成卫生部交办的其他工作。

第十条　省级人民政府卫生行政部门成立医院感染预防与控制专家组，负责指导本地区医院感染预防与控制的技术性工作。

第三章　预防与控制

第十一条　医疗机构应当按照有关医院感染管理的规章制度和技术规范，加强医院感染的预防与控制工作。

第十二条　医疗机构应当按照《消毒管理办法》，严格执行医疗器械、器具的消毒工作技术规范，并达到以下要求：（一）进入人体组织、无菌器官的医疗器械、器具和物品必须达到灭菌水平；（二）接触皮肤、粘膜的医疗器械、器具和物品必须达到消毒水平；（三）各种用于注射、穿刺、采血等有创操作的医疗器具必须一用一灭菌。医疗机构使用的消毒药械、一次性医疗器械和器具应当符合国家有关规定。一次性使用的医疗器械、器具不得重复使用。

第十三条　医疗机构应当制定具体措施，保证医务人员的手卫生、诊疗环境条件、无菌操作技术和职业卫生防护工作符合规定要求，对医院感染的危险因素进行控制。

第十四条　医疗机构应当严格执行隔离技术规范，根据病原体传播途径，采取相应的隔离措施。

第十五条　医疗机构应当制定医务人员职业卫生防护工作的具体措施，提供必要的防护物品，保障医务人员的职业健康。

第十六条　医疗机构应当严格按照《抗菌药物临床应用指

导原则》,加强抗菌药物临床使用和耐药菌监测管理。

第十七条　医疗机构应当按照医院感染诊断标准及时诊断医院感染病例,建立有效的医院感染监测制度,分析医院感染的危险因素,并针对导致医院感染的危险因素,实施预防与控制措施。医疗机构应当及时发现医院感染病例和医院感染的暴发,分析感染源、感染途径,采取有效的处理和控制措施,积极救治患者。

第十八条　医疗机构经调查证实发生以下情形时,应当于12小时内向所在地的县级地方人民政府卫生行政部门报告,并同时向所在地疾病预防控制机构报告。所在地的县级地方人民政府卫生行政部门确认后,应当于24小时内逐级上报至省级人民政府卫生行政部门。省级人民政府卫生行政部门审核后,应当在24小时内上报至卫生部:(一)5例以上医院感染暴发;(二)由于医院感染暴发直接导致患者死亡;(三)由于医院感染暴发导致3人以上人身损害后果。

第十九条　医疗机构发生以下情形时,应当按照《国家突发公共卫生事件相关信息报告管理工作规范(试行)》的要求进行报告:(一)10例以上的医院感染暴发事件;(二)发生特殊病原体或者新发病原体的医院感染;(三)可能造成重大公共影响或者严重后果的医院感染。

第二十条　医疗机构发生的医院感染属于法定传染病的,应当按照《中华人民共和国传染病防治法》和《国家突发公共卫生事件应急预案》的规定进行报告和处理。

第二十一条　医疗机构发生医院感染暴发时,所在地的疾病预防控制机构应当及时进行流行病学调查,查找感染源、感染途径、感染因素,采取控制措施,防止感染源的传播和感染范围的扩大。

第二十二条　卫生行政部门接到报告,应当根据情况指导医疗机构进行医院感染的调查和控制工作,并可以组织提供相应的技术支持。

第四章　人员培训

第二十三条　各级卫生行政部门和医疗机构应当重视医院感染管理的学科建设,建立专业人才培养制度,充分发挥医院感染专业技术人员在预防和控制医院感染工作中的作用。

第二十四条　省级人民政府卫生行政部门应当建立医院感染专业人员岗位规范化培训和考核制度,加强继续教育,提高医院感染专业人员的业务技术水平。

第二十五条　医疗机构应当制定对本机构工作人员的培训计划,对全体工作人员进行医院感染相关法律法规、医院感染管理相关工作规范和标准、专业技术知识的培训。

第二十六条　医院感染专业人员应当具备医院感染预防与控制工作的专业知识,并能够承担医院感染管理和业务技术工作。

第二十七条　医务人员应当掌握与本职工作相关的医院感染预防与控制方面的知识,落实医院感染管理规章制度、工作规范和要求。工勤人员应当掌握有关预防和控制医院感染的基础卫生学和消毒隔离知识,并在工作中正确运用。

第五章　监督管理

第二十八条　县级以上地方人民政府卫生行政部门应当按照有关法律法规和本办法的规定,对所辖区域的医疗机构进行监督检查。

第二十九条　对医疗机构监督检查的主要内容是:(一)医院感染管理的规章制度及落实情况;(二)针对医院感染危险因素的各项工作和控制措施;(三)消毒灭菌与隔离、医疗废物管理及医务人员职业卫生防护工作状况;(四)医院感染病例和医院感染暴发的监测工作情况;(五)现场检查。

第三十条　卫生行政部门在检查中发现医疗机构存在医院感染隐患时,应当责令限期整改或者暂时关闭相关科室或者暂停相关诊疗科目。

第三十一条 医疗机构对卫生行政部门的检查、调查取证等工作,应当予以配合,不得拒绝和阻碍,不得提供虚假材料。

第六章 罚 则

第三十二条 县级以上地方人民政府卫生行政部门未按照本办法的规定履行监督管理和对医院感染暴发事件的报告、调查处理职责,造成严重后果的,对卫生行政主管部门主要负责人、直接责任人和相关责任人予以降级或者撤职的行政处分。

第三十三条 医疗机构违反本办法,有下列行为之一的,由县级以上地方人民政府卫生行政部门责令改正,逾期不改的,给予警告并通报批评;情节严重的,对主要负责人和直接责任人给予降级或者撤职的行政处分:(一) 未建立或者未落实医院感染管理的规章制度、工作规范;(二) 未设立医院感染管理部门、分管部门以及指定专(兼)职人员负责医院感染预防与控制工作;(三) 违反对医疗器械、器具的消毒工作技术规范;(四) 违反无菌操作技术规范和隔离技术规范;(五) 未对消毒药械和一次性医疗器械、器具的相关证明进行审核;(六) 未对医务人员职业暴露提供职业卫生防护。

第三十四条 医疗机构违反本办法规定,未采取预防和控制措施或者发生医院感染未及时采取控制措施,造成医院感染暴发、传染病传播或者其他严重后果的,对负有责任的主管人员和直接责任人员给予降级、撤职、开除的行政处分;情节严重的,依照《传染病防治法》第六十九条规定,可以依法吊销有关责任人员的执业证书;构成犯罪的,依法追究刑事责任。

第三十五条 医疗机构发生医院感染暴发事件未按本办法规定报告的,由县级以上地方人民政府卫生行政部门通报批评;造成严重后果的,对负有责任的主管人员和其他直接责任人员给予降级、撤职、开除的处分。

第七章 附 则

第三十六条 本办法中下列用语的含义：（一）医院感染：指住院病人在医院内获得的感染，包括在住院期间发生的感染和在医院内获得出院后发生的感染，但不包括入院前已开始或者入院时已处于潜伏期的感染。医院工作人员在医院内获得的感染也属医院感染。（二）医源性感染：指在医学服务中，因病原体传播引起的感染。（三）医院感染暴发：是指在医疗机构或其科室的患者中，短时间内发生 3 例以上同种同源感染病例的现象。（四）消毒：指用化学、物理、生物的方法杀灭或者消除环境中的病原微生物。（五）灭菌：杀灭或者消除传播媒介上的一切微生物，包括致病微生物和非致病微生物，也包括细菌芽胞和真菌孢子。

第三十七条 中国人民解放军医疗机构的医院感染管理工作，由中国人民解放军卫生部门归口管理。

第三十八条 采供血机构与疾病预防控制机构的医源性感染预防与控制管理参照本办法。

第三十九条 本办法自 2006 年 9 月 1 日起施行，原 2000 年 11 月 30 日颁布的《医院感染管理规范（试行）》同时废止。

第十节 中华人民共和国突发事件应对法

《中华人民共和国突发事件应对法》由中华人民共和国第十届全国人民代表大会常务委员会第二十九次会议于 2007 年 8 月 30 日通过公布，2003 年 5 月 9 日以中华人民共和国国务院令第 376 号颁布，并于 2007 年 11 月 1 日起施行。本法包括 7 章 70 条，第一章 总则（1～16 条），第二章 预防与应急准备（17～36 条），第三章 监测与预警（37～47 条），第四章 应急处置与救援（48～57 条），第五章 事后恢复与重建（58～62 条），第六章 法律责任（63～68 条），第七章 附则（69～70 条），现节录如下：

第一章　总则（节录）

第三条　本法所称突发事件，是指突然发生，造成或者可能造成严重社会危害，需要采取应急处置措施予以应对的自然灾害、事故灾难、公共卫生事件和社会安全事件。

按照社会危害程度、影响范围等因素，自然灾害、事故灾难、公共卫生事件分为特别重大、重大、较大和一般四级。法律、行政法规或者国务院另有规定的，从其规定。

突发事件的分级标准由国务院或者国务院确定的部门制定。

第五条　突发事件应对工作实行预防为主、预防与应急相结合的原则。国家建立重大突发事件风险评估体系，对可能发生的突发事件进行综合性评估，减少重大突发事件的发生，最大限度地减轻重大突发事件的影响。

第二章　预防与应急准备

第十七条　国家建立健全突发事件应急预案体系。

国务院制定国家突发事件总体应急预案，组织制定国家突发事件专项应急预案；国务院有关部门根据各自的职责和国务院相关应急预案，制定国家突发事件部门应急预案。

地方各级人民政府和县级以上地方各级人民政府有关部门根据有关法律、法规、规章、上级人民政府及其有关部门的应急预案以及本地区的实际情况，制定相应的突发事件应急预案。

应急预案制定机关应当根据实际需要和情势变化，适时修订应急预案。应急预案的制定、修订程序由国务院规定。

第十八条　应急预案应当根据本法和其他有关法律、法规的规定，针对突发事件的性质、特点和可能造成的社会危害，具体规定突发事件应急管理工作的组织指挥体系与职责和突发事件的预防与预警机制、处置程序、应急保障措施以及事后恢复与重建措施等内容。

第十九条　城乡规划应当符合预防、处置突发事件的需要，统筹安排应对突发事件所必需的设备和基础设施建设，合理确定应急避难场所。

第二十条　县级人民政府应当对本行政区域内容易引发自然灾害、事故灾难和公共卫生事件的危险源、危险区域进行调查、登记、风险评估，定期进行检查、监控，并责令有关单位采取安全防范措施。

省级和设区的市级人民政府应当对本行政区域内容易引发特别重大、重大突发事件的危险源、危险区域进行调查、登记、风险评估，组织进行检查、监控，并责令有关单位采取安全防范措施。

县级以上地方各级人民政府按照本法规定登记的危险源、危险区域，应当按照国家规定及时向社会公布。

第二十一条　县级人民政府及其有关部门、乡级人民政府、街道办事处、居民委员会、村民委员会应当及时调解处理可能引发社会安全事件的矛盾纠纷。

第二十二条　所有单位应当建立健全安全管理制度，定期检查本单位各项安全防范措施的落实情况，及时消除事故隐患；掌握并及时处理本单位存在的可能引发社会安全事件的问题，防止矛盾激化和事态扩大；对本单位可能发生的突发事件和采取安全防范措施的情况，应当按照规定及时向所在地人民政府或者人民政府有关部门报告。

第二十三条　矿山、建筑施工单位和易燃易爆物品、危险化学品、放射性物品等危险物品的生产、经营、储运、使用单位，应当制定具体应急预案，并对生产经营场所、有危险物品的建筑物、构筑物及周边环境开展隐患排查，及时采取措施消除隐患，防止发生突发事件。

第二十四条　公共交通工具、公共场所和其他人员密集场所的经营单位或者管理单位应当制定具体应急预案，为交通工具和有关场所配备报警装置和必要的应急救援设备、设施，注明其使用方法，并显著标明安全撤离的通道、路线，保证安全通道、出口的畅通。

有关单位应当定期检测、维护其报警装置和应急救援设备、设施，使其处于良好状态，确保正常使用。

第二十五条　县级以上人民政府应当建立健全突发事件应急管理培训制度，对人民政府及其有关部门负有处置突发事件职责的工作人员定期进行培训。

第二十六条　县级以上人民政府应当整合应急资源，建立或者确定综合性应急救援队伍。人民政府有关部门可以根据实际需要设立专业应急救援队伍。

县级以上人民政府及其有关部门可以建立由成年志愿者组成的应急救援队伍。单位应当建立由本单位职工组成的专职或者兼职应急救援队伍。

县级以上人民政府应当加强专业应急救援队伍与非专业应急救援队伍的合作，联合培训、联合演练，提高合成应急、协同应急的能力。

第二十七条　国务院有关部门、县级以上地方各级人民政府及其有关部门、有关单位应当为专业应急救援人员购买人身意外伤害保险，配备必要的防护装备和器材，减少应急救援人员的人身风险。

第二十八条　中国人民解放军、中国人民武装警察部队和民兵组织应当有计划地组织开展应急救援的专门训练。

第二十九条　县级人民政府及其有关部门、乡级人民政府、街道办事处应当组织开展应急知识的宣传普及活动和必要的应急演练。

居民委员会、村民委员会、企业事业单位应当根据所在地人民政府的要求，结合各自的实际情况，开展有关突发事件应急知识的宣传普及活动和必要的应急演练。

新闻媒体应当无偿开展突发事件预防与应急、自救与互救知识的公益宣传。

第三十条　各级各类学校应当把应急知识教育纳入教学内容，对学生进行应急知识教育，培养学生的安全意识和自救与互救能力。

教育主管部门应当对学校开展应急知识教育进行指导和监督。

第三十一条　国务院和县级以上地方各级人民政府应当采取财政措施，保障突发事件应对工作所需经费。

第三十二条　国家建立健全应急物资储备保障制度，完善重要应急物资的监管、生产、储备、调拨和紧急配送体系。

设区的市级以上人民政府和突发事件易发、多发地区的县级人民政府应当建立应急救援物资、生活必需品和应急处置装备的储备制度。

县级以上地方各级人民政府应当根据本地区的实际情况，与有关企业签订协议，保障应急救援物资、生活必需品和应急处置装备的生产、供给。

第三十三条　国家建立健全应急通信保障体系，完善公用通信网，建立有线与无线相结合、基础电信网络与机动通信系统相配套的应急通信系统，确保突发事件应对工作的通信畅通。

第三十四条　国家鼓励公民、法人和其他组织为人民政府应对突发事件工作提供物资、资金、技术支持和捐赠。

第三十五条　国家发展保险事业，建立国家财政支持的巨灾风险保险体系，并鼓励单位和公民参加保险。

第三十六条　国家鼓励、扶持具备相应条件的教学科研机构培养应急管理专门人才，鼓励、扶持教学科研机构和有关企业研究开发用于突发事件预防、监测、预警、应急处置与救援的新技术、新设备和新工具。

第三章　监测与预警（略）

第四章　应急处置与救援（节录）

第四十八条　突发事件发生后，履行统一领导职责或者组织处置突发事件的人民政府应当针对其性质、特点和危害程度，立即组织有关部门，调动应急救援队伍和社会力量，依照本章的规定和有关法律、法规、规章的规定采取应急处置措施。

第四十九条　自然灾害、事故灾难或者公共卫生事件发生后，履行统一领导职责的人民政府可以采取下列一项或者多项应急处置措施：

（一）组织营救和救治受害人员，疏散、撤离并妥善安置受到威胁的人员以及采取其他救助措施；

（二）迅速控制危险源，标明危险区域，封锁危险场所，划定警戒区，实行交通管制以及其他控制措施；

（三）立即抢修被损坏的交通、通信、供水、排水、供电、供气、供热等公共设施，向受到危害的人员提供避难场所和生活必需品，实施医疗救护和卫生防疫以及其他保障措施；

（四）禁止或者限制使用有关设备、设施，关闭或者限制使用有关场所，中止人员密集的活动或者可能导致危害扩大的生产经营活动以及采取其他保护措施；

（五）启用本级人民政府设置的财政预备费和储备的应急救援物资，必要时调用其他急需物资、设备、设施、工具；

（六）组织公民参加应急救援和处置工作，要求具有特定专长的人员提供服务；

（七）保障食品、饮用水、燃料等基本生活必需品的供应；

（八）依法从严惩处囤积居奇、哄抬物价、制假售假等扰乱市场秩序的行为，稳定市场价格，维护市场秩序；

（九）依法从严惩处哄抢财物、干扰破坏应急处置工作等扰乱社会秩序的行为，维护社会治安；

（十）采取防止发生次生、衍生事件的必要措施。

第五十条　社会安全事件发生后，组织处置工作的人民政府应当立即组织有关部门并由公安机关针对事件的性质和特点，依照有关法律、行政法规和国家其他有关规定，采取下列一项或者多项应急处置措施：

（一）强制隔离使用器械相互对抗或者以暴力行为参与冲突的当事人，妥善解决现场纠纷和争端，控制事态发展；

（二）对特定区域内的建筑物、交通工具、设备、设施以及燃料、燃气、电力、水的供应进行控制；

（三）封锁有关场所、道路，查验现场人员的身份证件，限制有关公共场所内的活动；

（四）加强对易受冲击的核心机关和单位的警卫，在国家机关、军事机关、国家通讯社、广播电台、电视台、外国驻华使领馆等单位附近设置临时警戒线；

（五）法律、行政法规和国务院规定的其他必要措施。

严重危害社会治安秩序的事件发生时，公安机关应当立即依法出动警力，根据现场情况依法采取相应的强制性措施，尽快使社会秩序恢复正常。

第五十一条　发生突发事件，严重影响国民经济正常运行时，国务院或者国务院授权的有关主管部门可以采取保障、控制等必要的应急措施，保障人民群众的基本生活需要，最大限度地减轻突发事件的影响。

第五十二条　履行统一领导职责或者组织处置突发事件的人民政府，必要时可以向单位和个人征用应急救援所需设备、设施、场地、交通工具和其他物资，请求其他地方人民政府提供人力、物力、财力或者技术支援，要求生产、供应生活必需品和应急救援物资的企业组织生产、保证供给，要求提供医疗、交通等公共服务的组织提供相应的服务。

履行统一领导职责或者组织处置突发事件的人民政府，应当组织协调运输经营单位，优先运送处置突发事件所需物资、设备、工具、应急救援人员和受到突发事件危害的人员。

第五十三条　履行统一领导职责或者组织处置突发事件的人民政府，应当按照有关规定统一、准确、及时发布有关突发事件事态发展和应急处置工作的信息。

第五十四条　任何单位和个人不得编造、传播有关突发事件事态发展或者应急处置工作的虚假信息。

第五十五条　突发事件发生地的居民委员会、村民委员会和其他组织应当按照当地人民政府的决定、命令,进行宣传动员,组织群众开展自救和互救,协助维护社会秩序。

第五十六条　受到自然灾害危害或者发生事故灾难、公共卫生事件的单位,应当立即组织本单位应急救援队伍和工作人员营救受害人员,疏散、撤离、安置受到威胁的人员,控制危险源,标明危险区域,封锁危险场所,并采取其他防止危害扩大的必要措施,同时向所在地县级人民政府报告;对因本单位的问题引发的或者主体是本单位人员的社会安全事件,有关单位应当按照规定上报情况,并迅速派出负责人赶赴现场开展劝解、疏导工作。

突发事件发生地的其他单位应当服从人民政府发布的决定、命令,配合人民政府采取的应急处置措施,做好本单位的应急救援工作,并积极组织人员参加所在地的应急救援和处置工作。

第五十七条　突发事件发生地的公民应当服从人民政府、居民委员会、村民委员会或者所属单位的指挥和安排,配合人民政府采取的应急处置措施,积极参加应急救援工作,协助维护社会秩序。

第五章　事后恢复与重建(略)

第六章　法律责任

第六十三条　地方各级人民政府和县级以上各级人民政府有关部门违反本法规定,不履行法定职责的,由其上级行政机关或者监察机关责令改正;有下列情形之一的,根据情节对直接负责的主管人员和其他直接责任人员依法给予处分:

(一)未按规定采取预防措施,导致发生突发事件,或者未采取必要的防范措施,导致发生次生、衍生事件的;

（二）迟报、谎报、瞒报、漏报有关突发事件的信息，或者通报、报送、公布虚假信息，造成后果的；

（三）未按规定及时发布突发事件警报、采取预警期的措施，导致损害发生的；

（四）未按规定及时采取措施处置突发事件或者处置不当，造成后果的；

（五）不服从上级人民政府对突发事件应急处置工作的统一领导、指挥和协调的；

（六）未及时组织开展生产自救、恢复重建等善后工作的；

（七）截留、挪用、私分或者变相私分应急救援资金、物资的；

（八）不及时归还征用的单位和个人的财产，或者对被征用财产的单位和个人不按规定给予补偿的。

第六十四条　有关单位有下列情形之一的，由所在地履行统一领导职责的人民政府责令停产停业，暂扣或者吊销许可证或者营业执照，并处五万元以上二十万元以下的罚款；构成违反治安管理行为的，由公安机关依法给予处罚：

（一）未按规定采取预防措施，导致发生严重突发事件的；

（二）未及时消除已发现的可能引发突发事件的隐患，导致发生严重突发事件的；

（三）未做好应急设备、设施日常维护、检测工作，导致发生严重突发事件或者突发事件危害扩大的；

（四）突发事件发生后，不及时组织开展应急救援工作，造成严重后果的。

前款规定的行为，其他法律、行政法规规定由人民政府有关部门依法决定处罚的，从其规定。

第六十五条　违反本法规定，编造并传播有关突发事件事态发展或者应急处置工作的虚假信息，或者明知是有关突发事件事态发展或者应急处置工作的虚假信息而进行传播的，责令改正，给予警告；造成严重后果的，依法暂停其业务活动或者吊销其执业许可证；负有直接责任的人员是国家工作人员的，还应当对其依法给予处分；构成违反治安管理行为的，由公安机关依法给予处罚。

第六十六条　单位或者个人违反本法规定，不服从所在地人民政府及其有关部门发布的决定、命令或者不配合其依法采取的措施，构成违反治安管理行为的，由公安机关依法给予处罚。

第六十七条　单位或者个人违反本法规定，导致突发事件发生或者危害扩大，给他人人身、财产造成损害的，应当依法承担民事责任。

第六十八条　违反本法规定，构成犯罪的，依法追究刑事责任。

第七章　附　　则

第六十九条　发生特别重大突发事件，对人民生命财产安全、国家安全、公共安全、环境安全或者社会秩序构成重大威胁，采取本法和其他有关法律、法规、规章规定的应急处置措施不能消除或者有效控制、减轻其严重社会危害，需要进入紧急状态的，由全国人民代表大会常务委员会或者国务院依照宪法和其他有关法律规定的权限和程序决定。

紧急状态期间采取的非常措施，依照有关法律规定执行或者由全国人民代表大会常务委员会另行规定。

第七十条　本法自 2007 年 11 月 1 日起施行。

第十一节　突发公共卫生事件应急条例

《突发公共卫生事件应急条例》经 2003 年 5 月 7 日国务院第 7 次常务会议通过，2003 年 5 月 9 日公布，自公布之日起施行。本法包括 6 章 54 条，第一章　总则（1～9 条），第二章　预防与应急准备（10～18 条），第三章　报告与信息发布（19～25

条),第四章 应急处理(26～44 条),第五章 法律责任(45～
52 条),第六章 附则(53～54 条),现节录如下：

第一章 总则(节录)

第一条 为了有效预防、及时控制和消除突发公共卫生事
件的危害,保障公众身体健康与生命安全,维护正常的社会秩
序,制定本条例。

第二条 本条例所称突发公共卫生事件(以下简称突发事
件),是指突然发生,造成或者可能造成社会公众健康严重损害
的重大传染病疫情、群体性不明原因疾病、重大食物和职业中毒
以及其他严重影响公众健康的事件。

第二章 预防与应急准备

第十条 国务院卫生行政主管部门按照分类指导、快速反
应的要求,制定全国突发事件应急预案,报请国务院批准。

省、自治区、直辖市人民政府根据全国突发事件应急预案,
结合本地实际情况,制定本行政区域的突发事件应急预案。

第十一条 全国突发事件应急预案应当包括以下主要
内容：

(一)突发事件应急处理指挥部的组成和相关部门的职责；

(二)突发事件的监测与预警；

(三)突发事件信息的收集、分析、报告、通报制度；

(四)突发事件应急处理技术和监测机构及其任务；

(五)突发事件的分级和应急处理工作方案；

(六)突发事件预防、现场控制,应急设施、设备、救治药品
和医疗器械以及其他物资和技术的储备与调度；

(七)突发事件应急处理专业队伍的建设和培训。

第十二条 突发事件应急预案应当根据突发事件的变化和
实施中发现的问题及时进行修订、补充。

第十三条 地方各级人民政府应当依照法律、行政法规的

规定,做好传染病预防和其他公共卫生工作,防范突发事件的发生。

县级以上各级人民政府卫生行政主管部门和其他有关部门,应当对公众开展突发事件应急知识的专门教育,增强全社会对突发事件的防范意识和应对能力。

第十四条　国家建立统一的突发事件预防控制体系。

县级以上地方人民政府应当建立和完善突发事件监测与预警系统。

县级以上各级人民政府卫生行政主管部门,应当指定机构负责开展突发事件的日常监测,并确保监测与预警系统的正常运行。

第十五条　监测与预警工作应当根据突发事件的类别,制定监测计划,科学分析、综合评价监测数据。对早期发现的潜在隐患以及可能发生的突发事件,应当依照本条例规定的报告程序和时限及时报告。

第十六条　国务院有关部门和县级以上地方人民政府及其有关部门,应当根据突发事件应急预案的要求,保证应急设施、设备、救治药品和医疗器械等物资储备。

第十七条　县级以上各级人民政府应当加强急救医疗服务网络的建设,配备相应的医疗救治药物、技术、设备和人员,提高医疗卫生机构应对各类突发事件的救治能力。

设区的市级以上地方人民政府应当设置与传染病防治工作需要相适应的传染病专科医院,或者指定具备传染病防治条件和能力的医疗机构承担传染病防治任务。

第十八条　县级以上地方人民政府卫生行政主管部门,应当定期对医疗卫生机构和人员开展突发事件应急处理相关知识、技能的培训,定期组织医疗卫生机

第三章　报告与信息发布

第十九条　国家建立突发事件应急报告制度。

国务院卫生行政主管部门制定突发事件应急报告规范,建立重大、紧急疫情信息报告系统。

有下列情形之一的,省、自治区、直辖市人民政府应当在接到报告1小时内,向国务院卫生行政主管部门报告:

(一)发生或者可能发生传染病暴发、流行的;

(二)发生或者发现不明原因的群体性疾病的;

(三)发生传染病菌种、毒种丢失的;

(四)发生或者可能发生重大食物和职业中毒事件的。

国务院卫生行政主管部门对可能造成重大社会影响的突发事件,应当立即向国务院报告。

第二十条 突发事件监测机构、医疗卫生机构和有关单位发现有本条例第十九条规定情形之一的,应当在2小时内向所在地县级人民政府卫生行政主管部门报告;接到报告的卫生行政主管部门应当在2小时内向本级人民政府报告,并同时向上级人民政府卫生行政主管部门和国务院卫生行政主管部门报告。

县级人民政府应当在接到报告后2小时内向设区的市级人民政府或者上一级人民政府报告;设区的市级人民政府应当在接到报告后2小时内向省、自治区、直辖市人民政府报告。

第二十一条 任何单位和个人对突发事件,不得隐瞒、缓报、谎报或者授意他人隐瞒、缓报、谎报。

第二十二条 接到报告的地方人民政府、卫生行政主管部门依照本条例规定报告的同时,应当立即组织力量对报告事项调查核实、确证,采取必要的控制措施,并及时报告调查情况。

第二十三条 国务院卫生行政主管部门应当根据发生突发事件的情况,及时向国务院有关部门和各省、自治区、直辖市人民政府卫生行政主管部门以及军队有关部门通报。

突发事件发生地的省、自治区、直辖市人民政府卫生行政主管部门,应当及时向毗邻省、自治区、直辖市人民政府卫生行政主管部门通报。

接到通报的省、自治区、直辖市人民政府卫生行政主管部门，必要时应当及时通知本行政区域内的医疗卫生机构。

县级以上地方人民政府有关部门，已经发生或者发现可能引起突发事件的情形时，应当及时向同级人民政府卫生行政主管部门通报。

第二十四条　国家建立突发事件举报制度，公布统一的突发事件报告、举报电话。

任何单位和个人有权向人民政府及其有关部门报告突发事件隐患，有权向上级人民政府及其有关部门举报地方人民政府及其有关部门不履行突发事件应急处理职责，或者不按照规定履行职责的情况。接到报告、举报的有关人民政府及其有关部门，应当立即组织对突发事件隐患、不履行或者不按照规定履行突发事件应急处理职责的情况进行调查处理。

对举报突发事件有功的单位和个人，县级以上各级人民政府及其有关部门应当予以奖励。

第二十五条　国家建立突发事件的信息发布制度。

国务院卫生行政主管部门负责向社会发布突发事件的信息。必要时，可以授权省、自治区、直辖市人民政府卫生行政主管部门向社会发布本行政区域内突发事件的信息。

信息发布应当及时、准确、全面。

第四章　应　急　处　理

第二十六条　突发事件发生后，卫生行政主管部门应当组织专家对突发事件进行综合评估，初步判断突发事件的类型，提出是否启动突发事件应急预案的建议。

第二十七条　在全国范围内或者跨省、自治区、直辖市范围内启动全国突发事件应急预案，由国务院卫生行政主管部门报国务院批准后实施。省、自治区、直辖市启动突发事件应急预案，由省、自治区、直辖市人民政府决定，并向国务院报告。

第二十八条　全国突发事件应急处理指挥部对突发事件应

急处理工作进行督察和指导,地方各级人民政府及其有关部门应当予以配合。

省、自治区、直辖市突发事件应急处理指挥部对本行政区域内突发事件应急处理工作进行督察和指导。

第二十九条　省级以上人民政府卫生行政主管部门或者其他有关部门指定的突发事件应急处理专业技术机构,负责突发事件的技术调查、确证、处置、控制和评价工作。

第三十条　国务院卫生行政主管部门对新发现的突发传染病,根据危害程度、流行强度,依照《中华人民共和国传染病防治法》的规定及时宣布为法定传染病;宣布为甲类传染病的,由国务院决定。

第三十一条　应急预案启动前,县级以上各级人民政府有关部门应当根据突发事件的实际情况,做好应急处理准备,采取必要的应急措施。

应急预案启动后,突发事件发生地的人民政府有关部门,应当根据预案规定的职责要求,服从突发事件应急处理指挥部的统一指挥,立即到达规定岗位,采取有关的控制措施。

医疗卫生机构、监测机构和科学研究机构,应当服从突发事件应急处理指挥部的统一指挥,相互配合、协作,集中力量开展相关的科学研究工作。

第三十二条　突发事件发生后,国务院有关部门和县级以上地方人民政府及其有关部门,应当保证突发事件应急处理所需的医疗救护设备、救治药品、医疗器械等物资的生产、供应;铁路、交通、民用航空行政主管部门应当保证及时运送。

第三十三条　根据突发事件应急处理的需要,突发事件应急处理指挥部有权紧急调集人员、储备的物资、交通工具以及相关设施、设备;必要时,对人员进行疏散或者隔离,并可以依法对传染病疫区实行封锁。

第三十四条　突发事件应急处理指挥部根据突发事件应急处理的需要,可以对食物和水源采取控制措施。

县级以上地方人民政府卫生行政主管部门应当对突发事件现场等采取控制措施，宣传突发事件防治知识，及时对易受感染的人群和其他易受损害的人群采取应急接种、预防性投药、群体防护等措施。

第三十五条　参加突发事件应急处理的工作人员，应当按照预案的规定，采取卫生防护措施，并在专业人员的指导下进行工作。

第三十六条　国务院卫生行政主管部门或者其他有关部门指定的专业技术机构，有权进入突发事件现场进行调查、采样、技术分析和检验，对地方突发事件的应急处理工作进行技术指导，有关单位和个人应当予以配合；任何单位和个人不得以任何理由予以拒绝。

第三十七条　对新发现的突发传染病、不明原因的群体性疾病、重大食物和职业中毒事件，国务院卫生行政主管部门应当尽快组织力量制定相关的技术标准、规范和控制措施。

第三十八条　交通工具上发现根据国务院卫生行政主管部门的规定需要采取应急控制措施的传染病病人、疑似传染病病人，其负责人应当以最快的方式通知前方停靠点，并向交通工具的营运单位报告。交通工具的前方停靠点和营运单位应当立即向交通工具营运单位行政主管部门和县级以上地方人民政府卫生行政主管部门报告。卫生行政主管部门接到报告后，应当立即组织有关人员采取相应的医学处置措施。

交通工具上的传染病病人密切接触者，由交通工具停靠点的县级以上各级人民政府卫生行政主管部门或者铁路、交通、民用航空行政主管部门，根据各自的职责，依照传染病防治法律、行政法规的规定，采取控制措施。

涉及国境口岸和入出境的人员、交通工具、货物、集装箱、行李、邮包等需要采取传染病应急控制措施的，依照国境卫生检疫法律、行政法规的规定办理。

第三十九条　医疗卫生机构应当对因突发事件致病的人员

提供医疗救护和现场救援，对就诊病人必须接诊治疗，并书写详细、完整的病历记录；对需要转送的病人，应当按照规定将病人及其病历记录的复印件转送至接诊的或者指定的医疗机构。

医疗卫生机构内应当采取卫生防护措施，防止交叉感染和污染。

医疗卫生机构应当对传染病病人密切接触者采取医学观察措施，传染病病人密切接触者应当予以配合。

医疗机构收治传染病病人、疑似传染病病人，应当依法报告所在地的疾病预防控制机构。接到报告的疾病预防控制机构应当立即对可能受到危害的人员进行调查，根据需要采取必要的控制措施。

第四十条　传染病暴发、流行时，街道、乡镇以及居民委员会、村民委员会应当组织力量，团结协作，群防群治，协助卫生行政主管部门和其他有关部门、医疗卫生机构做好疫情信息的收集和报告、人员的分散隔离、公共卫生措施的落实工作，向居民、村民宣传传染病防治的相关知识。

第四十一条　对传染病暴发、流行区域内流动人口，突发事件发生地的县级以上地方人民政府应当做好预防工作，落实有关卫生控制措施；对传染病病人和疑似传染病病人，应当采取就地隔离、就地观察、就地治疗的措施。对需要治疗和转诊的，应当依照本条例第三十九条第一款的规定执行。

第四十二条　有关部门、医疗卫生机构应当对传染病做到早发现、早报告、早隔离、早治疗，切断传播途径，防止扩散。

第四十三条　县级以上各级人民政府应当提供必要资金，保障因突发事件致病、致残的人员得到及时、有效的救治。具体办法由国务院财政部门、卫生行政主管部门和劳动保障行政主管部门制定。

第四十四条　在突发事件中需要接受隔离治疗、医学观察措施的病人、疑似病人和传染病病人密切接触者在卫生行政主管部门或者有关机构采取医学措施时应当予以配合；拒绝配合的,由公安机关依法协助强制执行。

第五章 法律责任

第四十五条 县级以上地方人民政府及其卫生行政主管部门未依照本条例的规定履行报告职责,对突发事件隐瞒、缓报、谎报或者授意他人隐瞒、缓报、谎报的,对政府主要领导人及其卫生行政主管部门主要负责人,依法给予降级或者撤职的行政处分;造成传染病传播、流行或者对社会公众健康造成其他严重危害后果的,依法给予开除的行政处分;构成犯罪的,依法追究刑事责任。

第四十六条 国务院有关部门、县级以上地方人民政府及其有关部门未依照本条例的规定,完成突发事件应急处理所需要的设施、设备、药品和医疗器械等物资的生产、供应、运输和储备的,对政府主要领导人和政府部门主要负责人依法给予降级或者撤职的行政处分;造成传染病传播、流行或者对社会公众健康造成其他严重危害后果的,依法给予开除的行政处分;构成犯罪的,依法追究刑事责任。

第四十七条 突发事件发生后,县级以上地方人民政府及其有关部门对上级人民政府有关部门的调查不予配合,或者采取其他方式阻碍、干涉调查的,对政府主要领导人和政府部门主要负责人依法给予降级或者撤职的行政处分;构成犯罪的,依法追究刑事责任。

第四十八条 县级以上各级人民政府卫生行政主管部门和其他有关部门在突发事件调查、控制、医疗救治工作中玩忽职守、失职、渎职的,由本级人民政府或者上级人民政府有关部门责令改正、通报批评、给予警告;对主要负责人、负有责任的主管人员和其他责任人员依法给予降级、撤职的行政处分;造成传染病传播、流行或者对社会公众健康造成其他严重危害后果的,依法给予开除的行政处分;构成犯罪的,依法追究刑事责任。

第四十九条 县级以上各级人民政府有关部门拒不履行应

急处理职责的,由同级人民政府或者上级人民政府有关部门责令改正、通报批评、给予警告;对主要负责人、负有责任的主管人员和其他责任人员依法给予降级、撤职的行政处分;造成传染病传播、流行或者对社会公众健康造成其他严重危害后果的,依法给予开除的行政处分;构成犯罪的,依法追究刑事责任。

第五十条　医疗卫生机构有下列行为之一的,由卫生行政主管部门责令改正、通报批评、给予警告;情节严重的,吊销《医疗机构执业许可证》;对主要负责人、负有责任的主管人员和其他直接责任人员依法给予降级或者撤职的纪律处分;造成传染病传播、流行或者对社会公众健康造成其他严重危害后果,构成犯罪的,依法追究刑事责任:

(一)未依照本条例的规定履行报告职责,隐瞒、缓报或者谎报的;

(二)未依照本条例的规定及时采取控制措施的;

(三)未依照本条例的规定履行突发事件监测职责的;

(四)拒绝接诊病人的;

(五)拒不服从突发事件应急处理指挥部调度的。

第五十一条　在突发事件应急处理工作中,有关单位和个人未依照本条例的规定履行报告职责,隐瞒、缓报或者谎报,阻碍突发事件应急处理工作人员执行职务,拒绝国务院卫生行政主管部门或者其他有关部门指定的专业技术机构进入突发事件现场,或者不配合调查、采样、技术分析和检验的,对有关责任人员依法给予行政处分或者纪律处分;触犯《中华人民共和国治安管理处罚条例》,构成违反治安管理行为的,由公安机关依法予以处罚;构成犯罪的,依法追究刑事责任。

第五十二条　在突发事件发生期间,散布谣言、哄抬物价、欺骗消费者,扰乱社会秩序、市场秩序的,由公安机关或者工商行政管理部门依法给予行政处罚;构成犯罪的,依法追究刑事责任。

第六章　附　　则

第五十三条　中国人民解放军、武装警察部队医疗卫生机构参与突发事件应急处理的,依照本条例的规定和军队的相关规定执行。

第五十四条　本条例自公布之日起施行。

第十二节　突发公共卫生事件与传染病疫情监测信息报告管理办法

《突发公共卫生事件与传染病疫情监测信息报告管理办法》经卫生部部务会讨论通过,2003 年 11 月 7 日以中华人民共和国卫生部令第 37 号发布,自发布之日起施行。2006 年 8 月 22 日对该办法进行了修订。修订后的内容仍为 8 章 44 条,第一章　总则(1～7);第二章　组织管理(8～15);第三章　报告(16～20);第四章　调查(21～26);第五章　信息管理与通报(27～32);第六章　监督管理(33～37);第七章　罚则(38～42);第八章　附则(43～44)。全文收录如下:

第一章　总　　则

第一条　为加强突发公共卫生事件与传染病疫情监测信息报告管理工作,提供及时、科学的防治决策信息,有效预防、及时控制和消除突发公共卫生事件和传染病的危害,保障公众身体健康与生命安全,根据《中华人民共和国传染病防治法》(以下简称传染病防治法)和《突发公共卫生事件应急条例》(以下简称应急条例)等法律法规的规定,制定本办法。

第二条　本办法适用于传染病防治法、应急条例和国家有关法律法规中规定的突发公共卫生事件与传染病疫情监测信息报告管理工作。

第三条　突发公共卫生事件与传染病疫情监测信息报告,

坚持依法管理，分级负责，快速准确，安全高效的原则。

第四条　国务院卫生行政部门对全国突发公共卫生事件与传染病疫情监测信息报告实施统一监督管理。

县级以上地方卫生行政部门对本行政区域突发公共卫生事件与传染病疫情监测信息报告实施监督管理。

第五条　国务院卫生行政部门及省、自治区、直辖市卫生行政部门鼓励、支持开展突发公共卫生事件与传染病疫情监测信息报告管理的科学技术研究和国际交流合作。

第六条　县级以上各级人民政府及其卫生行政部门，应当对在突发公共卫生事件与传染病疫情监测信息报告管理工作中做出贡献的人员，给予表彰和奖励。

第七条　任何单位和个人必须按照规定及时如实报告突发公共卫生事件与传染病疫情信息，不得瞒报、缓报、谎报或者授意他人瞒报、缓报、谎报。

第二章　组织管理

第八条　各级疾病预防控制机构按照专业分工，承担责任范围内突发公共卫生事件和传染病疫情监测、信息报告与管理工作，具体职责为：

（一）按照属地化管理原则，当地疾病预防控制机构负责，对行政辖区内的突发公共卫生事件和传染病疫情进行监测、信息报告与管理；负责收集、核实辖区内突发公共卫生事件、疫情信息和其他信息资料；设置专门的举报、咨询热线电话，接受突发公共卫生事件和疫情的报告、咨询和监督；设置专门工作人员搜集各种来源的突发公共卫生事件和疫情信息。

（二）建立流行病学调查队伍和实验室，负责开展现场流行病学调查与处理，搜索密切接触者、追踪传染源，必要时进行隔离观察；进行疫点消毒及其技术指导；标本的实验室检测检验及报告。

（三）负责公共卫生信息网络维护和管理，疫情资料的报告、分析、利用与反馈；建立监测信息数据库，开展技术指导。

（四）对重点涉外机构或单位发生的疫情，由省级以上疾病预防控制机构进行报告管理和检查指导。

（五）负责人员培训与指导，对下级疾病预防控制机构工作人员进行业务培训；对辖区内医院和下级疾病预防控制机构疫情报告和信息网络管理工作进行技术指导。

第九条　国家建立公共卫生信息监测体系，构建覆盖国家、省、市（地）、县（区）疾病预防控制机构、医疗卫生机构和卫生行政部门的信息网络系统，并向乡（镇）、村和城市社区延伸。

国家建立公共卫生信息管理平台、基础卫生资源数据库和管理应用软件，适应突发公共卫生事件、法定传染病、公共卫生和专病监测的信息采集、汇总、分析、报告等工作的需要。

第十条　各级各类医疗机构承担责任范围内突发公共卫生事件和传染病疫情监测信息报告任务，具体职责为：

（一）建立突发公共卫生事件和传染病疫情信息监测报告制度，包括报告卡和总登记簿、疫情收报、核对、自查、奖惩。

（二）执行首诊负责制，严格门诊工作日志制度以及突发公共卫生事件和疫情报告制度，负责突发公共卫生事件和疫情监测信息报告工作。

（三）建立或指定专门的部门和人员，配备必要的设备，保证突发公共卫生事件和疫情监测信息的网络直接报告。

门诊部、诊所、卫生所（室）等应按照规定时限，以最快通讯方式向发病地疾病预防控制机构进行报告，并同时报出传染病报告卡。

报告卡片邮寄信封应当印有明显的"突发公共卫生事件或疫情"标志及写明××疾病预防控制机构收的字样。

（四）对医生和实习生进行有关突发公共卫生事件和传染病疫情监测信息报告工作的培训。

（五）配合疾病预防控制机构开展流行病学调查和标本采样。

第十一条　流动人员中发生的突发公共卫生事件和传染病病人、病原携带者和疑似传染病病人的报告、处理、疫情登记、统计，由诊治地负责。

第十二条　铁路、交通、民航、厂(场)矿所属的医疗卫生机构发现突发公共卫生事件和传染病疫情，应按属地管理原则向所在地县级疾病预防控制机构报告。

第十三条　军队内的突发公共卫生事件和军人中的传染病疫情监测信息，由中国人民解放军卫生主管部门根据有关规定向国务院卫生行政部门直接报告。

军队所属医疗卫生机构发现地方就诊的传染病病人、病原携带者、疑似传染病病人时，应按属地管理原则向所在地疾病预防控制机构报告。

第十四条　医疗卫生人员未经当事人同意，不得将传染病病人及其家属的姓名、住址和个人病史以任何形式向社会公开。

第十五条　各级政府卫生行政部门对辖区内各级医疗卫生机构负责的突发公共卫生事件和传染病疫情监测信息报告情况，定期进行监督、检查和指导。

第三章　报　　告

第十六条　各级各类医疗机构、疾病预防控制机构、采供血机构均为责任报告单位；其执行职务的人员和乡村医生、个体开业医生均为责任疫情报告人，必须按照传染病防治法的规定进行疫情报告，履行法律规定的义务。

第十七条　责任报告人在首次诊断传染病病人后，应立即填写传染病报告卡。

传染病报告卡由录卡单位保留三年。

第十八条　责任报告单位和责任疫情报告人发现甲类传染病和乙类传染病中的肺炭疽、传染性非典型肺炎、脊髓灰质炎、人感染高致病性禽流感病人或疑似病人时，或发现其他传染病和不明原因疾病暴发时，应于 2 小时内将传染病报告卡通过网络报告;未实行网络直报的责任报告单位应于 2 小时内以最快的通讯方式(电话、传真)向当地县级疾病预防控制机构报告,并于 2 小时内寄送出传染病报告卡。

对其他乙、丙类传染病病人、疑似病人和规定报告的传染病病原携带者在诊断后,实行网络直报的责任报告单位应于 24 小时内进行网络报告;未实行网络直报的责任报告单位应于 24 小时内寄送出传染病报告卡。

县级疾病预防控制机构收到无网络直报条件责任报告单位报送的传染病报告卡后,应于 2 小时内通过网络进行直报。

第十九条 获得突发公共卫生事件相关信息的责任报告单位和责任报告人,应当在 2 小时内以电话或传真等方式向属地卫生行政部门指定的专业机构报告,具备网络直报条件的要同时进行网络直报,直报的信息由指定的专业机构审核后进入国家数据库。不具备网络直报条件的责任报告单位和责任报告人,应采用最快的通讯方式将《突发公共卫生事件相关信息报告卡》报送属地卫生行政部门指定的专业机构,接到《突发公共卫生事件相关信息报告卡》的专业机构,应对信息进行审核,确定真实性,2 小时内进行网络直报,同时以电话或传真等方式报告同级卫生行政部门。

接到突发公共卫生事件相关信息报告的卫生行政部门应当尽快组织有关专家进行现场调查,如确认为实际发生突发公共卫生事件,应根据不同的级别,及时组织采取相应的措施,并在 2 小时内向本级人民政府报告,同时向上一级人民政府卫生行政部门报告。如尚未达到突发公共卫生事件标准的,由专业防治机构密切跟踪事态发展,随时报告事态变化情况。

第二十条 突发公共卫生事件及传染病信息报告的其他事项按照《突发公共卫生事件相关信息报告管理工作规范(试行)》及《传染病信息报告管理规范》有关规定执行。

第四章　调　查

第二十一条　接到突发公共卫生事件报告的地方卫生行政部门,应当立即组织力量对报告事项调查核实、判定性质,采取必要的控制措施,并及时报告调查情况。

不同类别的突发公共卫生事件的调查应当按照《全国突发公共卫生事件应急预案》规定要求执行。

第二十二条　突发公共卫生事件与传染病疫情现场调查应包括以下工作内容:

(一)流行病学个案调查、密切接触者追踪调查和传染病发病原因、发病情况、疾病流行的可能因素等调查;

(二)相关标本或样品的采样、技术分析、检验;

(三)突发公共卫生事件的确证;

(四)卫生监测,包括生活资源受污染范围和严重程度,必要时应在突发事件发生地及相邻省市同时进行。

第二十三条　各级卫生行政部门应当组织疾病预防控制机构等有关领域的专业人员,建立流行病学调查队伍,负责突发公共卫生事件与传染病疫情的流行病学调查工作。

第二十四条　疾病预防控制机构发现传染病疫情或接到传染病疫情报告时,应当及时采取下列措施:

(一)对传染病疫情进行流行病学调查,根据调查情况提出划定疫点、疫区的建议,对被污染的场所进行卫生处理,对密切接触者,在指定场所进行医学观察和采取其他必要的预防措施,并向卫生行政部门提出疫情控制方案;

(二)传染病暴发、流行时,对疫点、疫区进行卫生处理,向卫生行政部门提出疫情控制方案,并按照卫生行政部门的要求采取措施;

(三)指导下级疾病预防控制机构实施传染病预防、控制措施,组织、指导有关单位对传染病疫情的处理。

第二十五条　各级疾病预防控制机构负责管理国家突发公

共卫生事件与传染病疫情监测报告信息系统,各级责任报告单位使用统一的信息系统进行报告。

第二十六条　各级各类医疗机构应积极配合疾病预防控制机构专业人员进行突发公共卫生事件和传染病疫情调查、采样与处理。

第五章　信息管理与通报

第二十七条　各级各类医疗机构所设与诊治传染病有关的科室应当建立门诊日志、住院登记簿和传染病疫情登记簿。

第二十八条　各级各类医疗机构指定的部门和人员,负责本单位突发公共卫生事件和传染病疫情报告卡的收发和核对,设立传染病报告登记簿,统一填报有关报表。

第二十九条　县级疾病预防控制机构负责本辖区内突发公共卫生事件和传染病疫情报告卡、报表的收发、核对、疫情的报告和管理工作。

各级疾病预防控制机构应当按照国家公共卫生监测体系网络系统平台的要求,充分利用报告的信息资料,建立突发公共卫生事件和传染病疫情定期分析通报制度,常规监测时每月不少于三次疫情分析与通报,紧急情况下需每日进行疫情分析与通报。

第三十条　国境口岸所在地卫生行政部门指定的疾病预防控制机构和港口、机场、铁路等疾病预防控制机构及国境卫生检疫机构,发现国境卫生检疫法规定的检疫传染病时,应当互相通报疫情。

第三十一条　发现人畜共患传染病时,当地疾病预防控制机构和农、林部门应当互相通报疫情。

第三十二条　国务院卫生行政部门应当及时通报和公布突发公共卫生事件和传染病疫情,省(自治区、直辖市)人民政府卫生行政部门根据国务院卫生行政部门的授权,及时通报和公布本行政区域内的突发公共卫生事件和传染病疫情。

突发公共卫生事件和传染病疫情发布内容包括：

（一）突发公共卫生事件和传染病疫情性质、原因；

（二）突发公共卫生事件和传染病疫情发生地及范围；

（三）突发公共卫生事件和传染病疫情的发病、伤亡及涉及的人员范围；

（四）突发公共卫生事件和传染病疫情处理措施和控制情况；

（五）突发公共卫生事件和传染病疫情发生地的解除。

与港澳台地区及有关国家和世界卫生组织之间的交流与通报办法另行制订。

第六章　监督管理

第三十三条　国务院卫生行政部门对全国突发公共卫生事件与传染病疫情监测信息报告管理工作进行监督、指导。

县级以上地方人民政府卫生行政部门对本行政区域的突发公共卫生事件与传染病疫情监测信息报告管理工作进行监督、指导。

第三十四条　各级卫生监督机构在卫生行政部门的领导下，具体负责本行政区域内的突发公共卫生事件与传染病疫情监测信息报告管理工作的监督检查。

第三十五条　各级疾病预防控制机构在卫生行政部门的领导下，具体负责对本行政区域内的突发公共卫生事件与传染病疫情监测信息报告管理工作的技术指导。

第三十六条　各级各类医疗卫生机构在卫生行政部门的领导下，积极开展突发公共卫生事件与传染病疫情监测信息报告管理工作。

第三十七条　任何单位和个人发现责任报告单位或责任疫情报告人有瞒报、缓报、谎报突发公共卫生事件和传染病疫情情况时，应向当地卫生行政部门报告。

第七章 罚 则

第三十八条 医疗机构有下列行为之一的,由县级以上地方卫生行政部门责令改正、通报批评、给予警告;情节严重的,会同有关部门对主要负责人、负有责任的主管人员和其他责任人员依法给予降级、撤职的行政处分;造成传染病传播、流行或者对社会公众健康造成其他严重危害后果,构成犯罪的,依据刑法追究刑事责任:

(一)未建立传染病疫情报告制度的;

(二)未指定相关部门和人员负责传染病疫情报告管理工作的;

(三)瞒报、缓报、谎报发现的传染病病人、病原携带者、疑似病人的。

第三十九条 疾病预防控制机构有下列行为之一的,由县级以上地方卫生行政部门责令改正、通报批评、给予警告;对主要负责人、负有责任的主管人员和其他责任人员依法给予降级、撤职的行政处分;造成传染病传播、流行或者对社会公众健康造成其他严重危害后果,构成犯罪的,依法追究刑事责任:

(一)瞒报、缓报、谎报发现的传染病病人、病原携带者、疑似病人的;

(二)未按规定建立专门的流行病学调查队伍,进行传染病疫情的流行病学调查工作;

(三)在接到传染病疫情报告后,未按规定派人进行现场调查的;

(四)未按规定上报疫情或报告突发公共卫生事件的。

第四十条 执行职务的医疗卫生人员瞒报、缓报、谎报传染病疫情的,由县级以上卫生行政部门给予警告,情节严重的,责令暂停六个月以上一年以下执业活动,或者吊销其执业证书。

责任报告单位和事件发生单位瞒报、缓报、谎报或授意他人不报告突发公共卫生事件或传染病疫情的,对其主要领导、主管人员和直接责任人由其单位或上级主管机关给予行政处分,造成传染病传播、流行或者对社会公众健康造成其他严重危害后果的,由司法机关追究其刑事责任。

第四十一条 个体或私营医疗保健机构瞒报、缓报、谎报传染病疫情或突发公共卫生事件的,由县级以上卫生行政部门责令限期改正,可以处 100 元以上 500 元以下罚款;对造成突发公共卫生事件和传染病传播、流行的,责令停业整改,并可以处 200 元以上 2000 元以下罚款;触犯刑律的,对其经营者、主管人员和直接责任人移交司法机关追究刑事责任。

第四十二条 县级以上卫生行政部门未按照规定履行突发公共卫生事件和传染病疫情报告职责,瞒报、缓报、谎报或者授意他人瞒报、缓报、谎报的,对主要负责人依法给予降级或者撤职的行政处分;造成传染病传播、流行或者对社会公众健康造成其他严重危害后果的,给予开除处分;构成犯罪的,依法追究刑事责任。

第八章 附 则

第四十三条 中国人民解放军、武装警察部队医疗卫生机构突发公共卫生事件与传染病疫情监测信息报告管理工作,参照本办法的规定和军队的相关规定执行。

第四十四条 本办法自发布之日起施行。

第十三节 食物中毒事故处理办法

1999 年 12 月 24 日以中华人民共和国卫生部令(第 8 号)发布《食物中毒事故处理办法》,自 2000 年 1 月 1 日起施行。1981 年 12 月 1 日发布的《食物中毒调查报告办法》同时废止。该办法包括 5 章 22 条,现全文收录如下:

第一章 总 则

第一条 为了及时处理和控制食物中毒事故,保障人民身体健康,根据《中华人民共和国食品卫生法》(以下称《食品卫生法》)的规定,制定本办法。

第二条　本办法所指的食物中毒,是指食用了被生物性、化学性有毒有害物质污染的食品或者食用了含有毒有害物质的食品后出现的急性、亚急性食源性疾患。

上款规定的食源性疾患已列入《中华人民共和国传染病防治法》管理的,按照该法执行。

第三条　县级以上地方人民政府卫生行政部门主管管辖范围内食物中毒事故的监督管理工作。

跨辖区的食物中毒事故由食物中毒发生地的人民政府卫生行政部门进行调查处理,由食物中毒肇事者所在地的人民政府卫生行政部门协助调查处理。对管辖有争议的,由共同上级人民政府卫生行政部门管辖或者指定管辖。

第四条　凡在中华人民共和国领域内从事食品生产经营活动的,以及涉及食物中毒事故调查与处理的单位和个人均应遵守本办法。

第二章　报　　告

第五条　发生食物中毒或者疑似食物中毒事故的单位和接收食物中毒或者疑似食物中毒病人进行治疗的单位应当及时向所在地人民政府卫生行政部门报告发生食物中毒事故的单位、地址、时间、中毒人数、可疑食物等有关内容。

第六条　县级以上地方人民政府卫生行政部门接到食物中毒或者疑似食物中毒事故的报告,应当及时填写《食物中毒事故报告登记表》,并报告同级人民政府和上级卫生行政部门。

第七条　县级以上地方人民政府卫生行政部门对发生在管辖范围内的下列食物中毒或者疑似食物中毒事故,实施紧急报告制度:

(一)中毒人数超过 30 人的,应当于 6 小时内报告同级人民政府和上级人民政府卫生行政部门;

339

（二）中毒人数超过 100 人或者死亡 1 人以上的，应当于 6 小时内上报卫生部，并同时报告同级人民政府和上级人民政府卫生行政部门；

（三）中毒事故发生在学校、地区性或者全国性重要活动期间的应当于 6 小时内上报卫生部，并同时报告同级人民政府和上级人民政府卫生行政部门；

（四）其他需要实施紧急报告制度的食物中毒事故。

任何单位和个人不得干涉食物中毒或者疑似食物中毒事故的报告。

第八条　县级以上地方人民政府卫生行政部门接到跨辖区的食物中毒事故报告，应当通知有关辖区的卫生行政部门，并同时向共同的上级人民政府卫生行政部门报告。

第九条　县级以上地方人民政府卫生行政部门应当在每季度末，汇总和分析本地区食物中毒事故发生情况和处理结果，并及时向社会公布。

省级人民政府卫生行政部门负责汇总分析本地区全年度食物中毒事故发生情况，并于每年 11 月 10 日前上报卫生部及其指定的机构。

第十条　地方各级人民政府卫生行政部门应当定期向有关部门通报食物中毒事故发生的情况。

第三章　调查与控制

第十一条　县级以上地方人民政府卫生行政部门在接到食物中毒或者疑似食物中毒事故报告后，应当采取下列措施：

（一）组织卫生机构对中毒人员进行救治；

（二）对可疑中毒食物及其有关工具、设备和现场采取临时控制措施；

（三）组织调查小组进行现场卫生学和流行病学调查，填写《食物中毒事故个案调查登记表》和《食物中毒事故调查报告表》，撰写调查报告，并按规定报告有关部门。

第十二条 县级以上地方人民政府卫生行政部门对造成食物中毒事故的食品或者有证据证明可能导致食物中毒事故的食品可以采取下列临时控制措施：

（一）封存造成食物中毒或者可能导致食物中毒的食品及其原料；

（二）封存被污染的食品用工具及用具，并责令进行清洗消毒。

为控制食物中毒事故扩散，责令食品生产经营者收回已售出的造成食物中毒的食品或者有证据证明可能导致食物中毒的食品。

经检验，属于被污染的食品，予以销毁或监督销毁；未被污染的食品，予以解封。

第十三条 造成食物中毒或者有证据证明可能导致食物中毒的食品生产经营单位、发生食物中毒或者疑似食物中毒事故的单位应当采取下列相应措施：

（一）立即停止其生产经营活动，并向所在地人民政府卫生行政部门报告；

（二）协助卫生机构救治病人；

（三）保留造成食物中毒或者可能导致食物中毒的食品及其原料、工具、设备和现场；

（四）配合卫生行政部门进行调查，按卫生行政部门的要求如实提供有关材料和样品；

（五）落实卫生行政部门要求采取的其他措施。

第十四条 县级以上地方人民政府卫生行政部门应当按照《食品卫生监督程序》的有关规定对食物中毒事故进行调查处理。调查工作应当由卫生行政部门两名以上卫生监督员依法进行。

第十五条 食物中毒确认的内容、程序及有关技术要求，应当执行《食物中毒诊断标准及技术处理总则》（GB14938）的规定。

第四章 罚 则

第十六条 对食物中毒或者疑似食物中毒事故隐瞒、谎报、拖延、阻挠报告的单位和个人,由县级以上人民政府卫生行政部门责令改正,并可以通报批评。对直接负责的主管人员和其他直接责任人员由卫生行政部门和其他有关部门依法给予行政处分。

第十七条 对造成食物中毒事故的单位和个人,由县级以上地方人民政府卫生行政部门按照《食品卫生法》和《食品卫生行政处罚办法》的有关规定,予以行政处罚。

第十八条 县级以上地方人民政府卫生行政部门在调查处理食物中毒事故时,对造成严重食物中毒事故构成犯罪的或者有投毒等犯罪嫌疑的,移送司法机关处理。

第五章 附 则

第十九条 《食物中毒事故报告登记表》、《食物中毒事故个案调查登记表》和《食物中毒事故调查报告表》由卫生部另行制定。

第二十条 铁道、交通行政主管部门设立的食品卫生监督机构,在其管辖范围内对食物中毒事故的监督管理,依照本办法执行。

第二十一条 本办法由卫生部解释。

第二十二条 本办法自 2000 年 1 月 1 日起施行。1981 年 12 月 1 日发布的《食物中毒调查报告办法》同时废止。以往卫生部其他有关规定与本办法不一致的,以本办法为准。

第十四节 消毒管理办法

《消毒管理办法》的修订已于 2001 年 12 月 29 日卫生部部务会通过,2002 年 3 月 28 日中华人民共和国卫生部令第 27 号予以发布,自 2002 年 7 月 1 日起施行。1992 年 8 月 31 日发布的《消毒管理办法》同时废止。本办法包括 7 章 51 条,第一章 总则(1～3);第二章 消毒的卫生要求(4～17);第三章 消毒产品的生产经营(18～34);第四章 消毒服务机构(35～38);第五章 监督(39～44);第六章 罚则(45～48);第七章 附则(49～51)。

第一章 总 则

第一条 为了加强消毒管理,预防和控制感染性疾病的传播,保障人体健康,根据《中华人民共和国传染病防治法》及其实施办法的有关规定,制定本办法。

第二条 本办法适用于医疗卫生机构、消毒服务机构以及从事消毒产品生产、经营活动的单位和个人。

其他需要消毒的场所和物品管理也适用于本办法。

第三条 卫生部主管全国消毒监督管理工作。

铁路、交通卫生主管机构依照本办法负责本系统的消毒监督管理工作。

第二章 消毒的卫生要求

第四条 医疗卫生机构应当建立消毒管理组织,制定消毒管理制度,执行国家有关规范、标准和规定,定期开展消毒与灭菌效果检测工作。

第五条 医疗卫生机构工作人员应当接受消毒技术培训、掌握消毒知识,并按规定严格执行消毒隔离制度。

第六条 医疗卫生机构使用的进入人体组织或无菌器官的医疗用品必须达到灭菌要求。各种注射、穿刺、采血器具应当一人一用一灭菌。凡接触皮肤、粘膜的器械和用品必须达到消毒要求。

医疗卫生机构使用的一次性使用医疗用品用后应当及时进行无害化处理。

第七条　医疗卫生机构购进消毒产品必须建立并执行进货检查验收制度。

第八条　医疗卫生机构的环境、物品应当符合国家有关规范、标准和规定。排放废弃的污水、污物应当按照国家有关规定进行无害化处理。运送传染病患者及其污染物品的车辆、工具必须随时进行消毒处理。

第九条　医疗卫生机构发生感染性疾病暴发、流行时，应当及时报告当地卫生行政部门，并采取有效消毒措施。

第十条　加工、出售、运输被传染病病原体污染或者来自疫区可能被传染病病原体污染的皮毛，应当进行消毒处理。

第十一条　托幼机构应当健全和执行消毒管理制度，对室内空气、餐(饮)具、毛巾、玩具和其他幼儿活动的场所及接触的物品定期进行消毒。

第十二条　出租衣物及洗涤衣物的单位和个人，应当对相关物品及场所进行消毒。

第十三条　从事致病微生物实验的单位应当执行有关的管理制度、操作规程，对实验的器材、污染物品等按规定进行消毒，防止实验室感染和致病微生物的扩散。

第十四条　殡仪馆、火葬场内与遗体接触的物品及运送遗体的车辆应当及时消毒。

第十五条　招用流动人员 200 人以上的用工单位，应当对流动人员集中生活起居的场所及使用的物品定期进行消毒。

第十六条　疫源地的消毒应当执行国家有关规范、标准和规定。

第十七条　公共场所、食品、生活饮用水、血液制品的消毒管理，按有关法律、法规的规定执行。

第三章　消毒产品的生产经营(节录)

第二十二条　消毒产品生产企业卫生许可证编号格式为：(省、自治区、直辖市简称)卫消证字(发证年份)第×××号。

消毒产品生产企业卫生许可证的生产项目分为消毒剂类、消毒器械类、卫生用品类和一次性使用医疗用品类。

第二十三条　消毒产品生产企业卫生许可证有效期为四年，每年复核一次。

消毒产品生产企业卫生许可证有效期满前三个月，生产企业应当向原发证机关申请换发卫生许可证。经审查符合要求的，换发新证。新证延用原卫生许可证编号。

第二十四条　消毒产品生产企业迁移厂址或者另设分厂（车间），应当按本办法规定向生产场所所在地的省级卫生行政部门申请消毒产品生产企业卫生许可证。

产品包装上标注的厂址、卫生许可证号应当是实际生产地地址和其卫生许可证号。

第二十五条　取得卫生许可证的消毒产品生产企业变更企业名称、法定代表人或者生产类别的，应当向原发证机关提出申请，经审查同意，换发新证。新证延用原卫生许可证编号。

第二十六条　卫生用品和一次性使用医疗用品在投放市场前应当向省级卫生行政部门备案。备案时按照卫生部制定的卫生用品和一次性使用医疗用品备案管理规定的要求提交资料。

省级卫生行政部门自受理申请之日起十五日内对符合要求的，发给备案凭证。备案文号格式为：（省、自治区、直辖市简称）卫消备字（发证年份）第××××号。不予备案的，应当说明理由。

备案凭证在全国范围内有效。

第二十七条　进口卫生用品和一次性使用医疗用品在首次进入中国市场销售前应当向卫生部备案。备案时按照卫生部制定的卫生用品和一次性使用医疗用品备案管理规定的要求提交资料。必要时，卫生部可以对生产企业进行现场审核。

卫生部自受理申请之日起十五日内对符合要求的，发给备案凭证。备案文号格式为：卫消备进字（发证年份）第××××号。不予备案的，应当说明理由。

第二十八条　生产消毒剂、消毒器械应当按照本办法规定取得卫生部颁发的消毒剂、消毒器械卫生许可批件。

第二十九条　生产企业申请消毒剂、消毒器械卫生许可批件的审批程序是：

（一）生产企业应当按卫生部消毒产品申报与受理规定的要求，向所在地省级卫生行政部门提出申请，由省级卫生行政部门对其申报资料和样品进行初审；

（二）省级卫生行政部门自受理之日起一个月内完成对申报资料完整性、合法性和规范性的审查，审查合格的方可报卫生部审批；

（三）卫生部自受理申报之日起四个月内作出是否批准的决定。

卫生部对批准的产品，发给消毒剂、消毒器械卫生许可批件，批准文号格式为：卫消字（年份）第××××号。不予批准的，应当说明理由。

第三十条　申请进口消毒剂、消毒器械卫生许可批件的，应当直接向卫生部提出申请，并按照卫生部消毒产品申报与受理规定的要求提交有关材料。必要时，卫生部可以对生产企业现场进行审核。

卫生部应当自受理申报之日起四个月内作出是否批准的决定。对批准进口的，发给进口消毒剂、消毒器械卫生许可批件，批准文号格式为：卫消进字（年份）第××××号。不予批准的，应当说明理由。

第三十一条　消毒剂、消毒器械卫生许可批件的有效期为四年。有效期满前六个月，生产企业或者进口产品代理商应当按照卫生部消毒产品申报与受理规定的要求提出换发卫生许可批件申请。获准换发的，卫生许可批件延用原批准文号。

第三十二条　经营者采购消毒产品时，应当索取下列有效证件：

（一）生产企业卫生许可证复印件；

（二）产品备案凭证或者卫生许可批件复印件。

有效证件的复印件应当加盖原件持有者的印章。

第三十三条　消毒产品的命名、标签（含说明书）应当符合卫生部的有关规定。

消毒产品的标签（含说明书）和宣传内容必须真实，不得出现或暗示对疾病的治疗效果。

第三十四条　禁止生产经营下列消毒产品：

（一）无生产企业卫生许可证、产品备案凭证或卫生许可批件的；

（二）产品卫生质量不符合要求的。

第四章　消毒服务机构

第三十五条　消毒服务机构应当向省级卫生行政部门提出申请，取得省级卫生行政部门发放的卫生许可证后方可开展消毒服务。

消毒服务机构卫生许可证编号格式为：（省、自治区、直辖市简称）卫消服证字（发证年份）第××××号，有效期四年，每年复核一次。有效期满前三个月，消毒服务机构应当向原发证机关申请换发卫生许可证。经审查符合要求的，换发新证。新证延用原卫生许可证编号。

第三十六条　消毒服务机构应当符合以下要求：

（一）具备符合国家有关规范、标准和规定的消毒与灭菌设备；

（二）其消毒与灭菌工艺流程和工作环境必须符合卫生要求；

（三）具有能对消毒与灭菌效果进行检测的人员和条件，建立自检制度；

（四）用环氧乙烷和电离辐射的方法进行消毒与灭菌的，其安全与环境保护等方面的要求按国家有关规定执行；

（五）从事用环氧乙烷和电离辐射进行消毒服务的人员必

须经过省级卫生行政部门的专业技术培训,以其他消毒方法进行消毒服务的人员必须经过设区的市(地)级以上卫生行政部门组织的专业技术培训,取得相应资格证书后方可上岗工作。

第三十七条 消毒服务机构不得购置和使用不符合本办法规定的消毒产品。

第三十八条 消毒服务机构应当接受当地卫生行政部门的监督。

第五章 监 督

第三十九条 县级以上卫生行政部门对消毒工作行使下列监督管理职权:

(一)对有关机构、场所和物品的消毒工作进行监督检查;

(二)对消毒产品生产企业执行《消毒产品生产企业卫生规范》情况进行监督检查;

(三)对消毒产品的卫生质量进行监督检查;

(四)对消毒服务机构的消毒服务质量进行监督检查;

(五)对违反本办法的行为采取行政控制措施;

(六)对违反本办法的行为给予行政处罚。

第四十条 有下列情形之一的,省级以上卫生行政部门可以对已获得卫生许可批件和备案凭证的消毒产品进行重新审查:

(一)产品配方、生产工艺真实性受到质疑的;

(二)产品安全性、消毒效果受到质疑的;

(三)产品宣传内容、标签(含说明书)受到质疑的。

第四十一条 消毒产品卫生许可批件的持有者应当在接到省级以上卫生行政部门重新审查通知一个月内,按照通知的有关要求提交材料。超过上述期限未提交有关材料的,视为放弃重新审查,省级以上卫生行政部门可以注销产品卫生许可批准文号或备案文号。

第四十二条 省级以上卫生行政部门自收到重新审查所需

的全部材料之日起一个月内,应当作出重新审查决定。有下列情形之一的,注销产品卫生许可批准文号或备案文号:

（一）擅自更改产品名称、配方、生产工艺的;

（二）产品安全性、消毒效果达不到要求的;

（三）夸大宣传的。

第四十三条　消毒产品检验机构应当经省级以上卫生行政部门认定。未经认定的,不得从事消毒产品检验工作。

消毒产品检验机构出具的检验和评价报告,应当客观、真实,符合有关规范、标准和规定。

消毒产品检验机构出具的检验报告,在全国范围内有效。

第四十四条　对出具虚假检验报告或者疏于管理难以保证检验质量的消毒产品检验机构,由省级以上卫生行政部门责令改正,并予以通报批评;情节严重的,取消认定资格。被取消认定资格的检验机构二年内不得重新申请认定。

第六章　罚　　则

第四十五条　医疗卫生机构违反本办法第四、五、六、七、八、九条规定的,由县级以上地方卫生行政部门责令限期改正,可以处 5000 元以下罚款;造成感染性疾病暴发的,可以处 5000 元以上 20 000 元以下罚款。

第四十六条　加工、出售、运输被传染病病原体污染或者来自疫区可能被传染病病原体污染的皮毛,未按国家有关规定进行消毒处理的,应当按照《传染病防治法实施办法》第六十八条的有关规定给予处罚。

第四十七条　消毒产品生产经营单位违反本办法第三十三、三十四条规定的,由县级以上地方卫生行政部门责令其限期改正,可以处 5000 元以下罚款;造成感染性疾病暴发的,可以处 5000 元以上 20 000 元以下的罚款。

第四十八条　消毒服务机构违反本办法规定,有下列情形之一的,由县级以上卫生行政部门责令其限期改正,可以处

5000 元以下的罚款;造成感染性疾病发生的,可以处 5000 元以上 20 000 元以下的罚款:

(一)消毒后的物品未达到卫生标准和要求的;

(二)未取得卫生许可证从事消毒服务业务的。

第七章 附 则

第四十九条 本办法下列用语的含义:

感染性疾病:由微生物引起的疾病。

消毒产品:包括消毒剂、消毒器械(含生物指示物、化学指示物和(灭菌物品包装物)、卫生用品和一次性使用医疗用品。

消毒服务机构:指为社会提供可能被污染的物品及场所、卫生用品和一次性使用医疗用品等进行消毒与灭菌服务的单位。

医疗卫生机构:指医疗保健、疾病控制、采供血机构及与上述机构业务活动相同的单位。

第五十条 本办法由卫生部负责解释。

第五十一条 本办法自 2002 年 7 月 1 日起施行。1992 年 8 月 31 日卫生部发布的《消毒管理办法》同时废止。

第四章

有关卫生保健和计划生育
的相关法律法规

第一节　中华人民共和国职业病防治法

2001 年 10 月 27 日第九届全国人民代表大会常务委员会第二十四次会议通过《中华人民共和国职业病防治法》,2001 年 10 月 27 日以中华人民共和国主席令第六十号公布,自 2002 年 5 月 1 日起施行。本法共 7 章 79 条,第一章　总则(1～12 条),第二章　前期预防(13～18 条),第三章　劳动过程中的防护与管理(19～38 条),第四章　职业病诊断与职业病患者保障(39～54 条),第五章　监督检查(55～61 条),第六章　法律责任(62～76 条),第七章　附则(77～79 条)。现全文收录如下:

第一章　总　则

第一条　为了预防、控制和消除职业病危害,防治职业病,保护劳动者健康及其相关权益,促进经济发展,根据宪法,制定本法。

第二条　本法适用于中华人民共和国领域内的职业病防治活动。

本法所称职业病,是指企业、事业单位和个体经济组织(以下统称用人单位)的劳动者在职业活动中,因接触粉尘、放射性物质和其他有毒、有害物质等因素而引起的疾病。

职业病的分类和目录由国务院卫生行政部门会同国务院劳动保障行政部门规定、调整并公布。

第三条 职业病防治工作坚持预防为主、防治结合的方针，实行分类管理、综合治理。

第四条 劳动者依法享有职业卫生保护的权利。

用人单位应当为劳动者创造符合国家职业卫生标准和卫生要求的工作环境和条件，并采取措施保障劳动者获得职业卫生保护。

第五条 用人单位应当建立、健全职业病防治责任制，加强对职业病防治的管理，提高职业病防治水平，对本单位产生的职业病危害承担责任。

第六条 用人单位必须依法参加工伤社会保险。

国务院和县级以上地方人民政府劳动保障行政部门应当加强对工伤社会保险的监督管理，确保劳动者依法享受工伤社会保险待遇。

第七条 国家鼓励研制、开发、推广、应用有利于职业病防治和保护劳动者健康的新技术、新工艺、新材料，加强对职业病的机理和发生规律的基础研究，提高职业病防治科学技术水平；积极采用有效的职业病防治技术、工艺、材料；限制使用或者淘汰职业病危害严重的技术、工艺、材料。

第八条 国家实行职业卫生监督制度。

国务院卫生行政部门统一负责全国职业病防治的监督管理工作。国务院有关部门在各自的职责范围内负责职业病防治的有关监督管理工作。

县级以上地方人民政府卫生行政部门负责本行政区域内职业病防治的监督管理工作。县级以上地方人民政府有关部门在各自的职责范围内负责职业病防治的有关监督管理工作。

第九条 国务院和县级以上地方人民政府应当制定职业病防治规划，将其纳入国民经济和社会发展计划，并组织实施。

乡、民族乡、镇的人民政府应当认真执行本法,支持卫生行政部门依法履行职责。

第十条 县级以上人民政府卫生行政部门和其他有关部门应当加强对职业病防治的宣传教育,普及职业病防治的知识,增强用人单位的职业病防治观念,提高劳动者的自我健康保护意识。

第十一条 有关防治职业病的国家职业卫生标准,由国务院卫生行政部门制定并公布。

第十二条 任何单位和个人有权对违反本法的行为进行检举和控告。

对防治职业病成绩显著的单位和个人,给予奖励。

第二章 前 期 预 防

第十三条 产生职业病危害的用人单位的设立除应当符合法律、行政法规规定的。

(一)职业病危害因素的强度或者浓度符合国家职业卫生标准;

(二)有与职业病危害防护相适应的设施;

(三)生产布局合理,符合有害与无害作业分开的原则;

(四)有配套的更衣间、洗浴间、孕妇休息间等卫生设施;

(五)设备、工具、用具等设施符合保护劳动者生理、心理健康的要求;

(六)法律、行政法规和国务院卫生行政部门关于保护劳动者健康的其他要求。

第十四条 在卫生行政部门中建立职业病危害项目的申报制度。

用人单位设有依法公布的职业病目录所列职业病的危害项目的,应当及时、如实向卫生行政部门申报,接受监督。

职业病危害项目申报的具体办法由国务院卫生行政部门制定。

第十五条 新建、扩建、改建建设项目和技术改造、技术引进项目（以下统称建设项目）可能产生职业病危害的，建设单位在可行性论证阶段应当向卫生行政部门提交职业病危害预评价报告。卫生行政部门应当自收到职业病危害预评价报告之日起三十日内，作出审核决定并书面通知建设单位。未提交预评价报告或者预评价报告未经卫生行政部门审核同意的，有关部门不得批准该建设项目。

职业病危害预评价报告应当对建设项目可能产生的职业病危害因素及其对工作场所和劳动者健康的影响作出评价，确定危害类别和职业病防护措施。

建设项目职业病危害分类目录和分类管理办法由国务院卫生行政部门制定。

第十六条　建设项目的职业病防护设施所需费用应当纳入建设项目工程预算，并与主体工程同时设计，同时施工，同时投入生产和使用。

职业病危害严重的建设项目的防护设施设计，应当经卫生行政部门进行卫生审查，符合国家职业卫生标准和卫生要求的，方可施工。

建设项目在竣工验收前，建设单位应当进行职业病危害控制效果评价。建设项目竣工验收时，其职业病防护设施经卫生行政部门验收合格后，方可投入正式生产和使用。

第十七条　职业病危害预评价、职业病危害控制效果评价由依法设立的取得省级以上人民政府卫生行政部门资质认证的职业卫生技术服务机构进行。职业卫生技术服务机构所作评价应当客观、真实。

第十八条　国家对从事放射、高毒等作业实行特殊管理。具体管理办法由国务院制定。

第三章　劳动过程中的防护与管理

第十九条　用人单位应当采取下列职业病防治管理措施：

（一）设置或者指定职业卫生管理机构或者组织，配备专职

或者兼职的职业卫生专业人员,负责本单位的职业病防治工作;

(二)制定职业病防治计划和实施方案;

(三)建立、健全职业卫生管理制度和操作规程;

(四)建立、健全职业卫生档案和劳动者健康监护档案;

(五)建立、健全工作场所职业病危害因素监测及评价制度;

(六)建立、健全职业病危害事故应急救援预案。

第二十条 用人单位必须采用有效的职业病防护设施,并为劳动者提供个人使用的职业病防护用品。

用人单位为劳动者个人提供的职业病防护用品必须符合防治职业病的要求;不符合要求的,不得使用。

第二十一条 用人单位应当优先采用有利于防治职业病和保护劳动者健康的新技术、新工艺、新材料,逐步替代职业病危害严重的技术、工艺、材料。

第二十二条 产生职业病危害的用人单位,应当在醒目位置设置公告栏,公布有关职业病防治的规章制度、操作规程、职业病危害事故应急救援措施和工作场所职业病危害因素检测结果。

对产生严重职业病危害的作业岗位,应当在其醒目位置,设置警示标识和中文警示说明。警示说明应当载明产生职业病危害的种类、后果、预防以及应急救治措施等内容。

第二十三条 对可能发生急性职业损伤的有毒、有害工作场所,用人单位应当设置报警装置,配置现场急救用品、冲洗设备、应急撤离通道和必要的泄险区。

对放射工作场所和放射性同位素的运输、贮存,用人单位必须配置防护设备和报警装置,保证接触放射线的工作人员佩戴个人剂量计。

对职业病防护设备、应急救援设施和个人使用的职业病防护用品,用人单位应当进行经常性的维护、检修,定期检测其性能和效果,确保其处于正常状态,不得擅自拆除或者停止使用。

第二十四条　用人单位应当实施由专人负责的职业病危害因素日常监测,并确保监测系统处于正常运行状态。

用人单位应当按照国务院卫生行政部门的规定,定期对工作场所进行职业病危害因素检测、评价。检测、评价结果存入用人单位职业卫生档案,定期向所在地卫生行政部门报告并向劳动者公布。

职业病危害因素检测、评价由依法设立的取得省级以上人民政府卫生行政部门资质认证的职业卫生技术服务机构进行。职业卫生技术服务机构所作检测、评价应当客观、真实。

发现工作场所职业病危害因素不符合国家职业卫生标准和卫生要求时,用人单位应当立即采取相应治理措施,仍然达不到国家职业卫生标准和卫生要求的,必须停止存在职业病危害因素的作业;职业病危害因素经治理后,符合国家职业卫生标准和卫生要求的,方可重新作业。

第二十五条　向用人单位提供可能产生职业病危害的设备的,应当提供中文说明书,并在设备的醒目位置设置警示标识和中文警示说明。警示说明应当载明设备性能、可能产生的职业病危害、安全操作和维护注意事项、职业病防护以及应急救治措施等内容。

第二十六条　向用人单位提供可能产生职业病危害的化学品、放射性同位素和含有放射性物质的材料的,应当提供中文说明书。说明书应当载明产品特性、主要成份、存在的有害因素、可能产生的危害后果、安全使用注意事项、职业病防护以及应急救治措施等内容。产品包装应当有醒目的警示标识和中文警示说明。贮存上述材料的场所应当在规定的部位设置危险物品标识或者放射性警示标识。

国内首次使用或者首次进口与职业病危害有关的化学材料,使用单位或者进口单位按照国家规定经国务院有关部门批准后,应当向国务院卫生行政部门报送该化学材料的毒性鉴定以及经有关部门登记注册或者批准进口的文件等资料。

进口放射性同位素、射线装置和含有放射性物质的物品的，按照国家有关规定办理。

第二十七条 任何单位和个人不得生产、经营、进口和使用国家明令禁止使用的可能产生职业病危害的设备或者材料。

第二十八条 任何单位和个人不得将产生职业病危害的作业转移给不具备职业病防护条件的单位和个人。不具备职业病防护条件的单位和个人不得接受产生职业病危害的作业。

第二十九条 用人单位对采用的技术、工艺、材料，应当知悉其产生的职业病危害，对有职业病危害的技术、工艺、材料隐瞒其危害而采用的，对所造成的职业病危害后果承担责任。

第三十条 用人单位与劳动者订立劳动合同（含聘用合同，下同）时，应当将工作过程中可能产生的职业病危害及其后果、职业病防护措施和待遇等如实告知劳动者，并在劳动合同中写明，不得隐瞒或者欺骗。

劳动者在已订立劳动合同期间因工作岗位或者工作内容变更，从事与所订立劳动合同中未告知的存在职业病危害的作业时，用人单位应当依照前款规定，向劳动者履行如实告知的义务，并协商变更原劳动合同相关条款。

用人单位违反前两款规定的，劳动者有权拒绝从事存在职业病危害的作业，用人单位不得因此解除或者终止与劳动者所订立的劳动合同。

第三十一条 用人单位的负责人应当接受职业卫生培训，遵守职业病防治法律、法规，依法组织本单位的职业病防治工作。

用人单位应当对劳动者进行上岗前的职业卫生培训和在岗期间的定期职业卫生培训，普及职业卫生知识，督促劳动者遵守职业病防治法律、法规、规章和操作规程，指导劳动者正确使用职业病防护设备和个人使用的职业病防护用品。

劳动者应当学习和掌握相关的职业卫生知识，遵守职业病防治法律、法规、规章和操作规程，正确使用、维护职业病防护设备和个人使用的职业病防护用品,发现职业病危害事故隐患应当及时报告。

劳动者不履行前款规定义务的,用人单位应当对其进行教育。

第三十二条 对从事接触职业病危害的作业的劳动者,用人单位应当按照国务院卫生行政部门的规定组织上岗前、在岗期间和离岗时的职业健康检查,并将检查结果如实告知劳动者。职业健康检查费用由用人单位承担。

用人单位不得安排未经上岗前职业健康检查的劳动者从事接触职业病危害的作业;不得安排有职业禁忌的劳动者从事其所禁忌的作业;对在职业健康检查中发现有与所从事的职业相关的健康损害的劳动者,应当调离原工作岗位,并妥善安置;对未进行离岗前职业健康检查的劳动者不得解除或者终止与其订立的劳动合同。

职业健康检查应当由省级以上人民政府卫生行政部门批准的医疗卫生机构承担。

第三十三条 用人单位应当为劳动者建立职业健康监护档案,并按照规定的期限妥善保存。

职业健康监护档案应当包括劳动者的职业史、职业病危害接触史、职业健康检查结果和职业病诊疗等有关个人健康资料。

劳动者离开用人单位时,有权索取本人职业健康监护档案复印件,用人单位应当如实、无偿提供,并在所提供的复印件上签章。

第三十四条 发生或者可能发生急性职业病危害事故时,用人单位应当立即采取应急救援和控制措施,并及时报告所在地卫生行政部门和有关部门。卫生行政部门接到报告后,应当及时会同有关部门组织调查处理;必要时,可以采取临时控制措施。

对遭受或者可能遭受急性职业病危害的劳动者,用人单位应当及时组织救治、进行健康检查和医学观察,所需费用由用人单位承担。

第三十五条　用人单位不得安排未成年工从事接触职业病危害的作业；不得安排孕期、哺乳期的女职工从事对本人和胎儿、婴儿有危害的作业。

第三十六条　劳动者享有下列职业卫生保护权利：

（一）获得职业卫生教育、培训；

（二）获得职业健康检查、职业病诊疗、康复等职业病防治服务；

（三）了解工作场所产生或者可能产生的职业病危害因素、危害后果和应当采取的职业病防护措施；

（四）要求用人单位提供符合防治职业病要求的职业病防护设施和个人使用的职业病防护用品，改善工作条件；

（五）对违反职业病防治法律、法规以及危及生命健康的行为提出批评、检举和控告；

（六）拒绝违章指挥和强令进行没有职业病防护措施的作业；

（七）参与用人单位职业卫生工作的民主管理，对职业病防治工作提出意见和建议。

用人单位应当保障劳动者行使前款所列权利。因劳动者依法行使正当权利而降低其工资、福利等待遇或者解除、终止与其订立的劳动合同的，其行为无效。

第三十七条　工会组织应当督促并协助用人单位开展职业卫生宣传教育和培训，对用人单位的职业病防治工作提出意见和建议，与用人单位就劳动者反映的有关职业病防治的问题进行协调并督促解决。

工会组织对用人单位违反职业病防治法律、法规，侵犯劳动者合法权益的行为，有权要求纠正；产生严重职业病危害时，有权要求采取防护措施，或者向政府有关部门建议采取强制性措施；发生职业病危害事故时，有权参与事故调查处理；发现危及劳动者生命健康的情形时，有权向用人单位建议组织劳动者撤离危险现场,用人单位应当立即作出处理。

第三十八条　用人单位按照职业病防治要求,用于预防和治理职业病危害、工作场所卫生检测、健康监护和职业卫生培训等费用,按照国家有关规定,在生产成本中据实列支。

第四章　职业病诊断与职业病病人保障

第三十九条　职业病诊断应当由省级以上人民政府卫生行政部门批准的医疗卫生机构承担。

第四十条　劳动者可以在用人单位所在地或者本人居住地依法承担职业病诊断的医疗卫生机构进行职业病诊断。

第四十一条　职业病诊断标准和职业病诊断、鉴定办法由国务院卫生行政部门制定。职业病伤残等级的鉴定办法由国务院劳动保障行政部门会同国务院卫生行政部门制定。

第四十二条　职业病诊断,应当综合分析下列因素:

(一)病人的职业史;

(二)职业病危害接触史和现场危害调查与评价;

(三)临床表现以及辅助检查结果等。

没有证据否定职业病危害因素与病人临床表现之间的必然联系的,在排除其他致病因素后,应当诊断为职业病。

承担职业病诊断的医疗卫生机构在进行职业病诊断时,应当组织三名以上取得职业病诊断资格的执业医师集体诊断。

职业病诊断证明书应当由参与诊断的医师共同签署,并经承担职业病诊断的医疗卫生机构审核盖章。

第四十三条　用人单位和医疗卫生机构发现职业病病人或者疑似职业病病人时,应当及时向所在地卫生行政部门报告。确诊为职业病的,用人单位还应当向所在地劳动保障行政部门报告。

卫生行政部门和劳动保障行政部门接到报告后,应当依法作出处理。

第四十四条　县级以上地方人民政府卫生行政部门负责本

行政区域内的职业病统计报告的管理工作,并按照规定上报。

第四十五条　当事人对职业病诊断有异议的,可以向作出诊断的医疗卫生机构所在地地方人民政府卫生行政部门申请鉴定。

职业病诊断争议由设区的市级以上地方人民政府卫生行政部门根据当事人的申请,组织职业病诊断鉴定委员会进行鉴定。

当事人对设区的市级职业病诊断鉴定委员会的鉴定结论不服的,可以向省、自治区、直辖市人民政府卫生行政部门申请再鉴定。

第四十六条　职业病诊断鉴定委员会由相关专业的专家组成。

省、自治区、直辖市人民政府卫生行政部门应当设立相关的专家库,需要对职业病争议作出诊断鉴定时,由当事人或者当事人委托有关卫生行政部门从专家库中以随机抽取的方式确定参加诊断鉴定委员会的专家。

职业病诊断鉴定委员会应当按照国务院卫生行政部门颁布的职业病诊断标准和职业病诊断、鉴定办法进行职业病诊断鉴定,向当事人出具职业病诊断鉴定书。职业病诊断鉴定费用由用人单位承担。

第四十七条　职业病诊断鉴定委员会组成人员应当遵守职业道德,客观、公正地进行诊断鉴定,并承担相应的责任。职业病诊断鉴定委员会组成人员不得私下接触当事人,不得收受当事人的财物或者其他好处,与当事人有利害关系的,应当回避。

人民法院受理有关案件需要进行职业病鉴定时,应当从省、自治区、直辖市人民政府卫生行政部门依法设立的相关的专家库中选取参加鉴定的专家。

第四十八条　职业病诊断、鉴定需要用人单位提供有关职业卫生和健康监护等资料时,用人单位应当如实提供,劳动者和有关机构也应当提供与职业病诊断、鉴定有关的资料。

第四十九条　医疗卫生机构发现疑似职业病病人时,应当告知劳动者本人并及时通知用人单位。

用人单位应当及时安排对疑似职业病病人进行诊断；在疑似职业病病人诊断或者医学观察期间，不得解除或者终止与其订立的劳动合同。

疑似职业病病人在诊断、医学观察期间的费用，由用人单位承担。

第五十条　职业病病人依法享受国家规定的职业病待遇。

用人单位应当按照国家有关规定，安排职业病病人进行治疗、康复和定期检查。

用人单位对不适宜继续从事原工作的职业病病人，应当调离原岗位，并妥善安置。

用人单位对从事接触职业病危害的作业的劳动者，应当给予适当岗位津贴。

第五十一条　职业病病人的诊疗、康复费用，伤残以及丧失劳动能力的职业病病人的社会保障，按照国家有关工伤社会保险的规定执行。

第五十二条　职业病病人除依法享有工伤社会保险外，依照有关民事法律，尚有获得赔偿的权利的，有权向用人单位提出赔偿要求。

第五十三条　劳动者被诊断患有职业病，但用人单位没有依法参加工伤社会保险的，其医疗和生活保障由最后的用人单位承担；最后的用人单位有证据证明该职业病是先前用人单位的职业病危害造成的，由先前的用人单位承担。

第五十四条　职业病病人变动工作单位，其依法享有的待遇不变。

用人单位发生分立、合并、解散、破产等情形的，应当对从事接触职业病危害的作业的劳动者进行健康检查，并按照国家有关规定妥善安置职业病病人。

第五章　监督检查

第五十五条　县级以上人民政府卫生行政部门依照职业病

防治法律、法规、国家职业卫生标准和卫生要求，依据职责划分，对职业病防治工作及职业病危害检测、评价活动进行监督检查。

第五十六条 卫生行政部门履行监督检查职责时，有权采取下列措施：

（一）进入被检查单位和职业病危害现场，了解情况，调查取证；

（二）查阅或者复制与违反职业病防治法律、法规的行为有关的资料和采集样品；

（三）责令违反职业病防治法律、法规的单位和个人停止违法行为。

第五十七条 发生职业病危害事故或者有证据证明危害状态可能导致职业病危害事故发生时，卫生行政部门可以采取下列临时控制措施：

（一）责令暂停导致职业病危害事故的作业；

（二）封存造成职业病危害事故或者可能导致职业病危害事故发生的材料和设备；

（三）组织控制职业病危害事故现场。

在职业病危害事故或者危害状态得到有效控制后，卫生行政部门应当及时解除控制措施。

第五十八条 职业卫生监督执法人员依法执行职务时，应当出示监督执法证件。

职业卫生监督执法人员应当忠于职守，秉公执法，严格遵守执法规范；涉及用人单位的秘密的，应当为其保密。

第五十九条 职业卫生监督执法人员依法执行职务时，被检查单位应当接受检查并予以支持配合，不得拒绝和阻碍。

第六十条 卫生行政部门及其职业卫生监督执法人员履行职责时，不得有下列行为：

（一）对不符合法定条件的，发给建设项目有关证明文件、资质证明文件或者予以批准；

（二）对已经取得有关证明文件的，不履行监督检查职责；

（三）发现用人单位存在职业病危害的,可能造成职业病危害事故,不及时依法采取控制措施;

（四）其他违反本法的行为。

第六十一条　职业卫生监督执法人员应当依法经过资格认定。

卫生行政部门应当加强队伍建设,提高职业卫生监督执法人员的政治、业务素质,依照本法和其他有关法律、法规的规定,建立、健全内部监督制度,对其工作人员执行法律、法规和遵守纪律的情况,进行监督检查。

第六章　法律责任

第六十二条　建设单位违反本法规定,有下列行为之一的,由卫生行政部门给予警告,责令限期改正;逾期不改正的,处十万元以上五十万元以下的罚款;情节严重的,责令停止产生职业病危害的作业,或者提请有关人民政府按照国务院规定的权限责令停建、关闭:

（一）未按照规定进行职业病危害预评价或者未提交职业病危害预评价报告,或者职业病危害预评价报告未经卫生行政部门审核同意,擅自开工的;

（二）建设项目的职业病防护设施未按照规定与主体工程同时投入生产和使用的;

（三）职业病危害严重的建设项目,其职业病防护设施设计不符合国家职业卫生标准和卫生要求施工的;

（四）未按照规定对职业病防护设施进行职业病危害控制效果评价、未经卫生行政部门验收或者验收不合格,擅自投入使用的。

第六十三条　违反本法规定,有下列行为之一的,由卫生行政部门给予警告,责令限期改正;逾期不改正的,处二万元以下的罚款:

（一）工作场所职业病危害因素检测、评价结果没有存档、上报、公布的；

（二）未采取本法第十九条规定的职业病防治管理措施的；

（三）未按照规定公布有关职业病防治的规章制度、操作规程、职业病危害事故应急救援措施的；

（四）未按照规定组织劳动者进行职业卫生培训，或者未对劳动者个人职业病防护采取指导、督促措施的；

（五）国内首次使用或者首次进口与职业病危害有关的化学材料，未按照规定报送毒性鉴定资料以及经有关部门登记注册或者批准进口的文件的。

第六十四条　用人单位违反本法规定，有下列行为之一的，由卫生行政部门责令限期改正，给予警告，可以并处二万元以上五万元以下的罚款：

（一）未按照规定及时、如实向卫生行政部门申报产生职业病危害的项目的；

（二）未实施由专人负责的职业病危害因素日常监测，或者监测系统不能正常监测的；

（三）订立或者变更劳动合同时，未告知劳动者职业病危害真实情况的；

（四）未按照规定组织职业健康检查、建立职业健康监护档案或者未将检查结果如实告知劳动者的。

第六十五条　用人单位违反本法规定，有下列行为之一的，由卫生行政部门给予警告，责令限期改正，逾期不改正的，处五万元以上二十万元以下的罚款；情节严重的，责令停止产生职业病危害的作业，或者提请有关人民政府按照国务院规定的权限责令关闭：

（一）工作场所职业病危害因素的强度或者浓度超过国家职业卫生标准的；

（二）未提供职业病防护设施和个人使用的职业病防护用品，或者提供的职业病防护设施和个人使用的职业病防护用品不符合国家职业卫生标准和卫生要求的；

（三）对职业病防护设备、应急救援设施和个人使用的职业病防护用品未按照规定进行维护、检修、检测，或者不能保持正常运行、使用状态的；

（四）未按照规定对工作场所职业病危害因素进行检测、评价的；

（五）工作场所职业病危害因素经治理仍然达不到国家职业卫生标准和卫生要求时，未停止存在职业病危害因素的作业的；

（六）未按照规定安排职业病病人、疑似职业病病人进行诊治的；

（七）发生或者可能发生急性职业病危害事故时，未立即采取应急救援和控制措施或者未按照规定及时报告的；

（八）未按照规定在产生严重职业病危害的作业岗位醒目位置设置警示标识和中文警示说明的；

（九）拒绝卫生行政部门监督检查的。

第六十六条　向用人单位提供可能产生职业病危害的设备、材料，未按照规定提供中文说明书或者设置警示标识和中文警示说明的，由卫生行政部门责令限期改正，给予警告，并处五万元以上二十万元以下的罚款。

第六十七条　用人单位和医疗卫生机构未按照规定报告职业病、疑似职业病的，由卫生行政部门责令限期改正，给予警告，可以并处一万元以下的罚款；弄虚作假的，并处二万元以上五万元以下的罚款；对直接负责的主管人员和其他直接责任人员，可以依法给予降级或者撤职的处分。

第六十八条　违反本法规定，有下列情形之一的，由卫生行政部门责令限期治理，并处五万元以上三十万元以下的罚款；情节严重的，责令停止产生职业病危害的作业，或者提请有关人民政府按照国务院规定的权限责令关闭：

（一）隐瞒技术、工艺、材料所产生的职业病危害而采用的；

（二）隐瞒本单位职业卫生真实情况的；

（三）可能发生急性职业损伤的有毒、有害工作场所、放射工作场所或者放射性同位素的运输、贮存不符合本法第二十三条规定的；

（四）使用国家明令禁止使用的可能产生职业病危害的设备或者材料的；

（五）将产生职业病危害的作业转移给没有职业病防护条件的单位和个人，或者没有职业病防护条件的单位和个人接受产生职业病危害的作业的；

（六）擅自拆除、停止使用职业病防护设备或者应急救援设施的；

（七）安排未经职业健康检查的劳动者、有职业禁忌的劳动者、未成年工或者孕期、哺乳期女职工从事接触职业病危害的作业或者禁忌作业的；

（八）违章指挥和强令劳动者进行没有职业病防护措施的作业的。

第六十九条　生产、经营或者进口国家明令禁止使用的可能产生职业病危害的设备或者材料的，依照有关法律、行政法规的规定给予处罚。

第七十条　用人单位违反本法规定，已经对劳动者生命健康造成严重损害的，由卫生行政部门责令停止产生职业病危害的作业，或者提请有关人民政府按照国务院规定的权限责令关闭，并处十万元以上三十万元以下的罚款。

第七十一条　用人单位违反本法规定，造成重大职业病危害事故或者其他严重后果，构成犯罪的，对直接负责的主管人员和其他直接责任人员，依法追究刑事责任。

第七十二条　未取得职业卫生技术服务资质认证擅自从事职业卫生技术服务的，或者医疗卫生机构未经批准擅自从事职业健康检查、职业病诊断的，由卫生行政部门责令立即停止违法行为，没收违法所得；违法所得五千元以上的，并处违法所得二倍以上十倍以下的罚款；没有违法所得或者违法所得不足五千元的,并处五千元以上五万元以下的罚款;情节严重的,对直接负责的主管人员和其他直接责任人员,依法给予降级、撤职或者开除的处分。

第七十三条 从事职业卫生技术服务的机构和承担职业健康检查、职业病诊断的医疗卫生机构违反本法规定,有下列行为之一的,由卫生行政部门责令立即停止违法行为,给予警告,没收违法所得;违法所得五千元以上的,并处违法所得二倍以上五倍以下的罚款;没有违法所得或者违法所得不足五千元的,并处五千元以上二万元以下的罚款;情节严重的,由原认证或者批准机关取消其相应的资格;对直接负责的主管人员和其他直接责任人员,依法给予降级、撤职或者开除的处分;构成犯罪的,依法追究刑事责任:

(一)超出资质认证或者批准范围从事职业卫生技术服务或者职业健康检查、职业病诊断的;

(二)不按照本法规定履行法定职责的;

(三)出具虚假证明文件的。

第七十四条 职业病诊断鉴定委员会组成人员收受职业病诊断争议当事人的财物或者其他好处的,给予警告,没收收受的财物,可以并处三千元以上五万元以下的罚款,取消其担任职业病诊断鉴定委员会组成人员的资格,并从省、自治区、直辖市人民政府卫生行政部门设立的专家库中予以除名。

第七十五条 卫生行政部门不按照规定报告职业病和职业病危害事故的,由上一级卫生行政部门责令改正,通报批评,给予警告;虚报、瞒报的,对单位负责人、直接负责的主管人员和其他直接责任人员依法给予降级、撤职或者开除的行政处分。

第七十六条 卫生行政部门及其职业卫生监督执法人员有本法第六十条所列行为之一,导致职业病危害事故发生,构成犯罪的,依法追究刑事责任;尚不构成犯罪的,对单位负责人、直接负责的主管人员和其他直接责任人员依法给予降级、撤职或者开除的行政处分。

第七章　附　则

第七十七条　本法下列用语的含义：

职业病危害，是指对从事职业活动的劳动者可能导致职业病的各种危害。职业病危害因素包括：职业活动中存在的各种有害的化学、物理、生物因素以及在作业过程中产生的其他职业有害因素。

职业禁忌，是指劳动者从事特定职业或者接触特定职业病危害因素时，比一般职业人群更易于遭受职业病危害和罹患职业病或者可能导致原有自身疾病病情加重，或者在从事作业过程中诱发可能导致对他人生命健康构成危险的疾病的个人特殊生理或者病理状态。

第七十八条　本法第二条规定的用人单位以外的单位，产生职业病危害的，其职业病防治活动可以参照本法执行。

中国人民解放军参照执行本法的办法，由国务院、中央军事委员会制定。

第七十九条　本法自 2002 年 5 月 1 日起施行。

第二节　初级卫生保健工作管理程序（试行）

本管理程序是卫生部颁布的医政类法规。发布日期：1990 年 03 月 15 日；实施日期：1990 年 03 月 15 日。现全文收录如下：

为加强初级卫生保健工作的组织管理，推进“2000 年人人享有卫生保健”规划目标的实施，特制订初级卫生保健工作管理程序如下：

一、健全管理体制

（一）加强领导协调组织：

在地方政府领导下，组成由政府主要领导及有关职能部门的主要负责人参加的初级卫生保健领导协调组织，直接担负初级卫生保健的领导责任。部分具备一定条件的地区,亦可由爱国卫生运动委员会承担初级卫生保健的领导责任。各领导协调组织的主要职责是:

1. 审定本地区初级卫生保健规划和年度计划;

2. 制定保证初级卫生保健实施的地方性政策和法规;

3. 协调各部门工作,检查督促各部门工作计划的实施;

4. 动员组织全社会积极参与初级卫生保健;

5. 定期组织所辖地区初级卫生保健评价工作。

(二)健全办事机构:

在地方政府领导下,指定专门办事机构。其主要职责是:

1. 负责草拟规划与年度计划;

2. 负责与有关部门联系,督促计划实施;

3. 负责情报信息处理;

4. 定期向政府及初级卫生保健领导协调组织报告工作及提出建议;

5. 处理本地区初级卫生保健管理的日常工作。

(三)建立专家咨询组:

初级卫生保健专家咨询组应由具有计划、管理和卫生等专业特长的专家组成。其主要职责是:

1. 参与制定初级卫生保健政策和规划,进行可行性论证;

2. 指导本地区初级卫生保健的实施;

3. 提供国内外各类地区初级卫生保健工作信息,并提出建设性意见;

4. 协助有关部门进行项目目标的调查研究、科学预测和监督评价。

二、依靠政策措施,促进初级卫生保健

根据国家总的方针政策,结合当地社会经济和卫生工作的实际情况,采取各种基本的政策、措施,保障初级卫生保健的实施。其主要政策应包括:

1. 重视健康投资，合理分配资源。
2. 明确社区与群众参与初级卫生保健的权利和义务。
3. 稳定与发展基层专业技术队伍。
4. 巩固发展县、乡、村三级医疗预防保健网。
5. 适应经济发展和人民需求，发展集资医疗保健制度。

三、强调部门责任，发挥整体功能

根据《规划目标》的具体要求，各有关部门主要责任如下：

计划、经济、财政部门：将初级卫生保健列入社会经济发展总体规划，并使初级卫生保健的经费投入与经济的发展同步增长，逐步达到《规划目标》要求的比例。

文化、新闻、广播、电影电视部门：负责初级卫生保健的宣传、报道、传播卫生知识，普及健康教育，提高居民的自我保健能力。

教育部门：在开展成人扫盲教育的同时，进行卫生常识教育；开设中、小学卫生知识课，并列入教育计划。

水利部门：承担农村改水的规划设计、经费筹集及施工管理。

城乡建设、环保部门：负责城乡公共卫生设施的规划、设计、改造工作，推广城镇生活污水沼气净化技术，提高环境卫生质量。

农业部门：引导督促乡（镇）集体企业加强技术改造，加强劳动保护设施的建设，加强食品卫生管理，控制和消除职业危害。推广粪便无害化处理，提倡使用经发酵的农家肥。合理使用化肥、农药。在氟污染严重的地区推广降氟防气氟炉灶。

爱国卫生运动委员会办公室：负责改水、改厕和环境卫生的监督指导及健康教育的普及。积极做好初级卫生保健的协调工作。

工业、商业、粮食、供销部门：控制健康危害因素，加强食品企业的管理，认真执行《食品卫生法》，提高食品、粮食、食油等卫

371

生质量,改善居民食品结构。医药生产供销部门要保证农村基本用药的生产供应。

计划生育部门:提高计划生育率,降低人口出生率,控制人口增长。普及优生优育知识,提高人口质量。

民政部门:帮助"老、少、边、穷"地区及地方病病区脱贫致富。做好重点疫(病)区的扶贫工作。配合有关部门做好麻风病、精神病、地方病、寄生虫病的防治工作。

工商、公安、司法部门:维护《食品卫生法》、《传染病防治法》、《药品管理法》的贯彻执行,取缔伪劣药品和不符合卫生标准的食品的生产、销售,打击非法行医和危害居民健康的不法行为。

卫生部门:加强三级医疗预防保健网络的建设,推行集资医疗保健制度。负责居民的医疗、康复技术服务;负责妇女保健、儿童保健、优生优育和计划生育的技术服务;负责对食品卫生、学校卫生、劳动卫生、放射卫生的监督指导和各种传染病、寄生虫病、地方病的防治以及药政管理等工作。

四、确定规划目标,制定实施计划

(一)规划的内容:

1. 概况;

2. 影响居民健康的主要因素;

3. 总体目标和指标;

4. 实施计划及措施;

5. 资源保证。

(二)制定规划的方法与步骤:

1. 组织调查研究。采取随机抽样或全面调查等形式,对本地区政治经济、文化教育、卫生需求等历史和现状进行系统的社会调查;收集国家和地方有关方针政策、上级部门要求及广大居民意见等背景资料;调查测算各项规划指标的本底情况。

2. 确定总体目标。对调查资料进行综合分析,找出影响居民健康的主要问题,预测卫生保健发展前景,以《我国农村实现"2000 年人人享有卫生保健"的规划目标》及《最低限标准》为依据,确定总体目标及本地区各项指标的预定值,拟定出概略规划。

3. 制定实施计划。围绕总目标制订实施方案,提出具体措施和方法,拟定出包括项目名称、具体内容、承办单位、完成时间、资源保证及项目负责人等内容的年度行动日程表,并制订出评价规划目标的相关指标的标准。

4. 规划目标的审定。概略规划和实施计划拟订后,必须提交当地政府或"人大"会议审议通过,纳入政府工作目标和社会经济发展规划。

五、编制规划预算

编制预算前,应对规划目标所需经费及其来源进行预测。编制过程中,参与实施的各有关部门应将与本部门相关的具体项目明确列入预算。同时,要加强预算控制,进行成本效益分析,在制定具体计划的过程中适时加以调整。

六、组 织 实 施

(一)规划试点阶段:

1. 开发领导层:要采取多种方式向各级政府领导做宣传,培训初级卫生保健领导协调组织的成员以及部门负责人,使之深刻理解初级卫生保健工作的重要意义、作用和地位,掌握初级卫生保健工作的基本内容、实施方法和评价标准,明确工作职责,切实承担领导该项工作的责任。

2. 宣传动员:加强宣传教育,动员群众人人参与本地区的初级卫生保健。有计划、有重点地开展人群健康教育,不断提高居民、家庭和社区的自我保健能力。

3. 培训队伍:采取多种形式,培训管理干部、技术队伍和群众卫生骨干。

4. 健全基层卫生组织：本着统筹规划、合理布局的原则，巩固发展三级医疗预防保健网，继续在农村基层推行集资医疗保健制度，为居民就近提供基本的医疗预防保健服务。

5. 搞好试点：选择条件适宜的县、乡、村进行初级卫生保健试点，逐步建立在本地区具有典型指导意义的示范点，力争率先达到"2000 年人人享有卫生保健"规划目标的最低限标准。

（二）全面普及阶段：

在试点经验的指导下，逐步推广全面实施初级卫生保健。对不同经济地区实行分类指导，采取具体措施加强城市支援农村，富裕地区支援贫困地区。在自力更生的基础上，力争在区域内外获得必需的资源，确保 1995 年全国 50％的县达到《最低限标准》。

（三）加速发展、全面达标阶段：

1. 在社会经济进一步发展的基础上，完善发展初级卫生保健事业的内部机制，加快步伐，使所有的县都能达到初级卫生保健最低限标准。

2. 第一、二阶段已达标的县，要在新的基础上继续努力，以更丰富的内涵和更高的标准，向新的目标前进。

3. 全国范围的检查考核、总结验收。

七、考 核 评 价

（一）考核评价的内容：

以规划目标的 12 项指标为核心，评价以下工作内容：

1. 各级政府对初级卫生保健工作重视程度；

2. 人群健康水平；

3. 卫生保健服务水平；

4. 地区总体卫生状况；

5. 与卫生保健相关的社会经济、文化状况。

（二）考核评价方法：

根据规划目标实施的进程，进行定期与不定期的考核评价。

包括项目评价与综合评价，阶段性评价与终末评价等。

由初级卫生保健领导协调组织负责组织考核评价和拟定考核评价计划。评价工作可采取自我评价、地区间互评和上级评价等形式，以抽样调查、典型解剖、实地勘察和座谈讨论等方法进行。

八、调 整 规 划

在阶段评价的基础上，对不适应社会经济发展并明显低于居民健康需求的原定指标，或因客观条件发生不可预测的变化，不能按计划进行下去的，以及经过实践确实难以达到的原定指标应加以调整。对规划的任何调整和变更，必须提交当地初级卫生保健领导协调组织审定，并将调整的内容纳入调整后的规划，付诸实施。

九、情报信息支持

（一）建立情报信息系统：

县级卫生行政部门要不断完善信息系统，加强指导和管理，培训信息专业队伍，健全和强化县、乡、村三级卫生情报信息系统的功能，形成全县的信息中心。省级卫生信息机构应根据卫生部统一制订的有关表、册、簿、卡，完善信息的搜集、整理、分析、贮存、传递、反馈、检索、使用等制度。

（二）情报信息的搜集贮存：

充分利用三级信息网，定期收集本地区居民健康水平、卫生服务利用、卫生资源和社会、经济、文化以及与卫生有关的方针政策等重要资料。进行筛选整理、综合分析、分类贮存，以便检索、应用。

（三）情报信息的反馈应用：

各种信息资料除及时反馈给初级卫生保健的领导、决策、管理机构和具体实施部门外，还要在区域内进行有效的传递交流和横向比较。

（四）情报信息的评价：

信息评价包括：信息的准确程度、误差率；信息收集与反馈的及时程度；信息的实用性和完整性；信息系统的自身建设及主管部门的重视程度等。通过评价，逐步提高信息管理水平。

十、初级卫生保健立法

国家和地方各级政府应积极制订保障初级卫生保健实施和发展的法令、法规。通过立法，确立初级卫生保健在国民经济发展中的地位和作用。保障公民享受卫生保健的合法权益。调整社会各部门、社区、家庭和居民个人在初级卫生保健中的行动，履行规定的职责、权利和义务。使初级卫生保健工作得到法律保障。

第三节　全民健身条例

《全民健身条例》2009 年 8 月 19 日经国务院第 77 次常务会议通过，以中华人民共和国国务院令第 560 号公布，自 2009 年 10 月 1 日起施行。该条例共 6 章 40 条，分别为第一章　总则（1～7 条），第二章　全民健身计划（8～11 条），第三章　全民健身活动（12～25 条），第四章　全民健身保障（26～34 条），第五章　法律责任（35～39 条），第六章　附则（40 条）。现节录如下：

第一章　总则（节录）

第一条　为了促进全民健身活动的开展，保障公民在全民健身活动中的合法权益，提高公民身体素质，制定本条例。

第四条　公民有依法参加全民健身活动的权利。

地方各级人民政府应当依法保障公民参加全民健身活动的权利。

第二章　全民健身计划（节录）

第八条　国务院制定全民健身计划，明确全民健身工作的目标、任务、措施、保障等内容。

县级以上地方人民政府根据本地区的实际情况制定本行政区域的全民健身实施计划。

制定全民健身计划和全民健身实施计划，应当充分考虑学生、老年人、残疾人和农村居民的特殊需求。

第三章　全民健身活动（节录）

第十九条　对于依法举办的群众体育比赛等全民健身活动，任何组织或者个人不得非法设置审批和收取审批费用。

第二十四条　组织大型全民健身活动，应当按照国家有关大型群众性活动安全管理的规定，做好安全工作。

第二十五条　任何组织或者个人不得利用健身活动从事宣扬封建迷信、违背社会公德、扰乱公共秩序、损害公民身心健康的行为。

第四章　全民健身保障（节录）

第三十三条　国家鼓励全民健身活动组织者和健身场所管理者依法投保有关责任保险。

国家鼓励参加全民健身活动的公民依法投保意外伤害保险。

第三十四条　县级以上地方人民政府体育主管部门对高危险性体育项目经营活动，应当依法履行监督检查职责。

第五章　法律责任（略）

第六章　附　　则

第四十条　本条例自 2009 年 10 月 1 日起施行。

第四节　中华人民共和国人口与计划生育法

《中华人民共和国人口与计划生育法》2001 年 12 月 29 日经第九届全国人民代表大会常务委员会第二十五次会议通过，2001 年 12 月 29 日以中华人民共和国主席令第六十三号公布，自 2001 年 9 月 1 日起施行。本法包括 7 章 47 条，第一章　总则(1～8 条)，第二章　人口发展规划的制定与实施(9～16 条)，第三章　生育调节(17～22 条)，第四章　奖励与社会保障(23～29 条)，第五章　计划生育技术服务(30～35 条)，第六章　法律责任(36～44 条)，第七章　附则(45～47 条)。现节录如下：

第一章　总　　则

第一条　为了实现人口与经济、社会、资源、环境的协调发展，推行计划生育，维护公民的合法权益，促进家庭幸福、民族繁荣与社会进步，根据宪法，制定本法。

第二条　我国是人口众多的国家，实行计划生育是国家的基本国策。

国家采取综合措施，控制人口数量，提高人口素质。

国家依靠宣传教育、科学技术进步、综合服务、建立健全奖励和社会保障制度，开展人口与计划生育工作。

第三条　开展人口与计划生育工作，应当与增加妇女受教育和就业机会、增进妇女健康、提高妇女地位相结合。

第四条　各级人民政府及其工作人员在推行计划生育工作中应当严格依法行政，文明执法，不得侵犯公民的合法权益。

计划生育行政部门及其工作人员依法执行公务受法律保护。

第五条　国务院领导全国的人口与计划生育工作。

地方各级人民政府领导本行政区域内的人口与计划生育工作。

第六条　国务院计划生育行政部门负责全国计划生育工作

和与计划生育有关的人口工作。

县级以上地方各级人民政府计划生育行政部门负责本行政区域内的计划生育工作和与计划生育有关的人口工作。

县级以上各级人民政府其他有关部门在各自的职责范围内,负责有关的人口与计划生育工作。

第七条　工会、共产主义青年团、妇女联合会及计划生育协会等社会团体、企业事业组织和公民应当协助人民政府开展人口与计划生育工作。

第八条　国家对在人口与计划生育工作中作出显著成绩的组织和个人,给予奖励。

第二章　人口发展规划的制定与实施(略)

第三章　生育调节

第十七条　公民有生育的权利,也有依法实行计划生育的义务,夫妻双方在实行计划生育中负有共同的责任。

第十八条　国家稳定现行生育政策,鼓励公民晚婚晚育,提倡一对夫妻生育一个子女;符合法律、法规规定条件的,可以要求安排生育第二个子女。具体办法由省、自治区、直辖市人民代表大会或者其常务委员会规定。

少数民族也要实行计划生育,具体办法由省、自治区、直辖市人民代表大会或者其常务委员会规定。

第十九条　实行计划生育,以避孕为主。

国家创造条件,保障公民知情选择安全、有效、适宜的避孕节育措施。实施避孕节育手术,应当保证受术者的安全。

第二十条　育龄夫妻应当自觉落实计划生育避孕节育措施,接受计划生育技术服务指导。

预防和减少非意愿妊娠。

第二十一条　实行计划生育的育龄夫妻免费享受国家规定的基本项目的计划生育技术服务。

前款规定所需经费,按照国家有关规定列入财政预算或者由社会保险予以保障。

第二十二条　禁止歧视、虐待生育女婴的妇女和不育的妇女。禁止歧视、虐待、遗弃女婴。

第四章　奖励与社会保障

第二十三条　国家对实行计划生育的夫妻,按照规定给予奖励。

第二十四条　国家建立、健全基本养老保险、基本医疗保险、生育保险和社会福利等社会保障制度,促进计划生育。

国家鼓励保险公司举办有利于计划生育的保险项目。

有条件的地方可以根据政府引导、农民自愿的原则,在农村实行多种形式的养老保障办法。

第二十五条　公民晚婚晚育,可以获得延长婚假、生育假的奖励或者其他福利待遇。

第二十六条　妇女怀孕、生育和哺乳期间,按照国家有关规定享受特殊劳动保护并可以获得帮助和补偿。

公民实行计划生育手术,享受国家规定的休假;地方人民政府可以给予奖励。

第二十七条　自愿终身只生育一个子女的夫妻,国家发给《独生子女父母光荣证》。

获得《独生子女父母光荣证》的夫妻,按照国家和省、自治区、直辖市有关规定享受独生子女父母奖励。

法律、法规或者规章规定给予终身只生育一个子女的夫妻奖励的措施中由其所在单位落实的,有关单位应当执行。

独生子女发生意外伤残、死亡,其父母不再生育和收养子女的,地方人民政府应当给予必要的帮助。

第二十八条　地方各级人民政府对农村实行计划生育的家庭发展经济,给予资金、技术、培训等方面的支持、优惠;对实行计划生育的贫困家庭,在扶贫贷款、以工代赈、扶贫项目和社会救济等方面给予优先照顾。

　　第二十九条　本章规定的奖励措施,省、自治区、直辖市和较大的市的人民代表大会及其常务委员会或者人民政府可以依据本法和有关法律、行政法规的规定,结合当地实际情况,制定具体实施办法。

第五章　计划生育技术服务

　　第三十条　国家建立婚前保健、孕产期保健制度,防止或者减少出生缺陷,提高出生婴儿健康水平。

　　第三十一条　各级人民政府应当采取措施,保障公民享有计划生育技术服务,提高公民的生殖健康水平。

　　第三十二条　地方各级人民政府应当合理配置、综合利用卫生资源,建立、健全由计划生育技术服务机构和从事计划生育技术服务的医疗、保健机构组成的计划生育技术服务网络,改善技术服务设施和条件,提高技术服务水平。

　　第三十三条　计划生育技术服务机构和从事计划生育技术服务的医疗、保健机构应当在各自的职责范围内,针对育龄人群开展人口与计划生育基础知识宣传教育,对已婚育龄妇女开展孕情检查、随访服务工作,承担计划生育、生殖保健的咨询、指导和技术服务。

　　第三十四条　计划生育技术服务人员应当指导实行计划生育的公民选择安全、有效、适宜的避孕措施。

　　对已生育子女的夫妻,提倡选择长效避孕措施。

　　国家鼓励计划生育新技术、新药具的研究、应用和推广。

　　第三十五条　严禁利用超声技术和其他技术手段进行非医学需要的胎儿性别鉴定;严禁非医学需要的选择性别的人工终止妊娠。

第六章　法律责任

　　第三十六条　违反本法规定,有下列行为之一的,由计划生育行政部门或者卫生行政部门依据职权责令改正,给予警告,没收违法所得;违法所得一万元以上的,处违法所得二倍以上六倍以下的罚款;没有违法所得或者违法所得不足一万元的,处一万元以上三万元以下的罚款;情节严重的,由原发证机关吊销执业证书;构成犯罪的,依法追究刑事责任:

(一)非法为他人施行计划生育手术的;

(二)利用超声技术和其他技术手段为他人进行非医学需要的胎儿性别鉴定或者选择性别的人工终止妊娠的;

(三)实施假节育手术、进行假医学鉴定、出具假计划生育证明的。

第三十七条　伪造、变造、买卖计划生育证明,由计划生育行政部门没收违法所得,违法所得五千元以上的,处违法所得二倍以上十倍以下的罚款;没有违法所得或者违法所得不足五千元的,处五千元以上二万元以下的罚款;构成犯罪的,依法追究刑事责任。

以不正当手段取得计划生育证明的,由计划生育行政部门取消其计划生育证明;出具证明的单位有过错的,对直接负责的主管人员和其他直接责任人员依法给予行政处分。

第三十八条　计划生育技术服务人员违章操作或者延误抢救、诊治,造成严重后果的,依照有关法律、行政法规的规定承担相应的法律责任。

第三十九条　国家机关工作人员在计划生育工作中,有下列行为之一,构成犯罪的,依法追究刑事责任;尚不构成犯罪的,依法给予行政处分;有违法所得的,没收违法所得:

(一)侵犯公民人身权、财产权和其他合法权益的;

(二)滥用职权、玩忽职守、徇私舞弊的;

(三)索取、收受贿赂的;

(四)截留、克扣、挪用、贪污计划生育经费或者社会抚养费的;

(五)虚报、瞒报、伪造、篡改或者拒报人口与计划生育统计数据的。

第四十条　违反本法规定,不履行协助计划生育管理义务的,由有关地方人民政府责令改正,并给予通报批评;对直接负责的主管人员和其他直接责任人员依法给予行政处分。

第四十一条　不符合本法第十八条规定生育子女的公民,应当依法缴纳社会抚养费。

未在规定的期限内足额缴纳应当缴纳的社会抚养费的,自欠缴之日起,按照国家有关规定加收滞纳金;仍不缴纳的,由作出征收决定的计划生育行政部门依法向人民法院申请强制执行。

第四十二条　按照本法第四十一条规定缴纳社会抚养费的人员,是国家工作人员的,还应当依法给予行政处分;其他人员还应当由其所在单位或者组织给予纪律处分。

第四十三条　拒绝、阻碍计划生育行政部门及其工作人员依法执行公务的,由计划生育行政部门给予批评教育并予以制止;构成违反治安管理行为的,依法给予治安管理处罚;构成犯罪的,依法追究刑事责任。

第四十四条　公民、法人或者其他组织认为行政机关在实施计划生育管理过程中侵犯其合法权益,可以依法申请行政复议或者提起行政诉讼。

第七章　附　　则

第四十五条　流动人口计划生育工作的具体管理办法、计划生育技术服务的具体管理办法和社会抚养费的征收管理办法,由国务院制定。

第四十六条　中国人民解放军执行本法的具体办法,由中央军事委员会依据本法制定。

第四十七条　本法自 2002 年 9 月 1 日起施行。

第五节　计划生育技术服务管理条例

《计划生育技术服务管理条例》于 2001 年 6 月 13 日中华人

民共和国国务院令第 309 号公布,根据 2004 年 12 月 10 日中华人民共和国国务院令第 428 号公布的《国务院关于修改〈计划生育技术服务管理条例〉的决定》修订,并于公布之日起执行。该条例包括 6 章 46 条,第一章 总则(1～5 条),第二章 技术服务(6～18 条),第三章 机构及其人员(19～30 条),第四章 监督管理(31～33 条),第五章 罚则(34～42 条),第六章 附则(43～46 条)。

第一章 总 则

第一条 为了加强对计划生育技术服务工作的管理,控制人口数量,提高人口素质,保障公民的生殖健康权利,制定本条例。

第二条 在中华人民共和国境内从事计划生育技术服务活动的机构及其人员应当遵守本条例。

第三条 计划生育技术服务实行国家指导和个人自愿相结合的原则。

公民享有避孕方法的知情选择权。国家保障公民获得适宜的计划生育技术服务的权利。

国家向农村实行计划生育的育龄夫妻免费提供避孕、节育技术服务,所需经费由地方财政予以保障,中央财政对西部困难地区给予适当补助。

第四条 国务院计划生育行政部门负责管理全国计划生育技术服务工作。国务院卫生行政等有关部门在各自的职责范围内,配合计划生育行政部门做好计划生育技术服务工作。

第五条 计划生育技术服务网络由计划生育技术服务机构和从事计划生育技术服务的医疗、保健机构组成,并纳入区域卫生规划。

国家依靠科技进步提高计划生育技术服务质量,鼓励研究、开发、引进和推广计划生育新技术、新药具。

第二章　技术服务

第六条　计划生育技术服务包括计划生育技术指导、咨询以及与计划生育有关的临床医疗服务。

第七条　计划生育技术指导、咨询包括下列内容：

（一）生殖健康科普宣传、教育、咨询；

（二）提供避孕药具及相关的指导、咨询、随访；

（三）对已经施行避孕、节育手术和输卵（精）管复通手术的，提供相关的咨询、随访。

第八条　县级以上城市从事计划生育技术服务的机构可以在批准的范围内开展下列与计划生育有关的临床医疗服务：

（一）避孕和节育的医学检查；

（二）计划生育手术并发症和计划生育药具不良反应的诊断、治疗；

（三）施行避孕、节育手术和输卵（精）管复通手术；

（四）开展围绕生育、节育、不育的其他生殖保健项目。具体项目由国务院计划生育行政部门、卫生行政部门共同规定。

第九条　乡级计划生育技术服务机构可以在批准的范围内开展下列计划生育技术服务项目：

（一）放置宫内节育器；

（二）取出宫内节育器；

（三）输卵（精）管结扎术；

（四）早期人工终止妊娠术。

乡级计划生育技术服务机构开展上述全部或者部分项目的，应当依照本条例的规定，向所在地设区的市级人民政府计划生育行政部门提出申请。设区的市级人民政府计划生育行政部门应当根据其申请的项目，进行逐项审查。对符合本条例规定条件的，应当予以批准，并在其执业许可证上注明获准开展的项目。

第十条　乡级计划生育技术服务机构申请开展本条例第九

条规定的项目,应当具备下列条件:

(一)具有1名以上执业医师或者执业助理医师;其中,申请开展输卵(精)管结扎术、早期人工终止妊娠术的,必须具备1名以上执业医师;

(二)具有与申请开展的项目相适应的诊疗设备;

(三)具有与申请开展的项目相适应的抢救设施、设备、药品和能力,并具有转诊条件;

(四)具有保证技术服务安全和服务质量的管理制度;

(五)符合与申请开展的项目有关的技术标准和条件。

具体的技术标准和条件由国务院卫生行政部门会同国务院计划生育行政部门制定。

第十一条　各级计划生育行政部门和卫生行政部门应当定期互相通报开展与计划生育有关的临床医疗服务的审批情况。

计划生育技术服务机构开展本条例第八条、第九条规定以外的其他临床医疗服务,应当依照《医疗机构管理条例》的有关规定进行申请、登记和执业。

第十二条　因生育病残儿要求再生育的,应当向县级人民政府计划生育行政部门申请医学鉴定,经县级人民政府计划生育行政部门初审同意后,由设区的市级人民政府计划生育行政部门组织医学专家进行医学鉴定;当事人对医学鉴定有异议的,可以向省、自治区、直辖市人民政府计划生育行政部门申请再鉴定。省、自治区、直辖市人民政府计划生育行政部门组织的医学鉴定为终局鉴定。具体办法由国务院计划生育行政部门会同国务院卫生行政部门制定。

第十三条　向公民提供的计划生育技术服务和药具应当安全、有效,符合国家规定的质量技术标准。

第十四条　国务院计划生育行政部门定期编制并发布计划生育技术、药具目录,指导列入目录的计划生育技术、药具的推广和应用。

第十五条　开展计划生育科技项目和计划生育国际合作项

目,应当经国务院计划生育行政部门审核批准,并接受项目实施地县级以上地方人民政府计划生育行政部门的监督管理。

第十六条　涉及计划生育技术的广告,其内容应当经省、自治区、直辖市人民政府计划生育行政部门审查同意。

第十七条　从事计划生育技术服务的机构施行避孕、节育手术、特殊检查或者特殊治疗时,应当征得受术者本人同意,并保证受术者的安全。

第十八条　任何机构和个人不得进行非医学需要的胎儿性别鉴定或者选择性别的人工终止妊娠。

第三章　机构及其人员

第十九条　从事计划生育技术服务的机构包括计划生育技术服务机构和从事计划生育技术服务的医疗、保健机构。

第二十条　从事计划生育技术服务的机构,必须符合国务院计划生育行政部门规定的设置标准。

第二十一条　设立计划生育技术服务机构,由设区的市级以上地方人民政府计划生育行政部门批准,发给《计划生育技术服务机构执业许可证》,并在《计划生育技术服务机构执业许可证》上注明获准开展的计划生育技术服务项目。

第二十二条　从事计划生育技术服务的医疗、保健机构,由县级以上地方人民政府卫生行政部门审查批准,在其《医疗机构执业许可证》上注明获准开展的计划生育技术服务项目,并向同级计划生育行政部门通报。

第二十三条　乡、镇已有医疗机构的,不再新设立计划生育技术服务机构;但是,医疗机构内必须设有计划生育技术服务科(室),专门从事计划生育技术服务工作。乡、镇既有医疗机构,又有计划生育技术服务机构的,各自在批准的范围内开展计划生育技术服务工作。乡、镇没有医疗机构,需要设立计划生育技术服务机构的,应当依照本条例第二十一条的规定从严审批。

第二十四条　计划生育技术服务机构从事产前诊断的,应当经省、自治区、直辖市人民政府计划生育行政部门同意后，由同级卫生行政部门审查批准，并报国务院计划生育行政部门和国务院卫生行政部门备案。

从事计划生育技术服务的机构使用辅助生育技术治疗不育症的，由省级以上人民政府卫生行政部门审查批准，并向同级计划生育行政部门通报。使用辅助生育技术治疗不育症的具体管理办法，由国务院卫生行政部门会同国务院计划生育行政部门制定。使用辅助生育技术治疗不育症的技术规范，由国务院卫生行政部门征求国务院计划生育行政部门意见后制定。

第二十五条　从事计划生育技术服务的机构的执业许可证明文件每三年由原批准机关校验一次。

从事计划生育技术服务的机构的执业许可证明文件不得买卖、出借、出租，不得涂改、伪造。

从事计划生育技术服务的机构的执业许可证明文件遗失的，应当自发现执业许可证明文件遗失之日起 30 日内向原发证机关申请补发。

第二十六条　从事计划生育技术服务的机构应当按照批准的业务范围和服务项目执业，并遵守有关法律、行政法规和国务院卫生行政部门制定的医疗技术常规和抢救与转诊制度。

第二十七条　县级以上地方人民政府计划生育行政部门应当对本行政区域内的计划生育技术服务工作进行定期检查。

第二十八条　国家建立避孕药具流通管理制度。具体办法由国务院药品监督管理部门会同国务院计划生育行政部门及其他有关主管部门制定。

第二十九条　计划生育技术服务人员中依据本条例的规定从事与计划生育有关的临床服务人员，应当依照执业医师法和国家有关护士管理的规定，分别取得执业医师、执业助理医师、乡村医生或者护士的资格，并在依照本条例设立的机构中执业。在计划生育技术服务机构执业的执业医师和执业助理医师应当依照执业医师法的规定向所在地县级以上地方人民政府卫生行政部门申请注册。具体办法由国务院计划生育行政部门、卫生行政部门共同制定。

个体医疗机构不得从事计划生育手术。

第三十条 计划生育技术服务人员必须按照批准的服务范围、服务项目、手术术种从事计划生育技术服务，遵守与执业有关的法律、法规、规章、技术常规、职业道德规范和管理制度。

第四章 监督管理

第三十一条 国务院计划生育行政部门负责全国计划生育技术服务的监督管理工作。县级以上地方人民政府计划生育行政部门负责本行政区域内计划生育技术服务的监督管理工作。

县级以上人民政府卫生行政部门依据本条例的规定，负责对从事计划生育技术服务的医疗、保健机构的监督管理工作。

第三十二条 国家建立计划生育技术服务统计制度和计划生育技术服务事故、计划生育手术并发症和计划生育药具不良反应的鉴定制度和报告制度。

计划生育手术并发症鉴定和管理办法由国务院计划生育行政部门会同国务院卫生行政部门制定。

从事计划生育技术服务的机构发生计划生育技术服务事故、发现计划生育手术并发症和计划生育药具不良反应的，应当在国务院计划生育行政部门规定的时限内同时向所在地人民政府计划生育行政部门和卫生行政部门报告；对计划生育技术服务重大事故、计划生育手术严重的并发症和计划生育药具严重的或者新出现的不良反应，应当同时逐级向上级人民政府计划生育行政部门、卫生行政部门和国务院计划生育行政部门、卫生行政部门报告。

第三十三条 国务院计划生育行政部门会同国务院卫生行政部门汇总、分析计划生育技术服务事故、计划生育手术并发症和计划生育药具不良反应的数据，并应当及时向有关部门通报。国务院计划生育行政部门应当按照国家有关规定及时公布计划生育技术服务重大事故、计划生育手术严重的并发症和计划生育药具严重的或者新出现的不良反应,并可以授权省、自治区、直辖市计划生育行政部门及时公布和通报本行政区域内计划生育技术服务事故、计划生育手术并发症和计划生育药具不良反应。

第五章　罚　　则

第三十四条　计划生育技术服务机构或者医疗、保健机构以外的机构或者人员违反本条例的规定,擅自从事计划生育技术服务的,由县级以上地方人民政府计划生育行政部门依据职权,责令改正,给予警告,没收违法所得和有关药品、医疗器械;违法所得 5000 元以上的,并处违法所得 2 倍以上 5 倍以下的罚款;没有违法所得或者违法所得不足 5000 元的,并处 5000 元以上 2 万元以下的罚款;造成严重后果,构成犯罪的,依法追究刑事责任。

第三十五条　计划生育技术服务机构违反本条例的规定,未经批准擅自从事产前诊断和使用辅助生育技术治疗不育症的,由县级以上地方人民政府卫生行政部门会同计划生育行政部门依据职权,责令改正,给予警告,没收违法所得和有关药品、医疗器械;违法所得 5000 元以上的,并处违法所得 2 倍以上 5 倍以下的罚款;没有违法所得或者违法所得不足 5000 元的,并处 5000 元以上 2 万元以下的罚款;情节严重的,并由原发证部门吊销计划生育技术服务的执业资格。

第三十六条　违反本条例的规定,逾期不校验计划生育技术服务执业许可证明文件,继续从事计划生育技术服务的,由原发证部门责令限期补办校验手续;拒不校验的,由原发证部门吊销计划生育技术服务的执业资格。

第三十七条　违反本条例的规定,买卖、出借、出租或者涂改、伪造计划生育技术服务执业许可证明文件的,由原发证部门责令改正,没收违法所得;违法所得 3000 元以上的,并处违法所得 2 倍以上 5 倍以下的罚款;没有违法所得或者违法所得不足 3000 元的,并处 3000 元以上 5000 元以下的罚款;情节严重的,并由原发证部门吊销相关的执业资格。

第三十八条　从事计划生育技术服务的机构违反本条例第三条第三款的规定,向农村实行计划生育的育龄夫妻提供避孕、节育技术服务,收取费用的,由县级地方人民政府计划生育行政部门责令退还所收费用,给予警告,并处所收费用 2 倍以上 5 倍以下的罚款;情节严重的,并对该机构的正职负责人、直接负责的主管人员和其他直接责任人员给予降级或者撤职的行政处分。

第三十九条　从事计划生育技术服务的机构违反本条例的规定,未经批准擅自扩大计划生育技术服务项目的,由原发证部门责令改正,给予警告,没收违法所得;违法所得 5000 元以上的,并处违法所得 2 倍以上 5 倍以下的罚款;没有违法所得或者违法所得不足 5000 元的,并处 5000 元以上 2 万元以下的罚款;情节严重的,并由原发证部门吊销计划生育技术服务的执业资格。

第四十条　从事计划生育技术服务的机构违反本条例的规定,使用没有依法取得相应的医师资格的人员从事与计划生育技术服务有关的临床医疗服务的,由县级以上人民政府卫生行政部门依据职权,责令改正,没收违法所得;违法所得 3000 元以上的,并处违法所得 1 倍以上 3 倍以下的罚款;没有违法所得或者违法所得不足 3000 元的,并处 3000 元以上 5000 元以下的罚款;情节严重的,并由原发证部门吊销计划生育技术服务的执业资格。

第四十一条　从事计划生育技术服务的机构出具虚假证明文件,构成犯罪的,依法追究刑事责任;尚不构成犯罪的,由原发证部门责令改正,给予警告,没收违法所得;违法所得 5000 元以上的,并处违法所得 2 倍以上 5 倍以下的罚款;没有违法所得或者违法所得不足 5000 元的,并处 5000 元以上 2 万元以下的罚款;情节严重的,并由原发证部门吊销计划生育技术服务的执业资格。

第四十二条　计划生育行政部门、卫生行政部门违反规定,批准不具备规定条件的计划生育技术服务机构或者医疗、保健机构开展与计划生育有关的临床医疗服务项目,或者不履行监督职责,或者发现违法行为不予查处,导致计划生育技术服务重大事故发生的,对该部门的正职负责人、直接负责的主管人员和其他直接责任人员给予降级或者撤职的行政处分;构成犯罪的,依法追究刑事责任。

第六章　附　　则

第四十三条　依照本条例的规定,乡级计划生育技术服务机构开展本条例第九条规定的项目发生计划生育技术服务事故的,由计划生育行政部门行使依照《医疗事故处理条例》有关规定由卫生行政部门承担的受理、交由负责医疗事故技术鉴定工作的医学会组织鉴定和赔偿调解的职能;对发生计划生育技术服务事故的该机构及其有关责任人员,依法进行处理。

第四十四条　设区的市级以上地方人民政府计划生育行政部门应当自《国务院关于修改〈计划生育技术服务管理条例〉的决定》施行之日起 6 个月内,对本行政区域内已经获得批准开展本条例第九条规定的项目的乡级计划生育技术服务机构,依照本条例第十条规定的条件重新进行检查;对不符合条件的,应当责令其立即停止开展相应的项目,并收回原批准文件。

第四十五条　在乡村计划生育技术服务机构或者乡村医疗、保健机构中从事计划生育技术服务的人员,符合本条例规定的,可以经认定取得执业资格;不具备本条例规定条件的,按照国务院的有关规定执行。

第四十六条　本条例自 2001 年 10 月 1 日起施行。

第六节　人体器官移植条例

《人体器官移植条例》2007年3月21日国务院第171次常务会议通过，以中华人民共和国国务院令第491号公布，自2007年5月1日起施行。该条例分为5章32条，第一章　总则(1～6条)，第二章　人体器官的捐献(7～10条)，第三章　人体器官的移植(11～24条)，第四章　法律责任(25～31条)，第五章　附则(32条)。现全文收录如下：

第一章　总　　则

第一条　为了规范人体器官移植，保证医疗质量，保障人体健康，维护公民的合法权益，制定本条例。

第二条　在中华人民共和国境内从事人体器官移植，适用本条例；从事人体细胞和角膜、骨髓等人体组织移植，不适用本条例。

本条例所称人体器官移植，是指摘取人体器官捐献人具有特定功能的心脏、肺脏、肝脏、肾脏或者胰腺等器官的全部或者部分，将其植入接受人身体以代替其病损器官的过程。

第三条　任何组织或者个人不得以任何形式买卖人体器官，不得从事与买卖人体器官有关的活动。

第四条　国务院卫生主管部门负责全国人体器官移植的监督管理工作。县级以上地方人民政府卫生主管部门负责本行政区域人体器官移植的监督管理工作。

各级红十字会依法参与人体器官捐献的宣传等工作。

第五条　任何组织或者个人对违反本条例规定的行为，有权向卫生主管部门和其他有关部门举报；对卫生主管部门和其他有关部门未依法履行监督管理职责的行为，有权向本级人民政府、上级人民政府有关部门举报。接到举报的人民政府、卫生主管部门和其他有关部门对举报应当及时核实、处理，并将处理结果向举报人通报。

第六条　国家通过建立人体器官移植工作体系,开展人体器官捐献的宣传、推动工作,确定人体器官移植预约者名单,组织协调人体器官的使用。

第二章　人体器官的捐献

第七条　人体器官捐献应当遵循自愿、无偿的原则。

公民享有捐献或者不捐献其人体器官的权利;任何组织或者个人不得强迫、欺骗或者利诱他人捐献人体器官。

第八条　捐献人体器官的公民应当具有完全民事行为能力。公民捐献其人体器官应当有书面形式的捐献意愿,对已经表示捐献其人体器官的意愿,有权予以撤销。

公民生前表示不同意捐献其人体器官的,任何组织或者个人不得捐献、摘取该公民的人体器官;公民生前未表示不同意捐献其人体器官的,该公民死亡后,其配偶、成年子女、父母可以以书面形式共同表示同意捐献该公民人体器官的意愿。

第九条　任何组织或者个人不得摘取未满18周岁公民的活体器官用于移植。

第十条　活体器官的接受人限于活体器官捐献人的配偶、直系血亲或者三代以内旁系血亲,或者有证据证明与活体器官捐献人存在因帮扶等形成亲情关系的人员。

第三章　人体器官的移植

第十一条　医疗机构从事人体器官移植,应当依照《医疗机构管理条例》的规定,向所在地省、自治区、直辖市人民政府卫生主管部门申请办理人体器官移植诊疗科目登记。

医疗机构从事人体器官移植,应当具备下列条件:

(一)有与从事人体器官移植相适应的执业医师和其他医务人员;

(二)有满足人体器官移植所需要的设备、设施;

（三）有由医学、法学、伦理学等方面专家组成的人体器官移植技术临床应用与伦理委员会，该委员会中从事人体器官移植的医学专家不超过委员人数的 1/4；

（四）有完善的人体器官移植质量监控等管理制度。

第十二条　省、自治区、直辖市人民政府卫生主管部门进行人体器官移植诊疗科目登记，除依据本条例第十一条规定的条件外，还应当考虑本行政区域人体器官移植的医疗需求和合法的人体器官来源情况。

省、自治区、直辖市人民政府卫生主管部门应当及时公布已经办理人体器官移植诊疗科目登记的医疗机构名单。

第十三条　已经办理人体器官移植诊疗科目登记的医疗机构不再具备本条例第十一条规定条件的，应当停止从事人体器官移植，并向原登记部门报告。原登记部门应当自收到报告之日起 2 日内注销该医疗机构的人体器官移植诊疗科目登记，并予以公布。

第十四条　省级以上人民政府卫生主管部门应当定期组织专家根据人体器官移植手术成功率、植入的人体器官和术后患者的长期存活率，对医疗机构的人体器官移植临床应用能力进行评估，并及时公布评估结果；对评估不合格的，由原登记部门撤销人体器官移植诊疗科目登记。具体办法由国务院卫生主管部门制订。

第十五条　医疗机构及其医务人员从事人体器官移植，应当遵守伦理原则和人体器官移植技术管理规范。

第十六条　实施人体器官移植手术的医疗机构及其医务人员应当对人体器官捐献人进行医学检查，对接受人因人体器官移植感染疾病的风险进行评估，并采取措施，降低风险。

第十七条　在摘取活体器官前或者尸体器官捐献人死亡前，负责人体器官移植的执业医师应当向所在医疗机构的人体器官移植技术临床应用与伦理委员会提出摘取人体器官审查申请。

人体器官移植技术临床应用与伦理委员会不同意摘取人体器官的,医疗机构不得做出摘取人体器官的决定,医务人员不得摘取人体器官。

　　第十八条　人体器官移植技术临床应用与伦理委员会收到摘取人体器官审查申请后,应当对下列事项进行审查,并出具同意或者不同意的书面意见:

　　(一)人体器官捐献人的捐献意愿是否真实;

　　(二)有无买卖或者变相买卖人体器官的情形;

　　(三)人体器官的配型和接受人的适应证是否符合伦理原则和人体器官移植技术管理规范。

　　经2/3以上委员同意,人体器官移植技术临床应用与伦理委员会方可出具同意摘取人体器官的书面意见。

　　第十九条　从事人体器官移植的医疗机构及其医务人员摘取活体器官前,应当履行下列义务:

　　(一)向活体器官捐献人说明器官摘取手术的风险、术后注意事项、可能发生的并发症及其预防措施等,并与活体器官捐献人签署知情同意书;

　　(二)查验活体器官捐献人同意捐献其器官的书面意愿、活体器官捐献人与接受人存在本条例第十条规定关系的证明材料;

　　(三)确认除摘取器官产生的直接后果外不会损害活体器官捐献人其他正常的生理功能。

　　从事人体器官移植的医疗机构应当保存活体器官捐献人的医学资料,并进行随访。

　　第二十条　摘取尸体器官,应当在依法判定尸体器官捐献人死亡后进行。从事人体器官移植的医务人员不得参与捐献人的死亡判定。

　　从事人体器官移植的医疗机构及其医务人员应当尊重死者的尊严;对摘取器官完毕的尸体,应当进行符合伦理原则的医学处理,除用于移植的器官以外,应当恢复尸体原貌。

第二十一条 从事人体器官移植的医疗机构实施人体器官移植手术,除向接受人收取下列费用外,不得收取或者变相收取所移植人体器官的费用:

(一)摘取和植入人体器官的手术费;

(二)保存和运送人体器官的费用;

(三)摘取、植入人体器官所发生的药费、检验费、医用耗材费。

前款规定费用的收取标准,依照有关法律、行政法规的规定确定并予以公布。

第二十二条 申请人体器官移植手术患者的排序,应当符合医疗需要,遵循公平、公正和公开的原则。具体办法由国务院卫生主管部门制订。

第二十三条 从事人体器官移植的医务人员应当对人体器官捐献人、接受人和申请人体器官移植手术的患者的个人资料保密。

第二十四条 从事人体器官移植的医疗机构应当定期将实施人体器官移植的情况向所在地省、自治区、直辖市人民政府卫生主管部门报告。具体办法由国务院卫生主管部门制订。

第四章 法律责任

第二十五条 违反本条例规定,有下列情形之一,构成犯罪的,依法追究刑事责任:

(一)未经公民本人同意摘取其活体器官的;

(二)公民生前表示不同意捐献其人体器官而摘取其尸体器官的;

(三)摘取未满18周岁公民的活体器官的。

第二十六条 违反本条例规定,买卖人体器官或者从事与买卖人体器官有关活动的,由设区的市级以上地方人民政府卫生主管部门依照职责分工没收违法所得,并处交易额8倍以上10倍以下的罚款;医疗机构参与上述活动的,还应当对负有责任的主管人员和其他直接责任人员依法给予处分,并由原登记部门撤销该医疗机构人体器官移植诊疗科目登记,该医疗机构3年内不得再申请人体器官移植诊疗科目登记;医务人员参与上述活动的,由原发证部门吊销其执业证书。

国家工作人员参与买卖人体器官或者从事与买卖人体器官有关活动的,由有关国家机关依据职权依法给予撤职、开除的处分。

第二十七条 医疗机构未办理人体器官移植诊疗科目登记,擅自从事人体器官移植的,依照《医疗机构管理条例》的规定予以处罚。

实施人体器官移植手术的医疗机构及其医务人员违反本条例规定,未对人体器官捐献人进行医学检查或者未采取措施,导致接受人因人体器官移植手术感染疾病的,依照《医疗事故处理条例》的规定予以处罚。

从事人体器官移植的医务人员违反本条例规定,泄露人体器官捐献人、接受人或者申请人体器官移植手术患者个人资料的,依照《执业医师法》或者国家有关护士管理的规定予以处罚。

违反本条例规定,给他人造成损害的,应当依法承担民事责任。

违反本条例第二十一条规定收取费用的,依照价格管理的法律、行政法规的规定予以处罚。

第二十八条 医务人员有下列情形之一的,依法给予处分;情节严重的,由县级以上地方人民政府卫生主管部门依照职责分工暂停其6个月以上1年以下执业活动;情节特别严重的,由原发证部门吊销其执业证书:

(一)未经人体器官移植技术临床应用与伦理委员会审查同意摘取人体器官的;

(二)摘取活体器官前未依照本条例第十九条的规定履行说明、查验、确认义务的;

(三)对摘取器官完毕的尸体未进行符合伦理原则的医学

处理,恢复尸体原貌的。

第二十九条　医疗机构有下列情形之一的,对负有责任的主管人员和其他直接责任人员依法给予处分;情节严重的,由原登记部门撤销该医疗机构人体器官移植诊疗科目登记,该医疗机构3年内不得再申请人体器官移植诊疗科目登记:

(一) 不再具备本条例第十一条规定条件,仍从事人体器官移植的;

(二) 未经人体器官移植技术临床应用与伦理委员会审查同意,做出摘取人体器官的决定,或者胁迫医务人员违反本条例规定摘取人体器官的;

(三) 有本条例第二十八条第(二)项、第(三)项列举的情形的。

医疗机构未定期将实施人体器官移植的情况向所在地省、自治区、直辖市人民政府卫生主管部门报告的,由所在地省、自治区、直辖市人民政府卫生主管部门责令限期改正;逾期不改正的,对负有责任的主管人员和其他直接责任人员依法给予处分。

第三十条　从事人体器官移植的医务人员参与尸体器官捐献人的死亡判定的,由县级以上地方人民政府卫生主管部门依照职责分工暂停其6个月以上1年以下执业活动;情节严重的,由原发证部门吊销其执业证书。

第三十一条　国家机关工作人员在人体器官移植监督管理工作中滥用职权、玩忽职守、徇私舞弊,构成犯罪的,依法追究刑事责任;尚不构成犯罪的,依法给予处分。

第五章　附　　则

第三十二条　本条例自2007年5月1日起施行。

第七节　人类辅助生殖技术管理办法

2001年2月20日卫生部以中华人民共和国卫生部第14

号令发布了《人类辅助生殖技术管理办法》,自 2001 年 8 月 1 日起施行。该办法包括 5 章 25 条,现全文收录如下:

第一章 总 则

第一条　为保证人类辅助生殖技术安全、有效和健康发展,规范人类辅助生殖技术的应用和管理,保障人民健康,制定本办法。

第二条　本办法适用于开展人类辅助生殖技术的各类医疗机构。

第三条　人类辅助生殖技术的应用应当在医疗机构中进行,以医疗为目的,并符合国家计划生育政策、伦理原则和有关法律规定。

禁止以任何形式买卖配子、合子、胚胎。医疗机构和医务人员不得实施任何形式的代孕技术。

第四条　卫生部主管全国人类辅助生殖技术应用的监督管理工作。县级以上地方人民政府卫生行政部门负责本行政区域内人类辅助生殖技术的日常监督管理。

第二章 审 批

第五条　卫生部根据区域卫生规划、医疗需求和技术条件等实际情况,制订人类辅助生殖技术应用规划。

第六条　申请开展人类辅助生殖技术的医疗机构应当符合下列条件:

(一)具有与开展技术相适应的卫生专业技术人员和其他专业技术人员;

(二)具有与开展技术相适应的技术和设备;

(三)设有医学伦理委员会;

(四)符合卫生部制定的《人类辅助生殖技术规范》的要求。

第七条　申请开展人类辅助生殖技术的医疗机构应当向所在地省、自治区、直辖市人民政府卫生行政部门提交下列文件:

（一）可行性报告；

（二）医疗机构基本情况（包括床位数、科室设置情况、人员情况、设备和技术条件情况等）；

（三）拟开展的人类辅助生殖技术的业务项目和技术条件、设备条件、技术人员配备情况；

（四）开展人类辅助生殖技术的规章制度；

（五）省级以上卫生行政部门规定提交的其他材料。

第八条　申请开展丈夫精液人工授精技术的医疗机构，由省、自治区、直辖市人民政府卫生行政部门审查批准。省、自治区、直辖市人民政府卫生行政部门收到前条规定的材料后，可以组织有关专家进行论证，并在收到专家论证报告后30个工作日内进行审核，审核同意的，发给批准证书；审核不同意的，书面通知申请单位。

对申请开展供精人工授精和体外受精-胚胎移植技术及其衍生技术的医疗机构，由省、自治区、直辖市人民政府卫生行政部门提出初审意见，卫生部审批。

第九条　卫生部收到省、自治区、直辖市人民政府卫生行政部门的初审意见和材料后，聘请有关专家进行论证，并在收到专家论证报告后45个工作日内进行审核，审核同意的，发给批准证书；审核不同意的，书面通知申请单位。

第十条　批准开展人类辅助生殖技术的医疗机构应当按照《医疗机构管理条例》的有关规定，持省、自治区、直辖市人民政府卫生行政部门或者卫生部的批准证书到核发其医疗机构执业许可证的卫生行政部门办理变更登记手续。

第十一条　人类辅助生殖技术批准证书每2年校验一次，校验由原审批机关办理。校验合格的，可以继续开展人类辅助生殖技术；校验不合格的，收回其批准证书。

第三章　实　　施

第十二条　人类辅助生殖技术必须在经过批准并进行登记

的医疗机构中实施。未经卫生行政部门批准，任何单位和个人不得实施人类辅助生殖技术。

第十三条　实施人类辅助生殖技术应当符合卫生部制定的《人类辅助生殖技术规范》的规定。

第十四条　实施人类辅助生殖技术应当遵循知情同意原则，并签署知情同意书。涉及伦理问题的，应当提交医学伦理委员会讨论。

第十五条　实施供精人工授精和体外受精—胚胎移植技术及其各种衍生技术的医疗机构应当与卫生部批准的人类精子库签订供精协议。严禁私自采精。

医疗机构在实施人类辅助生殖技术时应当索取精子检验合格证明。

第十六条　实施人类辅助生殖技术的医疗机构应当为当事人保密，不得泄露有关信息。

第十七条　实施人类辅助生殖技术的医疗机构不得进行性别选择。法律法规另有规定的除外。

第十八条　实施人类辅助生殖技术的医疗机构应当建立健全技术档案管理制度。

供精人工授精医疗行为方面的医疗技术档案和法律文书应当永久保存。

第十九条　实施人类辅助生殖技术的医疗机构应当对实施人类辅助生殖技术的人员进行医学业务和伦理学知识的培训。

第二十条　卫生部指定卫生技术评估机构对开展人类辅助生殖技术的医疗机构进行技术质量监测和定期评估。技术评估的主要内容为人类辅助生殖技术的安全性、有效性、经济性和社会影响。监测结果和技术评估报告报医疗机构所在地的省、自治区、直辖市人民政府卫生行政部门和卫生部备案。

第四章　处　　罚

第二十一条　违反本办法规定，未经批准擅自开展人类辅助生殖技术的非医疗机构,按照《医疗机构管理条例》第四十四条规定处罚;对有上述违法行为的医疗机构,按照《医疗机构管理条例》第四十七条和《医疗机构管理条例实施细则》第十条的规定处罚。

第二十二条　开展人类辅助生殖技术的医疗机构违反本办法,有下列行为之一的,由省、自治区、直辖市人民政府卫生行政部门给予警告、3万元以下罚款,并给予有关责任人行政处分;构成犯罪的,依法追究刑事责任:

(一) 买卖配子、合子、胚胎的;

(二) 实施代孕技术的;

(三) 使用不具有《人类精子库批准证书》机构提供的精子的;

(四) 擅自进行性别选择的;

(五) 实施人类辅助生殖技术档案不健全的;

(六) 经指定技术评估机构检查技术质量不合格的;

(七) 其他违反本办法规定的行为。

第五章　附　　则

第二十三条　本办法颁布前已经开展人类辅助生殖技术的医疗机构,在本办法颁布后3个月内向所在地省、自治区、直辖市人民政府卫生行政部门提出申请,省、自治区、直辖市人民政府卫生行政部门和卫生部按照本办法审查,审查同意的,发给批准证书;审查不同意的,不得再开展人类辅助生殖技术服务。

第二十四条　本办法所称人类辅助生殖技术是指运用医学技术和方法对配子、合子、胚胎进行人工操作,以达到受孕目的的技术,分为人工授精和体外受精—胚胎移植技术及其各种衍生技术。

人工授精是指用人工方式将精液注入女性体内以取代性交途径使其妊娠的一种方法。根据精液来源不同,分为丈夫精液人工授精和供精人工授精。

体外受精—胚胎移植技术及其各种衍生技术是指从女性体内取出卵子,在器皿内培养后,加入经技术处理的精子,待卵子受精后,继续培养,到形成早早期胚胎时,再转移到子宫内着床,发育成胎儿直至分娩的技术。

第二十五条　本办法自 2001 年 8 月 1 日起实施。

第五章

有关劳动法规与工作制度

第一节　中华人民共和国劳动法

《中华人民共和国劳动法》1994 年 7 月 5 日中华人民共和国第八届全国人民代表大会常务委员会第八次会议通过,并以中华人民共和国主席令(第二十八号)予公布,自 1995 年 1 月 1 日起施行。本法包括 13 章 107 条,第一章　总则(1～9 条),第二章　促进就业(10～15 条),第三章　劳动合同和集体合同(16～35 条),第四章　工作时间和休息休假(36～45 条),第五章　工资(46～51 条),第六章　劳动安全卫生(52～57 条),第七章　女职工和未成年工特殊保护(58～65 条),第八章　职业培训(66～69 条),第九章　社会保险和福利(70～76 条),第十章　劳动争议(77～84 条),第十一章　监督检查(85～88 条),第十二章　法律责任(89～105 条),第十三章　附则(106～107 条)。现节录如下:

第一章　总　　则

第一条　为了保护劳动者的合法权益,调整劳动关系,建立和维护适应社会主义市场经济的劳动制度,促进经济发展和社会进步,根据宪法,制定本法。

第二条　在中华人民共和国境内的企业、个体经济组织(以下统称用人单位)和与之形成劳动关系的劳动者,适用本法。

405

国家机关、事业组织、社会团体和与之建立劳动合同关系的劳动者,依照本法执行。

　　第三条　劳动者享有平等就业和选择职业的权利、取得劳动报酬的权利、休息休假的权利、获得劳动安全卫生保护的权利、接受职业技能培训的权利、享受社会保险和福利的权利、提请劳动争议处理的权利以及法律规定的其他劳动权利。

　　劳动者应当完成劳动任务,提高职业技能,执行劳动安全卫生规程,遵守劳动纪律和职业道德。

　　第四条　用人单位应当依法建立和完善规章制度,保障劳动者享有劳动权利和履行劳动义务。

　　第五条　国家采取各种措施,促进劳动就业,发展职业教育,制定劳动标准,调节社会收入,完善社会保险,协调劳动关系,逐步提高劳动者的生活水平。

　　第六条　国家提倡劳动者参加社会义务劳动,开展劳动竞赛和合理化建议活动,鼓励和保护劳动者进行科学研究、技术革新和发明创造,表彰和奖励劳动模范和先进工作者。

　　第七条　劳动者有权依法参加和组织工会。

　　工会代表和维护劳动者的合法权益,依法独立自主地开展活动。

　　第八条　劳动者依照法律规定,通过职工大会、职工代表大会或者其他形式,参与民主管理或者就保护劳动者合法权益与用人单位进行平等协商。

　　第九条　国务院劳动行政部门主管全国劳动工作。

　　县级以上地方人民政府劳动行政部门主管本行政区域内的劳动工作。

第二章　促进就业(节录)

　　第十三条　妇女享有与男子平等的就业权利。在录用职工时,除国家规定的不适合妇女的工种或者岗位外,不得以性别为由拒绝录用妇女或者提高对妇女的录用标准。

第十五条　禁止用人单位招用未满十六周岁的未成年人。

文艺、体育和特种工艺单位招用未满十六周岁的未成年人，必须依照国家有关规定，履行审批手续，并保障其接受义务教育的权利。

第三章　劳动合同和集体合同

第十六条　劳动合同是劳动者与用人单位确立劳动关系、明确双方权利和义务的协议。

建立劳动关系应当订立劳动合同。

第十七条　订立和变更劳动合同，应当遵循平等自愿、协商一致的原则，不得违反法律、行政法规的规定。

劳动合同依法订立即具有法律约束力，当事人必须履行劳动合同规定的义务。

第十八条　下列劳动合同无效：

（一）违反法律、行政法规的劳动合同；

（二）采取欺诈、威胁等手段订立的劳动合同。

无效的劳动合同，从订立的时候起，就没有法律约束力。确认劳动合同部分无效的，如果不影响其余部分的效力，其余部分仍然有效。

劳动合同的无效，由劳动争议仲裁委员会或者人民法院确认。

第十九条　劳动合同应当以书面形式订立，并具备以下条款：

（一）劳动合同期限；

（二）工作内容；

（三）劳动保护和劳动条件；

（四）劳动报酬；

（五）劳动纪律；

（六）劳动合同终止的条件；

（七）违反劳动合同的责任。

劳动合同除前款规定的必备条款外,当事人可以协商约定其他内容。

第二十条　劳动合同的期限分为有固定期限、无固定期限和以完成一定的工作为期限。

劳动者在同一用人单位连续工作满十年以上,当事人双方同意延续劳动合同的,如果劳动者提出订立无固定期限的劳动合同,应当订立无固定期限的劳动合同。

第二十一条　劳动合同可以约定试用期。试用期最长不得超过六个月。

第二十二条　劳动合同当事人可以在劳动合同中约定保守用人单位商业秘密的有关事项。

第二十三条　劳动合同期满或者当事人约定的劳动合同终止条件出现,劳动合同即行终止。

第二十四条　经劳动合同当事人协商一致,劳动合同可以解除。

第二十五条　劳动者有下列情形之一的,用人单位可以解除劳动合同:

(一)在试用期间被证明不符合录用条件的;

(二)严重违反劳动纪律或者用人单位规章制度的;

(三)严重失职,营私舞弊,对用人单位利益造成重大损害的;

(四)被依法追究刑事责任的。

第二十六条　有下列情形之一的,用人单位可以解除劳动合同,但是应当提前三十日以书面形式通知劳动者本人:

(一)劳动者患病或者非因工负伤,医疗期满后,不能从事原工作也不能从事由用人单位另行安排的工作的;

(二)劳动者不能胜任工作,经过培训或者调整工作岗位,仍不能胜任工作的;

(三)劳动合同订立时所依据的客观情况发生重大变化,致使原劳动合同无法履行,经当事人协商不能就变更劳动合同达成协议的。

第二十七条　用人单位濒临破产进行法定整顿期间或者生产经营状况发生严重困难,确需裁减人员的,应当提前三十日向工会或者全体职工说明情况,听取工会或者职工的意见,经向劳动行政部门报告后,可以裁减人员。

用人单位依据本条规定裁减人员,在六个月内录用人员的,应当优先录用被裁减的人员。

第二十八条　用人单位依据本法第二十四条、第二十六条、第二十七条的规定解除劳动合同的,应当依照国家有关规定给予经济补偿。

第二十九条　劳动者有下列情形之一的,用人单位不得依据本法第二十六条、第二十七条的规定解除劳动合同:

(一)患职业病或者因工负伤并被确认丧失或者部分丧失劳动能力的;

(二)患病或者负伤,在规定的医疗期内的;

(三)女职工在孕期、产假、哺乳期内的;

(四)法律、行政法规规定的其他情形。

第三十条　用人单位解除劳动合同,工会认为不适当的,有权提出意见。如果用人单位违反法律、法规或者劳动合同,工会有权要求重新处理;劳动者申请仲裁或者提起诉讼的,工会应当依法给予支持和帮助。

第三十一条　劳动者解除劳动合同,应当提前三十日以书面形式通知用人单位。

第三十二条　有下列情形之一的,劳动者可以随时通知用人单位解除劳动合同:

(一)在试用期内的;

(二)用人单位以暴力、威胁或者非法限制人身自由的手段强迫劳动的;

(三)用人单位未按照劳动合同约定支付劳动报酬或者提供劳动条件的。

第三十三条　企业职工一方与企业可以就劳动报酬、工作时间、休息休假、劳动安全卫生、保险福利等事项，签订集体合同。集体合同草案应当提交职工代表大会或者全体职工讨论通过。

集体合同由工会代表职工与企业签订；没有建立工会的企业，由职工推举的代表与企业签订。

第三十四条　集体合同签订后应当报送劳动行政部门；劳动行政部门自收到集体合同文本之日起十五日内未提出异议的，集体合同即行生效。

第三十五条　依法签订的集体合同对企业和企业全体职工具有约束力。职工个人与企业订立的劳动合同中劳动条件和劳动报酬等标准不得低于集体合同的规定。

第四章　工作时间和休息休假

第三十六条　国家实行劳动者每日工作时间不超过八小时、平均每周工作时间不超过四十四小时的工时制度。

第三十七条　对实行计件工作的劳动者，用人单位应当根据本法第三十六条规定的工时制度合理确定其劳动定额和计件报酬标准。

第三十八条　用人单位应当保证劳动者每周至少休息一日。

第三十九条　企业因生产特点不能实行本法第三十六条、第三十八条规定的，经劳动行政部门批准，可以实行其他工作和休息办法。

第四十条　用人单位在下列节日期间应当依法安排劳动者休假：

（一）元旦；

（二）春节；

（三）国际劳动节；

（四）国庆节；

（五）法律、法规规定的其他休假节日。

第四十一条　用人单位由于生产经营需要，经与工会和劳动者协商后可以延长工作时间，一般每日不得超过一小时；因特殊原因需要延长工作时间的，在保障劳动者身体健康的条件下延长工作时间每日不得超过三小时，但是每月不得超过三十六小时。

第四十二条　有下列情形之一的，延长工作时间不受本法第四十一条规定的限制：

（一）发生自然灾害、事故或者因其他原因，威胁劳动者生命健康和财产安全，需要紧急处理的；

（二）生产设备、交通运输线路、公共设施发生故障，影响生产和公众利益，必须及时抢修的；

（三）法律、行政法规规定的其他情形。

第四十三条　用人单位不得违反本法规定延长劳动者的工作时间。

第四十四条　有下列情形之一的，用人单位应当按照下列标准支付高于劳动者正常工作时间工资的工资报酬：

（一）安排劳动者延长工作时间的，支付不低于工资的百分之一百五十的工资报酬；

（二）休息日安排劳动者工作又不能安排补休的，支付不低于工资的百分之二百的工资报酬；

（三）法定休假日安排劳动者工作的，支付不低于工资的百分之三百的工资报酬。

第四十五条　国家实行带薪年休假制度。

劳动者连续工作一年以上的，享受带薪年休假。具体办法由国务院规定。

第五章　工　　资

第四十六条　工资分配应当遵循按劳分配原则，实行同工同酬。

工资水平在经济发展的基础上逐步提高。国家对工资总量实行宏观调控。

第四十七条 用人单位根据本单位的生产经营特点和经济效益，依法自主确定本单位的工资分配方式和工资水平。

第四十八条 国家实行最低工资保障制度。最低工资的具体标准由省、自治区、直辖市人民政府规定，报国务院备案。

用人单位支付劳动者的工资不得低于当地最低工资标准。

第四十九条 确定和调整最低工资标准应当综合参考下列因素：

（一）劳动者本人及平均赡养人口的最低生活费用；

（二）社会平均工资水平；

（三）劳动生产率；

（四）就业状况；

（五）地区之间经济发展水平的差异。

第五十条 工资应当以货币形式按月支付给劳动者本人。不得克扣或者无故拖欠劳动者的工资。

第五十一条 劳动者在法定休假日和婚丧假期间以及依法参加社会活动期间，用人单位应当依法支付工资。

第六章 劳动安全卫生

第五十二条 用人单位必须建立、健全劳动安全卫生制度，严格执行国家劳动安全卫生规程和标准，对劳动者进行劳动安全卫生教育，防止劳动过程中的事故，减少职业危害。

第五十三条 劳动安全卫生设施必须符合国家规定的标准。

新建、改建、扩建工程的劳动安全卫生设施必须与主体工程同时设计、同时施工、同时投入生产和使用。

第五十四条 用人单位必须为劳动者提供符合国家规定的劳动安全卫生条件和必要的劳动防护用品，对从事有职业危害作业的劳动者应当定期进行健康检查。

第五十五条　从事特种作业的劳动者必须经过专门培训并取得特种作业资格。

第五十六条　劳动者在劳动过程中必须严格遵守安全操作规程。

劳动者对用人单位管理人员违章指挥、强令冒险作业，有权拒绝执行；对危害生命安全和身体健康的行为，有权提出批评、检举和控告。

第五十七条　国家建立伤亡事故和职业病统计报告和处理制度。县级以上各级人民政府劳动行政部门、有关部门和用人单位应当依法对劳动者在劳动过程中发生的伤亡事故和劳动者的职业病状况，进行统计、报告和处理。

第七章　女职工和未成年工特殊保护

第五十八条　国家对女职工和未成年工实行特殊劳动保护。

未成年工是指年满十六周岁未满十八周岁的劳动者。

第五十九条　禁止安排女职工从事矿山井下、国家规定的第四级体力劳动强度的劳动和其他禁忌从事的劳动。

第六十条　不得安排女职工在经期从事高处、低温、冷水作业和国家规定的第三级体力劳动强度的劳动。

第六十一条　不得安排女职工在怀孕期间从事国家规定的第三级体力劳动强度的劳动和孕期禁忌从事的活动。对怀孕七个月以上的女职工，不得安排其延长工作时间和夜班劳动。

第六十二条　女职工生育享受不少于九十天的产假。

第六十三条　不得安排女职工在哺乳未满一周岁的婴儿期间从事国家规定的第三级体力劳动强度的劳动和哺乳期禁忌从事的其他劳动，不得安排其延长工作时间和夜班劳动。

第六十四条　不得安排未成年工从事矿山井下、有毒有害、国家规定的第四级体力劳动强度的劳动和其他禁忌从事的劳动。

第六十五条　用人单位应当对未成年工定期进行健康检查。

第八章　职业培训

第六十六条　国家通过各种途径，采取各种措施，发展职业培训事业，开发劳动者的职业技能，提高劳动者素质，增强劳动者的就业能力和工作能力。

第六十七条　各级人民政府应当把发展职业培训纳入社会经济发展的规划，鼓励和支持有条件的企业、事业组织、社会团体和个人进行各种形式的职业培训。

第六十八条　用人单位应当建立职业培训制度，按照国家规定提取和使用职业培训经费，根据本单位实际，有计划地对劳动者进行职业培训。

从事技术工种的劳动者，上岗前必须经过培训。

第六十九条　国家确定职业分类，对规定的职业制定职业技能标准，实行职业资格证书制度，由经过政府批准的考核鉴定机构负责对劳动者实施职业技能考核鉴定。

第九章　社会保险和福利

第七十条　国家发展社会保险事业，建立社会保险制度，设立社会保险基金，使劳动者在年老、患病、工伤、失业、生育等情况下获得帮助和补偿。

第七十一条　社会保险水平应当与社会经济发展水平和社会承受能力相适应。

第七十二条　社会保险基金按照保险类型确定资金来源，逐步实行社会统筹。用人单位和劳动者必须依法参加社会保险，缴纳社会保险费。

第七十三条　劳动者在下列情形下，依法享受社会保险待遇：

（一）退休；

（二）患病、负伤；

（三）因工伤残或者患职业病；

（四）失业；

（五）生育。

劳动者死亡后，其遗属依法享受遗属津贴。

劳动者享受社会保险待遇的条件和标准由法律、法规规定。

劳动者享受的社会保险金必须按时足额支付。

第七十四条　社会保险基金经办机构依照法律规定收支、管理和运营社会保险基金，并负有使社会保险基金保值增值的责任。

社会保险基金监督机构依照法律规定，对社会保险基金的收支、管理和运营实施监督。

社会保险基金经办机构和社会保险基金监督机构的设立和职能由法律规定。

任何组织和个人不得挪用社会保险基金。

第七十五条　国家鼓励用人单位根据本单位实际情况为劳动者建立补充保险。

国家提倡劳动者个人进行储蓄性保险。

第七十六条　国家发展社会福利事业，兴建公共福利设施，为劳动者休息、休养和疗养提供条件。

用人单位应当创造条件，改善集体福利，提高劳动者的福利待遇。

第十章　劳动争议

第七十七条　用人单位与劳动者发生劳动争议，当事人可以依法申请调解、仲裁、提起诉讼，也可以协商解决。

调解原则适用于仲裁和诉讼程序。

第七十八条　解决劳动争议，应当根据合法、公正、及时处理的原则，依法维护劳动争议当事人的合法权益。

第七十九条　劳动争议发生后，当事人可以向本单位劳动争议调解委员会申请调解；调解不成，当事人一方要求仲裁的，可以向劳动争议仲裁委员会申请仲裁。当事人一方也可以直接向劳动争议仲裁委员会申请仲裁。对仲裁裁决不服的，可以向人民法院提起诉讼。

第八十条　在用人单位内，可以设立劳动争议调解委员会。劳动争议调解委员会由职工代表、用人单位代表和工会代表组成。劳动争议调解委员会主任由工会代表担任。

劳动争议经调解达成协议的，当事人应当履行。

第八十一条　劳动争议仲裁委员会由劳动行政部门代表、同级工会代表、用人单位方面的代表组成。劳动争议仲裁委员会主任由劳动行政部门代表担任。

第八十二条　提出仲裁要求的一方应当自劳动争议发生之日起六十日内向劳动争议仲裁委员会提出书面申请。仲裁裁决一般应在收到仲裁申请的六十日内作出。对仲裁裁决无异议的，当事人必须履行。

第八十三条　劳动争议当事人对仲裁裁决不服的，可以自收到仲裁裁决书之日起十五日内向人民法院提起诉讼。一方当事人在法定期限内不起诉又不履行仲裁裁决的，另一方当事人可以申请人民法院强制执行。

第八十四条　因签订集体合同发生争议，当事人协商解决不成的，当地人民政府劳动行政部门可以组织有关各方协调处理。

因履行集体合同发生争议，当事人协商解决不成的，可以向劳动争议仲裁委员会申请仲裁；对仲裁裁决不服的，可以自收到仲裁裁决书之日起十五日内向人民法院提起诉讼。

第十一章　监督检查（略）

第十二章　法律责任

第八十九条　用人单位制定的劳动规章制度违反法律、法规规定的,由劳动行政部门给予警告,责令改正;对劳动者造成损害的,应当承担赔偿责任。

第九十条　用人单位违反本法规定,延长劳动者工作时间的,由劳动行政部门给予警告,责令改正,并可以处以罚款。

第九十一条　用人单位有下列侵害劳动者合法权益情形之一的,由劳动行政部门责令支付劳动者的工资报酬、经济补偿,并可以责令支付赔偿金:

(一)克扣或者无故拖欠劳动者工资的;

(二)拒不支付劳动者延长工作时间工资报酬的;

(三)低于当地最低工资标准支付劳动者工资的;

(四)解除劳动合同后,未依照本法规定给予劳动者经济补偿的。

第九十二条　用人单位的劳动安全设施和劳动卫生条件不符合国家规定或者未向劳动者提供必要的劳动防护用品和劳动保护设施的,由劳动行政部门或者有关部门责令改正,可以处以罚款;情节严重的,提请县级以上人民政府决定责令停产整顿;对事故隐患不采取措施,致使发生重大事故,造成劳动者生命和财产损失的,对责任人员比照刑法第一百八十七条的规定追究刑事责任。

第九十三条　用人单位强令劳动者违章冒险作业,发生重大伤亡事故,造成严重后果的,对责任人员依法追究刑事责任。

第九十四条　用人单位非法招用未满十六周岁的未成年人的,由劳动行政部门责令改正,处以罚款;情节严重的,由工商行政管理部门吊销营业执照。

第九十五条　用人单位违反本法对女职工和未成年工的保护规定,侵害其合法权益的,由劳动行政部门责令改正,处以罚款;对女职工或者未成年工造成损害的,应当承担赔偿责任。

第九十六条　用人单位有下列行为之一,由公安机关对责任人员处以十五日以下拘留、罚款或者警告;构成犯罪的,对责任人员依法追究刑事责任:

(一)以暴力、威胁或者非法限制人身自由的手段强迫劳动的；

（二）侮辱、体罚、殴打、非法搜查和拘禁劳动者的。

第九十七条　由于用人单位的原因订立的无效合同，对劳动者造成损害的，应当承担赔偿责任。

第九十八条　用人单位违反本法规定的条件解除劳动合同或者故意拖延不订立劳动合同的，由劳动行政部门责令改正；对劳动者造成损害的，应当承担赔偿责任。

第九十九条　用人单位招用尚未解除劳动合同的劳动者，对原用人单位造成经济损失的，该用人单位应当依法承担连带赔偿责任。

第一百条　用人单位无故不缴纳社会保险费的，由劳动行政部门责令其限期缴纳；逾期不缴的，可以加收滞纳金。

第一百零一条　用人单位无理阻挠劳动行政部门、有关部门及其工作人员行使监督检查权，打击报复举报人员的，由劳动行政部门或者有关部门处以罚款；构成犯罪的，对责任人员依法追究刑事责任。

第一百零二条　劳动者违反本法规定的条件解除劳动合同或者违反劳动合同中约定的保密事项，对用人单位造成经济损失的，应当依法承担赔偿责任。

第一百零三条　劳动行政部门或者有关部门的工作人员滥用职权、玩忽职守、徇私舞弊，构成犯罪的，依法追究刑事责任；不构成犯罪的，给予行政处分。

第一百零四条　国家工作人员和社会保险基金经办机构的工作人员挪用社会保险基金，构成犯罪的，依法追究刑事责任。

第一百零五条　违反本法规定侵害劳动者合法权益，其他法律、行政法规已规定处罚的，依照该法律、行政法规的规定处罚。

第十三章　附　则

第一百零六条　省、自治区、直辖市人民政府根据本法和本地区的实际情况，规定劳动合同制度的实施步骤，报国务院备案。

第一百零七条　本法自 1995 年 1 月 1 日起施行。

第二节　中华人民共和国劳动合同法

《中华人民共和国劳动合同法》于 2007 年 6 月 29 日由中华人民共和国第十届全国人民代表大会常务委员会第二十八次会议通过，以中华人民共和国主席令第 65 号予公布，自 2008 年 1 月 1 日起施行。该法包括 8 章 98 条，第一章　总则（1～6 条），第二章　劳动合同的订立（7～28 条），第三章　劳动合同的履行和变更（29～35 条），第四章　劳动合同的解除和终止（36～50 条），第五章　特别规定（51～72 条），第六章　监督检查（73～79 条），第七章　法律责任（80～95 条），第八章　附则（96～98 条）。现全文收录如下：

第一章　总　则

第一条　为了完善劳动合同制度，明确劳动合同双方当事人的权利和义务，保护劳动者的合法权益，构建和发展和谐稳定的劳动关系，制定本法。

第二条　中华人民共和国境内的企业、个体经济组织、民办非企业单位等组织（以下称用人单位）与劳动者建立劳动关系，订立、履行、变更、解除或者终止劳动合同，适用本法。

国家机关、事业单位、社会团体和与其建立劳动关系的劳动者，订立、履行、变更、解除或者终止劳动合同，依照本法执行。

第三条　订立劳动合同，应当遵循合法、公平、平等自愿、协商一致、诚实信用的原则。

依法订立的劳动合同具有约束力，用人单位与劳动者应当履行劳动合同约定的义务。

第四条　用人单位应当依法建立和完善劳动规章制度，保障劳动者享有劳动权利、履行劳动义务。

用人单位在制定、修改或者决定有关劳动报酬、工作时间、休息休假、劳动安全卫生、保险福利、职工培训、劳动纪律以及劳动定额管理等直接涉及劳动者切身利益的规章制度或者重大事项时,应当经职工代表大会或者全体职工讨论,提出方案和意见,与工会或者职工代表平等协商确定。

在规章制度和重大事项决定实施过程中,工会或者职工认为不适当的,有权向用人单位提出,通过协商予以修改完善。

用人单位应当将直接涉及劳动者切身利益的规章制度和重大事项决定公示,或者告知劳动者。

第五条 县级以上人民政府劳动行政部门会同工会和企业方面代表,建立健全协调劳动关系三方机制,共同研究解决有关劳动关系的重大问题。

第六条 工会应当帮助、指导劳动者与用人单位依法订立和履行劳动合同,并与用人单位建立集体协商机制,维护劳动者的合法权益。

第二章 劳动合同的订立

第七条 用人单位自用工之日起即与劳动者建立劳动关系。用人单位应当建立职工名册备查。

第八条 用人单位招用劳动者时,应当如实告知劳动者工作内容、工作条件、工作地点、职业危害、安全生产状况、劳动报酬,以及劳动者要求了解的其他情况;用人单位有权了解劳动者与劳动合同直接相关的基本情况,劳动者应当如实说明。

第九条 用人单位招用劳动者,不得扣押劳动者的居民身份证和其他证件,不得要求劳动者提供担保或者以其他名义向劳动者收取财物。

第十条 建立劳动关系,应当订立书面劳动合同。

已建立劳动关系,未同时订立书面劳动合同的,应当自用工之日起一个月内订立书面劳动合同。

用人单位与劳动者在用工前订立劳动合同的,劳动关系自用工之日起建立。

　　第十一条　用人单位未在用工的同时订立书面劳动合同,与劳动者约定的劳动报酬不明确的,新招用的劳动者的劳动报酬按照集体合同规定的标准执行;没有集体合同或者集体合同未规定的,实行同工同酬。

　　第十二条　劳动合同分为固定期限劳动合同、无固定期限劳动合同和以完成一定工作任务为期限的劳动合同。

　　第十三条　固定期限劳动合同,是指用人单位与劳动者约定合同终止时间的劳动合同。

　　用人单位与劳动者协商一致,可以订立固定期限劳动合同。

　　第十四条　无固定期限劳动合同,是指用人单位与劳动者约定无确定终止时间的劳动合同。

　　用人单位与劳动者协商一致,可以订立无固定期限劳动合同。有下列情形之一,劳动者提出或者同意续订、订立劳动合同的,除劳动者提出订立固定期限劳动合同外,应当订立无固定期限劳动合同:

　　(一)劳动者在该用人单位连续工作满十年的;

　　(二)用人单位初次实行劳动合同制度或者国有企业改制重新订立劳动合同时,劳动者在该用人单位连续工作满十年且距法定退休年龄不足十年的;

　　(三)连续订立二次固定期限劳动合同,且劳动者没有本法第三十九条和第四十条第一项、第二项规定的情形,续订劳动合同的。

　　用人单位自用工之日起满一年不与劳动者订立书面劳动合同的,视为用人单位与劳动者已订立无固定期限劳动合同。

　　第十五条　以完成一定工作任务为期限的劳动合同,是指用人单位与劳动者约定以某项工作的完成为合同期限的劳动合同。

　　用人单位与劳动者协商一致,可以订立以完成一定工作任务为期限的劳动合同。

第十六条　劳动合同由用人单位与劳动者协商一致,并经用人单位与劳动者在劳动合同文本上签字或者盖章生效。

劳动合同文本由用人单位和劳动者各执一份。

第十七条　劳动合同应当具备以下条款:

(一)用人单位的名称、住所和法定代表人或者主要负责人;

(二)劳动者的姓名、住址和居民身份证或者其他有效身份证件号码;

(三)劳动合同期限;

(四)工作内容和工作地点;

(五)工作时间和休息休假;

(六)劳动报酬;

(七)社会保险;

(八)劳动保护、劳动条件和职业危害防护;

(九)法律、法规规定应当纳入劳动合同的其他事项。

劳动合同除前款规定的必备条款外,用人单位与劳动者可以约定试用期、培训、保守秘密、补充保险和福利待遇等其他事项。

第十八条　劳动合同对劳动报酬和劳动条件等标准约定不明确,引发争议的,用人单位与劳动者可以重新协商;协商不成的,适用集体合同规定;没有集体合同或者集体合同未规定劳动报酬的,实行同工同酬;没有集体合同或者集体合同未规定劳动条件等标准的,适用国家有关规定。

第十九条　劳动合同期限三个月以上不满一年的,试用期不得超过一个月;劳动合同期限一年以上不满三年的,试用期不得超过二个月;三年以上固定期限和无固定期限的劳动合同,试用期不得超过六个月。

同一用人单位与同一劳动者只能约定一次试用期。

以完成一定工作任务为期限的劳动合同或者劳动合同期限

不满三个月的,不得约定试用期。

试用期包含在劳动合同期限内。劳动合同仅约定试用期的,试用期不成立,该期限为劳动合同期限。

第二十条 劳动者在试用期的工资不得低于本单位相同岗位最低档工资或者劳动合同约定工资的百分之八十,并不得低于用人单位所在地的最低工资标准。

第二十一条 在试用期中,除劳动者有本法第三十九条和第四十条第一项、第二项规定的情形外,用人单位不得解除劳动合同。用人单位在试用期解除劳动合同的,应当向劳动者说明理由。

第二十二条 用人单位为劳动者提供专项培训费用,对其进行专业技术培训的,可以与该劳动者订立协议,约定服务期。

劳动者违反服务期约定的,应当按照约定向用人单位支付违约金。违约金的数额不得超过用人单位提供的培训费用。用人单位要求劳动者支付的违约金不得超过服务期尚未履行部分所应分摊的培训费用。

用人单位与劳动者约定服务期的,不影响按照正常的工资调整机制提高劳动者在服务期期间的劳动报酬。

第二十三条 用人单位与劳动者可以在劳动合同中约定保守用人单位的商业秘密和与知识产权相关的保密事项。

对负有保密义务的劳动者,用人单位可以在劳动合同或者保密协议中与劳动者约定竞业限制条款,并约定在解除或者终止劳动合同后,在竞业限制期限内按月给予劳动者经济补偿。劳动者违反竞业限制约定的,应当按照约定向用人单位支付违约金。

第二十四条 竞业限制的人员限于用人单位的高级管理人员、高级技术人员和其他负有保密义务的人员。竞业限制的范围、地域、期限由用人单位与劳动者约定,竞业限制的约定不得违反法律、法规的规定。

在解除或者终止劳动合同后,前款规定的人员到与本单位生产或者经营同类产品、从事同类业务的有竞争关系的其他用人单位，或者自己开业生产或者经营同类产品、从事同类业务的竞业限制期限，不得超过两年。

第二十五条 除本法第二十二条和第二十三条规定的情形外，用人单位不得与劳动者约定由劳动者承担的违约金。

第二十六条 下列劳动合同无效或者部分无效：

（一）以欺诈、胁迫的手段或者乘人之危，使对方在违背真实意思的情况下订立或者变更劳动合同的；

（二）用人单位免除自己的法定责任、排除劳动者权利的；

（三）违反法律、行政法规强制性规定的。

对劳动合同的无效或者部分无效有争议的，由劳动争议仲裁机构或者人民法院确认。

第二十七条 劳动合同部分无效，不影响其他部分效力的，其他部分仍然有效。

第二十八条 劳动合同被确认无效，劳动者已付出劳动的，用人单位应当向劳动者支付劳动报酬。劳动报酬的数额，参照本单位相同或者相近岗位劳动者的劳动报酬确定。

第三章 劳动合同的履行和变更

第二十九条 用人单位与劳动者应当按照劳动合同的约定，全面履行各自的义务。

第三十条 用人单位应当按照劳动合同约定和国家规定，向劳动者及时足额支付劳动报酬。

用人单位拖欠或者未足额支付劳动报酬的，劳动者可以依法向当地人民法院申请支付令，人民法院应当依法发出支付令。

第三十一条 用人单位应当严格执行劳动定额标准，不得强迫或者变相强迫劳动者加班。用人单位安排加班的，应当按照国家有关规定向劳动者支付加班费。

第三十二条 劳动者拒绝用人单位管理人员违章指挥、强令冒险作业的，不视为违反劳动合同。

劳动者对危害生命安全和身体健康的劳动条件,有权对用人单位提出批评、检举和控告。

第三十三条　用人单位变更名称、法定代表人、主要负责人或者投资人等事项,不影响劳动合同的履行。

第三十四条　用人单位发生合并或者分立等情况,原劳动合同继续有效,劳动合同由承继其权利和义务的用人单位继续履行。

第三十五条　用人单位与劳动者协商一致,可以变更劳动合同约定的内容。变更劳动合同,应当采用书面形式。

变更后的劳动合同文本由用人单位和劳动者各执一份。

第四章　劳动合同的解除和终止

第三十六条　用人单位与劳动者协商一致,可以解除劳动合同。

第三十七条　劳动者提前三十日以书面形式通知用人单位,可以解除劳动合同。劳动者在试用期内提前三日通知用人单位,可以解除劳动合同。

第三十八条　用人单位有下列情形之一的,劳动者可以解除劳动合同:

(一)未按照劳动合同约定提供劳动保护或者劳动条件的;

(二)未及时足额支付劳动报酬的;

(三)未依法为劳动者缴纳社会保险费的;

(四)用人单位的规章制度违反法律、法规的规定,损害劳动者权益的;

(五)因本法第二十六条第一款规定的情形致使劳动合同无效的;

(六)法律、行政法规规定劳动者可以解除劳动合同的其他情形。

用人单位以暴力、威胁或者非法限制人身自由的手段强迫劳动者劳动的,或者用人单位违章指挥、强令冒险作业危及劳动者人身安全的,劳动者可以立即解除劳动合同,不需事先告知用人单位。

第三十九条 劳动者有下列情形之一的,用人单位可以解除劳动合同:

(一)在试用期间被证明不符合录用条件的;

(二)严重违反用人单位的规章制度的;

(三)严重失职,营私舞弊,给用人单位造成重大损害的;

(四)劳动者同时与其他用人单位建立劳动关系,对完成本单位的工作任务造成严重影响,或者经用人单位提出,拒不改正的;

(五)因本法第二十六条第一款第一项规定的情形致使劳动合同无效的;

(六)被依法追究刑事责任的。

第四十条 有下列情形之一的,用人单位提前三十日以书面形式通知劳动者本人或者额外支付劳动者一个月工资后,可以解除劳动合同:

(一)劳动者患病或者非因工负伤,在规定的医疗期满后不能从事原工作,也不能从事由用人单位另行安排的工作的;

(二)劳动者不能胜任工作,经过培训或者调整工作岗位,仍不能胜任工作的;

(三)劳动合同订立时所依据的客观情况发生重大变化,致使劳动合同无法履行,经用人单位与劳动者协商,未能就变更劳动合同内容达成协议的。

第四十一条 有下列情形之一,需要裁减人员二十人以上或者裁减不足二十人但占企业职工总数百分之十以上的,用人单位提前三十日向工会或者全体职工说明情况,听取工会或者职工的意见后,裁减人员方案经向劳动行政部门报告,可以裁减人员:

(一)依照企业破产法规定进行重整的;

(二)生产经营发生严重困难的;

（三）企业转产、重大技术革新或者经营方式调整，经变更劳动合同后，仍需裁减人员的；

（四）其他因劳动合同订立时所依据的客观经济情况发生重大变化，致使劳动合同无法履行的。

裁减人员时，应当优先留用下列人员：

（一）与本单位订立较长期限的固定期限劳动合同的；

（二）与本单位订立无固定期限劳动合同的；

（三）家庭无其他就业人员，有需要扶养的老人或者未成年人的。

用人单位依照本条第一款规定裁减人员，在六个月内重新招用人员的，应当通知被裁减的人员，并在同等条件下优先招用被裁减的人员。

第四十二条　劳动者有下列情形之一的，用人单位不得依照本法第四十、第四十一条的规定解除劳动合同：

（一）从事接触职业病危害作业的劳动者未进行离岗前职业健康检查，或者疑似职业病病人在诊断或者医学观察期间的；

（二）在本单位患职业病或者因工负伤并被确认丧失或者部分丧失劳动能力的；

（三）患病或者非因工负伤，在规定的医疗期内的；

（四）女职工在孕期、产期、哺乳期的；

（五）在本单位连续工作满十五年，且距法定退休年龄不足五年的；

（六）法律、行政法规规定的其他情形。

第四十三条　用人单位单方解除劳动合同，应当事先将理由通知工会。用人单位违反法律、行政法规规定或者劳动合同约定的，工会有权要求用人单位纠正。用人单位应当研究工会的意见，并将处理结果书面通知工会。

第四十四条　有下列情形之一的，劳动合同终止：

（一）劳动合同期满的；

（二）劳动者开始依法享受基本养老保险待遇的；

（三）劳动者死亡，或者被人民法院宣告死亡或者宣告失踪的；

（四）用人单位被依法宣告破产的；

（五）用人单位被吊销营业执照、责令关闭、撤销或者用人单位决定提前解散的；

（六）法律、行政法规规定的其他情形。

第四十五条　劳动合同期满，有本法第四十二条规定情形之一的，劳动合同应当续延至相应的情形消失时终止。但是，本法第四十二条第二项规定丧失或者部分丧失劳动能力劳动者的劳动合同的终止，按照国家有关工伤保险的规定执行。

第四十六条　有下列情形之一的，用人单位应当向劳动者支付经济补偿：

（一）劳动者依照本法第三十八条规定解除劳动合同的；

（二）用人单位依照本法第三十六条规定向劳动者提出解除劳动合同并与劳动者协商一致解除劳动合同的；

（三）用人单位依照本法第四十条规定解除劳动合同的；

（四）用人单位依照本法第四十一条第一款规定解除劳动合同的；

（五）除用人单位维持或者提高劳动合同约定条件续订劳动合同，劳动者不同意续订的情形外，依照本法第四十四条第一项规定终止固定期限劳动合同的；

（六）依照本法第四十四条第四项、第五项规定终止劳动合同的；

（七）法律、行政法规规定的其他情形。

第四十七条　经济补偿按劳动者在本单位工作的年限，每满一年支付一个月工资的标准向劳动者支付。六个月以上不满一年的，按一年计算；不满六个月的，向劳动者支付半个月工资的经济补偿。

劳动者月工资高于用人单位所在直辖市、设区的市级人民政府公布的本地区上年度职工月平均工资三倍的，向其支付经济补偿的标准按职工月平均工资三倍的数额支付,向其支付经济补偿的年限最高不超过十二年。

本条所称月工资是指劳动者在劳动合同解除或者终止前十二个月的平均工资。

第四十八条 用人单位违反本法规定解除或者终止劳动合同,劳动者要求继续履行劳动合同的,用人单位应当继续履行;劳动者不要求继续履行劳动合同或者劳动合同已经不能继续履行的,用人单位应当依照本法第八十七条规定支付赔偿金。

第四十九条 国家采取措施,建立健全劳动者社会保险关系跨地区转移接续制度。

第五十条 用人单位应当在解除或者终止劳动合同时出具解除或者终止劳动合同的证明,并在十五日内为劳动者办理档案和社会保险关系转移手续。

劳动者应当按照双方约定,办理工作交接。用人单位依照本法有关规定应当向劳动者支付经济补偿的,在办结工作交接时支付。

用人单位对已经解除或者终止的劳动合同的文本,至少保存二年备查。

第五章 特别规定

第一节 集体合同

第五十一条 企业职工一方与用人单位通过平等协商,可以就劳动报酬、工作时间、休息休假、劳动安全卫生、保险福利等事项订立集体合同。集体合同草案应当提交职工代表大会或者全体职工讨论通过。

集体合同由工会代表企业职工一方与用人单位订立;尚未建立工会的用人单位,由上级工会指导劳动者推举的代表与用人单位订立。

第五十二条 企业职工一方与用人单位可以订立劳动安全卫生、女职工权益保护、工资调整机制等专项集体合同。

第五十三条 在县级以下区域内,建筑业、采矿业、餐饮服务业等行业可以由工会与企业方面代表订立行业性集体合同,或者订立区域性集体合同。

第五十四条 集体合同订立后,应当报送劳动行政部门;劳动行政部门自收到集体合同文本之日起十五日内未提出异议的,集体合同即行生效。

依法订立的集体合同对用人单位和劳动者具有约束力。行业性、区域性集体合同对当地本行业、本区域的用人单位和劳动者具有约束力。

第五十五条 集体合同中劳动报酬和劳动条件等标准不得低于当地人民政府规定的最低标准;用人单位与劳动者订立的劳动合同中劳动报酬和劳动条件等标准不得低于集体合同规定的标准。

第五十六条 用人单位违反集体合同,侵犯职工劳动权益的,工会可以依法要求用人单位承担责任;因履行集体合同发生争议,经协商解决不成的,工会可以依法申请仲裁、提起诉讼。

第二节 劳务派遣

第五十七条 劳务派遣单位应当依照公司法的有关规定设立,注册资本不得少于五十万元。

第五十八条 劳务派遣单位是本法所称用人单位,应当履行用人单位对劳动者的义务。劳务派遣单位与被派遣劳动者订立的劳动合同,除应当载明本法第十七条规定的事项外,还应当载明被派遣劳动者的用工单位以及派遣期限、工作岗位等情况。

劳务派遣单位应当与被派遣劳动者订立两年以上的固定期限劳动合同,按月支付劳动报酬;被派遣劳动者在无工作期间,劳务派遣单位应当按照所在地人民政府规定的最低工资标准,向其按月支付报酬。

第五十九条 劳务派遣单位派遣劳动者应当与接受以劳务派遣形式用工的单位(以下称用工单位)订立劳务派遣协议。劳务派遣协议应当约定派遣岗位和人员数量、派遣期限、劳动报酬和社会保险费的数额与支付方式以及违反协议的责任。

用工单位应当根据工作岗位的实际需要与劳务派遣单位确定派遣期限,不得将连续用工期限分割订立数个短期劳务派遣协议。

第六十条　劳务派遣单位应当将劳务派遣协议的内容告知被派遣劳动者。

劳务派遣单位不得克扣用工单位按照劳务派遣协议支付给被派遣劳动者的劳动报酬。

劳务派遣单位和用工单位不得向被派遣劳动者收取费用。

第六十一条　劳务派遣单位跨地区派遣劳动者的,被派遣劳动者享有的劳动报酬和劳动条件,按照用工单位所在地的标准执行。

第六十二条　用工单位应当履行下列义务:

(一)执行国家劳动标准,提供相应的劳动条件和劳动保护;

(二)告知被派遣劳动者的工作要求和劳动报酬;

(三)支付加班费、绩效奖金,提供与工作岗位相关的福利待遇;

(四)对在岗被派遣劳动者进行工作岗位所必需的培训;

(五)连续用工的,实行正常的工资调整机制。

用工单位不得将被派遣劳动者再派遣到其他用人单位。

第六十三条　被派遣劳动者享有与用工单位的劳动者同工同酬的权利。用工单位无同类岗位劳动者的,参照用工单位所在地相同或者相近岗位劳动者的劳动报酬确定。

第六十四条　被派遣劳动者有权在劳务派遣单位或者用工单位依法参加或者组织工会,维护自身的合法权益。

第六十五条　被派遣劳动者可以依照本法第三十六条、第三十八条的规定与劳务派遣单位解除劳动合同。

被派遣劳动者有本法第三十九条和第四十条第一项、第二项规定情形的,用工单位可以将劳动者退回劳务派遣单位,劳务

431

派遣单位依照本法有关规定,可以与劳动者解除劳动合同。

第六十六条　劳务派遣一般在临时性、辅助性或者替代性的工作岗位上实施。

第六十七条　用人单位不得设立劳务派遣单位向本单位或者所属单位派遣劳动者。

第三节　非全日制用工

第六十八条　非全日制用工,是指以小时计酬为主,劳动者在同一用人单位一般平均每日工作时间不超过四小时,每周工作时间累计不超过二十四小时的用工形式。

第六十九条　非全日制用工双方当事人可以订立口头协议。

从事非全日制用工的劳动者可以与一个或者一个以上用人单位订立劳动合同;但是,后订立的劳动合同不得影响先订立的劳动合同的履行。

第七十条　非全日制用工双方当事人不得约定试用期。

第七十一条　非全日制用工双方当事人任何一方都可以随时通知对方终止用工。终止用工,用人单位不向劳动者支付经济补偿。

第七十二条　非全日制用工小时计酬标准不得低于用人单位所在地人民政府规定的最低小时工资标准。

非全日制用工劳动报酬结算支付周期最长不得超过十五日。

第六章　监督检查

第七十三条　国务院劳动行政部门负责全国劳动合同制度实施的监督管理。

县级以上地方人民政府劳动行政部门负责本行政区域内劳动合同制度实施的监督管理。

县级以上各级人民政府劳动行政部门在劳动合同制度实施的监督管理工作中,应当听取工会、企业方面代表以及有关行业主管部门的意见。

第七十四条 县级以上地方人民政府劳动行政部门依法对下列实施劳动合同制度的情况进行监督检查：

（一）用人单位制定直接涉及劳动者切身利益的规章制度及其执行的情况；

（二）用人单位与劳动者订立和解除劳动合同的情况；

（三）劳务派遣单位和用工单位遵守劳务派遣有关规定的情况；

（四）用人单位遵守国家关于劳动者工作时间和休息休假规定的情况；

（五）用人单位支付劳动合同约定的劳动报酬和执行最低工资标准的情况；

（六）用人单位参加各项社会保险和缴纳社会保险费的情况；

（七）法律、法规规定的其他劳动监察事项。

第七十五条 县级以上地方人民政府劳动行政部门实施监督检查时，有权查阅与劳动合同、集体合同有关的材料，有权对劳动场所进行实地检查，用人单位和劳动者都应当如实提供有关情况和材料。

劳动行政部门的工作人员进行监督检查，应当出示证件，依法行使职权，文明执法。

第七十六条 县级以上人民政府建设、卫生、安全生产监督管理等有关主管部门在各自职责范围内，对用人单位执行劳动合同制度的情况进行监督管理。

第七十七条 劳动者合法权益受到侵害的，有权要求有关部门依法处理，或者依法申请仲裁、提起诉讼。

第七十八条 工会依法维护劳动者的合法权益，对用人单位履行劳动合同、集体合同的情况进行监督。用人单位违反劳动法律、法规和劳动合同、集体合同的，工会有权提出意见或者要求纠正；劳动者申请仲裁、提起诉讼的，工会依法给予支持和帮助。

第七十九条　任何组织或者个人对违反本法的行为都有权举报，县级以上人民政府劳动行政部门应当及时核实、处理，并对举报有功人员给予奖励。

第七章　法律责任

第八十条　用人单位直接涉及劳动者切身利益的规章制度违反法律、法规规定的，由劳动行政部门责令改正，给予警告；给劳动者造成损害的，应当承担赔偿责任。

第八十一条　用人单位提供的劳动合同文本未载明本法规定的劳动合同必备条款或者用人单位未将劳动合同文本交付劳动者的，由劳动行政部门责令改正；给劳动者造成损害的，应当承担赔偿责任。

第八十二条　用人单位自用工之日起超过一个月不满一年未与劳动者订立书面劳动合同的，应当向劳动者每月支付两倍的工资。

用人单位违反本法规定不与劳动者订立无固定期限劳动合同的，自应当订立无固定期限劳动合同之日起向劳动者每月支付两倍的工资。

第八十三条　用人单位违反本法规定与劳动者约定试用期的，由劳动行政部门责令改正；违法约定的试用期已经履行的，由用人单位以劳动者试用期满月工资为标准，按已经履行的超过法定试用期的期间向劳动者支付赔偿金。

第八十四条　用人单位违反本法规定，扣押劳动者居民身份证等证件的，由劳动行政部门责令限期退还劳动者本人，并依照有关法律规定给予处罚。

用人单位违反本法规定，以担保或者其他名义向劳动者收取财物的，由劳动行政部门责令限期退还劳动者本人，并以每人五百元以上两千元以下的标准处以罚款；给劳动者造成损害的，应当承担赔偿责任。

劳动者依法解除或者终止劳动合同,用人单位扣押劳动者档案或者其他物品的,依照前款规定处罚。

第八十五条　用人单位有下列情形之一的,由劳动行政部门责令限期支付劳动报酬、加班费或者经济补偿;劳动报酬低于当地最低工资标准的,应当支付其差额部分;逾期不支付的,责令用人单位按应付金额百分之五十以上百分之一百以下的标准向劳动者加付赔偿金:

(一) 未按照劳动合同的约定或者国家规定及时足额支付劳动者劳动报酬的;

(二) 低于当地最低工资标准支付劳动者工资的;

(三) 安排加班不支付加班费的;

(四) 解除或者终止劳动合同,未依照本法规定向劳动者支付经济补偿的。

第八十六条　劳动合同依照本法第二十六条规定被确认无效,给对方造成损害的,有过错的一方应当承担赔偿责任。

第八十七条　用人单位违反本法规定解除或者终止劳动合同的,应当依照本法第四十七条规定的经济补偿标准的两倍向劳动者支付赔偿金。

第八十八条　用人单位有下列情形之一的,依法给予行政处罚;构成犯罪的,依法追究刑事责任;给劳动者造成损害的,应当承担赔偿责任:

(一) 以暴力、威胁或者非法限制人身自由的手段强迫劳动的;

(二) 违章指挥或者强令冒险作业危及劳动者人身安全的;

(三) 侮辱、体罚、殴打、非法搜查或者拘禁劳动者的;

(四) 劳动条件恶劣、环境污染严重,给劳动者身心健康造成严重损害的。

第八十九条　用人单位违反本法规定未向劳动者出具解除或者终止劳动合同的书面证明,由劳动行政部门责令改正;给劳动者造成损害的,应当承担赔偿责任。

第九十条　劳动者违反本法规定解除劳动合同,或者违反劳动合同中约定的保密义务或者竞业限制,给用人单位造成损失的,应当承担赔偿责任。

第九十一条　用人单位招用与其他用人单位尚未解除或者终止劳动合同的劳动者,给其他用人单位造成损失的,应当承担连带赔偿责任。

第九十二条　劳务派遣单位违反本法规定的,由劳动行政部门和其他有关主管部门责令改正;情节严重的,以每人一千元以上五千元以下的标准处以罚款,并由工商行政管理部门吊销营业执照;给被派遣劳动者造成损害的,劳务派遣单位与用工单位承担连带赔偿责任。

第九十三条　对不具备合法经营资格的用人单位的违法犯罪行为,依法追究法律责任;劳动者已经付出劳动的,该单位或者其出资人应当依照本法有关规定向劳动者支付劳动报酬、经济补偿、赔偿金;给劳动者造成损害的,应当承担赔偿责任。

第九十四条　个人承包经营违反本法规定招用劳动者,给劳动者造成损害的,发包的组织与个人承包经营者承担连带赔偿责任。

第九十五条　劳动行政部门和其他有关主管部门及其工作人员玩忽职守、不履行法定职责,或者违法行使职权,给劳动者或者用人单位造成损害的,应当承担赔偿责任;对直接负责的主管人员和其他直接责任人员,依法给予行政处分;构成犯罪的,依法追究刑事责任。

第八章　附　　则

第九十六条　事业单位与实行聘用制的工作人员订立、履行、变更、解除或者终止劳动合同,法律、行政法规或者国务院另有规定的,依照其规定;未作规定的,依照本法有关规定执行。

第九十七条　本法施行前已依法订立且在本法施行之日存续的劳动合同,继续履行;本法第十四条第二款第三项规定连续订立固定期限劳动合同的次数，自本法施行后续订固定期限劳动合同时开始计算。

本法施行前已建立劳动关系，尚未订立书面劳动合同的，应当自本法施行之日起一个月内订立。

本法施行之日存续的劳动合同在本法施行后解除或者终止，依照本法第四十六条规定应当支付经济补偿的，经济补偿年限自本法施行之日起计算；本法施行前按照当时有关规定，用人单位应当向劳动者支付经济补偿的，按照当时有关规定执行。

第九十八条　本法自 2008 年 1 月 1 日起施行。

第三节　中华人民共和国劳动合同法实施条例

《中华人民共和国劳动合同法实施条例》于 2008 年 9 月 3 日国务院第 25 次常务会议通过，2008 年 9 月 18 日以中华人民共和国国务院令第 535 号公布，自公布之日起施行。该条例包括 6 章 38 条。现全文收录如下：

第一章　总　　则

第一条　为了贯彻实施《中华人民共和国劳动合同法》（以下简称劳动合同法），制定本条例。

第二条　各级人民政府和县级以上人民政府劳动行政等有关部门以及工会等组织，应当采取措施，推动劳动合同法的贯彻实施，促进劳动关系的和谐。

第三条　依法成立的会计师事务所、律师事务所等合伙组织和基金会，属于劳动合同法规定的用人单位。

第二章　劳动合同的订立

第四条　劳动合同法规定的用人单位设立的分支机构，依法取得营业执照或者登记证书的，可以作为用人单位与劳动者订立劳动合同；未依法取得营业执照或者登记证书的，受用人单位委托可以与劳动者订立劳动合同。

第五条　自用工之日起一个月内，经用人单位书面通知后，劳动者不与用人单位订立书面劳动合同的，用人单位应当书面通知劳动者终止劳动关系，无需向劳动者支付经济补偿，但是应当依法向劳动者支付其实际工作时间的劳动报酬。

第六条　用人单位自用工之日起超过一个月不满一年未与劳动者订立书面劳动合同的，应当依照劳动合同法第八十二条的规定向劳动者每月支付两倍的工资，并与劳动者补订书面劳动合同；劳动者不与用人单位订立书面劳动合同的，用人单位应当书面通知劳动者终止劳动关系，并依照劳动合同法第四十七条的规定支付经济补偿。

前款规定的用人单位向劳动者每月支付两倍工资的起算时间为用工之日起满一个月的次日，截止时间为补订书面劳动合同的前一日。

第七条　用人单位自用工之日起满一年未与劳动者订立书面劳动合同的，自用工之日起满一个月的次日至满一年的前一日应当依照劳动合同法第八十二条的规定向劳动者每月支付两倍的工资，并视为自用工之日起满一年的当日已经与劳动者订立无固定期限劳动合同，应当立即与劳动者补订书面劳动合同。

第八条　劳动合同法第七条规定的职工名册，应当包括劳动者姓名、性别、公民身份号码、户籍地址及现住址、联系方式、用工形式、用工起始时间、劳动合同期限等内容。

第九条　劳动合同法第十四条第二款规定的连续工作满10年的起始时间，应当自用人单位用工之日起计算，包括劳动合同法施行前的工作年限。

第十条　劳动者非因本人原因从原用人单位被安排到新用人单位工作的，劳动者在原用人单位的工作年限合并计算为新用人单位的工作年限。原用人单位已经向劳动者支付经济补偿的，新用人单位在依法解除、终止劳动合同计算支付经济补偿的工作年限时,不再计算劳动者在原用人单位的工作年限。

第十一条　除劳动者与用人单位协商一致的情形外,劳动者依照劳动合同法第十四条第二款的规定,提出订立无固定期限劳动合同的,用人单位应当与其订立无固定期限劳动合同。对劳动合同的内容,双方应当按照合法、公平、平等自愿、协商一致、诚实信用的原则协商确定;对协商不一致的内容,依照劳动合同法第十八条的规定执行。

第十二条　地方各级人民政府及县级以上地方人民政府有关部门为安置就业困难人员提供的给予岗位补贴和社会保险补贴的公益性岗位,其劳动合同不适用劳动合同法有关无固定期限劳动合同的规定以及支付经济补偿的规定。

第十三条　用人单位与劳动者不得在劳动合同法第四十四条规定的劳动合同终止情形之外约定其他的劳动合同终止条件。

第十四条　劳动合同履行地与用人单位注册地不一致的,有关劳动者的最低工资标准、劳动保护、劳动条件、职业危害防护和本地区上年度职工月平均工资标准等事项,按照劳动合同履行地的有关规定执行;用人单位注册地的有关标准高于劳动合同履行地的有关标准,且用人单位与劳动者约定按照用人单位注册地的有关规定执行的,从其约定。

第十五条　劳动者在试用期的工资不得低于本单位相同岗位最低档工资的80%或者不得低于劳动合同约定工资的80%,并不得低于用人单位所在地的最低工资标准。

第十六条　劳动合同法第二十二条第二款规定的培训费用,包括用人单位为了对劳动者进行专业技术培训而支付的有凭证的培训费用、培训期间的差旅费用以及因培训产生的用于该劳动者的其他直接费用。

第十七条　劳动合同期满,但是用人单位与劳动者依照劳动合同法第二十二条的规定约定的服务期尚未到期的,劳动合同应当续延至服务期满;双方另有约定的,从其约定。

第三章 劳动合同的解除和终止

第十八条 有下列情形之一的,依照劳动合同法规定的条件、程序,劳动者可以与用人单位解除固定期限劳动合同、无固定期限劳动合同或者以完成一定工作任务为期限的劳动合同:

(一)劳动者与用人单位协商一致的;

(二)劳动者提前 30 日以书面形式通知用人单位的;

(三)劳动者在试用期内提前 3 日通知用人单位的;

(四)用人单位未按照劳动合同约定提供劳动保护或者劳动条件的;

(五)用人单位未及时足额支付劳动报酬的;

(六)用人单位未依法为劳动者缴纳社会保险费的;

(七)用人单位的规章制度违反法律、法规的规定,损害劳动者权益的;

(八)用人单位以欺诈、胁迫的手段或者乘人之危,使劳动者在违背真实意思的情况下订立或者变更劳动合同的;

(九)用人单位在劳动合同中免除自己的法定责任、排除劳动者权利的;

(十)用人单位违反法律、行政法规强制性规定的;

(十一)用人单位以暴力、威胁或者非法限制人身自由的手段强迫劳动者劳动的;

(十二)用人单位违章指挥、强令冒险作业危及劳动者人身安全的;

(十三)法律、行政法规规定劳动者可以解除劳动合同的其他情形。

第十九条 有下列情形之一的,依照劳动合同法规定的条件、程序,用人单位可以与劳动者解除固定期限劳动合同、无固定期限劳动合同或者以完成一定工作任务为期限的劳动合同:

(一)用人单位与劳动者协商一致的;

(二)劳动者在试用期间被证明不符合录用条件的;

（三）劳动者严重违反用人单位的规章制度的；

（四）劳动者严重失职，营私舞弊，给用人单位造成重大损害的；

（五）劳动者同时与其他用人单位建立劳动关系，对完成本单位的工作任务造成严重影响，或者经用人单位提出，拒不改正的；

（六）劳动者以欺诈、胁迫的手段或者乘人之危，使用人单位在违背真实意思的情况下订立或者变更劳动合同的；

（七）劳动者被依法追究刑事责任的；

（八）劳动者患病或者非因工负伤，在规定的医疗期满后不能从事原工作，也不能从事由用人单位另行安排的工作的；

（九）劳动者不能胜任工作，经过培训或者调整工作岗位，仍不能胜任工作的；

（十）劳动合同订立时所依据的客观情况发生重大变化，致使劳动合同无法履行，经用人单位与劳动者协商，未能就变更劳动合同内容达成协议的；

（十一）用人单位依照企业破产法规定进行重整的；

（十二）用人单位生产经营发生严重困难的；

（十三）企业转产、重大技术革新或者经营方式调整，经变更劳动合同后，仍需裁减人员的；

（十四）其他因劳动合同订立时所依据的客观经济情况发生重大变化，致使劳动合同无法履行的。

第二十条　用人单位依照劳动合同法第四十条的规定，选择额外支付劳动者一个月工资解除劳动合同的，其额外支付的工资应当按照该劳动者上一个月的工资标准确定。

第二十一条　劳动者达到法定退休年龄的，劳动合同终止。

第二十二条　以完成一定工作任务为期限的劳动合同因任务完成而终止的，用人单位应当依照劳动合同法第四十七条的规定向劳动者支付经济补偿。

第二十三条　用人单位依法终止工伤职工的劳动合同的，

除依照劳动合同法第四十七条的规定支付经济补偿外,还应当依照国家有关工伤保险的规定支付一次性工伤医疗补助金和伤残就业补助金。

第二十四条　用人单位出具的解除、终止劳动合同的证明,应当写明劳动合同期限、解除或者终止劳动合同的日期、工作岗位、在本单位的工作年限。

第二十五条　用人单位违反劳动合同法的规定解除或者终止劳动合同,依照劳动合同法第八十七条的规定支付了赔偿金的,不再支付经济补偿。赔偿金的计算年限自用工之日起计算。

第二十六条　用人单位与劳动者约定了服务期,劳动者依照劳动合同法第三十八条的规定解除劳动合同的,不属于违反服务期的约定,用人单位不得要求劳动者支付违约金。

有下列情形之一,用人单位与劳动者解除约定服务期的劳动合同的,劳动者应当按照劳动合同的约定向用人单位支付违约金:

(一)劳动者严重违反用人单位的规章制度的;

(二)劳动者严重失职,营私舞弊,给用人单位造成重大损害的;

(三)劳动者同时与其他用人单位建立劳动关系,对完成本单位的工作任务造成严重影响,或者经用人单位提出,拒不改正的;

(四)劳动者以欺诈、胁迫的手段或者乘人之危,使用人单位在违背真实意思的情况下订立或者变更劳动合同的;

(五)劳动者被依法追究刑事责任的。

第二十七条　劳动合同法第四十七条规定的经济补偿的月工资按照劳动者应得工资计算,包括计时工资或者计件工资以及奖金、津贴和补贴等货币性收入。劳动者在劳动合同解除或者终止前12个月的平均工资低于当地最低工资标准的,按照当地最低工资标准计算。劳动者工作不满12个月的,按照实际工作的月数计算平均工资。

第四章 劳务派遣特别规定

第二十八条 用人单位或者其所属单位出资或者合伙设立的劳务派遣单位，向本单位或者所属单位派遣劳动者的，属于劳动合同法第六十七条规定的不得设立的劳务派遣单位。

第二十九条 用工单位应当履行劳动合同法第六十二条规定的义务，维护被派遣劳动者的合法权益。

第三十条 劳务派遣单位不得以非全日制用工形式招用被派遣劳动者。

第三十一条 劳务派遣单位或者被派遣劳动者依法解除、终止劳动合同的经济补偿，依照劳动合同法第四十六条、第四十七条的规定执行。

第三十二条 劳务派遣单位违法解除或者终止被派遣劳动者的劳动合同的，依照劳动合同法第四十八条的规定执行。

第五章 法 律 责 任

第三十三条 用人单位违反劳动合同法有关建立职工名册规定的，由劳动行政部门责令限期改正；逾期不改正的，由劳动行政部门处 2000 元以上 2 万元以下的罚款。

第三十四条 用人单位依照劳动合同法的规定应当向劳动者每月支付两倍的工资或者应当向劳动者支付赔偿金而未支付的，劳动行政部门应当责令用人单位支付。

第三十五条 用工单位违反劳动合同法和本条例有关劳务派遣规定的，由劳动行政部门和其他有关主管部门责令改正；情节严重的，以每位被派遣劳动者 1000 元以上 5000 元以下的标准处以罚款；给被派遣劳动者造成损害的，劳务派遣单位和用工单位承担连带赔偿责任。

第六章 附 则

第三十六条 对违反劳动合同法和本条例的行为的投诉、

举报,县级以上地方人民政府劳动行政部门依照《劳动保障监察条例》的规定处理。

第三十七条　劳动者与用人单位因订立、履行、变更、解除或者终止劳动合同发生争议的,依照《中华人民共和国劳动争议调解仲裁法》的规定处理。

第三十八条　本条例自公布之日起施行。

第四节　医院工作制度与人员岗位职责

为适应我国医疗事业发展的需要,进一步规范全国医院管理和运行秩序,卫生部医政司委托中国医院协会组织专家对《医院工作制度》(1982 年 4 月 7 日卫生部发布)、《医院工作人员职责》(1982 年 4 月 7 日卫生部发布)和《医院工作制度的补充规定(试行)》(1992 年 3 月 7 日卫生部发布)进行修订,经过修订,形成了《全国医院工作制度与人员岗位职责(征求意见稿)》。该内容分为三个部分:工作制度、人员岗位职责、新增编的工作制度与人员岗位职责。该文件涉及众多专业,现将与护理工作有关节选如下:

一、护理部工作制度

1. 护理部有健全的领导体制,实行三级管理,对科护士长、护士长进行垂直领导,或实行总护士长与护士长二级管理体制。

2. 护理部负责全院护理人员的聘任、调配、奖惩等有关事宜。

3. 护理部有年计划、季度计划、周工作重点,并认真组织落实,年终有总结。

4. 建立健全各项护理管理制度、疾病护理常规及各级护理人员岗位责任制度。

5. 健全科护士长、护士长的考核标准,护理部每月汇总科护士长、护士长月报表,发现问题及时解决。

6. 全面实施以病人为中心的护理服务。

7. 护理质量控制工作：

7.1 由主管临床的护理部副主任负责。年有工作计划,月有检查重点,有记录,并有改进措施及奖惩制度。

7.2 护理部深入科室查房,协助临床一线解决实际问题。

7.3 每季度进行住院患者、出院患者、门诊患者满意度调查。

7.4 坚持夜班督导查岗制,不定期检查,每周抽查不少于2次,并有记录。

7.5 建立护理不良事件报告体系,以促进护理质量、安全管理体系的持续改进。

8. 组织定期不定期开展多种形式的护理质量管理活动,将护理质量控制的信息传达到科室、传递至各级各类护士。

9. 组织定期不定期召开相关工作会议,如护理部例会、夜班督导交班会、护士长例会、全院护士大会等。

10. 教学工作：

10.1 有各类人员(护生、进修生、在职护士等)的教学计划,有考核,有总结;各病房设临床教学老师。

10.2 组织全院业务学习、护理查房与会诊、护士技能培训、新护士岗前培训等活动。

11. 定期对护理人员岗位技术能力评价工作。

二、病房管理制度

1. 病房由护士长负责管理。

2. 保持病房整洁、舒适、安全,避免噪音,工作人员做到走路轻、关门轻、说话轻、操作轻。

3. 统一病房陈设,室内物品和床位要摆放整齐,固定位置,精密贵重仪器有使用要求并专人保管,不得随意变动。

4. 定期对患者进行健康教育。定期召开患者座谈会,征求意见,改进病房工作。

5. 保持病房清洁整齐,布局有序,注意通风。

6. 医务人员必须按要求着装,佩戴有姓名胸牌上岗。

7. 患者必须穿医院患者服装,携带必要生活用品。

8. 护士长全面负责保管病房财产、设备,并分别指派专人管理,建立账目,定期清点,如有遗失及时查明原因,按规定处理。

三、早 会 制 度

早会是科室、病区在每日清晨上班开始时间进行的会议。开好早会,对维持正常的运行秩序、保证良好的医疗工作质量和环节质量有特殊重要的意义。

1. 早会由科主任或病区组长(护士长)主持,凡科室成员或在病区上班者均应准时到会,不迟到,不缺席,仪表整洁。

2. 每日早会由夜班护士交待前一日病室内患者情况,并重点交待夜间危重患者情况。

3. 主管医生重点介绍新患者及危重患者的情况以及诊疗注意事项。

4. 护士长布置当日护理及其他工作重点,定期总结工作。

5. 传达各项会议主要内容。

6. 早会时间应于 15 至 30 分钟内结束,小讲课日时间可适当延长,但不应影响正常护理工作。

附:病房早交班时间要求

1. 早交班中时间分配 总体以不超过 30 分钟为宜,对病情交班 15 分钟左右、传达会议及小讲课 15 分钟左右。

2. 早交班要求 早交班应保证质量,简明扼要,不拖拉,在不影响患者治疗护理的前提下进行。

2.1 夜班护士交班前 15 分钟再次进入病房,了解重危患者病情,然后在交班时重点掌握重危患者病情的最新变化。

2.2 按规定时间准时开始交接班,无会议传达或小讲课时,交班时间原则上不超过 20 分钟;有会议传达或小讲课时,不得超过 30 分钟。

2.3　交班内容:夜班护士在交班前应准备充分,交待病情重点突出、准确清楚,并正确运用医学术语,体现患者的动态变化。

2.4　护士长不定期就交班内容进行提问。

四、交接班制度

1. 值班人员必须坚守岗位,履行职责,保证各项治疗、护理工作准确及时地进行。

2. 每班必须按时交接班,接班者提前 5～10 分钟到病房,阅读病室报告、护理记录、交班记录本。在接班者未到岗与交接清楚之前,交班者不得离开岗位。

3. 值班者必须在交班前完成本班的各项工作,写好病室报告及各项护理记录,处理好用过的物品。遇到特殊情况应详细交待,与接班者共同做好交接班工作方可离去。白班应为夜班做好物品准备,如抢救药品及抢救用物、呼吸机、麻醉机、氧气、吸引器、注射器、消毒敷料、常备器械、被服等,以便于夜班工作。

4. 交班中发现患者病情、治疗及护理器械物品等不符时,应立即查问。接班时间发现问题,应由交班者负责,接班后出现的问题由接班者负责。

五、交班内容及要求

1. 交清住院患者总数,出入院、转科(院)、手术(分娩)、病危、病重、死亡人数,以及新入院、手术前、手术当日、分娩、危重、抢救、特殊检查、留送各种标本完成情况等,患者的诊断、病情、治疗、护理、写出书面病室护理交班报告。

2. 床头交班查看危重、抢救、昏迷、大手术、瘫痪患者的病情,如:生命体征、输液、皮肤、各种引流管、特殊治疗情况及各专科护理执行情况。

3. 交、接班者共同巡视、检查病房清洁、整齐、安静、安全的情况。

4. 接班者应清点毒麻药、急救药品和其他医疗器械，若数量不符应及时与交班者核对。

附：排班原则及要求

1. 满足患者需要，均衡各班工作量，配备不同数量的护士。

2. 保证护理质量，适当搭配不同层次护理人员，最大限度发挥不同年资、不同职称护理人员的作用。

3. 公平的原则，保证护理人员休息，在不影响工作的前提下，尽量满足护理人员的学习时间及特殊需要。

4. 节约人力，排班具有弹性，紧急情况时适当调整。

六、夜班督导工作制度

1. 了解夜班护士的工作情况，重点是否能按规定巡视病房、对危重患者的观察、病情变化的了解及准确记录出入量、护理记录等情况。

2. 负责检查夜班护士在患者熄灯前的准备工作情况。包括患者在夜间所需用品是否准备齐全，并放置在合适的位置；年老体弱患者的安全措施是否得当等。

3. 收取、阅读及检查护士的病室报告书写情况，尤其对抢救患者的记录是否完整、准确。

4. 检查护士是否有违纪情况，包括仪容仪表、文明礼貌、劳动纪律等方面。

5. 检查病室是否整洁、安静。

6. 每日夜班统计数字包括：患者总数、出入院、危重、特级护理、手术、陪伴人数等。

7. 夜班督导把以上检查情况记录在夜班工作本上，第二日早向护理部及科护士长交班。

8. 对于床位较多及三级医院，应由护理部领导及科护士长承担夜班督导工作。

七、执行医嘱制度

1. 医嘱书写要求

1.1 必须写明下达医嘱的时间、患者姓名和床号。

1.2 顺序：①专科护理常规及分级护理；②重点护理（如病危、病重、绝对卧床、特殊体位等）；③特别记录（如记出入量、定时测血压等）；④饮食；⑤治疗医嘱（根据用药种类、时间长短、用药方法等略加归纳，先后排列，以便于执行和打印）；⑥检查、化验等。

1.3 停止医嘱应先写"停"，其后写明所停医嘱的内容。

2. 整理医嘱 长期医嘱应及时由医师下达"重整"医嘱，主班护师负责核对，在长期医嘱单的最后一条长期医嘱下用红铅笔画一横线，然后将未停的医嘱按时间顺序依次排列。

3. 执行医嘱

3.1 值班护士必须认真阅读医嘱内容，并确认患者姓名、床号、药名、剂量、次数、用法和时间再执行。

3.2 执行医嘱时必须按查对要求认真核对，长期医嘱执行后在医嘱执行单上立即打蓝"√"并签字，临时医嘱执行后在医嘱单上立即签全名并注明实际执行时间。

3.3 处理后的医嘱由护士确认，打印于医嘱单、医嘱执行单上，然后在医嘱本上打蓝"√"。

3.4 需要时（P.R.N）医嘱按长期医嘱处理，每执行一次在医嘱单上按临时医嘱记录一次。

4. 要求

4.1 常规医嘱一般在上午 10Am 前开出，要求层次分明，内容清楚。

4.2 医护人员对患者的一切处置必须开写医嘱，不得口头吩咐（对患者紧急抢救时可先处理，后补开医嘱）。

4.3 开写医嘱应字迹清楚、整洁，意义明确、完整，不得随意涂改，不用的医嘱用红笔写明"取消（DC）"字样以示停用，开写、执行和"取消"医嘱一律注明时间和签全名。

4.4　书写检查、治疗、饮食、护理常规等医嘱一律用中文，通用药名、用法用中文也可以用外文缩写。

4.5　患者进行手术或转科时，术前医嘱或原科医嘱一律停止，在医嘱单上以红铅笔画一横线，以示截止，重新开写术后医嘱和转科后医嘱。

4.6　医生开写特殊医嘱后，应向值班护士口头交待清楚。

4.7　护士执行医嘱时须经第二人认真核对。每班核对医嘱，并签名。每周全面核对医嘱一次。

八、分级护理制度

1. 特级护理

1.1　病情依据：①病情危重，随时需要进行抢救的患者。②各种复杂或新开展的大手术后的患者。③严重外伤和大面积烧伤的患者。④某些严重的内科疾患及精神障碍者。⑤入住各类 ICU（重症监护病房）的患者。

1.2　护理要求：①除患者突然发生病情变化外，必须进入抢救室或监护室，根据医嘱由监护护士或特护人员专人护理。②严密观察病情变化，随时测量体温、脉搏、呼吸、血压，保持呼吸道及各种管道的通畅，准确记录 24 小时出入量。③制定护理计划或护理重点，有完整的特护记录，详细记录患者的病情变化。④重症患者的生活护理均由护理人员完成。⑤备齐急救药品和器材，用物定期更换和消毒，严格执行无菌操作规程。⑥观察患者情绪上的变化，做好心理护理。

2. 一级护理

2.1　病情依据：①重症患者、各种大手术后尚需严格卧床休息以及生活不能自理患者。②生活一部分可以自理，但病情随时可能发生变化的患者。

2.2　护理要求：①随时观察病情变化，根据病情，定期测量体温、脉搏、呼吸、血压。②加强基础护理，专科护理，防止发生并发症。③定时巡视病房，随时做好各种应急准备。④观察用药后反应及效果,做好各项护理记录。⑤观察患者情绪上的变化,做好心理护理。

3. 二级护理

3.1 病情依据:①急性症状消失,病情趋于稳定,仍需卧床休息的患者;②慢性病限制活动或生活大部分可以自理的患者。

3.2 护理要求:①定时巡视患者,掌握患者的病情变化,按常规给患者测量体温、脉搏、呼吸、血压。②协助、督促、指导患者进行生活护理。③按要求做好一般护理记录单的书写。

4. 三级护理

4.1 病情依据:生活完全可以自理的、病情较轻或恢复期的患者。

4.2 护理要求:①按常规为患者测体温、脉搏、呼吸、血压;②定期巡视患者,掌握患者的治疗效果及精神状态;③进行健康教育及康复指导。

附:死亡病员料理事项

1. 经医师检查证实死亡的病员方可进行尸体料理,护士对其家属应予心理的安慰。

2. 医师填写死亡通知单,立即送住院处,由住院处通知死者家属或单位。

3. 需有两人在场检查死者有无遗物,如钱、票证、衣物等各种物品,交给死者家属或单位。如家属和单位不在,应交由护士长保存。

4. 当班护士要用棉花塞好死者之口、鼻、耳、肛门、阴道等。如有伤口或排泄物,应擦洗干净包好,使两眼闭合。穿好衣服,用大单包裹,系上死亡卡片,通知太平间接尸体。

5. 整理病室,拆走床单、被褥等物,通风换气,床铺、床头柜按常规消毒处理。如系传染病员,即按传染病消毒制度处理。

6. 整理病案,完成护理记录。

九、护理会诊与查房制度

1. 对于本专科不能解决的护理问题,需其他科或多科进行护理会诊的患者,请先向护理部提出会诊申请。

2. 填写护理会诊记录单,注明患者一般资料,请求护理会诊的理由等。护理会诊单按照要求填好后,经护士长签字,打电话通知护理部。

3. 护理部负责会诊的组织协调工作。即:确定会诊时间、通知申请科室并负责组织有关护理人员进行护理会诊。

4. 会诊地点常规设在申请科室。

5. 护理会诊的意见由会诊人员写在护理会诊单上。

6. 参加护理会诊的人员由专科护士或由护士长选派的主管护师职称以上人员负责。

7. 所填护理会诊单由护理部留档。

十、病房药品管理制度

1. 病房内所有基数药品,只能供应住院患者按医嘱使用,其他人员不得私自取用。

2. 病房内基数药品,应指定专人管理,负责领药、退药和保管工作。

3. 每日清点并记录,检查药品,防止积压、变质,如发现有沉淀、变色、过期、标签模糊时,立即停止使用并报药房处理。

4. 中心药房对病房内存放的药品要定期检查,并核对药品种类、数量是否相符,有无过期变质现象。

5. 抢救药品必须放置在抢救车内,定量、定位放置,有定位图示,标签清楚,每日检查,保证随时急用。

6. 特殊及贵重药品应注明床号、姓名,单独存放并加锁。

7. 需要冷藏的药品(如冰干血浆、白蛋白、胰岛素等)要放在冰箱内,以免影响药效。

8. 患者专用的药物,停药后及时退药。

9. 病房毒麻药管理要求

9.1 病房毒麻药品只能供应住院患者按医嘱使用，其他人员不得私自取用、借用。

9.2 设专柜存放，专人管理，严格加锁，并按需保持一定基数，每班交接班时，必须交接点清，双方用正楷签全名。

9.3 医生开医嘱及专用处方（蓝处方）后，方可给该患者使用，使用后保留空安瓿。

9.4 建立毒麻药使用登记本，注明患者姓名、床号、使用药名、剂量、使用日期、时间，护士正楷签名。

9.5 如遇必要时医嘱且当患者需要使用时，仍需有医生所开的医嘱、专用处方，并保留空安瓿。

10. 高危药品的存放有规范，在病区不得混合存放高浓度电解质制剂（包括氯化钾、磷化钾及超过 0.9％的氯化钠等）、肌肉松弛剂与细胞毒化等高危药品，必须单独存放，有醒目的标志，并有使用剂量的限制。

11. 对夜间、节假日的临时紧急用药应能及时从药学部门获得。

十一、病房消毒隔离制度

1. 医务人员在做无菌操作时，必须严格执行无菌操作规程。洗手，戴好帽子、口罩。换药车或输液车上的无菌器械、罐、槽、盘等，使用后应及时盖严，定时更换和灭菌，并注明灭菌日期和开启日期及时间。

2. 治疗室每日定时通风换气，用消毒液擦地，每周大扫除一次，无菌物品抽样做细菌培养，每月一次，并有报告，结果存档。治疗室用的擦布及墩布等应有标记且专物专用。

3. 病室各房间应每日定时通风两次，每日晨间护理时用湿布套扫床，一床一套；每日擦小桌，一桌一布，均浸泡消毒后清洗晾干。

4. 每周至少更换被服一次，并根据情况随时更换。

5. 患者用过的口服药杯应浸泡于含氯制剂溶液中,消毒液每日更换一次。

6. 注射器使用后将针头弃于锐器收集盒中,注射器放入黄色垃圾袋中,各种器械浸泡在消毒溶液中。

7. 餐具每餐后必须执行一洗,二涮,三冲,四消毒,五保洁的工作程序。隔离的患者必须使用一次性餐具。

8. 便盆每周用含氯制剂(如:1000mg/L 健之素)溶液浸泡消毒,隔离患者使用专用便器。

9. 治疗室、产房、手术室、换药室要定期进行空气消毒,并做空气培养。

10. 体温表一人一支,每次使用后浸泡于 70%酒精(或含氯消毒剂)溶液中,每日更换酒精一次,每周清洗消毒一次,由专人负责。

11. 门诊采取血标本,实行一人、一针、一巾、一止血带,使用过的棉棍、棉球要集中放入医用垃圾袋中,以免污染环境。

12. 婴儿使用的餐具如小杯、小匙等,需经高压蒸汽灭菌后备用。

13. 床单元隔离

13.1 隔离患者有条件时住单间,病室内或病室门口要备隔离衣,悬挂方法正确。

13.2 清洁区挂避污纸,以便随时使用。

13.3 隔离单位门外应设泡手盆,内盛含氯消毒剂(如 250mg/L 健之素)溶液。

13.4 患者专用体温表、药杯、便器,应用一次性注射器、输液器、餐具,使用后回收集中处理。

13.5 隔离患者用过的医疗器械应用含溴或含氯消毒剂(如 2000mg/L 健之素)浸泡消毒,血压表、听诊器等用消毒液擦拭,血压计袖带若被血液、体液污染应在清洁的基础上使用含有效溴或有效氯的消毒剂浸泡 30 分钟后清洗干净,晾干备用。

13.6 保持室内良好的新鲜空气流通,必要时在有条件的病室可保持负压状态。

13.7 脏被服放入有隔离标志的黄色袋中,送洗衣房单独消毒后再洗涤。

14. 凡患者有气性坏疽,绿脓杆菌等特殊感染伤口,应严格隔离。所用的器械、被服均要进行"双蒸"处理,所用敷料放入专用塑料袋烧毁。

15. 口腔科护理中要求一律使用一次性漱口杯,口腔科牙钻针单支包装后必须经过高压灭菌方可使用,做到一人一钻针。

16. 对麻醉机螺旋管、呼吸气囊、气管套管、氧气用的湿化瓶、牙垫、舌钳、开口器等使用后应严格消毒灭菌,所有接触过口腔的用具,必须用乙肝有效的消毒方法处理。

17. 各种内窥镜使用后必须认真分类清洗,彻底消毒,对乙肝患者应固定内窥镜,用后进行严格消毒。

18. 诊疗、换药、注射、处置工作前后,认真洗手,必要时用消毒液泡手。

19. 转科、出院、死亡患者单位要进行终末消毒。

20. 医疗垃圾与生活垃圾分类放置,并有标志,生活垃圾放入黑色袋中,医疗垃圾放入黄色袋中,医疗垃圾应在 48 小时内送到医院集中地。

十二、皮肤压力伤登记报告制度

1. 发现皮肤压力伤,无论是院内还是院外带来的,均要及时上报登记。

2. 24 小时内通知护理部,由质控员到科室核查。

3. 填写皮肤压伤观察表。

3.1 在"压伤来源"一栏中,科外发生的要填清科室,院外发生要注明。

3.2 在"转归"栏中,要填写出院、转科或死亡,如果转科要填写科名;在"预后栏"中,要填写清楚皮肤状况。

3.3 根据皮肤压伤危险性评分表及分期,按要求填写。

4. 积极采取措施密切观察皮肤变化,并及时准确记录。

5. 当患者转科时,请将观察表或记录交由所转科室继续填写。

6. 当患者出院或死亡后,将此表及时交回护理部。

7. 如隐瞒不报,一经发现与科室月质控成绩挂钩。

8. 对可能发生皮肤压力伤的高危患者实行评估,并给予预防措施。

十三、导管滑脱登记报告制度
(中心静脉插管、气管插管等)

1. 医务人员应本着预防为主的原则,认真评估患者是否存在管路滑脱危险因素。

2. 如存在上述危险因素,要及时制定防范计划与措施,并做好交接班。

3. 对患者及家属及时进行宣教,使其充分了解预防管路滑脱的重要意义。

4. 加强巡视,随时了解患者情况并记好护理记录,对存在管路滑脱危险因素的患者,根据情况安排家属陪伴。

5. 护士要熟练掌握导管脱落的紧急处理预案,当发生患者管路滑脱时,要本着患者安全第一的原则,迅速采取补救措施,避免或减轻对患者身体健康的损害或将损害降至最低。

6. 当事人要立即向护士长汇报,并将发生经过、患者状况及后果及时报护理部;按规定填写患者管路登记表,24~48小时内报护理部。

7. 护士长要组织科室工作人员认真讨论,提高认识,不断改进工作。

8. 发生管路滑脱的单位或个人,有意隐瞒不报,一经发现将严肃处理。

9. 护理部定期组织有关人员进行分析,制定防范措施,不断完善护理管理制度。

十四、病房安全制度

1. 物品固定放置,便于清点,保证患者行动安全。

2. 病房内禁止吸烟与饮酒,禁止使用电炉、酒精灯及点燃明火,以防失火。

3. 加强对陪住和探视人员的管理。

4. 贵重物品不要放在病房内。

5. 病房晚九点应及时清理病房内探视人员离开病区,并督促病人休息。

6. 加强巡视,如发现可疑分子,及时通知保卫处。

7. 空病房要及时上锁。

8. 按要求畅通防火通道,不堆、堵杂物。

9. 消防设施完好、齐全,上无杂物。

十五、患者膳食管理制度

1. 患者的膳食种类由医生根据病情决定。医生开写或更改膳食医嘱后,护士应及时通知营养部和配膳员,并填好饮食牌。

2. 开饭前停止一般治疗,协助卧床患者解除生理需要并洗手,安排卧位,备好床上饭桌,并保持室内清洁、整齐,冬季应提前半小时开窗通风,保证病室空气清新,以增进患者食欲。

3. 开饭时工作人员应洗手、戴口罩,保持衣帽整洁,携带配餐记录,并严格执行饮食查对制度。

4. 注意食品保温,及时准确地将饭菜送到患者床旁,保证患者吃到热饭菜。

5. 要求患者订营养配餐,如因特殊情况患者家属送饭时,须经护士检查同意后方可食用。

6. 观察患者进食情况,必要时协助患者进食,注意饮食习惯。对食欲不佳的患者适当鼓励进食,必要时增加进食次数,以补充营养。

7. 每餐核对避免差错,特别对食用治疗膳食的患者,要讲清目的,取得患者合作。

8. 患者食具要每餐消毒,传染病患者须使用一次性餐具。

9. 经常征求患者意见,及时向营养部门反馈。

十六、健康教育制度

健康教育是一项科普工作。通过健康教育,使广大群众增加卫生知识,有利于防病和治病。各病房、科室及门诊定期以各种形式向患者及家属进行卫生宣教,并使之形成制度,认真落实,健康教育的方法有以下几种:

1. 对住院患者重点是,但不限于:

1.1　入院须知宣教。

1.2　传授相关疾病知识。

1.3　手术前及手术后护理知识。

1.4　出院时康复知识。

2. 对门诊患者重点是,但不限于:

2.1　门诊诊疗环境。

2.2　传授相关疾病知识。

2.3　合理用药知识。

3. 个别指导　内容包括一般卫生知识如个人卫生、公共卫生、饮食卫生、常见病、多发病、季节性传染病的防治知识,及简单的急救知识、妇幼卫生、婴儿保健、计划生育等。可在入院介绍和护理患者时,结合病情、家庭情况和生活条件作具体针对性指导。

4. 集体讲解　门诊利用患者候诊时间,病房则按工作情况与患者作息制度选定时间进行集体讲解,还可结合示范,配合幻灯、模型等,以加深印象。

5. 文字宣传　利用宣传栏编写短文、专科性宣传图示或诗词等,标题要醒目,内容要通俗,要体现大多数病人的保健需求。

6. 卫生展览　如图片或实物展览,内容应定期更换。

7. 卫生影视　利用门诊候诊及住院患者活动时间、出院后的宣教会进行宣教。

十七、探视、陪伴管理制度

1. 为促进患者早日康复,使医疗护理工作有秩序的进行,要尽可能减少陪伴。

2. 陪伴适用原则

2.1　各种疾病导致多脏器损害,病情严重,且不在专科监护室监护者。

2.2　病情有可能突然发生严重并发症者。

2.3　疾病诊断不清或病情反复、发展等情况而致生活不能自理者。

2.4　各种原因造成的精神异常、意识障碍者。

2.5　各种介入治疗、手术后者。

2.6　语言沟通障碍、失明及失聪者。

2.7　有自杀倾向者。

2.8　年龄过大(超过 75 岁以上),年龄过小(10 岁以下)者。

2.9　医师认为诊疗需要陪伴的其他患者。

3. 凡患者病情需陪伴者,需经主管医生及护士长同意,发给陪伴证(盖章有效),方可陪伴。病情稳定后,停止陪伴同时收回陪伴证,并随需要增发或收回。

4. 陪伴者须遵守下列规定

4.1　与医护人员密切配合,在医护人员指导下照顾患者。

4.2　自觉遵守医院各项规章制度,不随地吐痰,不在院内吸烟,不窜病房,不在病房里洗澡、洗头、洗衣服和蒸煮自带的食物,不得自带行军床、躺椅等。不吃患者饮食,保持病房的安静和清洁卫生。

4.3　节约水电,爱护国家财产,损坏公物须照价赔偿。

4.4　陪伴只限一人,设定换班时间,出入院出示"陪伴证",

携带物品出院需经病房值班护士开具证明。

4.5　有事离开患者，必须通知医护人员。

4.6　不得私自将患者带离至院外。

5.陪伴人员如违犯院规或影响医院治安，经说服教育无效者，可停止其陪伴，并与有关部门联系处理。

十八、注射室工作制度

1.凡各种注射应按处方和医嘱执行，对易致过敏的药物，必须按药品说明书规定做好注射前的药物过敏试验。

2.严格执行查对制度，对待患者热情、体贴。

3.密切观察注射后的情况，若发生注射反应或意外，应及时进行处置，并通知医生。

4.严格执行无菌操作规程，操作时应戴口罩、帽子。器械要定期消毒和更换。保证消毒液的有效浓度。注射时，使用一次性注射器。

5.备齐抢救药品及器械，放于固定位置，定期检查，及时补充更换。

6.每天要做好室内清洁卫生和消毒，定期采样培养。

7.严格执行隔离消毒制度，防止交叉感染。

十九、治疗室工作制度

1.保持室内清洁，每完成一项工作，即要随时清理，每天消毒两次。每周彻底扫除一次。除工作人员外，其他人员不许在室内逗留。

2.器械物品放在固定位置，及时请领，上报损耗，严格交接手续。

3.各种内、外用药品分类放置，标签明显，字迹清楚。

4.毒、麻、限剧及贵重药应加锁保管，严格交接班。

5.高浓度电解质液、氯化钾、肌松剂等高危性药物单独存放，超正常剂量使用有严格的流程规范管理。

6. 严格执行无菌技术操作,进入治疗室必须穿工作服、戴工作帽及口罩。

7. 干缸无菌持物钳,每 4 小时更换。

8. 已用过的一次性注射器、输液器等,放入黄色医疗废物专用包装袋内,按感染性废物处理,不得返回治疗室。

9. 无菌物品应注明灭菌日期、须在有效期内使用。

10. 定期进行空气和无菌物品采样培养,每日使用紫外线消毒,并有登记签名。

11. 打开后的无菌液体,需继续使用者,需注明打开日前与时分,仅限于当班时间内使用(有效期不超过 8 小时)。

二十、换药室工作制度

1. 严格执行无菌操作原则,非换药人员不得入内。

2. 除固定敷料外(绷带等),一切换药物品均需保持无菌,并注明灭菌有效日期,无菌溶液(生理盐水、呋喃西林等)定期检查,无过期物品。

3. 换药时,先处理清洁伤口,后处理感染伤口。

4. 特殊感染用物不得在换药室处理。

5. 污敷料放入黄色医疗废物专用包装袋内,按感染性废物处理。

6. 换药室每日紫外线照射消毒两次,记录消毒时间及签名,每周彻底扫除一次。

7. 换药时,根据伤口情况,换药物品依先后次序一次备齐,保持台面整洁。

8. 做到操作轻柔,程序规程,处置准确,包扎符合要求。

二十一、患者入院、出院工作制度

1. 入院

1.1　在患者入院之前准备好床单位。

1.2　热情接待患者并向其介绍自己和其他医务人员及同

病室的病友。

1.3 陪同患者至指定的床位并确保其舒适。

1.4 解释并告之住院规则/须知及病房有关制度(病室环境、住院安全、作息时间、膳食制度等)。

1.5 完成护理评估。

1.6 根据患者的需要制订护理计划。

2. 出院

2.1 接到患者出院医嘱后,核对所有录入医嘱记账明细无误后,通知住院处结账。

2.2 患者出院前,由责任护士及主管医师将出院小结交予患者,并认真向患者及其亲属告知出院后注意事项。包括:目前的病情;药物的剂量、作用、副作用;饮食;活动;复诊时间;预约等。

2.3 准确告知患者和家属办理出院手续的方法。

2.4 主动征求对医疗、护理等各方面的意见及建议。

2.5 清点患者单位公用物品:包括被服类,家具等。

2.6 收到患者出院证明条后,方可允许患者离院;嘱患者带齐个人用物,将患者送出病房。

2.7 出院后,床单位进行终末消毒,更换床上用品。

3. 转院转科

3.1 接到患者转院、转科医嘱后,及时与相关单位沟通。

3.2 患者转院转科前,由责任护士及主管医师向患者或亲属告知相关注意事项,如目前的病情、途中可能遇到情况等。

3.3 转科时病历应随同转科交接;转院时应将医师的病历摘要及其他必要资料备妥随同转院,保障医疗信息资料连续性。

3.4 转院、转科途中可能遇到情况的处理有预案和具体准备措施。

3.5 转科时填写好交接清单,交接时经现场核对后签字确认。

二十二、物资、器材管理制度

1. 各科室对设备、家具、器材、被服须建立账目,并定期清点,防止霉烂、遗失、差错。要求账物相符,保证物资安全。

2. 财务收入与支出要详细登记并有两人签字。

3. 设专人负责物资、被服请领、保管及报废工作。

4. 定期做好请领申请,交给物资科;请领物品时,需精打细算,做到物尽其用。除抢救及急需物品外,原则上每个科室每月只准领取一次。

5. 各科室领取正常消耗性器材、物品时应有本单位负责人签字才可请领。如听诊器、血压表等需要报废时,还应有修理部门的技术鉴定、签字,证明不能修理时才能以旧换新。

6. 科室建立维修登记本,以利仪器设备保管使用。

7. 各种物资、被服的报废,需经行政处审核后,方可办理报废手续。

8. 任何人不得将医院的任何物资私自带出院外。

二十三、患者外出检查制度

1. 遵照医嘱确认患者的身份,核对拟实施项目的准备事宜完成情况,对重症患者要请主管医师实行可行评估后,方可离开病区外出检查。

2. 送患者外出检查时,耐心向患者讲解相关检查注意事项。

3. 对待患者及其家属,特别是动作缓慢及年老体弱的患者,要礼貌、热情,有爱心。

4. 准确、及时地将患者护送到检查科室,检查完毕后及时将患者送回病房。

5. 运送患者过程中,应随时观察患者的反应,保证患者检查途中的安全。

6. 送患者检查途中,负责保管好病历等文件资料,不能擅自将病历交给患者或其家属,确保病历等文件资料的保密性。

7. 离院外出检查应遵循医院相关制度。

二十四、护理查房制度

护理查房是护士学习知识,提高业务水平的重要途径。应在报告病例的基础上,针对患者和病例的特点,进行有针对性、有目的的分析与讨论,使参与者在业务上有所收获。

1. 查房目的

1.1 更新业务知识:学习医学知识;学习护理专业的概念、理论;学习医护领域的新技术、新技能、经验等。

1.2 能找出护理上的难题,交流经验、教训,护理工作中的新知识、新方法。

2. 查房要求

2.1 护理查房要有组织、有计划、有重点、有专业性,通过护理查房对患者提出护理问题、制定护理措施并针对问题及措施进行讨论,以提高护理质量。

2.2 护理查房要围绕新技术、新业务的开展,注重经验教训的总结,突出与护理密切相关的问题。通过护理查房能够促进临床护理技能及护理理论水平的提高,同时能够解决临床实际的护理问题。

2.3 护理查房可采用多种形式,如个案护理、危重疑难病例的护理总结。

2.4 病房每月进行护理查房一次,科室每季度护理大查房一次,护理部每季度参加一次科室大查房。

2.5 查房前要进行充分的准备并提前通知参加人员护理查房的内容。

2.6 护理查房主持人要选择有临床经验,具有一定的专业理论水平的护师或主管护师。护士长及病房教学老师对整个查房过程要给予质量监控,对查房中出现的问题能及时予以纠正。

3. 查房程序

3.1　护理查房前由护士长/或教学老师及查房主持人选择适宜的病例。

3.2　根据病例学习、总结相关的知识,选择护理人员查阅有关资料,进行准备报告。

3.3　提前通知参加人员护理查房内容,将有关资料发给参加者。

3.4　护理查房开始由主持人先介绍查房内容,后依次为病例介绍、讲解相关疾病的治疗、护理要点、此病例的护理措施及措施依据、讨论,最后由护士长或教学老师进行总结性发言。在整个查房过程中,主持人应为参加者提供参与的机会及时间,使讨论积极热烈。查房后列出重点学习内容,以备考核。

二十五、护理查对制度

1. 医嘱查对制度

1.1　处理长期医嘱或临时医嘱时要记录处理时间,执行者签全名,若有疑问必须问清后方可执行。各班医嘱均由当班护士两名进行查对。

1.2　主管护士和夜班护士对当日医嘱要进行查对,每周定期大核对一次,并根据需要进行重整。整理医嘱后需经另一人查对,方可执行。

1.3　抢救患者时,下达口头医嘱后执行者须复诵一遍,由二人核对后方可执行,并暂保留用过的空安瓿。抢救结束后及时补全医嘱,执行者签全名,执行时间为抢救当时时间。

1.4　护士长每周总查对医嘱一次。

2. 服药、注射、输液查对制度

2.1　服药、注射、输液前必须严格进行三查七对。

2.1.1　三查:操作前查、操作中查、操作后查。

2.1.2　七对:对床号、姓名、药名、剂量、浓度、时间用法和有效期。

2.2 清点药品时和使用药品前要检查药品外观、标签、失效期和批号,如不符合要求不得使用。

2.3 静脉给药要注意有无变质、瓶口松动、裂缝。同时使用多种药物时,要注意配伍禁忌。

2.4 摆药后必须经第二人核对方可执行。

2.5 对易致过敏的药,给药前需询问患者有无过敏史;使用毒、麻、限剧药时,要经过反复核对,用后保留安瓿。

2.6 发药或注射时,如患者提出疑问,应及时查清,无误并向患者解释后方可执行,必要时与医生联系。

2.7 观察用药后反应,对因各种原因患者未能及时用药者应及时报告医生,根据医嘱做好处理,并在护理记录中有记载。

3. 输血查对制度

3.1 根据医嘱,输血及血液制品的申请单,需经二人核对患者姓名、病案号、血型(含 Rh 因子)、肝功,并与患者核实后方可抽血配型。

3.2 查采血日期、血液有无凝血块或溶血,并查血袋有无破裂。

3.3 查输血单与血袋标签上供血者的姓名、血型(含 Rh 因子)及血量是否相符,交叉配血报告有无凝集。

3.4 输血前需两人核对患者床号、姓名、住院号及血型(含 Rh 因子),无误后方可输入。

3.5 输血完毕应保留血袋 24 小时,以备必要时送检。

3.6 输血单应该保留在病历中。

4. 手术患者查对制度

4.1 术前准备及接患者时,应查对患者床号、姓名、性别、诊断、手术名称及手术部位(左、右)。

4.2 查手术名称、配血报告、术前用药、药物过敏试验结果等。

4.3 查对无菌包内灭菌指示剂以及手术器械是否齐全。

4.4 凡体腔或深部组织手术,要在缝合前核对纱垫、纱布、缝针、器械的数目是否与术前相符。

4.5　手术取下的标本,应由洗手护士与手术者核对后,再填写病理检验单送检。

4.6　当家属面取下义齿和贵重物品(戒指、项链、耳环等),并交由家属保管。

5.建立使用"腕带"作为识别标示制度

5.1　对无法有效沟通的患者应使用"腕带"作为患者的识别标志,例如昏迷、神志不清、无自主能力的患者,至少应在重症监护病房、手术室、急诊抢救室、新生儿等科室中得到实施。

5.2　"腕带"填入的识别信息必须经二人核对后方可使用,若损坏需更新时同样需要经二人核对。

6.查对要求　在抽血、给药或输血时,应至少要求同时使用2种查对的方法(不包括仅以房号、床号作为查对的依据),并要求患者自行说出本人姓名,经核对无误后方可执行。

7.与患者沟通　在实施任何介入或其他有创高危诊疗活动前,操作者都要用主动与患者沟通的方式,作为最后查对确认的手段,以确保正确的患者、实施正确的操作。

8.完善关键流程查对措施,即在各关键的流程中,均有改善患者查对准确性的具体措施、交接程序与记录文件。

二十六、护理人员技能定期评估制度

为全面提升护理队伍专业水平及综合能力,护理部要有计划、定期地对护理人员进行意识、能力、技能和经验的培训及评估,确保护士能随着医学的发展,不断更新知识、提高技能,更好的胜任护理工作,确保每一位护理人员均具有必备的相关护理技能,确保护理服务技能的一致性及连贯性。

1.护理部依据护理专业发展的需求及护理人员继续教育的需要,结合护理队伍的具体情况,制定护士培训计划及分层次、分阶段组织实施,并定期进行培训有效性评价。

2.培训及评估内容包括:专业理论和技能、质量意识、医院规章制度、国家和行业法律法规、特殊岗位技能的培训及新技术、新业务的培训、应急措施等。

3. 培训及评估方法

3.1 护理部年度有计划地组织全院护理查房,通过护理病例讨论及护理计划的制订、实施,提高护理人员的综合护理水平。

3.2 每月组织全院护士理论讲座,普及基础理论及推广新知识,每季度进行护理人员理论考试。

3.3 护理人员均应接受不同等级复苏技术的培训,经考核合格认定其能掌握正确的复苏技术后方可上岗为患者提供护理技术服务。对从事麻醉、急诊、ICU 等专业的护理人员应具备较高水平的复苏技术与支持技术。

4. 各科根据专科特点制定专科培训计划,并组织专科理论、技能的培训;通过考核对培训效果进行评估。

5. 各专科定期组织护师、护士轮转,拓宽护士专科技能的学习和掌握,并进行出科考核。

6. 新护士参加护理部、各科组织的理论及技能的培训及考核。

7. 护理管理部门要为每一位护士建立个人技术考评档案,并存有个人的资质文件,包括护理注册证书或执业证明、技术准入、上岗许可等文件(或复印件),有关教育、培训和工作经历的资料等,技术评估的结果要用于岗位任职资格。

二十七、护理新技术准入制度

1. 在医院医疗技术管理制度的框架内建立护理新技术、新业务准入管理体制和申报、准入流程,严格遵守相关卫生管理法律、法规、规章、诊疗规范和常规,未经批准的不得开展。

2. 开展护理新技术、新业务应是结合临床诊疗和护理管理工作的实际需要,与医院功能、任务和业务能力相适应,应当是在核准的执业诊疗科目内。

3. 开展近期在国内外医学领域具有发展趋势的新项目,在院内尚未开展过的项目和未使用的临床护理新手段被认定为新技术、新业务。

4. 护理新技术、新业务经审批后必须按计划实施,应包含确保患者安全的内容。凡增加或撤销项目必须经护理部同意并报主管院领导批准后方可进行。

5. 临床应用时要严格遵守患者知情同意原则并有记录。

6. 护理部应定期对护理新项目进行检查、考核与评价,在正式被批准临床应用后,护理部应及时制定操作规范及考核标准并列入质量考核范围内。

二十八、护理制度、操作常规变更批准制度

随着医学与护理学的不断发展,医疗技术的不断更新,护理人员水平逐步提高,护理管理制度、护理操作常规需要不断修改完善,以加强护理管理,适应护理工作的需要,现就护理制度、操作常规变更作如下规定。

1. 护理制度、操作常规变更立足于确保患者生命安全,实事求是,提高工作效率和工作质量。

2. 护理制度、操作常规变更由护理质量管理委员会负责。如有变更需求,科室向该委员会提出申请,待委员会批准后,再作出变更。

3. 变更程序:

3.1 对现有护理制度、操作常规的自我完善和补充。

3.2 对新出现的工作,需要制定新的护理制度或操作常规。

3.3 将修改的或新制定的护理制度、操作常规提交护理质量管理委员会讨论,提出意见或建议,进一步完善。

3.4 护理制度、操作常规变更后或新制定的,应设置3~6个月试行期,经过可行性再评价后方可正式列入实施。

3.5 护理制度、操作常规变更与新定后,文件上均标有本

制度执行起止时间及批准人。

4. 变更后的护理制度、操作常规及时通知全院护士,认真组织培训与学习并贯彻执行。

5. 重大护理制度、操作常规变更要与医疗管理职能部门做好协调,保持医疗护理一致性,并向全院通报。

二十九、护理人员继续教育制度

1. 护理部负责医院各层次护士继续教育培训的组织管理工作。

2. 落实医院护理专业继续教育规划及方针政策。

3. 制定本院各层次护士继续教育培训计划实施细则。

4. 组织申报区级、市级及国家级护士继续教育项目。

5. 对科室的护士教学管理小组工作进行指导监督,保证培训计划的落实。

6. 按计划每年向科室提供各种学习信息,做好学分登记、审核工作。

7. 定期召开继续教育小组会,通报信息,讨论工作。

8. 向上级领导汇报护士继续教育工作信息,确保护士继续教育工作质量。

三十、护理应急管理预案

(一)患者紧急状态时的护理应急程序

1. 患者突然发生病情变化时的应急程序

1.1 应立即通知值班医生。

1.2 立即准备好抢救物品及药品。

1.3 积极配合医生进行抢救。

1.4 必要时通知患者家属,如医护抢救工作紧张可通知院总值班,由院总值班负责通知患者家属。

1.5 某些重大抢救或重要人物抢救,应按规定及时通知医务处或院总值班。

2. 患者突然发生猝死时的应急程序

2.1 发现后立即抢救,同时通知值班医生、院总值班,必要时通知上级领导。

2.2 通知家属,抢救紧张可通知院总值班,由院总值班通知家属。

2.3 向院总值班或医务处汇报抢救情况及抢救结果。

2.4 如患者抢救无效死亡,应等家属到院后,再通知太平间将尸体接走。

2.5 做好病情记录及抢救记录。

2.6 在抢救过程中,要注意对同室患者进行保护。

3. 患者有自杀倾向时的应急程序

3.1 发现患者有自杀念头时,应立即向上级领导汇报。

3.2 通知主管医生。

3.3 做好必要的防范措施。包括没收锐利的物品,锁好门窗,防止意外。

3.4 通知患者家属,要求 24 小时陪护,家属如需要离开患者时应通知在班的医护人员。

3.5 详细交接班,同时多关心患者,准确掌握患者的心理状态,给予心理疏导。

4. 患者自杀后的应急程序

4.1 发现患者自杀,应立即通知医生,携带必要的抢救物品及药品与医生一同奔赴现场。

4.2 判断患者是否有抢救的可能,如有可能应立即开始抢救工作。

4.3 抢救无效,保护现场(病房内及病房外现场)。

4.4 立即通知医务处及院总值班,服从领导安排处理。

4.5 协助主管医生通知家属。

4.6 配合相关领导及有关部门的调查工作。

4.7 做好各种记录。

4.8 保证病室常规工作的进行,以及其他患者的治疗工作。

5. 患者坠床/摔倒时的应急程序

5.1　患者不慎坠床/摔倒，立即奔赴现场同时马上通知医生。

5.2　初步判断患者的情况，如测量血压、判断患者意识、查看有无外伤等。

5.3　医生到场后，协助医生进行检查，为医生提供信息，遵医嘱进行正确处理。

5.4　病情允许时将患者移至抢救室或患者床上。

5.5　遵医嘱开始必要的检查及治疗。

5.6　必要时应向上级领导汇报（夜间通知院总值班）。

5.7　协助医生通知患者家属。

5.8　认真记录患者坠床/摔倒的经过及抢救过程。

6. 患者外出（或不归）时的应急程序

6.1　发现患者擅自外出应立即通知病室主管医生及病房护士长。

6.2　通知医务处和护理部，夜间通知院总值班及护理部值班。

6.3　查找患者联系电话，或通知住院处协助查找家属联系电话。

6.4　尽可能查找患者去向，必要时通知保卫处协助寻找患者。

6.5　患者返回后立即通知院总值班，由主管医生及护士长按医院有关规定进行处理。

6.6　若确属外出不归，需 2 人共同清理患者用物，贵重物品、钱款应登记并上交领导妥善保存。

6.7　认真记录患者外出过程。

7. 患者发生输血反应时的应急程序

7.1　患者发生输血反应时，应立即停止输血换输生理盐水。

7.2 报告医生及病房护士长,并保留未输完的血袋,以备检验。

7.3 对病情紧急的患者及时备妥抢救药品及物品,应配合医生进行紧急救治,遵医嘱给药。

7.4 应密切观察患者病情变化并做好记录,安慰患者,减少患者的焦虑。

7.5 按要求填写输血反应报告卡,上报输血科。

7.6 怀疑溶血等严重反应时,将保留血袋及抽取患者血样一起送输血科。

8. 患者发生输液反应时的应急程序

8.1 患者发生输液反应时,应立即撤除所输液体,重新更换液体和输液器。

8.2 同时报告医生并遵医嘱给药。

8.3 情况严重者应就地抢救,必要时进行心肺复苏。

8.4 做好护理记录,记录患者的生命体征、一般情况和抢救过程。

8.5 发生输液反应应及时报告相关部门。

8.6 保留输液器和药液分别送消毒供应中心和药剂科,同时取相同批号的液体、输液器和注射器分别送检。

9. 患者发生静脉空气栓塞时的应急程序

9.1 发现输液器内出现气体或患者出现空气栓塞症状时,立即阻拦空气输入体内,更换输液器或排空输液器内残余空气。

9.2 通知主管医生及病房护士长。

9.3 将患者置左侧卧位和头低脚高位。

9.4 密切观察患者病情变化,遵医嘱给予氧气吸入及药物治疗。

9.5 病情危重时,配合医生积极抢救。

9.6 认真记录病情变化及抢救经过。

10. 输液过程中出现肺水肿时的应急程序

10.1 发现患者出现肺水肿症状时,立即停止输液或将输液速度降至最低。

10.2 及时与医生联系进行紧急处理。

10.3 将患者安置为端坐位,双下肢下垂,以减少回心血量,减轻心脏负担。

10.4 高流量给氧,减少肺泡内毛细血管渗出,同时湿化瓶内加入 20%～30% 的酒精,改善肺部气体交换,或遵医嘱使用无创呼吸机辅助呼吸。

10.5 遵医嘱给予镇静、利尿、扩血管和强心药物。

10.6 必要时进行四肢轮流结扎,每隔 5～10 分钟轮流放松一侧肢体止血带,可有效地减少回心血量。

10.7 认真记录患者抢救过程。

10.8 患者病情平稳后,加强巡视,重点交接班。

11. 患者发生化疗药外渗时的应急程序

11.1 立即停止化疗药液的注入。

11.2 发生化疗药物外渗后要及时通知主管医生及病房护士长。

11.3 用 0.4% 普鲁卡因(2% 普鲁卡因 1ml＋生理盐水 4ml 配制)局部封闭,既可以稀释外漏的药液和阻止药液的扩散,又可以起到止疼的作用。封闭液的量可根据需要配制。

11.4 外渗 24 小时内可用冰袋局部冷敷,冷敷期间应加强观察,防止冻伤。冷敷可使血管收缩、减少药液向周围组织扩散。

11.5 避免患处局部受压,外涂喜疗妥,外渗局部肿胀严重的可用 50% 硫酸镁湿敷并与喜疗妥交替使用。

12. 患者发生误吸时的应急程序

12.1 当发现患者发生误吸时,病情允许时立即使患者采取俯卧位,头低脚高位,叩拍背部,尽可能使吸入物排出,并同时通知医生。

12.2 及时清理口腔内痰液、呕吐物等。

12.3 监测生命体征和血氧饱和度,如出现严重发绀、意识障碍及呼吸频度、深度异常,在采用简易呼吸器维持呼吸的同时,急请麻醉科插管吸引或气管镜吸引。

12.4　做好记录,必要时遵医嘱开放静脉通路,备好抢救仪器和物品。

12.5　通知家属,向家属交代病情。

13. 患者发生躁动时的应急程序

13.1　当发现患者突然发生躁动,立即说服并制动约束患者,防止发生意外,并同时通知医生。

13.2　监测生命体征,遵医嘱给予镇静药物,约束制动。

13.3　遵医嘱开放静脉通路,备好抢救仪器和物品。

13.4　通知家属,向家属交代病情。

13.5　遵照医嘱使用制动约束器具,并注意观察防止并发症,待病情好转时及时中止使用制动约束器具。

13.6　做好护理记录。

14. 患者发生精神症状时的应急程序

14.1　立即通知医生及病房护士长,夜间通知院总值班或护理部值班人员。

14.2　同时采取安全保护措施,以免患者自伤或伤及他人。

14.3　协助医生通知患者家属。

14.4　要求 24 小时家属陪护。

14.5　如果患者出现过激行为时,应立即通知保卫处或相关部门,协助处理,并考虑对患者采取躯体束缚,以防发生意外。

14.6　协助医生请专科会诊。

14.7　遵医嘱给予药物治疗。

14.8　遵医嘱实施约束与行动限制,严密观察,防止意外损伤。

15. 住院患者发生消化道大出血时的应急程序

15.1　发生大出血时,患者绝对卧床休息,头部稍高并偏向一侧,防止呕出的血液吸入呼吸道。

15.2　立即通知医生,准备好抢救车、负压吸引器、三腔两囊管等抢救设备,积极配合抢救。

15.3　迅速建立有效的静脉通路,遵医嘱实施输血输液及应用各种止血治疗。

15.4　及时清除血迹、污物。必要时用负压吸引器清除呼吸道内分泌物。

15.5　给予吸氧。

15.6　作好心理护理,关心安慰患者。

15.7　严密监测患者的心率、血压、呼吸和神志变化,必要时进行心电监护。

15.8　准确记录出入量,观察呕吐物和粪便的性质及量,判断患者的出血量防止发生并发症。

15.9　熟练掌握三腔二囊管的操作和插管前后的观察护理。

15.10　遵医嘱进行冰盐水洗胃:生理盐水维持 4～8℃,一次灌注 250ml,然后抽出,反复多次,直至抽出液体清澈为止。

15.11　采用冰盐水洗胃仍出血不止者,可胃内灌注去甲肾上腺素,即冰盐水 100ml 加去甲肾上腺素 8mg,30 分钟后抽出,每小时一次,可根据出血程度的改善,逐渐减少频次。

15.12　认真做好护理记录,加强巡视和交接班。

16. 病房发现传染病患者时的应急程序

16.1　发现甲类或乙类传染病患者,在第一时间内通知上级领导及有关部门(医务处、护理部、院感染办公室等)。

16.2　根据传染源的性质,立即采取相应的隔离措施。

16.3　保护同病室的患者。

16.4　患者应用的物品按消毒隔离要求处理。

16.5　患者出院、转出后,应严格按传染源性质进行终末消毒处理。

17. 病房发现确诊或疑似 SARS 患者时的应急程序

17.1　病房一旦发现疑似或确诊 SARS 患者,立即启动应急预案。

17.2　立即报告医务处及护理部并在医务处的统一协调下开展一切工作。

17.3　在 SARS 领导小组的领导下，进行患者救治、消毒隔离、防护等工作。

17.4　密切观察患者病情的变化，严格监控医务人员的防护情况，及时向医院领导、有关科室及部门通报疫情。

17.5　备好足够的防护与消毒用品，确保医务人员的安全。

17.6　患者转出后，病房应严格按有关规定进行终末消毒处理。

（二）意外事故紧急状态时的护理应急程序

1. 停水和突然停水的应急程序

1.1　接到停水通知后，做好停水准备包括：

1.1.1　告诉患者停水时间。

1.1.2　给患者备好使用水和饮用水。

1.1.3　病房热水炉烧好热水备用，同时尽可能多备使用水。

1.2　突然停水时，白天与维修部门联系，夜间与院总值班联系，汇报停水情况，查询原因，及时维修。

1.3　加强巡视患，随时解决患者饮水及用水需求。

2. 泛水的应急程序

2.1　立即寻找泛水的原因，如能自行解决应立即解决。

2.2　如不能自行解决，立即找维修部门，夜间可通知院总值班协助找维修部门值班人员。

2.3　协助维修人员的工作，白天可通知病室清洁人员及时清扫泛水；夜间要主动将污水清理。

2.4　告诫患者，切不可涉足泛水区或潮湿处，防止跌倒，保证患者安全。

3. 停电和突然停电的应急程序

3.1　通知停电后，立即做好停电准备，备好应急灯、手电等，如有抢救患者使用电动力机器时，需找替代的方法。

3.2　突然停电后，立即寻找抢救患者机器运转的动力方法,维持抢救工作,并开启应急灯照明等。

3.3　使用呼吸机的患者,应在呼吸机旁备有简易呼吸器及应急电源,以备突然停电;如发生突然停电时,立即将呼吸机脱开,使用简易呼吸器维持呼吸。

3.4　通过电话与电工组联系,查询停电的原因。

3.5　加强巡视病房,安抚患者,同时注意防火、防盗。

4. 失窃的应急程序

4.1　发现失窃,保护现场。

4.2　电话通知保卫处来现场处理,夜间通知院总值班。

4.3　协助保卫人员进行调查工作。

4.4　维持病室秩序,保证患者医疗护理安全。

5. 遭遇暴徒的应急程序

5.1　遇到暴徒时,护理人员应保持头脑冷静,正确分析和处理发生的各种情况。

5.2　设法报告保卫处,夜间通知院总值班,或寻求在场其他人员的帮助。

5.3　安抚患者及家属,减少在场人员的焦虑、恐惧情绪,尽力保证患者的生命安全及国家财产。

5.4　暴徒逃走后,注意其走向,为保卫人员提供线索。

5.5　主动协助保卫人员的调查工作。

5.6　尽快恢复病室的正常医疗护理工作,保证患者的医疗安全。

6. 火灾的应急程序

6.1　发现火情后立即呼叫周围人员分别组织灭火,同时报告保卫处及上级领导,夜间电话通知院总值班或院内消防中心。

6.2　根据火势,应用现有的灭火器材和组织人员积极扑救。

6.3　发现火情无法扑救,马上打"119"报警,并告知准确方位。

6.4　关好邻近房间的门窗,以减慢火势扩散速度。

6.5　将患者撤离疏散到安全地带,稳定患者情绪,保证患者生命安全,撤离时用湿毛巾、湿口罩或湿纱布罩住口鼻,以防窒息。

6.6　尽可能切断电源、撤出易燃易爆物品并抢救贵重仪器设备及重要科技资料。

6.7　组织患者撤离时,不要乘坐电梯,可走安全通道。叮嘱患者用湿毛巾捂住口鼻,尽可能以最低的姿势或匍匐快速前进。

7.　地震的应急程序

7.1　地震来临,听从上级领导部门的统一指挥协调,值班人员应冷静面对,关闭电源、水源、气源、热源,尽力保障人员的生命及国家财产安全。

7.2　发生强烈地震时,需将患者撤离病房,疏散至广场空地或院内紧急避难场所。撤离过程中,护理人员要注意维护秩序,安慰患者,减少患者的恐惧。

7.3　情况紧急不能撤离时,叮嘱在场人员及患者寻找有支撑的地方蹲下或坐下,保护头颈、眼睛、捂住口鼻。

7.4　维持秩序,防止混乱发生。

7.5　注意防止有人趁火打劫。

8.　化学药剂泄漏的应急程序

8.1　当有不明液体喷溅到患者衣物,马上将接触的衣物脱下,放在消毒液中清洗消毒。

8.2　溅到皮肤上时,在第一时间内用大量流动水冲洗,也可用棉花或吸水布吸干皮肤上药液,千万不要擦拭,然后用清水冲洗。

8.3　通知医生并协助明确液体的性质,遵医嘱进行解毒处理。

8.4　及时向上级汇报,协助了解事情经过,制定相应措施,总结经验防止类似事件发生。

9. 有毒气体泄漏的应急程序

9.1 发现有毒气体泄漏后,立即用湿毛巾捂住口鼻,并通知上级领导及有关部门,协助组织疏散在场人员。

9.2 立即开窗通风,应用病室内所有通风设备,加强换气。

9.3 如毒气源在病室内或附近,设法关闭毒气阀门,叮嘱在场人员远离毒气源。

9.4 及时通知医生,积极救治出现中毒症状的患者,采取有效治疗及护理措施

9.5 维护病室秩序,保证患者医疗安全,安抚患者及家属。

三十一、护理差错、事故登记报告制度

1. 各科室建立差错、事故登记本。

2. 发生差错、事故后,要积极采取补救措施,以减少或消除由于差错、事故造成的不良后果。

3. 当事人按规定时间向护士长、科护士长及护理部上报发生差错、事故的经过、原因、后果,并登记。

4. 发生严重差错或事故的各种有关记录、检验报告及造成事故的药品、器械等均应妥善保管,不得擅自涂改、销毁,以备鉴定。

5. 差错、事故发生后,按其性质与情节,分别组织本病室、本科护理人员进行讨论,以提高认识,吸取教训,改进工作,并确定事故性质,提出处理意见。

6. 发生差错、事故的单位或个人,如不按规定报告,有意隐瞒,事后经领导或他人发现,须按情节轻重给予处理。

7. 护理部应定期组织有关人员分析差错、事故发生的原因,并提出防范措施。

8. 为了实现最大限度地收集、分析、交流、共享安全信息,需要建立"安全文化"的新理念,创造条件逐步建立不以惩罚为手段的护理"不良事件"自愿报告机制,促进管理系统的持续改进。

9. 对属于"重大医疗过失行为和医疗事故报告"规范内的事件应按医院规定及时报告。

三十二、病房医嘱计算机录入管理制度

由于各医院的计算机管理应用软件系统存在着较大差距，内容也不同，病房医嘱计算机录入管理制度应结合医院实际情况，但应保障医嘱执行系统准确、可靠、实时，要确保各项医疗护理活动的安全性。

1. 系统支持

1.1　信息中心负责医嘱系统的全面技术支持。

1.2　要补充新的医嘱、给药频率、给药方式、成组医嘱时，可向医嘱系统管理员提出申请，临床操作人员无权补充及变更。

2. 用户管理

2.1　医嘱处理系统是医院信息系统的一个子系统，用于处理医嘱。

2.2　操作人员经过培训方可上机操作，有自己的用户名和密码，不得提供他人使用。

2.3　对医嘱系统的使用范围，有严格的授权限定，

3. 医嘱处理

3.1　录入医嘱要准确、完整，必须经第二人核对、确认后方可执行，确保医嘱录入时间是自动生成，不得人工填写。

3.2　撤销医嘱慎重，要有相应的规范与程序，撤销权限通常为护士长，或护士长授权委托的护士，其他人员无权修改与变更医嘱。

3.3　停止长期医嘱（除由计算机自动停止的医嘱——排斥型医嘱外）必须既在机上操作，又在医嘱单上标明日期，两项手续缺一不可。

3.4　领药/退药：①凡病房用于抢救患者的临时医嘱，护士不得以任何理由延误其执行。用计算机处理领药来不及时，可先与药房联系借取，24 小时内要将遗漏医嘱输入计算机。借取

办法遵循医院及药房规定。②主班护士每日下班前要核查有无退药，当天退药当天完成。③患者转科之前要完成领药和退药，不能将已领药品带入新科室。④毒麻药医生开专用处方后，将专用处方与毒麻药单一同交药房领药。⑤贵重药按照医院规定的程序审批后，药房确认发药。⑥出院后仍需带输液药物者，按临时领药处理。

4. 患者信息处理与查询　①及时处理患者动态数据：核对患者病历号与姓名的一致性，患者床位的调整和转科处理，对出院患者，见出院医嘱后应及时为患者办理出院，让出床位。当日出院患者必须当日完成出院处理。②医嘱处理系统的查询功能仅供本科医护人员查看患者基本信息、医疗信息和费用信息等。

5. 各医院的医嘱处理系统均符合卫生部《医院信息系统基本标准》的规定要求，应有医嘱系统的操作手册及信息安全管理的制度。

三十三、护理文书书写基本规范与质量监管制度

1. 护理文件书写应当客观、真实、准确、及时、完整。

2. 护理文件书写应当使用蓝黑墨水或碳素墨水，一页中应使用同一种颜色笔书写。

3. 护理文件书写应当文字工整，字迹清晰，表述准确，语句通顺，标点正确。

4. 实习、进修与未取得执业许可证的护士书写的护理文件，应当经过本科室的护士审阅、修改并签名准认。

5. 修改　原则上不能修改。若书写过程中出现错字时，请使用本色笔，错字处画双横线，字改在侧面，签全名。

6. 护士长经常检查护理人员护理文件书写质量，及时纠正书写中存在的问题。

7. 护理部定期对护士进行护理文件书写及法律要求的培训，并定期对运行中的护理文件进行检查，保证护理文件书写规范、完整。

三十四、特殊科室管理制度

（一）手术室护理管理制度

1. 查对制度

1.1　患者查对确认制度与流程

依据手术通知单和患者病历查对：患者姓名、性别、年龄、病案号、诊断、手术名称、手术部位、化验单、药物、医学影像资料等。

接患者之前：手术室护士与病房护士查对；还必须与清醒的患者交谈查对进行"患者姓名、性别、年龄、手术名称、手术部位"确认。

接入手术室后：夜班护士查对。

进入手术间之前：巡回护士与夜班护士共同查对。

进入手术间之后：麻醉医生查对。

麻醉之前：手术医生与麻醉师还必须共同与清醒的患者交谈查对进行"患者姓名、性别、年龄、手术名称、手术部位"再次的确认。

昏迷及神志不清患者：应通过"腕带"及与陪伴亲属进行查对。

手术者切皮前：由手术室巡回护士，提请手术者实行手术"暂停"程序，经由手术者与参与手术的其他工作人员进行"患者姓名、性别、年龄、手术名称、手术部位"最后的核对确认之后，方可行切皮手术。

1.2　手术物品查对制度与流程

1.2.1　清点内容：手术中无菌台上的所有物品。清点时机：手术开始前、关闭体腔前、体腔完全关闭后、皮肤完全缝合后。清点责任人：洗手护士、巡回护士、主刀医生。

1.2.2　清点时，两名护士对台上每一件物品应唱点两遍，准确记录，特别注意特殊器械上的螺丝钉，确保物品的完整性。

1.2.3　手术物品未准确清点记录之前，手术医生不得开始手术。

1.2.4 关闭体腔前,手术医生应先取出体腔内的所有物品,再行清点。

1.2.5 向深部填入物品时,主刀医生应及时告知助手及洗手护士,提醒记忆,防止遗留。

1.2.6 严禁将与手术相关的任何物品随意拿离、拿入手术间。

1.2.7 进入体腔内的纱布类物品,必须有显影标记,一律不得剪开使用,引流管等物品剪下的残端不得留在台上,应立即弃去。

1.2.8 手术过程中增减的物品应及时清点并记录,手术台上失落的物品,应及时放于固定位置,以便清点。

1.2.9 有显影标记的纱布不得覆盖伤口。

2. 消毒隔离制度

2.1 手术室工作人员必须严格遵守无菌操作原则,保持室内肃静和整洁。

2.2 手术室应严格划分洁净区、清洁区和污染区。入口处的消毒脚垫应每日更换。拖鞋与私人鞋、外出鞋应分别存放。

2.3 进入手术室必须更换手术室用拖鞋、衣、裤、帽。贴身内衣不可外露。外出必须更换外出衣和手术用鞋。

2.4 手术室工作人员患上呼吸道感染者,面部、颈部、手部有感染者及患皮肤病者一律不准进入手术间。

2.5 感染手术应在感染手术间内进行,术后及时进行清洁消毒。遇有特殊菌种如:破伤风、气性坏疽、绿脓杆菌等感染手术时,应尽量缩小污染范围,术后进行严格消毒处理。

2.6 严格控制参观人数,参观人员不可任意进入其他手术间和无菌储物间。进手术室见习、参观,必须经科主任、护士长同意,3 人以上需报请医务处批准。

2.7 一切清洁工作均应湿式打扫。各手术间物体表面及地面每晨用消毒液擦拭。每台术后手术间清扫、消毒液拖地。

每周手术间彻底清扫消毒一次，每月做细菌培养一次（包括空气、物体表面和灭菌后的物品）。洁净手术间按要求规定更换过滤网装置。

2.8　高压灭菌器每月做一次细菌培养，每日第一锅做 BD 试验，符合要求后方可进行全日消毒工作，并做记录。

2.9　所有高压灭菌物品均用 3M 指示胶带固定封口，灭菌后指示条变为黑色，表示该物品已经灭菌。每个包内应放化学指示卡，该卡经灭菌后均变为黑色，证明该包已经灭菌，方可使用。

环氧乙烷、低温等离子灭菌的器具，应使用专用灭菌包装，灭菌后指示条变为黄色，125 卡灭菌后变为绿色，低温等离子灭菌指示卡变为黄色，证明该包已经灭菌，方可使用。

2.10　手术室所有灭菌物品必须每日检查一次，按日期先后排序依次使用。灭菌敷料包有效期受包装材料、封口的严密性、灭菌条件、储存环境等诸多因素影响：

2.10.1　棉布包装材料和开启式容器：温度 25℃ 以下、相对湿度为 40％～60％时，有效期为 7 天。

2.10.2　其他材料，如一次性无纺布、一次性纸塑包装材料：证实该包装材料能阻挡微生物渗入，有效期可相应延长，至半年或以上。

（二）供应室护理管理制度

1. 工作制度

1.1　工作人员按要求着装上岗，衣帽整齐，出入工作间要换鞋入室。

1.2　工作人员必须遵守各项规章制度和各种技术操作规程。

1.3　严格划分污染区、清洁区、无菌区，采用由"污"到"净"的流水作业方式布局，做到工作区与生活区分开，污染物品与清洁物品分开，粗洗与精洗分开，未灭菌物品与灭菌物品分开，清洁区与污染区采取单线行走，不可逆行。

1.4 回收物品与发放物品应分车、分人进行,凡有脓血的器械物品须由科室洗涤清洁后交换。凡传染病患者用过的物品必须经高效消毒剂消毒后再与供应室对换。

1.5 每日更换消毒液,并对消毒液浓度进行检测。

1.6 严格执行工作人员手的消毒。

1.7 每月对空气、无菌物品、消毒液、台面及工作人员的手进行细菌培养,结果存档。

1.8 对一次性输液器、注射器、针头进行定期抽样热原检测。检测结果存档,符合监测标准后方可投入临床使用。

1.9 每日认真清点急救物品和检查基数物品储备量,做到供应及时。

1.10 定期检查各种仪器设备,确保使用安全。

1.11 按时做到下收下送,服务主动热情,深入临床第一线征求意见,不断改进工作。

2. 消毒隔离制度

2.1 严格划分污染区、清洁区、无菌区,采用由"污"到"净"的流水作业方式布局,清洁区与污染区采取单线行走,不可逆行。应做到工作区与生活区分开,污染物品与清洁物品分开,粗洗与精洗分开,未灭菌物品与已灭菌物品分开。

2.2 工作人员上岗时要求着装整齐,戴好帽子,不能佩戴戒指和耳环等饰物,不能留长指甲和涂指甲油。出入各工作区时必须要洗手换鞋方可进入。

2.3 供应室内清洁区的台面和地面每日清洁擦拭,污染区的台面和地面每日清洁消毒。各工作区的墩布应注明区域标记,分开使用。

2.4 回收污染物品与发放无菌物品应分车、分人进行。下送完毕后,回收污物车送处理间用消毒液擦拭,再用高压水冲洗干净后备用。

2.5 凡有脓血的器械物品须由科室清洗后方可与供应室交换。

2.6 凡传染患者用过的物品必须先经高效消毒剂消毒后,方可与供应室进行交换。

2.7 消毒液需每日更换,现用现配,并对消毒剂浓度进行检测。所消毒的物品必须完全浸泡在消毒液中。

2.8 对高压灭菌器进行效果监测,每日晨起第一锅做 B-D 试验;每锅次进行监测并存档;每个灭菌包应采用化学指示卡、化学指示胶带进行灭菌效果监测;每月用生物指示剂"嗜热脂肪杆菌芽胞"监测灭菌器效果,结果存档。

2.9 严格执行无菌物品发放制度,认真检查无菌包的质量及名称、灭菌日期、灭菌标记及工号。发放中如有散包、湿包、落地包均不得发出,须重新进行灭菌。

2.10 严格遵守无菌物品有效期:所有灭菌物品必须每日检查一次,按日期先后排序依次使用。灭菌敷料包有效期受包装材料、封口的严密性、灭菌条件、储存环境等诸多因素影响。

棉布包装材料和开启式容器:温度 25℃ 以下,相对湿度为 40%～60% 时,有效期为 7 天;其他材料,如一次性无纺布、一次性纸塑包装材料:证实该包装材料能阻挡微生物渗入,有效期可相应延长,至半年或以上。

2.11 每月对空气、无菌物品、一次性无菌物品、消毒液、台面及工作人员的手进行细菌培养,结果存档。

2.12 工作人员必须掌握正确地"手卫生"制度与操作流程。包括:进入工作区之前和离开工作区之后,必须洗手;接触清洁物品和无菌物品之前,接触污染物品之后,必须洗手;离开供应室污染区时,进入清洁区、无菌区之前必须洗手;戴手套之前、脱手套之后必须洗手;进行物品下收下送前后均要洗手;进行各种包装操作前后均要洗手;如工作时被污染或疑似污染时,随时洗手。

(三)血液透析室护理管理制度

1. 工作制度

1.1 在科主任领导下,由护士长负责管理,主治医师和技师给予必要的协助。严格执行各项规章制度和操作常规。

1.2 血液透析室工作人员必须具有高度责任心,坚守工作岗位,严禁擅离职守,做到对患者服务热心、观察病情细心、处理问题耐心。

1.3 进入中心须穿工作服、戴工作帽、换工作鞋;操作时戴口罩。

1.4 注意观察患者透析时状况,及时处理问题。

1.5 保持透析室清洁、整齐、舒适、安静。

1.6 定期进行透析用水、置换液、透析液的监测。

1.7 治疗室、水处理室每月做空气细菌培养一次。

1.8 备齐急救仪器设备和用物,专人负责每日清点,填充。

1.9 原则上一律谢绝探视、陪伴,家属请在门外等候,未经允许不得进入,以免增加感染机会。如需要进入时,需穿隔离衣,换拖鞋。

1.10 工作期间,严禁在血透中心治疗区用餐、会客、谈笑,不得看书报、杂志。

2. 消毒隔离制度

2.1 血液透析室工作人员必须严格遵守无菌操作原则。

2.2 任何人进入透析间应更衣、换鞋。

2.3 严格划分清洁区、污染区。

2.4 各项操作必须严格执行规章制度和操作常规。

2.5 设立乙肝、丙肝病毒阳性患者专用透析区、透析机。

2.6 血液透析治疗室每日早、中、晚(每班患者透析前后)开窗对流通风 30 分钟,每日下班后紫外线照射消毒 1 小时。

2.7 血液透析治疗室一切清洁工作均应湿式打扫,地面及物体表面每日擦拭 2 次。

2.8 血液透析治疗室、水处理室每月做空气细菌培养一次。

2.9 每个月进行反渗水与透析液污染菌量的测定,每月对入、出透析器的透析液进行监测。

2.10　工作人员定期进行乙肝、丙肝病毒标记物检查。

（四）急诊科/室护理管理制度

1. 工作制度

1.1　工作人员必须遵守各项规章制度，用首都医务人员行为规范要求自己。

1.2　对患者具有高度的责任心，严格执行三查七对制度，严格无菌操作，掌握配伍禁忌，根据医嘱合理用药。工作中做到迅速、准确，既要减少患者等候时间，又要防止差错发生。

1.3　急诊护士应熟练掌握各种抢救技术及各项基础护理操作技能，随时做好抢救患者的准备工作。

1.4　不迟到早退，准时交接班，坚守岗位。

1.5　仪表端庄，着装整齐，对工作认真负责，态度和蔼可亲。

1.6　能够运用整体护理的观点为患者提供高质量的服务；牢记急诊科的宗旨：高速度，高效率，高度责任感，一切为患者。

2. 急诊分诊工作制度

2.1　热情接待患者，根据患者主诉辅以必要检查（体温、脉搏、呼吸、血压），需要时协助医生给患者开化验单、做心电图，并进行分科，安排就诊。

2.2　呼叫各科医生，对5分钟内不到岗或不回电话者要做记录。

2.3　遇突发事件，患者集中到达时，除通知当班医生外，应及时报告医务处。遇烈性传染病，在通知医务处的同时，通知区防疫站。

2.4　对需送抢救室的患者，电话通知抢救室，必要时护送患者。

2.5　配合各科医生工作，维护就诊秩序，保证诊室设备良好，补充各诊室物品。

3. 抢救室工作制度

3.1　抢救室专为抢救患者设置，其他任何情况不得占用。

3.2 一切抢救药品、物品、器械、敷料等均须放指定位置，并有明显标记，不得随意挪用或外借。

3.3 每日检查核对抢救药物、器材、一次性物品，班班交接，做到数目相符、性能完好。

3.4 抢救室护士必须坚守岗位，不得擅离职守。

3.5 无菌物品须注明灭菌日期，不得有过期物品。

3.6 抢救室使用后要及时整理、清洁、消毒，每周彻底清扫一次。

3.7 抢救时抢救人员要按岗定位，按照各种疾病的抢救常规进行工作。

3.8 抢救护士应熟练掌握各种抢救仪器的使用及各种抢救技术，积极主动配合抢救，做好护理记录，同时做好基础护理。

3.9 抢救用过的各种物品、仪器设备等要及时清理、消毒，以备再用。药品用后及时补充齐全。

3.10 对抢救记录要在规定的时间内，详细、准确、及时记录。

（五）分娩室护理管理制度

1. 工作制度

1.1 工作人员进产房前应更换手术衣裤、拖鞋、戴好口罩、帽子，非本室工作人员禁止入内。

1.2 产妇进入产房后应有专人陪伴，给予心理支持及指导，以防发生意外。

1.3 产妇在产程进展中，如有异常情况应及时报告上级医师，并积极配合医师做好抢救工作。

1.4 工作人员态度要严肃认真，对产妇应体贴、关怀，不能任意谈笑，注意保护性医疗制度。

1.5 严格执行各项规章制度，做好消毒隔离，严格执行无菌技术操作。

1.6 产房每日要全面清洁、消毒。保持室内空气新鲜，温度 24～26℃,湿度 50％～60％。

1.7 凡无菌物品应有消毒日期及有效期,各类物品要定物、定位、定量放置,由专人负责,随时整理、消毒及补充。

1.8 每日检查抢救物品、药品,保证功能完好。

1.9 产房内一切物品不能随意带出,借物应严格遵守借物手续。

1.10 产后半小时内应进行新生儿早吸吮早接触。

1.11 接产后由接生人员及时、准确填写各项记录。

1.12 产后观察 2 小时,若无异常护送母婴返休养室(母婴同室)。

2. 消毒隔离制度

2.1 进入产房的工作人员应更衣,穿拖鞋,戴帽子、口罩。非产房工作人员严禁入内。

2.2 保持产房清洁、规范。产床、家具、台面等每日用含氯消毒液(有效氯含量 500mg/L)擦拭,产房每日通风 3 次。每次分娩后,产床、器械等要及时清洁、浸泡、消毒、灭菌;用后的垃圾分类放置;墙面,地面每 2 周用消毒液刷洗一次。

2.3 无菌物品消毒期限,每年 10 月 1 日～4 月 30 日为两周,5 月 1 日～9 月 30 日为一周。产房器械,产包等物品一用一灭菌,严格执行无菌操作规程。

2.4 产包开启≥2 小时如仍未生产,应从新更换并再次消毒外阴。

2.5 干缸无菌持物钳每 4 小时更换消毒一次。

2.6 开启的无菌物品每 24 小时更换消毒。铺好的无菌盘每 4 小时更换消毒,并注明开启时间。

2.7 每月做空气培养及无菌物品抽样细菌培养,有异常及时处理。

2.8 遇有急诊产妇(未知生化结果的),分娩后器械、被服等单独消毒处理;肝炎等传染病的产妇,应在隔离产房分娩。

（六）新生儿室/母婴同室护理管理制度

工作制度

1. 布局合理，病室规范。每日通风 2～4 次，室温 22～24℃，湿度 50％～60％，保持病室空气新鲜无异味、无污染源，每日紫外线消毒一次。

2. 对母婴实施整体护理，认真填写护理记录单，每班床头交接班。

3. 新生儿入室后给予早吸吮及母婴皮肤接触 30 分钟。

4. 根据婴儿情况随时更换尿布，注意观察婴儿全身皮肤及脐带情况，产妇给予晨晚间护理。

5. 婴儿每日洗澡一次，常规消毒脐带及清洁眼部，婴儿包被、衣服每日更换。

6. 婴儿餐具一用一消毒。

7. 卡介苗、乙肝疫苗接种应专人负责，并做好登记。母婴同室护士负责处理婴儿医嘱。

8. 每日做好乳房护理，指导产妇挤奶，负责奶库的管理。

9. 母婴同室护士负责接待新入院、手术、分娩的产妇并执行医嘱。

（七）病区监护室护理管理制度

1. 工作制度

1.1　病区监护室在本科主任领导下，由护士长负责管理，主治医师给予必要的协助。

1.2　保持监护室整洁、舒适、安全、安静，避免噪音，不得在病房内大声喧哗。

1.3　保持监护室环境清洁卫生，注意通风，每天通风 3 次：夜班晨、上午、下午各一次。

1.4　医务人员着装整洁、严肃，不得在病房内打手机，不得在监护室内吃东西。

1.5　患者住院期间必须穿病号服，除必需生活用品外，不得存放过多物品。

1.6　病房床位和物品摆放规范,所有与医疗、护理有关的仪器和物品,如监护急救仪器、急救物品、药品及一次性用物等应放置在固定位置,使用后应物归原处,不得随意乱放。

1.7　急救仪器设备和用物应常备不懈,并指定专人负责每日清点、检查、填充,做到有备无患。

1.8　报警信号就是呼救,医护人员听到报警必须立即检查,迅速采取措施,消除报警信号。

1.9　医护人员每日查房两次。

1.10　护士的工作站是在患者床旁,除工作需要需暂时离开患者外,护士不允许离开患者。

1.11　值班医生 24 小时不允许离开病房。

1.12　做各种操作前后要注意洗手,患者使用的仪器及物品要专人专用。

1.13　遇有严重感染、传染、免疫功能低下等患者应与其他患者隔离,有条件应安置在单间隔离病房,专人护理。

1.14　护士交接班必须在患者床旁,接班护士确定无问题后,交班护士方可离开病房。

1.15　与医疗护理无关人员限制出入,监护室外公示家属探视制度。

1.16　全科医护人员均有方便快捷的通讯联系方式以应付紧急情况,任何时候都要以监护室的工作为先。

1.17　对床位较多及住院患者流量较大的病区,可设副护士长(或护理组长)负责监护室的日常运行,监护室护士应相对固定。

2. 抢救制度

2.1　紧急抢救时,二线医生必须立即到监护室组织抢救。参加抢救人员必须全力以赴,明确分工,紧密配合,听从指挥,坚守岗位,严格执行各项规章制度。医生未到以前,护士不能离开患者,应根据患者病情及时给予相应的处理,如吸氧、吸痰、测量生命体征、建立静脉通路、呼吸机辅助通气、胸外心脏按压等并详细记录。

2.2　严密观察病情，记录要详细，用药处置要准确、迅速。执行抢救口头医嘱时，护士在用药前应口头重复医嘱，医生确认，第二人核对无误后执行，并将空安瓿保留，抢救工作结束时2人核对后方可弃之。

2.3　对危急患者应就地抢救，待病情稳定后方可移动。

2.4　严格执行交接班制度和核对制度，对病情变化、抢救经过、各种用药等要详细交班。

2.5　及时与患者家属或单位联系，及时通报病情变化。

2.6　抢救完毕后，除做好抢救记录外，还需做好抢救小结，以便总结经验，改进工作。

3.　消毒隔离制度

3.1　工作人员进入监护室按规定着装。

3.2　清洁及污染工作区域划分明确。

3.3　医务人员无菌操作时，必须严格执行无菌操作规程。

3.4　接触患者或操作前后都要洗手。

3.5　接触患者污染物或疑似污染时应戴手套操作，操作后立即摘除手套，严禁戴手套接触非污染区域和用品。

3.6　监护室保持环境整洁、地面清洁，有定期的消毒措施，病室环境应保持通风状态。遇有特殊污染及时消毒，房间在封闭状态下可应用气溶胶喷雾剂进行空气消毒（如：健之素250mg/L，10～20ml/m³）；或用过氧乙酸稀释成0.5%～1.0%水溶液，1g/m³熏蒸2小时。

3.7　每天用消毒液（如：84消毒液）擦地。各室墩布分开，有标记。

3.8　治疗室每月进行空气培养1次，报告存档。

3.9　每日清洁床单位，换下的脏被服不随地乱丢，严禁在病室内清点被服。

3.10　每日擦床旁桌，一桌一布，用后消毒液浸泡，清洗晾干。

3.11　无菌物品定期更换和消毒,每月抽样作细菌培养 1次,并有报告存档。

3.12　合理使用冰箱,物品放置有序,有定期清洁制度,无私人物品。

3.13　专人专用物品包括下列各项:引流管、引流瓶、吸痰用物、呼吸机管道、麻醉机螺旋管、吸氧管、雾化吸入螺旋管、面罩、血压袖带、体温计、尿桶、量尿杯、暖壶、牙垫、止血带、餐具。

3.14　医用垃圾与生活垃圾必须应用不同颜色的垃圾袋严格分开。

3.15　呼吸机管道每周更换 1 次,消毒处理后备用。

3.16　氧气湿化瓶和呼吸机湿化器内的蒸馏水每日更换1 次。

3.17　吸氧装置、患者床头盘、雾化装置、麻醉机螺旋管每周更换消毒,体温计每周消毒 2 次,并有记录。

3.18　尿桶、量尿杯、吸引器瓶每周更换消毒。

3.19　在患者转出、死亡后对患者单位进行终末消毒,用消毒剂(如:0.5%洗消净)擦拭,长期住院患者每日擦拭 1 次病床。

3.20　定期或遵医嘱取留患者血、痰等培养,针对不同的细菌培养做出相应的隔离措施。

3.21　传染病患者消毒隔离应做到:①穿隔离衣进入病室,一次一件,应在病室门口正确悬挂。②戴双层橡胶手套。③规范操作,尤其抽血、静脉输液等有创操作。④单位隔离,一切物品要放在患者室内处理:分泌物、排泄物用消毒剂(如:健之素1000mg/L)溶液混合搅拌,浸泡 20 分钟后倒入处置室的池内;针头、输液管路、敷料分别放入屋内双层医用垃圾容器内,进行焚烧处理,并注明"隔离";被服、隔离衣放在黄色塑料袋内,双层结扎,注明"隔离"及数量。

(八) 介入(导管)室护理管理制度

1. 工作制度

1.1 导管室工作由科主任领导和全面负责,护士长协助进行日常管理。

1.2 进入导管室必须穿工作服、更换拖鞋或使用鞋套,戴工作帽及口罩。

1.3 明确职责,严格执行各项规章制度和操作常规。

1.4 严格无菌技术操作,严格执行消毒隔离制度,严格执行查对制度,依据预约通知单和患者病历查对,给药前严格执行三查七对制度。

1.5 检查治疗进行中应严密观察病情,发现问题及时处理。

1.6 备齐抢救物品及药品,专人负责,每日清点。

1.7 严格执行医院制订的一次性医疗物品使用的规定,贵重物品、毒麻药品建立登记本,专人负责,每日清点,一次性耗材账目清楚,使用后要毁形处理。

1.8 保持导管室内整洁、安静,工作期间不许大声说笑。

1.9 注意 X 线防护,各类造影机器运转期间,室内工作人员应着铅衣。

2. 消毒隔离制度

2.1 凡进入导管室人员必须穿工作服、更换拖鞋或使用鞋套、戴工作帽及口罩。未经允许,谢绝参观。室内禁止吸烟及大声喧哗。

2.2 导管室每天进行地面、手术床、墙壁及机器擦拭清洁 2 次,室内保持空气流通,保持一定的温度和湿度。每个工作日都要进行空气消毒,每周大扫除一次。

2.3 无菌物品和未消毒物品应分别放在固定位置,不能混放。已消毒物品按要求标明失效期。

2.4 每日检查无菌物品有效期并更换无菌持物钳罐,每周一、周四更换安尔碘。手术器械进行分类、浸泡、清洗、干燥处理,按要求选择合适的消毒剂浸泡,分类消毒或灭菌。乙型肝炎表面抗原阳性的患者用后器械单独浸泡。

2.5　凡规定一次性使用的物品不可回收再用,应放入黄色医疗废物专用包装袋内,按医疗废物处理。

2.6　导管室每月做细菌培养一次(包括空气、物体表面、灭菌后的物品),报告存档。

(九) ICU(重症病房、加强医疗病房)护理工作制度

1. ICU 护理质量与安全管理组织

1.1　护理部应加强对 ICU 护理质量的控制及管理,成立 ICU 护理质量管理组织。

其组成由护理部和 ICU 护士长等组成,在护理主管院长(或医疗主管院长)和医疗质量管理委员会领导下开展工作。

1.2　主要职责与权限是:对 ICU 护理质量管理工作予以咨询及评议,对本院的 ICU 护理问题负责提出鉴定和处理意见。

1.2.1　职责

1)研究全院 ICU 护理质量管理情况,审定 ICU 护理质量管理的规章制度。

2)建立会议制度,定期研究、解决 ICU 护理质量方面的重大事项,遇有紧急问题随时召集会议。

3)组织 ICU 护理的会诊及病例讨论。

4)ICU 护理问题鉴定:①对本院 ICU 发生的护理问题进行鉴定,讨论分析问题性质,为医院做出处理决定提供依据。②对于 ICU 发生重大问题与相关部门共同鉴定,并报医疗质量管理委员会。

1.2.2　权限

1)实施 ICU 护理质量监控,对存在的问题提出意见及改进措施,以促进全院 ICU 护理水平的不断提高。

2)对各 ICU 制订的护士培养计划进行审定,对其计划的落实情况进行考评。

2. ICU 护士准入制度

2.1　ICU 护士准入条件(新上岗)

1)具有护士执业资格。

2)2年以上的临床护理实践经验,熟练掌握专科疾病的护理常规。

3)通过3个月以上的危重症护理在职培训。

4)经考核合格方可从事ICU临床护理。

2.2 ICU护士独立工作准入资格

1)实行一对一带教,直至其能独立完成危重症患者的护理工作。

2)带教期间在带教老师指导下进行各项护理工作。

3)带教期间,每月由护士长和临床教师对其进行ICU临床技能考核。

4)带教期结束后,能熟练掌握ICU各种规章制度、规程、岗位职责并通过严格的理论及技能考核,合格后方可独立工作。

3. ICU护理管理制度

3.1 ICU护理人员在科主任领导下进行工作,由护士长负责管理,主管病房医师给予协助。

3.2 ICU护理人员严格遵守各项规章制度及执行各项医疗护理操作常规。

3.3 ICU护士对患者实行24小时连续动态监测并详细记录生命体征及病情变化。急救护理措施准确及时。

3.4 各种医疗护理文件书写规范,记录完整、准确。

3.5 危重症患者护理措施到位,杜绝差错隐患,确保患者安全。

3.6 做好病房的消毒隔离及清洁卫生工作,防止院内交叉感染。

3.7 ICU仪器、设备应指定专人负责管理、定期保养,使之处于完好备用状态。

3.8 ICU物品定位、定量、定人保管,未经护士长允许不得外借或移出ICU。

3.9 ICU护理人员衣着统一规范,严格控制非本室人员的出入。

3.10　及时向家属提供确切病情,并给予他们支持和安慰,创造条件鼓励他们亲近患者。

4. ICU护理工作制度

4.1　ICU护理工作基本要求

1)严密观察病情变化,随时监测生命体征、保持呼吸道及各种管道的通畅,准确记录24小时出入量。

2)有完整的特护记录,详实记录患者的病情变化。

3)重症患者的生活护理均由护士完成。

4)随时做好各种应急准备工作。

4.2　ICU护理交接班基本要求

1)每班必须按时交接班。在接班者未接清楚之前,交班者不得离开岗位。

2)严格床旁交接班。交班中发现疑问,应立即查证。

3)交班内容及要求:①交班内容突出患者病情变化、诊疗护理措施执行情况、管路及皮肤状况等。②特殊情况(如:仪器故障等)需当面交接清楚。③晨会中护士长可安排讲评、提问,布置当日工作重点及应注意改进的问题,一般不超过15分钟。

4.3　ICU护理查对制度

1)对无法有效沟通的患者应使用"腕带"作为患者的识别标志,"腕带"填入的识别信息必须经二人核对后方可使用,若损坏更新时同样需要经2人核对。

2)对用药严格执行三查七对制度。

3)给药时查对药品质量,注意配伍禁忌,询问患者有无过敏史。如患者提出疑问应及时查清方可执行。

4)医嘱需由2人核对后方可执行,记录执行时间并签名。(若有疑问必须问清后方可执行。)

5)认真查对医嘱,规范本科室医嘱查对时间及人员要求。

6)抢救患者时,下达口头医嘱后,执行者需复述一遍,由2

人核对后方可执行,并暂保留用过的空安瓿,以便查对。

5. ICU 抢救物品管理制度

5.1　抢救物品有固定的存放地点,定期清点并登记。

5.2　抢救用品应保持随时即用状态,定期进行必要的维护检查并有记录。

5.3　抢救用品使用后应及时清洁、清点、补充、检测、消毒,处理完毕后放回固定存放处。

5.4　抢救用品出现问题及时送检维修,及时领取。

5.5　在进行维护检查时、检查后或消毒时有明显的标识。

5.6　严格规范管理毒、麻、剧药品,对高危药品应单独存放、标示明确,使用的剂量及途径有规范。

6. ICU 护理记录书写规范

6.1　护理记录描述要客观、真实、准确、完整、及时。

6.2　文字工整,字迹清晰,表述准确。书写过程中出现错字时,应当用双线划在错字上,并签全名。不得采用刮、粘、涂等方法掩盖或去除原来的字迹。

6.3　楣栏项目填写完整不空项、清楚、无涂改。

6.4　护理记录单均用蓝黑签字笔书写。

6.5　记录内容

1)患者的生命体征、主诉及与护理有关的阳性体征、医嘱落实情况、护理措施和效果。

2)手术患者要记录手术方式、麻醉方式和伤口敷料等情况。

3)详细记录各种管道名称、引流方式、引流物性质和量等情况。

6.6　生命体征至少每小时记录一次。重要治疗、护理记录时间应精确到分钟。

6.7　记录特殊检查、特殊治疗结果及患者的反应情况。

6.8　抢救后 6 小时内完成护理记录。

6.9　专科观察记录按科内统一规定记录。

7. 告知制度

7.1 主管医生及护士应将自己的姓名主动告知患者。

7.2 特殊诊断方法、治疗措施,均应告知患者及家属。未经患者及(或)家属的理解和同意,医务人员不得私自进行相关特殊诊治。

7.3 有关诊断、治疗措施可能出现的问题,如副作用,可能发生的意外、并发症及预后等应向患者及家属做通俗易懂的解释。

7.4 从医疗角度不宜相告或当时尚未明确诊断的,应向其家属解释。

8. ICU 护士紧急替代制度

8.1 科内备好护理人员联络网,每名护士休息期间做好随时备班准备。

8.2 科内护理人员因疾病等原因须休假时,应提前与护士长联系,以便进行班次的调整。

8.3 如遇重大抢救,护理人员需求超出科内人员安排范围,应立即上报护理部并请求人员支援。

8.4 护理部及科内应有紧急人员替代预案。

三十五、手部卫生规范与质量监管制度

在医院感染传播途径中,医务人员的手是造成医院内感染的重要原因。规范洗手及手消毒方法,加强手部卫生的监管力度,是控制医院感染的一项重要措施,也是对患者和医务人员双向保护的有效手段。

1. 洗手的指征

1.1 进入或离开病房前必须洗手。

1.2 在病房中由污染区进入清洁区之前。

1.3 处理清洁或无菌物品前。

1.4 无菌技术操作前后。

1.5 手上有污染物或与被污染的物品或体液接触后。

1.6 接触患者伤口前后。

1.7　手与任何患者接触(诊察、护理患者之间)前后。

1.8　在同一患者身上,从污染部位操作转为清洁部位操作之间。

1.9　戴手套之前,脱手套之后。

1.10　戴脱口罩前后、穿脱隔离衣前后。

1.11　使用厕所前后。

2. 手消毒指征

2.1　为患者实施侵入性操作前后。

2.2　诊察、护理、治疗免疫性功能低下的患者之前。

2.3　接触每一例传染患者和多重耐药株定植或感染者之后。

2.4　接触感染伤口和血液、体液之后。

2.5　接触致病微生物所污染的物品之后。

2.6　双手需保持较长时间的抗菌活性,如需戴手套时。

2.7　接触每一例传染性患者后应进行手消毒;微生物检疫人员接触污物前应戴一次性手套或乳胶手套,脱手套后应进行手消毒。

3. 手部卫生的监督管理

3.1　严格按照洗手指征的要求进行规范洗手和手消毒。

3.2　使用正确的洗手(六步洗手法)和手消毒方法,并保证足够的洗手时间。

3.3　确保消毒剂的有效使用浓度。

3.4　定期进行手的细菌学检测。

三十六、护理人员岗位职责

(一)护理部主任职责

1. 在院长的领导下,负责领导全院的护理工作,组织制定全院各科室护理人员配置方案,批准后组织实施与协调,适时调整;是医院护理质量与安全管理和持续改进第一责任人,应对院长负责。

2. 根据医院的计划负责拟订全院的护理工作计划及目标，批准后组织实施。定期考核，按期总结汇报。

3. 深入科室了解掌握护理人员的思想工作情况，教育护理人员改进工作作风，加强医德医风建设，改善服务态度。督促检查护理制度、常规的执行和完成护理任务的情况，检查护理质量，严防差错事故的发生。

4. 组织护理人员三基三严培训、学习业务技术，定期进行技术考核，开展护理科研工作和技术革新，不断提高护理技术水平。

5. 指导各科护士长搞好病房和门诊的科学管理、消毒隔离和物资保管工作。

6. 组织检查护生、进修生的实习工作，指导各级护理人员严格要求学生，做好传、帮、带。

7. 确定全院护理人员的工作时间和分配原则，根据具体情况对全院护士做院内或临时调配。

8. 听取各科室提出的有关护理用具使用情况的意见，并与有关部门联系协同解决问题。

9. 主持和召开全院护士长会议，分析全院护理工作情况，并定期组织全院护士长到科室交叉检查，互相学习，不断提高护理质量。

10. 提出对护理人员的奖惩、晋升、晋级、任免以及调动的意见。

11. 教育全院各级护理人员热爱护理专业，培养良好的作风，关心他们的思想、工作、学习和生活，充分调动护理人员的积极性。

12. 作为医院质量管理组织主要成员，承担相关工作。

13. 护理部副主任协助主任负责相应的工作，主任外出期间代理主任主持日常护理工作。

（二）主任（副主任）护师职责

1. 在护理部主任及科护士长领导下，负责指导本科护理技术、科研和教学工作。

2. 检查指导本科急、危重、疑难患者护理计划的实施,护理会诊及危重患者的抢救工作。

3. 了解国内外护理发展动态,根据医院具体条件努力引进先进技术,提高护理质量,发展护理学科。

4. 主持全院或本科护理大查房,指导下级护士的查房,不断提高护理业务水平。

5. 对院内护理差错、事故提出技术鉴定意见。

6. 组织主管护师、护师及进修护士的业务学习和护士规范化培训,拟定教学计划和内容,编写教材并负责讲课。

7. 带教护理系和护理专科学生的临床实习,担任部分课程的讲授并指导主管护师完成此项工作。

8. 负责组织全院或本科护理学术讲座和护理病案讨论。

9. 制定本科护理科研计划,并组织实施,通过临床实践写出有较高水平的科研论文,不断总结护理工作经验。

10. 参与审定、评价护理论文和科研成果以及新业务、新技术成果。

11. 协助护理部做好主管护师、护师的晋升、考核及评审工作,承担对下级护理人员的培养工作。

12. 参与全院业务技术管理和组织管理工作,经常提出建设性意见,协助护理部主任加强对全院护理工作的业务指导。

13. 参与全院护理质量督察工作,指导护理质量控制工作。

(三) 主管护师职责

1. 在科护士长、护士长领导下及本科主任护师指导下进行工作。

2. 对病房护理工作质量负有责任,发现问题,及时解决,把好护理质量关。

3. 解决本科护理业务上的疑难问题,指导危重、疑难患者护理计划的制订及实施。

4. 负责指导和组织本科的护理查房和护理会诊,对护理业务给予具体指导。

5. 对本科各病房发生的护理差错、事故进行分析鉴定,并提出防范措施。

6. 组织本科护师、护士进行业务培训,拟定培训计划,编写教材,负责讲课。

7. 负责护理进修生和护生的临床实习,承担讲课、考核和评定成绩。

8. 制定本科护理科研和技术革新计划,并组织实施。指导全科护师、护士开展护理科研工作,写出具有一定水平的护理论文及科研文章。

9. 协助本科护士长做好行政管理和队伍建设工作。

(四) 护师职责

1. 在病房护士长领导下和本科主管护师指导下进行工作。

2. 参加病房的护理临床实践,指导护士正确执行医嘱及各项护理技术操作规程,发现问题,及时解决。

3. 参与病房危重、疑难患者的护理工作,承担难度较大的护理技术操作,带领护士完成新业务、新技术的临床实践。

4. 协助护士长拟定病房护理工作计划,参与病房管理工作。

5. 参加本科主任护师、主管护师组织的护理查房、会诊和病案讨论。主持本病房的护理查房。

6. 协助护士长负责本病房护士和进修护士业务培训,制订学习计划,并担任讲课。对护士进行技术考核。

7. 参加部分临床教学,带领护生临床学习。

8. 协助护士长制定本病房的科研、技术革新计划,积极参与科研活动。

9. 对病房出现护理差错、事故进行分析,提出防范措施。

(五) 门诊护士长职责

1. 在护理部、门诊部主任领导下,负责本科室护理业务及行政管理工作;是本部门护理质量与安全管理和持续改进第一责任人,应对护理部、门诊部主任负责。

2. 制定门诊工作计划,明确护士的分工,经常进行督促检查,不断提高护理质量,改善服务态度,与门诊医师组长取得密切联系。

3. 认真执行岗位责任制、各项规章制度和技术操作规程。严防差错事故,认真执行登记及上报制度,及时总结经验与教训。

4. 负责组织护士做好协诊工作和执行等待服务。

5. 负责组织专科业务和新技术的学习,不断提高门诊护理人员的业务技术水平。

6. 负责对新调进的医生、护士和实习生、进修人员,介绍门诊工作情况及各项规章制度,负责实习、进修护士的教学工作。

7. 负责计划组织候诊教育和健康教育工作。

8. 负责督促检查抢救用物、毒麻药品和仪器管理工作。

9. 认真执行疫情报告、消毒隔离制度,预防交叉感染,保证门诊清洁及工作有序。

10. 督促检查诊疗登记和治疗统计工作。

11. 负责家具被服保管,物品请领、验收维修工作。

12. 负责考勤、考核,奖优罚劣,促进门诊文明建设。

(六)门诊护士工作职责

1. 在门诊护士长或护士组长领导下进行工作。

2. 负责器械的消毒和开诊前的准备工作。

3. 协助医生完成有关工作,按医嘱给患者进行处置。

4. 经常观察候诊患者的病情变化,对较重的患者应提前诊治或送急诊室处置。

5. 负责诊疗室的整洁、安静、维持就诊秩序,做好等待服务。

6. 实施候诊教育和健康教育工作。

7. 做好消毒隔离工作,防止交叉感染。

8. 认真执行各项规章制度和技术操作规程,严格查对制度,防止差错事故的发生,做好交接班工作。

9. 按照分工,负责领取、保管药品、器材和其他物品。

10. 认真学习业务,提高理论水平,向患者做耐心、科学的解释工作,提高服务质量。

(七) 急诊科护士长职责

1. 在急诊科主任和护理部主任领导下,负责领导急诊室和观察室的护理工作;是本部门护理质量与安全管理和持续改进第一责任人,应对科主任、护理部主任负责。

2. 组织安排急诊抢救工作,督促检查护理人员配合医生诊治情况。经常了解留观危重患者的病情,指导护士严格按医嘱进行治疗护理。做好各种记录和交接班的工作。

3. 督促护理人员认真执行各种规章制度和技术操作规程,严防差错事故发生。

4. 制订工作计划,检查各项护理工作执行情况,保证护理质量,负责护理人员的排班工作。

5. 负责检查各种抢救药品、器材、被服及室内所需物品的使用、保管情况,做到计划请领,及时维修和报损。

6. 加强对护理人员的业务技术训练,不断提高业务水平。

7. 负责组织护理科研和技术革新工作。

8. 督促护士、护理员、清洁员经常保持室内外清洁、整齐、安静,做好消毒隔离,预防交叉感染。

9. 做好计划和总结工作,按要求定期上报各种统计表。

10. 制定和实施应急预案,做好突发事件管理。

(八) 急诊室护士工作职责

1. 在急诊科护士长领导下进行工作。

2. 做好急诊患者的检诊工作,根据患者情况决定优先就诊,必要时先抢救后挂号。

3. 急诊患者来就诊,应立即通知值班医生,在医生未到之前,遇到特殊危急患者,可行必要的急救处理。

4. 备好各种抢救物品、药品,在急救过程中迅速、准确地执行医嘱,协助医生进行抢救。

5. 负责危重患者的巡视、观察,及时完成治疗与护理工作,严密观察并记录患者的病情变化。

6. 认真执行各项规章制度和技术操作常规,做好查对和交接班工作,严防差错事故。

7. 严格执行各项无菌操作规程,做好消毒隔离工作,防止院内交叉感染。

8. 负责备齐各种急救所需药品、物品、器械等,并使之处于完好状态。

(九) 科护士长职责

1. 在护理部主任、科主任领导下全面负责所属科室的临床护理、教学、科研及在职教育的管理工作;是本部门护理质量与安全管理和持续改进第一责任人,应对护理部主任、科主任负责。

2. 根据护理部、科工作计划制定本科室的护理工作计划,按期督促检查、组织实施并总结。

3. 负责督促本科人员认真执行各项规章制度、护理技术操作规程。

4. 负责督促检查本科各病室护理工作质量,发现问题及时解决,把好质量关,并有记录。

5. 解决本科护理业务上的疑难问题,指导危重、疑难患者护理计划的制订及实施。

6. 有计划地组织科内护理查房,及时总结本室护理工作中的经验和教训。

7. 有计划地组织安排全科业务学习。负责全科护士的三基三严培训和在职教育工作。

8. 负责组织本科室护理科研、护理革新计划的制订和实施,指导本科室护士及时总结护理经验及撰写护理文章。

9. 对科内发生的护理问题和差错,应及时了解原因,总结经验教训,采取防范措施,并及时上报护理部。

10. 科学管理病房,做好文字记录及教学各项统计工作,每月总结、分析提出整改意见。

11. 每月听取进修护士意见,检查护生教学计划的实施情况。

（十）病房护士长职责

1. 在科护士长和科主任的领导下,负责本病室行政管理和护理工作;是本部门护理质量与安全管理和持续改进第一责任人,应对科护士长、科主任负责。

2. 根据护理部及科内工作计划,制定病房护理工作计划,并组织实施。认真做好护理质量检查,记录和统计工作,并定期总结。

3. 负责本病房护理人员的素质培养工作,教育护理人员加强责任心,改善服务态度,遵守劳动纪律,密切医护配合。

4. 合理安排和检查本病房的护理工作,落实质量控制方案,参加并指导危重、大手术患者的护理及抢救工作。

5. 督促护理人员严格执行各项规章制度和操作规程,严防差错事故的发生。对本病区发生的护理差错、事故,及时查明原因报告护理部,并组织整改。

6. 定期参加科主任和主治医师查房,参加科内会诊及大手术或新手术前、疑难病例、死亡病例的讨论。

7. 组织护理查房,护理会诊,积极开展护理科研工作和护理经验总结。

8. 组织领导护理人员的业务学习及技术训练,实施三基三严培训工作。

9. 定期督促检查表格用品、护理用具、仪器设备、被服、药品的请领及保管。

10. 负责护生、进修护士的实习安排及检查护士的带教工作。

11. 督促检查护理员、配膳员、卫生员的工作质量,搞好病房的清洁卫生、消毒隔离工作。

12. 定期召开工休人员座谈会,组织安排健康教育宣传工作,听取患者对医疗、护理及饮食等方面意见,不断改进病室管理工作。

(十一)病房护士职责

1. 在护士长领导及护师指导下进行工作。

2. 认真执行各项规章制度,岗位职责和护理技术操作规程,正确执行医嘱,准确及时地完成各项护理工作,严格执行查对及交接班制度、消毒隔离制度,防止差错事故的发生。

3. 做好基础护理和患者的心理护理工作。

4. 认真做好危重患者的抢救工作及各种抢救物品、药品的准备、保管工作。

5. 协助医师进行各种治疗工作,负责采集各种检验标本。

6. 经常巡视病房,密切观察记录危重患者的病情变化,如发现异常情况及时处理并报告。

7. 参加护理教学和科研工作,工作中应不断总结经验,写出论文,以提高护理水平。

8. 指导护生、护理员、配膳员、卫生员工作。

9. 负责做好患者的入院介绍、在院健康教育、出院指导。经常征求患者意见,做好说服解释工作并采取改进措施。定期向患者宣传卫生知识和住院规则,经常征求患者意见,做好说服解释工作并采取改进措施,在出院前做好卫生宣教工作。

10. 协助办理入院、出院、转科、转院手续,做好有关文件的登记工作。

11. 认真做好病室物资、器材的使用及保管工作,并注意坚持勤俭节约的原则。

(十二)手术室护士长职责

1. 在护理部及科主任领导下,负责本室的行政管理和护理业务工作;是本部门护理质量与安全管理和持续改进第一责任人,应对护理部负责。

2. 根据手术室工作任务和护理人员情况,制订工作计划,组织实施并定期总结。

3. 严格要求各级人员遵守无菌操作规程,认真执行各项规章制度和技术操作规程,定期抽查各类人员的工作质量。

4. 负责组织护理人员的业务学习,三基三严培训,开展新技术、新业务及护理科研工作。督促检查教学计划的实施,指导进修、实习护士的带教工作。

5. 检查核对各交接班程序,严防差错事故的发生。

6. 督促检查有关人员做好消毒工作,定期进行室内空气及工作人员手的细菌培养,以鉴定消毒效果。

7. 随时检查毒、麻、限剧药物及贵重仪器设备管理情况及急诊手术用品的准备情况,发现问题及时处理,破损仪器送检维修。

8. 负责手术室药品、器材、敷料、卫生设备等物品的保管、请领、报损工作。

9. 定期征求各科室对手术室工作的意见和建议,总结和改进工作。

10. 负责指导和检查手术器械的清洁、消毒及保养等工作。

(十三) 手术室护士职责

1. 在护士长领导下担任洗手、供应、巡回等工作,负责手术前准备、手术中配合和手术后整理工作。

2. 严格执行无菌操作及其他技术操作规程,严防差错事故发生。

3. 负责手术后患者的包扎、保暖、护送及手术标本的保管、送检工作。

4. 负责器械、敷料的打包消毒及药品、仪器设备的保管工作。

5. 指导进修、实习护士的工作。

6. 负责分管手术患者的术前访视和术后随访。

7. 做好手术期间患者的心理护理。

8. 严格执行对患者的识别制度,做到正确的患者、正确的部位与体位、施行正确的术中配合、正确核对手术器材敷料、正确交接手术患者。

(十四)供应室护士长职责

1. 在护理部、科护士长领导下,根据全院工作计划制定本室工作计划并组织实施,定期总结。负责医疗器材、敷料的制备、消毒灭菌、储存、供应和行政管理工作;是本科护理质量与安全管理和持续改进第一责任人,应对护理部主任、科护士长负责。

2. 负责本科室护理人员的素质培养,树立为临床一线服务的观念。

3. 负责本室各岗位值班人员的工作安排,保证每日工作任务的完成和工作质量。

4. 督促检查无菌物品的灭菌及物品供应情况。

5. 严格监测高压蒸汽灭菌器的灭菌效果。

6. 领导本室工作人员共同遵守医院内各项规章制度和技术操作规程。

7. 负责抽查供应室各种物品及使用单位的物品保管情况。

8. 负责请领、报损本室器材、被服及其他物品。

9. 负责本室工作人员的继续教育及技能训练,不断提高其工作水平。

10. 征求临床科室意见和建议,加强沟通和协调,以改进物资供应工作。

(十五)供应室护士职责

1. 在护士长领导下进行工作。遵守院内、室内各项规章制度及技术操作规程。

2. 负责各种医疗器械的清洁、包装及各种敷料的裁剪、制备工作。

3. 负责院内一切无菌医疗器械、敷料、溶液及有传染性被服用品的高压消毒工作,保证消毒物品的绝对无菌及安全使用。

4. 负责与病房及有关单位的无菌物品交换工作,坚持下收下送,做到态度和蔼、坚持原则。

5. 做好院内临时任务或急救工作的物品消毒及供应工作。

6. 指导消毒员进行医疗器材、敷料的制备、消毒工作。

7. 组织、领导院内临时任务及急救工作所需物品的供应。

8. 组织本室工作人员做好下收下送工作,深入临床第一线征求意见,改进工作。

(十六)重症医学科护士长工作职责

1. 在护理部及科主任的领导下进行工作,是本科护理质量与安全管理和持续改进第一责任人,应对护理部、科主任负责。负责本病房的护理行政管理和业务工作。

2. 督促护理人员严格执行各项规章制度,检查各项护理措施的实施,严防差错事故。

3. 参加晨会交班及床头交接班,根据患者病情需要,合理调配护士工作。

4. 随同科主任、主治医师查房,参加科内会诊、疑难危重症及死亡病例讨论。

5. 组织并参与危重症患者的抢救。

6. 定期检查仪器、急救物品、贵重药品,保证仪器性能良好,药品齐全并记录。

7. 定期检查各项表格记录,保证其完整性与准确性。

8. 定期检查各种消毒与灭菌物品并记录。

9. 负责护士继续教育的管理,制定各级护理人员培训计划,负责组织护理查房、护理会诊。

10. 组织本科护理科研工作,积极参加学术交流。

11. 积极听取医师及患者的意见,不断改进病房管理工作。

12. 负责科室临床教学工作的管理和实施。

13. ICU 护士长资质基本要求与能力

13.1　由主管护师及以上人员任护士长。

13.2　经过 ICU 专业培训，并在 ICU 临床工作 5 年以上，具有较丰富的 ICU 专业护理知识，有一定的管理和教学能力，并经过护士长岗位培训。

13.3　每天 24 小时、每周 7 天能够随时可在病房从事 ICU 临床护理及管理工作，或是授权一名具有同样资格的主管护师承担上述工作。

13.4　具有与各临床与医技科室间协调的能力，能参与检查、评价 ICU 护理质量管理的情况。

13.5　对设置床位较多工作量较大的 ICU 护理单元（如心血管外科术后 ICU 等）可设科护士长进行管理，根据工作量及工作性质及数量分设日班与夜班护士长制，或是设副护士长，以确保医疗质量与患者安全。

（十七）重症医学科护士职责

1. 在科主任、护士长的领导下进行护理工作。

2. 自觉遵守医院和科室的各项规章制度，严格执行各项护理制度和技术操作规程，准确及时地完成各项治疗、护理措施，严防护理差错和事故的发生。

3. 具备良好的职业道德和护士素质，贯彻"以患者为本"的服务理念，做好患者的基础护理和心理护理。

4. 护理工作中有预见性，积极采取各种措施，减少护理并发症的发生。

5. 参加主管患者的 ICU 医生查房，及时了解患者的治疗护理重点。

6. 掌握常规监测手段，熟练使用各种仪器设备，密切观察病情变化并及时通知医生采取相应措施，护理记录详实、准确。

7. 抢救技术熟练,能够配合医生完成各项抢救。

8. 严格执行消毒隔离制度,防控医院感染的发生及扩散。

9. 做好病房仪器、设备、药品、医用材料的保管工作。

10. 及时了解患者的需求,经常征求患者的意见,不断改进护理工作。

11. 参与本科室护理教学和科研工作。

12. ICU护士资质基本要求:

12.1　符合ICU护士准入条件的注册护士。

12.2　符合ICU护士技能条件的注册护士。

(十八) 血液净化室(科)护士长职责

1. 在护理部、科主任的领导下,负责本科室行政管理和护理工作;是本部门护理质量与安全管理和持续改进第一责任人,应对护理部主任、科主任负责。

2. 根据病房的情况和护士的能力,合理安排班次。

3. 实施全面质量控制,保证各项规章制度的落实。

4. 督促检查各项护理工作,及时帮助解决护理工作中的问题。发现问题及时处理,防止差错事故的发生。

5. 负责监督所属人员做好本科室内感染控制,按规定做好相应检测(空气、透析液、反渗水)。

6. 经常检查各仪器的使用情况,有问题及时告知技师。

7. 经常检查护理表格的记录情况,保证其完整性与准确性。

8. 定时听取医生及技术员对护理工作的建议,促进医、护、技的合作。

9. 定期了解患者及家属的意见,及时改进工作。

10. 有计划组织护士业务学习、三基培训,技术培训,及时掌握新仪器、新技术的操作,并定期组织考核。

11. 做好本科室各类物品的管理。包括各类物品的请领、保管、检查和维修。

12. 定期总结工作,并及时向领导汇报,共同研究讨论工作中存在的问题,有针对性地做好下一步的工作。

(十九) 血液净化室(科)护士职责

1. 在专科医师指导及护士长领导下工作,负责血液净化室患者日常透析期间的护理及患者的管理。

2. 认真遵守医院各种规章制度、各项护理工作制度和操作规程,准确及时地完成各项护理工作及技术操作。

3. 正确执行医嘱,遵循医师的诊治计划并制定相应的护理计划,协助医生作好各种诊疗工作。

4. 透析过程中,经常巡视病室,密切观察患者病情,应及时记录,有问题及时处理。

5. 了解患者病情、饮食、生活等情况,为患者进行相关指导,积极开展各种形式的健康教育,作好患者的饮食管理和生活指导。

6. 保持血液净化室秩序,为患者创造清洁、舒适、整齐、安静的治疗环境。

7. 做好血液净化室的消毒隔离工作,严格遵守国家透析器材的有关使用管理规定。

8. 积极参加业务学习,强化三基三严培训,认真学习新技术,不断丰富血液净化方面的理论及实践知识,为患者接受高品质的透析创造良好条件。

(二十) 介入导管室(科)护士长职责

1. 在护理部及科主任的领导下,负责介入导管室(科)日常行政管理和护理业务工作;是本部门护理质量与安全管理和持续改进第一责任人,应对护理部、科主任负责。

2. 有计划地安排工作。根据手术和护理人员情况,进行科学分工,必要时进行具体指导或亲自参加手术。

3. 督促护理人员严格执行各项规章制度和技术操作规程。负责本科室护理人员的素质培养工作,教育护理人员加强责任心,改善服务态度,遵守劳动纪律,密切医护配合。

4. 督促检查各级护理人员及卫生员的工作,并予以指导,发现问题及时处理，防止差错事故发生。

5. 定期检查急救物品备用情况、毒麻药品及贵重器械仪器使用与管理情况。

6. 负责监督护士做好院内感染监测，做好导管室无菌技术监测（空气、无菌物品、手等）及护士对一次性医疗用品按照规定进行毁形处理。

7. 负责指导各类物资的管理，包括各种介入耗材、器械、药品、敷料、被服、表格等领取保管工作，出入账目要清楚。

8. 定期召开全科护理会，定期总结工作，并向有关领导汇报，共同研究讨论工作中存在的问题，有针对性地做好下一步工作计划，并寻求上级支持和帮助。

9. 督促护士做好自身防护工作，解决或反映其在工作、学习和生活中遇到的困难，发挥积极性，调动主观能动性，注意人力资源开发利用管理。

（二十一）介入导管室（科）护士工作职责

1. 在护理部、科主任及护士长的直接领导下，配合手术医师，负责介入治疗术前的准备、介入术中的配合和介入治疗后的导管室整理工作。

2. 认真执行各项规章制度和无菌技术操作常规，并监督上台医师的无菌操作。负责导管室的保洁、消毒及感染监控工作，防止感染和交叉感染。

3. 负责各种介入耗材及有关器械、药品、敷料的清领、保管、保养工作，放置应定点定位有序，出入账目要清楚。

4. 认真核对患者姓名、病案号、诊断、手术名称，并做好患者心理护理；返回病房时按照规定的程序严格逐项交接，并做好交接记录及签字确认。

5. 协助医师掌握手术适应证，术前建立静脉通道、协助医师对患者进行导尿、备皮和消毒铺巾等，术中配合，用药前要严格三查七对，密切观察病情变化，并及时报告医师。

6. 负责供氧、吸引器及心电监护仪、除颤器等应急设备的日常保养维护，并熟悉使用方法，正确使用。同时负责急救药品的清点，随时做好急救准备。

7. 术后负责对一次性医疗用品按照规定进行销毁处理。

（二十二）助产士职责

1. 在护士长的领导和医师的指导下进行工作。

2. 负责正常产妇接产工作，协助医师进行难产的接产工作，做好接产准备，注意产程进展和变化，遇产妇发生并发症或婴儿窒息时，应立即采取紧急措施，并报告医师。

3. 经常了解分娩前后的情况，严格执行技术操作常规，注意保护会阴及妇婴安全，严防差错事故。

4. 经常保持产房的整洁，定期进行消毒。

5. 为产妇做好计划生育围产期保健和妇婴卫生的宣传教育工作，并进行技术指导。

6. 负责管理产房和婴儿室的药品器材。

7. 可根据需要，负责孕期检查、外出接产和产后随访工作。

8. 指导进修、实习人员的接产工作。

（二十三）护理员职责

1. 在护士长领导下和护士指导下进行工作。

2. 担任患者生活护理和部分简单的基础护理工作，不得从事临床护理技术操作。

3. 随时巡视病房，应接患者呼唤，协助生活不能自理的患者进食、起床活动及递送便器等。

4. 做好患者入院前的准备工作和出院后床单、铺位的整理以及终末消毒工作。协助护士做好被服、家具的管理。

5. 及时收集送出临时化验标本和其他外送患者工作。

（二十四）病房卫生员职责

1. 在总务科领导和护士长的业务指导下，担任病房的清洁卫生工作。

2. 担任病房的门、窗、地面、床头桌椅及厕所、浴室的清洁工作，并保持经常整洁。

3. 负责清洁和消毒患者的脸盆、茶具、痰盂、便器等用具。

4. 及时做好病房和病员的饮用水供应,协助配餐员做好配膳工作。

5. 根据需要协助护送患者,领送物品,送病理、检验标本及其他外勤工作。

第三篇 护理安全与临床护理告知

第一章

护 理 安 全

第一节 患 者 安 全

为保证患者在住院期间的安全，护理工作要努力实现降低和控制风险，防止事故和伤害的发生，保证安全的就医环境，积极主动地为患者提供安全护理措施。

一、跌倒和坠床的预防

跌倒和坠床是病区中最常见的机械性损伤。

1. 危险因素

（1）虚弱或失去平衡的患者。

（2）幼儿及老年、感觉功能障碍的患者。

（3）体位性低血压及关节障碍的患者。

（4）意识不清、烦躁不安、年老体弱的患者及婴幼儿易发生坠床意外。

2. 防护措施

（1）为防止行走时跌倒，地面应保持清洁、干燥，地面清洁时应放置防滑标识。

（2）走廊、楼梯禁止存放障碍物。

（3）患者较长时间卧床后，第一次下床活动，需扶助行走，以维持身体平衡。

（4）躁动患者或婴幼儿，需使用床档或保护具限制肢体活动。

（5）病室的走廊、浴室、卫生间应设置扶手，提示患者行走不稳时使用。

（6）精神病房应注意将锐气、钝器、绳索收起保管好，避免意外发生。

护士需随时提醒患者在不安全的环境保持警觉，及时排除危险因素，充分保证患者安全。

二、烫伤及冻伤的防护

烫伤及冻伤是常见的物理损伤。

1. 危险因素

（1）热水瓶、热水袋所致的烫伤。

（2）各种电器如烤灯、高频电刀所致的烧伤。

（3）易燃易爆物品，如氧气、酒精所致的烧伤。

（4）应用冰袋所致的冻伤。

2. 防护措施

（1）在应用冷热疗时，护士操作要规范，密切监测局部皮肤变化，鼓励患者及时反映身体的不适。

（2）糖尿病患者禁用热水袋、电热毯、理疗仪器温热足部。因为糖尿病患者足底感觉灵敏度减退或消失，易烫伤。

（3）小儿、意识不清的患者，进行冷热治疗时，应专人陪护。

（4）易燃易爆物要妥善保管，远离明火，应设有防火设备，护士应熟练掌握使用方法。

（5）医院设备要定期保养及维修，以防发生意外。

三、安 全 用 药

药物使用不当或错用可给患者带来意外伤害。

1. 危险因素　药物剂量过大、浓度过高、用药配伍不当、给药途径不准确及错用药物等。

2. 防护措施

(1)护士应具备药物的基本知识,掌握药物的保管原则及用药原则。

(2)严格执行查对制度,核对时要精力集中,准确无误,落到实处。

(3)诊疗传输过程中,使用腕带、脚带或专用标识,以减少医疗差错的发生。

(4)发现问题医嘱及处方要及时与医生或药剂师核实后方可执行,注意药物的配伍禁忌,及时观察用药后的不良反应。

(5)向患者及家属做好用药知识的宣教。

四、院内感染的安全防护

院内感染危害极大,不仅延长了患者的住院时间,增加了患者的痛苦和经济负担,还可直接威胁患者的生命。

1. 危险因素 医务人员对院内感染认识不到位、环境因素。

2. 防护措施

(1)加强院内感染相关知识的培训,尤其是对实习生、进修人员,做到全员重视院内感染。

(2)医务人员严格执行无菌技术操作、消毒隔离工作制度、手卫生规范、职业暴露防护制度。

(3)对使用呼吸机、置有中心静脉导管各种管的患者定期做细菌学监测。

(4)落实医院感染的病例监测、消毒灭菌监测、必要的环境卫生学监测和医院感染报告制度。

第二节 自身职业防护

一、医务人员个人防护用品使用技术

2009 年 4 月 1 日卫生部颁布《医院隔离技术规范》,该规范

在医院隔离的管理、建筑布局与隔离、医务人员防护用品的使用和不同传播途径疾病的隔离与预防等方面做了详细的规定。本节主要介绍医务人员个人防护用品使用技术。个人防护用品是指用于保护医务人员避免接触感染性因子的各种屏障用品，包括口罩、手套、护目镜、防护面罩、防水围裙、隔离衣、防护服等。

（一）口罩

口罩的类型：

纱布口罩：保护呼吸道免受有害粉尘、气溶胶、微生物及灰尘伤害的防护用品。

外科口罩：能阻止血液、体液和飞溅物的传播，医护人员在有创操作过程中佩戴的口罩。

医用防护口罩：能阻止经空气传播的直径≤5μm 感染因子或近距离（＜1m）接触经飞沫传播而发生感染的疾病的口罩。医用防护口罩的使用包括密合性测试、培训、型号的选择、医学处理和维护。

使用原则：

1. 应根据不同的操作要求选用不同种类的口罩。

2. 一般诊疗活动可佩戴纱布口罩或外科口罩；手术室工作或护理免疫功能低下患者、进行体腔穿刺等操作时应戴外科口罩；接触经空气传播或近距离接触经飞沫传播的呼吸道传染病患者时，应戴医用防护口罩。

3. 纱布口罩应保持清洁，每天更换、清洁与消毒，遇污染时及时更换。

佩戴方法：

1. 外科口罩的佩戴方法　①将口罩罩住鼻、口及下巴，口罩下方带系于颈后，上方带系于头顶中部，如图 3-1。②将双手指尖放在鼻夹上，从中间位置开始，用手指向内按压，并逐步向两侧移动，根据鼻梁形状塑造鼻夹。③调整系带的松紧度。

2. 医用防护口罩的佩戴方法　①一手托住防护口罩，有鼻夹的一面背向外，如图 3-2。②将防护口罩罩住鼻、口及下巴，鼻夹部位向上紧贴面部,如图3-3。③用另一只手将下方系带拉过头顶,放在颈后双耳下,如图3-4。④再将上方系带拉至头顶中部,如图3-5。⑤将双手指尖放在金属鼻夹上,从中间位置开始,用手指向内按鼻夹,并分别向两侧移动和按压,根据鼻梁的形状塑造鼻夹,如图3-6。

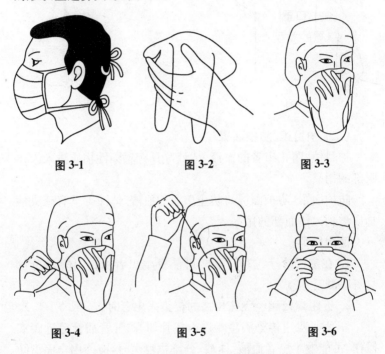

图3-1 图3-2 图3-3

图3-4 图3-5 图3-6

3. 注意事项 ①不应一只手捏鼻夹。②医用外科口罩只能一次性使用。③口罩潮湿后、受到患者血液、体液污染后,应及时更换。④每次佩戴医用防护口罩进入工作区域之前,应进行密合性检查。检查方法:将双手完全盖住防护口罩,快速的呼气,若鼻夹附近有漏气应按图3-6调整鼻夹,若漏气位于四周,应调整到不漏气为止。

4. 摘口罩方法 ①不要接触口罩前面(污染面)。②先解开下面的系带,再解开上面的系带,如图3-7。③用手仅捏住口罩的系带丢至医疗废物容器内，如图 3-8。

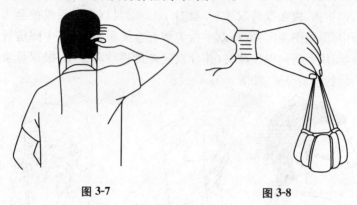

图 3-7　　　　　　　　　　图 3-8

（二）护目镜、防护面罩

护目镜：防止患者的血液、体液等具有感染性物质溅入人体眼部的用品。

防护面罩（防护面屏）：防止患者的血液、体液等具有感染性物质溅到人体面部的用品。

使用原则：

1. 在进行诊疗、护理操作，可能发生患者血液、体液、分泌物等喷溅时。

2. 近距离接触经飞沫传播的传染病患者时。

3. 为呼吸道传染病患者进行气管切开、气管插管等近距离操作，可能发生患者血液、体液、分泌物喷溅时，应使用全面型防护面罩。

4. 佩戴前应检查有无破损，佩戴装置有无松懈。每次使用后应清洁与消毒。

护目镜或防护面罩的戴摘方法：

1. 戴护目镜或防护面罩的方法　戴上护目镜或防护面罩，调节舒适度，如图 3-9。

2. 摘护目镜或防护面罩的方法　捏住靠近头部或耳朵的一边摘掉，放入回收或医疗废物容器内，如图 3-10。

526

图 3-9　戴护目镜和防护面罩　　图 3-10　脱护目镜和防护面罩

（三）手套

防止病原体通过医务人员的手传播疾病和污染环境的用品。

使用原则：

1. 应根据不同的操作需要，选择合适种类和规格的手套。

2. 接触患者的血液、体液、分泌物、排泄物、呕吐物及污染物品时，应戴清洁手套。

3. 进行手术等无菌操作、接触患者破损皮肤、黏膜时，应戴无菌手套。

4. 一次性手套应一次性使用。

无菌手套戴脱方法：

1. 戴无菌手套方法　①打开手套包，一手掀起口袋的开口处，如图 3-11。②另一手捏住手套翻折部分（手套内面）取出手套，对准五指戴上，如图 3-12。③掀起另一只袋口，以戴着无菌手套的手指插入另一只手套的翻边内面，将手套戴好。然后将手套的翻转处套在工作衣袖外面，如图 3-13、图 3-14。

2. 脱手套的方法　①用戴着手套的手捏住另一只手套污染面的边缘将手套脱下，如图 3-15。②戴着手套的手握住脱下的手套，用脱下手套的手捏住另一只手套清洁面（内面）的边缘，将手套脱下，如图 3-16。③用手捏住手套的里面丢至医疗废物容器内，如图 3-17。

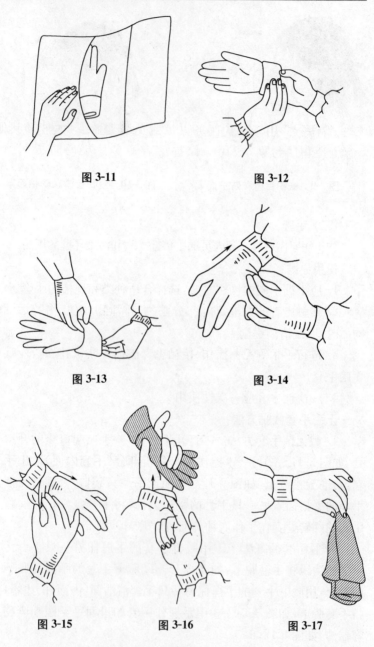

图 3-11

图 3-12

图 3-13

图 3-14

图 3-15

图 3-16

图 3-17

3. 注意事项 ①诊疗护理不同的患者之间应更换手套。②操作完成后脱去手套,应按规定程序与方法洗手,戴手套不能替代洗手,必要时进行手消毒。③操作时发现手套破损,应及时更换。④戴无菌手套时,应防止手套污染。

（四）隔离衣与防护服

隔离衣:用于保护医务人员避免受到血液、体液和其他感染性物质污染,或用于保护患者避免感染的防护用品。根据与患者接触的方式包括接触感染性物质的情况和隔离衣阻隔血液和体液的可能性选择是否穿隔离衣和选择其型号。

防护服:临床医务人员在接触甲类或按甲类传染病管理的传染病患者时所穿的一次性防护用品。应具有良好的防水、抗静电、过滤效能和无皮肤刺激性,穿脱方便,结合部严密,袖口、脚踝口应为弹性收口。

隔离衣、防护服使用原则:应根据诊疗工作的需要,选用隔离衣或防护服。防护服应符合 GB 19082 的规定。隔离衣应后开口,能遮盖住全部衣服和外露的皮肤。

1. 隔离衣使用原则 ①接触经接触传播的感染性疾病患者时,如传染病患者、多重耐药菌感染患者等。②对患者实行保护性隔离时,如大面积烧伤患者、骨髓移植患者等。③可能受到患者血液、体液、分泌物、排泄物喷溅时。

2. 防护服使用原则 ①临床医务人员在接触甲类或按甲类传染病管理的传染病患者。②接触经空气传播或飞沫传播的传染病患者,可能受到患者血液、体液、分泌物、排泄物喷溅时。

隔离衣的穿脱方法:

1. 穿隔离衣方法 ①右手提衣领,左手伸入袖内,右手将衣领向上拉,露出左手,如图 3-18。②换左手持衣领,右手伸入袖内,露出右手,勿触及面部,如图 3-19。③两手持衣领,由领子中央顺着边缘向后系好颈带,如图 3-20。④再扎好袖口,如图 3-21。⑤将隔离衣一边(约在腰下5cm)处渐向前拉,见到边缘捏住,如图 3-22。⑥同法捏住另一侧边缘,如图 3-23。⑦双手在背后将衣边对齐,如图 3-24。⑧向一侧折叠,一手按住折叠处,另一手将腰带拉至背后折叠处,如图 3-25。⑨将腰带在背后交叉,回到前面将带子系好,如图 3-26。

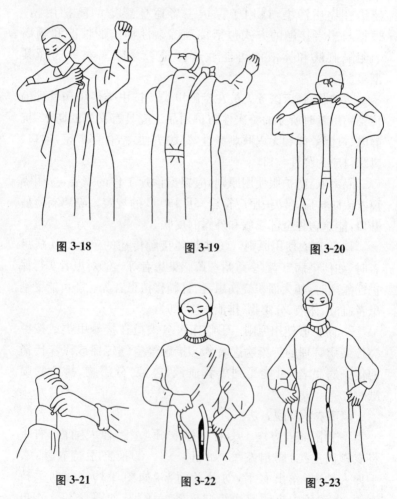

图 3-18   图 3-19   图 3-20

图 3-21   图 3-22   图 3-23

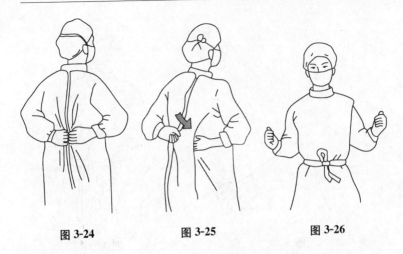

图 3-24　　　　　　　图 3-25　　　　　　　图 3-26

2. 脱隔离衣方法　①解开腰带,在前面打一活结,如图 3-27。②解开袖带,塞入袖袢内,充分暴露双手,进行手消毒,如图 3-28。③解开颈后带子,如图 3-29。④右手伸入左手腕部袖内,拉下袖子过手,如图 3-30。⑤用遮盖着的左手握住右手隔离衣袖子的外面,拉下右侧袖子,如图 3-31。⑥双手转换逐渐从袖管中退出,脱下隔离衣,如图 3-32。⑦左手握住领子,右手将隔离衣两边对齐,污染面向外悬挂污染区;如果悬挂污染区外,则污染面向里。⑧不再使用时,将脱下的隔离衣,污染面向内,卷成包裹状,丢至医疗废物容器内或放入回收袋中,如图 3-33。

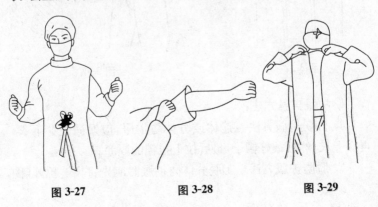

图 3-27　　　　　　　图 3-28　　　　　　　图 3-29

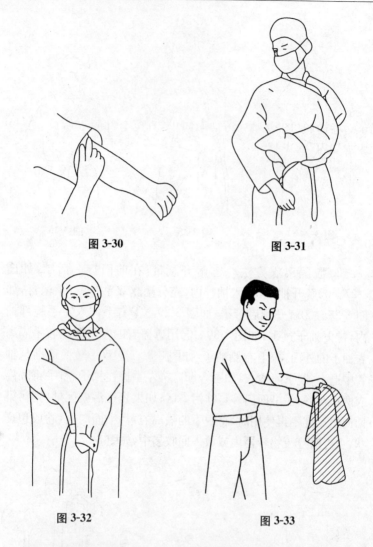

图 3-30

图 3-31

图 3-32

图 3-33

防护服穿脱方法：

1. 穿防护服方法　连体或分体防护服,应遵循先穿下衣,再穿上衣,然后戴好帽子,最后拉上拉锁的顺序。

2. 脱防护服方法　①脱分体防护服时应先将拉链拉开(图

3-34)。向上提拉帽子,使帽子脱离头部(图 3-35)。脱袖子、上衣,将污染面向里放入医疗废物袋(图 3-36)。脱下衣,由上向下边脱边卷,污染面向里,脱下后置于医疗废物袋(图 3-37、图3-38)。②脱联体防护服时,先将拉链拉到底(图 3-39)。然后向上提拉帽子,使帽子脱离头部,脱袖子(图 3-40、图 3-41);由上向下边卷边脱(图 3-42),污染面向里,直至全部脱下后放入医疗废物袋内(图 3-43)。

图 3-34　　　　　图 3-35　　　　　图 3-36

图 3-37　　　　　图 3-38　　　　　图 3-39

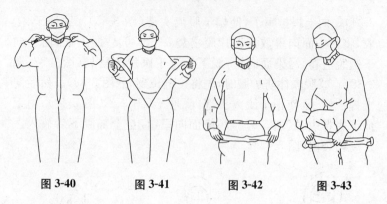

| 图 3-40 | 图 3-41 | 图 3-42 | 图 3-43 |

注意事项：

1. 隔离衣和防护服只限在规定区域内穿脱。

2. 穿前应检查隔离衣和防护服有无破损；穿时勿使衣袖触及面部及衣领。发现有渗漏或破损应及时更换；脱时应注意避免污染。

3. 隔离衣应每天更换、清洗与消毒，遇污染时随时更换。接触不同病种患者时应更换隔离衣。

4. 清洁隔离衣只使用一次时，穿隔离衣方法与一般方法相同，无特殊要求。脱隔离衣时应使清洁面朝外，衣领及衣边卷至中央，弃衣后消毒双手。

（五）鞋套

使用原则：

1. 鞋套应具有良好的防水性能，并一次性应用。

2. 从潜在污染区进入污染区时和从缓冲间进入负压病室时应穿鞋套。

3. 应在规定区域内穿鞋套，离开该区域时应及时脱掉。发现破损应及时更换。

（六）防水围裙

使用原则：

1. 分为重复使用的围裙和一次性使用的围裙。

2. 可能受到患者的血液、体液、分泌物及其他污染物质喷溅、进行复用医疗器械的清洗时,应穿防水围裙。

3. 重复使用的围裙,每班使用后应及时清洗与消毒。遇有破损或渗透时,应及时更换。

4. 一次性使用围裙应一次性使用,受到明显污染时应及时更换。

(七)帽子

使用原则:

1. 分为布制帽子和一次性帽子。

2. 进入污染区和洁净环境前、进行无菌操作等时应戴帽子。

3. 被患者血液、体液污染时,应立即更换。

4. 布制帽子应保持清洁,每次或每天更换与清洁。

5. 一次性帽子应一次性使用。

二、手 卫 生

(一)医务人员手部微生物携带情况

手上所带的细菌可分为两大类:常居菌和暂居菌。常居菌也称固有性细菌,是能从大部分人体皮肤上分离出来的微生物,这种微生物是皮肤上持久的、固有的寄居菌,不易被机械地摩擦清除,如凝固酶阴性葡萄球菌、棒状杆菌类、丙酸菌属、不动杆菌属等。暂居菌也称污染菌或过客菌丛,寄居在皮肤表层,是通过常规洗手容易清除的微生物。接触患者或被污染的物体表面时可获得,也可随时通过手传播,与医院感染密切相关。

医务人员手上革兰阴性杆菌携带率为 $20\%\sim30\%$,而烧伤病房或监护病房工作人员可高达 80% 或更多。Ayliffe 报道在一般医院普通护士手的金黄色葡萄球菌带菌率为 29%,皮肤病医院病房护士手的金黄色葡萄球菌带菌率为 78%。Daschner报道,内科重症监护室医务人员手的金黄色葡萄球菌带菌率较高,且医生高于护士。一般手上不存在大量致病菌,除非从事污染较严重的工作后。由于空气很少传播革兰阴性杆菌,通过手的接触传播为重要途径。因此,加强手卫生的管理是预防医院感染的重要措施。

(二) 手卫生的基本术语

手卫生:医务人员洗手、卫生手消毒和外科手消毒的总称。

洗手:医务人员用肥皂(皂液)和流动水洗手,去除手部皮肤污垢、碎屑和部分致病菌的过程。

卫生手消毒:医务人员用速干手消毒剂揉搓双手,以减少手部暂居菌的过程。

外科手消毒:外科手术前医务人员用肥皂(皂液)和流动水洗手,再用手消毒剂清除或者杀灭手部暂居菌和减少常居菌的过程。所用手消毒剂可具有持续抗菌活性。

手消毒剂:用于手部皮肤消毒,以减少手部皮肤细菌的消毒剂,如乙醇、异丙醇、氯己定、碘伏等。

手卫生设施:用于洗手与手消毒的设施,包括洗手池、水龙头、流动水、清洁剂、干手用品、手消毒剂等。

(三) 手卫生设施

1. 卫生手消毒设施

(1)设置流动水洗手设施。

(2)手术室、产房、导管室、层流洁净病房、骨髓移植病房、器官移植病房、重症监护病房、新生儿室、母婴室、血液透析病房、烧伤病房、感染疾病科、口腔科、消毒供应中心等重点部门应配备非手触式水龙头。有条件的医疗机构在诊疗区域均宜配备非手触式水龙头。

(3)配备清洁剂。肥皂应保持清洁与干燥。盛放皂液的容器宜为一次性使用,重复使用的容器应每周清洁与消毒。皂液浑浊或变色时及时更换,并清洁、消毒容器。

(4)应配备干手物品或者设施,避免二次污染。

(5)应配备合格的速干手消毒剂。

(6)手卫生设施的设置应方便医务人员使用。

(7)卫生手消毒剂应符合下列要求：

1)应符合国家有关规定。

2)宜使用一次性包装。

3)医务人员对选用的手消毒剂应有良好的接受性，手消毒剂无异味、无刺激性等。

2. 外科手消毒设施

(1)应配置洗手池。洗手池设置在手术间附近，水池大小、高矮适宜，能防止洗手水溅出，池面应光滑无死角易于清洁。洗手池应每日清洁与消毒。

(2)洗手池及水龙头的数量应根据手术间的数量设置，水龙头数量应不少于手术间的数量，水龙头开关应为非手触式。

(3)应配备清洁剂，肥皂应保持清洁与干燥。盛放皂液的容器宜为一次性使用，重复使用的容器应每周清洁与消毒。皂液浑浊或变色时及时更换，并清洁、消毒容器。

(4)应配备清洁指甲用品，可配备手卫生的揉搓用品。如配备手刷，刷毛应柔软，并定期检查，及时剔除不合格手刷。

(5)手消毒剂应取得卫生部卫生许可批件，有效期内使用。

(6)手消毒剂的出液器应采用非手触式。消毒剂宜采用一次性包装，重复使用的消毒剂容器应每周清洁与消毒。

(7)应配备干手物品。干手巾应每人一用，用后清洁、灭菌；盛装无菌巾的容器应每次清洗、灭菌。

(8)应配备计时装置、洗手流程及说明图。

(四) 洗手与卫生手消毒

1. 洗手与卫生手消毒应遵循的原则

(1)当手部有血液或其他体液等肉眼可见的污染时，应用肥皂(皂液)和流动水洗手。

(2)手部没有肉眼可见污染时，宜使用速干手消毒剂消毒双手代替洗手。

2. 下列情况，医务人员可根据上述原则选择洗手或使用速干手消毒剂：

（1）直接接触每个患者前后，从同一患者身体的污染部位移动到清洁部位时。

（2）接触患者黏膜、破损皮肤或伤口前后，接触患者的血液、体液、分泌物、排泄物、伤口敷料等之后。

（3）穿脱隔离衣前后，摘手套后。

（4）进行无菌操作、接触清洁、无菌物品之前。

（5）接触患者周围环境及物品后。

（6）处理药物或配餐前。

3. 下列情况医务人员应先洗手，然后进行卫生手消毒：

（1）接触患者的血液、体液和分泌物以及被传染性致病微生物污染的物品后。

（2）直接为传染病患者进行检查、治疗、护理或处理传染患者污物之后。

4. 医务人员洗手方法

（1）在流动水下，使双手充分淋湿。

（2）取适量肥皂（皂液），均匀涂抹至整个手掌、手背、手指和指缝。

（3）认真揉搓双手至少 15 秒，应注意清洗双手所有皮肤，包括指背、指尖和指缝，具体揉搓步骤为：

1）掌心相对，手指并拢，相互揉搓，见图 3-44。

2）手心对手背沿指缝相互揉搓，交换进行，见图 3-45。

3）掌心相对，双手交叉指缝相互揉搓，见图 3-46。

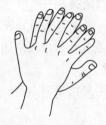

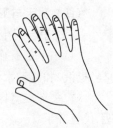

图 3-44　掌心相　　图 3-45　手指交叉掌心　　图 3-46　手指交叉
对揉搓　　　　对手背揉搓　　　　掌心相对揉

4)弯曲手指使关节在另一手掌心旋转揉搓,交换进行,见图 3-47。

5)右手握住左手大拇指旋转揉搓,交换进行,见图 3-48。

6)将 5 个手指指尖并拢放在另一手掌心旋转揉搓,交换进行,见图 3-49。

(4)在流动水下彻底冲净双手,擦干,取适量护手液护肤。

图 3-47　弯曲手指关 节在掌心揉搓　　图 3-48　拇指在 掌中揉搓　　图 3-49　指尖在 掌心揉搓

5. 医务人员卫生手消毒方法

(1)取适量的速干手消毒剂于掌心。

(2)严格按照上述六步洗手法进行揉搓。

(3)揉搓时保证手消毒剂完全覆盖手部皮肤,直至手部干燥。

(五) 外科手消毒

1. 外科手消毒应遵循的原则

(1)先洗手,后消毒。

(2)不同患者手术之间、手套破损或手被污染时,应重新进行外科手消毒。

2. 洗手方法与要求

(1)洗手之前应先摘除手部饰物,并修剪指甲,长度应不超过指尖。

(2)取适量的清洁剂清洗双手、前臂和上臂下 1/3,并认真揉搓。清洁双手时,应注意清洁指甲下的污垢和手部皮肤的皱褶处。

(3)流动水冲洗双手、前臂和上臂下 1/3。

（4）使用干手物品擦干双手、前臂和上臂下 1/3。

3. **外科手消毒方法**

（1）冲洗手消毒方法：取适量的手消毒剂涂抹至双手的每个部位、前臂和上臂下 1/3，并认真揉搓 2～6 分钟，用流动水冲净双手、前臂和上臂下 1/3。无菌巾彻底擦干。流动水应达到 GB 5749 的规定。特殊情况水质达不到要求时，手术医师在戴手套前，应用醇类手消毒剂再消毒双手后再戴手套。手消毒剂的取液量、揉搓时间及使用方法遵循产品的使用说明。

（2）免冲洗手消毒方法：取适量的免冲洗手消毒剂涂抹至双手的每个部位、前臂和上臂下 1/3，并认真揉搓直至消毒剂干燥。手消毒剂的取液量、揉搓时间及使用方法遵循产品的使用说明。

4. **注意事项**

（1）不应戴假指甲，保持指甲和指甲周围组织的清洁。

（2）在整个手消毒过程中应保持双手位于胸前并高于肘部，使水由手部流向肘部。

（3）洗手与消毒可使用海绵、其他揉搓用品或双手相互揉搓。

（4）术后脱去外科手套后，应用肥皂（皂液）清洁双手。

（5）用后的清洁指甲用具、揉搓用品如海绵、手刷等，应放到指定的容器中；揉搓用品应每人使用后消毒或者一次性使用；清洁指甲用品应每日清洁与消毒。

（六）手卫生效果的监测

1. **监测要求**　医疗机构应每日对手术室、产房、导管室、层流洁净病房、骨髓移植病房、器官移植病房、重症监护病房、新生儿室、母婴室、血液透析病房、烧伤病房、感染疾病科、口腔科等部门工作的医务人员手进行消毒效果的监测；当怀疑医院感染暴发与医务人员手卫生有关时，应及时进行监测，并进行相应致病性微生物的检测。

2. **监测方法**

（1）采样时间：在接触患者、进行诊疗活动前采样。

（2）采样方法：被检者 5 指并拢，用浸有含相应中和剂的无

菌洗脱液浸湿的棉拭子在双手指曲面从指跟到指端往返涂擦 2
次,一只手涂擦面积约 30cm^2,涂擦过程中同时转动棉拭子;将
棉拭子接触操作者的部分剪去,投入 10ml 含相应中和剂的无
菌洗脱液试管内,及时送检。

3. 手卫生合格的判断标准

(1)卫生手消毒,监测的细菌菌落总数应≤10cfu/cm^2。

(2)外科手消毒,监测的细菌菌落总数应≤5cfu/cm^2。

三、医疗废物管理

为规范医疗机构对医疗废物的管理,维护人类健康、安全,
保护环境,国务院于 2003 年 6 月 16 日颁布并实施《医疗废物管
理条例》,标志着我国医疗废物的管理进入法制化的管理轨道。

(一)医疗废物的概念及分类

医疗废物是指医疗卫生机构在医疗、预防、保健以及其他相
关活动中产生的具有直接或间接感染性、毒性以及其他危害性
的废物。按照《医疗废物分类目录》要求,我国将医疗废物分为
五类,见表 3-1。

表 3-1　医疗废物分类目录

类别	特征	常见组分或者废物名称
感染性废物	携带病原微生物具有引发感染性疾病传播危险的医疗废物	1. 被患者血液、体液、排泄物污染的物品,包括: 棉球、棉签、引流棉条、纱布及其他各种敷料 一次性使用卫生用品、一次性使用医用用品及一次性医疗器械 废弃的被服 其他被患者血液、体液、排泄物污染的物品 2. 医疗机构收治的隔离传染病患者或者疑似传染病患者产生的生活垃圾 3. 病原体的培养基、标本和菌种、毒种保存液 4. 各种废弃的医学标本 5. 废弃的血液、血清 6. 使用后的一次性使用医疗用品及一次性医疗器械视为感染性废物

续表

类别	特征	常见组分或者废物名称
病理性废物	诊疗过程中产生的人体废弃物和医学实验动物尸体等	1. 手术及其他诊疗过程中产生的废弃的人体组织、器官等 2. 医学实验动物的组织、尸体 3. 病理切片后废弃的人体组织、病理蜡块等
损伤性废物	能够刺伤或者割伤人体的废弃的医用锐器	1. 医用针头、缝合针 2. 各类医用锐器,包括:解剖刀、手术刀、备皮刀、手术锯等 3. 载玻片、玻璃试管、玻璃安瓿等
药物性废物	过期、淘汰、变质或者被污染的废弃的药品	1. 废弃的一般性药品,如:抗生素、非处方类药品等 2. 废弃的细胞毒性药物和遗传毒性药物,包括: 致癌性药物,如硫唑嘌呤、苯丁酸氮芥、萘氮芥、环孢霉素、环磷酰胺、苯丙氨酸氮芥、司莫司汀、三苯氧氨、硫替哌等 可疑致癌性药物,如:顺铂、丝裂霉素、阿霉素、苯巴比妥等 免疫抑制剂 3. 废弃的疫苗、血液制品等
化学性废物	具有毒性、腐蚀性、易燃易爆性的废弃的化学物品	1. 医学影像室、实验室废弃的化学试剂 2. 废弃的过氧乙酸、戊二醛等化学消毒剂 3. 废弃的汞血压计、汞温度计

说明:

一次性使用卫生用品是指使用一次后即丢弃的,与人体直接或间接接触的,并为达到人体生理卫生或者卫生保健目的而使用的各种日常生活用品。

一次性使用医疗用品是指临床用于患者检查、诊断、治疗、护理的指套、手套、吸痰管、阴道窥镜、肛镜、印模托盘、治疗巾、皮肤清洁巾、擦手巾、压舌板、臀垫等接触完整皮肤、黏膜的各类一次性使用医疗、护理用品。

一次性医疗器械指《医疗器械管理条例》及相关配套文件所规定的用于人体的一次性仪器、设备、器具、材料等物品。

医疗卫生机构废弃的麻醉、精神、放射性、毒性等药品及其相关的废物的管理,依照有关法律、行政法规和国家有关规定、标准执行。

(二)医疗废物的管理

1. 医疗卫生机构在医疗废物管理中履行的职责

(1)法人为医疗废物管理的第一责任人。

(2)医疗卫生机构应当成立机构内医疗废物管理委员会。

(3)医院感染管理部门负责制订医疗废物管理各项规章制度,日常监督、技术指导及全员培训。

(4)总务部门负责医疗废物的日常管理工作。

(5)各科室有专人负责本科室医疗废物的管理工作。

2. 医疗废物管理的基本原则　医疗卫生机构应当根据《医疗废物分类目录》,对医疗废物实施分类管理。

(1)根据医疗废物的类别,将医疗废物分置于符合《医疗废物专用包装物、容器的标准和警示标识的规定》要求的包装物或者容器内。

(2)在盛装医疗废物前,应当对医疗废物包装物或者容器进行认真检查,确保无破损、渗漏和其他缺陷。

(3)感染性废物、病理性废物、损伤性废物、药物性废物及化学性废物不能混合收集。少量的药物性废物可以混入感染性废物,但应当在标签上注明。

(4)废弃的麻醉药、精神病药、放射性及毒性等药品及其相关废物的管理,依照有关法律、行政法规和国家有关规定和标准执行。

(5)化学性废物中批量的废化学试剂、废消毒剂和批量的含有汞的体温计、血压计等医疗器具报废时,应当交由专门机构处置。

（6）医疗废物中含有病原体的培养基、标本和菌种、毒种保存液等高危险废物，应当首先在产生场所进行压力蒸气灭菌或者化学消毒剂浸泡处理，然后按感染性废物收集处置。

（7）隔离的传染病患者或者疑似传染病患者产生的具有传染性的排泄物，应当按照国家规定严格消毒，达到排放标准后排入污水处理系统。

（8）隔离的传染病患者或者疑似传染病患者产生的医疗废物应当使用双层包装物，并及时密封。

（9）放入包装物或者容器内的感染性废物、病理性废物、损伤性废物不得取出；包装物或者容器的外表面被感染性废物污染时应对污染处进行消毒处理或者增加一层包装。

（10）盛装的医疗废物达到包装物或者容器的 3/4 时，应当使用有效的封口方式，使包装物或者容器的封口紧实、严密。

（11）盛装医疗废物的每个包装物、容器外表面应当有警示标识，在每个包装物、容器上应当系中文标签，中文标签的内容应当包括：医疗废物产生单位、产生日期、类别及需要的特别说明等。

（12）医疗卫生机构应当建立医疗废物暂时储存设施、设备，不得露天存放医疗废物；医疗废物暂时储存的时间不得超过2天。

（13）医院应当将医疗废物交由取得县级以上人民政府环境保护行政部门许可的医疗废物处置单位处置，依照危险废物转移联单制度填写和保存转移联单。

（14）不具备集中处置医疗废物条件的农村地区，医疗卫生机构应当按照当地卫生行政部门和环境保护部门的要求，自行就地处置其产生的医疗废物。自行处置医疗废物的，应当符合以下要求：

1）使用后的一次性医疗器具和容易致人损伤的医疗废物应当消毒并作销毁处理。

2)能够焚烧的,应当及时焚烧。

3)不能焚烧的,应当消毒后集中填埋。

3. 医疗废物的交接、登记、转运以及运送工具、暂存地消毒原则

(1)运送人员在运送医疗废物前应当检查容器标识、标签及封口是否符合要求。每天将分类包装的医疗废物从产生地按规定时间及路线运送到暂存地。

(2)运送人员在运送医疗废物时防止包装物或容器的破损及医疗废物的流失、泄漏和扩散,并防止医疗废物直接接触身体。

(3)采用密闭的运送工具且每天运送工作结束后,应当对运送工具进行清洁、消毒。

(4)医疗卫生机构应当对医疗废物进行登记,登记内容包括医疗废物的来源、种类、重量或者数量、交接时间、最终去向以及经办人签字等项目。登记资料保存3年。

(5)医疗废物转出后,应对暂存地、设施即时清洁和消毒。

4. 医疗废物转运人员职业防护安全要求

(1)掌握在医疗废物分类收集、运送、暂时储存及处置过程中预防被医疗废物刺伤、擦伤等伤害的措施及发生后的处理措施。

(2)医疗卫生机构应当为从事医疗废物分类收集、转运等工作人员配备必要的防护用品,采取有效的职业防护措施,定期进行健康体检。必要时,对有关人员进行免疫接种。

(3)医疗机构的工作人员在工作中发生刺伤、擦伤的伤害时,应当采取相应的处理措施,并及时报告机构内的相应部门。

四、医务人员职业暴露与预防控制

由于医院的特定环境致使医务人员经常暴露于各种生物、物理、化学、社会心理以及与工作性质相关的危险因素之中。职

业伤害已严重危害到医务人员的身心健康,特别是暴露性接触,医疗锐器损伤引起的血源性的感染日趋严重而受到国内外学者日益广泛的关注。

(一)职业损伤的医院感染

在医务人员的职业暴露中,血源性致病因子主要通过锐器损伤、针刺伤、黏膜或破损皮肤接触等方式传播,这是导致肝炎和艾滋病最危险的途径。医务人员因针刺伤或其他锐器损伤接触受污染的血后,感染乙肝的危险性为 2%～40%,感染丙肝的危险性为 3%～10%,感染艾滋病的危险性为 0.2%～0.5%。近年来研究人员证实 HBV 感染率分别高于 HIV 55 倍、HCV 38 倍,医务人员因职业暴露感染 HBV 的危险性也明显高于 HIV 和 HCV。

1. 乙型肝炎(HBV) 乙型肝炎是医务人员面临传播危险性最大的血源性传播疾病。我国是世界乙型肝炎高发区之一,乙型肝炎病毒总感染率高达 60%左右,乙肝表面抗原携带率为 9.75%。实验证明,HBsAg 阳性患者的血浆稀释 1000 万倍给易感者注射后仍可引起 HBV 感染。医务人员中尤以口腔科、妇产科、内镜检查的医生、护士感染为多。

2. 丙型肝炎(HCV) 人类对 HCV 普遍易感。我国丙肝的感染率为 3%,受血者或接受血制品者、血液透析患者及接触患者血液的医务人员感染率高达 50%～60%。国内外学者经研究认为:HCV 50%可通过血液传播,10%可通过接触传播,40%传播途径仍不明确。医务人员在医院特殊的环境中,被感染的机会大大增加。

3. 艾滋病(AIDS) 与 AIDS 传播最密切的是静脉采血,容易被感染的是护士和临床检验人员。1997 年美国 CDC 报告 47 例医务人员由职业暴露感染 HIV 病例,其中 42 例有明确的皮肤损伤暴露史。更应引起医务人员高度重视的是:无症状的艾滋病病毒感染者的威胁更大,此类感染者无自觉症状,无阳性体征,医务人员对此要有更多的警惕。

（二）职业暴露损伤的预防与控制

1. 加强职业安全教育，提高自我防护意识 乙肝病毒感染的高发，艾滋病的蔓延，威胁医务人员的潜在因素日益增多，应加强医务人员对血源性传播疾病的自我防护意识的教育：开展全员培训，定期组织学习，掌握正确的操作技术，熟悉暴露后处理原则及报告流程；强化医务人员对职业暴露防护知识重要性的认识，树立全新防护理念，提高发生职业暴露后的应对能力，使职业暴露危害降到最小。

2. 加强个人防护措施

（1）当皮肤接触或可能接触血液、体液、组织液、血制品或污染的环境时应戴手套。

（2）在处理被血液污染的物品及进行大量血源性操作时应戴双层手套。

（3）如有血液、体液喷溅时应戴护目镜或防护面罩。

（4）接触患者前后要洗手，采用非手触式水龙头。

（5）皮肤或黏膜破损的医务人员不主张执行医疗操作，非其不可时应采取更加严密的防护。

（6）个人防护设施在离开现场时应立即去除，将所有的污染物放在特定的区域进行清洗去污或作其他处理；现场脱下的防护服应放在特定的区域或容器内保存、处置、清洗或去污。

（7）送洗的污染衣物标识明确，以警示洗衣房工作人员。

3. 加强锐器刺伤的防护管理、降低职业暴露风险

（1）不同锐器的正确使用：医务人员应清楚各种锐器的特点，并适当处理。打开安瓿时，注意各种安瓿的玻璃硬度，用力要均匀适当；对各种针头、刀片等小件锐器，使用完后及时装入锐器盒内，集中储存处理；禁止护士在操作后用双手回套针帽；禁止手持锐器随意走动；手术室工作人员应避免缝针、刀片等手术器械的损伤；日常工作中尽量避免徒手传递锐器。

(2)严禁用手抓取医疗废物:废弃物丢弃于医疗废物袋中,其中不免有锐利性废弃物,用手抓取难免造成损伤,因此,禁止用手抓取医疗废弃物,更不允许将手伸入医疗废物袋中按压。

(3)制订并不断完善职业防护的管理制度:医务人员面临严峻的职业暴露损伤的危险,制订并完善医务人员职业感染防护管理制度,加强锐器刺伤防护管理迫在眉睫。

1)制订职业暴露管理制度:根据职业防护执行中存在的具体问题,制订职业暴露处理流程、职业暴露应急预案、职业暴露报告制度、医务人员职业暴露 HIV 的应急预案及预防措施等。

2)建立医务人员锐器伤管理制度:制订医务人员锐器伤处理及上报流程,对医务人员进行安全注射技术培训。一旦发生锐器伤应及时上报相关部门,内容为:①暴露时间;②暴露部位,被什么器物所刺;③暴露源(血液或其他),是否有 HBV、HCV、HIV 感染,量多少,伤口情况;④暴露者是否接受乙型肝炎疫苗接种,抗体产生情况;⑤处理记录。

3)加强环节管理:加强对职业感染防护重点部门和环节的管理,与口腔科、检验科、手术室、供应室等高危科室医务人员签发防护措施及责任书,强制性提升重点部门医务人员职业防护意识和防护行为;将医务人员职业防护措施执行力纳入医院感染管理质控内容,定期监督检查;加强医疗废物的管理,正确处理医疗废物。

4. 医疗机构应加大预防医护人员的职业感染资金的投入,提倡临床使用安全注射器、输液器、真空采血器,屏障隔离手术巾等系列产品;要求各病区使用锐器收集盒,消毒防护物资,保护医务人员的职业安全。

5. **职业暴露后的处理**

(1)医务人员不慎被刺伤后受到患者血液、体液污染时,应立即局部用肥皂液和流动水冲洗被污染的皮肤,用生理盐水冲洗黏膜。

（2）如有伤口，应尽可能由近心端向远心端挤出血液，再用肥皂液和流动水进行冲洗。

（3）受伤部位的伤口冲洗后，应当使用75％乙醇或0.5％碘伏进行消毒，并包扎伤口；被暴露的黏膜，应当反复用生理盐水冲洗干净。

（4）血样品和污水溅入眼内立即用生理盐水冲洗。

（5）追踪血清学病毒抗体或抗原检测结果。

第三节 医院安全

医院安全不容忽视，是我们每个医务人员应尽的责任，不但要注重传统的消防、人身安全，而且要了解如何降低风险，如何应对各种突发性事件发生。所以我们需要熟知医院的各项安全措施，如消防设施放置位置和使用方法、各种突发事件的应急预案等。

一、消防安全

灭火器的使用方法：①粉灭火器：拉下铅封拉环→打开喷嘴→一手持喷管，另一手下压手柄→对准火源根部喷洒干粉灭火。②壁式消火栓：打开或打碎玻璃门→按下消火栓报警按钮→接上水带，接水枪→拉至火源处，一人扶水枪，一人开启水阀门→——放水灭火。

火灾紧急突发事件的处理：根据火源、火势大小、危险性进行处理。日间：当班护士应及时向护士长、科护士长、护理部、医务处报告。夜间及节假日：当班的医生、护士及时向总值班报告。护理部、医务处在接到重大紧急报告后，除积极组织人力实施救护工作外，立即向分管院长报告，实施逐级上报制度。

（一）火灾撤离时

1. 火势小时　用灭火器就近水源灭火。

2. 火势大时

（1）当班护士切断氧源、电源，撤离就近易燃易爆物品、贵重仪器，打开消防通道。

（2）安抚患者及家属，切忌跳楼、乱跑。

（3）轻患者由一位护士协助或指引患者用湿毛巾捂口鼻，保持低姿势经安全通道紧急撤离，停止使用电梯；重患者由责任护士负责将患者身上引流管妥善安置好，协助家属用大单或被套作为搬运工具，运送患者。

（4）有监护仪的暂时撤除或启用蓄电池；带呼吸机者更换简易呼吸器。

（5）一位护士保护患者资料安全转移。

（二）火灾无法撤离时

1. 大火或烟雾已封锁前后出口时，应退守病房，用毛巾、被子等堵塞门缝，并泼水降温，靠墙躲避，等待营救。

2. 指挥轻患者用应急逃生绳或被单、窗帘等结成牢固的绳索，牢系在窗栏上顺绳滑至安全区域（确保安全）。

3. 轻患者由主任及护士安排工作人员带领成批撤离。重患者由责任护士负责，调动病房所有人力（包括患者家属）用大单、被套、棉被护送。

4. 有监护仪的暂时撤除；吸氧者接氧气袋；带呼吸机者更换简易呼吸器。

5. 如在夜间，值班护士指导轻患者，另一名护士与值班医生负责转移重患者。

6. 转移到广场、空地时，注意维持秩序，安慰患者，减少患者的恐惧。

注意事项：

1. 撤离按照先轻患者后重患者的顺序。

2. 灾情出现时，护士应做好患者及家属的安抚工作，稳定大家的情绪。

3. 避免大声呼喊,防止有毒烟雾进入呼吸道。

4. 按部署有秩序地撤离。所有人员均要沿楼梯右侧行走,以免造成混乱、拥挤。

5. 带婴儿逃离时,可用湿布轻轻蒙在婴儿脸上,注意保持呼吸道通畅。

6. 病房如断电,主任、当班护士可以使用应急灯、手电照明引导患者撤离。

7. 离开房间,一定要随手关门,使火焰、浓烟控制在一定的范围内。

8. 科室日常准备应急逃生绳、简易防烟面具、应急灯或手电筒,放于固定位置并交班。

二、地震紧急突发事件

医护人员立即打开消防安全通道;关闭电源、气源、水源、热源。白天由科主任、病房护士长统一指挥。夜间:由值班的医生、护士指导安全转移患者。

1. 轻患者 由护士指导其寻找有支撑的地方或狭小空间(如床旁墙角处或卫生间)蹲下或坐下,用枕头或软垫子保护头部。

2. 重患者 由责任护士负责,将患者身上引流管妥善安置好,迅速转移到床下,如带呼吸机患者应接简易 R 器,连床推到紧挨承重墙的墙根处,远离外墙。

地震撤离时:

1. 震后,组织患者有秩序从安全通道撤离,停止使用电梯。

2. 白天,由科主任、病房护士长指挥。

3. 轻患者由主任及护士安排工作人员带领成批撤离。重患者由责任护士负责,调动病房所有人力(包括患者家属)用大单、被套、棉被护送。

4. 有监护仪的暂时撤除;吸氧者接氧气袋;带呼吸机者更

换简易呼吸器。

5. 夜间,值班护士指导轻患者,另一名护士与值班医生负责转移重患者。

6. 转移到广场、空地时,注意维持秩序,安慰患者,减少患者的恐惧。

三、医院感染暴发与预防控制

医院感染暴发事件已成为威胁患者安全、影响医疗质量和增加医疗费用的重要原因,对医院甚至社会造成重大不良影响。同时使医院感染管理面临巨大的挑战。在新的医疗形式下,医院感染管理工作必须由多部门、多类人员相互协作完成。认真研究不断出现的新问题,进一步加强各环节的管理,及时发现和控制医院感染暴发苗头,防范恶性事件的发生。

(一) 医院感染暴发的概念

医院感染暴发指在医疗机构或其科室的患者中,短时间内发生 3 例以上同种同源感染病例的现象。

疑似医院感染暴发指在医疗机构或其科室的患者中,短时间内出现 3 例以上临床症候群相似、怀疑有共同感染源的感染病例;或者 3 例以上怀疑有共同感染源或感染途径的感染病例现象。

我国的医院感染以散发为主,但也常出现暴发。医院感染暴发流行的常见类型是败血症(20%),胃肠道感染(18%),皮肤感染(13%),肺炎(12%),手术切口感染(10%),肝炎(7%),泌尿道感染(5%),脑膜炎(5%),其他(10%)。不同国家和地区暴发流行的常见病原体有所区别,1984～1995 年美国发生 555 起医院感染暴发,其中细菌 71%(393),病毒 21%(117),真菌 5%(28),寄生虫 3%(15),不明 0.4%(2)。我国医院感染暴发流行微生物中,常见金黄色葡萄球菌、大肠埃希菌、铜绿假单胞菌、鼠伤寒沙门菌、克雷伯菌、结核分枝杆菌、柯萨奇病毒等。

（二）国内历次重大医院感染暴发事件回顾

1. 新生儿细菌性痢疾

事件回顾：1992 年 9 月 9 日～9 月 16 日，某医院发生一起由痢疾杆菌引起的新生儿医院感染暴发流行事件。该院 9 月共有住院、出院新生儿 214 例，其中 23 例新生儿发病，发病率 10.74%；10 例死亡，病死率 43.48%。23 例新生儿出现发热、拒乳，伴有不同程度的呕吐，黄疸、腹部胀气，皮肤不同部位出现出血点、四肢厥冷等症状。

事件分析：流行病学资料分析，所有病例在婴儿室有相同饮奶、饮水和洗浴史。首例病儿咽部分离到流行株——志贺氏痢疾杆菌 C 群 13 型，婴儿室奶粉中发现污染情况，加之发病集中、流行期短，病情凶险，无第 2 代病例等均提示本次流行可能为牛奶污染导致。从第一例病婴及其母亲大便中分离出流行株，考虑母亲系慢性带菌者，通过接触传给其婴儿，婴儿污染了操作台，进而污染了牛奶。因此本次暴发的传染源即为此母亲。

2. 某市妇儿医院发生医院感染事件

事件回顾：1998 年 4 月至 5 月，某市妇儿医院共计手术 292 例，发生手术切口感染 166 例，切口感染率为 56.85%，为一起严重的医院感染暴发事件，给患者带来痛苦和损害，造成重大经济损失，引起社会各界和国内外的强烈反响。

事件分析：20 份切口分泌物标本，培养出龟分枝杆菌（脓肿亚型）；医院环境和无菌物品细菌学检测合格；2% 戊二醛是杀灭龟分枝杆菌的常用消毒剂，但检测医院使用中和未启用的戊二醛，经作用半小时不能杀灭金黄色葡萄球菌、1 小时不能杀灭龟分枝杆菌，测定的戊二醛浓度为 0.137%。故得出结论本次手术切口感染的原因是由于戊二醛浓度错配，致使手术刀片污染了龟分枝杆菌。

3. 吉林省某市人民医院经输血传播艾滋病事件

事件回顾:2005年9月28日,吉林省卫生厅接待了该省某市1名艾滋病患者,该患者称是在某市人民医院输血感染的。随后,省卫生厅立即进行了追踪调查。经查发现,给该患者提供手术输血的3名供血者中,有1名有偿供血者于2005年10月20日经省疾控中心艾滋病筛查实验室确认为艾滋病病毒感染者。该供血者曾于2003年1月至2004年7月期间在该医院中心血库有偿供血15次,接受其血液的受血者共有25人,其中6人于调查前死亡;18人被确认为艾滋病病毒感染者(现已有两人死亡,16人为艾滋病病毒携带者);1人艾滋病病毒抗体阴性。该供血者的两名性伴侣及其中1名性伴侣的丈夫也被确认为艾滋病病毒感染者。

事件分析:造成经输血传播艾滋病疫情的主要原因是:该市人民医院中心血库在开展采供血工作期间,存在短间隔采血、漏检、未按试剂说明书要求检测、未进行室内质控、工作记录不规范等严重违反有关法律、法规和技术规范的行为和问题,最终导致了此次医源性艾滋病感染事件。

4. 安徽省某市市立医院恶性医疗损害事件

事件回顾:2005年12月11日,安徽省某市市立医院眼科为10名患者做白内障超声乳化手术。一个原本并不十分复杂的手术,却导致10名患者眼部全部被感染,9位患者眼球被迫被摘除,给患者及家属造成了极大的痛苦和伤害。

事件分析:铜绿假单胞菌是本次感染的重要病原菌。此菌对眼部有严重的危害性,可致角膜溃疡、眼内炎、全眼球炎等,甚至导致失明,在眼部感染中居首要位置。这起严重的医源性感染事件主要是由于该院医院感染管理混乱,医护人员在手术过程中没有严格执行消毒灭菌制度等所造成的。

5. 陕西省某医院发生严重医院感染事件

事件回顾:陕西省某医院新生儿科9名新生儿自2008年9月3日起相继出现发热、心率加快、肝脾肿大等临床症状,其中

8名新生儿于9月5～15日间发生弥漫性血管内凝血相继死亡,1名新生儿经医院治疗好转。

事件分析:发生严重医院感染事件的新生儿科在建筑布局、工作流程、消毒隔离等方面存在明显缺陷。新生儿科建筑布局和工作流程不合理,人流与物流相互交叉;对部分新生儿使用的物品和器具采用了错误的消毒方法;医务人员没有规范地进行手卫生;用于新生儿的肝素封管液无使用时间标识等。据对部分医务人员的手、病房物体表面、新生儿使用的奶瓶和奶嘴、新生儿暖箱注水口等进行检测,发现细菌超标严重,有金黄色葡萄球菌、肺炎克雷白杆菌的明显污染。

以上医院感染暴发事件无一不触目惊心,并付出惨痛代价。通过这些医院感染暴发事件的回顾与分析,希望能警示我们树立牢固的医院感染管理意识和责任意识,将医院感染管理的细节渗透到医疗活动的每一环节,为构建和谐、平安、放心医院而护航。

(三) 医院感染暴发的预防与控制

医院感染的暴发消耗医疗资源,致使日常工作的混乱,造成社会不良影响。预防是控制暴发最有力的手段,包括基本的医院感染控制措施;监测是识别暴发早期的问题,以及病例聚集的关键。一旦暴发被证实,应尽早控制传染源、切断传播途径,有效控制暴发。

1. 医院感染暴发的预防

(1)加强管理:依法加强医院感染的管理工作,包括建立和健全医院感染的管理体系,建立和健全医院感染预防的各项规章制度,按预防医院感染的要求设计医院的建筑和病室配置,加强对医护人员的教育,不断提高医院领导和医护人员预防医院感染发生的意识。

(2)加强监测:监测是医院感染暴发预防的重要的常规措施,目的在于早期发现医院感染暴发的苗头或潜在可能性，以便及时采取相应的预防措施，防止暴发的发生。医院感染监测一般包括对医院的消毒灭菌、各种医源性传播因素、各种常规预防措施的执行情况及医院感染发生率的监测。

（3）及时报告：《医院感染管理办法》对医院感染暴发的报告有具体规定。医院感染暴发是急危事件，及时报告、及时启动医院感染暴发调查和控制预案，能争取最大资源尽早控制事态的发展，最大限度的保障患者生命财产的安全。

（4）明确诊断：及时正确的诊断不仅可正确及时救治患者，而且可减少治疗的盲目性。同时对调查感染源和传播途径以及区分易感人群都起到重要作用。这就对医院感染管理专职人员及临床医护人员提出更高的要求：不断加强学习，完善各相关专业理论知识、熟练掌握各项操作规程，不断提高医院感染管理防控水平及诊治水平。

（5）落实措施：①严格分诊制度；②加强住院患者的管理，严格探视制度；③布局合理，避免因加床造成拥挤而致预防措施不到位；④健全隔离制度；⑤严格要求医务人员和探视人员洗手，配备并按要求使用快速手消毒剂；⑥认真做好无菌技术操作；⑦保持室内环境卫生和空气洁净；⑧加强临床使用一次性无菌医疗用品的购入、使用和销毁的管理。

2. 医院感染暴发的措施

（1）隔离患者：对已发生医院感染的患者需立即进行隔离，直至传染期结束方可解除隔离。

（2）检疫：已发生医院感染的相关科室应立即停止收治新患者，并做好随时和终末消毒，对接触者进行医学观察，直至超过该病的最长潜伏期为止。有条件的还可对接触者实施被动免疫，以增强其特异或非特异性抵抗力。

（3）筛查病原携带者：对许多感染性疾病而言，临床患者仅是全部感染者的冰山之巅。因此，要了解准确的感染状况，追查传染源，必须对隐性感染者和病原携带者进行筛查，筛查对象应包括患者、医院工作人员及一些常来医院陪护和探视的人员。尤其在深入的流行病学调查后仍不能找到传染来源时,更应抓紧筛查病原携带者。

第四节 医院感染相关知识

医院感染管理是一门涉及面很广的综合性学科。近年来颁布了一系列国家法律、行政法规、部门规章及规范性文件,使医院感染管理沿着科学的、规范化的轨道迅猛发展。随着医疗新技术的发展,新病原体的产生,耐药微生物的冲击、医护人员职业安全等问题的出现,又使医院感染面临巨大挑战。控制医院感染、保证医疗质量受到卫生行政部门和广大医务人员普遍关注。控制医院感染首先是提高医务人员对医院感染认识水平,增强责任心,日常工作中主动树立预防医院感染的意识,其次是保证医疗用品的消毒灭菌质量,以及加强抗生素合理应用的管理。因此医院感染管理需要广大医务人员共同参与,共同努力。

医院消毒灭菌相关概念

(一) 基本概念

灭菌:杀灭或清除传播媒介上一切微生物的处理。

消毒:杀灭或清除传播媒介上病原微生物,使其达到无害化的处理。

医院消毒:杀灭或清除医院环境中和媒介物上污染的病原微生物的过程。

消毒合格:消毒后媒介物携带的微生物等于或少于国家规定的标准。人工污染的微生物减少 99.9% 或消毒对象上污染的自然微生物减少 90%,则为消毒合格。

灭菌保证水平(SAL):指灭菌处理后单位产品上存在活微

生物的概率。SAL 通常表示为 10^{-n}。如，设定 SAL 为 10^{-6}，即经灭菌处理后在 100 万件物品中最多只允许有 1 件物品存在活微生物。

消毒剂：用于杀灭传播媒介上的微生物，使其达到消毒或灭菌要求的制剂。

高效消毒剂：指可杀灭一切细菌繁殖体（包括分枝杆菌），病毒，真菌及其孢子等，对细菌芽胞（致病性芽胞菌）也有一定杀灭作用，达到高水平消毒要求的制剂。

中效消毒剂：指仅可杀灭分枝杆菌、真菌、病毒及细菌繁殖体等微生物，达到消毒要求的制剂。

低效消毒剂：指仅可杀灭细菌繁殖体和亲脂病毒，达到消毒要求的制剂。

灭菌剂：能杀灭一切微生物（包括细菌芽胞）使其达到灭菌要求的制剂。

菌落形成单位（cfu）：在活菌培养计数时，由单个菌体或聚集成团的多个菌体在固体培养基上生长繁殖所形成的集落，称为菌落形成单位，以其表示活菌的数量。

随时消毒：有传染源存在时对其排出的病原体可能污染的环境和物品及时进行消毒。

终末消毒：传染源离开疫源地后进行的彻底消毒。

（二）消毒因子作用的水平

根据消毒因子的适当剂量（浓度）或强度和作用时间对微生物的杀灭能力，可将其分为四个作用水平的消毒方法。

1. 灭菌 可杀灭一切微生物（包括细菌芽胞）达到灭菌保证水平的方法。属于此类的方法有：热力灭菌、电离辐射、微波、等离子灭菌方法以及用甲醛、戊二醛、环氧乙烷、过氧乙酸、过氧化氢等消毒剂进行灭菌的方法。

2. 高水平消毒法 指可杀灭各种微生物，对细菌芽胞达到消毒效果的方法。这类消毒方法应能杀灭一切细菌繁殖体（包括分枝杆菌）、病毒、真菌及其孢子和绝大多数细菌芽胞。

属于此类的方法有:热力、电离辐射、微波、紫外线以及二氧化氯、过氧乙酸、过氧化氢、含氯、含溴消毒剂等进行消毒的方法。

3. 中水平消毒法 是可以杀灭和去除细菌芽胞以外的各种病原微生物的消毒方法,包括:超声波、碘类消毒液(碘伏、碘酊等)、醇类、醇类和氯己定的复方制剂,醇类和季铵盐(包括双链季铵盐)类化合物的复方制剂、酚类等消毒剂进行消毒的方法。

4. 低水平消毒法 只能杀灭细菌繁殖体(分枝杆菌除外)、亲脂病毒的化学消毒剂和通风换气、冲洗等机械除菌法。如单链季铵盐消毒剂(苯扎溴铵等)、双胍类消毒剂如氯己定、植物类消毒剂和汞、银、铜等金属离子消毒剂等进行消毒的方法。

(三)医用物品对人体的危险性分类

医用物品对人体的危险性是指物品污染后造成危害的程度,可分为:

1. 高度危险性物品 是指在操作中要穿过皮肤或黏膜,进入无菌组织或器官内部的或密切接触破损的组织、皮肤、黏膜的器材和用品。例如,手术器械和用品、穿刺针、输血器材、输液器材、注射的药物和液体、透析器、血液和血液制品、导尿管、膀胱镜、腹腔镜、脏器移植物和活体组织检查钳等。

2. 中度危险性物品 只接触人体完整的皮肤、黏膜的物品。例如,体温表、呼吸机管道、胃肠道内镜、气管镜、麻醉机管道、压舌板、喉镜、便器、餐具、茶具等。

3. 低度危险性物品 是指不直接接触患者或只接触患者正常皮肤的物品。例如,床具、卧具、病室家具、室内物品表面、一般诊疗用品(听诊器、血压计)等。

(四)微生物对消毒因子的敏感性

一般认为,微生物对消毒因子的敏感性从高到底的顺序为:

1. 亲脂病毒(有脂质膜的病毒),例如乙型肝炎病毒、流感病毒等。

2. 细菌繁殖体。

3. 真菌。

4. 亲水病毒(没有脂质包膜的病毒),如甲型肝炎病毒、脊髓灰质炎病毒等。

5. 分枝杆菌,如结核分枝杆菌、龟分枝杆菌等。

6. 细菌芽胞,如炭疽杆菌芽胞、枯草杆菌芽胞等。

7. 朊病毒(感染性蛋白质),如疯牛病病原体、克雅病病原体。

(五)选择消毒灭菌方法的原则

1. 根据物品污染后的危险程度选择消毒方法 凡高度危险性物品必须选用灭菌方法处理;中度危险性物品可选用中水平或高水平消毒法;低度危险性物品可用低水平消毒方法或只进行一般的清洁处理即可,如有传染病病原体污染时,必须采用高水平消毒方法。

2. 根据污染微生物的种类和数量选择消毒方法 对受到致病性芽胞、真菌孢子和抵抗力强、危险程度大的病毒污染的物品选用高水平消毒法和灭菌法。对受到致病性细菌和真菌、亲水性病毒、螺旋体、支原体、衣原体等污染的物品,选用中水平以上消毒法。对受到一般细菌和亲脂病毒污染的物品,可选用中水平或低水平消毒法。杀灭被有机物保护的微生物时,应加大消毒因子的使用剂量和(或)延长消毒作用时间;消毒物品上微生物污染特别严重时,应加大消毒因子的使用剂量和(或)延长消毒作用时间。

3. 根据物品性质选择消毒方法 耐高热、耐湿物品和器材,应首选压力蒸汽灭菌和干热灭菌;怕热、忌湿和贵重物品应选择环氧乙烷或低温蒸汽甲醛气体消毒、灭菌;器械的浸泡灭菌,应选择对金属基本无腐蚀性的灭菌剂;光滑物品表面选择紫外线近距离照射消毒或液体消毒剂擦拭,多孔材料表面可采用喷雾消毒法。

（六）其他相关概念

全身性感染：是指致病菌经局部感染灶进入人体血液循环，并在体内生长繁殖或产生毒素，而引起的严重的全身性感染症状或中毒症状。随着分子生物学的发展，对感染病理生理的进一步认识，感染的用词已有变化，当前国际通用的是脓毒症（sepsis）和菌血症（bacteremia），不再沿用"败血症"一词。

脓毒症：是指病原菌因素引起的全身性炎症反应，体温、循环、呼吸、神志有明显的改变，用以区别一般非侵入性的局部感染。

菌血症：是脓毒症的一种，即血培养检出病原菌者。但其不限于以往多偏向于一过性菌血症的概念，如拔牙、内镜检查时，血液在短时间出现细菌，目前多指临床有明显感染症状的菌血症。

抗感染免疫：是机体抵抗病原生物及其有害产物，维持生理稳定功能。抗感染能力的强弱，除与遗传因素、年龄、机体的营养状况有关外，还决定于机体的免疫功能。抗感染免疫包括非特异性免疫和特异性免疫两大类。

非特异性免疫：又称天然免疫，是机体在种系发育过程中形成的，经遗传而获得。其作用并非针对某一种病原体，故称非特异性免疫。非特异性免疫由屏障结构、吞噬细胞、正常体液和组织的免疫成分等组成。

特异性免疫：又称获得性免疫，是个体出生后，在生活过程中与病原体及其产物等抗原分子接触后产生的一系列免疫防御功能。其特点是针对性强，只对引发免疫的相同抗原有作用，对其他种类抗原无效；具有免疫记忆性，并因再次接受相同的抗原刺激而使免疫效应明显增强。特异性免疫包括体液免疫和细胞免疫两大类，分别由 B 淋巴细胞和 T 淋巴细胞所介导。

在抗感染免疫过程中，首先是非特异性的天然免疫执行防卫功能并启动特异性免疫。特异性免疫形成后发挥效应的同时，又可显著增强非特异性免疫功能，两者相互配合，扩大作用。

第二章

临床护理告知

第一节　常见内科疾病护理告知

一、呼吸系统疾病患者的护理告知

【入院告知】

1. 责任护士详细介绍病区环境、作息时间安排、探视和陪侍制度及注意事项。

2. 介绍主管医生、科主任、护士长及诊疗原则。

3. 告知紧急情况下应采取的措施。

4. 告知第二日检查化验前准备及注意事项。

注：入院告知内容基本相同，以下各告知程序中相同内容不再重复介绍。

【护理告知】

1. 环境安静、舒适、温度和湿度适宜，限制探视，减少不良环境刺激。

2. 取舒适、有利于呼吸的体位，拍背进行有效咳嗽或体位引流，保持呼吸道通畅。

3. 观察痰液的性质、量、颜色、黏稠度，多饮水，促进痰液稀释，也可雾化吸入。

4. 低流量吸氧，氧流量 $1\sim2L/min$，每日吸氧 $10\sim15$ 小时。

5. 卧床休息，降低耗氧量；做好口腔护理、高热护理、疼痛护理。

6. 呼吸锻炼　深呼吸及咳嗽练习,做好排气疗法的护理。

【饮食告知】

1. 高热量、高蛋白、高维生素清淡饮食,如鱼、肉、蛋、牛奶、豆制品、新鲜蔬菜水果等。

2. 多饮水,每日不少于 1500～2000ml。稀释痰液,加快毒物排泄。

3. 避免进食硬、冷、煎炸食物,合理调配饮食,防止便秘。

4. 少量多餐,吞咽困难者可予流食并半卧位,病情危重者予鼻饲或全胃肠内营养支持。

【用药告知】

1. 告知患者服药方法、用药注意事项和不良反应。

2. 反复强调坚持规律、全程、合理用药的重要性,不能随意停药、减药。

3. 观察药物疗效,出现不良反应,立即通知医生处理。

【心理告知】

1. 指导患者学会相关的应对技巧,控制呼吸、散步、运动。

2. 减轻焦虑,克服恐惧、绝望心理;学会正确宣泄方式:唱歌、倾诉,保持乐观情绪。

3. 鼓励家属及亲朋建立良好有效的社会支持系统。

【健康告知】

1. 加强营养支持,合理安排饮食休息,参加体育锻炼,增强抵抗力,避免过度劳累。

2. 鼓励患者戒烟,改善工作和生活环境,避免呼吸道感染。

3. 坚持遵医嘱用药,不擅自停药,定期复查。

4. 鼓励患者进行耐寒锻炼和呼吸功能锻炼。

二、消化系统疾病患者的护理告知

【入院告知】

同上。

【护理告知】

1. 急性发作时需卧床休息,以减轻不适

2. 腹痛时取弯腰、屈膝侧卧位,指导患者采用松弛疗法:听音乐、看书,必要时遵医嘱给予止痛剂。

3. 大量腹水时取半坐卧位,有利于膈肌下降减轻呼吸困难,下肢水肿时宜抬高下肢。

4. 记出入量,观察利尿剂应用效果,作为补液依据。

5. 呕吐时头偏向一侧,防止误吸或窒息,出现头晕、心慌、出冷汗立即卧床,通知医生处理。

6. 指导患者坐起、站起时动作要慢,出血期间绝对卧床休息,在床上大小便,防止发生晕厥。

【饮食告知】

1. 定时规律进食,少量多餐,不可暴饮暴食。

2. 避免进食过咸、过甜、过辣等刺激性食物,多食高热量、高蛋白、高维生素、易消化的饮食,如鸡蛋、牛奶、瘦肉、蔬菜、水果。

3. 急性期、活动性出血时禁食、禁水;血氨高时要限制蛋白质的摄入或禁食蛋白质,腹水时饮食宜清淡,限制水钠的摄入。

4. 症状缓解后,从流质(米汤)、半流质(面汤)、软食(面条)逐渐恢复至正常。

【用药告知】

1. 告知患者服药方法、用药注意事项和不良反应。

2. 服用柳氮磺吡啶或糖皮质激素会出现恶心、呕吐,应饭后服药。

3. 服药期间定期复查血常规。

4. 服用糖皮质激素应注意副作用,不可随意停药,防止反跳现象。

【心理告知】

1. 鼓励患者保持乐观的情绪,正确对待心理冲突,学会正确的宣泄方式,如唱歌、找人倾诉、写字等。

2. 多与患者交流沟通,鼓励患者说出自己的心理感受,给予针对性的疏导。

3. 教会患者学会放松技巧及时进行心理调节,如静默法、暗示法等。

【健康告知】

1. 保持乐观情绪,生活要规律,避免长期紧张、过度劳累,注意劳逸结合。

2. 服药期间出现乏力、头痛、发热、腹泻次数增加,及时就诊。

3. 要坚持治疗,不可随意停药和换药,遵医嘱用药,如出现呕血、黑便、疲乏无力及时就诊。

4. 注意饮食卫生与营养,饮食要规律、避免暴饮暴食。

三、血液系统疾病患者的护理告知

【入院告知】

同上。

【护理告知】

1. 观察贫血症状、体征、评估活动的耐受力;根据患者贫血程度制订合理休息与活动计划。

2. 晨起、睡前、饭后要用漱口水漱口,保持口腔清洁。便后要注意清洁臀部,预防肛周感染。

3. 监测出血部位和出血量,预防或避免加重出血;观察患者有无生命体征及神志变化。

4. 血小板低于 $20 \times 10^9/L$ 时要卧床休息,禁止下床活动。

5. 保持病室空气新鲜,定时紫外线消毒,减少探视,避免交叉感染,必要时保护性隔离。

6. 放疗期间应穿宽大、质软的纯棉内衣,减少皮肤摩擦。

【饮食告知】

1. 高热量、高蛋白、高维生素、易消化的饮食,如鸡蛋、牛奶、瘦肉、蔬菜、水果等。

2. 多食谷类和动物的肝、肾等富含叶酸和维生素 B_{12} 的食品。

3. 改变不良的饮食习惯，如偏食、挑食和素食；胃肠吸收不好者，少量多餐。

4. 化疗期间饮食要清淡、可口，以半流食为主，以减少胃肠道反应；出现胃肠反应，如恶心、呕吐、纳差等，可采取应对措施，如深吸气、听音乐等。

【用药告知】

1. 用药期间定期检查血压、尿糖、白细胞分类计数，发现可疑药物不良反应，应及时报告医生处理。

2. 遵医嘱服药，不可自行减量或突然停药。

3. 口服铁剂应饭后或餐中服，以减少胃肠道反应，避免与牛奶、茶、咖啡同服，以免影响铁的吸收；避免同时服用抗酸药及 H_2 受体拮抗剂。

4. 用环磷酰胺时每日饮水量大于 2000ml，以预防出血性膀胱炎的发生；用环孢素要定期抽血查肝、肾功能；用糖皮质激素要预防感染。

【心理告知】

1. 主动了解疾病的有关知识，正确认识，积极配合治疗；保持乐观情绪，避免紧张等负性情绪。

2. 告知家属多与患者交流沟通，鼓励患者说出自己的心理感受，给予安慰和支持，树立战胜疾病的信心。

3. 化疗时可有胃肠道反应，要积极寻找应对措施，如深呼吸、听音乐、转移注意力以克服不良反应。

4. 出现焦虑、担忧、烦躁时，可向医护倾诉，适当宣泄，学习放松技巧，如静默法、肌肉放松训练法等，可缓解焦虑有助于睡眠。

【健康告知】

1. 保证充足的休息和睡眠，每日应保证睡眠 8～10 小时以上；进行适宜的活动和锻炼，如散步、听音乐、太极拳等。

2. 预防感染 避免接触患病的人；避免去公共场所；注意保暖、预防感冒；注意饮食卫生，不食隔夜食物；勤洗澡、勤更衣。

3. 定期到医院复查血常规和骨髓检查，若出现疲乏、皮肤黏膜出血、感染及发热、贫血加重、脾大等不适症状，应及时就诊。

4. 预防上呼吸道感染，过敏体质者外出戴口罩，发现皮肤紫癜、腹痛、关节肿胀等症状，及时就诊。

5. 注意加强营养，合理安排膳食；避免磕碰、挤压、摔跤等外伤；适当室外锻炼，以提高机体免疫力。

四、循环系统疾病患者的护理告知

【入院告知】
同上。

【护理告知】

1. 卧床休息，减少心肌耗氧量，减轻心脏负荷。疼痛发作时绝对卧床休息，防止病情加重。

2. 取舒适体位，采取半卧或坐位，双腿下垂，减少静脉回流。

3. 吸氧，改善心肌缺氧状态，流量为 2L/min。

4. 保持病室安静，减少探视，保证充足睡眠。

5. 出现血压急剧升高、剧烈头痛、呕吐、大汗、视物模糊、肢体运动障碍等症状，立即报告医护人员。

6. 保持大便通畅，防止便秘。

【饮食告知】

1. 高蛋白、高维生素、低盐、低脂易消化清淡饮食，食盐 3～5g/d。

2. 避免过多食用动物性脂肪和高胆固醇食物，多食含钾食物，如香蕉、橘子、土豆等。

3. 少量多餐、限盐少糖，多吃蔬菜水果，多食高纤维食物。

4. 避免过冷过热食品，以免诱发心律失常。

【用药告知】

1. 口服药应按时按量服用,不可自行停药、减药或擅自改用其他药物。

2. 洋地黄类药物需观察毒性反应,如黄视、绿视、恶心;利尿剂需观察有无低钾现象。

3. 静脉注射药物,严格按医嘱执行,静滴速度应缓慢,严格按时间用药,以保证维持有效的血药浓度。

4. 使用溶栓药物后,如出现寒战、发热、皮疹等过敏反应,或皮肤、黏膜、消化道出血等情况,应立即报告医护人员。

【心理告知】

1. 保持乐观、稳定的情绪,良好的心理状态,避免情绪激动、精神紧张。

2. 出现烦躁、焦虑时,及时表达内心感受,适当宣泄。

3. 指导使用放松技巧,如音乐治疗、缓慢呼吸等。

【健康告知】

1. 养成良好饮食习惯,细嚼慢咽、避免过饱、少吃零食。

2. 改变不良生活方式,戒烟、限酒、劳逸结合,保持乐观情绪。

3. 根据年龄、病情选择慢跑、快步走、太极拳、气功等适宜运动。

4. 保持室内空气流通,阳光充足,防寒保暖,预防感冒。

5. 保证充足睡眠,避免劳累。

6. 严格按医嘱服药,定期随访,症状加重时立即就诊。

五、神经内科系统疾病患者的护理告知

【入院告知】

同上。

【护理告知】

1. 急性期卧床休息 1～2 周,蛛网膜下腔出血绝对卧床休息 4～6 周,避免误吸及肺部感染。

2. 昏迷、谵妄、躁动患者加床档,必要时进行保护性约束;严格限制探视,避免各种刺激。

3. 密切观察病情变化,监测生命体征,气管切开患者要防止气管套管脱出。

4. 做好基础护理,协助定时翻身、拍背,避免皮肤刺激和骨突处受压。

5. 保持呼吸道通畅,遵医嘱吸氧,及时清除口鼻分泌物。

6. 保持环境安静,避免声光刺激、惊吓,避免诱发因素刺激。

7. 指导患者早期进行肢体被动和主动训练。

【饮食告知】

1. 给予高热量、高维生素、低脂、适量优质蛋白、易消化的饮食;根据病情及时调整、补充各种营养素。

2. 多食新鲜蔬菜水果,多食高纤维食物,及时补充水分,保持大便通畅,减轻腹胀。

3. 少量多餐,选择软饭、半流质、糊状等容易咀嚼的食物,如菜汁、稀饭、蛋羹等。

4. 延髓麻痹不能吞咽进食者给予鼻饲。

5. 进食时和进食后 30 分钟应抬高床头,防止窒息和食物反流。

6. 戒烟酒,忌生、冷、硬、辛辣、油炸食物,勿暴饮暴食。

【用药告知】

1. 告知患者服药方法、用药注意事项及不良反应。

2. 按医嘱坚持长期有规律服药,避免突然停药、减药、漏服药。

3. 遵医嘱正确服用止痛药、止血药、凝血药和肾上腺糖皮质激素,并注意观察其副作用。

4. 观察药物不良反应,如苯妥英钠引起凝视、卡马西平引起头晕、D-青霉胺引起胃肠道反应、抗凝治疗容易导致出血倾向等。

5. 白细胞和血小板减少者定期查血常规。

【心理告知】

1. 主动了解疾病知识、治疗和预后的关系，保持心情愉快，积极配合治疗。

2. 出现紧张、恐惧等不良情绪时，可向家人或医护人员倾诉，适当宣泄。

3. 学习自我放松技巧，缓解紧张、恐惧情绪，如深呼吸法、肌肉放松训练等。

【健康告知】

1. 保持情绪稳定，避免过分喜悦、愤怒、焦虑、恐惧等不良刺激。

2. 合理饮食，保证足够营养供给，戒烟酒，忌暴饮暴食。

3. 生活有规律，保证充足睡眠，适当锻炼，避免过度劳累，剧烈活动和重体力劳动，防止受凉感冒，注意保暖。

4. 按医嘱正确服药，定期复查肝肾功能、血常规，定期监测血压。

5. 坚持肢体主动和被动运动，根据病情循序渐进地加强肢体功能锻炼和日常生活动作的训练。

6. 病情加重时及时就诊。

六、精神科疾病患者的护理告知

【入院告知】

同上。

【护理告知】

1. 环境安静，每日通风，避免噪音、强光等刺激，利于安定情绪，促进睡眠。

2. 睡前用温水泡脚或淋浴，忌服咖啡、浓茶等兴奋性饮料。

3. 安全防护 告知家人陪护，防止摔伤、走失、睡错床铺、找不到病室等意外。服药吃饭时应有家人监督，防止误入气管致窒息，不要让患者单独使用锐器类物品和接触开水，防止意外发生。

4. 定期清理个人卫生,作息时间规律,合理安排活动,日间可散步、做操、读报或简单手工活动。

5. 告知家属患者有幻觉、妄想、意识障碍时,根据程度使用保护性约束,防止患者自伤和伤人。

【饮食告知】

1. 规律进食,给予易消化、营养丰富食物,保证充足营养。

2. 有胃肠道症状,如厌食、呕吐、进食少时,给易消化的流食或半流食。

3. 可选择个人喜好食物,与他人共同进食,增加进餐兴趣及食欲。

4. 严重呕吐、意识障碍、吞咽困难、呛咳不能由口进食时,采取鼻饲、输液等途径,保证营养摄入。

5. 多吃蔬菜、水果、粗纤维等食物,防止便秘。

【用药告知】

1. 严格遵守服药制度,按时服药,在医生监护指导下用药,不可擅自加药、减药或停药。

2. 出现过敏反应、白细胞下降、直立性低血压、急性肌张力障碍等药物不良反应,立即报告医护人员。

3. 出现戒断症状时如流泪、流涕、呵欠、全身酸痛、心悸、胸闷、出汗等,应报告医护处理,不可擅自用药,以免影响疗效。

4. 告知家属妥善保管药物,防止患者藏药顿服。

5. 服用锂盐期间定期化验,预防锂盐中毒。

【心理告知】

1. 遇到生活事件和家庭及环境的不良刺激时,不再使用成瘾物质来减轻压力,采取其他方式或进行心理咨询。

2. 对不健康情绪反应如愤怒、焦虑、抑郁、悔恨等主动克制。

3. 改变精神上获得满足的方式,积极参加文体活动,培养业余爱好,如跳舞、练书法等。

4. 学会放松的方法,如静坐、慢跑、利用生物反馈训练肌肉放松。

5. 注意患者生理、心理特点,爱护和保护其自尊心,用正确语言积极引导,避免激惹患者。

【健康告知】

1. 建立有规律的生活习惯,避免参加剧烈活动,保持稳定情绪,保证充足睡眠。

2. 适当的体育锻炼,运用放松技巧疗法进行自我调整,告知家属应耐心与患者交流,态度温和,不可讥讽患者的强迫状态,理解患者的内心体验。

3. 告知家属督促患者按时服药,并妥善保管药物,避免单独取服,防止患者藏药。

4. 坚持复诊,如有睡眠改变、情绪变化,出现发病时的症状等提示疾病复发,应主动就医。

七、内分泌代谢系统疾病患者的护理告知

【入院告知】

同上。

【护理告知】

1. 保持病室环境及床单位整洁,合理休息,避免劳累和噪音干扰。

2. 血糖监测 三餐前空腹和三餐后 2 小时、睡前测血糖,防止低血糖反应。

3. 胰岛素治疗护理 做到制剂种类、剂量准确、按时注射。

4. 皮肤护理 勤洗澡、勤换衣,保持皮肤清洁,选择质地柔软、宽松的内衣。

5. 足部护理 观察足部皮肤颜色、温度,注意保暖、按摩,保持足部清洁,避免感染。

6. 避免剧烈运动,变换体位时动作轻柔,防止碰撞或跌倒引起骨折。

7. 病情严重者绝对卧床休息,监测生命体征变化及全身水肿情况,记录出入量,预防呼吸道感染,保持口腔清洁。

【饮食告知】

1. 根据理想体重计算每日所需总热量,定时定量进餐,合理饮食,均衡营养。

2. 甲亢患者给予高蛋白、高维生素、高热量饮食,禁食含碘食物,如海带、紫菜等海产品。

3. 适当摄取富含钙及维生素 D 的食物,预防骨质疏松。

4. 多吃富含维生素的食物,每日摄取足够水分 2000～3000ml。

【用药告知】

1. 告知患者服药方法、用药注意事项和不良反应。

2. 坚持定时定量服药,不可随意停药或减量。

3. 遵医嘱使用利尿剂,限制钠盐摄入,观察疗效及副作用。

4. 观察患者血糖、尿糖、尿量和体重的变化,评价药物疗效。

5. 如出现心律失常、恶心、呕吐、腹胀等低钾症状和体征时,立即报告医护人员。

【心理告知】

1. 了解疾病的相关知识,如诱因、治疗、预后等。

2. 鼓励患者表达出内心感受,给予同情理解,避免其情绪不安。

3. 出现焦虑、恐惧、紧张、睡眠差等问题,应主动寻求医护人员帮助,以免引起血糖波动。

4. 参加适当活动,分散注意力,教会患者放松技巧,如听音乐、放松训练等。

【健康告知】

1. 环境安静、舒适,温度、湿度适宜。

2. 合理饮食,避免劳累,保证充足睡眠。

3. 坚持按时、按量服药,切勿自行增减药量或停药。

4. 定期监测血糖,定期复诊,定时运动,生活规律,戒烟酒;

不宜空腹运动,不宜离家太远,随时携带糖块和糖尿病卡。

5. 遵医嘱定期复查,出现不适症状及时就诊。

八、泌尿系统疾病患者的护理告知

【入院告知】

同上。

【护理告知】

1. 病室通风清洁消毒,注意保暖,提供安静、舒适的休息环境,加强生活护理。

2. 避免劳累,病情重者要绝对卧床休息,减轻肾脏负担。

3. 保持口腔、皮肤清洁,定期更换衣物;卧床及虚弱患者应定时翻身防止压疮和肺部感染的发生。

4. 密切观察生命体征、尿量、水肿程度有无加重或有无胸、腹腔积液等情况的发生。

5. 观察患者应用利尿剂、抗凝药物的治疗效果及有无出现副作用。

【饮食告知】

1. 水肿、高血压患者应限制水、盐的摄入,盐每日限制在 3g 左右。

2. 给予高糖、低脂肪、低蛋白、低盐、易消化饮食。

3. 适当限制蛋白质的摄入,给予优质蛋白质,如牛肉、鸡肉、瘦猪肉。

4. 高钾血症时限制钾的摄入,如白菜、萝卜、梨、桃等。

【用药告知】

1. 告知患者服药方法、用药注意事项和不良反应。

2. 遵医嘱用药,切勿擅自增减或停用激素药。

3. 观察患者应用利尿剂、激素、细胞毒素药物后的疗效和有无副作用。

【心理告知】

1. 鼓励病友间相互交流,改变自己的认知,克服消极情绪。

2. 告知患者应避免长期紧张、焦虑、抑郁等情绪。

3. 出现不良心理时,可寻找医护人员帮助,学会放松技巧。

4. 指导家人多与患者沟通,了解其内心体验,帮助提高战胜疾病的信心,积极配合治疗。

【健康告知】

1. 合理的生活起居,保证充足的睡眠休息,劳逸结合,注意保暖,预防感冒。

2. 保持愉快心情,避免长期紧张、焦虑、抑郁。

3. 适当进行体育锻炼,避免剧烈运动。

4. 注意个人清洁卫生,多饮水、勤排尿。

5. 定期门诊随访、复查,密切监测肾功能。

九、免疫、皮肤疾病患者的护理告知

【入院告知】

同上。

【护理告知】

1. 保持病室安静,定时开窗通风,保持床单清洁干净,每日紫外线消毒。

2. 减少探视人员,预防感染。

3. 病情重者应卧床休息,进行肢体被动功能锻炼;病情平稳后鼓励患者进行主动功能锻炼。

4. 保持口腔、皮肤、会阴部清洁,有口腔黏膜破损时,用漱口液漱口,溃疡处用药涂抹。

5. 有皮疹、红斑或光敏感者,外出时应避免阳光直接照射,采取遮阳措施。

【饮食告知】

1. 合理饮食,多食高蛋白、高维生素食物,低嘌呤饮食,少食动物内脏,每日饮水大于 2000ml。

2. 避免温度高、辛辣、质地硬等刺激性食物,避免饮酒。

3. 少食多餐,多食富含钙和胶质食物。

【用药告知】

1. 告知患者服药方法、用药注意事项和不良反应。

2. 遵医嘱用药,不能随意停药,自行用药。

3. 观察常用药物的疗效和不良反应,出现副作用及时报告医护人员。

4. 可饭后服药,减少胃肠道反应,服药期间多饮水。

【心理告知】

1. 保持乐观情绪,不良情绪对治疗、疾病恢复、身体状况可产生负面影响。

2. 告知患者感到紧张、焦虑、忧郁、恐惧时,应向医护人员说出自身的感受。

3. 学习自我放松技巧,如深呼吸、肌肉放松训练等。

【健康告知】

1. 宜安静、温度适宜、光线柔和的环境,做好心理调节,避免情绪紧张。

2. 保持充足休息,避免过度劳累紧张、受冷、受潮及关节损伤等诱发因素。

3. 严禁烟酒,防止肥胖,控制体重,多饮水,增加尿量。

4. 日常生活中要注意锻炼,增强免疫力。

5. 注意个人卫生,学会皮肤护理。

6. 定期复查,若有病情变化,及时就诊。

第二节 常见外科疾病护理告知

一、神经外科疾病患者的护理告知

【入院告知】

同上。

【术前告知】

1. 告知手术时间。

2. 完善术前常规检查、化验。

3. 备皮　术前 3 天剪发，手术当日剃净头发，肥皂水洗净。

4. 术前 12 小时禁食、4 小时禁水，小儿术前 4～6 小时禁食。

5. 术前留置尿管，防止全麻术后尿潴留。

6. 稳定患者和家属情绪，得到最佳配合。

【术后告知】

1. **体位**　麻醉未醒去枕平卧，头偏向一侧，防止误吸，清醒后床头抬高 15°～30°，利于颅内静脉回流，防止加重脑水肿；脊柱裂患者清醒后可采取侧卧位或俯卧位，轴线翻身。

2. **安全**　因术后麻醉药物致烦躁，所以应防坠床，必要时加床档、约束带；有尿管时避免引流管受压、扭曲、折叠，确保通畅，防止意外拔除，适当限制头部活动，防止引流管脱出，引流袋不可高于头部，搬运患者前要夹闭引流管，以防逆流，引起颅内感染。

3. **饮食**　术后当日禁饮食，由静脉供给营养；第一日进流食如：稀饭、牛奶等，注意补充水分；第二日半流食如：汤面、蛋羹等，以后改为少渣软食、普食，应少量多餐。可根据患者口味配餐，以清爽可口、少辛辣为宜，同时注意营养搭配，预防便秘发生。

【心理告知】

1. 主动了解疾病的相关知识，如诱因、治疗方法、预后等，介绍同病室病友的治愈经验。

2. 学会正确的宣泄方式，如唱歌、找人倾诉，也可寻求医护人员帮忙。

3. 保证充足的睡眠，环境安静舒适，避免睡前过度兴奋，忌饮浓茶、咖啡，睡前饮热牛奶、热水泡脚。

4. 掌握自我放松技巧，及时进行自我心理调节，可选用静默法、暗示法、深呼吸或加暗示意念、肌肉放松训练。

5. 告知家人理解患者，多沟通，了解患者的内心体验。

【健康告知】

1. 避免各种颅内压增高的诱因,保持大便通畅,避免不良刺激,预防感冒,禁止短期内大量饮水等。

2. 避免过度劳累、忌烟酒。

3. 定期门诊复查。

4. 高血压患者有效控制血压,严格遵医嘱长期服药,术后一月内避免体力活动,可散步或完成简单洗漱、进食等,三月内避免重体力活动如负重、跑步等。

二、心血管外科疾病患者的护理告知

【入院告知】

同上。

【术前告知】

1. 提高机体耐受力　适当休息,避免劳累;饮食以鸡蛋、牛奶、肉类、蔬菜等易消化饮食为宜;保暖,预防感冒;伴肺动脉高压者每日间断低流量吸氧 2～3 次,每次 30 分钟。

2. 安全告知　按医嘱定时定量服用抗凝剂;避免到人群集中的场所,及时增减衣物,防止交叉感染;避免进行危险的运动;教会正确的咳嗽方法,利于肺功能的恢复。

3. 术前准备　备皮,灌肠,配血根据病情需要准备血及血浆,术前 12 小时禁食,4 小时禁饮。

4. 介绍 ICU 环境　术后入住 ICU,备齐生活物品;陪侍人不得进入,病房留陪一人以便于联系。

【术后告知】

1. 观察生命体征,注意高热引起惊厥,给予物理降温,如酒精擦浴,头枕冰袋。

2. 保持呼吸道通畅,叩背咳嗽,雾化吸入,必要时吸痰。

3. 观察引流情况,保持引流管通畅,24 小时引流量少于 50ml,应予拔除。

4. 少量多餐,早期下床活动,促进肠蠕动恢复,增进食欲。

【心理告知】

1. 与患者沟通,消除紧张情绪。

2. 讲解预后,增加信心。

【健康告知】

1. 定期复查。

2. 遵医嘱用药。

3. 适当活动,劳逸结合。

4. 鼓励家属探视,消除孤独感

三、胸外科疾病患者的护理告知

【入院告知】

同上。

【术前告知】

1. 告知手术的时间,麻醉师及麻醉手术情况。

2. 术前 12 小时禁食,4 小时禁饮。

3. 备皮,灌肠,必要时根据病情预约配血量。

4. 教会患者腹式呼吸、有效咳嗽。

5. 胸腺瘤者床旁备气管切开包。

【术后告知】

1. 入住 ICU 进行生命体征监测。

2. 体位　清醒后改半卧位,利于呼吸、引流及防止肺部感染,防止渗出物淤积,恢复胸膜腔负压;抬高下肢,利于下肢静脉回流。

3. 活动　早期下床活动,促进肠蠕动恢复,增加食欲,促进肺膨胀。

4. 戒烟、戒酒,预防呼吸道感染。

5. 讲解带管活动的注意事项。

6. 术后 6 小时进流食,如水、米汤;第二天进半流食,如蛋汤、面汤等,以后改为易消化的软食至普食,如汤面、蔬菜、水果等。

7. 指导患者正确咳嗽,恢复肺功能。

【心理告知】

1. 耐心与患者沟通,了解患者所关心的问题,并予以解答,纠正不正确概念,减轻恐惧感。

2. 鼓励家属探视,消除孤单感。

3. 讲解预后情况,增强信心。

【健康告知】

1. 指导患者腹式呼吸及有效咳嗽,出院后仍进行呼吸运动训练。

2. 预防上呼吸道感染。

3. 适当运动,可进行力所能及的工作和家务。

4. 3 个月以后复查。

5. 注意合理休息及营养素摄入。

四、普外科疾病患者的护理告知

【入院告知】

同上。

【术前告知】

1. 手术时间。

2. 履行手术同意书和麻醉同意书的签字手续。

3. 配同型血,术中备用。

4. 术前 1 日备皮。

5. 术前 12 小时禁食,4 小时禁水。

6. 急诊手术按照急诊手术程序进行。

【术后告知】

1. 根据麻醉方法、手术部位和各疾病特点决定术后患者卧位。

2. 监测生命体征,持续心电监护,每 30~60 分钟监测 1 次。做好记录。

3. 观察伤口有无渗血和引流管是否通畅,有异常及时报告处理。

4. 遵医嘱使用抗生素、补液,维持水电解质平衡并积极止痛。

5. 术后禁饮食,肠蠕动恢复后给予进食。进食程序:流食-半流食-软食-普食;以高热量、高蛋白、高维生素、易消化的食物为主,补充粗纤维食物,防止便秘。

6. 术后鼓励患者活动。手术后无禁忌,第一天床上活动,第二天坐起,第三天下床活动,逐渐增加活动量,防止术后肠粘连。

7. 术后需特殊护理者,如化疗患者、术后造瘘者、术后留置T 型管者等,做好相应的护理。

【心理告知】

1. 疾病的相关知识,如诱因、治疗方法、预后等,消除心理顾虑。

2. 鼓励患者做出主观努力,配合治疗和护理,学会正确的宣泄方式,也可寻求医护人员的帮助,及时进行自我心理调节。

3. 告知家人理解患者,多沟通,了解患者的内心体验,帮助患者。

4. 鼓励家属探视,消除孤独感。

【健康告知】

1. 注意营养丰富,合理搭配。

2. 遵医嘱用药。

3. 适当活动,劳逸结合。

4. 按时复查,有异常及时就诊。

五、泌尿外科疾病患者的护理告知

【入院告知】

同上。

【术前告知】

1. 告知手术的时间,麻醉师及麻醉手术情况。

2. 术前 12 小时禁食,4 小时禁水。

3. 备皮,灌肠。

4. 结核者遵医嘱常规应用抗结核药物两周。

5. 术前晚保证足够的睡眠。

6. 肾移植者术前防止着凉,预防感冒,预防性应用抗生素。

【术后告知】

1. 术后监测生命体征,一般术后每 30 分监测一次,直至平稳。

2. 去枕平卧 6 小时后改半卧位,拔除尿管后逐渐离床活动。

3. 排气后由流食至普食,多饮水,2000～3000ml/日,加强营养,进食粗纤维易消化食物,多食谷物和蔬菜水果,避免进食牛奶及豆制品,避免腹胀。

4. 保持引流管通畅,勿高于切口水平,避免扭曲、打折,妥善固定,避免脱出。膀胱手术者行膀胱冲洗,防止血凝块堵塞尿管,冲洗速度根据血尿颜色调节,色深则快,色浅则慢。

5. 术后 6 小时进流食,第二天进半流食,以后改为易消化的软食至普食。

【心理告知】

1. 耐心与患者沟通,了解患者所关心的问题,并予以解答,纠正不正确概念,减轻恐惧感。

2. 鼓励家属探视,消除孤单感。

3. 讲解预后情况,增强信心。

【健康告知】

1. 不宜过度疲劳,术后 1～2 个月避免过度活动,不参加重体力劳动;适当锻炼,增强体质。

2. 如出现无痛性血尿、尿频、尿急、尿痛、下肢水肿、腰腹痛、消瘦等症状,及时到医院就诊。

3. 膀胱全切输尿管皮外移植患者,应严密观察引流液,定期更换引流袋,引流袋勿高于造瘘口水平,保持局部清洁。

4. 禁止吸烟,预防肿瘤复发。

5. 观察排尿情况,如尿线变细及时就诊。

6. 遵医嘱根据结石成分调整饮食结构及生活习惯,防止结石复发。

7. 监测血压,定期复查。

六、烧伤外科疾病患者的护理告知

【入院告知】

同上。

【现场急救】

1. 立即消除致伤原因,脱离现场。

2. 保护受伤部位,迅速脱离热源。

3. 以冷水冲淋或浸浴降低局部温度。

4. 伤处的衣裤应剪开、取下,不可剥脱,用清洁被单、衣服覆盖创面。

5. 化学烧伤,如生石灰烧伤应将石灰粉擦净后,再用流水冲洗。

6. 注意环境安全,加强危险物品保管。

7. 根据病情监测生命体征,同时注意保暖。

【心理告知】

1. 护士要帮助患者尽早适应,积极配合医疗救治,使患者重新适应社会生活。

2. 加强交流,排除不良情绪,缓解心理压力。

【饮食告知】

1. 严重烧伤后,第 1～4 天禁食,必要时给予鼻饲。

2. 第四天开始进食米汤,每日 3 次,每次 50～100ml。

3. 先以清淡、易消化饮食为宜,逐渐增加牛奶、肉汤等。

【健康告知】

1. 日常生活中尽量减少各种不良因素刺激,如日光照射、污染。

2. 为了防止瘢痕发生继发畸形,应嘱患者坚持功能位或抗挛缩位妥善固定。

3. 压迫治疗　局部用弹性绷带,戴弹性手套,穿弹性衣裤,让患者在瘢痕未形成之前开始加压,在不影响肢体远端血运及患者耐受情况下,越紧越好,24 小时连续加压达半年以上。

4. 功能锻炼:烧伤创面愈合后,进行主动、被动活动:①进行关节屈伸、外展、内收,旋转等主动及被动运动,2~3 次/分钟,活动范围由小到大。②温水浸浴疗法,在 40℃温水中浸浴,水中锻炼,清洁皮肤,软化瘢痕。③外用抑制瘢痕的药物,如康瑞保等。

七、整形外科疾病患者的护理告知

【入院告知】

同上。

【术前告知】

1. 手术时间。

2. 备皮。

3. 术前 12 小时禁食,4 小时禁水。

4. 注意避免感冒和上呼吸道感染。

5. 婴幼儿训练用汤匙喂养,进行适应性训练。

6. 注意口腔卫生,术前 2 日用漱口液漱口,每日 3 次(每餐后)。

【术后告知】

1. 根据病情监测生命体征。

2. 患儿未清醒时取仰卧位,头偏向一侧,肩部垫高。

3. 患者完全清醒后,可进温凉流质饮食,如葡萄糖水、冰淇淋等;婴儿用汤匙喂养。

【心理告知】

1. 告知手术成功病例,缓解患者紧张情绪。

2. 了解相关疾病知识,保证充足的睡眠,尽快适应病房环境。

3. 多沟通,了解患者的内心体验,避免过分注意患者身体有问题的部分,以免影响患者情绪。

【健康告知】

1. 眼部术后眼部少活动,轻闭双眼休息,不看书报和电视等,不用力睁眼。

2. 并指分离术后在伤口完全愈合后开始练习主动活动。

3. 再造耳术后注意避免再造耳外伤、冻伤;需保持局部清洁,避免感染。

4. 面部手术后需保持局部清洁,避免感染。

八、骨外科疾病患者的护理告知

【入院告知】

同上。

【术前告知】

1. 手术时间。

2. 履行手术同意书和麻醉同意书的签字手续。

3. 配同型血,术中备用。

4. 术前 1 日备皮。

5. 术前 12 小时禁食,4 小时禁水。

6. 急诊手术按照急诊手术程序进行。

【术后告知】

1. 监测生命体征。

2. 患肢抬高,有利静脉回流,消除肿胀;脊柱手术后平卧时头、颈部保持为一条直线。

3. 观察伤口渗血和引流管是否通畅,有血肿形成时应及时清除血肿,消除局部肿胀。

4. 术后 6～8 小时内禁饮食,肠蠕动恢复后可以进食;进食程序为流食-半流食-软食-普食;以高热量、高蛋白、高维生素、易消化饮食为主,补充粗纤维食物,防止便秘。

5. 四肢术后 24 小时鼓励患者做患肢肌肉的收缩锻炼;颈椎骨折或脱位严重合并截瘫的患者,头部不能摆动,保持脊柱一致性;下肢肿瘤患者禁忌下肢过早负重,防止病理性骨折;截肢术后患者上肢术后 1～2 天可离床活动;下肢术后 2～3 天练习坐起或半卧位,5～6 天可以扶拐下地;脊柱肿瘤术后患者病情允许时可行主动或被动活动关节;人工关节置换术后患者卧床 2 周后开始下床扶拐活动,减少负重行走。

【心理告知】

1. 消除病态依从心理,鼓励患者做出主观努力,配合治疗和护理。

2. 由于疾病恢复期较长,可能会出现症状反复,应做好心理准备。

【健康告知】

1. 饮食无特殊要求,注意营养丰富,搭配合理。

2. 关节制动时,按关节功能位置的角度固定。

3. 关节进行功能锻炼时,注意活动角度逐渐加大,不可强拉硬拽,以免造成或加重关节损伤。

4. 必须在医务人员指导下进行康复锻炼。

5. 按时复查,确定关节功能恢复情况。

第三节 常见妇产科疾病护理告知

一、妇科疾病患者的护理告知

【入院告知】

同上。

【术前告知】

1. 术前常规化验血、尿、拍胸片、做心电图、B 超等检查。

587

2. 告知手术的时间、麻醉师及麻醉手术情况。

3. 术前阴道清洁上药 3 天。

4. 术前晚清洁灌肠。

5. 术前 1 日晚流食，术日晨禁饮食。

6. 履行术前签字手续。

7. 有严重贫血者，在医生指导下用药、输血、纠正贫血。

8. 术前应做咳嗽、深呼吸训练，术前晚保证睡眠。

【术前心理告知】

1. 讲解有关疾病知识。

2. 鼓励患者表达其内心的恐惧。

3. 鼓励家属给患者关心和支持。

【术后告知】

1. 定时监测生命体征。

2. 去枕平卧 6 小时，次日改半卧位利于于引流，逐渐增加活动量。

3. 腹部伤口置腹带加以保护，压沙袋 8 小时。

4. 尿管开放 24～48 小时。

5. 尿道口护理 2 次/天。

【饮食告知】

1. 手术当日禁食、禁水。

2. 第二日进流食，如水、米汤，忌食奶、糖等产气、产酸食物。

3. 无不适改为半流食渐至普食。

【用药告知】

1. 遵医嘱补液并使用抗生素，告知患者用药注意事项和不良反应。

2. 观察药物疗效，出现副作用立即通知医生处理。

【健康告知】

1. 加强营养，给予高蛋白、富含维生素饮食，避免高胆固醇食物；注意休息。

2. 需要者在医生指导下做放疗和(或)化疗。

3. 30 岁以上妇女每年进行一次妇科检查。

4. 术后 1 个月内避免剧烈活动。

5. 1 个月后门诊复查,遵医嘱随访。

二、产科疾病患者的护理告知

【入院告知】

同上。

【护理告知】

1. 病室环境安静、舒适,室内空气清新,温湿度适宜,限制探视预防感染。

2. 分娩后的产妇应该多卧床休息,加强营养以促进体力恢复。

3. 协助产妇与婴儿早接触,婴儿早吸吮,并告知母乳喂养的优点和注意事项。

4. 产妇要注意个人卫生,保持皮肤、口腔、会阴的清洁,预防感染。

5. 定时给产妇按压宫底,促进子宫复旧。

6. 每日给新生儿洗澡、抚触和脐部护理。

7. 按时给新生儿接种各种疫苗。

8. 妊高症的孕妇应卧床休息、左侧卧位,避免各种不良刺激。

9. 妊娠合并贫血的孕妇嘱其坐起或站立时动作应慢,避免晕倒等意外发生。并注意观察血压、体重。

10. 妊娠合并糖尿病的孕妇应控制饮食,适当运动(餐后 1 小时进行),妊娠 35 周应住院待产,一般 42 周终止妊娠。

11. 宫外孕的产妇应绝对卧床休息,避免剧烈的活动腹压增大导致子宫破裂,注意腹痛及血压变化。

【饮食告知】

1. 嘱孕产妇进食高热量、高维生素、适量蛋白质、易消化饮食,如藕粉、鱼、蔬菜、水果,吃富含钙、铁丰富的食物。

2. 妊高症的孕妇需要摄入足够蛋白质、蔬菜补充维生素、铁和钙剂。全身水肿严重时应限制食盐量。

3. 宫外孕患者应多食富含粗纤维的食物,防止便秘而加大腹压。

【心理告知】

1. 多与孕产妇交流,注意倾听其诉说,减轻恐惧心理。

2. 指导家属利用触摸技巧,增加产妇舒适度和安全感。

3. 指导患者进行吸气、呼气、屏气的动作,在宫缩间歇时放松休息,恢复体力。

【用药告知】

1. 告知服药方法、用药注意事项和不良反应。

2. 根据病情遵医嘱应用抗生素,预防感染。

3. 告知影响胎儿发育的药物和哺乳期间禁止使用的药物。

【健康告知】

1. 饮食营养丰富、易消化,含钙、铁的食物。

2. 产褥期禁止盆浴,禁止性生活。

3. 指导产妇正确进行母乳喂养,选择有效的避孕措施。

4. 注意个人卫生,要勤洗手、漱口。

5. 做好孕期检查,产后复查。

6. 合理安排膳食,养成良好的饮食习惯。

第四节　常见儿科疾病护理告知

一、新生儿疾病患者的护理告知

【入院告知】

1. 责任护士详细向患儿及患儿家属介绍病区环境、作息时间安排、探视和陪侍制度及注意事项。

2. 介绍主管医生、科主任、护士长及诊疗原则。

3. 安全告知及紧急情况下应采取措施。

4. 告知家长第二日检查前的准备及注意事项。

其他儿科疾病护理告知与入院告知相同。

【护理告知】

1. 病室环境安静、舒适,室内空气清新、温湿度适宜(温度 22～24℃、湿度 55%～65%),密切观察,限制探视,必要时单间隔离。

2. 保持患儿呼吸道通畅,及时清理呼吸道的分泌物,取舒适体位。分泌物多者轻拍患儿胸、背部促进排出。根据医嘱和病情合理吸氧。

3. 密切观察生命体征变化,维持体温稳定。根据病情采取保暖或降温方法。

4. 保证营养和水分摄入。

【饮食告知】

1. 鼓励母乳喂养,按时添加辅食。

2. 吸吮和吞咽能力差者可用滴管、胃管或静脉营养。

3. 注意补充维生素和微量元素。

【心理告知】

1. 安慰家长,耐心细致地解答病情及家长的问题。

2. 及时向家长介绍病情变化、治疗和护理过程。

3. 病情好转,允许父母探视和参与护理患儿,以取得最佳合作。

【用药告知】

1. 告知患儿家长服药方法、用药注意事项和不良反应。

2. 建立静脉通路,保持通畅,避免药液外渗。

3. 根据病情遵医嘱用药以促进康复。

【健康告知】

1. 指导家长掌握相关疾病的预防和护理知识。

2. 鼓励母乳喂养,及时添加辅食。

3. 婴幼儿应加强户外活动。

4. 护理患儿时注意勤洗手,预防感染。

二、儿科疾病患者的护理告知

【入院告知】

同上。

【护理告知】

1. 保持病室安静、舒适,室内空气清新,温湿度适宜,限制探视。

2. 保持患儿呼吸道通畅,及时清理呼吸道分泌物,根据病情取适宜体位。根据病情合理吸氧。

3. 密切观察生命体征变化,维持体温稳定。根据病情采取保暖或降温方法。

4. 保证营养和水分的摄入。

【饮食告知】

1. 嘱家长给患儿易消化、营养丰富的饮食。过敏性紫癜患儿应吃素食,禁食鱼、虾、肉等高蛋白食物;肾病患儿应限制蛋白质摄入,给低盐、低脂、高热量饮食。

2. 不挑食,吃富含钙、铁丰富的食物,粗细搭配。

3. 昏迷或吞咽困难患儿尽早行鼻饲,制订饮食计划,保证营养供应。

【心理告知】

1. 安慰家长,耐心、细致地介绍病情、回答家长的问题。

2. 及时向家长介绍病情变化、治疗和护理过程。

3. 多与患儿交流,鼓励其说出内心感受。关心、爱护患儿,使其配合治疗。

【用药告知】

1. 告知患儿家长服药方法、用药注意事项和不良反应。

2. 建立静脉通路,保持通畅,避免药液外渗。

3. 根据病情,遵医嘱用药以促进康复。

【健康告知】

1. 指导家长掌握相关疾病的预防和护理知识。

2. 肾病的患儿应限制其活动。

3. 小儿应加强户外活动,以增强机体抵抗力。

4. 注意个人卫生,要勤洗手、漱口。

5. 合理安排膳食,养成良好的饮食习惯。

第四篇　常用临床护理知识与技能

第一章

常用基础护理知识与技能

第一节　卧位的种类、目的和方法

卧位是指患者卧床的姿势。临床上,患者采取不同的卧位有助于诊断、治疗和护理,也可减少并发症的发生。根据卧位的自主性可分为主动、被动和被迫3种卧位。根据卧位的平衡稳定性可分为稳定性卧位和不稳定性卧位。常用的卧位有下列几种:

一、仰　卧　位

仰卧位是患者最常用的卧位之一。具体方法是于患者头下放一枕头,两臂微外展于身体两侧,两腿伸直,两脚分开约10cm。

1. 去枕仰卧位　用于昏迷、全麻未苏醒及脊髓穿刺后的患者,去枕并将头偏向一侧,便于口腔内的分泌物排出,以防止窒息及肺部并发症的发生。(图4-1)。

2. 中凹卧位　又称休克卧位,用于休克患者,协助患者取平卧位,抬高头胸部 $10°\sim20°$,利于呼吸;抬高下肢 $20°\sim30°$,利于静脉回流。(图4-2)

3. 屈膝仰卧位　用于腹部检查或导尿患者,两腿屈膝以利

于松弛腹肌。(图 4-3)

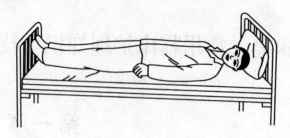

图 4-1　去枕仰卧位

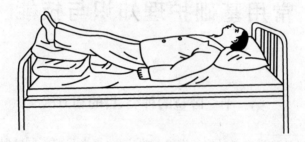

图 4-2　中凹卧位

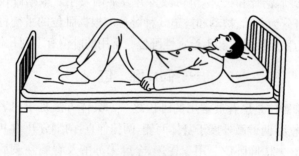

图 4-3　屈膝仰卧位

二、侧 卧 位

患者侧卧,两臂屈肘,一手放于枕旁,一手放于胸前,下腿伸直,上腿弯曲放于下腿之上或下腿前。常用于灌肠、肛门检查和治疗以及某种手术之后(图 4-4)。

图 4-4　侧卧位

三、头低脚高位

患者仰卧，头顶横放一枕，以防碰伤头部，抬高床尾 15°～30°。常用于某些疾病的治疗和检查，以及下肢牵引等，如产妇早期破水、股骨骨折牵引等。（图 4-5）

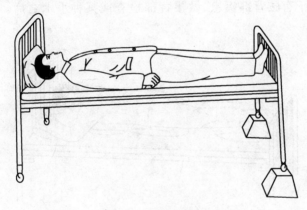

图 4-5　头低足高位

四、头高脚低位

患者仰卧，脚部横放一枕，以防患者下滑，抬高床头 15°～30°。常用于减轻颅内压或头部牵引等。（图 4-6）

五、俯　卧　位

患者俯卧，头转向一侧，两臂弯曲置于头旁，两腿伸直。

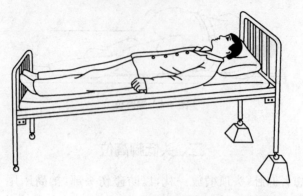

图 4-6 头高足低位

常用于有腰背部疾患、做腰背部检查或某种手术之后。（图 4-7）

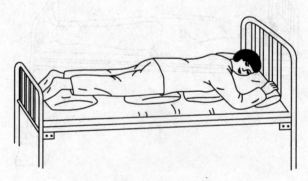

图 4-7 俯卧位

六、半坐卧位

患者仰卧，根据病情抬高床头 30°～60°，再摇起膝下支架 15°～30°，如放平时，应先放下膝下支架，再降低床头。适用于某些面部及颈部手术患者、心肺疾病引起呼吸困难的患者、腹腔和盆腔手术后或有炎症的患者、疾病恢复期体质虚弱的患者。（图 4-8）

图 4-8 半坐卧位（摇床法）

七、端 坐 位

患者坐起，床上放一小桌，并垫一软枕，患者稍向前倾，伏于枕上；床头抬高使患者可向后靠，腰后垫一软枕。常用于心包积液、支气管哮喘发作期，以及恢复期患者。患者坐卧时应注意观察其病情变化，如呼吸、脉搏、面色及下肢静脉回流情况。（图4-9）

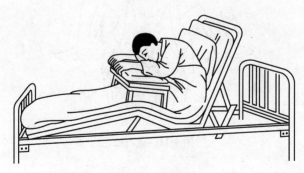

图 4-9 端坐位

八、膝 胸 卧 位

患者跪卧，两小腿平放于床上，大腿与床面垂直，两腿稍分开，胸部贴于床上，腹部悬空，臀部抬起，头向一侧，两臂屈放于头的两侧。常用于结肠、直肠、肛门检查和治疗，产科纠正胎位

不正、子宫后倾等。（图 4-10）

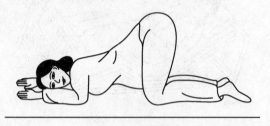

图 4-10　膝胸卧位

九、截 石 位

患者仰卧于检查台上，臀部齐台缘，两腿分开放于支架上，两手放于躯干两侧。常用于肛门、会阴手术，膀胱镜检及妇科检查，分娩时亦取此位。（图 4-11）

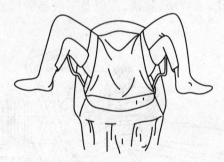

图 4-11　截石位

第二节　常用冷、热疗法

一、冷 的 应 用

给患者用冷，作用于机体的局部或全身，可减轻疼痛、控制炎症、止血及降低患者体温，以促进患者舒适。

1. 禁忌证

(1)凡有大面积组织受损、破裂及循环障碍者不得用冷,防止组织坏死。

(2)慢性炎症或深部组织感染化脓者。

(3)冷过敏者。

(4)肢体麻痹及感觉障碍者。

(5)枕后、耳廓、阴囊、心前区、腹部、足心等处忌用冷。

2. 常用方法

【冰袋、冰囊的应用】

(1)适应证:用于降低体温、局部消肿、止痛。

(2)用物准备:冰袋(或冰囊、冰帽)及布套、冰、大勺、木槌、脸盆及冷水、帆布袋。

(3)操作方法:(以冰袋为例):①遵医嘱核对患者,向患者及家属做好解释工作,使其了解使用冰袋的目的和方法,取得合作。②洗手,备齐用物。将冰块放入帆布袋中,用木槌敲碎至核桃大小,放入盆中用冷水冲去棱角,以免损伤冰袋及患者的皮肤。③用大勺将冰块装入冰袋至1/2,排出空气,夹好袋口并擦干。④倒提冰袋,检查有无漏水,若无漏水装入布套内,扎紧套口。⑤携冰袋至患者床前,再次核对无误后将冰袋置于所需部位。⑥30分钟后,撤掉冰袋,协助患者取舒适卧位,整理床单位。⑦将冰袋倒尽,倒挂晾干,然后将袋内吹入空气拧紧塞子,置于阴凉处;布套清洗后晾干备用。⑧洗手,做好记录。

(4)注意事项:①随时观察皮肤,防止冻伤。②持续冰敷者每次不得超过30分钟,需间隔1小时后再重复使用;必须做好交接班工作,冰融化后及时更换。

【冰槽冰帽的应用】

(1)适应证:降低脑部温度,减轻脑细胞损伤,防止脑水肿。

(2)准备用物:冰槽(冰帽)、帆布袋、冰、木槌、脸盆及冷水、大勺、污水桶、不脱脂棉球、凡士林纱布、小毛巾、肛表。

(3)操作方法(以冰帽为例):①遵医嘱核对患者,向患者及家属做好解释工作,使其了解使用冰帽的目的和方法,取得合作。②洗手,备齐用物,将冰块放入帆布袋中,用木槌敲碎至核桃大小,放入盆中用冷水冲去棱角,以免损伤冰帽及患者的皮肤。③将冰块装入冰帽内并擦干,携至患者床旁,再次核对解释,给患者戴上冰帽。④患者颈后接触冰帽的部位及耳后垫上小毛巾,以防冻伤。⑤将冰帽的引水管接入污水桶内。⑥用冷30分钟后,撤掉冰帽,协助患者取舒适卧位,整理床单位,移走用物。⑦将冰帽倒空,悬挂晾干备用。⑧洗手,做好记录。

(4)注意事项:观察头部皮肤情况,尤其注意耳廓有无发紫、麻木及冻伤发生。①注意心率变化。②持续用冷时间不超过30分钟,可休息1小时后再次使用。③每半小时测量一次生命体征,确保肛温不低于30℃。

【冷湿敷法】

(1)适应证:降低体温。

(2)准备用物:脸盆内盛冰水、敷布2块、钳子2把。

(3)操作方法:①遵医嘱核对患者,向患者及家属做好解释工作,使其了解冷湿敷法的目的和方法,取得合作。②洗手备齐用物,携至患者床旁,再次核对解释。③将敷布浸入冰水中,用钳子取出,拧至不滴水,然后敷于局部。每2~3分钟更换一次敷布,持续15~20分钟。④冷湿敷结束后,协助患者取舒适体位,整理床单位,撤去用物。⑤洗手记录。

(4)注意事项:①观察局部皮肤情况,及时更换敷布。②用冷时间正确,患者无不适。

【温水擦浴】

(1)适应证:用于39.5℃以上的高热患者降温。

(2)准备用物:脸盆内盛32~34℃温水2/3满、小毛巾2块、大浴巾、热水袋(内装60~70℃热水)及布套、冰袋(内装冰块)及布套、换洗衣裤、便器、大单及屏风。

(3)操作方法:①遵医嘱核对患者,向患者及家属做好解释工作,使其了解温水擦浴法的目的和方法,取得合作。需排便者协助患者排便。②洗手备齐用物,携至患者床旁。再次核对解释,遮挡屏风。③松开床尾盖被,协助患者脱去上衣、解开裤带;将冰块放于患者头部,热水袋置于足底以减轻头部充血。④擦拭方法:暴露擦拭部位,将大浴巾垫于擦拭部位下,以浸湿的小毛巾包裹手掌,边擦拭边按摩,最后用浴巾擦干。⑤擦拭顺序:侧颈→肩部→上臂外侧→前臂外侧→手背;侧胸→腋窝→上臂内侧→肘窝→前臂内侧→手心;颈下肩部→臀部;穿好上衣,脱去裤子;髋部→下肢外侧→足背;腹股沟→下肢内侧→内踝;臀下沟→下肢后侧→腘窝→足跟。⑥撤掉热水袋,协助患者穿好衣裤取舒适体位,整理床单位。⑦整理用物,清洁、消毒后备用。⑧洗手记录。⑨半小时后测量患者体温并记录,如低于 39℃ 即可撤去冰袋。

(4)注意事项:①擦浴全过程不宜超过 20 分钟,避免患者着凉。②禁忌擦拭胸前区、腹部、足心、后颈部等处;腋窝、肘窝、手心、腹股沟、腘窝处擦拭时可稍加用力并延长擦拭时间,以促进散热。③尽量减少暴露患者。④注意观察患者皮肤情况。

【酒精擦浴】

(1)适应证:高热患者。

(2)准备用物:浓度为 $25\%\sim30\%$,温度为 30℃ 的乙醇,其余同温水擦浴法用物

(3)操作方法:同温水擦浴法

(4)注意事项:①禁忌对血液病患者及新生儿使用。②为伤寒患者做酒精擦浴时应在腹部冷敷,每 3 分钟更换一次。

二、热 的 应 用

使用热作用于患者患处,达到减轻疼痛、促炎症吸收、减轻深部组织充血及增加外热,以促进患者舒适。

1. 禁忌证

(1)未确诊的急性腹部疼痛,盲目用热会有引发腹膜炎的

危险。

(2)软组织扭伤和挫伤的初期,即在关节扭伤、软组织挫伤后 48 小时内禁用热,否则会加重肿胀和出血。面部危险三角区及口腔内的化脓性感染不能用热,否则会导致血管扩张,炎症扩散至脑部,造成严重后果。

(3)各种脏器内出血,用热会加重出血。

(4)治疗部位有金属移植物者,因金属能导热,用热会造成烫伤。

(5)恶性肿瘤患者,用热会加重病情。

2. 用热常见方法

【热水袋的应用】

(1)适应证:常用于保暖、促进舒适、缓解痉挛、镇痛等。

(2)用物准备:热水袋及布套、水温计、热水(≥70℃)、毛巾、量杯。

(3)操作方法:①遵医嘱核对患者,向患者及家属做好解释工作,使其了解用热的目的及方法,取得合作。②将热水灌入热水袋,盛 1/2～2/3 即可,水温以 60～70℃为宜。③扶住热水袋口,将热水袋放平以排尽袋内空气,然后旋紧塞子并擦干热水袋外壁水迹。④倒提热水袋,检查有无漏水,若无漏水装入布套内,扎紧套口。⑤携热水袋至患者床前,再次核对无误,将热水袋置于所需部位。⑥30 分钟后,撤掉热水袋,协助患者取舒适卧位,整理床单位。⑦将热水袋内水倒尽,倒挂晾干,然后将袋内吹入空气拧紧塞子,置于阴凉处;布套清洗后晾干备用。⑧洗手、记录。

(4)注意事项:①热水袋用于老年人、小儿、瘫痪、昏迷、循环不良、糖尿病、水肿、用热部位知觉麻痹及麻醉未清醒者时,水温不可超过 50℃,使用时以厚毛巾包裹,以防烫伤。②热水袋不能直接接触皮肤,也不能置于皮肤与皮肤之间,更不可压在患者身下。③经常观察用热部位皮肤,如有潮红应立即停用,并局部涂抹凡士林。④严格执行交接班制度,对于连续使用热水袋者,每30分钟检查水温一次,及时更换热水。重视患者主诉,及时了解用热后反应,使患者舒适而稳定。

【红外线灯或鹅颈灯的使用】

(1)适应证:常用于伤口感染、压疮、神经炎、关节炎等。

(2)用物准备:红外线灯或鹅颈灯,必要时备屏风。

(3)操作方法(以鹅颈灯为例):①遵医嘱核对患者,向患者及家属做好解释工作,使其了解鹅颈灯的使用目的及方法,取得合作。②洗手,准备鹅颈灯,确认其性能良好。③携鹅颈灯至患者床前,再次核对无误,暴露治疗部位,协助患者取合适卧位。④移动灯头至治疗部位上方或侧方,调节灯距(一般为30～50cm)。⑤接通电源,打开开关,调节照射剂量以温热感为宜。⑥每次照射20～30分钟,照射完毕,关闭开关,协助患者穿好衣服,取舒适体位,整理床单位,嘱患者休息15分钟后方可外出,以免感冒。将鹅颈灯放回原处备用。⑦洗手,记录。

(4)注意事项:①面颈部及前胸部照射时应注意保护患者眼睛,可戴有色眼镜或用纱布覆盖。②重视患者主诉,保证患者照射过程中舒适,无心慌、头晕、过热等感觉。

【湿热敷法】

(1)适应证:常用于急性感染者。

(2)用物准备:治疗盘内备盛有热水的容器、弯盘、敷布2块、湿敷钳2把、凡士林、纱布、棉签、治疗巾、小橡皮单、毛巾、电炉,必要时备热水袋及布套和屏风。

(3)操作方法:①遵医嘱核对患者,向患者及家属做好解释工作,使其了解湿热敷法的目的,取得合作。②备齐用物,携至患者床前再次核对,必要时屏风遮挡。③暴露治疗部位,在受敷部位下垫小橡皮单及治疗巾;受敷部位涂抹凡士林后覆盖双层纱布。④将敷布浸泡于热水中,用湿敷钳拧干至不滴水为度,抖开敷布,轻放于患处。每3～5分钟更换一次敷布,持续15～20分钟后,撤去敷布和纱布,擦去凡士林,盖好治疗部位。协助患者取舒适体位,整理床单位,清理用物。洗手,记录。

(4)注意事项:①对有伤口的患者进行湿热敷时,应按无菌技术操作。②局部热敷后半小时方能外出,以防受凉。③湿热敷过程中注意局部皮肤变化,每3~5分钟更换一次敷布,以维持适当的温度。

【热水坐浴】

(1)适应证:用于闭经、痛经、会阴、肛门部疾患及手术者。

(2)用物准备:坐浴椅,坐浴盆、内盛38~41℃热水(遵医嘱加药)1/2满,水温计,无菌纱布,毛巾,必要时备屏风。

(3)操作方法:①遵医嘱核对患者,向患者及家属做好解释工作,使其了解热水坐浴的目的和方法,取得合作,嘱患者排便。②备齐用物,携至坐浴处,再次核对,用屏风遮挡患者。③调节盆内水温,嘱患者先试水温,逐渐适应后将臀部全部泡入水中。④坐浴20分钟左右,扶起患者,助其擦干臀部,穿好衣裤。⑤扶患者上床,取舒适体位,整理床单位,清理用物。⑥洗手,记录。

(4)注意事项:①女性患者经期、阴道出血、妊娠后期、产后2周内和盆腔器官有急性炎症者不得施行坐浴,以免感染。②有伤口的部位坐浴时需使用无菌物品。③坐浴过程中,随时更换热水以保证疗效。

【温水浸泡】

(1)适应证:用于手、足、前臂、小腿部的感染早期及感染晚期的伤口破溃。

(2)用物准备:浸泡盆内盛43~46℃热水(遵医嘱加药)半盆、纱布数块、镊子、弯盘,必要时备屏风。

(3)操作方法:①遵医嘱核对患者,向患者及家属做好解释工作,使其了解温水浸泡的目的和方法,取得合作。②备齐用物,携至患者床前,再次核对。③嘱患者将需浸泡部位慢慢放入温水中,用镊子夹持纱布擦洗疮面。④浸泡30分钟后,擦干浸泡部位,移去浸泡盆。⑤协助患者穿好衣物取舒适体位,整理床单位,整理用物。⑥洗手,做好记录。

（4）注意事项：①如有伤口，所用物品须无菌。②浸泡过程中随时更换热水保持水温。

第三节 压 疮

一、压疮的概念

压疮是身体局部组织长期受压，血液循环障碍，组织营养缺乏，致使皮肤失去正常功能，而引起的组织破损和坏死，最早称为褥疮。压疮可以发生于长期躺卧或坐卧的患者，易发生于骨突出而没有肌肉包裹或肌层较薄的部位，如耳廓、枕后、枕部、肩部、脊柱、髋部、尾骶部、膝关节内外侧、内外踝、足跟等，其中以髋部、骶尾部最为常见。（图 4-12）

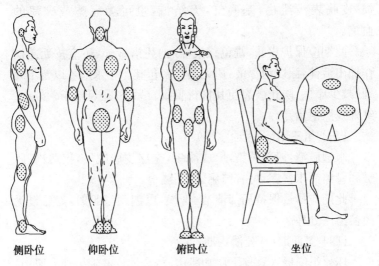

侧卧位　　　仰卧位　　　俯卧位　　　坐位

图 4-12 压疮好发部位

二、压疮的病理过程

压疮本身不是原发疾病，它大多是随着其他的原发病未经很好的护理而造成的损伤,是全身、局部因素综合作用引起的皮肤组织变性、坏死的病理过程。常见的原因有压力因素、营养状况、潮湿及年龄因素。

三、压疮的分期及预防

(一)第一期(瘀血红润期)

局部皮肤受压后,出现暂时性血液循环障碍,表现为潮红、触痛,与周围皮肤界限清楚,压之不退色,常局限于骨凸处。

此期应采取多种预防措施,如增加翻身次数,局部热敷改善血液循环,保持床单位清洁、干燥、平整,加强营养,增强机体抵抗力。

(二)第二期(炎性浸润期)

局部红肿向外浸润、扩大、变硬,有水疱形成,部分表皮缺损,皮肤表浅溃疡,基底红,无结痂,也可为完整或破溃的血疱。

此期应保护皮肤,避免感染,除上述措施外,还应按无菌操作抽出液体,涂以消毒液,用无菌敷料包扎。小水疱可以暂不处理,减少摩擦,防止破裂使其自行吸收。另外,还可给予紫外线、红外线照射治疗。

(三)第三期(浅度溃疡期)

水疱破溃,局部感染,形成溃疡,全层皮肤缺失,但肌肉、肌腱和骨骼尚未暴露,可有结痂、皮下隧道。

此期应尽量保持局部清洁、干燥,以鹅颈灯照射,然后以无菌换药法处理。

(四)第四期(坏死溃疡期)

坏死组织侵入真皮下层和肌肉层,全层皮肤缺失伴有肌肉、肌腱和骨骼的暴露,常有结痂和皮下隧道。脓液较多,有臭味,感染向周围及深部组织扩散,严重者引起脓毒败血症,危及生命。

此期应清洁疮面,去除坏死组织,保持引流通畅,促进愈合。

第四节 生命体征的测量

一、体温的生理调节及异常体温的临床意义

体温（body temperature），可分为体核温度和体表温度。体核温度（core temperature）是指身体胸腔、腹腔和中枢神经的温度，其特点是相对稳定且较皮肤温度高。体表温度（shell temperature）指人身体表面的温度，其特点易受环境温度的影响，且低于体核温度。

（一）体温的形成

体温是由糖、脂肪、蛋白质 3 种营养物质氧化分解而产生的。三大营养物质在体内氧化时释放能量，其中 50% 以上迅速转化为热能，以维持体温，并不断地散发到体外。不足 50% 的能量存储于三磷酸腺苷内，供机体使用，最终大部分转化为热能散发到体外。

（二）产热与散热

1. 产热过程　以化学方式产热。导致产热的主要因素有：食物氧化、骨骼肌运动、交感神经兴奋、甲状腺素分泌增多等。

2. 散热过程　以物理方式进行散热。最主要的散热器官是皮肤，通过呼吸、排泄也可散发部分热量。散热的主要方式有辐射、传导，对流与蒸发。

（三）体温的调节

包括自主性（生理性）体温调节和行为性体温调节。自主体温调节受下丘脑体温调节中枢控制，通过一系列生理反应，调节机体的产热和散热，保持体温在相对的恒定范围内。当机体在致热源的作用下或各种原因引起体温调节中枢功能障碍时，体温升高超出正常范围可引起发热。

（四）正常体温与生理变异

1. 正常体温　由于体核温度不易测量，常以口腔、直肠、腋

609

下等处测量的温度来代表体温。这三个部位测量的体温略不同,其中直肠温度中最接近人体深部的温度。正常体温范围见表4-1。

表4-1 成人体温平均值及正常范围

部位	平均温度	正常范围
口温	37.0℃	36.3～37.2℃
肛温	37.5℃	36.5～37.7℃
腋温	36.5℃	36.0～37.0℃

2. 生理变异 体温可随昼夜、年龄、性别、运动、用药等因素而出现生理性波动,但变化范围很小,一般不超0.5～1℃。

(1)昼夜变化:正常人的体温24小时内清晨2～6时最低,午后2～8时最高。

(2)年龄差异:婴幼儿体温略高于成年人,老年人体温略低于成年人,新生人尤其是早产儿,由于体温调节功能尚未发育完善,体温极易受环境的影响而变化,因此,对新生儿应做好防寒保暖的护理。

(3)性别差异:女性体温比男性平均高0.3℃,且随月经周期而发生规律性变化,排卵后体温升高,这与激素水平周期性变化有关。

(4)运动:激烈运动时,骨骼肌紧张并强烈收缩,产热量增加,导致体温升高。所以临床上应让患者在安静状态下测量体温。

(5)情绪:情绪激动、精神紧张可使交感神经兴奋,促使肾上腺素、甲状腺素释放增多,加快代谢速度,增加产热量,使体温升高。

(五)异常体温的观察及临床意义

1. 体温过高 指机体在致热原的作用下,使体温调节中枢的调定点上移而引起调节性体温升高。一般而言,当腋下温度超过37℃或口腔温度超过37.5℃,昼夜体温波动在1℃以上即可称为发热。

(1)发热程度的判断(以口腔温度为标准)

低热:37.3~38.0℃。

中度热:38.1~39.0℃。

高热:39.1~41.0℃。

超高热:41.0℃以上。

(2)发热过程及症状

1)体温上升期:特点为产热大于散热,患者表现为畏寒、皮肤苍白、无汗、皮肤温度下降,有的患者可出现寒战。体温上升的方式有两种:骤升和渐升。体温在数小时内升到高峰称为骤升,见于肺炎球菌性肺炎、疟疾;体温在数小时内逐渐上升,数日内达到高峰称为渐升,见于伤寒等。

2)高热持续期:特点是产热和散热在较高水平上趋于平衡,体温维持在较高水平。患者表现为颜面潮红、皮肤灼热、口唇干燥、呼吸和脉搏加快、尿量减少。

3)退热期:特点是散热增加,而产热趋于正常,体温恢复至正常的调节水平。此期患者表现为大量出汗和皮肤温度过低。退热方式有骤退和渐退两种。骤退时由于体温急剧下降,大量出汗丢失水分,年老体弱和心血管患者易出现血压下降、脉搏细速、四肢厥冷等循环衰竭的症状,应严密观察,及时给予处理。

(3)临床常见热型

稽留热:体温持续在39~40℃左右,达数日或数周,24小时波动范围不超过1℃。常见于肺炎球菌性肺炎、伤寒等。

弛张热:体温在39℃以上,24小时内温差在1℃以上,但体温最低时仍高于正常水平。常见于败血症、风湿热、化脓性疾病等。

间歇热:体温骤然升高至39℃以上,持续数小时或更长,然后下降至正常或正常以下,经过一个间歇,又反复发作,即高热期和无热期交替出现,常见于疟疾等。

回归热：体温骤升至 39℃ 或以上，持续数天后又骤降至正常水平。高热期与无热期各持续数天，后规律性交替进行。见于霍奇金病。

波状热：体温渐升达 39℃ 或以上，持续数天后又渐降至正常水平，数天后体温又渐升，如此反复多次。见于布氏杆菌病。

不规则热：发热无一定规律，且持续时间不定。常见于流行性感冒、癌性发热等。

2. 体温过低

体温在 35℃ 以下称为体温过低。常见于早产儿、重度营养不良及极度衰竭的患者。此外，如颅脑外伤、脊髓受损、药物中毒等导致的体温调节中枢功能受损也是造成体温过低的常见原因。

体温过低时患者常表现为躁动不安、嗜睡、昏迷，心跳、呼吸频率减慢、血压下降，皮肤苍白、四肢厥冷等。

二、脉搏的生理调节及异常脉搏的临床意义

在每一个心动周期中，由于心脏的收缩和舒张，动脉内的压力发生周期性变化，导致动脉管壁产生有节律的搏动，称为动脉脉搏，简称脉搏。

（一）脉搏的形成

当心脏收缩时，动脉管腔内压力增加，管壁扩张；心脏舒张时，压力降低，管壁弹性回缩。大动脉管壁随着心脏的这种节律性的舒缩，向外周血管传布，就形成了动脉脉搏。因此，正常情况下，脉率与心率是一致的，当脉搏微弱不易测定时，应测心率。

（二）正常脉搏及其生理变化

1. 脉率　即每分钟脉搏搏动的次数。正常成人在安静状态下，脉率为 60～100 次/分，脉搏易受以下因素影响：

（1）年龄：一般幼儿比成人快，老人较慢，各年龄组的平均脉率见表 4-2：

表 4-2 各年龄组的平均脉率

年龄	平均脉率(次/分)	年龄	平均脉率(次/分)	
			男	女
出生～1 个月	120			
1～12 个月	120	12～14 岁	85	90
3～6 个月	100	14～16 岁	80	85
6～12 个月	90	16～18 岁	75	80
		18～66 岁		72
		65 岁以上		75

(2)性别:女性比男性稍快,通常每分钟相差 5 次。

(3)情绪、活动:运动、情绪激动可使脉率增快;休息睡眠则脉率减慢。

2. 脉律 即脉搏的节律性,是心搏节律的反映。正常的脉搏搏动均匀规则,间隙时间相等。

3. 脉搏的强度 即血流冲击血管壁的力量强度的大小,也可称脉量。正常情况下每搏强弱相等。

(三)脉率异常

1. 心动过速 即成人脉率每分钟超过 100 次。常见于发热、甲状腺功能亢进、大出血等患者。一般体温每升高 1℃,成人脉搏每分钟约增加 10 次,儿童则增加 15 次。

2. 心动过缓 即成人脉率每分钟少于 60 次。常见于颅内压增高、房室传导阻滞、甲状腺功能减退等。

(四)节律异常

1. 间歇脉 在一系列正常规则的脉搏中,出现一次提前而较弱的脉搏,其后有一个较正常延长的间歇,称间歇脉搏。发生机制是心脏异位起搏点过早发生冲动而引起的心脏搏动提早出现,如每隔一个或两个正常搏动后出现一次期前收缩,则前者称二联律,后者称三联律,常见于各种器质性心脏病。

2. 脉搏短绌 其特点是心律完全不规则,心率快慢不一,心音强弱不等。发生机制是由于心肌收缩强弱不等,有些输出量少的搏动可产生心音,但不能引起周围血管的搏动造成脉率低于心率,常见于心房纤颤的患者。

（五）强弱异常

1. 洪脉 脉搏搏动强大有力,常见高热、甲状腺功能亢进、主动脉搏关闭不全等患者。

2. 丝脉 脉搏搏动细弱无力,如细丝,常见于心功能不全、大出血、休克患者。

3. 交替脉 节律正常而强弱交替出现的脉搏,为心肌损害的一种表现,常见于高血压性心脏病、冠状动脉粥样硬化性心脏病等患者。

4. 奇脉 吸气时脉搏明显减弱或消失称为奇脉,它是心包填塞的重要体征之一,常见于心包积液和缩窄性心包炎的患者。

三、呼吸的生理调节及异常呼吸的临床意义

机体在新陈代谢过程中,需要不断从外界环境中摄取氧气、并把自身产生的二氧化碳排除体外,这种机体与环境之间进行气体交换的过程,称为呼吸。

（一）正常的呼吸与生理变化

1. 正常呼吸 正常成人安静状态下呼吸为 $16\sim20$ 次/分,节律规则,频率及深浅度均匀、平稳,呼吸无声且不费力。呼吸与脉率比为 $1:4\sim1:5$。

2. 生理变化

(1)年龄:年龄越小呼吸越快,如新生儿呼吸约 44 次/分。

(2)性别:同年女性呼吸较男性稍快。

(3)运动、情绪、剧烈运动和强烈的情绪变化等可引起呼吸加快,而休息、睡眠时呼吸则减慢。

(4)其他:如血压变化较大时,可反射性影响呼吸中枢;环境

温度升高也可使呼吸加深、加快。

(二) 频率异常

1. 呼吸增快 呼吸频率每分钟超过 24 次称为呼吸过快，常见于发热、疼痛、甲状腺功能亢进症等。一般体温每升高 1℃，呼吸频率每分钟增快约 3～4 次。

2. 呼吸过缓 呼吸频率每分钟低于 12 次，称为呼吸减慢，常见于颅内压增高、巴比妥类药物中毒等患者。

(三) 深度异常

1. 深度呼吸 又称库斯莫呼吸，是一种深而规则的大呼吸，常见于糖尿病酮症酸中毒和尿毒症酸中毒等。

2. 浅快呼吸 是一种浅表而不规则的呼吸，有时呈叹息样。可见于呼吸肌麻痹、肺胸膜疾病者，也可见于濒死患者。

(四) 节律异常

1. 潮式呼吸 又称陈-施呼吸，是一种周期性的呼吸异常，周期可长达 30 秒～20 分钟，其表现为呼吸由浅慢变为深快，然后再由深快转为浅慢，再经一段呼吸暂停(约 5～30 秒)后，又开始重复以上的周期性变化，是呼吸中枢兴奋性减弱或高度缺氧的表现，多见于中枢神经系统疾病，如脑炎、脑膜炎、颅内压增高、巴比妥中毒等患者。

2. 间断呼吸 又称毕奥呼吸，表现为有规律的呼吸几次后，突然停止呼吸，间隔一个短时间后又开始呼吸，如此反复交替。多见于颅内病变、呼吸中枢衰竭。

(五) 声音异常

1. 蝉鸣样呼吸 即吸气时产生一种极高的似蝉鸣样音响，多因声带附近阻塞，空气吸入困难所致。常见于喉头水肿、喉头异物等。

2. 鼾声呼吸 由于气管或支气管内有较多的分泌物积蓄，使呼吸时发出一种粗大的鼾声，多见于昏迷患者。

(六) 呼吸困难

呼吸困难是指呼吸频率、节律和深浅度的异常，主要由于气体交换不足,机体缺氧所致,患者主观感到空气不足,客观上表现为呼吸费力,可出现发绀、鼻翼扇动、端坐呼吸、辅助呼吸肌参与呼吸活动。临床上可分为:

1. 吸气性呼吸困难　当上呼吸道部分梗阻时,气体进入肺部不畅,肺内负压极高,患者表现为吸气显著困难,吸气时间延长,有时出现三凹症(胸骨上窝、锁骨上窝、肋间隙凹陷)。多见于喉头水肿或气管、喉头异物等。

2. 呼气性呼吸困难　当下呼吸道部分梗阻时,气体呼出不畅,患者表现为呼气费力、呼气时间延长。多见于支气管哮喘、阻塞性肺气肿等。

3. 混合性呼吸困难　由于广泛性肺部病变使呼吸面积减少,影响换气功能,患者表现为吸气和呼气均费力,呼吸频率增加,常见于重症肺炎、广泛性肺纤维化、大面积肺不张、大量胸腔积液等。

四、血压的生理调节及异常血压的临床意义

血压是血液在血管内流动时对血管壁的侧压力,一般指动脉血压。当心脏收缩时,血液射入主动脉,此时动脉管壁所受的压力称为收缩压;当心脏舒张时,动脉管壁弹性回缩,此时动脉管壁所受的压力为舒张压。收缩压与舒张压之差称为脉压。

(一)血压的形成

在保证正常血压容量的前提下,心室泵血和外周阻力是形成血压的两个基本因素。心室泵血时所产生的能量一部分以动能的形式克服阻力推动血液流动,一部分以势能的形式使主动脉弹性扩张而储存起来。当心室舒张时,主动脉壁回位,再将势能转变为动能,推动心舒张期血液流动。外周阻力可以使血液滞留于血管内而形成压力。

(二)影响血压的因素

1. 心脏每搏输出量　在心率和外周阻力不变时,如每搏输

出量增大,心收缩期射入主动脉的血量增多,收缩压明显升高,而舒张压变化不大,因而脉压增大。收缩压的大小反映每搏输出量的大小。

2. 心率　在每搏输出量和外周阻力不变时,心率增快,心舒张期缩短,舒张末期主动脉内存留量增多,造成舒张压明显升高,但收缩压升高不如舒张压明显,因而脉压减小。因此,心率主要影响舒张压。

3. 外周阻力　在心输出量不变而外周阻力增大时,心舒张末期表现为主动脉中存留血量增多,舒张压明显升高;而在心收缩期,由于动脉血压升高,使血流速度加快,收缩压升高不明显,因而脉压减少。因此,舒张压的高低主要反映外周阻力的大小。

4. 血液的黏滞度　由组成血液的成分所决定,影响血液通过血管的难易程度,血液越黏稠,血压越高。

5. 动脉管壁的弹性　大动脉管壁的弹性对血压起缓冲作用,当血管弹性降低时,可致收缩压升高,舒张压降低,脉压增大。

6. 循环血容量　多数成人的循环血容量约为5000ml,且基本维持恒定。当血容量增加时,收缩压和舒张压均上升;反之,出血会使血容量下降,失血量占全身血容量的20%时,收缩压会下降30mmHg左右。

(三)正常血压及其生理性变化

1. 正常血压的范围　测量血压如无特别注明,均指肱动脉血压。正常成人安静状态下的血压范围:收缩压90～139mmHg,舒张压60～89mmHg,脉压30～40mmHg。

2. 血压的生理变化

(1)年龄与性别:血压随年龄增加而逐渐增高,并以收缩压升高更为显著。中年以前女性血压略低于男性,中年以后差别较小。

(2)昼夜和睡眠:通常清晨血压最低,然后逐渐升高,至傍晚血压最高,睡眠不佳时血压可偏高。

(3)环境:在寒冷环境中血压可上升,高温环境下血压可略下降。

(4)体位:立位血压高于坐位血压,坐位血压高于卧位血压,此种情况与重力引起的代偿机制有关。

(5)部位:一般右上肢血压约高于左上肢 $10\sim20\,mmHg$,下肢收缩压比上肢高 $20\sim40\,mmHg$(如用上肢袖带测量)。

(6)其他:情绪激动、紧张、恐惧、剧烈运动、疼痛等均可导致收缩压升高,舒张压一般无变化。饮酒、摄盐过多、应用药物等对血压也有影响。

(四)异常血压的临床意义

1. 高血压　收缩压 $\geqslant 140\,mmHg$ 和(或)舒张压 $\geqslant 90\,mmHg$。

2. 低血压　血压低于 $90/60\sim50\,mmHg$ 称为低血压。常见于大量失血、休克、急性心力衰竭等。

(五)脉压差变化

1. 脉压增大　常见于主动脉硬化、主动脉瓣关闭不全、甲状腺功能亢进。

2. 脉压减小　常见于心包积液、缩窄性心包炎等。

五、出入液量记录

正常人每天的液体摄入量与排出量保持动态平衡。当患者休克、大面积烧伤、大手术后或患有心脏病、肾病、肝硬化腹水等表现时,常需记录昼夜摄入和排出液量,以作为了解病情、协助诊断、决定治疗方案的重要依据。

(一)记录内容与要求

1. 每日摄入量　包括每日饮水量、食物中的含水量、输液量、输血量等,记录要准确、患者饮水容器应固定,并测定容量。凡固体食物应记录固体单位量及含水量,医院常用食物含水量表见表 4-3、表 4-4。

表 4-3 医院常用食物含水量表

食物	单位	原料重量(g)	含水量(ml)	食物	单位	原料重量(g)	含水量(ml)
米饭	1 中碗	100	240	馄饨	1 大碗	100	350
馒头	1 个	50	25	牛奶	1 袋	250	217
面条	1 大碗	100	250	蒸鸡蛋	1 大碗	60	260
油饼	1 个	100	25	牛肉		100	69
烧饼	1 个	50	20	猪肉		100	29
豆包	1 个	50	34	羊肉		100	59
菜包	1 个	50	25	青菜		100	92
饺子	1 个	10	20	大白菜		100	96
蛋糕	1 块	50	25	冬瓜		100	97
饼干	1 块	7	2	豆腐		100	90
油条		50	12	黄瓜		100	83
煮鸡蛋	1 个	100	73	西红柿		100	90

表 4-4 各种水果的含水量

名称	重量(g)	含水量(ml)	名称	重量(g)	含水量(ml)
西瓜	100	79	葡萄	100	65
苹果	100	68	柿子	100	58
桔子	100	54	香蕉	100	60
梨	100	71	菠萝	100	86
橙子	100	88	柚子	100	85
桃子	100	65	樱桃	100	67

2. 每日排出量 包括粪便量和尿量。对尿失禁的患者应采取接尿措施或留置导尿管,以使计量准确,能自行排尿者可记录其每次尿量,24 小时后总结,也可将每次排出尿液集中倒在

一容器内,定时测量记录。此外,对其他排出液,如胃肠减压吸出液、胸腹腔吸出液、呕吐液(呕血、痰液)、伤口渗出液等,也应作为排出量加以测量和记录。

(二)记录方法

1. 钢笔填写出入液量记录单的眉栏项目,如床号、姓名、日期等。

2. 出入液量记录,一律用蓝笔记录,药物写全名。

3. 出入液量总结,一般每日晚 7 时作 12 小时小结,次日晨 7 时做 24 小时总结,并用蓝钢笔填写在体温单的相应栏目内。

4. 记录应及时、准确、完整。

第五节　静脉输液与静脉输血

技术一　密闭式周围静脉输液法

静脉输液(intravenous infusion)是利用大气压和液体静压原理将大量无菌液体、电解质、药物等由静脉输入体内的方法,是临床常用的抢救和治疗措施之一。密闭式周围静脉输液法(peripheral superficial vein intubation)是主要的方法。

【目的】

1. 补充水分和电解质,维持和调节机体内环境的动态平衡。

2. 补充营养和能量。

3. 输入药物,治疗疾病。

4. 补充体液,增加循环血量,改善微循环,维持血压。

【评估】

1. 患者的一般情况、病情、心肺功能、输液目的等。

2. 患者既往用药情况、本次所注入静脉的药物性质、剂量及医嘱要求等。

3. 穿刺部位皮肤状况(有无破损、皮疹、感染)、静脉状况

（解剖位置、充盈度、弹性及滑动度）以及肢体活动度。

4.患者对静脉输液的认识、了解和配合程度，以及患者的心理状态。

【计划】

1.护理目标

(1)患者能说出此次输液的目的，愿意配合。

(2)患者在此次输液过程中未发生不良反应。

2.操作前准备

(1)护士准备：着装整齐，洗手，戴口罩，备齐用物。

(2)用物准备：一次性输液器、加药用注射器、无菌小纱布、胶布或输液贴、注射盘、按医嘱备输液溶液及药物，输液网套、启瓶器、输液卡、标签、止血带、治疗巾、弯盘、输液架，必要时备小夹板和绷带、手消毒液。

(3)环境准备：整洁、安静，温度适宜。

(4)患者准备：理解输液目的，按需要协助患者排尿、排便，取舒适体位（仰卧、侧卧或坐位）。

【实施】

1.操作流程

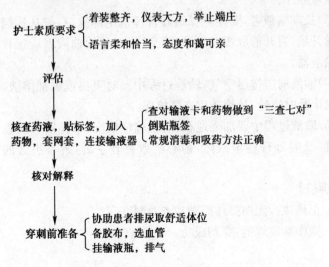

穿刺 ⎰选静脉→扎止血带→常规消毒穿刺部位→嘱患者握拳→
　　⎨再次核对及排气→绷紧皮肤进针，见回血再进少许→
　　⎱松止血带、松调节器、松拳→固定

调节滴数

再次核对，观察记录

安置患者，告知患者注意事项

清理用物，洗手

及时巡视观察 ⎰耐心听取患者主诉，观察局部皮肤状况及全身反应、
　　　　　　⎱液体滴数及导管通畅否，连续输液者及时更换输注溶液

输液完毕，及时拔针，按压片刻

整理床单位，协助患者取舒适卧位

清理消毒用物，洗手记录

2. 注意事项

(1)严格执行无菌操作原则和查对制度。

(2)根据病情需要、治疗原则、药物的性质及配伍禁忌,合理安排输液顺序。

(3)长期输液者,要注意保护和合理选用静脉,一般从远端小静脉开始,避开静脉瓣及关节;需 24 小时持续输液者应每日更换输液器。

(4)输液前应排尽空气,输液过程中及时更换或添加溶液,输注完毕及时拔针,杜绝造成空气栓塞。

(5)输液过程中要加强巡视,观察输注情况,掌握输入药物的速度,及时处理输液故障,耐心听取患者主诉,解答患者的询问。

【评价】

1. 正确执行无菌操作原则和查对制度。

2. 操作准确规范,穿刺成功。

3. 未出现局部及全身反应。

4. 治疗性沟通有效,患者愿意配合操作。

附1 成品输液的核对、包装与发放操作规程

一、成品输液的检查、核对操作规程

1. 检查输液袋(瓶)有无裂纹,液体应无沉淀、变色、异物等。

2. 进行挤压试验,观察输液袋有无渗漏现象,尤其是加药处。

3. 按输液标签内容逐项核对所用药液和空西林瓶与安瓿的药名、规格、用量等是否相符。

4. 核检非整瓶(支)用量的患者的用药剂量和标识是否相符。

5. 各岗位操作人员签名是否齐全,确认无误后核对者应当签名或盖签章。

6. 核查完成后,空安瓿等废弃物按规定进行处理。

二、合格的成品输液,用适宜的塑料袋包装,按病区分别放置于有病区标记的密闭容器内,送药时间及数量记录于送药登记本上。在危害药品的外包装上要有醒目的标记。

附2 输液反应及处理

一、发 热 反 应

处理:

1. 输液用具做好去除热原的处理。

2. 减慢输液速度或停止输液,并通知医生处理。

3. 对高热患者给予物理降温,必要时,给抗过敏药物或激素治疗。

4. 保留剩余溶液和输液橡胶管送检验室做细菌培养。

二、循环负荷过重(肺水肿)

处理:

1. 立即停止输液,通知医生处理。

2. 患者取端坐位,两腿下垂,以减少静脉回流,减轻心脏负担。

3. 加压给氧,可使肺泡内压力增高,减少肺泡内毛细血管漏出液的产生。同时氧气经过 20%～30%酒精湿化后吸入,酒精能降低肺泡泡沫表面张力,使泡沫破裂、消散,改善肺部气体交换,迅速减轻缺氧状况。

4. 按医嘱给予镇静、平喘、强心、利尿和扩血管药物,以稳定患者情绪、扩张周围血管,加速液体排出,减少回心血量,减轻心脏负荷。

5. 必要时可以进行四肢轮扎。用橡胶止血带或血压计袖带适当加压四肢以阻断静脉血流,动脉血仍能通过。约 5～10 分钟轮流放松一个肢体上的止血带。待症状缓解后,逐渐解除止血带。

三、静　脉　炎

处理:

1. 严格执行无菌操作,避免对血管刺激性大的药物溢出血管外,并有计划地更换注射部位。

2. 抬高患肢,局部用 95%酒精或 50%硫酸镁湿热敷。

3. 超短波理疗。

4. 如合并感染,根据医嘱给抗生素治疗。

四、空气栓塞

处理:

1. 立即让患者左侧卧位,有利于气体浮向左心室尖部,避免阻塞肺动脉入口。

2. 氧气吸入。

3. 加压输液、输血时,严密观察,护士不得离开病房。

五、药品不良反应

处理:

1. 通知主治医师,采取相应停药、对症治疗等措施。

2. 观察患者的反应,做出相应治疗,对严重不良反应,应积极组织救治。

3. 填写药品不良反应报告表,上报药品不良反应监测室。

技术二 静脉输血

静脉输血(intravenous blood transfusion)是将全血或某些成分血通过静脉输入体内的方法,是临床常用的抢救和治疗患者的技术之一。

【目的】

1. 补充血容量,增加心排出量,改善有效循环,纠正低血压。

2. 补充血红蛋白,提高携氧功能,纠正贫血。

3. 补充血小板和各种凝血因子,改善凝血,利于止血。

4. 增加白蛋白,纠正低蛋白血症;维持胶体渗透压,减少组织液渗出,减轻水肿,保持有效循环血量。

5. 输注补体和抗体,提高机体免疫力。

6. 刺激骨髓造血系统和网状内皮系统的功能。

【评估】

1. 患者的一般情况、病情、心肺功能、治疗情况等。

2. 输血目的、输血史(血型、交叉配血试验结果、是否发生输血反应)、此次输注血液制品的类型及医嘱要求等。

3. 穿刺部位皮肤状况、静脉血管状况以及肢体活动度。

4. 患者对输血治疗的认知水平、心理反应和合作程度。

【计划】

1. 护理目标

(1)患者能说出此次输血的目的,积极主动配合。

(2)患者达到此次预期输血目的,未发生输血反应。

2. 操作前准备

(1)护士准备:着装整齐,洗手,戴口罩,备齐用物。

(2)用物准备:①配血:静脉采血物品、试管、输血申请单。②输血:密闭式输血器一套、生理盐水、血制品,其余同静脉输液法。

(3)环境准备:清洁、安静,温度适宜。

(4)患者准备:理解输血目的,按需要协助患者排尿、排便,取舒适体位。

【实施】

1. 操作流程

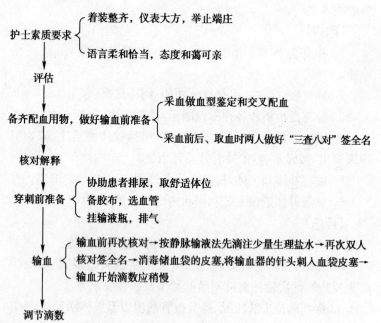

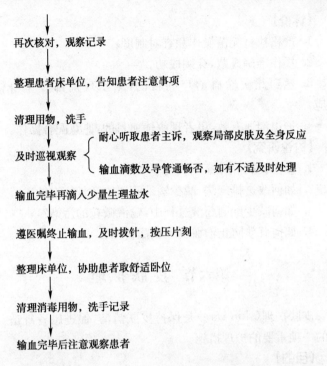

再次核对，观察记录

整理患者床单位，告知患者注意事项

清理用物，洗手

及时巡视观察 —— 耐心听取患者主诉，观察局部皮肤及全身反应

—— 输血滴数及导管通畅否，如有不适及时处理

输血完毕再滴入少量生理盐水

遵医嘱终止输血，及时拔针，按压片刻

整理床单位，协助患者取舒适卧位

清理消毒用物，洗手记录

输血完毕后注意观察患者

2. 注意事项

（1）充分认识安全输血的重要性，严格执行查对制度和操作程序，输血前须经两人核对无误后方可输入。

（2）保证血液质量，从血库取血后 30 分钟内输注，避免剧烈震荡。如用库血，必须认真检查库血质量，不可加温。

（3）输入两袋以上血液制品时，每袋血之间需输入少量生理盐水，待输血完毕，继续滴入少量生理盐水以把输液管内的全部血液输完。

（4）输注血液制品内不得加入其他药品，如钙剂等，以防血液凝集或溶血。

（5）输血过程中应加强巡视观察，尤其是输血开始后 10～15 分钟内，耐心听取患者主诉，如发现输血反应立即停止输血，报告医生配合处理，并保留余血和输血装置以供查找分析原因。

【评价】

1. 严格执行无菌操作和查对制度。

2. 操作准确规范,穿刺成功。

3. 达到此次输血治疗的目的,未出现局部及全身输血反应。

4. 护患沟通有效,患者理解输血目的,愿意配合操作。

【讨论研究】

1. 如何提高静脉穿刺成功率?

2. 如何改进排气法,减少输液管道中微量气泡的残留?

3. 如何减少配制药液过程中,输液微粒的污染?

4. 如何有效防止输血所致疾病传播?

第六节 皮肤护理

皮肤护理(skin care)是保持皮肤清洁,促进患者舒适与健康的一项重要的护理措施。

【目的】

1. 维持皮肤清洁,促进患者身心舒适,增进健康。

2. 促进血液循环,增强皮肤的排泄功能,预防皮肤感染和压疮等并发症的发生。

3. 观察了解患者的一般情况,增加肢体的主动与被动运动,防止肌肉挛缩和关节僵硬。

【评估】

1. 患者的一般情况、病情、躯体活动程度,自理能力等。

2. 患者皮肤的完整性、清洁度、清洁习惯等。

3. 患者对清洁卫生知识的知晓程度以及理解合作程度。

【计划】

1. 护理目标

(1)患者皮肤清洁,感觉舒适,无感染和压疮发生。

(2)患者及家属养成良好的清洁卫生习惯。

2. 操作前准备

(1)护士准备:着装整齐,洗手,戴口罩,备齐用物。

(2)用物准备:治疗盘内备毛巾、浴巾、清洁衣裤、爽身粉、剪刀或指甲钳、梳子、50％乙醇、皂液、扫床刷及套,面盆两个、水桶2只(一桶盛热水,一桶盛污水)、便盆及便盆布,所有用物放于护理车上。

(3)环境准备:调节室温 22～26℃,关闭门窗,用屏风遮挡患者。

(4)患者准备:全身状况良好,理解并配合操作,进食 1 小时后进行,以免影响消化。

【实施】

1. 操作流程

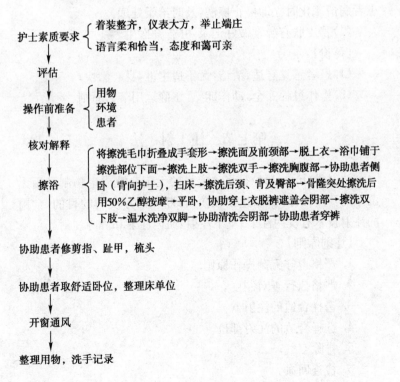

备注:擦洗方法、顺序及穿脱衣方法

（1）擦洗方法:先湿润皮肤,再用涂上肥皂的湿毛巾擦洗,然后用清洁湿毛巾擦净皂液,清洗、拧干毛巾后再次擦洗,大毛巾边按摩,边擦干;擦洗顺序:面部由内眦擦向外眦,四肢先近侧后远侧,擦净皮肤皱褶处。

（2）穿脱衣方法:先脱近侧,后脱对侧;肢体有疾患时,先脱健肢,后脱患肢,穿衣则反之。

2. 注意事项

（1）随时注意保暖,只暴露正在擦洗的部位,并注意保护患者隐私。

（2）认真擦净颈部、耳后、腋窝、腹胀沟等皮肤皱褶处。

（3）擦洗过程中,保持水温适宜,及时更换热水及清水。如患者病情变化时立即停止擦洗,及时给予处理。

（4）若皮肤有异常做好记录,并告知医生。

【评价】

（1）患者感觉舒适、清洁,无不适主诉,身心愉快;

（2）操作过程安全,动作娴熟,正确运用节力原则。

第七节 注 射 法

注射术(injection)是将一定量的无菌药液或生物制品用无菌注射器注入体内,以达到预防、诊断和治疗疾病的目的,常用的注射技术有皮内注射、皮下注射、肌内注射和静脉注射。

【注射原则】

1. 严格遵守无菌操作原则。

2. 严格执行查对制度。

3. 选择合适的注射器。

4. 选择合适的注射部位。

5. 排除空气。

6. 检查回血。

7. 掌握合适的进针深度。

8. 熟练掌握无痛注射技术。

技术一 皮内注射

皮内注射(intracutaneous injection)是将少量药液注入表皮和真皮之间的方法。常用部位为前臂掌侧下段和上臂三角肌下缘。

【目的】

1. 用于药物过敏试验,保证用药安全。

2. 局部麻醉的先驱步骤或用于疼痛治疗。

3. 预防接种。

【评估】

1. 患者的一般情况、病情、自理能力、合作程度、有无用药史和过敏史,目前的治疗和护理情况。

2. 注射部位的皮肤情况(皮肤颜色,有无皮疹、感染)。

3. 患者对皮内注射和此次注射药物的知晓程度以及患者的心理反应。

【计划】

1. 护理目标

(1)患者达到此次治疗的预期目的。

(2)患者能够理解皮内注射的目的和感受并愿意接受该项操作。

(3)患者无药物过敏反应发生。

2. 操作前准备

(1)护士准备:着装整齐,洗手,戴口罩,备齐用物。

(2)用物准备:注射盘、无菌 1ml 注射器、2ml 无菌注射器、按医嘱备注射用药(过敏试验时需备急救药品);75%酒精、棉签、砂轮、弯盘,注射单,手消毒液。

(3)环境准备:病室和治疗室安静、清洁、宽敞,温湿度适宜,符合无菌操作要求,注射室内有床或椅。

（4）患者准备：向患者讲解取得配合，仔细询问用药史和过敏史；选择合适的注射部位；协助患者取合适的体位。

【实施】

1. 操作流程

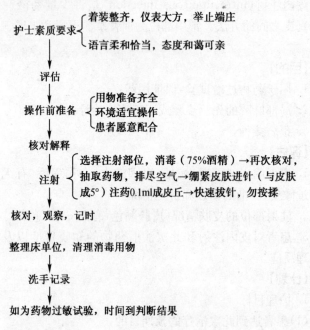

2. 注意事项

（1）做药物过敏试验前，询问患者家族史、用药史和过敏史，如有对所用药物过敏者，应不做皮试，并与医生联系。

（2）忌用碘酊消毒皮肤，以防试验结果与碘过敏反应混淆，不可用酒精棉签多次用力擦拭。

（3）把握好进针角度，以免药液注入皮下。

（4）注射部位的选择应避开瘢痕和皮肤红晕处。

（5）防止意外情况发生的注意事项，告知患者不宜空腹进行过敏试验，反应观察期间不可随意离开，及时告知异常情况和不适。

【评价】

1. 操作准确熟练，达到注射目的。

2. 严格执行无菌操作原则和查对制度。

3. 结果判断准确，记录及时。

4. 患者了解注射的方法、目的、操作过程、可能引起的不适和反应的观察方法，愿意配合。

技术二　皮下注射

皮下注射(subcutaneous injection)是将少量药液注入皮下组织的方法。常用部位有上臂三角肌下缘、腹部、后背和大腿外侧方。

【目的】

1. 需迅速达到药效和不能或不宜经口服给药时采用，如胰岛素。

2. 局部给药，如局部麻醉用药。

3. 预防接种疫苗。

【评估】

1. 患者的一般情况、病情、自理能力、合作程度，用药史、目前的治疗和护理情况。

2. 注射部位的皮肤情况(皮肤颜色，有无皮疹、瘢痕、硬结、炎症等)。

3. 患者对皮下注射和此次注射药物的知晓程度以及患者的心理反应。

【计划】

1. 护理目标

(1)患者达到此次治疗的预期目的。

(2)患者能够理解注射的目的和感受愿意配合该项操作。

(3)无药物不良反应发生。

2. 操作前准备

(1)护士准备：着装整齐，洗手，戴口罩，备齐用物。

（2）用物准备：注射盘、一次性无菌2～5ml注射器、按医嘱备注射药液，2％碘酊、75％酒精、棉签、砂轮、弯盘，注射单，手消毒液。

（3）环境准备：病室和治疗室安静、清洁、宽敞，温湿度适宜，符合无菌操作要求，注射室内有床或椅。

（4）患者准备：向患者讲解取得配合，了解用药史；选择合适的注射部位；协助患者取合适的体位。

实　施

1. 操作流程

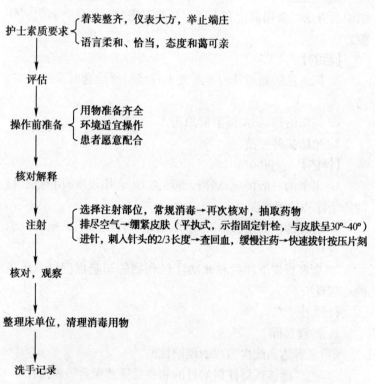

护士素质要求 { 着装整齐，仪表大方，举止端庄
语言柔和、恰当，态度和蔼可亲

↓

评估

↓

操作前准备 { 用物准备齐全
环境适宜操作
患者愿意配合

↓

核对解释

↓

注射 { 选择注射部位，常规消毒→再次核对，抽取药物
排尽空气→绷紧皮肤（平执式，示指固定针栓，与皮肤呈30º~40º）
进针，刺入针头的2/3长度→查回血，缓慢注药→快速拔针按压片刻

↓

核对，观察

↓

整理床单位，清理消毒用物

↓

洗手记录

2. 注意事项

（1）侧卧式持针时，示指只能固定针栓，不可触及针梗，以免污染。

(2)进针角度不宜超过 45°,以防刺入肌层。

(3)尽量避免用刺激性强的药物。

(4)长期皮下注射者,应建立交替注射部位计划,以免局部产生硬结,保证药物吸收的最好效果。

(5)胰岛素注射后不可热敷、按摩局部,注射后半小时内按时进食,指导患者低血糖反应的自我监测、预防和处理。

(6)注射少于 1ml 药液及胰岛素注射时,应选用 1ml 注射器抽吸药液,以保证药量准确无误。

【评价】

1. 操作准确熟练,达到注射目的。

2. 严格执行无菌操作原则和查对制度。

3. 患者了解注射的方法、目的、操作过程、可能引起的不适和反应的观察方法,愿意配合。

技术三　肌内注射

肌内注射(intramuscular injection)是将少量药液注入肌肉组织的方法,常选择肌肉组织较为丰富,与大血管和神经距离较远处,如臀大肌、臀中小肌、股外侧肌、上臂三角肌等部位。

【目的】

1. 不宜或不能作静脉注射,要求比皮下注射更迅速发生疗效时。

2. 用于注射刺激性较强或药量较大的药物。

【评估】

1. 患者的一般情况、病情、自理能力、合作程度,用药史、目前的治疗和护理情况。

2. 注射部位的皮肤及肌肉组织情况(皮肤颜色,有无皮疹、瘢痕、硬结、炎症等)。

3. 此次所用药物的量及性质。

4. 患者对肌内注射和此次注射药物的知晓程度,以及患者的心理反应。

【计划】

1. 护理目标

(1)患者达到此次治疗的预期目的。

(2)患者能够理解注射的目的和感受愿意配合该项操作。

(3)无药物不良反应发生。

2. 操作前准备

(1)护士准备:着装整齐,洗手,戴口罩,备齐用物。

(2)用物准备:注射盘、一次性无菌2～5ml注射器、按医嘱备注射药液,2%碘酊、75%酒精、棉签、砂轮、弯盘,注射单,手消毒液。

(3)环境准备:病室和治疗室安静、清洁、宽敞,温湿度适宜,符合无菌操作要求,注射室内有床或椅。

(4)患者准备:向患者讲解取得配合,选择合适的注射部位,协助患者取合适的体位(侧卧位、俯卧位、仰卧位、坐位等)。

【实施】

1. 操作流程

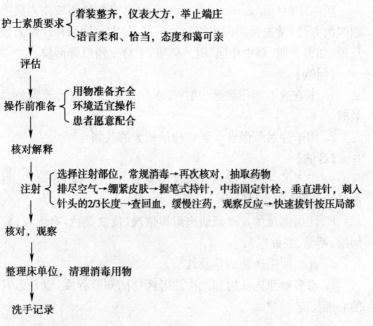

备注:注射部位定位方法及体位

(1)臀大肌注射两种定位法:①十字法:从臀裂顶点向左或向右侧各画一水平线,然后从髂嵴最高点作一垂线,将一侧臀部分为4个象限,其外上象限避开内角处为注射部位。②联线法:从髂前上棘与尾骨联线外上1/3处为注射部位。

(2)臀部注射时体位:侧卧位:下腿屈曲上腿伸直;俯卧位:足尖相对足跟分开;仰卧位:用于危重及不能翻身的患者;坐位:便于操作。

2. 注意事项

(1)注射时,针梗切勿全部刺入,以防患者不合作或躁动,使针梗从根部衔接处折断。

(2)两种以上药物同时注射,须注意药物配伍禁忌。

(3)2岁以下婴幼儿不宜用臀大肌注射,婴幼儿在未能独立行走前,臀部肌肉发育不完善,避免损伤坐骨神经,应选用臀中肌、臀小肌处注射。

【评价】

1. 操作准确熟练,达到注射目的。

2. 严格执行无菌操作原则和查对制度

3. 患者了解注射的方法、目的、操作过程、可能引起的不适和反应的观察方法,愿意配合。

4. 护患沟通有效。

技术四 静脉注射

静脉注射(intravenous injection)是从静脉注入药物,使药物通过血液循环到达全身,从而达到治疗疾病的目的。常用的静脉有:四肢浅静脉(肘部的贵要静脉、肘正中静脉、头静脉和手背、足背和踝部等静脉);小儿头皮静脉,股静脉,位于股三角区,股神经和股动脉内侧,为药物显效最快的途径。

【目的】

1. 药物不宜口服、皮下或肌内注射时,需要迅速发生药效。

2. 作诊断性检查,由静脉注入药物。

3. 用于静脉营养治疗,如内脏 X 线摄影。

4. 输液或输血。

【评估】

1. 患者的一般情况、病情、自理能力、合作程度,目前的治疗和护理情况。

2. 注射部位皮肤及静脉血管的情况。

3. 所注射药物的性质、作用及不良反应。

4. 患者的心理反应,对静脉注射的认识和注射药物的知晓程度。

【计划】

1. 护理目标

(1)患者达到此次治疗的预期目的。

(2)患者能够理解静脉注射的目的和感受愿意配合该项操作。

(3)无药物不良反应及穿刺局部疼痛、肿胀、感染等不良反应发生。

2. 操作前准备

(1)护士准备:着装整齐,洗手,戴口罩,备齐用物。

(2)用物准备:注射盘、无菌注射器(根据药量以及药物性质准备)、按医嘱备注射用药液,止血带、治疗巾、棉垫、2％碘酊、75％酒精、棉签、砂轮、弯盘,注射单,手消毒液。

(3)环境准备:病室和治疗室安静、清洁、宽敞,温湿度适宜,符合无菌操作要求,注射室内有床或椅。

(4)患者准备:向患者讲解取得配合,询问用药史及过敏史,选择合适的静脉,保暖,协助患者取合适的体位。

【实施】

1. 操作流程

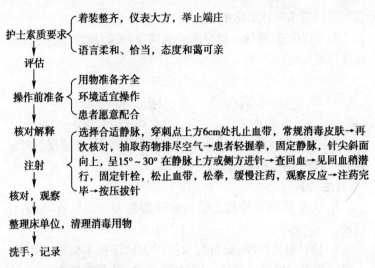

护士素质要求 —— 着装整齐，仪表大方，举止端庄

语言柔和、恰当，态度和蔼可亲

评估

操作前准备 —— 用物准备齐全
环境适宜操作
患者愿意配合

核对解释 —— 选择合适静脉，穿刺点上方6cm处扎止血带，常规消毒皮肤→再次核对，抽取药物排尽空气→患者轻握拳，固定静脉，针尖斜面向上，呈15°～30°在静脉上方或侧方进针→查回血→见回血稍潜行，固定针栓，松止血带，松拳，缓慢注药，观察反应→注药完毕→按压拔针

注射

核对，观察

整理床单位，清理消毒用物

洗手，记录

2. 注意事项

（1）根据药物性质及病情，掌握注入药物的速度，观察患者病情变化及注射局部情况，并随时听取患者主诉。

（2）长期静脉注射者要保护血管，有计划地使用静脉，按由远心端到近心端的顺序选择静脉血管进行注射。

（3）注射对组织有强烈刺激的药物，备一盛有无菌生理盐水的注射器和头皮针，穿刺后，先注入少量生理盐水，确认针头在血管内，再接上有药液的注射器进行注射，避免药液外溢于周围组织发生坏死。

（4）告知患者药物外渗的征象和预防处理措施。

【评价】

1. 严格执行无菌操作原则和查对制度。

2. 操作准确熟练，静脉穿刺成功，达到预期治疗目的。

3. 患者了解静脉注射的方法、目的、操作过程，愿意配合。

4. 无局部不良反应发生。

5. 护患沟通有效。

【讨论研究】

1. 不安全注射的危害是什么？患者、医务人员和公共卫生管理部门应采取什么防范措施？

2. 如何提高静脉注射穿刺的成功率，预防和治疗药液外渗和静脉炎？

第八节 导 尿 术

导尿（catheterization）是在严格无菌技术下，将导尿管经尿道插入膀胱引流尿液的方法。

【目的】

1. 为采用其他措施无效的尿潴留患者引流尿液，以减轻痛苦。

2. 协助临床诊断，如留取未受污染的尿标本做细菌培养；了解急危重症患者的尿量，观察肾脏功能；测量膀胱容量、压力及检查残余尿量，鉴别无尿及尿潴留；进行膀胱及尿道造影等。

3. 为下腹部或盆腔手术的患者术前和术中排空膀胱以免误伤膀胱，保持会阴部清洁干燥，促使膀胱功能恢复及切口愈合。

4. 为膀胱肿瘤患者进行膀胱内注入化疗药物。

【评估】

1. 患者的一般情况、病情、意识状态、诊断。

2. 患者的排尿状态、腹部触诊了解膀胱充盈度、观察尿道口解剖位置、会阴部清洁程度和皮肤黏膜情况、向医生了解导尿的目的。

3. 患者的心理反应、对导尿操作的理解和接受程度。

【计划】

1. 护理目标

（1）患者的尿潴留症状解决。

（2）患者能够理解导尿术的目的、方法和操作配合要求。

（3）患者无泌尿系感染及尿道黏膜损伤，未发生尿管堵塞或断裂。

2. 操作前准备

（1）护士准备：着装整齐，戴口罩，洗手，备齐用物。

（2）用物准备：消毒用物：无菌导尿包（导尿管、弯盘 2 个、镊子 1 把、内置棉球的小药杯 1 个、液状石蜡棉球瓶 1 个、纱布 2 块、洞巾 1 块、标本瓶）、治疗碗（内置棉球、镊子或血管钳）、无菌持物钳和容器、无菌手套、消毒溶液，男患者导尿时另备无菌纱布罐；消毒手套或指套、弯盘、小橡胶单和治疗巾（或一次性尿垫）、绒毯或浴巾、便盆及便盆巾、屏风。

留置导尿备一次性无菌气囊导尿管、20ml 注射器、无菌生理盐水、一次性无菌集尿袋、安全别针。

（3）环境准备：酌情关闭门窗，调节病室温度适宜，用床帘或屏风遮挡，无关人员回避，符合无菌操作环境。

（4）患者准备：患者及家属理解导尿的目的、过程和注意事项；指导患者配合操作的方法；协助患者清洗外阴。

女患者体位：取仰卧位→脱对侧裤腿→两腿屈膝、外展→大浴巾、盖被分别遮盖两腿→暴露会阴部，橡胶单及治疗巾垫臀下；男患者体位：双腿平放，略分开→脱裤至股部露出外阴，橡胶单及治疗巾垫臀下。

【实施】

1. 操作流程

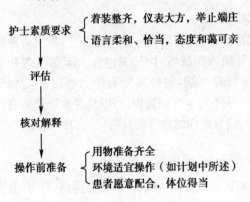

护士素质要求 ⎧ 着装整齐，仪表大方，举止端庄
　　　　　　 ⎩ 语言柔和、恰当，态度和蔼可亲

评估

核对解释

操作前准备 ⎧ 用物准备齐全
　　　　　 ⎨ 环境适宜操作（如计划中所述）
　　　　　 ⎩ 患者愿意配合，体位得当

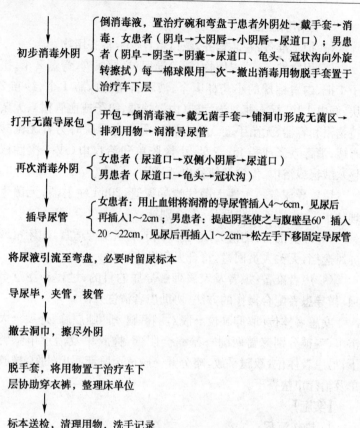

初步消毒外阴 — 倒消毒液，置治疗碗和弯盘于患者外阴处→戴手套→消毒：女患者（阴阜→大阴唇→小阴唇→尿道口）；男患者（阴阜→阴茎→阴囊→尿道口、龟头、冠状沟向外旋转擦拭）每一棉球限用一次→撤出消毒用物脱手套置于治疗车下层

打开无菌导尿包 — 开包→倒消毒液→戴无菌手套→铺洞巾形成无菌区→排列用物→润滑导尿管

再次消毒外阴 — 女患者（尿道口→双侧小阴唇→尿道口）男患者（尿道口→龟头→冠状沟）

插导尿管 — 女患者：用止血钳将润滑的导尿管插入4～6cm，见尿后再插入1～2cm；男患者：提起阴茎使之与腹壁呈60°插入20～22cm，见尿后再插入1～2cm→松左手下移固定导尿管

将尿液引流至弯盘，必要时留尿标本

导尿毕，夹管，拔管

撤去洞巾，擦尽外阴

脱手套，将用物置于治疗车下层协助穿衣裤，整理床单位

标本送检，清理用物，洗手记录

备注：留置导尿

留置气囊导尿管者，插管前检查气囊是否漏气，见尿后再插入 4～6cm；将导尿管插入膀胱后，向气囊内注入无菌生理盐水 10～15ml，立即夹紧气囊末端，轻拉导管有阻力感以证实导管已固定牢。膨胀的气囊不宜卡在尿道内口，以免气囊压迫膀胱内壁，造成黏膜的损伤；留置导尿的患者每日行尿道口护理两次。

2. 注意事项

（1）用物必须严格灭菌，严格执行无菌操作，预防尿路感染。

（2）向患者及家属耐心解释，操作环境要隐蔽，保护患者自尊。

（3）选择光滑、粗细适宜的导尿管,插管动作轻柔,避免损伤尿道黏膜。

（4）为女患者导尿时,若导尿管误入阴道应立即拔出,更换导尿管重新插入。

（5）对膀胱高度膨胀且极度虚弱的患者,第一次放尿不应超过 1000ml,因为大量放尿,可使腹腔内压力突然降低,大量血液滞留于腹腔血管内,引起患者血压突然下降产生虚脱;另外,膀胱突然减压,可引起膀胱黏膜急剧充血,发生血尿。

（6）告知患者翻身和下床活动时注意保持导尿管通畅避免受压、扭曲、堵塞等,并妥善固定导尿管及集尿袋,集尿袋不得超过膀胱高度并防止挤压。

【评价】

1. 操作方法熟练正确,符合无菌技术原则和操作规程,达到导尿的治疗目的。

2. 患者痛苦减轻,感觉舒适,安全。

3. 患者及家属理解导尿的目的、过程,积极配合操作。

4. 护患沟通有效,保护患者自尊,操作过程注意保暖,满足患者的生理和心理需要。

【讨论研究】

留置导尿的患者更换尿管的周期以及膀胱冲洗的必要性。

第九节　灌　肠　法

灌肠（enema）是将一定量的溶液由肛门经直肠灌入结肠,以帮助患者清洁肠道、排气排便或由肠道供给药物或营养,达到确定诊断或治疗的技术。

【目的】

1. 解除便秘、肠胀气。

2. 清洁肠道,为某些手术、检查或分娩作肠道准备。

3. 注入低温液体,为高热或中暑患者降温。

4. 稀释或清除肠道内有害毒物,减轻中毒。

5. 镇静、催眠和治疗肠道感染。

【评估】

1. 患者的一般情况、病情、意识状态、治疗情况。

2. 此次灌肠的目的。

3. 患者肛门部位皮肤黏膜情况、有无痔疮肛瘘等疾患、了解患者肠道有无病变。

4. 患者自理能力、排便习惯、对灌肠的心理反应以及合作及耐受程度。

5. 环境的隐蔽程度。

【计划】

1. 护理目标

(1)患者便秘及肠胀气症状减轻,感到舒适。

(2)患者能够理解灌肠的目的、方法和配合要求,主动配合该项操作。

2. 操作前准备

(1)护士准备:着装整齐,洗手,戴口罩,备齐用物。

(2)用物准备:一次性灌肠器一套或消毒灌肠筒、消毒肛管、血管钳、润滑剂、量杯、清洁手套、水温计、弯盘、棉签、卫生纸、橡胶单及治疗巾、便盆及便盆巾、输液架、屏风。

灌肠溶液:遵医嘱准备灌肠溶液。大量不保留灌肠:常用0.1%～0.2%肥皂液、生理盐水,成人每次用量为500～1000ml,小儿200～500ml,溶液温度以39～41℃为宜,降温时用28～32℃,中暑患者用4℃生理盐水;小量不保留灌肠:常用"1.2.3"溶液(50%硫酸镁30ml、甘油60ml、温开水90ml),甘油或液状石蜡50ml加等量温开水,各种植物油120～150ml,温度一般为38℃;清洁灌肠:常用溶液有镇静催眠用10%水合氯醛;肠道炎症用2%小檗碱或0.5%～1%新霉素或其他抗生素,药物剂量遵医嘱使用,灌肠溶液量不超过200ml,溶液温度39～41℃。

(3)环境准备:酌情关闭门窗,调节病室温度适宜,用床帘或屏风遮挡,无关人员回避。

(4)患者准备:患者及家属理解灌肠的目的、过程和注意事项;指导患者配合操作的方法;协助患者排尿,体位:左侧卧位(阿米巴痢疾者取右侧卧位)→臀齐床沿→脱裤至臀下→铺橡胶单及治疗巾。

【实施】

1. 操作流程

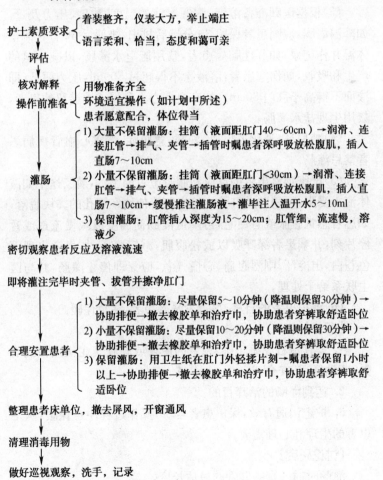

护士素质要求 ⎰ 着装整齐,仪表大方,举止端庄
　　　　　　⎱ 语言柔和、恰当,态度和蔼可亲

评估

核对解释
操作前准备 ⎰ 用物准备齐全
　　　　　　⎨ 环境适宜操作(如计划中所述)
　　　　　　⎩ 患者愿意配合,体位得当

灌肠
1) 大量不保留灌肠:挂筒(液面距肛门40～60cm)→润滑、连接肛管→排气、夹管→插管时嘱患者深呼吸放松腹肌,插入直肠7～10cm
2) 小量不保留灌肠:挂筒(液面距肛门<30cm)→润滑、连接肛管→排气、夹管→插管时嘱患者深呼吸放松腹肌,插入直肠7～10cm→缓慢推注灌肠液→灌毕注入温开水5～10ml
3) 保留灌肠:肛管插入深度为15～20cm;肛管细,流速慢,溶液少

密切观察患者反应及溶液流速

即将灌注完毕时夹管、拔管并擦净肛门

合理安置患者
1) 大量不保留灌肠:尽量保留5～10分钟(降温则保留30分钟)→协助排便→撤去橡胶单和治疗巾,协助患者穿裤取舒适卧位
2) 小量不保留灌肠:尽量保留10～20分钟(降温则保留30分钟)→协助排便→撤去橡胶单和治疗巾,协助患者穿裤取舒适卧位
3) 保留灌肠:用卫生纸在肛门外轻揉片刻→嘱患者保留1小时以上→协助排便→撤去橡胶单和治疗巾,协助患者穿裤取舒适卧位

整理患者床单位,撤去屏风,开窗通风

清理消毒用物

做好巡视观察,洗手,记录

备注：记录方法

灌肠后排便一次为 1/E；灌肠后无排便为 0/E；灌肠前后各排便一次为 1^1/E。

2. 注意事项

（1）认真执行查对制度，避免差错事故发生。

（2）正确评估患者，了解灌肠的目的和病变部位，以便掌握灌肠的卧位和插入肛管的深度。

（3）根据医嘱准备溶液，掌握溶液的温度、浓度、压力及量。如降温灌肠，应嘱患者保留 30 分钟后排出，排便后 30 分钟测量体温并作记录；如肝性脑病患者，禁用肥皂水灌肠，以减少氨的产生和吸收；如伤寒患者，溶液量不得超过 500ml，压力要低（即液面不得高于肛门 30cm）；如充血性心力衰竭或钠潴留的患者，禁用生理盐水灌肠。

（4）禁忌证：消化道出血、妊娠、急腹症、严重心血管疾病患者禁忌灌肠。

（5）严密观察患者的反应和倾听患者的主诉，灌肠途中如液体流入受阻，可稍转动肛管或挤捏肛管使堵塞管孔的粪块脱落；如患者感觉腹胀或有便意，可降低灌肠筒高度以减慢流速或暂停片刻，并嘱患者深呼吸以放松腹肌，减轻腹压；如患者出现面色苍白、出冷汗、剧烈腹痛、心慌气急，应立即停止灌肠，并与医生联系给予处理。

（6）维护患者的自尊，尽量少暴露患者，注意保暖。

【评价】

1. 操作流程熟练正确，患者的便秘或肠胀气症状减轻或消失，感觉舒适、安全。

2. 达到灌肠的治疗目的。

3. 护患沟通有效，保护患者自尊，操作过程注意保暖，满足患者的生理和心理需要。

【讨论研究】

灌肠时插入直肠肛管的最适长度。

第十节 临床常用实验室检查正常值及采集标本的注意事项

一、血标本检查正常值及采集标本的注意事项

【采血部位】

1. 毛细血管采血 成人常在指端,婴幼儿可用拇指或足跟,烧伤患者可选择皮肤完整处采血。采血部位应无炎症或水肿,采血时穿刺深度要适当,切忌用力挤压,防止不客观结果的出现。

2. 静脉采血 是自静脉抽取血标本的技术,用于测定血液中的某些成分为临床诊治提供依据。通常采用的部位有四肢浅静脉,如贵要静脉、正中静脉、头静脉等;深静脉,如股静脉等;小儿头皮静脉,如额静脉、枕静脉、耳后静脉等。

3. 动脉采血 是自动脉内抽取血标本的技术,常用于血气分析、采血做细菌培养时。多选择肱动脉、股动脉、桡动脉、足背动脉进行采血。

【采血时间】

1. 空腹采血 指在禁食 8 小时后空腹采取的标本,一般是在晨起早餐前采血,常用于临床生化检查。

2. 特定时间采血 因检查目的不同而有不同的要求。

3. 急诊采血 不受时间限制。

【常用抗凝剂】

1. 草酸盐 与血中钙离子结合形成不溶性草酸钙而起抗凝作用。2mg 草酸盐可抗凝 1ml 血液。常用的草酸盐为草酸钠、草酸钾等。

2. 枸橼酸钠 常用于临床血液学检查、红细胞沉降率、血液凝固检验以及输血。每毫升血液需 5mg。

3. 肝素 主要作用是抑制凝血酶原转化成凝血酶,使纤维

蛋白原不能转化为纤维蛋白。除有些凝血机制的检验项目外，适用于大多数实验诊断的检查。0.1～0.2mg 可抗凝 1ml 血液。

4. 乙二胺四乙酸二钠　与钙离子结合而抗凝。1ml 血液需用 1～2mg，适用于多项血液学检验。

【标本类型】

1. 全血标本　测量血浆中某些物质的含量，如肌酐、肌酸、尿素氮、血糖。

2. 血清标本　常用于测定血清酶、脂类、电解质及肝肾功能等。

3. 血培养标本　培养检测血液中的病原菌等。

【常见的不合格血标本】

1. 凝血血样　指抗凝类采血管采集血样后出现不同程度的纤维蛋白析出或出现血凝块的标本。

(1)显性凝血标本：血样中具有肉眼可见的血凝块或纤维蛋白团的标本称为显性凝血标本。

(2)隐性凝血标本：在全血血样中出现纤维蛋白的标本称为隐性凝血标本。

2. 溶血血样　指血液标本在采集、抗凝、贮存、传输过程中出现红细胞、白细胞破裂，造成血细胞成分释放到血浆或血清中的标本。

(1)显性溶血标本：由于红细胞破裂、血红素释放而使血清泛红的标本称为显性溶血标本。

(2)隐性溶血标本：由于白细胞和血小板被破坏、使血清发生轻度混浊的标本称为隐性溶血标本。

3. 血细胞附壁　指血液标本经离心处理后，部分纤维蛋白原被激活，形成的纤维蛋白以网状结构纠集部分血细胞附着于试管壁上。

【采集静脉血注意事项】

1. 根据检验目的正确选择适宜的标本容器并计算出所需

采血量。

2. 采集血标本的方法、时间要正确,需空腹采血时,应提前通知患者。

3. 如穿刺失败,应重新穿刺,并更换部位及注射器。

4. 严禁在输液、输血的针头处抽取血标本,正在输液的患者最好在对侧肢体采集并注明所输液体。

5. 如同时抽取不同种类的血标本,应先注入培养瓶,再注入抗凝试管,最后注入干燥试管。

6. 全血标本应轻轻摇动,充分混匀,避免剧烈晃动,其他标本根据标本容器的种类酌情摇动。

7. 血培养标本容器不可混入消毒液、防腐剂及药物,以免影响检验结果;标本应在使用抗生素前采集,如已使用应在检验单上注明抗生素的名称及使用时间。

8. 采血管内的液面要低于穿刺点,要以血液液面不动时方可退出,以免影响采血量而影响检验记录。

9. 采血所用注射器和容器必须干燥,抽血时避免产生大量气泡,血清标本应将血液沿管壁缓缓注入试管内。

【采集动脉血注意事项】

1. 消毒面积应较静脉穿刺大,严格无菌操作,预防感染。

2. 穿刺部位应压迫止血至不出血为止。

3. 如饮热水、洗澡、运动,需休息 30 分钟后再采血,避免影响结果。

4. 做血气分析时注射器内勿有空气。

5. 有出血倾向者慎用。

6. 吸氧者须在化验单上注明吸氧浓度或流量。

7. 隔绝空气,及时送检,保证检验效果。

8. 不能立即送检时,可放置在 4℃ 的冰箱内保存,但不能超过 2 小时。

随着现代医学的发展,诊断疾病的方法日益增多,但综合分析临床症状、体征和化验结果仍为最基本的临床诊断方法。可见,化验是诊断疾病不可或缺的重要检查方法之一,其结果直接影响疾病的诊断、治疗和抢救,而结果的准确性与标本采集的质量关系密切。护士应掌握正确采集各种标本的方法,以提高检验准确度。

【血液标本的采集】

评估:

1. 评估患者的一般情况、病情及目前诊断和治疗情况。

2. 明确患者需做的检查项目,决定血标本种类、采血量及是否需要特殊准备。

3. 患者穿刺部位皮肤及血管情况。

4. 患者对血标本采集的认知程度、心理反应及合作程度。

计划:

1. 护理目标

(1)采集血标本的方法正确,操作熟练。

(2)患者理解操作的目的、方法,愿意配合操作。

(3)患者无不良反应发生。

2. 操作前准备

(1)护士准备:着装整齐,洗手,戴口罩,备齐用物,做好个人防护。

(2)用物准备:按需备一次性注射器、标本容器(抗凝管、干燥试管或血培养皿)、2％碘酊、75％乙醇、棉签、止血带、橡胶单和治疗巾、检验单(标明病室、床号、姓名)、无菌手套、乙醇和火柴(采集血培养标本时用)、留取血气分析标本备一次性采血针等。

(3)患者准备:患者理解采血的目的、操作配合要求及注意事项,采血局部清洁。

(4)环境准备:病室或治疗室整洁、宽敞、明亮,符合无菌操作要求。

实施:

操作流程:

650

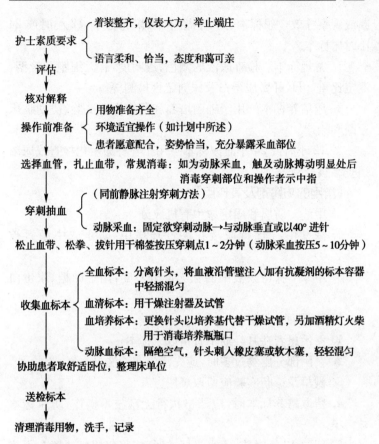

护士素质要求
　　着装整齐，仪表大方，举止端庄
　　语言柔和、恰当，态度和蔼可亲

评估

核对解释

操作前准备
　　用物准备齐全
　　环境适宜操作（如计划中所述）
　　患者愿意配合，姿势恰当，充分暴露采血部位

选择血管，扎止血带，常规消毒：如为动脉采血，触及动脉搏动明显处后
　　　　　　　　　　　　　　　　消毒穿刺部位和操作者示中指

穿刺抽血
　　（同前静脉注射穿刺方法）
　　动脉采血：固定欲穿刺动脉→与动脉垂直或以40°进针

松止血带、松拳、拔针用干棉签按压穿刺点1～2分钟（动脉采血按压5～10分钟）

收集血标本
　　全血标本：分离针头，将血液沿管壁注入加有抗凝剂的标本容器
　　　　　　　中轻摇混匀
　　血清标本：用干燥注射器及试管
　　血培养标本：更换针头以培养基代替干燥试管，另加酒精灯火柴
　　　　　　　　用于消毒培养瓶瓶口
　　动脉血标本：隔绝空气，针头刺入橡皮塞或软木塞，轻轻混匀

协助患者取舒适卧位，整理床单位

送检标本

清理消毒用物，洗手，记录

评价：

1. 严格遵守无菌操作原则。

2. 采集标本的方法熟练正确，符合检验项目要求，及时送检。

3. 护患沟通有效，患者了解操作方法、目的和注意事项，积极配合操作。

二、尿标本检查正常值及采集标本的注意事项

【标本类型】

采集尿标本作物理、化学、细菌学检查，以了解病情，协助诊

断或观察疗效。尿标本分为常规标本、培养标本、12 小时或 24 小时尿标本。

1. 常规标本 检查尿液的颜色、透明度,有无细胞及管型,测定比重、pH,并做尿蛋白及尿糖定性检测等。

2. 尿培养标本 用于细菌培养和药物敏感试验,协助临床诊断和治疗。

3. 12 小时或 24 小时尿标本 用于各种尿生化检查或尿浓缩查结核杆菌等。

【常用的防腐剂及其作用】

1. 甲醛 防腐和固定尿中有机成分。

2. 浓盐酸 保持尿液在酸性环境中,防止尿中激素被氧化。

3. 甲苯 保持尿液中的化学成分不变,用于尿糖、尿蛋白检测。

【注意事项】

1. 女性患者在月经期不宜留取尿标本。

2. 会阴部分泌物过多时,应先清洁或冲洗再收集。

3. 做早孕诊断实验应留取晨尿。

4. 留取培养标本时,应严格执行无菌技术操作,防止标本被污染。

5. 留取 12 小时或 24 小时标本时,应将集尿瓶放置在阴凉处,并根据检验要求在瓶内加防腐剂。

6. 昏迷、尿潴留、尿失禁、不合作的患者可用导尿术留取各种标本。

7. 为避免尿液久放变质,应将集尿瓶置于阴凉处。

【尿标本的采集】

评估:

1. 患者一般情况、病情、临床诊断和治疗情况。

2. 患者需做的检查名称,目的和项目。

3. 患者的心理反应,对尿标本采集的知晓程度以及理解合作程度。

计划：

1. 护理目标

（1）留取标本方法正确，达到此次检验的目的。

（2）患者掌握留取尿标本的方法、目的和注意事项，表示理解并愿意配合操作。

2. 操作前准备

（1）护士准备：着装整齐，洗手，戴口罩，备齐用物，做好个人防护。

（2）用物准备：标本容器：尿培养标本采集需备无菌导尿用物、无菌有盖标本容器、屏风，12 小时或 24 小时尿标本采集需备集尿瓶（容量 3000～5000ml）、防腐剂，检验单（标明病室、床号、姓名、检验类目），必要时备便盆或尿壶、清洁手套。

（3）患者准备：了解标本采集的方法、目的和注意事项。

（4）环境准备：清洁、安静、光线适宜、环境隐蔽。

实施：

操作流程：

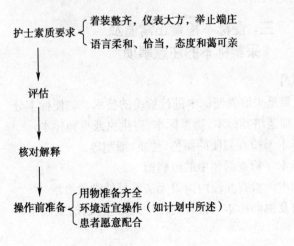

标本留取

1）尿液分析标本采集：可下床者，嘱患者自行留取；卧床者，协助留取适量；留置导尿者，集尿袋引流处收集；尿失禁者，用尿袋协助留取适量（尿标本留取约30ml左右的尿液于容器内）

2）尿培养标本采集：按导尿术清洁消毒外阴和尿道口→前段尿液排入便盆，再留取30ml中段尿液在无菌标本容器内，盖好容器，余尿排在便盆内→清洁外阴，协助患者穿好裤子，整理床单位

3）12小时或24小时尿标本采集：集尿器上贴标签，加入防腐剂，注明留取尿液的起止时间→向患者解释方法、目的和注意事项→24小时尿标本患者于7am排空膀胱后，开始留取尿标本，至次日7am最后一次尿液。12小时尿标本则于7pm排空膀胱留取尿液至次日7am

整理消毒用物，及时送检

洗手，做好记录

评价：

1. 尿液标本采集方法正确,符合检查的项目。

2. 患者掌握尿标本采集的目的、方法和注意事项,配合良好。

3. 护患沟通融洽。

三、便标本检查正常值及采集标本的注意事项

【标本类型】

便标本采集是采取粪便标本进行检验的技术。粪便标本分为：常规标本、细菌培养标本、隐血标本、寄生虫或虫卵标本。

1. 常规标本　检查粪便的颜色、性质、细胞等。

2. 培养标本　检查粪便中的致病菌

3. 隐血标本　检查粪便内肉眼无法看见的微量血液。

4. 寄生虫及虫卵标本　检查粪便中的寄生虫、幼虫及虫卵计数检查。

【注意事项】

1. 根据检验目的选择适当的方法和容器。

2. 采集培养标本,如患者无便意时,可用无菌长棉签蘸0.9%的生理盐水溶液,由肛门插入 6～7cm,顺一个方向轻轻旋转后退出,将棉签置于培养瓶内,盖紧瓶塞。

3. 采集隐血标本时,嘱患者检查前三天禁食肉类、动物肝、血和含铁丰富的药物、食物、绿叶蔬菜,三天后收集标本,以免影响检验结果。

4. 采集寄生虫标本时,如患者服用过驱虫药或作血吸虫孵化检查,应该留取全部粪便,同时标本应及时送检。

5. 检查阿米巴原虫,在采集标本前几天,不应给患者服用钡剂、油质或含金属的泻剂,以免金属制剂影响阿米巴虫卵或胞囊的显露。

6. 患者腹泻时的水样便应盛于容器中送检。

7. 大便培养标本应防止被污染。

【粪便标本采集】

评估:

1. 了解患者的一般情况、病情、临床诊断和治疗情况。

2. 明确需做的检查项目,要收集的粪便标本类型。

3. 患者对粪便标本采集目的、方法和注意事项的知晓程度,患者的心理状态和合作程度。

计划:

1. 护理目标

(1)留取标本方法正确,达到此次检验的目的。

(2)患者掌握留取粪便标本的方法、目的和注意事项,表示理解并愿意配合操作。

2. 操作前准备

(1)护士准备:着装整齐,洗手,戴口罩,备齐用物,做好个人防护。

(2)用物准备:清洁便盆、检便盒(内附无菌棉签或检便匙)、寄生虫标本另备透明胶带和载玻片、检验单（标明检验项目、病室、床号、姓名）。

（3）患者准备：了解标本采集的方法、目的和注意事项。

（4）环境准备：清洁、安静、光线适宜、环境隐蔽。

实施：

操作流程

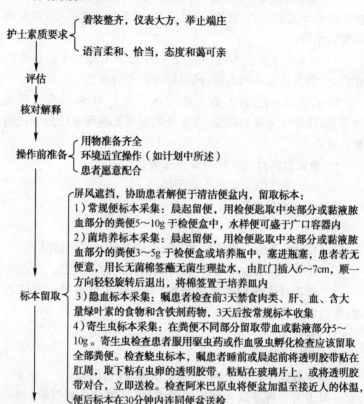

护士素质要求 ——
- 着装整齐，仪表大方，举止端庄
- 语言柔和、恰当，态度和蔼可亲

评估

核对解释

操作前准备 ——
- 用物准备齐全
- 环境适宜操作（如计划中所述）
- 患者愿意配合

标本留取 ——
屏风遮挡，协助患者解便于清洁便盆内，留取标本：

1）常规便标本采集：晨起留便，用检便匙取中央部分或黏液脓血部分的粪便5～10g于检便盒中，水样便可盛于广口容器内

2）菌培养标本采集：晨起留便，用检便匙取中央部分或黏液脓血部分的粪便3～5g于检便盒或培养瓶中，塞进瓶塞，患者若无便意，用长无菌棉签蘸无菌生理盐水，由肛门插入6～7cm，顺一方向轻轻旋转后退出，将棉签置于培养皿内

3）隐血标本采集：嘱患者检查前3天禁食肉类、肝、血、含大量绿叶素的食物和含铁剂药物，3天后按常规标本收集

4）寄生虫标本采集：在粪便不同部分留取带血或黏液部分5～10g。寄生虫检查患者服用驱虫药或作血吸虫孵化检查应该留取全部粪便。检查蛲虫标本，嘱患者睡前或晨起前将透明胶带贴在肛周，取下粘有虫卵的透明胶带，粘贴在玻璃片上，或将透明胶带对合，立即送检。检查阿米巴原虫将便盆加温至接近人的体温，便后标本在30分钟内连同便盆送检

整理床单位，及时送检标本

清理消毒用物，洗手，做好记录

评价：

1. 患者掌握粪便标本采集的目的、方法和注意事项，配合

良好。

2. 粪便标本采集方法正确,符合检查的项目。

3. 注意与患者之间的交流,患者能配合操作。

四、痰标本检查正常值及采集标本的注意事项

【标本类型】

痰液是气管、支气管和肺泡所产生的分泌物,正常情况下很少。痰液检查分为常规标本、培养标本和 24 小时痰标本三种。

1. 常规标本 采集痰标本做涂片,检查细菌、虫卵或癌细胞。

2. 24 小时痰标本 检查 24 小时的痰量并观察痰液的性状、颜色、气味以协助诊断。

3. 痰培养标本 检查痰中的致病菌,为选择抗生素提供依据。

【常用的标本容器】

容器要求:清洁、透明、有刻度标识。

1. 有咳痰能力的患者 痰盒,无菌痰盒、广口带盖、透明、容量较大的容器。

2. 无咳痰能力的患者 集痰器。

【注意事项】

1. 根据检查目的选择适宜容器,如查癌细胞可用 10％甲醛或 95％的酒精溶液固定痰液后送检。

2. 查癌细胞或痰培养应立即送检。

3. 不可将唾液、漱口水、鼻涕等混入痰中。

4. 收集痰液的时间宜选择在清晨,此时痰量较多,其内细菌也较多。

【痰标本采集】

评估:

1. 患者的一般情况、病情、临床诊断和治疗情况。

2. 明确需做的检查项目,要收集的痰液标本类型。

3. 患者对痰液标本采集目的、方法和注意事项的知晓程度,患者的心理状态和合作程度。

计划:

1. 护理目标

(1)留取标本方法正确,达到此次检验的目的。

(2)患者掌握留取标本的方法、目的和注意事项,表示理解并愿意配合操作。

2. 操作前准备

(1)护士准备:着装整齐,洗手,戴口罩,备齐用物,做好个人防护。

(2)用物准备:患者能自行留痰者:标本容器(常规标本备痰盒或广口瓶,痰培养标本备无菌容器及漱口溶液200ml,24小时痰标本备广口集痰器)、检验单(标明科室、床号、姓名、住院号、检查项目、送检日期时间),患者无法咳痰或不合作者另备集痰器、吸痰用物(吸引器、吸痰管)、生理盐水、手套。

(3)患者准备:了解标本采集的方法、目的和注意事项。

(4)环境准备:清洁、安静、光线适宜。

实施:

操作流程:

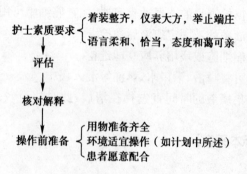

留取标本

1）常规标本留取：能自行留痰者晨起未进食前先漱口，数次深呼吸后用力咳出气管深处的痰液，盛于痰盒内，盖好痰盒→给予漱口或口腔护理，无法咳痰或不合作者，协助患者取合适卧位，由下向上叩击患者背部→用集痰器和吸引器按吸痰法将痰吸入集痰器

2）痰培养标本留取：能自行留痰者患者晨起后，未进食前先用漱口溶液漱口→用清水漱口，数次深呼吸后用力咳出气管深处的痰液于无菌集痰器内，盖好瓶盖→给予漱口或口腔护理，无法咳痰或不合作者协助患者取合适卧位，由下向上叩击患者背部→戴好无菌手套，用无菌集痰器和吸引器按吸痰法将痰吸入无菌集痰器内，加盖

3）24小时痰标本：在广口集痰器内加少量清水→从晨起7am未进食前漱口后第一口痰开始留取，次日晨7am未进食前漱口后第一口痰结束，将24小时的全部痰液收集入集痰器内→给予漱口或口腔护理

整理床单位，及时送检标本

清理消毒用物，洗手，做好记录

评价：

1. 痰标本采集方法正确，符合检查的项目，痰培养标本严格按照无菌操作进行。

2. 患者掌握痰标本采集的目的、方法和注意事项，配合良好。

3. 注意与患者之间的交流，患者能配合操作。

五、咽拭子培养标本的注意事项

【目的】

从咽部及扁桃体采分泌物做细菌培养或病毒分离，以协助诊断。

【注意事项】

1. 做真菌培养时，须在口腔溃疡面上采集分泌物。

2. 棉签不要触及试管口及其他部位，避免标本污染，影响检验结果。

3.采集过程中,容器应保持无菌。

4.避免交叉感染。

5.避免在进食后 2 小时内取标本,同时动作敏捷而轻柔,避免刺激咽部,引起呕吐。

六、常用化验检查的正常值

(一)红细胞计数(RBC)

[正常参考值]男:$4.0\sim5.5\times10^{12}/L$;女:$3.5\sim5.0\times10^{12}/L$;新生儿 $6.0\sim7.0\times10^{12}/L$。

[临床意义]红细胞减少多见于各种贫血,如急性、慢性再生障碍性贫血、缺铁性贫血等。红细胞增多常见于身体缺氧、血液浓缩、真性红细胞增多症、肺气肿等。

(二)血红蛋白测定(Hb)

[正常参考值]男:$120\sim160g/L$;女:$110\sim150g/L$;新生儿:$170\sim200g/L$。

[临床意义]血红蛋白减少多见于各种贫血,如急性、慢性再生障碍性贫血、缺铁性贫血等。血红蛋白增多常见于身体缺氧、血液浓缩、真性红细胞增多症、肺气肿等。

(三)白细胞计数(WBC)

[正常参考值]成人:$(4\sim10)\times10^9/L$;新生儿:$(15\sim20)\times10^9/L$。

[临床意义]生理性白细胞增高多见于剧烈运动、进食后、妊娠、新生儿。另外采血部位不同,也可使白细胞数有差异,如耳垂血比手指血的白细胞数平均要高一些。病理性白细胞增高多见于急性化脓性感染、尿毒症、白血病、组织损伤、急性出血等。病理性白细胞减少见于再生障碍性贫血、某些传染病、肝硬化、脾功能亢进、放疗化疗等。

(四)白细胞分类计数(DC)

[正常参考值]

中性杆状核粒细胞:$0.01\sim0.05(1\%\sim5\%)$

中性分叶核粒细胞:0.50～0.70(50%～70%)

嗜酸性粒细胞:0.005～0.05(0.5%～5%)

嗜碱性粒细胞:0～0.01(0～1%)

淋巴细胞:0.20～0.40(20%～40%)

单核细胞:0.03～0.08(3%～8%)

[临床意义]

中性杆状核粒细胞增高见于急性化脓性感染、大出血、严重组织损伤、慢性粒细胞膜性白血病及安眠药中毒等。

中性分叶核粒细胞减少多见于某些传染病、再生障碍性贫血、粒细胞缺乏症等。

嗜酸性粒细胞增多见于牛皮癣、天疱疮、湿疹、支气管哮喘、食物过敏,及一些血液病及肿瘤,如慢性粒细胞性白血病、鼻咽癌、肺癌以及宫颈癌等。

嗜酸性粒细胞减少见于伤寒、副伤寒早期、长期使用肾上腺皮质激素后。

淋巴细胞增高见于传染性淋巴细胞增多症、结核病、疟疾、慢性淋巴细胞白血病、百日咳、某些病毒感染等。

淋巴细胞减少见于淋巴细胞破坏过多,如长期化疗、X线照射后及免疫缺陷病等。

单核细胞增高见于单核细胞白血病、结核病活动期、疟疾等。

(五) 血小板计数(PLT)

[正常参考值] $100～300×10^9/L$

[临床意义] 血小板计数增高见于血小板增多症、脾切除后、急性感染、溶血、骨折等。血小板计数减少见于再生障碍性贫血、急性白血病、急性放射病、原发性或继发性血小板减少性紫癜、脾功能亢进、尿毒症等。

(六) 红细胞沉降率(ESR)

[正常参考值] 男性:0～15mm/h;女性:0～20mm/h。

[临床意义] 血沉生理性增快:12岁以下的儿童、60岁以上

的高龄者、妇女月经期、妊娠 3 个月以上。血沉病理性增快：各种炎症性疾病，如风湿热、结核病；组织损伤及坏死，如急性心肌梗死；恶性肿瘤；其他，如淋巴瘤、系统性红斑狼疮、糖尿病等。血沉减慢：见于严重贫血、球形红细胞增多症等。

（七）出血时间（BT）

［正常参考值］(6.9±2.1)分钟，超过 9 分钟为异常。

［临床意义］出血时间延长见于血小板明显减少；血小板功能异常；严重缺乏血浆某些凝血因子；血管异常；药物影响，如抗凝药和溶栓药。

（八）凝血时间（CT）

［正常参考值］试管法：4～12 分钟；硅管法：15～32 分钟；塑料试管法：10～19 分钟。

［临床意义］CT 延长见于因子Ⅷ、Ⅸ、Ⅺ明显减少；凝血酶原、因子Ⅴ、Ⅹ重度减少；纤维蛋白原严重减少；应用肝素、口服抗凝药时；纤溶亢进使纤维蛋白原降解增加时；循环抗凝物质增加；DIC 时。CT 缩短见于高凝状态，但敏感度差。

（九）血肌酐（Cr）

［正常参考值］成人血清 Cr 正常值：男性 53～106umol/L，女性 44～97umol/L。

［临床意义］血 Cr 持续增高时，是肾脏器质性损害的指标。

（十）血尿素氮（BUN）

［正常参考值］成人正常值 3.2～7.1mmol/L，婴儿、儿童 1.8～6.5mmol/L。

［临床意义］BUN 增高表示：各种原因导致的慢性肾衰竭；严重脱水等导致的血容量不足、肾血流量减少灌注不足导致的少尿；蛋白质分解或摄入过多。

（十一）谷丙转氨酶（ALT）、**谷草转氨酶**（AST）

［正常参考值］10～40u/L。

［临床意义］见于急慢性病毒性肝炎、酒精性肝炎等非病毒性肝炎、肝硬化、肝内外胆汁淤积等。当谷丙转氨酶（ALT）明

显升高,谷草(AST)/谷丙(ALT)比值>1时,就提示有肝实质的损害。

(十二)碱性磷酸酶(ALP)

［正常参考值］女性:1~12岁<500u/L;15岁以上:40~150u/L

男性:1~12岁<500u/L;12~15岁<700u/L;25岁以上:40~150u/L。

［临床意义］碱性磷酸酶(ALP)主要用于阻塞性黄疸、原发性肝癌、继发性肝癌、胆汁淤积性肝炎等的检查。

(十三)血清总胆红素

［正常参考值］成人总胆红素的正常值为3.4~17.1μmol/L临床上主要用于诊断肝脏疾病和胆道梗阻。

(十四)血糖

［正常参考值］3.9~6.1mmol/L。

［临床意义］生理性增高见于高糖饮食、剧烈运动、情绪激动、胃倾倒综合征等。病理性增高见于各型糖尿病、甲状腺功能亢进症、肝脏和胰腺疾病等。

生理性减低见于饥饿、长期剧烈运动、妊娠期等。病理性减低见于胰岛素分泌过多、对抗胰岛素的激素分泌不足、肝糖原贮存缺乏、急性乙醇中毒、先天性糖原代谢酶缺乏、消耗性疾病等。

(十五)血钾

［正常参考值］3.5~5.5mmol/L。

［临床意义］增高见于高钾饮食、静脉输注大量钾盐、急性肾衰竭、长期使用螺内酯等利尿剂时。减低见于频繁呕吐、肾衰竭多尿期、长期低钾饮食等。

(十六)血钠

［正常参考值］135~145mmol/L。

［临床意义］增高见于大量出汗、烧伤、长期腹泻、抗利尿激素分泌增加等;减低见于慢性肾衰竭多尿期、大面积烧伤时血浆外渗、慢性肾衰竭、尿崩症、肺结核等。

（十七）血氯

［正常参考值］95～105mmol/L。

［临床意义］增高见于急性或慢性肾衰竭的少尿期、肾上腺皮质功能亢进等。减低见于营养不良、严重呕吐、慢性肾衰竭、慢性肾上腺皮质功能不全等。

（十八）尿液检查

1. 尿量　1000～2000ml/24 小时（成人）。

尿量增多见于水摄入过多、应用利尿剂和某些药物时；糖尿病、尿崩症等内分泌疾病；慢性肾盂肾炎等肾脏疾病。

尿量减少见于休克、心衰、脱水、各种肾脏实质性改变、尿路狭窄等。

2. 外观　清澈透明，呈淡黄色至深黄色。

血尿：分为肉眼血尿和镜下血尿，多见于泌尿系统炎症、结石、肿瘤等，也可见于血液系统疾病，如血友病。

血红蛋白尿：尿液呈浓茶色、红葡萄酒色或酱油色，主要见于严重的血管内溶血，如溶血性贫血等。

胆红素尿：尿液呈豆油样改变，振荡后出现黄色泡沫且不易消失，常见于阻塞性黄疸和肝细胞性黄疸。

脓尿和菌尿：尿液呈白色浑浊或云雾状，见于泌尿系统感染。

乳糜尿和脂肪尿：尿液呈稀牛奶状或出现脂肪小滴。乳糜尿见于丝虫病，脂肪尿见于骨折和肾病综合征等。

3. 气味　尿液长时间放置后可出现氨臭味。若新鲜尿液即有氨味，见于慢性膀胱炎及尿潴留等。有机磷中毒者，尿液有酸臭味。

4. pH　约 6.5，波动在 4.5～8.0 之间。

pH 降低见于酸中毒、高热、痛风及口服维生素 C 等药物时。

pH 增高见于碱中毒、尿潴留、膀胱炎、应用利尿剂等。

5. 尿蛋白　定性试验为阴性；定量试验 0～80mg/24

小时。

阳性见于急性肾小球肾炎,急进性肾小球肾炎,隐匿型肾小球肾炎,慢性肾小球肾炎,肾病综合征,肾盂肾炎,中毒性肾病,妊娠,妊娠毒血症,多发性骨髓瘤,剧烈活动,高热,寒战等。

6. 尿糖 定性试验为阴性;定量试验 0.56～5.0mmol/24 小时。糖尿见于糖尿病、肾性糖尿病,甲亢等,内服、注射大量葡萄糖,精神激动。

【粪便检查】

1. 量 成人每天排便 1 次,约 100～300g。

2. 颜色和性状 成人便呈黄褐色,柱状软便;婴儿便呈(金)黄色或黄绿色,糊状。

(1)柏油样便:见于上消化道出血、服中药、铁剂、活性炭等。

(2)鲜血便:见于下消化道出血,如痢疾、痔疮、肛裂等。

(3)白陶土样便:见于各种原因引起的胆管阻塞患者。

(4)绿色便:见于食用大量绿色蔬菜、婴儿消化不良等。

(5)果酱色便:见于阿米巴痢疾及细菌性痢疾。

(6)米泔样便:呈白色淘米水样,见于重症霍乱、副霍乱患者。

(7)稀糊状或水样便:见于各种感染性和非感染性腹泻。

(8)细条样便:提示直肠狭窄,见于直肠癌。

(9)乳凝块:也可见蛋花汤样便,常见于婴儿消化不良、婴儿腹泻。

3. 气味 虽有臭味,但无难以接受的恶臭。患慢性肠炎、胰腺疾病、结肠或直肠癌溃烂时有恶臭。阿米巴肠炎粪便呈血腥臭味。

4. 寄生虫及卵 无。

5. 细胞 正常情况:偶见少数上皮细胞或白细胞。大量红细胞见于下消化道出血;少量红细胞大量白细胞或脓细胞见于细菌性痢疾;大量上皮细胞见于慢性结肠炎。

6. 粪便隐血试验 正常范围:阴性。

〔临床意义〕粪便隐血试验对消化道出血的诊断有重要价值,现常作为消化道恶性肿瘤早期诊断的一个筛选指标。阳性:在消化道溃疡性出血时呈间断性阳性;而消化道癌症时呈持续性阳性,因此可作为良性、恶性出血的一种鉴别。阳性还见于肠结核、溃疡性结肠炎、结肠息肉、钩虫病、肾出血综合征等。

第十一节 用药护理

临床护士在执行医嘱、药物治疗中发挥着非常重要的作用。因此,作为护士应具备相应的药学基础知识和一定的药物调配操作技能,才能够更好地完成药物治疗的任务。下面在注重"三基"的基础上,介绍药学基本知识及药物治疗相关知识。

药物(drug)是指可以改变或查明机体的生理功能及病理状态,可用以预防、诊断和治疗疾病的物质。药理学(pharmacology)是研究药物与机体(含病原体)相互作用及作用规律的学科,它既研究药物对机体的作用及作用机制,即药物效应动力学(pharmacodynamics),又称药效学;也研究药物在机体的影响下所发生的变化及规律,即药物代谢动力学(pharmacokinetics),又称药动学。

一、药物代谢动力学基本概念

药物代谢动力学(pharmacokinetics),又称药动学,是将动力学原理应用于药物的一门学科,主要是研究体内药物及其代谢物随时间动态量变规律,即研究体内药物的存在位置、数量(或浓度)与时间之间的关系。

半衰期(half-life),是指药物在体内消除一半所需的时间,或血药浓度降低一半所需时间。

生物利用度,是经任何给药途径给予一定剂量的药物后达全身血循环内药物的百分率。

表现分布容积,当血浆和组织内药物分布达到平衡后,体内药物按此时的血浆药物浓度在体内分布时所需体液容积称表观分布容积。

清除率，是机体消除器官在单位时间内清除药物的血浆容积，也就是单位时间内有多少毫升血浆中所含药物被机体清除。

稳态血药浓度，临床用药多次给药后，血药浓度逐次叠加，直至血药浓度维持一定水平或在一定水平内上下波动，该范围即称为稳态血药浓度。

排泄，指吸收进入人体内的药物或经代谢后的产物排除到体外的过程。

（一）药物在体内的过程

1. 吸收　药物自用药部位进入血液循环的过程称为吸收。药物多经吸收后才能发挥全身作用。有些用药只要求产生局部作用，则不必吸收，如皮肤、黏膜的局部用药。某些只需在肠腔内发挥作用的用药，如抗酸药和轻泻药，虽然是口服给药，也无需吸收。但即使是这些情况，药物仍可能被吸收而产生吸收作用。不同给药途径有不同的药物吸收过程和特点。

2. 分布　药物吸收后从血循环到达机体各个部位和组织的过程称为分布。药物在体内的分布受很多因素影响，包括药物的脂溶度、毛细血管通透性、器官和组织的血流量、与血浆蛋白和组织蛋白结合能力、药物的解离常数（pKa）和局部的 pH、药物转运载体的数量和功能状态、特殊组织的屏障作用等。

3. 代谢　药物代谢是指药物在体内发生的化学结构改变。代谢是体内药物的重要消除途径。药物在体内经代谢后可以产生 4 个结果：转化成无活性物质、使原来无药理活性的药物转变为有活性的代谢产物、将活性药物转化为其他活性物质、产生有毒物质。

体内各种组织均有不同程度的代谢药物的能力，药物代谢的部位主要是肝脏，有关药物代谢的重要酶系主要是肝内细胞色素 P_{450} 单氧化酶系。

影响药物代谢的因素：

（1）遗传因素：遗传对药物体内过程的影响，主要表现在药物代谢方面。

（2）药物的诱导与抑制：许多药物对肝药酶具有诱导或抑制作用，直接关系到药物的清除速率，改变药物作用的持续时间与强度。

药物代谢的增强：药物诱导的代谢性清除率的增加，通常包括肝微粒体酶羟化系统的增强，肝微粒体酶羟化系统能被大量生物的和化学的物质诱导，如药物、内源性固醇类、其他激素和环境的污染物等。诱导剂有苯巴比妥和其他巴比妥类、苯妥英钠、卡马西平、利福平等。

药物代谢的抑制：药物可以通过多种途径抑制微粒体药酶的活性，包括：直接与结合部位底物的竞争，改变酶的构型和直接改变底物的结构。药物代谢的抑制作用与抑制剂的血药浓度有关，只有当抑制剂达到一定血浆水平时才产生抑制。

（3）肝血流的改变：肝血流是决定主要由肝消除药物的清除率的重要因素，当患急性病时，心输出量及肝血流量很快发生变化，引起了有临床意义的血流动力学变化的药物相互作用。肝血流量的改变也可由药物引起，如苯巴比妥增加肝血流量，而吲哚美辛能降低肝血流量。

（4）其他因素：包括环境、昼夜节律、生理因素、病理因素等。

4. 排泄　药物及其代谢产物主要经尿排泄，其次粪便排泄。挥发性药物主要经肺随呼出气体排泄。汗液和乳汁排泄也是药物的排泄途径。

（1）肾脏排泄：肾脏是最重要的药物排泄器官，不少药物的大部分、甚至全部经肾脏排泄而从体内消除，如乙酰唑胺、呋塞米。肾脏对药物的排泄方式为肾小球滤过和肾小管分泌，肾小管重吸收是对已经进入尿内药物的回收再利用过程。肾功能受损时，以肾脏排泄作为主要消除途径的药物消除速度减慢，因此，给药量应相应减少，以避免蓄积作用。不以肾脏排泄作为主要消除途径的药物则无需减量。

(2)消化道排泄:被分泌到胆汁内的药物及其代谢产物经由胆道及胆总管进入肠腔,然后随粪便排泄出去,经胆汁排入肠腔的药物部分再经小肠上皮细胞吸收经肝脏进入血液循环,这种肝脏、胆汁、小肠间的循环称为肠肝循环。较大药量反复进行肠肝循环可延长药物的半衰期和作用维持时间。若中断其肝肠循环,半衰期和作用时间均可缩短。

(3)乳汁排泄:药物经乳汁排泄的特点,因乳汁酸度较血浆高,故碱性药物在乳汁内的浓度较血浆内浓度略高,酸性药物则相反。非电解质类(如乙醇、尿素)易进入乳汁达到与血浆相同浓度。

二、药物效应动力学

药物效应动力学(pharmacodynamics),简称药效学,是研究药物对机体作用的性质、作用机制以及药物作用“量”的规律的科学。药物作用的性质可分为特异性作用和非特异性作用。一部分药物可以通过改变体表或体内细胞内外环境的理化性质而发挥非特异性作用,如腐蚀、抗酸、脱水等。大多数药物则是通过不同机制参与或干扰靶器官(细胞)的特定生物化学过程而发挥特异性作用。受体学说的建立和发展是这一领域研究成果的突出代表。它不仅有重大理论价值,而且对指导临床用药也有极大的实践意义。

药物作用的“量”的概念包括两个方面:一是作用强度:作用有强弱,其幅度有宽窄;二是作用时间:起效时间有早迟,维持时间有长短。要使药物作用的“量”恰好符合治疗的需要,就必须熟悉药物作用的“量”的规律。

(一)药物的基本作用

1. 药物作用与药理效应 药物作用是指药物对机体的初始作用,是动因。药理效应是药物作用的结果,是机体反应的表现。由于两者意义接近,在习惯用法上并不严加区别。但当两者并用时,应体现先后顺序。药理效应是机体器官原有功能水平的改变,功能提高称为兴奋,功能降低称为抑制。例如,肾上腺素升高血压、呋塞米增加尿量均属兴奋;阿司匹林退热和吗啡镇痛均属抑制。

多数药物是通过化学反应而产生药理效应的。这种化学反应的专一性使药物的作用具有特异性。药物的作用还有其选择性,有些药物可影响机体的多种功能,有些药物只影响机体的一种功能,前者选择性低,后者选择性高。药物作用特异性强并不一定引起选择性高的药理效应,即两者不一定平行。作用特异性强和效应选择性高的药物应用时针对性较好。反之,效应广泛的药物副反应较多。

2. 治疗效果 治疗效果,也称疗效,是指药物作用的结果有利于改变患者的生理、生化功能或病理过程,使患病的机体恢复正常。根据治疗作用的效果,可将治疗作用分为:

(1)对因治疗:用药目的在于消除原发致病因子,彻底治愈疾病,称为对因治疗,如用抗生素杀灭体内致病菌。

(2)对症治疗:用药目的在于改善症状,称为对症治疗。

(二)药物剂量与效应关系

多数药物在一定范围内当药物剂量增大时其作用也增强。药理效应与剂量在一定范围内成比例,这就是剂量-效应关系,简称量-效关系。用效应强度为纵坐标、药物剂量或药物浓度为横坐标作图则得量-效曲线。

从量反应的量效曲线可以看出下列几个特定位点:

最小有效量或最低有效浓度,即刚能引起效应的最小药量或最小浓度,亦称阈剂量或阈浓度。

最大效应,随着剂量或浓度的增加,效应也增加,当效应增加到一定程度后,若继续增加药物浓度或剂量其效应不再继续增强,这一药理效应的极限称为最大效应,也称效能。

半最大效应浓度,是指能引起50%最大效应的浓度。

效价强度,是指能引起等效反应(一般采用50%效应量)的相对浓度或剂量,其值越小则强度越大。

(三) 药物与受体

1. 受体的概念 1908年Ehrlich首先提出受体的概念,指出药物必须与受体进行可逆性或非可逆性结合,方可产生作用。同时也提出了受体应具有两个基本特点:其一是特异性识别与之相结合的配体或药物的能力,其二是药物-受体复合物可引起生物效应,即类似锁与钥匙的特异关系。

受体是一类介导细胞信号转导的功能蛋白质,能识别周围环境中某种微量化学物质,首先与之结合,并通过中介的信息扩大系统,触发后续的生理反应或药理效应。受体具有如下特点:灵敏性、特异性、饱和性、可逆性、多样性。

2. 作用于受体的药物分类

(1)激动药:为既有亲和力又有内在活性的药物,它们能与受体结合并激动受体而产生效应,如吗啡。

(2)拮抗药:能与受体结合,具有较强亲和力而无内在活性的药物,如纳洛酮。

三、影响药物效应的因素

药物在机体内产生的药理作用和效应是药物和机体相互作用的结果,受药物和机体的多种因素影响。药物因素主要有药物剂型、剂量和给药途径、合并用药与药物相互作用。机体因素主要有年龄、性别、种族、遗传变异、心理、生理和病理因素。这些因素往往会引起不同个体或是对药物吸收、分布和消除发生变异,导致药物在作用部位的浓度不同,表现为药物代谢动力学差异;或虽然药物浓度相同,但反应性不同,表现为药物效应动力学差异。

(一) 药物制剂和给药途径

药物可制成多种剂型,采用不同的途径给药,同一药物由于剂型不同、采用的给药途径不同,所引起的药物效应也会不同。通常注射药物比口服吸收快、到达作用部位的时间快,因而起效快,作用显著。注射剂中的水溶性制剂比油溶液和混悬剂吸收快、起效时间短。口服制剂中的溶液比片剂、胶囊容易吸收。有的药物采用不同给药途径时,还会产生不同的作用。

药物相互作用主要表现在两个方面,一是不影响药物在体液中的浓度,但改变药理作用,表现为药物效应动力学的相互作用。二是通过影响药物的吸收、分布、代谢和排泄,改变药物在作用部位的浓度而影响药物作用,表现出为药物代谢动力学的相互作用。

(二)机体因素

年龄、性别、遗传因素、特异质反应、疾病状态、心理因素和长期用药引起的机体反应性变化。

1. 年龄 年龄对药物作用的影响主要表现在:新生儿和老年人体内药物代谢和肾脏排泄功能不全,大部分药物在新生儿和老年人中都会有更强烈、更持久的作用;药物效应靶点的敏感性发生变化;老年人的特殊生理因素和病理因素;机体组成发生变化;老年人常需服用更多的药物,发生药物相互作用的可能性相应增加。

2. 性别 女性体重一般轻于男性,在使用治疗指数低的药物时,为维持相同效应,女性可能需要较小剂量。

3. 遗传因素 遗传是药物代谢和效应的决定因素。遗传在药物代谢中的决定性作用是因发现同卵双生和异卵双生子对药物代谢的显著差异而被证实的,异卵双生子中安替比林和香豆素半衰期的变异程度比同卵双生子高 6～22 倍。基因是决定药物代谢酶、药物转运蛋白和受体活性和功能表达的结构基础,是药物代谢与反应的决定因素。基因的突变可引起所编码的药物代谢酶、转运蛋白和受体蛋白氨基酸序列和功能异常,成为产生药物效应个体差异和种族差异的主要原因。

4. 特异质反应 是一种性质异常的药物反应,通常是有害的,甚至是致命的,常与剂量无关,即使很小剂量也会发生。这种反应只在极少数患者中出现,如氯霉素导致的再生障碍性贫血发生率为 1/5000。

5. 疾病状态 疾病本身能导致药物代谢动力学和药物效应动力学的改变。如肝肾损伤易引起药物体内蓄积,产生过强或过久的药物作用,甚至发生毒性反应。

6. 心理因素-安慰剂效应 药物治疗的效应并非完全由药物本身单一因素引起,一个患者服药后的效应实际是由多种因素引起的,包括药理学效应、非特异性药物效应、非特异性医疗效应和疾病的自然恢复4个因素。安慰剂效应主要由患者的心理因素引起,它来自患者对药物和医生的信赖,患者在经医生给予药物后,会发生一系列的精神和生理上的变化,这些变化不仅包括患者的主观感觉,而且包括许多客观指标。

7. 长期用药引起的机体反应性变化 长期反复用药可引起生物机体对药物反应发生变化,主要表现为耐受性、耐药性和依赖性。还可因长期用药突然停药后发生停药综合征。

四、药物制剂及用药途径

(一) 相关知识

1. 概念 所谓药物制剂,从狭义上来讲,就是药物的剂型,如针剂、片剂、膏剂、汤剂等;从广义上来讲是药物制剂学,是一门学科。

2. 药物制剂分类

(1)按形态分类:液体剂型(如溶液剂、注射剂、芳香水剂、合剂、洗剂等)、固体剂型(如片剂、胶囊剂、丸剂、散剂等)、半固体剂型(如软膏剂、栓剂、糊剂等)、气体剂型(如气雾剂、喷雾剂等)。

(2)按分散系统分类:溶液型、胶体溶液型、乳剂型、混悬型、气体分散型、固体分散型、微粒分散型。

(3)按给药途径分类:经胃肠道给药剂型、非经胃肠道给药剂型。其中后者包括:注射给药剂型,如注射剂包括静脉注射、肌内注射、皮下注射和皮内注射等多种注射途径;呼吸道给药剂型,如吸入剂、喷雾剂、气雾剂等;皮肤给药剂型,如外用溶液剂、洗剂、搽剂、软膏剂、糊剂、贴剂等；黏膜给药剂型，如滴眼剂、滴鼻剂、含漱剂、舌下片剂、膜剂等；肠道给药剂型，如栓剂、气雾剂、泡腾片等。

（二）药物制剂稳定性及化学分解

1. 药物制剂稳定性一般包括化学、物理和生物学 3 个方面。

化学稳定性是指药物由于水解、氧化等化学降解反应，使药物含量（或效价）、色泽产生变化。

物理稳定性是指制剂的物理性能发生变化，如乳剂的分层、破裂，混悬剂中药物颗粒结块、结晶生长，胶体制剂的老化，片剂崩解度、溶出速度的改变等。

生物学稳定性指药物制剂由于受微生物的污染，而产生变质、腐败。

2. 药物制剂化学分解　药物由于化学结构的不同，其降解反应也不一样，水解和氧化是药物降解的两个主要途径。其他如异构化、聚合、脱羧等反应，在某些药物中也有发生。有时一种药物还可能同时产生两种或两种以上的反应。

（1）水解：水解是药物降解的主要途径，属于这类降解的药物主要有酯类（包括内酯）、酰胺类（包括内酰胺）等。

1）酯类药物的水解，含有酯键药物的水溶液，在 H^+ 或 OH^- 或广义酸碱的催化下水解反应加速。盐酸普鲁卡因的水解可作为这类药物的代表，水解生成对氨基苯甲酸与二乙胺基乙醇。此分解产物无明显的麻醉作用。

内酯在碱性条件下易水解开环。硝酸毛果芸香碱，华法林均有内酯结构，可以产生水解。

2）酰胺类药物的水解，酰胺类药物水解以后生成酸与胺。属于这类药物有氯霉素、青霉素类、头孢菌素类、巴比妥类等。此外，利多卡因、对乙酰氨基酚等也属于此类药物。

青霉素和头孢菌素类药物的分子中存在着不稳定的 β-内酰胺环，在 H^+ 或 OH^- 影响下，容易裂环失效。氨苄西林在水溶液中最稳定的 pH 为 5.8。pH6.6 时，$t_{1/2}$ 为 39 天。注射用氨苄西林在临用前可用 0.9％氯化钠注射液溶解后输液，但 10％葡萄糖注射液对本品有一定的影响，最好不要配合使用，若两者配合使用，也不宜超过 1 小时。乳酸钠注射液对本品水解具有显著的催化作用，两者不能配合。

头孢菌素类药物由于分子中同样有 β-内酰胺环，易于水解。头孢唑啉钠在酸与碱中都易水解失效，水溶液 pH4～7 的环境中较稳定，在 pH4.6 的缓冲溶液中 $t_{0.9}$ 约为 90 小时。本品在生理盐水和 5％葡萄糖注射液中，室温放置 5 天仍然符合要求，pH 略有升高，但仍在稳定范围内。庆大霉素、维生素 C 注射液对本品稳定性无显著影响，故头孢唑林钠可与这些药物配合使用。

（2）氧化：氧化反应是药物分解失效的重要原因之一。维生素 C、吗啡、肾上腺素、盐酸硫胺等，都是熟知的例子。药物氧化分解的结果是使药物失效、颜色变深、形成沉淀或产生有毒物质。药物的氧化过程比水解要复杂，往往不易用反应式完整的表达。下面列举的某些药物的氧化反应，可能是水解过程中主要的反应。

1）酚类药物：分子结构中具有酚羟基的药物，如肾上腺素、多巴胺、吗啡、阿扑吗啡、水杨酸钠等，在重金属离子、光线、湿度等作用下，均易氧化变质。

2）烯醇类：维生素 C 是这类药物的代表，分子中含有烯醇基，极易氧化，氧化过程较为复杂。在有氧条件下，先氧化成去氢抗坏血酸，然后经水解为 2,3-二酮古罗糖酸，此化合物进一步氧化为草酸与 L-丁糖酸。在无氧条件下，发生脱水作用和水解作用生成呋喃甲醛和二氧化碳，由于 H^+ 的催化作用，在酸性介质中脱水作用比碱性介质快，实验中证实有二氧化碳气体产生。

3）其他类药物：芳胺类如磺胺嘧啶钠，吡唑酮类如氨基比林、安乃近，噻嗪类如盐酸氯丙嗪、盐酸异丙嗪等，这些药物都易氧化,其中有些药物氧化过程极为复杂,常生成有色物质。

易氧化药物要特别注意光、氧、金属离子对他们的影响,以防药物失效。

(三)用药途径

1. 口服 口服是最常用的用药途径,因为给药方便,且大多数药物能充分吸收。

2. 吸入 除了气态麻醉药和其他一些治疗性气体经吸入给药外,容易氧化的药物,也可采用吸入途径给药,如沙丁胺醇。有的药物难溶于一般溶剂,水溶液又不稳定,如色甘酸钠,可制成直径约 $5\mu m$ 的极微细粉末以特制的吸入剂气雾吸入。

3. 局部用药 局部用药的目的是在皮肤、眼、咽喉和阴道等部位产生局部作用。有时也在直肠给药以产生局部作用,但大部分直肠给药是为了产生吸收作用。为了使某些药物血浆浓度维持较长时间,也可采用经皮肤给药,如硝酸甘油软膏,但这是一种全身给药方式。

4. 舌下给药 舌下给药是可避免口服后被肝脏迅速代谢的一种给药途径。如硝酸甘油,在口服被胃肠道吸收后通过肝脏时被代谢失活达 90%,只有少数药物能到达全身循环。若舌下给药,由血液丰富的颊黏膜吸收,可直接进入全身循环,故应用比口服小得多的剂量即可有效。

5. 注射给药 静脉注射给药是临床常用的给药方法,因药物浓度高且直接入血,发挥作用快,故也最危险。动脉内和鞘内注射均为特殊给药途径,用以在特定的靶器官产生较高的药物浓度。皮下注射有刺激性,注射量不可过大。

(四)体外药物配伍变化

体外药物配伍变化是指两种或两种以上药物在体外所产生的物理变化和化学变化,属于药剂学相互作用,称药物配伍变化。配伍禁忌是在一定条件下,产生的影响药物疗效或引起毒性反应,不利于应用和治疗的配伍变化,往往是物理或化学因素的相互作用而造成的。

1. 分类

(1)可见配伍变化:溶液混浊、沉淀、结晶、气体及变色等。

(2)不可见配伍变化:水解反应、效价下降等。

2. 配伍变化一般规律

(1)强碱弱酸盐,与 pH 较低的注射液配伍时易产生沉淀。如青霉素类、头孢菌素类、苯妥英钠等。

(2)强酸弱碱盐,与 pH 较高的注射液配伍时易产生沉淀。如盐酸氯丙嗪、盐酸普鲁卡因、硫酸阿托品等。

(3)水溶性的具有生理活性的蛋白质,pH 变化、重金属盐、乙醇都影响其活性或使产生沉淀。

(4)静注的非解离性药物,例如葡萄糖等,较少与其他药物产生配伍禁忌,但应注意其溶液的 pH。

(5)无机离子中的 Ca^{2+} 和 Mg^{2+} 常易形成难溶性沉淀,不应与生物碱配伍。

(6)两种高分子化合物配伍可能形成不溶性化合物,如两种电荷相反的高分子化合物溶液相遇会产生沉淀。例如水解蛋白、胰岛素、肝素等。

3. 药物配制注意事项

(1)在新药使用前,应认真阅读药品说明书,全面了解其理化性质,避免盲目配伍。

(2)对于不了解的药物,可将该药单独使用,从而避免配伍禁忌。

(3)配药时,一次只加一种药,待混合均匀后液体外观无异常变化时再加另一种药物。加药时应先加高浓度,后加低浓度,以减少发生反应的速度。有色药液应最后加入输液瓶中,避免瓶中有细微沉淀不易被发现。

(4)根据药物性质选择溶媒,避免发生理化反应或因 pH 不适产生配伍变化。

(5)严格执行注射器单用制度,避免残留药液与所配药物之间产生配伍反应。

（6）氨基酸营养液中不得加入任何药物。

（7）应掌握《常用药物配伍禁忌表》，便于实际工作中应用。

五、药品不良反应

（一）概念及分类

1. 概念 药品不良反应主要是指合格药品在正常用法用量下出现的与用药目的无关的或意外的有害反应。这一法定概念包含 4 个要素：一是药品必须合格。假冒伪劣药品及其他不合格药品的人身损害不能认定为"不良反应"。二是用药必须严格符合药品明示的规定，或遵守医师的正确医嘱。不正常、不合理的用药不在此列。三是发生了有害反应，对患者的生命和健康造成了损害。四是这种有害反应是与治疗目的无关的或者是出乎事先预料的。以上要素缺一不可，必须同时满足才可鉴定为药品不良反应。

2. 药品不良反应分类

（1）A 型反应（type A adverse drug reactions）：又称为剂量相关的不良反应，它是药品常规药理作用的延伸和发展。与剂量大小密切相关，因此本型反应是可以预报的。

毒副作用是本型反应的主要内容，包括副作用、毒性反应、过度作用和首剂效应。

（2）B 型不良反应（type B adverse drug reactions）：B 型不良反应又称剂量不相关的不良反应。它是一种与药品常规药理作用无关的异常反应，难预测，发生率低而死亡率高。包括遗传药理学不良反应、药物变态反应。

（3）其他药品不良反应包括：①继发反应：不是药物本身的作用，而是药物作用所诱发的反应。②停药综合征：也称撤药反应。由于药物较长期应用，致使机体对药物的作用已经适应，一旦停用药物，就会使机体处于不适状态，主要的是症状反跳。③药物依赖性：一些作用于中枢神经系统的药物连续应用可致依赖性，其表现欣快感、戒断反应，有身体依赖性和精神依赖性两种。

（二）不良反应的预防

1. A 类不良反应的预防　由于剂量或血药浓度过高所引起，影响因素有：

1)药物选择：①妊娠哺乳及儿童用药的特殊性：氨基糖苷的耳毒性：国内 50％以上的聋哑儿童有母亲怀孕期或出生后使用本类药物史。②对胚胎有强烈毒害作用的药物应禁用。有的药物在体内滞留期很长：利巴韦林＞1 月，维 A 酸：1～2 年，普萘洛尔：50 天。③禁忌证：慎用、注意事项。④不良反应史。

2)用法：①剂量：剂量降低可避免或减轻 ADR。②途径：禁止静脉小壶给药的药物有氨基糖苷、林可霉素类等，按照说明书用药，根据血药浓度监测结果调整剂量。

3)药物相互作用：阿司咪唑、特非那定，在体内经肝药酶代谢，并用酶抑制剂（红霉素、酮康唑、依曲康唑、环丙沙星等）可使它们的血药浓度异常升高而致毒性反应，如尖端扭转室性心律失常。措施：降低剂量阿司咪唑、一次 3～6mg（不可超过 10mg），特非那定、30～60mg。禁与酶抑制剂联用。

2. B 类变态反应的预防　是由药物引起的与抗原-抗体结合有关的不良反应，体内是否有足够的相应抗体是发生反应的必要条件。用药前体内无抗体，但在用药过程中由于药物的不断刺激，生成抗体而发生反应。因此，认为曾经用此药不发生反应而本次也不会发生反应的认识不完全可靠。过敏反应表现不一，轻重差别很大，与进入机体抗原的量和抗体水平有关。增加抗原用量或体内抗体增多，都会加重反应。剂量不相关性是指与常用剂量的大小不相关，而与抗原的数量则显示密切相关。

（三）药品不良反应监测方法

WHO 在 20 世纪 60 年代制订了国际药物监测合作计划，针对药品不良反应进行监测。目前，已有多种监测方法，这些方法各有优缺点，但其目的均在于及时、准确地发现不良反应。药品不良反应监测的主要方法有自发报告系统、处方事件监测、医院集中监测、病例对照研究、队列研究、医学记录链等。其中以自发报告系统最常用,自发报告系统是一种自愿而有组织的报告系统,医务工作人员发现药品不良反应后填表报告监测机构,监测机构将报表信息加工、整理、反馈,以提高临床安全合理用药水平。该报告系统的优点是:监测范围广,能监测所有的患者;经济;可发现罕见的、新的不良反应,以及特殊人群和药物合用发生的药品不良反应;可及早发现潜在的药品信号,从而形成假说,提出早期警告。自发报告系统的主要缺点是漏报和不报。迄今为止,自发报告系统是上市药品安全性监测的最主要方法。广大医务人员在临床实践中发现药品不良反应时,应尽职尽责及时报告。

我国的药品不良反应监测工作起步于 20 世纪 80 年代,较发达国家晚近 20 年。但自 1998 年国家食品药品监督管理局药品评价中心(即国家药品不良反应监测中心)正式成立以来,特别是近几年来,得到了快速发展。目前,全国建立了 34 个省级监测技术机构,其中 22 个省拥有省以下监测机构,16 个省具有独立的机构编制。全国已经形成了点、线、面相结合的 ADR 监测组织体系。随着组织体系的逐步完善,我国 ADR 病例报告数量也出现快速增长,目前,国家 ADR 数据库中病例累计数已经超过 100 万份。为药品再评价及公众合理用药安全用药奠定了基础。

六、静脉用药集中调配质量管理规范

为加强医疗机构药事管理,规范临床静脉用药集中调配,提高静脉用药质量,促进静脉用药合理使用,保障静脉用药安全,根据《中华人民共和国药品管理法》和《处方管理办法》,制订本规范。

本规范所称静脉用药集中调配,是指医疗机构药学部门根据医师处方或用药医嘱,经药师进行适宜性审核,由药学专业技术人员按照无菌操作要求,在洁净环境下对静脉用药物进行加药混合调配,使其成为可供临床直接静脉输注使用的成品输液操作过程。静脉用药集中调配是药品调剂的一部分。

本规范是静脉用药集中调配工作质量管理的基本要求,适用于肠外营养液、危害药品和其他静脉用药调剂的全过程。医疗机构其他部门开展集中或者分散临床静脉用药调配,参照本规范执行。

一、医疗机构采用集中调配和供应静脉用药的,应当设置静脉用药调配中心(室)(pharmacy intravenous admixture service,PIVAS)。肠外营养液和危害药品静脉用药应当实行集中调配与供应。

二、医疗机构集中调配静脉用药应当严格按照《静脉用药集中调配操作规程》(见附件)执行。

三、人员基本要求

(一)静脉用药调配中心(室)负责人,应当具有药学专业本科以上学历,本专业中级以上专业技术职务任职资格,有较丰富的实际工作经验,责任心强,有一定管理能力。

(二)负责静脉用药医嘱或处方适宜性审核的人员,应当具有药学专业本科以上学历、5年以上临床用药或调剂工作经验、药师以上专业技术职务任职资格。

(三)负责摆药、加药混合调配、成品输液核对的人员,应当具有药士以上专业技术职务任职资格。

(四)从事静脉用药集中调配工作的药学专业技术人员,应当接受岗位专业知识培训并经考核合格,定期接受药学专业继续教育。

(五)与静脉用药调配工作相关的人员,每年至少进行一次健康检查,建立健康档案。对患有传染病或者其他可能污染药品的疾病,或患有精神病等其他不宜从事药品调剂工作的,应当调离工作岗位。

四、房屋、设施和布局基本要求

(一)静脉用药调配中心(室)总体区域设计布局、功能室的设置和面积应当与工作量相适应，并能保证洁净区、辅助工作区和生活区的划分，不同区域之间的人流和物流出入走向合理，不同洁净级别区域间应当有防止交叉污染的相应设施。

（二）静脉用药调配中心（室）应当设于人员流动少的安静区域，且便于与医护人员沟通和成品的运送。设置地点应远离各种污染源，禁止设置于地下室或半地下室，周围的环境、路面、植被等不会对静脉用药调配过程造成污染。洁净区采风口应当设置在周围 30 米内环境清洁、无污染地区，离地面高度不低于3 米。

（三）静脉用药调配中心（室）的洁净区、辅助工作区应当有适宜的空间摆放相应的设施与设备；洁净区应当含一次更衣、二次更衣及调配操作间；辅助工作区应当含有与之相适应的药品与物料贮存、处方打印、摆药准备、成品核查、包装和普通更衣等功能室。

（四）静脉用药调配中心（室）室内应当有足够的照明度，墙壁颜色应当适合人的视觉；顶棚、墙壁、地面应当平整、光洁、防滑，便于清洁，不得有脱落物；洁净区房间内顶棚、墙壁、地面不得有裂缝，能耐受清洗和消毒，交界处应当成弧形，接口严密；所使用的建筑材料应当符合环保要求。

（五）静脉用药调配中心（室）洁净区应当设有温度、湿度、气压等监测设备和通风换气设施，保持静脉用药调配室温度18～26℃，相对湿度 40%～65%，保持一定量新风的送入。

（六）静脉用药调配中心（室）洁净区的洁净标准应当符合国家相关规定，经法定检测部门检测合格后方可投入使用。

各功能室的洁净级别要求：

1. 一次更衣室、洗衣洁具间为十万级。

2. 二次更衣室、加药混合调配操作间为万级。

3. 层流操作台为百级。

其他功能室应当作为控制区域加强管理，禁止非本室人员进出。洁净区应当持续送入新风，并维持正压差；抗生素类、危害药品静脉用药调配的洁净区和二次更衣室之间应当呈 5～10Pa 负压差。

（七）静脉用药调配中心（室）应当根据药物性质分别建立不同的送、排（回）风系统。排风口应当处于采风口下风方向，其距离不得小于 3 米或者设置于建筑物的不同侧面。

（八）药品、物料贮存库及周围的环境和设施应当能确保各类药品质量与安全储存，应当分设冷藏、阴凉和常温区域，库房相对湿度 40％～65％。二级药库应当干净、整齐，门与通道的宽度应当便于搬运药品和符合防火安全要求。有保证药品领入、验收、贮存、保养、拆外包装等作业相适宜的房屋空间和设备、设施。

（九）静脉用药调配中心（室）内安装的水池位置应当适宜，不得对静脉用药调配造成污染，不设地漏；室内应当设置有防止尘埃和鼠、昆虫等进入的设施；淋浴室及卫生间应当在中心（室）外单独设置，不得设置在静脉用药调配中心（室）内。

五、仪器和设备基本要求

（一）静脉用药调配中心（室）应当有相应的仪器和设备，保证静脉用药调配操作、成品质量和供应服务管理。仪器和设备须经国家法定部门认证合格。

（二）静脉用药调配中心（室）仪器和设备的选型与安装，应当符合易于清洗、消毒和便于操作、维修和保养。衡量器具准确，定期进行校正。维修和保养应当有专门记录并存档。

（三）静脉用药调配中心（室）应当配置百级生物安全柜，供抗生素类和危害药品静脉用药调配使用；设置营养药品调配间，配备百级水平层流洁净台，供肠外营养液和普通输液静脉用药调配使用。

六、药品、耗材和物料基本要求

（一）静脉用药调配所用药品、医用耗材和物料应当按规定由医疗机构药学及有关部门统一采购，应当符合有关规定。

（二）药品、医用耗材和物料的储存应当有适宜的二级库，按其性质与储存条件要求分类定位存放,不得堆放在过道或洁净区内。

(三)药品的贮存与养护应当严格按照《静脉用药集中调配操作规程》等有关规定实施。静脉用药调配所用的注射剂应符合中国药典静脉注射剂质量要求。

(四)静脉用药调配所使用的注射器等器具,应当采用符合国家标准的一次性使用产品,临用前应检查包装,如有损坏或超过有效期的不得使用。

七、规章制度基本要求

(一)静脉用药调配中心(室)应当建立健全各项管理制度、人员岗位职责和标准操作规程。

(二)静脉用药调配中心(室)应当建立相关文书保管制度:自检、抽检及监督检查管理记录;处方医师与静脉用药调配相关药学专业技术人员签名记录文件;调配、质量管理的相关制度与记录文件。

(三)建立药品、医用耗材和物料的领取与验收、储存与养护、按用药医嘱摆发药品和药品报损等管理制度,定期检查落实情况。药品应当每月进行盘点和质量检查,保证账物相符,质量完好。

八、卫生与消毒基本要求

(一)静脉用药调配中心(室)应当制订卫生管理制度、清洁消毒程序。各功能室内存放的物品应当与其工作性质相符合。

(二)洁净区应当每天清洁消毒,其清洁卫生工具不得与其他功能室混用。清洁工具的洗涤方法和存放地点应当有明确的规定。选用的消毒剂应当定期轮换,不会对设备、药品、成品输液和环境产生污染。每月应当定时检测洁净区空气中的菌落数,并有记录。进入洁净区域的人员数应当严格控制。

(三)洁净区应当定期更换空气过滤器。进行有可能影响空气洁净度的各项维修后,应当经检测验证达到符合洁净级别标准后方可再次投入使用。

（四）设置有良好的供排水系统，水池应当干净无异味，其周边环境应当干净、整洁。

（五）重视个人清洁卫生，进入洁净区的操作人员不应化妆和佩戴饰物，应当按规定和程序进行更衣。工作服的材质、式样和穿戴方式，应当与各功能室的不同性质、任务与操作要求、洁净度级别相适应，不得混穿，并应当分别清洗。

（六）根据《医疗废弃物管理条例》制订废弃物处理管理制度，按废弃物性质分类收集，由本机构统一处理。

九、具有医院信息系统的医疗机构，静脉用药调配中心（室）应当建立用药医嘱电子信息系统，电子信息系统应当符合《电子病历基本规范（试行）》有关规定。

（一）实现用药医嘱的分组录入、药师审核、标签打印以及药品管理等，各道工序操作人员应当有身份标识和识别手段，操作人员对本人身份标识的使用负责。

（二）药学人员采用身份标识登录电子处方系统完成各项记录等操作并予确认后，系统应当显示药学人员签名。

（三）电子处方或用药医嘱信息系统应当建立信息安全保密制度，医师用药医嘱及调剂操作流程完成并确认后即为归档，归档后不得修改。

静脉用药调配中心（室）应当逐步建立与完善药学专业技术相关的电子信息支持系统。

十、静脉用药调配中心（室）由医疗机构药学部门统一管理。医疗机构药事管理组织与质量控制组织负责指导、监督和检查本规范、操作规程与相关管理制度的落实。

十一、医疗机构应当制订相关规章制度与规范，对静脉用药集中调配的全过程进行规范化质量管理。

（一）医师应当按照《处方管理办法》有关规定开具静脉用药处方或医嘱；药师应当按《处方管理办法》有关规定和《静脉用药集中调配操作规程》，审核用药医嘱所列静脉用药混合配伍的合理性、相容性和稳定性，对不合理用药应当与医师沟通，提出调整建议。对于用药错误或不能保证成品输液质量的处方或用药医嘱，药师有权拒绝调配，并做记录与签名。

（二）摆药、混合调配和成品输液应当实行双人核对制；集中调配要严格遵守本规范和标准操作规程，不得交叉调配；调配过程中出现异常应当停止调配，立即上报并查明原因。

（三）静脉用药调配每道工序完成后，药学人员应当按操作规程的规定，填写各项记录，内容真实、数据完整、字迹清晰。各道工序与记录应当有完整的备份输液标签，并应当保证与原始输液标签信息相一致，备份文件应当保存1年备查。

（四）医师用药医嘱经药师适宜性审核后生成输液标签，标签应当符合《处方管理办法》规定的基本内容，并有各岗位人员签名的相应位置。书写或打印的标签字迹应当清晰，数据正确完整。

（五）核对后的成品输液应当有外包装，危害药品应当有明显标识。

（六）成品输液应当置入各病区专用密封送药车，加锁或贴封条后由工人递送。递送时要与药疗护士有书面交接手续。

十二、药师在静脉用药调配工作中，应遵循安全、有效、经济的原则，参与临床静脉用药治疗，宣传合理用药，为医护人员和患者提供相关药物信息与咨询服务。如在临床使用时有特殊注意事项，药师应当向护士作书面说明。

十三、医疗机构静脉用药调配中心（室）建设应当符合本规范相关规定。由县级和设区的市级卫生行政部门核发《医疗机构执业许可证》的医疗机构，设置静脉用药调配中心（室）应当通过设区的市级卫生行政部门审核、验收、批准，报省级卫生行政部门备案；由省级卫生行政部门核发《医疗机构执业许可证》的医疗机构，设置静脉用药调配中心（室）应当通过省级卫生行政部门审核、验收、批准。

十四、本规范下列用语的含义。

（一）危害药品：是指能产生职业暴露危险或者危害的药

品,即具有遗传毒性、致癌性、致畸性,或对生育有损害作用以及在低剂量下可产生严重的器官或其他方面毒性的药品,包括肿瘤化疗药品和细胞毒药品。

（二）成品输液:按照医师处方或用药医嘱,经药师适宜性审核,通过无菌操作技术将一种或数种静脉用药品进行混合调配,可供临床直接用于患者静脉输注的药液。

（三）输液标签:依据医师处方或用药医嘱经药师适宜性审核后生成的标签,其内容应当符合《处方管理办法》有关规定:应当有患者与病区基本信息、医师用药医嘱信息、其他特殊注意事项以及静脉用药调配各岗位操作人员的信息等。

（四）交叉调配:系指在同一操作台面上进行两组（袋、瓶）或两组以上静脉用药混合调配的操作流程。

附　静脉用药集中调配操作规程

一、静脉用药调配中心（室）工作流程

临床医师开具静脉输液治疗处方或用药医嘱→用药医嘱信息传递→药师审核→打印标签→贴签摆药→核对→混合调配→输液成品核对→输液成品包装→分病区放置于密闭容器中、加锁或封条→由工人送至病区→病区药疗护士开锁（或开封）核对签收→给患者用药前护士应当再次与病历用药医嘱核对→给患者静脉输注用药。

二、临床医师开具处方或用药医嘱

医师依据对患者的诊断或治疗需要,遵循安全、有效、经济的合理用药原则,开具处方或用药医嘱,其信息应当完整、清晰。

病区按规定时间将患者次日需要静脉输液的长期医嘱传送至静脉用药调配中心（室）。临时静脉用药医嘱调配模式由各医疗机构按实际情况自行规定。

三、审核处方或用药医嘱操作规程

负责处方或用药医嘱审核的药师逐一审核患者静脉输液处方或医嘱，确认其正确性、合理性与完整性。主要包括以下内容。

（一）形式审查：处方或用药医嘱内容应当符合《处方管理办法》《病例书写基本规范》的有关规定，书写正确、完整、清晰，无遗漏信息。

（二）分析鉴别临床诊断与所选用药品的相符性。

（三）确认遴选药品品种、规格、给药途径、用法、用量的正确性与适宜性，防止重复给药。

（四）确认静脉药物配伍的适宜性，分析药物的相容性与稳定性。

（五）确认选用溶媒的适宜性。

（六）确认静脉用药与包装材料的适宜性。

（七）确认药物皮试结果和药物严重或者特殊不良反应等重要信息。

（八）需与医师进一步核实的任何疑点或未确定的内容。

对处方或用药医嘱存在错误的，应当及时与处方医师沟通，请其调整并签名。因病情需要的超剂量等特殊用药，医师应当再次签名确认。对用药错误或者不能保证成品输液质量的处方或医嘱应当拒绝调配。

四、打印标签与标签管理操作规程

（一）经药师适宜性审核的处方或用药医嘱，汇总数据后以病区为单位，将医师用药医嘱打印成输液处方标签（简称：输液标签）。核对输液标签上患者姓名、病区、床号、病历号、日期，调配日期、时间、有效期，将输液标签按处方性质和用药时间顺序排列后，放置于不同颜色（区分批次）的容器内，以方便调配操作。

（二）输液标签由电脑系统自动生成编号，编号方法由各医疗机构自行确定。

（三）打印输液标签，应当按照《静脉用药集中调配质量管理规范》有关规定采用电子处方系统运作或者采用同时打印备份输液标签方式。输液标签贴于输液袋（瓶）上，备份输液标签应当随调配流程，并由各岗位操作人员签名或盖签章后，保存1年备查。

（四）输液标签内容除应当符合相关的规定外，还应当注明需要特别提示的下列事项：

1. 按规定应当做过敏性试验或者某些特殊性质药品的输液标签，应当有明显标识。

2. 药师在摆药准备或者调配时需特别注意的事项及提示性注解，如用药浓度换算、非整瓶（支）使用药品的实际用量等。

3. 临床用药过程中需特别注意的事项，如特殊滴速、避光滴注、特殊用药监护等。

五、贴签摆药与核对操作规程

（一）摆药前药师应当仔细阅读、核查输液标签是否准确、完整，如有错误或不全，应当告知审方药师校对纠正。

（二）按输液标签所列药品顺序摆药，按其性质、不同用药时间，分批次将药品放置于不同颜色的容器内；按病区、按药物性质不同放置于不同的混合调配区内。

（三）摆药时需检查药品的品名、剂量、规格等是否符合标签内容，同时应当注意药品的完好性及有效期，并签名或者盖签章。

（四）摆药注意事项

1. 摆药时，确认同一患者所用同一种药品的批号相同。

2. 摆好的药品应当擦拭清洁后，方可传递入洁净室，但不应当将粉针剂西林瓶盖去掉。

3. 每日应当对用过的容器按规定进行整理擦洗、消毒，以备下次使用。

（五）摆药准备室补充药品

1. 每日完成摆药后，应当及时对摆药准备室短缺的药品进行补充，并应当校对。

2. 补充的药品应当在专门区域拆除外包装，同时要核对药品的有效期、生产批号等，严防错位，如有尘埃，需擦拭清洁后方可上架。

3. 补充药品时，应当注意药品有效期，按先进先用、近期先用的原则。

4. 对氯化钾注射液等高危药品应当有特殊标识和固定位置。

（六）摆药核对操作规程

1. 将输液标签整齐地贴在输液袋（瓶）上，但不得将原始标签覆盖。

2. 药师摆药应当双人核对，并签名或盖签章。

3. 将摆有注射剂与贴有标签的输液袋（瓶）的容器通过传递窗送入洁净区操作间，按病区码放于药架（车）上。

六、静脉用药混合调配操作规程

（一）调配操作前准备

1. 在调配操作前 30 分钟，按操作规程启动洁净间和层流工作台净化系统，并确认其处于正常工作状态，操作间室温控制于 18～26℃、湿度 40%～65%、室内外压差符合规定，操作人员记录并签名。

2. 接班工作人员应当先阅读交接班记录，对有关问题应当及时处理。

3. 按更衣操作规程，进入洁净区操作间，首先用蘸有 75% 乙醇的无纺布从上到下、从内到外擦拭层流洁净台内部的各个部位。

（二）将摆好药品容器的药车推至层流洁净操作台附近相

应的位置。

（三）调配前的校对

调配药学技术人员应当按输液标签核对药品名称、规格、数量、有效期等的准确性和药品完好性，确认无误后，进入加药混合调配操作程序。

（四）调配操作程序：

1. 选用适宜的一次性注射器，拆除外包装，旋转针头连接注射器，确保针尖斜面与注射器刻度处于同一方向，将注射器垂直放置于层流洁净台的内侧。

2. 用75％乙醇消毒输液袋（瓶）的加药处，放置于层流洁净台的中央区域。

3. 除去西林瓶盖，用75％乙醇消毒安瓿瓶颈或西林瓶胶塞，并在层流洁净台侧壁打开安瓿，应当避免朝向高效过滤器方向打开，以防药液喷溅到高效过滤器上。

4. 抽取药液时，注射器针尖斜面应当朝下，紧靠安瓿瓶颈口抽取药液，然后注入输液袋（瓶）中，轻轻摇匀。

5. 溶解粉针剂，用注射器抽取适量静脉注射用溶媒，注入于粉针剂的西林瓶内，必要时可轻轻摇动（或置振荡器上）助溶，全部溶解混匀后，用同一注射器抽出药液，注入输液袋（瓶）内，轻轻摇匀。

6. 调配结束后，再次核对输液标签与所用药品名称、规格、用量，准确无误后，调配操作人员在输液标签上签名或者盖签章，标注调配时间，并将调配好的成品输液和空西林瓶、安瓿与备份输液标签及其他相关信息一并放入筐内，以供检查者核对。

7. 通过传递窗将成品输液送至成品核对区，进入成品核对包装程序。

8. 每完成一组输液调配操作后，应当立即清场，用蘸有75％乙醇的无纺布擦拭台面，除去残留药液，不得留有与下批输液调配无关的药物、余液、用过的注射器和其他物品。

（五）每天调配工作结束后，按本规范和操作规程的清洁消毒操作程序进行清洁消毒处理。

（六）静脉用药混合调配注意事项

1. 不得采用交叉调配流程。

2. 静脉用药调配所用的药物，如果不是整瓶（支）用量，则必须将实际所用剂量在输液标签上明显标识，以便校对。

3. 若有两种以上粉针剂或注射液需加入同一输液时，应当严格按药品说明书要求和药品性质顺序加入；对肠外营养液、高危药品和某些特殊药品的调配，应当制订相关的加药顺序调配操作规程。

4. 调配过程中，输液出现异常或对药品配伍、操作程序有疑点时应当停止调配，报告当班负责药师查明原因，或与处方医师协商调整用药医嘱；发生调配错误应当及时纠正，重新调配并记录。

5. 调配操作危害药品注意事项

（1）危害药品调配应当重视操作者的职业防护，调配时应当拉下生物安全柜防护玻璃，前窗玻璃不可高于安全警戒线，以确保负压。

（2）危害药品调配完成后，必须将留有危害药品的西林瓶、安瓿等单独置于适宜的包装中，与成品输液及备份输液标签一并送出，以供核查。

（3）调配危害药品用过的一次性注射器、手套、口罩及检查后的西林瓶、安瓿等废弃物，按规定由本医疗机构统一处理。

（4）危害药品溢出处理按照相关规定执行。

七、成品输液的核对、包装与发放操作规程

（一）成品输液的检查、核对操作规程

1. 检查输液袋（瓶）有无裂纹，输液应无沉淀、变色、异物等。

2. 进行挤压试验，观察输液袋有无渗漏现象，尤其是加药处。

3. 按输液标签内容逐项核对所用输液和空西林瓶与安瓿

的药名、规格、用量等是否相符。

4. 核检非整瓶（支）用量的患者的用药剂量和标识是否相符。

5. 各岗位操作人员签名是否齐全，确认无误后核对者应当签名或盖签章。

6. 核查完成后，空安瓿等废弃物按规定进行处理。

（二）经核对合格的成品输液，用适宜的塑料袋包装，按病区分别整齐放置于有病区标记的密闭容器内，送药时间及数量记录于送药登记本。在危害药品的外包装上要有醒目的标记。

（三）将密闭容器加锁或加封条，钥匙由调配中心和病区各保存一把，配送工人及时送至各病区，由病区药疗护士开锁或启封后逐一清点核对，并注明交接时间，无误后，在送药登记本上签名。

八、静脉用药调配所需药品与物料领用管理规程

（一）药品、物料的请领、保管与养护应当有专人负责。

（二）药品的请领

1. 静脉用药调配中心（室）药品的请领应当根据每日消耗量，填写药品请领单，定期向药库请领，药品请领单应当有负责人或指定人员签名。

2. 静脉用药调配中心（室）不得调剂静脉用药调配以外的处方。

3. 静脉用药调配中心（室）不得直接对外采购药品，所需的药品一律由药学部门药品科（库）统一采购供应。

（三）药品的验收

1. 负责二级药库管理的药师应当依据药品质量标准、请领单、发药凭证与实物逐项核对，包括品名、规格、数量及有效期是否正确，药品标签与包装是否整洁、完好，核对合格后，分类放置于相应的固定货位，并在发药凭证上签名。

2. 凡对药品质量有质疑、药品规格数量不符、药品过期或有破损等,应当及时与药品科(库)沟通,退药或更换,并做好记录。

(四)药品的储存管理与养护

1. 药库应当干净、整齐,地面平整、干燥,门与通道的宽度应当便于搬运药品和符合防火安全要求;药品储存应当按"分区分类、货位编号"的方法进行定位存放,按药品性质分类集中存放;对高危药品应设置显著的警示标志;并应当做好药库温湿度的监测与记录。

2. 药库具备确保药品与物料储存要求的温湿度条件:常温区域10～30℃,阴凉区域不高于20℃,冷藏区域2～8℃,库房相对湿度40%～65%。

3. 药品堆码与散热或者供暖设施的间距不小于30厘米,距离墙壁间距不少于20厘米,距离房顶及地面间距不小于10厘米。

4. 规范药品堆垛和搬运操作,遵守药品外包装图示标志的要求,不得倒置存放。

5. 每种药品应当按批号及有效期远近依次或分开堆码并有明显标志,遵循"先产先用"、"先进先用"、"近期先用"和按批号发药使用的原则。

6. 对不合格药品的确认、报损、销毁等应当有规范的制度和记录。

(五)已建立医院信息系统的医疗机构,应当建立电子药品信息管理系统,药品存量应当与一级库建立电子网络传递联系,加强药品成本核算和账务管理制度。

(六)静脉用药调配中心(室)所用药品应当做到每月清点,账物相符,如有不符应当及时查明原因。

(七)注射器和注射针头等物料的领用、管理应当按本规范的有关规定和参照药品请领、验收管理办法实施,并应当与药品分开存放。

九、电子信息系统调配静脉用药规程

（一）电子信息系统静脉用药调配流程

1. 由医师按照《处方管理办法》和《电子病历基本规范（试行）》有关规定，负责将患者处方或用药医嘱分组录入电脑。

2. 将静脉输液医嘱直接传递至静脉用药调配中心（室）。

3. 经药师审核处方或用药医嘱的适宜性后，自动生成输液标签及备份输液标签或采用电子处方信息系统记录，上述标签或记录均应当有各道工序操作人员的信息。

（二）建立电子药品信息管理系统。处方或用药医嘱打印成输液标签，并在完成调配操作流程后，自动减去处方组成药品在二级库所存药品数量，做到账物相符，并自动形成药品月收支结存报表。

十、静脉用药调配中心（室）人员更衣操作规程

（一）进出静脉用药调配中心（室）更衣规程。进出静脉用药调配中心（室）应当更换该中心（室）工作服、工作鞋并戴发帽。非本中心（室）人员未经中心（室）负责人同意，不得进入。

（二）进入十万级洁净区规程（一更）

1. 换下普通工作服和工作鞋，按六步手清洁消毒法消毒手并烘干。

2. 穿好指定服装并戴好发帽、口罩。

（三）进入万级洁净区规程（二更）

1. 更换洁净区专用鞋、洁净隔离服。

2. 手消毒，戴一次性手套。

（四）离开洁净区规程

1. 临时外出 在二更室脱下洁净隔离服及帽子、口罩整齐放置，一次性手套丢入污物桶内；在一更室应当更换工作服和工作鞋。

2. 重新进入洁净区时，必须按以上更衣规定程序进入洁

净区。

3. 当日调配结束时,脱下的洁净区专用鞋、洁净隔离服进行常规消毒,每周至少清洗 2 次;一次性口罩、手套一并丢入污物桶。

十一、静脉用药调配中心(室)清洁、消毒操作规程

(一)地面消毒剂的选择与制备

1. 次氯酸钠,为 5% 的强碱性溶液,用于地面消毒为 1% 溶液,本溶液须在使用前新鲜配制,处理/分装高浓度 5% 次氯酸钠溶液时,必须戴厚口罩和防护手套。

2. 季铵类阳离子表面活性剂,有腐蚀性;禁与肥皂水及阴离子表面活性剂联合使用,应当在使用前新鲜配制。

3. 甲酚皂溶液,有腐蚀性,用于地面消毒为 5% 溶液,应当在使用前新鲜配制。

(二)静脉用药调配中心(室)清洁与卫生管理其他规定

1. 各操作室不得存放与该室工作性质无关的物品,不准在静脉用药调配中心(室)用餐或放置食物。

2. 每日工作结束后应当及时清场,各种废弃物必须每天及时处理。

(三)非洁净区的清洁、消毒操作程序

1. 每日工作结束后,用专用拖把擦洗地面,擦拭工作台、凳椅、门框及门把手、塑料筐等。

2. 每周消毒一次地面和污物桶:先用清水清洁,待干后,再用消毒液擦洗地面及污物桶内外,15 分钟以后再用清水擦去消毒液。

3. 每周一次用 75% 乙醇擦拭消毒工作台、成品输送密闭容器、药车、不锈钢设备、凳椅、门框及门把手。

(四)万级洁净区清洁、消毒程序

1. 每日的清洁、消毒 调配结束后,用清水清洁不锈钢设备、层流操作台面及两侧内壁,传递窗顶部、两侧内壁、把手及台

面,凳椅,照明灯开关等,待挥干后,用 75% 乙醇擦拭消毒。

2. 每日按规定的操作程序进行地面清洁、消毒。

3. 墙壁、顶棚每月进行一次清洁、消毒,操作程序同上。

(五)清洁、消毒注意事项

1. 消毒剂应当定期轮换使用。

2. 洁净区和一般辅助工作区的清洁工具必须严格分开,不得混用。

3. 清洁、消毒过程中,不得将水或消毒液喷淋到高效过滤器上。

4. 清洁、消毒时,应当按从上到下、从里向外的程序擦拭,不得留有死角。

5. 用水清洁时,待挥干后,才能再用消毒剂擦拭,保证清洁、消毒效果。

十二、生物安全柜的操作规程

生物安全柜属于垂直层流台,通过层流台顶部的高效过滤器,可以过滤 99.99% 的 0.3μm 以上的微粒,使操作台空间形成局部 100 级的洁净环境,并且通过工作台面四周的散流孔回风形成相对负压,因此,不应当有任何物体阻挡散流孔,包括手臂等。用于调配危害药品的生物安全柜,应当加装活性炭过滤器用于过滤排出的有害气体。

(一)清洁与消毒

1. 每天在操作开始前,应当使用 75% 的乙醇擦拭工作区域的顶部、两侧及台面,顺序应当从上到下,从里向外。

2. 在调配过程中,每完成一份成品输液调配后,应当清理操作台上废弃物,并用水擦拭,必要时再用 75% 的乙醇消毒台面。

3. 每天操作结束后,应当彻底清场,先用水清洁,再用 75% 乙醇擦拭消毒。

4. 每天操作结束后应当打开回风槽道外盖,先用蒸馏水清洁回风槽道,再用75%乙醇擦拭消毒。

（二）生物安全柜的操作与注意事项

1. 有1~2位调配人员提前半小时先启动生物柜循环风机和紫外线灯,关闭前窗至安全线处,30分钟后关闭紫外线灯,然后用75%乙醇擦拭生物安全柜顶部、两侧及台面,顺序为从上到下、从里到外进行消毒,然后打开照明灯后方可进行调配。

2. 紫外线灯启动期间,不得进行调配,工作人员应当离开操作间。

3. 紫外线灯应当定期检测,如达不到灭菌效果时,应当及时更换灯管。

4. 所有静脉用药调配必须在离工作台外沿20厘米,内沿8~10厘米,并离台面至少10厘米区域内进行。

5. 调配时前窗不可高过安全警戒线,否则,操作区域内不能保证负压,可能会造成药物气雾外散,对工作人员造成伤害或污染洁净间。

6. 生物安全柜的回风道应当定期用蒸馏水擦拭清洁后,再用75%乙醇消毒

7. 生物安全柜每月应当做一次沉降菌监测,方法:将培养皿打开,放置在操作台上半小时,封盖后进行细菌培养,菌落计数。

8. 生物安全柜应当根据自动监测指示,及时更换过滤器的活性炭。

（三）每年应当对生物安全柜进行各项参数的检测,以保证生物安全柜运行质量,并保存检测报告。

十三、水平层流洁净台操作规程

（一）物品在水平层流洁净台的正确放置与操作,是保证洁净台工作质量的重要因素。从水平层流洁净台吹出来的空气是经过高效过滤器过滤,可除去99.99%直径0.3毫米以上的微粒,并确保空气的流向及流速。用于静脉用药调配操作的水平

层流台的进风口应当处于工作台的顶部,这样可保证最洁净的空气先进入工作台,工作台的下部支撑部分可确保空气流通。此类层流洁净台只能用于调配对工作人员无伤害的药物,如电解质类药物、肠外营养药等。

（二）清洁与消毒

1. 每天在操作开始前,有 1～2 位调配人员提前启动水平层流台循环风机和紫外线灯,30 分钟后关闭紫外灯,再用 75％乙醇擦拭层流洁净台顶部、两侧及台面,顺序为从上到下、从里向外进行消毒；然后打开照明灯后方可进行调配。

2. 在调配过程中,每完成一份成品输液调配后,应当清理操作台上废弃物,并用水清洁,必要时再用 75％的乙醇消毒台面。

3. 每天调配结束后,应当彻底清场,先用水清洁,再用 75％乙醇擦拭消毒。

（三）水平层流洁净台的操作与注意事项

1. 水平层流洁净台启动半小时后方可进行静脉用药调配。

2. 应当尽量避免在操作台上摆放过多的物品,较大物品之间的摆放距离宜约为 15 厘米；小件物品之间的摆放距离约为 5厘米。

3. 洁净工作台上的无菌物品应当保证第一时间洁净的空气从其流过,即物品与高效过滤器之间应当无任何物体阻碍,也称"开放窗口"。

4. 避免任何液体物质溅入高效过滤器,高效过滤器一旦被弄湿,很容易产生破损及滋生真菌。

5. 避免物体放置过于靠近高效过滤器,所有的操作应当在工作区内进行,不要把手腕或胳膊肘放置在洁净工作台上,随时保持"开放窗口"。

6. 避免在洁净间内剧烈的动作,避免大声喧哗,应当严格遵守无菌操作规则。

7. 水平层流洁净台可划分为 3 个区域

（1）内区，最靠近高效过滤器的区域，距离高效过滤器10～15厘米，适宜放置已打开的安瓿和其他一些已开包装的无菌物体。

（2）工作区，即工作台的中央部位，离洁净台边缘10～15厘米，所有的调配应当在此区域完成。

（3）外区，从台边到15～20厘米距离的区域，可用来放置有外包装的注射器和其他带外包装的物体（应尽量不放或少放）。

8. 安瓿用砂轮切割和西林瓶的注射孔盖子打开后，应当用75％乙醇仔细擦拭消毒，去除微粒，打开安瓿的方向应当远离高效过滤器。

9. 水平层流洁净台每周应当做一次动态浮游菌监测，方法：将培养皿打开，放置在操作台上半小时，封盖后进行细菌培养，菌落计数。

（四）每年应对水平层流洁净台进行各项参数的检测，以保证洁净台运行质量，并保存检测报告。

十四、其 他

医疗机构开展其他集中或者分散的临床静脉用药调配，参照以上各项有关操作规程执行，具体实施规程由各医疗机构负责制订。

第二章

临床常见症状护理

第一节　呼吸系统常见症状的护理

【咳嗽、咳痰的护理】

一、概　　念

咳嗽与咳痰(cough and expectoration)是呼吸系统疾病最常见的症状之一,也是许多呼吸系统外疾病的共有症状。

咳嗽是人体的一种防御性反射动作。呼吸道内的分泌物和自外界吸入呼吸道的异物,可借助咳嗽反射排出体外,但频繁咳嗽影响工作与休息,消耗体力,则属病理现象。

咳痰是下呼吸道或肺部的分泌物,借助咳嗽排出体外,称咳痰。在肺瘀血或肺水肿时,肺泡毛细血管有不同程度的浆液漏出,也可引起咳痰。

二、病　　因

1. **呼吸系统疾病**

(1)感染:由病毒、支原体、立克次体、细菌、寄生虫等引起的呼吸道急性或慢性感染。

(2)变态反应性疾病:过敏性鼻炎、支气管哮喘、嗜酸粒细胞肺浸润等。

(3)肿瘤:鼻咽部、声带、气管、支气管、肺、胸膜或纵隔的肿瘤。

（4）理化因素：灰尘、异物、冷或热空气及化学性气体、毒气对呼吸道黏膜的刺激，呼吸道受压或牵拉，如支气管癌、纵隔肿瘤、主动脉瘤、胸腔积液等。

2.　循环系统疾病

（1）心功能不全：二尖瓣狭窄或其他原因所致的肺瘀血与肺水肿，或因右心及体外循环静脉栓子脱落引起肺栓塞等。

（2）其他：左心房增大、心包炎、心包积液、肺梗死等也可引起咳嗽。

3.　全身感染　　如麻疹、风疹、流行性出血热、斑疹伤寒、百日咳、传染性单核细胞增多症等累及呼吸道时。

4.　神经、精神因素

（1）神经反射性：膈神经反射刺激见于膈下脓肿、肝脓肿、肝或脾周围炎等；迷走神经耳支反射刺激见于外耳道异物或炎症等。

（2）神经官能症：如习惯性咳嗽、癔症。

5.　其他　　胸膜炎症、恶性肿瘤或白血病的肺或胸膜浸润等。

三、临床表现

咳嗽的病因不同，临床表现也可不同。咳嗽有时无力、单发或散在，有时为连续、频繁咳嗽，有时为发作性、刺激性或慢性有痰的咳嗽。在时间上，有时多见于晨间起床后，有时发生在夜间睡眠中。在音色上，有时伴重金属声，有时声音低微、嘶哑。不同疾病，咳痰的数量、性质、气味、颜色亦异。痰量少时仅数毫升，多时达数百毫升，感染化脓时，痰静止后可分3层：上层为泡沫，中层为黏液，下层为脓块。严重咳嗽、咳痰所致呼吸肌疲劳、酸痛，使患者不敢有效的咳嗽和咳痰，并可致失眠、头痛、精神不宁、食欲下降、能量消耗增多。剧咳可因胸膜脏层破裂产生自发性气胸，或因呼吸道黏膜上皮受损产生咯血等。

四、相关护理诊断／护理问题

1. 清理呼吸道无效　与痰液黏稠有关；与咳嗽无力有关。
2. 活动无耐力　与长期频繁咳嗽有关。
3. 睡眠型态紊乱　与夜间频繁咳嗽有关。
4. 知识缺乏　缺乏吸烟对健康危害方面的知识。

五、护理措施

1. 评估及观察

(1)咳嗽的性质、出现时间及音色：急性干性咳嗽，多与急性上呼吸道感染、急性支气管炎等有关；刺激性呛咳是肺结核、肺癌的早期表现；慢性支气管炎多在冬季及气候突变时发病，上呼吸道感染多在受寒后发生。伴金属音的咳嗽，应警惕肿瘤；声音嘶哑的咳嗽，应明确是声带炎症，或肿瘤压迫引起。

(2)咳嗽与体位的关系：支气管扩张症或肺脓肿的咳嗽，与体位改变有明显关系；脓胸伴支气管胸膜瘘，在一定体位时，脓液进入气管可引起剧咳。纵隔肿瘤、大量胸腔积液，改变体位时也可引起咳嗽。

(3)痰的性质、量、气味：白色黏稠痰，见于慢性支气管炎、支气管哮喘；黄脓痰提示有感染；血性痰多见于支气管扩张症、肺结核、支气管肺癌等。痰量增减可反映病情进展，痰量增多提示病情加重；减少提示病情好转；痰量骤然减少而体温升高，应警惕排痰不畅。脓臭痰提示厌氧菌感染。

(4)伴随症状：咳嗽伴发热，提示呼吸道感染可能；咳嗽伴胸痛，提示病变累及胸膜；呈固定性胸痛多由肺癌引起。咳嗽伴喘息，为支气管哮喘或急性肺水肿。

(5)咳嗽与咳痰的身体反应：有无长期或剧烈咳嗽所致的头痛、睡眠不佳、精神萎靡、食欲不振、呼吸肌疲劳和酸痛、咯血等。如剧烈咳嗽后突然出现胸痛和气急，应警惕自发性气胸的可能。观察患者体力情况，评估其能否有效咳嗽及能否将痰液咳出。

2. 改善环境　保持室内空气新鲜流通,温湿度适宜,避免尘埃和烟雾等刺激,保持空气新鲜,注意保暖,避免受凉。

3. 补充营养与水分　给予高蛋白、高维生素饮食,多饮水,每日饮水量保持在 1500ml 以上,以利稀释痰液。

4. 调整体位　根据病情安置合适的体位,以缓解呼吸困难,保证患者休息,减少耗氧量。

5. 保持呼吸道通畅　及时清除呼吸道分泌物,可采用叩击、震颤拍背;体位引流;湿化、雾化痰液等方法,协助患者排痰,必要时给予吸痰。

6. 按医嘱给予促进排痰的祛痰药物　根据病情给予氧气吸入或使用人工呼吸机,以改善呼吸困难。

7. 根据患者具体情况酌情指导进行深呼吸训练、腹式呼吸训练、缩唇呼吸、激励呼吸法等,以改善和控制通气,减少呼吸做功,进而纠正呼吸功能不足。

8. 预防并发症　对咳脓痰者加强口腔护理,餐前及排痰后应充分漱口;昏迷患者,每 2 小时翻身 1 次,每次翻身前后注意吸痰,以免口腔分泌物进入支气管造成窒息。

9. 心理护理　维持良好的护患关系,消除患者的紧张、恐惧心理,保持良好心态。

10. 健康教育　讲解有效咳嗽和保持呼吸道通畅的重要性及方法,指导患者有效咳嗽:取坐位或半坐位,放松双肩,上身前倾,护士用双手固定胸腹部或手术伤口处,嘱患者深吸气后用力咳嗽 1~2 次,以咳出痰液,咳嗽间歇让患者休息。

【发热的护理】

一、概　念

体温过高(hyperthermia)又称发热(fever):体温调节中枢受致热原作用,或体温调节中枢功能紊乱,使产热增多,散热减少,体温升高超过正常范围。正常人体温相对恒定,一般为 36~37℃。

二、病　因

1. 感染性发热　为导致发热的最主要因素,占发热病因的50%～60%。各种病原体包括细菌、病毒、真菌、支原体、立克次体、螺旋体、寄生虫等引起的急性或慢性、局部性或全身性感染均可引起发热。

2. 非感染性发热　非病原体物质引起的发热均属非感染性发热。

(1)无菌坏死物质吸收:包括机械性、化学性因素所致组织损伤,如大面积烧伤、创伤或手术,血管栓塞或血栓形成所致心、脑等器官梗死或肢体坏死;恶性肿瘤、急性溶血反应所致组织、细胞破坏。组织细胞坏死及组织坏死产物吸收时,常引起发热,又称吸收热。

(2)免疫性疾病:如风湿热、血清病、药物热、结缔组织病及某些恶性肿瘤,其发热与外源性致热原抗原抗体复合物的形成有关。

(3)内分泌与代谢性疾病:甲状腺功能亢进时产热增多,严重脱水时散热减少等,使体温升高。

(4)皮肤散热障碍:见于广泛性皮炎、慢性心功能不全等,因皮肤散热减少引起低热。

(5)体温调节中枢功能障碍:常见于中暑、安眠药中毒、脑出血、颅内肿瘤或颅脑外伤。其产生与某些致热物质直接损害体温调节中枢有关,称为中枢性发热。

(6)自主神经功能紊乱:多为低热,常伴自主神经功能紊乱的其他表现。

三、发热程度的分级(以口腔温度为例)

1. 低热　37.3～38℃(99.1～100.4℉)。

2. 中热　38.1～39.0℃(100.6～102.2℉)。

3. 高热　39.1～41.0℃(102.4～105.8℉)。

4. 超高热　41℃(105.8℉)以上。

四、发热过程及表现

发热过程分为体温上升期、高热持续期、退热期。具体内容见"生命体征的测量"相关内容。

五、相关护理诊断／护理问题

1. **体温过高**　与感染、组织损伤与坏死组织吸收、体温调节中枢功能障碍等有关。

2. **体液不足**　与出汗过多有关。

3. **感染**　与机体反应、抵抗力下降有关。

六、护 理 措 施

1. **降低体温**　可以选用物理降温或药物降温法。物理降温法有局部和全身冷疗两种，局部冷疗是利用传导散热的方式将冷毛巾、冰袋或化学致冷袋放于降温部位；全身冷疗采用温水擦浴或酒精擦浴方法，使人体温度下降。药物降温是利用人体蒸发散热的方式降低体温，使用降温药物时应注意药物的剂量，尤其对年老体弱及心血管疾病患者，应防止出现虚脱或休克现象。降温后 30 分钟测量体温，并做好记录。

2. 加强病情观察

(1)观察生命体征：每日测量体温 4 次，高热时每 4 小时测量一次，体温恢复正常 3 天后改为每日 1～2 次，注意发热的热型、程度及过程，同时应注意呼吸、脉搏和血压的变化。

(2)观察伴随症状是否出现及程度：如寒战、淋巴结肿大、出血现象，肝、脾肿大，结膜充血，单纯疱疹，关节肿痛，意识障碍等。

(3)观察发热原因及诱因有无解除：如发热的诱因有受寒，饮食不清洁，过度疲劳，服用某些抗肿瘤药物、免疫抑制剂、抗生素等。

（4）观察治疗效果：如治疗前后效果及实验室检查结果。

（5）观察饮水量、饮食摄取量、尿量及体重变化。

3. 补充营养和水分　给予高热量、高蛋白、高维生素、易消化的流质或半流质食物。注意食物的色、香、味，应少量多餐，提高机体的抵抗力。鼓励患者多饮水，每日 3000ml 为宜，以补充高热消耗的大量水分，加速毒素和代谢产物排出体外。

4. 促进患者舒适

（1）休息：提供适宜的休息环境，促进机体康复。

（2）口腔护理：发热时由于唾液的分泌减少，口腔黏膜干燥，且抵抗力下降，有利于病原体生长、繁殖，易出现口腔感染。应在晨起、餐后、睡前协助患者漱口，保持口腔清洁。

（3）皮肤护理：对大量出汗者，应随时擦干汗液，更换衣服和床单，防止受凉。对长期持续高热者，应协助其改变体位，防止压疮、肺炎等并发症发生。

5. 心理护理

（1）体温上升期：患者突然发冷、发抖、面色苍白，易发生紧张、不安、害怕等心理反应，此时应注意经常探视患者，耐心解答其提出的各种问题，尽量满足患者的需要，给予精神安慰。

（2）高热持续期：应尽量解除高热带给患者的身心不适，合理处理患者的需求。

（3）退热期：应使患者舒适，注意清洁卫生，及时补充营养。

第二节　循环系统常见症状的护理

【心悸、胸闷的护理】

一、概　　念

心悸（palptation）是一种对心脏跳动感到不适的自觉症状。心悸时心脏搏动可增强，心率可快、可慢，可有心律失常，也可完全正常。

二、病　因

1. 心脏搏动增强　心脏搏动增强所致心悸,可为生理性或病理性。

(1)生理性见于正常人剧烈活动、受惊吓或精神过度紧张时;饮酒、浓茶或咖啡后;应用麻黄碱、氨茶碱、肾上腺素、阿托品、甲状腺素片等药物。

(2)病理性主要见于高血压性心脏病、风湿性心脏病、冠状动脉硬化性心脏病、先天性心脏病如室间隔缺损等所致的心室肥大、甲状腺功能亢进症、高热、贫血、低血糖症等。

2. 心律失常　常见类型包括各种原因引起的心动过速:如窦性心动过速、阵发性室性心动过速或室性心动过速等;心动过缓:高度房室传导阻滞、窦性心动过缓,病态窦房结综合征等;心律失常:房性或室性期前收缩、心房颤动等。

3. 自主神经功能紊乱　见于心脏神经官能症等,精神因素常为发病诱因。

三、临床表现

1. 症状和伴随症状　患者自觉心跳或心慌。常见的伴随症状有:

(1)头晕、晕厥:多见于不同病因引起的心律失常,如高度房室传导阻滞、阵发性心动过速引起的心源性脑缺氧综合征。

(2)呼吸困难:各种病因引起的二尖瓣关闭不全、主动脉瓣关闭不全及严重心律失常引起的心功能不全。

(3)胸痛:冠状动脉硬化性心脏病发生心绞痛时,心前区常伴有压榨样疼痛。

(4)交感神经功能亢进症状:出冷汗、手足冰冷、麻木等。

2. 体征　体格检查部分患者可无阳性体征,部分有原发病体征,或有心率或心律的紊乱。心悸所致不适可影响工作、学习、睡眠和日常生活自理能力。

(1)左心功能不全:由于肺瘀血致肺泡弹性降低妨碍了肺组织的扩张与收缩,其特点为活动时出现或加重,休息后减轻或缓解,仰卧加重,坐位减轻,重者取强迫端坐位。急性左心衰竭时,多于夜间睡眠时发生呼吸困难,称夜间阵发性呼吸困难。发作较轻时胸闷、气促数分钟消失;重者气喘、面色青紫、出汗、有哮鸣音、咳粉红色泡沫样痰,两肺底有湿性啰音,称心源性哮喘。见于高血压性心脏病、冠状动脉硬化性心脏病、风湿性心瓣膜病、心肌炎、心肌病等。

(2)右心功能不全:由于体循环瘀血、腹水和胸水等,使呼吸运动受限,或由于酸性代谢产物增多,刺激呼吸中枢出现呼吸困难。主要见于慢性肺源性心脏病。

四、相关护理诊断/护理问题

1. 活动无耐力 与心悸发作所致不适有关。
2. 恐惧 与心悸发作对心脏功能的影响有关。
3. 潜在并发症 心力衰竭。

五、护理措施

1. 观察病情变化,定时测量生命体征。特别要注意观察脉搏的脉率、节律、强弱等;观察药物的治疗效果和不良反应;使用起搏器者应做好相应的护理。

2. 休息与活动 建议患者卧床休息时间延长,适当运动,以减少心肌耗氧量。

3. 准备急救物品和仪器 准备抗心律失常的药物,除颤仪处于完好状态。

4. 心理护理 讲解与心悸有关的知识,安慰患者,稳定患者情绪,消除其紧张、恐惧感。

5. 健康教育 患者应摄入清淡易消化的饮食,减少刺激性饮食,如浓茶、咖啡、辛辣食物,戒烟戒酒,保持排便通畅,勿用力大便,学会自我监测脉搏及观察药物的不良反应。

【高血压的护理】

一、概　念

高血压(hypertension)　18 岁以上成年人收缩压≥140mmHg(18.6kPa)或舒张压≥90mmHg(12kPa)称高血压。目前采用 1999 年世界卫生组织与国际高血压联盟(WHO/ISH)制订的高血压标准。

高血压的分级(WHO/ISH)

分级	收缩压(mmHg)	舒张压(mmHg)
理想血压	<120	<80
正常血压	<130	<85
正常高值	130~139	85~89
1 级高血压(轻度)	140~159	90~99
亚组:临界高血压	140~149	90~94
2 级高血压(中度)	160~179	100~109
3 级高血压(重度)	≥180	≥110
单纯收缩期高血压	≥140	<90
亚组:临界收缩期高血压	140~149	<90

二、病　因

高血压病因不明与发病相关的因素有:

1. 年龄　发病率有随年龄增长而增高的趋势 40 岁以上者发病率高。

2. 食盐　摄入食盐多者高血压发病率高。

3. 体重　肥胖者发病率高。

4. 遗传　大约半数高血压患者有家族史。

5. 环境与职业　有噪音的工作环境、过度紧张的脑力劳动均易发生高血压,城市中的高血压发病率高于农村。

三、临床表现

高血压患者常伴有以下症状:

1. 头疼 部位多在后脑,并伴有恶心、呕吐感。若经常感到头痛,而且很剧烈,同时又恶心、呕吐,提示可能出现高血压危象。

2. 眩晕 可能会在突然蹲下或起立时发作。

3. 耳鸣 双耳耳鸣,持续时间较长。

4. 心悸气短 高血压会导致心肌肥厚、心脏扩大、心肌梗死、心功能不全,这些都是导致心悸气短的症状。

5. 失眠 多为入睡困难、早醒、睡眠不踏实、易做噩梦、易惊醒。这与大脑皮质功能紊乱及自主神经功能失调有关。

6. 肢体麻木 常见手指、脚趾麻木或皮肤如蚁行感,手指不灵活。身体其他部位也可能出现麻木,还可能感觉异常,甚至半身不遂。

四、相关护理诊断 / 护理问题

1. 疼痛 与高血压脑血管痉挛有关。

2. 活动无耐力 与并发心力衰竭有关。

3. 有受伤的危险 与头晕和视力模糊有关。

4. 执行治疗方案无效 与缺乏相应知识和治疗的复杂性、长期性有关。

5. 潜在并发症:心力衰竭、脑血管意外、肾衰竭。

五、护理措施

1. 良好环境 病室整洁、通风良好、温湿度适宜、照明合理、安静舒适。

2. 合理饮食 应让患者摄入易消化、低脂、低胆固醇、低盐、高维生素、高纤维素饮食,控制烟、酒、浓茶、咖啡等摄入。

3. 生活规律　患者要保证足够的睡眠,养成定时排便的习惯,注意保暖,避免冷热刺激等。

4. 控制情绪　患者应加强自我修养,随时调整情绪,避免精神紧张、情绪激动、烦躁、焦虑、忧愁等精神因素,保持心情舒畅。

5. 坚持运动　指导患者参加力所能及的体力劳动和适当的体育运动,以改善血液循环,增强心血管功能。

6. 加强监测　对需要密切观察血压的患者应做到"四定",即定时间、定部位、定体位、定血压计;嘱咐患者合理用药,注意药物治疗效果和不良反应的监测;观察有无并发症的发生。如发现患者血压急剧升高,同时出现头痛、呕吐等症状时,应考虑发生高血压危象的可能,立即通知医师并让患者卧床、吸氧,同时准备快速降压药物、脱水剂等,如患者抽搐、躁动,则应注意安全。

7. 用药护理　服用降压药应从小剂量开始,逐渐加量。同时,密切观察疗效,如血压下降过快,应调整药物剂量。在血压长期控制稳定后,可按医嘱逐渐减量,不得随意停药。某些降压药物可引起体位性低血压,在服药后应卧床2～3小时,必要时协助患者起床,待其坐起片刻,无异常后,方可下床活动。

8. 健康教育　教会患者和家属测量和判断异常血压的方法;了解生活有度、按时作息、修身养性、合理营养、戒烟戒酒的重要性。

第三节　消化系统常见症状的护理

【恶心与呕吐的护理】

一、概　念

恶心与呕吐(nausea and vomiting)是临床常见症状,恶心是欲将胃内容物经口吐出的一种上腹部特殊不适、紧迫欲吐的感觉。呕吐则是胃内容物或部分小肠内容物不自主地经食管逆流出口腔的现象。

二、病　　因

引起恶心、呕吐的病因很多,根据发生机制可分为以下几类:

1. 反射性呕吐　　由内脏等末梢神经传来的冲动,通过自主神经传入纤维刺激呕吐中枢引起的呕吐。

(1)消化系统疾病:包括:口咽部刺激;胃肠疾病如急性胃炎、慢性胃炎、幽门梗阻、急性阑尾炎、肠梗阻;肝、胆、胰腺疾病如肝炎、肝硬化、胆囊炎、胆石症、急性胰腺炎;腹膜及肠系膜疾病如急性腹膜炎等。

(2)其他系统疾病:包括:眼部疾病如青光眼、屈光不正等;泌尿及生殖系统疾病如尿路结石、肾绞痛、急性肾盂肾炎、盆腔炎等;心血管疾病如急性心肌梗死、心力衰竭等。

2. 中枢性呕吐　　由于中枢神经系统、化学感受器的刺激引起呕吐中枢兴奋而发生的呕吐。

(1)颅内压增高:见于各种病原体引起的中枢神经系统感染如脑膜炎、脑炎、脑脓肿;脑血管病如脑出血、脑梗死、高血压脑病等;颅脑外伤如脑震荡、颅内血肿等;脑肿瘤。

(2)药物或化学毒物的作用:如阿朴吗啡、洋地黄、有机磷、各种抗生素及抗肿瘤药物等。

(3)其他:妊娠、各种代谢障碍(如尿毒症)、酮中毒、低钠血症、低氯血症等。

3. 前庭功能障碍性呕吐　　Meniere病、迷路炎、晕动病等。

4. 神经官能症性呕吐　　如胃肠神经官能症、神经性畏食等。

三、临床表现

恶心常为呕吐的前驱表现,但也有呕吐前无恶心,或有恶心而无呕吐的情况。

恶心常伴有面色苍白、出汗、心率减慢、血压降低等迷走神经兴奋的表现。呕吐后,常有轻松感。急性胃肠炎引起的恶心、呕吐,多伴有腹痛、腹泻,胃肠梗阻引起者,其呕吐物为隔夜宿食,甚至有粪臭味;因颅压增高而发生的呕吐呈喷射性、较剧烈且多无恶心先兆,吐后不感轻松,可伴剧烈头痛及不同程度的意识障碍;前庭功能障碍引起者则多伴有眩晕及眼球震颤;神经官能症性呕吐与精神或情绪因素有关,常无恶心先兆,食后即吐,吐后可再进食。剧烈、频繁的恶心、呕吐,不仅给患者带来不适,甚至可引起胃及食管黏膜损伤及上消化道出血,同时由于丢失大量胃液而引起水、电解质及酸碱平衡紊乱。长期呕吐影响进食者,可致营养不良。儿童、老人和意识障碍者,易发生误吸而导致肺部感染、窒息。

四、相关护理诊断／护理问题

1. 舒适的改变　与疾病引起不适有关。

2. 体液不足　与呕吐引起体液丢失过多和(或)摄入量减少有关。

3. 营养失调:低于机体需要量与长期呕吐和食物摄入量不足有关。

4. 潜在并发症:窒息。

五、护理措施

1. 心理护理　对呕吐患者应给予热诚的关怀、同情、不嫌弃,减轻其紧张、烦躁及怕别人讨厌的心理压力,呕吐前有恶心的患者常有迷走神经兴奋的症状,同时伴有紧张不安的情绪,护士应及时发现,安慰患者,解除其紧张心情。对精神性呕吐患者应消除一切不良因素刺激,必要时可用暗示方法解除患者不良的心理因素。

2. 体位　患者站立时发生呕吐必须立即搀扶坐下或躺下,

病情轻者取坐位,重症、体力差或昏迷患者应侧卧,头偏向一侧,迅速取容器接取呕吐物。婴幼儿发生呕吐时,取卧位将头侧向一边,也可将其抱起坐于膝上,右手轻轻拍小儿背部,身体稍向前倾。恰当的体位是防止呕吐物呛入气管,引起窒息或吸入性肺炎的重要环节,胸腹部有伤口者,呕吐时应按压伤口,以减轻疼痛及避免伤口撕裂。

3. 保持呼吸道通畅　窒息死亡是呕吐最严重的并发症,因此保持呼吸道通畅至关重要。特别是对小儿、老年、神志不清、昏迷患者及呕吐大量鲜血者,必须备好急救物品。患者呕吐时护士应陪伴在旁,密切观察患者的面色、呛咳及呼吸道通畅情况。少量呕吐物呛入气管,轻拍患者背部可促使其咳出。量多时,应迅速用吸引器吸出,发生窒息者,必要时进行口对口人工呼吸或行气管切开术。

4. 清洁口腔　患者发生呕吐后,协助给予口鼻清洁。清醒患者给予温开水或生理盐水漱口;婴幼儿、昏迷患者应做好口腔护理,检查耳内、颈部有无流入呕吐物。必要时更换衣单,整理床铺,帮助患者取舒适卧位,将呕吐物的容器及污物拿出病室,使患者有一个安静、清新、舒适的环境。

5. 呕吐物处理　患者发生呕吐时,应了解呕吐前的饮食、用药情况、不适症状以及呕吐的时间、方式,呕吐物的性质、量、色、气味,以便判断其发病原因。根据需要保留呕吐物送验。呕吐物标本化验、测定后应消毒处置后方可倾倒。

6. 做好护理记录　记录的内容包括呕吐前患者的各种情况,呕吐时伴随的症状,呕吐物的性质、量、色、味及次数,采取的护理措施及效果,同时正确记录 24 小时出入液量,以利于在患者水和电解质丧失的情况下作出精确的估计,为治疗提出依据。

7. 呕吐不止者,需暂停进食。呕吐停止后,可给予热饮料,以补充水分。对长期、频繁及大量呕吐的患者,可根据医嘱给予补液。纠正营养不良,注意补充维生素、能量。

8. 对症处理,根据医嘱应用止吐药物。

【咯血、呕血的护理】

一、概　　念

咯血(hemoptysis)是指喉以下呼吸道任何部位的出血经随咳嗽经口腔咯出,包括大量咯出血痰或痰中带血。

呕血(hematemesis)是指因上消化道疾病或全身性疾病导致的上消化道出血,血液经口腔呕出的现象。

二、病　　因

咯血的病因多见于肺结核、支气管扩张、肺癌、肺脓、心脏病等,而呕血多是由于消化性溃疡、肝硬化、急性胃黏膜病变、胆道出血等引起。

三、临床表现

咯血发生之前通常会有喉部发痒、胸闷、咳嗽。一般少量咯血,仅表现为痰中带血。中等量以上咯血,咯血前患者可有胸闷、喉痒、咳嗽等先兆症状,咯出的血多数为鲜红色,伴有泡沫或痰,呈碱性。大量咯血时患者常伴呛咳、出冷汗、脉速、呼吸急促浅表、颜面苍白伴紧张不安和恐惧感。

呕血前多有上腹部不适及恶心,随后呕出血性胃内容物。呕吐物颜色于出血量大或在胃内停留时间短时,呈鲜红色或混有凝血块,或为暗红色;出血量少或在胃内停留时间长,血红蛋白与胃酸作用形成酸化正铁血红蛋白时,呈咖啡样棕褐色。上消化道出血在 1000ml 以下,主要表现为头晕、乏力、出汗、四肢厥冷、心慌、脉搏增快。出血量大于 1000ml,可有脉搏细速、血压下降、呼吸急促及休克等急性周围循环衰竭表现。表 4-5 为咯血与呕血的鉴别表。

表 4-5 咯血与呕血的鉴别

	咯血	呕血
病因	肺结核、支气管扩张、肺癌、肺炎、心脏病等	消化性溃疡、肝硬化、食管胃底静脉曲张、胃癌等
出血前症状	喉部痒感、胸闷、咳嗽等	上腹部不适、恶心呕吐
出血方式	咯出	呕出、可呈喷射状
血中混有物	痰、泡沫	食物残渣、胃液
酸碱反应	碱性	酸性
黑粪	咽下血液可有	有
出血后痰性状	痰中带血，常持续数日	呕血停止后仍持续数日无痰

四、相关护理诊断／护理问题

咯血

1. 有窒息的危险　与大量咯血有关；与意识障碍有关；与无力咳嗽所致血液堵塞气道有关。

2. 有感染的危险　与血液潴留在支气管有关。

3. 焦虑　与咯血不止、对检查结果感到不安有关。

4. 恐惧　与大量咯血有关。

5. 体液不足　与大量咯血所致循环血量不足有关。

6. 潜在并发症　休克。

呕血

1. 组织灌注量改变　与上消化道出血所致血容量减少有关。

2. 活动无耐力　与上消化道出血所致贫血有关。

3. 恐惧　与急性上消化道大量出血有关。

4. 知识缺乏　缺乏有关出血病因及防治的知识。

5. 潜在并发症　休克、急性肾衰竭。

五、护理措施

1. 给予心理安慰使患者保持镇静,解除恐惧或遵医嘱应用镇静剂。

2. 卧床休息,协助患者取侧卧位,鼓励患者将血咯出或呕出,保持呼吸道通畅并给予吸氧。

3. 观察生命体征及病情变化,咯血或呕血的量、性状、颜色、次数,并详细记录。

4. 建立静脉通路,遵医嘱给予止血药物,观察疗效及副作用。

5. 大量咯血或呕血的护理

(1)立即采取头低脚高,身体与床面呈 45° 的俯卧位,头偏向一侧,轻拍背部,迅速排出呼吸道和口咽部的血块。

(2)必要时用较粗的吸痰管及时吸出口腔内的血块或协助医生在气管镜下吸出气道内血块,保持气道通畅。

(3)迅速建立静脉通路,遵医嘱应用止血药物,观察疗效和不良反应,并配血以备急用。

(4)密切观察神志、体温、脉搏、呼吸、血压、尿量、皮肤温度及面色的变化并准确记录。

(5)备齐气管镜,气管切开包等抢救药品及物品。

6. 健康教育

(1)心理指导:指导患者保持安静,配合治疗,有利于止血,紧张、恐惧情绪能使肾上腺素分泌增加,血压升高,诱发和加重出血。

(2)饮食指导:出血停止后可进温、凉的流质食物。上消化道出血合理饮食是重要环节。

(3)活动休息指导:注意饮食起居有规律,保持乐观情绪,避免咳嗽,保持排便通畅。保证身心休息,戒烟、酒,在医生指导下用药,避免长期精神紧张和过度劳累,提高自我护理能力。

【腹痛的护理】

一、概 念

腹痛(abdominal pain)多由腹部病变所引起,亦可由腹腔外疾病或全身性疾病引起。按病程可分为急性与慢性,按病变性质可分为功能性与器质性。其中属于外科范围的急性腹痛,临床上常称"急腹症"。

二、病 因

1. **急性腹痛** 胃肠道穿孔;腹腔脏器的急性炎症,如急性胃炎、急性肠炎、急性胰腺炎、急性胆囊炎、急性腹膜炎等;腹内空腔脏器梗阻或扩张,如肠梗阻、胆道蛔虫症、胆道或泌尿系统结石等;腹内脏器扭转或破裂,如肠扭转、卵巢囊肿扭转、肠绞窄、肝破裂、脾破裂;腹内血管阻塞,如肠系膜动脉血栓形成;腹壁疾病,如腹壁挫伤、脓肿等;胸部疾病引起的牵涉痛,如肺梗死、心绞痛、心肌梗死等;全身性疾病,如过敏性紫癜、尿毒症、铅中毒等。

2. **慢性腹痛** 腹腔脏器的慢性炎症,如反流性食管炎、慢性胃炎、慢性胆囊炎、慢性溃疡性结肠炎、结核性腹膜炎等;消化性溃疡;腹内脏器包膜张力增加,如肝炎、肝瘀血、肝脓肿等;腹内肿瘤压迫或浸润;胃肠神经功能紊乱,如胃神经官能症、肠易激综合征等;中毒与代谢障碍,如尿毒症、铅中毒等。

三、临床表现

胃、十二指肠病变所致疼痛位于上腹部,空肠、回肠病变的疼痛位于脐周,右下腹疼痛多因回盲部病变所致,结肠及盆腔病变位于下腹部。胃、十二指肠溃疡多表现为周期性、节律性隐痛,合并幽门梗阻者则为胀痛,呕吐后可缓解。胃癌疼痛无规律。胆道、胰腺疾病疼痛多因进食而诱发或加重,可伴有放射痛。小肠及结肠病变的疼痛多为间歇性、痉挛性绞痛,结肠病变的疼痛可在排便后减轻。直肠病变者常伴有里急后重感。空腔脏器张力增加、组织缺血或炎症时可产生明显痛觉。

四、相关护理诊断／护理问题

1. 腹痛　与胃肠平滑肌痉挛、胃酸刺激溃疡面、肝脏肿瘤迅速增大使肝包膜被牵拉等有关。

2. 有感染的危险　与急腹症炎性刺激有关。

3. 体液不足的危险　与急腹症导致的体液丢失有关。

4. 恐惧　与急性腹痛、腹痛程度剧烈、担心疾病预后等有关。

五、护 理 措 施

1. 准确评估腹痛的部位、性质、程度、疼痛发生与持续时间,诱发、加重和缓解因素,及有无放射痛等。

2. 生活护理　急性剧烈腹痛患者应卧床休息,加强巡视,随时了解和满足患者的需要。协助采取舒适卧位,避免疲劳和体力消耗。烦躁不安者应防止坠床。

3. 教会患者缓解疼痛的方法

(1)指导式想象,指导患者回忆一些有趣的往事,以转移对疼痛的注意力。

(2)分散注意力,例如数数,谈话和深呼吸等。

(3)局部热疗法,除急腹症外,对疼痛局部可应用热水袋进行热敷,解除肌肉痉挛,达到止痛目的。

(4)行为疗法,例如放松技术、冥想、音乐疗法、生物反馈等。

(5)针灸止痛,必要时遵医嘱行药物止痛。

4. 心理护理　取得家属的配合,有针对性地对患者进行心理疏导,减轻紧张恐惧心理,放松精神稳定情绪,增强患者对疼痛的耐受性。

5. 根据疼痛的病因和表现加以判断分析,给予对症处理。

第四节 泌尿系统常见症状的护理

【少尿、无尿的护理】

一、概　念

少尿（oliguria）：24 小时尿量少于 400ml 者为少尿，多见于心脏、肾脏、肝脏功能衰竭和休克患者。

无尿（anuria）：24 小时尿量小于 100ml 或 12 小时内无尿者为无尿，多见于严重休克和急性肾衰竭患者。

正常尿量参考值：成人 24 小时 1.0～1.5L；儿童（1～12岁）24 小时 0.3～1.5L；老年人（>60 岁）24 小时 0.25～2.4L。

二、病因及发病机制

分为肾前性、肾性及肾后性：

1. **肾前性**　各种原因引起的脱水、心力衰竭、休克、低血压、肾动脉或静脉血栓形成或栓塞引起有效循环血量不足，肾血流量减少，肾小球滤过率降低而导致尿量减少。

2. **肾性**　见于急性肾小管坏死、急性肾小球肾炎、急进性肾小球肾炎、继发性肾小球疾病、肾移植急性排斥反应、急性间质性肾炎等。

3. **肾后性**　见于前列腺肥大、前列腺肿瘤、膀胱颈梗阻、尿道狭窄、肾盂或输尿管结石、输尿管本身炎症、瘢痕、输尿管周围病变压迫输尿管、神经源性膀胱等各种原因引起的尿路梗阻。

三、相关护理诊断／护理问题

1. **体液过多**　与尿量减少，水钠潴留有关。
2. **排尿异常**　与排尿规律改变有关。

721

3. 有感染的危险　与机体免疫力下降有关。

4. 焦虑　与预感自身受到疾病威胁有关。

5. 潜在并发症　高血压脑病、急性左心衰竭、心律失常、多脏器功能衰竭。

四、护 理 措 施

1. 患者常伴有血尿素氮及血肌酐增高,是威胁生命的重要症状,必须立即做出诊断,及时找出病因。

2. 病因的治疗和护理,解除尿路梗阻,给予积极处理。

3. 留置尿管,严密观察每小时尿量,每次均应测量,并详细记录。

4. 改善循环,保持液路通畅,合理补液。

5. 安静卧床,禁食刺激性食物。

6. 必要时给予血液透析。

【尿潴留的护理】

一、概　　念

尿潴留(retention of urine)　尿液大量存留在膀胱内而不能自主排出,当尿潴留时,膀胱容积可增至 3000～4000ml,膀胱高度膨胀,可至脐部。

二、病　　因

引起尿潴留的原因见于:

1. 机械性梗阻　膀胱颈部或尿道有梗阻性病变,如前列腺肥大或肿瘤压迫尿道,造成排尿受阻。

2. 动力性梗阻　由排尿功能障碍引起,而膀胱尿道并无器质性梗阻病变,如外伤、疾病或使用麻醉剂所致骶髓初级排尿中枢活动发生障碍或受到抑制,不能形成排尿反射。

3. 其他　各种原因引起的不能用力排尿或不习惯卧床排尿,包括某些心理因素,如焦虑、窘迫使得排尿不能及时进行。

由于尿液存留过多,膀胱过度充盈,致使膀胱收缩无力,造成尿潴留。

三、临床表现

心情紧张,烦躁不安,表情痛苦,下腹胀痛,排尿困难。体检可见耻骨上膨隆,扪及囊样包块,叩诊呈实音,有压痛。

四、相关护理诊断／护理问题

1. 排尿型态异常　与膀胱出口梗阻、逼尿肌损害、留置导管和手术刺激有关。

2. 疼痛　与刺激引起膀胱痉挛有关。

3. 有感染的危险　与尿路梗阻、留置导尿、引流不畅、免疫力低下有关。

4. 舒适的改变　与尿潴留下腹胀痛有关。

5. 有出血的可能　与膀胱痉挛、尿液引流不畅、凝血功能不良、便秘有关。

五、护理措施

1. 心理护理　针对患者的心理状况给予解释和安慰,缓解其紧张和焦虑不安。适当调整治疗和护理时间,利于患者排尿,减轻患者因排尿困难带来的痛苦。

2. 提供隐蔽的排尿环境　关闭门窗,屏风或隔帘遮挡,请无关人员回避。为患者提供良好的排尿环境。

3. 调整体位和姿势　酌情协助卧床患者取适当体位,如卧床患者略抬高上身或坐起,尽可能使患者以习惯姿势排尿。对需绝对卧床休息或某些手术患者,应事先有计划的训练床上排尿,以免因不适应排尿姿势的改变而导致尿潴留。

4. 诱导排尿　排尿是一种条件反射,利用暗示的方法,可以有效促使患者排尿,如听流水声或用温水冲洗会阴;亦可采用针刺中极、曲骨、三阴交穴或艾灸关元、中极穴等方法,刺激排尿。

5. 通过热敷和按摩放松肌肉,促进排尿。若患者病情允许,可用手按压膀胱协助排尿,即用手掌自患者膀胱底部向尿道方向推移按压,直至耻骨联合。按压时用力均匀,逐渐加力,一次按压到底。若未排尿,可重复操作,直至排尿为止。切记不可强力按压,以防膀胱破裂。

6. 减轻疼痛　患者不能排空膀胱,膀胱胀痛不能缓解;或因尿道炎症引起局部疼痛,可用温开水坐浴来减轻疼痛。

7. 健康教育

(1)让患者及家属了解维持正常排尿的重要性;液体摄入量与预防结石的产生和感染发生的关系;正确的运动锻炼和自我放松等方法。

(2)指导患者养成定时排尿习惯,饮水 2～3 小时后鼓励患者排尿。

(3)教育患者利用条件反射进行诱导排尿。

(4)绝对卧床或某些手术患者,应有计划地训练床上排尿,以避免因排尿姿势不习惯而导致尿潴留。

8. 药物治疗　必要时根据医嘱肌内注射卡巴可等。

9. 经上述处理仍不能解除尿潴留时,可采用导尿术。

【尿失禁的护理】

一、概　念

尿失禁(urine incontinence)　指排尿失去意识控制尿液不自主地流出,由于膀胱神经传导受阻或神经功能受损,使膀胱括约肌失去作用,而引起尿失禁。

二、病因、临床表现

根据尿失禁的原因分为压力性尿失禁、反射性尿失禁、急迫性尿失禁、功能性尿失禁、完全性尿失禁(表 4-6)。

表 4-6 不同类型尿失禁的发生机制和临床表现

病因	发生机制	临床表现
压力性尿失禁	多见于老年女性、有盆腔或尿路手术史者。与尿道括约肌张力减低，或骨盆底部尿道周围肌肉和韧带松弛，导致尿道阻力过低有关	当咳嗽、打喷嚏、大笑、跑跳、举重物等腹压骤然增高时，即可有少量尿液不自主地由尿道口溢出
反射性尿失禁	脊髓外伤、脊髓肿瘤、多发性硬化等所致的骶髓排尿中枢水平以上脊髓完全性损伤	在感觉不到尿意的情况下，突然不自主间歇性排尿，排尿前可出现出汗、颜面潮红或恶心等交感反应
急迫性尿失禁	中枢神经系统疾病，如脑血管意外、脑瘤、多发性硬化和帕金森病；膀胱局部炎症或激惹所致膀胱功能失调，如下尿路感染、粪便嵌顿、前列腺增生及子宫脱垂等	尿意紧急，往往来不及如厕即有尿液不自主流出，常伴尿频和尿急
功能性尿失禁	大脑皮质对脊髓排尿中枢的抑制减弱，或因膀胱局部炎症、出口梗阻的刺激，致使膀胱逼尿肌张力增高、反射亢进，膀胱收缩不受控制是其发生的主要原因	虽能感觉到膀胱充盈，但由于精神障碍、运动障碍、环境因素或药物作用，不能及时排尿而引起不自主排尿，每次尿量较大
完全性尿失禁	即真性尿失禁，其发生与尿道括约肌损伤或膀胱神经功能障碍，尿道失去正常张力，不能贮存尿液有关	在无尿意的情况下尿液持续流出，膀胱中无尿液存留

三、相关护理诊断/护理问题

1. 排尿异常　与尿液不能自主控制有关。
2. 皮肤完整性受损的危险　与皮肤潮湿有关。

3. 潜在的并发症　压疮。

四、护理措施

1. 心理护理　尿失禁给患者造成很大的心理压力,如精神郁闷、丧失自尊等,他们期望得到他人的帮助和理解,同时尿失禁也会给生活带来许多不便,所以,医护人员应尊重患者人格,给予安慰、开导和鼓励,使其树立恢复健康的信心,积极配合治疗和护理。

2. 皮肤护理　尿失禁患者因皮肤受尿液刺激常出现皮疹、瘙痒等现象,可经常用温水清洗会阴部皮肤,勤换衣裤、床单、尿垫等以保持局部皮肤清洁干燥,减少异味。根据皮肤情况,定时翻身、按摩受压部位,防止压疮的发生。

3. 外部引流　必要时应用接尿装置接取尿液。女患者可用女式便器紧贴外阴部接取尿液;男患者可用尿壶接尿,也可用阴茎套连接集尿袋,接取尿液,但此法不宜长时间使用。每天要定时取下阴茎套和尿壶,清洗会阴部和阴茎,并暴露于空气中,同时评估有无红肿、破损。

4. 重建正常的排尿功能

(1)持续进行膀胱功能训练:向患者和家属说明膀胱功能训练的目的、方法和所需时间,以取得患者和家属的配合。安排排尿时间,定时使用便器,建立规则的排尿习惯,促进排尿功能的恢复。初始白天每隔 1～2 小时使用便器一次,夜间每隔 4 小时使用便器一次。以后逐渐延长间隔时间,以促进排尿功能恢复。使用便器时,用手按压膀胱,协助排尿。

(2)盆底部肌肉的锻炼:指导患者进行骨盆底部肌肉的锻炼,以增强控制排尿的能力。具体方法:患者取立位、坐位或卧位,试作排尿动作,先慢慢收缩肛门,再收缩阴道、尿道,产生盆底肌上提的感觉,在肛门、阴道、尿道收缩时,大腿和腹部肌肉保持放松,每次缩紧不少于 3 秒,然后缓缓放松,每次 10 秒左右,连续 10 遍,以不觉疲乏为宜,每日进行 5～10 次。同时训练间断排尿,即在每次排尿时,停顿或减缓尿流,以及在任何"尿失禁诱发动作",如咳嗽、弯腰等之前收缩盆底肌,从而达到抑制不稳定的膀胱收缩,减轻排尿紧迫感程度、频率。病情许可,鼓励患者做抬腿运动或下床走动,以增强腹部肌肉张力。

(3)摄入适量的液体:如病情允许(肾衰竭、心肺疾患禁忌),指导患者每天摄入液体 2000～3000ml。因多饮水可以增加对膀胱的刺激促进排尿反射的恢复,还可预防泌尿系统的感染。入睡前限制饮水,减少夜间尿量,以免影响患者休息。

5. 留置导尿　对长期尿失禁的患者,可采用留置导尿管,定时放尿,避免尿液浸渍皮肤,发生压疮。

6. 室内环境　定期开门窗通风换气,保持室内空气清新,使患者舒适。

第五节　神经系统常见症状的护理

【头痛的护理】

一、概　　念

头痛(headache)　是指头部疼痛,包括头的前、后、偏侧部疼痛和整个头部疼痛。

二、病　　因

头痛的原因很多,主要包括:张力性头痛、全身疾病引起的头痛、脑出血、颅内感染、血管因素等。由于颅内外血管扩张或受到牵拉等机械刺激引起,如肺炎、伤寒等发热性疾病,脑膜炎、高血压、颅内压降低等;脑膜受刺激,如脑膜炎的炎症渗出物、蛛网膜下腔出血的血液引起的化学性刺激或因颅内压增高等造成的机械性刺激而引起头痛;具有痛觉的第Ⅴ、Ⅸ、Ⅹ对脑神经或颈神经受到刺激而引起神经性头痛;头、颈部肌肉收缩引起局部缺血而致头痛,见于精神过度紧张、头颈部外伤等;其他,如眼、耳、鼻、牙等部位病变引起的头痛,可能是这些部位的疼痛扩散或反射头部而引起。

三、临床表现

全身性或颅内感染性疾病的头痛多为整个头部胀痛。高血压所致的头痛常集中于额部或整个头部。眼源性、鼻源性或牙源性头痛多浅在而局限。高血压或发热性疾病所致头痛多呈搏动性痛。肌肉收缩性头痛为重压感、紧缩感或钳夹痛,可因活动或按摩而缓解。三叉神经痛常为面部阵发性电击样剧痛。急性脑膜炎头痛剧烈且伴有喷射样呕吐、意识障碍及视神经盘水肿等。颅内肿瘤所致头痛多呈慢性进行性加重。血管性或颅内压增高等所致头痛可因咳嗽、打喷嚏、转头等加重。头痛的伴随症状及临床意义见表 4-7。

表 4-7　头痛的伴随症状及临床意义

伴随症状	临床意义
喷射样剧烈呕吐	颅内压增高,头痛在呕吐后减轻者见于偏头痛
眩晕	小脑肿瘤、椎-基底动脉供血不足
发热	常见于感染性疾病,包括颅内或全身感染
慢性头痛,伴有精神症状	注意颅内肿瘤
突然加剧,并有意识障碍	可能发生脑疝
视力障碍	可见于青光眼或脑肿瘤
脑膜刺激征	提示有脑膜炎或者蛛网膜下腔出血
癫痫发作	可见于脑血管畸形、脑内寄生虫病或脑肿瘤
神经功能紊乱症状	神经功能性头痛,女性偏头痛常与月经周期有关
头痛多呈慢性进行性加重	颅内肿瘤

四、相关护理诊断／护理问题

1. 疼痛：头痛　与颅内外血管收缩和舒张功能障碍或脑实质性病变等因素有关。

2. 有受伤的危险　与颅内压增高有关。

3. 知识缺乏　与信息来源不足、认知能力受限有关。

五、护 理 措 施

1. 评估及观察　P(provokes，诱因)：疼痛的诱因是什么，怎样能使之缓解，怎样会加重。Q(quality，性质)：疼痛是什么性质，患者是否可以描述。R(radiates，放射)：疼痛部位是否向其他地方放射。S(severity，程度)：疼痛程度如何。T(time，时间)：疼痛时间有多长，何时开始，何时终止，持续多长时间。

2. 轻度头痛，一般不用休息，可服用止痛药，如索米痛片等。如有剧烈头痛，必须卧床休息。

3. 环境要安静，室内光线要柔和。

4. 注意了解患者头痛的 PQRST，这样可以有针对性地给予相应护理。另外，还要注意观察患者的神志是否清楚，有无面部及口眼歪斜等症状的出现。

5. 可按头痛的部位给予针灸、按摩治疗，前额痛可取印堂、合谷、阳白穴，两侧痛可取百会，后顶痛可取风池、外关等穴位。

6. 有头痛眩晕、心烦易怒、睡眠不佳、面红、口苦症状的患者，应加强其精神护理，消除患者易怒、紧张等不良情绪，以避免诱发其他疾病。高血压患者应注意休息，保持安静，按时服降压药。

7. 对一些病因明确疾病引起的头痛，应先控制病情，以缓解疼痛。

【昏厥、眩晕护理】

一、概　　念

昏厥是一种突然发生的短暂的意识丧失。发作前可有出冷汗、头晕,恶心等症状。发作时会因不能站立而昏倒,严重的昏厥可同时出现肢体抽动。

眩晕是一种运动性幻觉或错觉。

二、病　因

根据昏厥的不同原因,可分为以下几种类型。

1. 心源性昏厥　是因各种原因引起的心搏出量突然减少,造成广泛性脑供血不足而发生的昏厥。

2. 非心源性因素导致的昏厥

(1)血管抑制性昏厥:是由于各种原因引起血管迷走神经反射使脉率减慢、血压下降所致。

(2)姿势性昏厥:是由于突然改变体位引起的昏厥。

(3)脑血管痉挛性昏厥:高血压、肾病、妊娠毒血症、脑部炎症、肿瘤等,均可引起脑血管痉挛,因而出现广泛性的一过性脑供血不足。

(4)因血液成分异常引起的晕厥,如低血糖、贫血引起的昏厥。

眩晕根据程度不同而分真性眩晕和伪性眩晕。真性眩晕是患者自身或外界环境呈静止状态或仅有轻度的运动时就发生;伪性眩晕是仅感外界环境呈轻微晃动。

三、临床表现

患者眼前发黑,视物模糊,站立不稳,甚至昏倒。伴恶心、出汗等症状。

四、相关护理诊断／护理问题

1. 有受伤的危险　与突发意识丧失有关。

2. 有窒息的危险　与舌后坠堵塞呼吸道有关。

3. 完全性排便失禁　与短暂意识丧失有关。

五、护 理 措 施

1. 根据病因对症处理 心源性昏厥应针对心血管疾患进行治疗。血管抑制性昏厥:应让患者立即头低位平卧或坐下;姿势性昏厥:凡要改变体位时,应事先做准备工作,分段改变体位,稍有不适,应立即平卧;脑血管痉挛性昏厥应针对病因防治。低血糖引起的昏厥:患者可喝些糖水,或静脉注入葡萄糖,并立即平卧休息。

2. 观察生命体征变化,保持呼吸道通畅。

3. 患者苏醒后,应鼓励患者说出心理感受。

4. 创造良好的环境 保持病室清洁安静,避免噪音。减少陪护和探视,保证患者充分的休息和睡眠,维持最佳的身心状态。

5. 对眩晕患者应观察眩晕发作时间、程度、诱因以及发作时伴随的症状,并给予相应的处理。

6. 健康教育 在病情许可时,鼓励患者到室外活动,如散步、打太极拳等增加运动量,提高心肺功能,改善全身血液循环,增进食欲,改善营养状况,有利于全身功能的恢复。

【意识障碍的护理】

一、概　　念

意识障碍(conscious disturbance)是指人体对外界环境刺激缺乏反应的一种精神状态。多由大脑及脑干损伤所致,严重者表现为昏迷。

二、病　　因

1. 感染性因素

(1)颅内感染:脑炎、脑膜炎、脑型疟疾等。

(2)全身严重感染:伤寒、败血症、中毒性肺炎、中毒型细菌性痢疾等。

2. 非感染性因素

(1)颅脑疾病：脑血管疾病如脑出血、脑血栓形成、脑栓塞、蛛网膜下腔出血、高血压脑病；脑肿瘤；脑外伤如脑震荡、脑挫裂伤、颅骨骨折等；癫痫。

(2)内分泌与代谢障碍：甲状腺危象、甲状腺功能减退、糖尿病酮症酸中毒、低血糖昏迷、肝性脑病、肺性脑病、尿毒症。

(3)心血管疾病：完全性房室传导阻滞、病态窦房结综合征所致 Adams-Stokes 综合征、严重休克等。

(4)中毒：包括安眠药、有机磷、酒精、一氧化碳、氰化物等中毒。

(5)物理损伤：如电击、中暑、淹溺等。

三、临床表现

意识障碍的临床表现由于病因和病理生理基础不同而轻、重不等，并随疾病的演变而变化。

1. 嗜睡　为程度最轻的意识障碍。患者处于持续睡眠状态，但可被轻度刺激或语言唤醒，醒后能正确回答问题，但反应迟钝，停止刺激后又入睡。

2. 意识模糊　意识障碍程度较嗜睡深，表现为对时间、地点、人物等定向力障碍，思维和语言不连贯，可有错觉、幻觉、躁动不安或精神错乱。

3. 昏睡　患者处于沉睡状态，不易唤醒，经压眶、摇动身体等强刺激可被唤醒，但很快又入睡。醒时答话含糊或答非所问。

4. 昏迷　为最严重的意识障碍，按程度不同又可分为：

(1)浅昏迷：意识大部丧失，无自主运动，对声、光刺激无反应，对疼痛刺激有痛苦表情或肢体退缩等防御反应。吞咽反射、角膜反射和瞳孔对光反射可存在，血压、脉搏、呼吸无明显变化，可有排便、排尿失禁。

(2)中度昏迷：对各种刺激无反应，对剧烈刺激可有防御反应，但减弱。角膜反射、瞳孔对光反射迟钝为其特征。

(3)深昏迷：意识完全丧失，肢体呈弛缓状态，对外界任何刺激无反应,深、浅反射均消失,偶有深反射亢进与病理反射,血压、脉搏、呼吸常有改变,排便、排尿失禁。

此外,还有一种以中枢神经系统兴奋性增高为主的急性脑功能失调,称谵妄。表现为意识模糊、幻觉、错觉、定向力丧失、躁动不安、言语杂乱等,见于急性感染高热期、肝性脑病、中枢神经系统疾病、某些药物中毒等。

四、相关护理诊断/护理问题

1. 急性意识障碍　与脑出血有关;与肝性脑病有关等。

2. 清理呼吸道无效　与意识障碍有关。

3. 有误吸的危险　与意识障碍所致咳嗽反射减弱或消失有关。

4. 有外伤的危险　与意识障碍所致躁动不安有关。

5. 营养失调　低于机体需要量　与意识障碍不能正常进食有关。

6. 有皮肤完整性受损的危险　与意识障碍所致自主运动丧失有关;与意识障碍所致排便、排尿失禁有关。

7. 有感染的危险　与意识障碍所致咳嗽、吞咽反射减弱或消失有关。

8. 躯体移动障碍　与意识障碍、自主运动丧失有关。

9. 有废用综合征的危险　与意识障碍、自主运动丧失有关。

10. 口腔黏膜改变　与意识障碍所致吞咽反射减弱或消失,口鼻腔分泌物积聚有关。

11. 完全性尿失禁　与意识障碍所致排尿失控有关。

12. 排便失禁　与意识障碍所致排便失控有关。

五、护理措施

1. 病情观察　严密观察意识和生命体征的变化,并随时记录;当患者出现意识模糊,昏迷等意识障碍时,严密观察以防其加深而进入昏迷。护士对意识状态的观察,可通过与患者的交谈,了解其思维、反应、情感活动、定向力等情况,必要时可检查痛觉反应、角膜反射、瞳孔对光反射、肢体活动等来判断其意识障碍的程度。临床上还可以采用国际通用的格拉斯哥昏迷分级,简称昏迷指数(Glasgow coma scale,GCS),对患者的意识障碍及其严重程度进行测评。GCS 包括睁眼反应、语言反应和运动反应 3 个子项目,使用时分别测量 3 个子项目并计分,再将各项目分值相加求其总分,即可得到意识障碍程度的客观评分。GCS 总分为 3~15 分,14~15 分为正常,8~13 分为意识障碍,≤7 分为浅昏迷,<3 分为深昏迷。评估时注意运动反应的刺激部位应以上肢为主,以患者的最佳反应计分(表 4-8)。

此外,对意识障碍患者观察时,应注意结合患者的伴随症状、生命体征、血气分析、水电解质、营养、活动、睡眠、大小便等变化进行综合判断。

表 4-8 Glasgow 昏迷评定指标

评分项目	反应状态	得分
睁眼反应	自动睁眼	4
	呼唤睁眼	3
	刺痛睁眼	2
	任何刺激无睁眼	1
运动反应	按指令动作	6
	刺痛定位	5
	疼痛刺激能躲避	4
	疼痛刺激肢体屈曲(去皮质强直)	3
	疼痛刺激肢体伸展(去大脑强直)	2
	疼痛刺激无反应	1
语言反应	回答切题	5
	回答不切题	4
	答非所问	3
	只能发声	2
	不能发声	1

2. 昏迷者应绝对卧床休息,保持环境安静、避免各种刺激,并酌情加床档或保护性约束。一般采取仰卧头高脚低位,头偏向一侧,取下义齿。因患者不会吞咽,所以不要向口中喂水或喂药。

3. 保持呼吸道通畅 要将衣领扣子解开,如患者口腔有分泌物要及时吸出;给予吸氧,缺氧加重时,可做气管切开术或用人工呼吸机,并给相应护理。

4. 保护眼睛 如果患者眼睛不能闭合,应涂上眼药膏,用消毒的纱布湿敷于眼睛上,防止角膜干燥。

5. 预防并发症 定时翻身、拍背、吸痰、清洁口腔,保持床铺的清洁卫生,尿湿的床单及时更换,防止压疮发生。

6. 针对病因进行抢救和治疗。

7. 维持水、电解质平衡 保证患者有足够入量,密切观察脱水及电解质紊乱表现,准确记录每日出入量,长期意识障碍患者可鼻饲补充水分及营养。

第三章

急 救 护 理

第一节 休克患者的护理

目前,人类对于休克的认识越来越深入,作为临床护士,要认识休克,了解休克,面对休克患者能够采取相应的护理措施,挽救患者的生命。

休克(shock)是指机体受有害因素强烈侵袭后,导致有效循环血量锐减、组织血液灌注不足所引起的以微循环障碍、代谢障碍和细胞受损为特征的病理性症候群,是严重的全身性应激反应。

有效循环血量是指单位时间内通过心血管系统进行循环的血量。维持有效循环血量的因素有:充足的血容量、有效的心搏出量、适宜的周围血管张力。

【病因与分类】

(一) 按休克的原因分类

1. 低血容量性休克 常因大量出血或体液积聚在组织间隙导致有效循环量降低所致。又可以分为失血性休克、创伤性休克和烧伤性休克。

2. 感染性休克 主要由于细菌及毒素作用所造成。

3. 心源性休克 主要由于心功能不全引起。

4. 神经源性休克 常由剧烈疼痛、脊髓损伤、麻醉平面过高或创伤等引起。

5. 过敏性休克　常由接触、进食或注射某些致敏物质所引起。

(二) 按休克发生的始动环节分类

1. 低血容量性休克　始动发病环节是血容量减少。

2. 心源性休克　始动发病环节是心功能不全引起的心输出量的急剧减少。

3. 心外阻塞性休克　始动发病环节是心外阻塞性疾病引起的心脏后负荷增加。

4. 分布性休克　始动发病环节是外周血管(主要是微小血管)扩张所致的血管容量扩大。

(三) 按休克时血流动力学特点分类

1. 低排高阻型休克　亦称低动力型休克,其血流动力学特点是心脏排血量减少,而外周血管收缩导致外周血管阻力增高。由于皮肤血管收缩,血流量减少,使皮肤温度降低,故又称为"冷休克",临床上较为常见。

2. 高排低阻型休克　亦称高动力型休克,其血流动力学特点是外周血管扩张导致外周血管阻力降低,而心脏排血量正常或增加。由于皮肤血管扩张,血流量增多,使皮肤温度升高,故亦称"暖休克"。常见于革兰阳性菌感染性休克。

【病理生理】

各种休克的共同病理生理基础为有效循环血量锐减和组织灌注不足,以及由此所引起的微循环障碍、代谢变化和内脏器官的继发性损害。根据微循环障碍的不同阶段的病理生理特点可分为3期,即微循环收缩期、微循环扩张期和微循环衰竭期。若2个或2个以上重要器官或系统同时或序贯发生功能衰竭,称为多系统器官功能衰竭,是休克患者的主要死因。

【临床表现】

休克的分期及临床表现见表 4-9。

表 4-9 休克的分期及临床表现

分期	精神	皮肤黏膜肢端温度	脉搏	呼吸	血压	尿量	估计失液量	其他
休克前期	精神紧张、烦躁不安	面色苍白、四肢湿冷	增快、<100次/分	增快	变化不大、但脉压缩小<30mmHg	正常/减少 25~30ml/h	<20%	
休克期	表情淡漠、反应迟钝	发绀、花斑、四肢冰冷	细速、>120次/分	浅促	进行性下降	减少	20%~40%	浅静脉萎陷、毛细血管充盈时间延长
休克晚期	意识模糊或昏迷	明显发绀、瘀点、瘀斑、四肢厥冷	微弱	微/弱/不规则	测不到	无尿	>40%	如出现 DIC，即弥漫性血管内凝血，可表现为鼻腔、内脏出血。出现进行性呼吸困难、烦躁、发绀，吸氧后不改善，提示呼吸窘迫综合征

低动力型休克，即"冷休克"，表现为体温突然下降到 $36℃$，烦躁不安，表情淡漠或嗜睡，面色苍白，皮肤发绀或出现花斑纹、皮肤湿冷、脉搏细速、血压下降，脉压减小，尿量减少。

高动力型休克，即"暖休克"，表现为神志清醒，面色潮红，手足温暖，脉搏慢、清楚，其可以转变为低排低阻型休克。

休克发生先兆表现为：当感染患者体温突然上升达 $39\sim40℃$ 以上或突然下降到 $36℃$ 以下，或有寒战，面色苍白，轻度烦躁不安、脉搏细速，表示休克即将发生。

【辅助检查】

（一）实验室检查

1. 血、尿、粪的检查　如红细胞及血红蛋白升高，提示为失液；如红细胞和血红蛋白下降，提示为失血；如血细胞比容增加，提示为血浆的丢失；如白细胞升高，提示感染；如尿比重增加，提示血液浓缩或血容量不足；如便隐血试验为阳性或出现黑便，提示消化道出血。

2. 血生化检查　如肝功能、肾功能、动脉血乳酸盐、血糖、血电解质等，可了解患者是否合并多器官功能衰竭、细胞缺氧以及酸碱平衡失调的程度等。

3. 凝血机制　如出现 DIC 时，血小板低于 $80\times10^9/L$、凝血因子小于 $1.5g/L$、凝血酶原时间延长 3 秒以上。

4. 血气分析　可以了解酸碱平衡状况，如 $PaCO_2$ 高于 $60mmHg$，吸纯氧后无改善，提示 ARDS。

（二）影像学检查

（三）B 超检查

（四）血流动力学监测

中心静脉压（CVP）正常值为 $5\sim12cmH_2O$，如降低，提示容量不足，$>15cmH_2O$，提示心功能不全；肺毛细血管楔压（PCWP）：正常值为 $6\sim15mmHg$，降低反映血容量不足，增高则反映左心房压力增大；心排出量（CO）：正常值为 $4\sim6L/$分钟。

【处理原则】

尽早去除病因,迅速恢复有效循环血量,纠正微循环障碍,恢复组织灌注,增强心肌功能,恢复正常代谢和防止多器官功能障碍综合征。

1. 急救　积极处理原发病,保持呼吸道通畅,取休克体位,注意保暖。

2. 补充血容量　是治疗休克最基本和首要的措施,原则是及时、快速、足量。在连续监测血压、中心静脉压和尿量的基础上,判断补液量。输液种类主要有两种,即晶体液和胶体液。一般先输入扩容作用迅速的晶体液,再输入扩容作用持久的胶体液。

3. 积极处理原发病。

4. 纠正酸碱平衡失调　处理酸中毒的根本措施是快速补充血容量,改善组织灌注,适时和适量地给予碱性药物。

5. 应用血管活性药物　主要包括血管收缩剂、血管扩张剂和强心药物三类,其选择应结合病情,慎重选用。

6. 改善微循环。

7. 控制感染。

8. 应用皮质类固醇治疗。

【常用护理诊断】

1. 体液不足　与大量失血、失液有关。

2. 气体交换受损　与微循环障碍、缺氧和呼吸型态改变有关。

3. 体温异常　与感染、组织灌注不足有关。

4. 有感染的危险　与免疫力降低、抵抗力下降、侵入性治疗有关。

5. 有皮肤受损和意外受伤的危险　与微循环障碍、烦躁不安、意识不清、疲乏无力等有关。

【护理措施】

1. 评估　感染、创伤、出血严重程度、意识和表情、生命体征、皮肤色泽与肢端温度、尿量与尿比重、有无骨骼、肌肉、皮肤、软组织的损伤等。

2. 休克的监测指标

(1)意识变化:反映脑组织血液灌注状况,如患者从烦躁转为平静,淡漠迟钝转为对答自如,提示病情好转。

(2)皮肤温度与色泽:反映体表灌注状况,如患者口唇红润、肢体转暖,则提示休克好转。

(3)生命体征:血压保持稳定最重要,但不是反映休克程度最敏感指标。脉率变化多出现在血压变化之前。

脉率/收缩压(mmHg)=休克指数。休克指数为 0.5 时多无休克,如>1.0~1.5 提示有休克,>2.0 提示严重休克。如呼吸频率>30 次/分钟或<8 次/分钟,体温骤升至 40℃ 或骤降至36℃,提示病情危重。

(4)尿量:是反映肾灌注的重要指标,是反映组织灌流情况最佳的定量指标,如尿量>30ml/h,提示休克好转。

(5)特殊监测:包括 CVP(中心静脉压)、PCWP(肺毛细血管楔压)、CO(心排出量)、动脉血气分析、动脉血乳酸盐测定、DIC 监测指标。

3. 补充血容量,恢复有效循环血量

(1)迅速建立两路以上有效的输液通道。

(2)合理补液:根据心肺功能、失血失液量、血压及 CVP 调整输液总量和速度。(表 4-10)

表 4-10 补液的处理原则

CVP	血压	原因	处理原则
低	低	血容量严重不足	充分补液
低	正常	血容量不足	适当补液
高	低	心功能不全或血容量相对过多	给强心药,纠正酸中毒舒张血管
高	正常	容量血管过度收缩	舒张血管
正常	低	心功能不全或血容量不足	进行补液试验

（3）密切监测病情变化，准确记录出入量。

4. 改善组织灌注，促进气体正常交换

（1）取休克体位，即仰卧中凹位。

（2）使用抗休克裤。

（3）应用血管活性药物：应从低浓度、慢速度开始，并注意监测血压，根据血压值及时调整药物浓度和速度。同时严防药物外渗，以免引起皮下组织坏死。血压平稳后应逐渐降低药物浓度、减慢速度后撤除。使用强心药物过程中，应注意患者的心率变化及药物的副作用。

（4）经鼻导管吸氧，氧浓度为 $40\% \sim 50\%$，氧流量为 $6 \sim 8L/min$，以改善缺氧状况。昏迷患者应将头偏向一侧或置入通气管，以防舌后坠或误吸导致窒息。病情允许的情况下，鼓励患者做深呼吸，协助其拍背，指导有效的咳嗽方法，以保持呼吸道通畅。

5. 预防感染

（1）严格无菌操作。

（2）正确使用抗生素。

（3）协助咳嗽、排痰，以免误吸。

（4）加强留置尿管的护理，以免尿路感染。

（5）及时清洁创口，更换敷料。

（6）保持床单清洁、平整、干燥。

6. 预防皮肤受损和意外损伤

（1）每2小时翻身、拍背，按摩受压部位一次。

（2）采取适当的约束和保护措施，如加床档、避免使用冰袋或热水袋等。

第二节 意识障碍患者的护理

具体内容见本篇第二章中"意识障碍的护理"相关内容。

第三节　心力衰竭患者的护理

心力衰竭(heart failure)是由于心脏器质性或功能性疾病损害心室充盈及射血能力而引起的一组临床综合征。心力衰竭是一种渐进性疾病,其主要临床表现是呼吸困难、疲乏和液体潴留,但不一定同时出现。

【心力衰竭的分类】

1. 按发展速度分　急性心力衰竭和慢性心力衰竭,以慢性居多。

2. 按发生的部位分　左心衰竭、右心衰竭和全心衰竭。

3. 按左室射血分数是否正常分　射血分数降低和射血分数正常。

4. 根据心力衰竭的严重程度分　轻度心力衰竭:安静或轻体力活动时可不出现心力衰竭的症状和体征。中度心力衰竭:轻体力活动时出现心力衰竭的症状和体征。重度心力衰竭:安静情况下即可出现心力衰竭的症状和体征。

【病因】

1. 原发性心肌损害　包括缺血性心肌损害,心肌炎、心肌病和心肌代谢障碍性疾病。

2. 心脏负荷过度

(1)压力负荷过度:左室压力负荷过重常见于高血压,主动脉病变;右室压力负荷过重见于肺动脉高压、肺动脉瓣狭窄等。

(2)容量负荷过度:主要见于心脏瓣膜关闭不全,血液反流,心脏或血管分流性疾病,全身性疾病导致血容量增多或循环血量增多等。

(3)诱发因素:①感染:呼吸道感染是最常见、最重要的诱因。②心律失常:各种类型的心律失常均可发生心力衰竭。③生理或心理压力过大:如过度劳累、情绪激动。④妊娠与分娩。⑤血容量增加:如输液输血过多过快、钠盐摄入过多等。

⑥其他:贫血、洋地黄中毒等均可诱发心力衰竭。

【临床表现】

1. **左心衰竭**　以肺循环瘀血和心排血量降低表现为主。

(1)呼吸困难:可表现为劳力性呼吸困难、夜间阵发性呼吸困难或端坐呼吸。

(2)咳嗽、咳痰和咯血:咳嗽、咳痰是肺泡和支气管黏膜瘀血所致。开始常发生在夜间,坐位或立位时可减轻或消失。痰常为白色泡沫状,偶可见痰中带血丝。长期慢性瘀血肺静脉压力升高,导致肺循环和支气管血液循环之间形成侧支,在支气管黏膜下形成扩张的血管,此种血管一旦破裂,可引起大咯血。

(3)疲倦、无力、头晕、心悸:主要是由于心排血量降低,器官、组织血液灌注不足及代偿性心率加快所致。

(4)少尿及肾损害症状:严重的左心衰竭血液进行再分配时,首先是肾的血液量明显减少,患者可出现少尿。长期慢性的肾血液量减少可出现血尿素氮、肌酐升高,并可有肾功能不全的相应症状。

2. **右心衰竭**　以体循环瘀血表现为主

(1)消化道症状:腹胀、纳差、恶心、呕吐等。

(2)劳力性呼吸困难。

(3)体征:水肿(首先出现在身体最低垂部位,为对称性压陷性水肿);颈静脉充盈、怒张;肝颈静脉反流征阳性;肝脏因瘀血而肿大,伴压痛;三尖瓣关闭不全的反流性杂音。

3. **心功能分级**　目前通用的是美国纽约心脏病协会(NYHA)1928年提出的一项分级方案:

Ⅰ级:患者患有心脏病,但日常活动量不受限制,平时一般活动不引起疲乏、心悸、呼吸困难或心绞痛等症状。

Ⅱ级:心脏病患者的体力活动受到轻度限制,休息时无自觉症状,但平时一般活动下可出现疲乏、心悸、呼吸困难或心绞痛,休息后很快缓解。

Ⅲ级:心脏病患者的体力活动明显受限,休息时无症状,低于平时一般活动量即引起上述的症状,休息较长时间后症状方可缓解。

Ⅳ级:心脏病患者不能从事任何体力活动。休息状态下也出现心衰的症状,体力活动后加重。

【辅助检查】

1. X线检查 可反映心脏的外形和各房室的大小,有助于原发性心脏病的诊断,发现肺瘀血的征象。

2. 超声心动图 能更准确地反映心腔大小的变化和心瓣膜结构情况;估计心脏舒缩功能。

3. 心-肺吸氧运动试验 用于测定患者对运动的耐受量。

4. 有创伤性血流动力学检查。

5. 放射性核素检查。

【治疗要点】

(一)治疗目的

缓解症状,纠正血流动力学;改善生活质量,提高运动耐量;延长寿命,防止心肌损害加重;降低死亡率。

(二)病因治疗

包括基本病因的治疗和消除诱因两个方面。

(三)减轻心脏负荷

1. 休息 限制体力活动,避免精神刺激。

2. 控制钠盐摄入 应注意避免低钠血症的发生。

3. 利尿剂的应用

(1)利尿剂:通过排钠排水减轻心脏负荷,有水钠潴留的证据或原先有过水钠潴留者,均应给予利尿剂。常用药物有噻嗪类利尿剂(氢氯噻嗪)、祥利尿剂(呋塞米)、保钾利尿剂(氨苯蝶啶)。

(2)肾素-血管紧张素-醛固酮系统抑制剂:如卡托普利、氯沙坦等。

(3)β受体阻滞剂:如比索洛尔等。

(4)洋地黄:有正性肌力作用,可抑制心脏传导系统,兴奋迷走神经。常用制剂有地高辛、毛花苷 C 等。

【常用护理诊断】

1. 气体交换受损 与左心衰竭致肺瘀血有关。

2. 体液过多 与右心衰竭导致体循环瘀血、水钠潴留、低蛋白血症有关。

3. 活动无耐力 与心排血量下降有关。

4. 潜在并发症 洋地黄中毒。

【护理措施】

1. 休息 是减轻心脏负荷的重要方法,休息的方式和时间需根据心功能情况安排。心功能Ⅰ级患者不限制一般的体力活动,积极参加体育锻炼,但必须避免剧烈运动和重体力劳动。心功能Ⅱ级患者适当限制体力活动,增加午睡时间,强调下午多休息,可不影响轻体力工作和家务劳动。心功能Ⅲ级患者严格限制一般的体力活动,每天有充分的休息时间,但日常生活可以自理或在他人协助下自理。心功能Ⅳ级患者绝对卧床休息,取舒适体位,生活由他人照顾,待病情好转后活动量逐渐增加。

2. 环境与体位 为患者提供安静、舒适的环境,保持病房空气新鲜,定时通风换气。协助患者取有利于呼吸的卧位,如高枕卧位、半坐卧位、端坐卧位。

3. 吸氧 根据患者缺氧程度给予适当氧气吸入,一般缺氧 1～2L/min,中度缺氧 3～4L/min,严重缺氧及肺水肿 4～6L/min。肺水肿患者用 20%～30% 的酒精湿化氧气后吸入。

4. 饮食 给予患者低热量、低盐、高维生素清淡的食物,每餐不宜过饱,多食蔬菜、水果,防止便秘。按病情限制钠盐及水分摄入,盐摄入量为重度水肿 1g/d、中度水肿 3g/d、轻度水肿 5g/d。每周称体重 2 次。

5. 保持呼吸道通畅 协助患者翻身、拍背,利于痰液排出。教会患者正确咳嗽与排痰方法。病情允许时,鼓励患者下床活动,以增加肺活量。

6. 观察 观察患者末梢循环、肢体温度、血氧饱和度改变。

准确记录 24 小时出入水量,维持水、电解质平衡。

7. 用药护理 按医嘱严格控制输液量,其速度一般不超过 30 滴/分钟,并限制水、钠摄入。观察药物疗效与毒副作用,如利尿药可引起水、电解质平衡紊乱,最常见的为低钾血症,要注意观察有无低钾的表现并多补充含钾丰富的食物;扩血管药可引起血压下降;β-受体阻滞剂要监测患者心率、血压和呼吸,定期检查血糖、血脂;血管紧张素转换酶抑制剂观察有无咳嗽、低血压、高血钾、肾功能减退等;使用洋地黄制剂注意不与奎尼丁、普罗帕酮、维拉帕米、钙剂、胺碘酮等药物合用,以免增加药物毒性,严格按医嘱给药,教会患者服地高辛时应自测脉搏,当脉搏小于 60 次/分或节律不规则应暂停服药并告诉医生。

8. 皮肤护理 保持皮肤清洁干燥,衣着宽松舒适,床单、衣服干净平整。观察患者皮肤水肿消退情况,定时更换体位,避免水肿部位长时间受压,防止皮肤破损和压疮形成。

9. 安全护理 协助患者做好生活护理,防止下床时跌倒。指导卧床患者每 2 小时进行肢体活动,防止静脉血栓形成,必要时协助患者进行肢体被动运动。

第四节 肾衰竭患者的护理

急性肾衰竭(acute renal failure,ARF)指各种原因引起的肾功能在短时间内(几小时至几天)突然下降而出现的临床综合征。

【分类】
广义急性肾衰竭可分为肾前性、肾性、肾后性 3 类;狭义急性肾衰竭指急性肾小管坏死。

【常见病因】
1. 肾前性急性肾衰 肾脏本身无器质性病变,因某些能导致有效循环血量减少,心输出量下降以及引起肾血管收缩的因素导致肾脏血液灌注急剧减少,以至肾小球滤过率下降而发生。

常见原因有：血容量不足、心输出量减少、肝肾综合征、血管床容量的扩张。如肾脏灌注不足持续存在，则可导致肾小管坏死，发展为器质性肾衰竭。

2. 肾后性急性肾衰竭　由于各种原因的急性尿路梗阻所致。常见原因有：输尿管结石、肾乳头坏死组织阻塞、腹膜后肿瘤压迫、前列腺肥大和肿瘤。肾后性因素多为可逆性，如及时解除梗阻，肾功能可恢复。

3. 肾性急性肾衰竭　多由于肾实质损伤所致。常见原因有：急性肾小管坏死、急性肾间质病变、肾小球和肾小血管病变。

【临床表现】

典型病程可分为三期，为起始期、维持期、恢复期。

（一）起始期

历时短，仅数小时至 1～2 天。是指典型肾前性氮质血症至肾小管坏死之前这一阶段。此期以原发病的症状体征为主要表现，伴有尿渗透压和滤过钠排泄分数下降，肾损害可逆转。

（二）维持期

又称少尿期，典型为 7～14 天，也可短至几天，长至 4～6 周，可出现少尿，尿量在 400ml/d 以下。临床上可出现一系列尿毒症表现。

1. 全身并发症　消化系统：可出现食欲减退、恶心、呕吐等症状；呼吸系统：可出现呼吸困难、憋气、咳嗽等症状；循环系统：可出现高血压、心力衰竭、肺水肿的表现；神经系统：可出现意识障碍、抽搐、昏迷等尿毒症脑病症状；血液系统：可有出血倾向、轻度贫血现象；其他：常伴有感染，还可合并多器官功能衰竭，死亡率高达 70%。

2. 水、电解质和酸碱平衡失调　以高钾血症、代谢性酸中毒最为常见。

（三）恢复期

此期肾小管上皮细胞再生、修复，肾小球滤过逐渐恢复至正常，出现多尿，昼夜排尿量可达 3～5L，但在多尿期的早期，因

GFR 仍较低,因而仍存在氮质血症、代谢性酸中毒、高钾血症;在后期,因尿量明显增多,可伴脱水、低钾、低钠。

【实验室检查】

(一)血液检查

可有轻、中度贫血。血肌酐和尿素氮进行性上升,血肌酐平均每日增加 $\geqslant 44.2\mu mol/L$。血清钾 $\geqslant 5.5mmol/L$,血 pH $<$ 7.35,血碳酸氢根 $<20mmol/L$。

(二)尿液检查

尿液外观多混浊,尿蛋白 $+\sim++$,尿沉渣可见肾小管上皮细胞、上皮细胞管型和颗粒管型,尿比重降低,多 <1.015,尿渗透浓度 $<350mmol/L$,尿钠增高多在 $20\sim60mmol/L$。

(三)影像学检查

尿路超声对排除尿路梗阻和慢性肾衰竭很有帮助。还可进行 CT、MRI、放射性核素检查和肾血管造影。

(四)肾活检

是重要的诊断手段。在排除了肾前性及肾后性原因后,没有明确致病原因(肾缺血或肾毒素)的肾性 ARF 都有肾活检指征。

【诊断标准】

血肌酐绝对值每日平均升高超过 $44.2\mu mol/L$,或在 $24\sim72$ 小时内血肌酐值相对增加 $25\%\sim100\%$。

【治疗】

1. 纠正可逆的病因,预防额外的损伤。要积极治疗原发病,消除导致或加重 ARF 的因素;快速准确地补充血容量,维持足够的有效循环血量;防止和纠正低灌注状态,避免使用肾毒性药物。

2. 维持体液平衡　每日补液量＝显性失液量＋非显性失液量－内生水量,应坚持"量出为入"的原则,控制液体入量。具体计算每日的进液量＝前一日尿量＋500ml。

3. 饮食和营养　补充营养以维持机体的营养状况和正常

代谢。

4. 高钾血症 密切监测血钾浓度,当血钾＞6.5mmol/L,心电图表现为异常变化时,需紧急处理,可给予10%葡萄糖酸钙20ml稀释后缓慢静推;5%碳酸氢钠100ml静脉点滴;50%葡萄糖50ml＋胰岛素10u缓慢静点;口服离子交换树脂;进行透析治疗。

5. 代谢性酸中毒 当 HCO_3^-＜15mmol/L,可予5%碳酸氢钠100～250ml静滴。严重酸中毒时,应立即透析。

6. 感染 应尽早使用抗生素,并根据药敏试验选用肾毒性低的药物,按内生肌酐清除率调整用药剂量。

7. 心力衰竭 AFR患者对利尿剂、洋地黄制剂反应较差,药物治疗以扩血管为主,以减轻心脏前负荷。容量负荷过重的心衰最有效的治疗是透析。

8. 透析疗法 透析方式可选择间歇性血液透析(IHD)、腹膜透析(PD)、连续性肾脏替代治疗(CRRT)。紧急透析指征有:①药物不能控制的高血钾(＞6.5mmol)。②药物不能控制的水潴留、少尿、无尿、高度水肿,伴有心、肺水肿和脑水肿。③药物不能控制的高血压。④药物不能纠正的代谢性酸中毒(pH＜7.2)。并发尿毒症性心包炎、消化道出血、中枢神经系统症状(神志恍惚、嗜睡、昏迷、抽搐、精神症状)。

9. 多尿期的治疗 多尿期开始数日内,肾功能尚未恢复,仍需按少尿期原则处理;尿量明显增多以后,需注意水、电解质失调的监测,及时纠正水钠缺失和低钾血症。

10. 恢复期的治疗 主要是加强患者的调养,定期监测肾功能,避免使用肾毒性药物。

【常用护理诊断】

1. 营养失调:低于机体需要量 与患者食欲减退、限制蛋白质摄入、透析和原发病等因素有关。

2. 有感染的危险 与机体抵抗力降低及侵入性操作等有关。

3. 潜在并发症 水、电解质、酸碱平衡失调。

【护理措施】

1. 休息与体位 应绝对卧床休息以减轻肾脏负担,抬高水肿的下肢。

2. 饮食 饮食以碳水化合物、脂肪为主,可给予高生物效价的优质蛋白,蛋白质摄入量限制为 0.8g/(kg·d),尽可能减少钠、钾、氯的摄入量。

3. 维持和监测水平衡 坚持"量出为入"的原则,严格记录24 小时出入液量。

4. 观察 观察患者有无体液过多的表现,及有无电解质紊乱的征象。

5. 皮肤护理 避免皮肤过于干燥,应以温和的肥皂和沐浴液进行皮肤清洁,洗后涂上润肤剂,以避免皮肤瘙痒。指导患者修剪指甲,防止抓破皮肤,造成感染。

6. 预防感染 有条件时将患者安置在单间,病室定期通风并作空气消毒;各项检查操作均严格遵守无菌技术操作原则;指导卧床患者定期翻身;加强各种导管的护理。

第五节 呼吸衰竭患者的护理

呼吸衰竭(简称呼衰)是指各种原因引起的肺通气和(或)肺换气功能严重障碍,以致在静息状态下不能进行有效的气体交换,导致缺氧伴(或不伴)二氧化碳潴留,从而引起一系列生理和代谢功能紊乱的临床综合征。

其诊断标准为:若在海平面、静息状态下、呼吸空气的条件下,动脉血气分析示:$PaO_2 < 60mmHg$,伴或不伴 $PaCO_2 > 50mmHg$,并排除心内解剖分流和原发于心排血量降低等因素所致的缺氧。

【病因】

1. 气道阻塞性病变 气管-支气管的炎症、痉挛、肿瘤、异物、纤维化瘢痕,如 COPD、重症哮喘等。

2. 肺组织病变　各种累及肺泡和(或)肺间质的病变,如肺炎、严重肺结核、肺水肿等。

3. 肺血管疾病　如肺栓塞、肺血管炎等。

4. 胸廓与胸膜病变　如脊柱畸形、大量胸腔积液、强直性脊柱炎等。

5. 神经肌肉疾病　如脑血管疾病、颅脑外伤、脑炎以及镇静催眠剂中毒等。

【分类】

(一)按动脉血气分析分类

此类型为临床上较为常用的分类方法。

1. Ⅰ型呼衰(缺氧性呼衰)　只有缺氧,没有 CO_2 潴留。血气分析特点:$PaO_2 < 60mmHg$,$PaCO_2$ 正常或降低,多由换气功能障碍所致。

2. Ⅱ型呼衰(高碳酸性呼衰)　既有缺氧,又有 CO_2 潴留。血气分析特点:$PaO_2 < 60mmHg$,$PaCO_2 > 50mmHg$。多由通气功能障碍所致。

(二)按发病机制分类

1. 通气性呼衰(又称泵衰竭或中枢性呼衰)　由神经-肌肉和胸廓疾病引起,常表现为Ⅱ型呼衰。临床上将呼吸中枢、膈神经、神经-肌肉接头、呼吸肌和胸廓统称为呼吸泵。

2 换气性呼衰(又称肺衰竭或周围性呼衰)　由肺、气道和肺血管病变引起,常表现为Ⅰ型呼衰,当气道严重阻塞时也可引起Ⅱ型呼衰。

(三)按发病急缓分类

1. 急性呼吸衰竭　是指患者原有呼吸功能正常,由于某些突发因素,在短时间内引起肺通气或换气功能迅速出现严重障碍而发生的呼吸衰竭。

特点:发病急,病程短,症状重。如不及时抢救,可危及生命。

病因:呼吸系统疾病:均可导致肺通气或(和)换气功能发生障碍。颅脑疾病和神经-肌肉疾病:均可导致肺通气功能发生障碍。

2. 慢性呼吸衰竭 是在慢性疾病基础上,呼吸功能逐渐损害而发生的呼吸衰竭。

特点:发病缓慢,病程长,症状相对较轻。如在慢性呼衰基础上因并发呼吸道感染或气胸,使呼吸困难突然加重,引起严重缺O_2和CO_2潴留,称为慢性呼衰急性加重。

病因:慢性支气管-肺疾病、胸廓和神经-肌肉病变。

【临床表现】

(一)呼吸困难

最早出现的症状,表现为呼吸频率、节律和幅度改变。急性呼吸衰竭早期表现为呼吸频率增快。急性CO_2潴留可强烈刺激呼吸中枢,引起酸中毒深大呼吸。长期重度CO_2潴留($>80mmHg$)可使呼吸中枢对CO_2的反应性降低。此时呼吸运动主要靠缺氧刺激外周化学感受器来维持,如给患者吸入高浓度氧,解除了缺氧对呼吸的刺激作用,反而可抑制呼吸。晚期病情严重时,表现为呼吸浅表而急促。由于呼吸辅助肌活动加强,可出现三凹征,甚至出现胸腹矛盾运动。中枢性呼衰时常表现为呼吸节律的改变,如陈-施呼吸、比奥呼吸等。

(二)发绀

发绀是缺氧的典型表现。当动脉血氧饱和度低于80%～90%时,口唇、甲床和耳垂等末梢部位即可出现发绀。发绀分为两种类型:中央性发绀:由心、肺功能障碍引起的发绀;外周性发绀:由末梢循环障碍(如休克)引起的发绀。除缺氧外,发绀还受皮肤色素、心功能状态和血红蛋白含量的影响。因此,红细胞增多者发绀更明显,贫血者则发绀不明显或不发绀,在临床工作中要注意。

(三)精神-神经症状

长期慢性缺氧多表现为注意力不集中和记忆力减退。急性严重缺氧可出现精神错乱、躁狂不安、昏迷和抽搐等症状。CO_2潴留时,往往表现为先兴奋后抑制的现象。此时切忌使用镇静、安眠药,以免抑制呼吸中枢,加重 CO_2 潴留,诱发肺性脑病。

(四)循环系统表现

轻度呼衰患者常表现为心率增快、血压增高;重度呼衰患者可表现为心律失常、血压下降,甚至出现心脏骤停。慢性呼吸衰竭伴 CO_2 潴留时,由于血管扩张,心排量增多,可表现为皮肤温暖多汗,球结膜充血水肿,脉搏洪大而有力和搏动性头痛。

(五)消化和泌尿系统表现

严重呼吸衰竭对肝、肾功能都有影响,可出现血清转氨酶和尿素氮一过性升高;个别病例也可出现蛋白尿、血尿和管型尿。此外,缺氧、酸中毒还可引起胃肠道黏膜、充血、水肿、糜烂、出血,甚至发生应激性溃疡。

(六)酸碱失衡和电解质紊乱

呼吸衰竭时常因缺氧和 CO_2 潴留,以及大量应用糖皮质激素、利尿剂等因素而并发酸碱失衡和电解质紊乱。常见的酸碱失衡类型:单纯性呼吸性酸中毒、呼吸性酸中毒合并代谢性碱中毒、呼吸性酸中毒合并代谢性酸中毒,严重时也可并发三重酸碱失衡。

【诊断】

1. 动脉血气分析　在海平面、静息状态、呼吸空气的条件下 $PaO_2 < 60mmHg$,$PaCO_2 > 50mmHg$ 即可诊断呼吸衰竭。在吸氧条件下,如氧合指数(PaO_2/FiO_2)<300,也可提示呼吸衰竭。

2. 肺功能检测　有助于判断原发疾病的种类和严重程度。

3. 胸部影像学检查　包括 X 线胸片、胸部 CT 和肺通气/灌注扫描等,对于分析病因、判断病情有一定帮助。

4. 其他　包括血常规,肝、肾功能和电解质等。

【治疗】

治疗原则是加强呼吸支持,包括保持呼吸道通畅、纠正缺氧和改善通气等;呼吸衰竭病因和诱发因素的治疗;加强一般支持治疗和对其他重要脏器功能的监测与支持。

(一) 清除痰液,通畅气道

1. 清除痰液 稀释痰液、吸痰、翻身拍背。

2. 解除气道痉挛 应用解痉平喘药物,如 β_2-肾上腺素受体激动剂、糖皮质激素或茶碱类药物等。

3、建立人工气道 包括简易呼吸器、气管插管、气管切开。

(二) 合理氧疗,纠正缺氧

1. 氧疗的原则 保证 PaO_2 达到 60mmHg 以上,或 SaO_2 达到 90%以上的前提下,尽量减小吸氧浓度。

2. 吸氧浓度的确定

(1)Ⅰ型呼衰的氧疗:Ⅰ型呼衰是氧疗的绝对适应证,可给予较高浓度吸氧。但高浓度吸氧(>50%)时间不能太长。

(2)Ⅱ型呼衰的氧疗:应给予持续低浓度(<35%)吸氧,使 SaO_2 达到 90%左右即可,以免加重 CO_2 潴留,诱发肺性脑病。

3. 吸氧方法

(1)鼻导管或鼻塞吸氧:优点:简单、方便,不影响患者咳嗽、进食。缺点:氧浓度不恒定,易受患者呼吸的影响,高流量时对局部黏膜有刺激。鼻导管吸氧时,吸入氧浓度与氧流量的关系为:吸入氧浓度(%)=21+4×氧流量(L/min)。

(2)面罩吸氧:包括简单面罩、带储气囊无重复呼吸面罩和文丘里面罩。优点:吸氧浓度相对稳定,可按需调节,对于鼻黏膜刺激小。缺点:在一定程度上影响患者咳痰、进食。

(3)呼吸机吸氧:优点:吸氧浓度可根据需要调节,恒定而可靠。缺点:需建立人工气道,患者痛苦较大。

(三) 增加肺泡通气量、减轻 CO_2 潴留

1. 合理使用呼吸兴奋剂

(1)适用于由呼吸中枢抑制引起的通气性呼衰。

(2)不适用于由肺炎、肺水肿、肺纤维化等病变引起的换气性呼吸衰竭。

(3)对由脑缺氧、脑水肿引起的频繁抽搐者应慎用。

（4）呼吸兴奋剂必须在呼吸道通畅的前提下使用，否则会诱发呼吸肌疲劳，加重 CO_2 潴留。

（5）常用呼吸兴奋剂有尼可刹米和洛贝林。

（6）用药期间要密切观察患者的呼吸状态和神志改变。

（7）若用药 4～12 小时不见效，或出现肌肉抽搐等不良反应时，应立即停药。

（8）由于尼可刹米和洛贝林副作用较大，目前在西方国家几乎已被淘汰，而由多沙普仑（doxapram）所取代。

2. 合理使用机械通气

（1）机械通气的作用：保证肺泡通气量；改善氧合功能；减少呼吸作功；维护心血管功能。

（2）机械通气的指征：严重缺氧和 CO_2 潴留；意识障碍，呼吸不规则；痰液多而黏稠；吞咽、咳嗽发射减弱；合并多器官功能损害。

（3）机械通气的方法：有创和无创通气。

（4）机械通气的禁忌证：大咯血或严重误吸后窒息；巨大肺大疱；气胸或纵隔气肿；活动性肺结核；大量胸腔积液；心肌梗死；低血容量性休克。

（四）病因治疗

引起呼吸衰竭的原发疾病很多，故在纠正缺氧和 CO_2 潴留的同时应针对不同的病因采取相应的治疗措施，以从根本上彻底治愈呼吸衰竭。

（五）防治各种并发症

呼吸衰竭最常见的并发症：肺部感染、消化道出血、心律失常、酸碱失衡和电解质紊乱。在治疗过程中一定要兼顾并发症的治疗。

（六）对症支持治疗

对危重患者最好在 ICU 中严密监测呼吸、脉搏、血压、心电图、血氧饱和度、尿量和神志改变，准确记录液体出入量；同时应加强营养支持疗法；积极防治肝、肾功能不全，特别是多器官功能障碍综合征（MODS），后者是呼衰患者死亡的重要原因。

【相关护理诊断】

1. 清理呼吸道无效　与呼吸道感染、分泌物过多或黏稠、咳嗽无力及大量液体和蛋白质漏入肺泡有关。

2. 焦虑　与呼吸窘迫、疾病危重以及对环境和事态失去自主控制有关。

3. 自理缺陷　与严重缺氧、呼吸困难有关。

4. 潜在并发症　重要器官缺氧性损伤、消化道出血、心力衰竭、休克等。

【护理措施】

1. 环境　环境适宜,温度为 $18\sim20℃$,湿度为 $50\%\sim60\%$,空气新鲜、流通。

2. 体位　卧床休息,取有利于呼吸的舒适体位,如半坐卧位或端坐位,可在床上放一小桌,上放一软枕,以方便患者休息。

3. 饮食　为患者提供高热量、高蛋白质、富含维生素的流质或半流质易消化饮食,水肿者限制钠盐及水分的摄入,痰液黏稠无禁忌证者可适当多饮水。呼吸困难者可少量多餐,避免摄入易引起腹胀和便秘的食物。

4. 吸氧　根据患者的基础疾病、呼吸衰竭的类型和缺氧的严重程度选择适当的给氧方法和吸入氧流量。氧疗过程中,应注意观察氧疗效果,如吸氧后呼吸困难缓解、发绀减轻、心率减慢,表示氧疗有效;如果意识障碍加深或呼吸过度表浅、缓慢,可能为 CO_2 潴留加重。注意用氧安全,湿化用氧,有效用氧。

5. 保持呼吸道通畅　指导Ⅱ型呼吸衰竭的患者进行缩唇呼吸和腹式呼吸,以减少肺内残气量,增加有效通气量。采取措施促进痰液排出:指导并协助患者进行有效的咳嗽、咳痰;定时翻身、拍背;口服或雾化祛痰药,使痰液便于咳出;必要时行机械吸痰。

6. 病情监测

(1)神志(包括瞳孔):注意有无肺性脑病的发生,昏迷者评估瞳孔、肌张力等。

(2)生命体征(包括血氧饱和度):体温、心率、呼吸、血氧饱和度、血压。

（3）出入量：入量包括饮食、液量；出量包括尿量、大便量、各种引流、呕吐物量、咯血量等。出入总量要进行对比、及时反馈、测量要准确。

（4）各种引流物、分泌物，胃液：注意观察色、质、量；切勿用力抽吸；保持负压引流通畅；妥善固定深度适宜。尿液：注意观察色、质、量；妥善固定；定期更换；预防感染。痰液：注意观察色、质、量；严格无菌操作。大便：注意观察色、量；有无腹泻、便秘；注意肛周皮肤。

（5）其他监测指标，如中心静脉压、各项化验值、血糖、血气分析值等。

（6）肺部呼吸音是否一致、有无痰鸣音、有无异常呼吸音、腹部肠鸣音亢进或减弱。

7. 药物护理　按医嘱及时准确给药，并观察药物疗效及副作用。注意镇静剂对神志的影响。应用呼吸兴奋剂时静脉点滴速度不宜过快。

8. 安全护理　注意患者安全，加床档，防止坠床的发生；慎用冷热敷，防止冻伤和烫伤的发生；烦躁者可根据情况采取保护性的制动措施，防止自伤。

9. 皮肤护理　注意皮肤变化，如潮红、多汗，提示二氧化碳潴留；苍白、湿冷，提示低血压、休克等；口唇、甲床青紫，提示缺氧、末梢灌注不良；水肿，提示输液过多、低蛋白血症、心衰；沿静脉红肿，提示静脉炎。作为护理工作者要注意的是：保护各骨隆突处，定时翻身，防止压疮；使用气垫床，局部垫水囊；保持皮肤清洁、干燥；增加营养；出现皮肤压红要及时处理。另外，需注意患者口、鼻腔黏膜的完整性及会阴部的情况，如阴囊是否水肿，阴道内是否有分泌物等。

10. 急救　床旁备好吸引器及各种抢救用物，必要时，配合医生进行抢救。

11. 心理护理　要了解并关心患者的心理状况，应经常巡视,并与患者多交流,指导患者应用放松、分散注意力和引导性想象技术,以缓解患者的紧张和焦虑。

第六节 水、电解质、酸碱代谢紊乱患者的护理

【体液组成及分布】

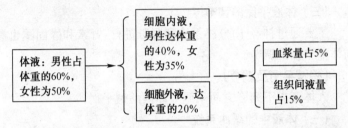

体液的主要成分是水和电解质。细胞外液中的主要阳离子为 Na^+,主要阴离子为 Cl^-、HCO_3^-、蛋白质。细胞内液中的主要阳离子为 K^+ 和 Mg^{2+},主要阴离子为 HPO_4^{2-} 和蛋白质。

【体液平衡和调节】

(一)水的平衡

正常成人每日水分摄入量和排出量的平衡表见表 4-11。

表 4-11 正常成人每日水分摄入量和排出量的平衡表

摄入量(毫升)		排出量(毫升)	
饮水量	1500	尿量	1400
固体食物含水	700	汗水	100
代谢氧化生水	200	皮肤蒸发	350
		呼吸道蒸发	350
		粪便	200
总量	2400	总量	2400

(二)电解质平衡与调节

1. 钠 是细胞外液的主要阳离子,占 90% 以上,每日需要

量为 6～10g,由肾脏调节钠离子的代谢,其正常浓度为 135～150mmol/L,平均 142mmol/L。其生理功能为维持体液的渗透压和酸碱平衡、参与细胞动作电位的形成。

2. 钾　是细胞内液的主要阳离子,占总量的 98%,主要从食物中获得,每日的需要量为 2～3g,其正常浓度为 3.5～5.5mmol/L,从尿中排泄。

（三）体液平衡的调节

主要通过神经-内分泌系统和肾脏进行,肾素和醛固酮也参与体液平衡的调节。

【酸碱平衡及调节】

人体依靠下列三方面来调节体内酸碱平衡:

（一）体液中的缓冲系统

体内不同体液间隙有各自的缓冲系统。血浆中主要的缓冲对为:$[HCO_3^-]/[H_2CO_3]=20:1$。

（二）器官调节

1. 肺　肺是通过控制呼出 CO_2 的量来调节血中的碳酸浓度。

2. 肾脏　通过 H^+-Na^+ 交换、HCO_3^- 的重吸收、分泌 NH_4^+ 和排泌有机酸四种方式进行调节。

【水和钠的代谢紊乱】

（一）水钠代谢紊乱的分类、特点、病因、临床表现及处理原则（表 4-12）

表 4-12　水钠代谢紊乱的分类、特点、病因、临床表现及处理原则

分类	特点	病因	临床表现	处理原则
等渗性缺水	水钠成比例丢失,细胞外液减少	消化液的急性丧失;体液丧失于第三腔隙	无口渴表现,可出现恶心、呕吐、厌食、眼窝凹陷、皮肤弹性降低、少尿等症状,随体液丢失的增加,休克表现逐渐加重	寻找并消除原发病因,防止或减少水和钠的继续丧失,并积极补充

分类	特点	病因	临床表现	处理原则
低渗性缺水	失水少于失钠,细胞外液呈低渗状态	消化液呈持续性丧失,导致大量钠盐丢失;大面积创面的慢性渗液;排钠过多;钠补充不足	轻度缺钠(血清钠为130mmol/L左右)表现为疲乏、头晕、软弱无力,口渴不明显;中度缺钠(血清钠为120mmol/L左右)表现为恶心、呕吐、脉搏细数、视物模糊,站立性晕厥等;重度缺钠(血清钠低于110mmol/L)表现为神志不清、四肢发凉,甚至惊厥或昏迷等	积极治疗原发病,静脉输注高渗盐水或含盐溶液
高渗性缺水	失水多于失钠,细胞外液呈高渗状态	摄入水分不足;水分丢失过多	轻度:口渴;中度:烦躁、乏力、皮肤弹性差、眼窝凹陷;重度:躁狂、幻觉谵妄甚至昏迷	尽早去除病因,防止体液继续丢失
水中毒	水潴留导致血浆渗透压下降,循环血量增加	肾衰竭;因休克、心功能不全等原因引起ADH分泌过多;大量摄入不含电解质的液体或静脉补充水分过多	急性:表现为头痛、躁动、谵妄、惊厥甚至昏迷,严重者可发生脑疝;慢性:表现为体重增加、软弱无力、呕吐、嗜睡、泪液及涎液增多等现象	轻者限制水摄入,重者除禁水外,静脉输注高渗盐水,以缓解细胞肿胀和低渗状态

(二)护理措施

1. 按医嘱维持充足的体液量。

（1）去除病因。

（2）液体疗法：补液原则：定量、定性、定时。

定量：从 3 个方面考虑：补液量＝日生理需要量＋已损失量＋额外损失量。a. 每日生理需要量：$2000\sim2500ml$；b. 已损失量：纠正患者现已存在的缺水，缺钠盐，酸中毒等需要的水和电解质；c. 继续损失量：包括胃肠吸引、肠瘘、大量出汗等损失的液体，发热、出汗、气管切开者还应增加补液量。

定性：补液的性质取决于水、钠代谢紊乱的类型。高渗性脱水以补充水分为主；低渗性脱水以补充钠盐为主；等渗性脱水时补充等渗盐溶液。

定时：先快后慢。

（3）准确记录液体的出入量。

（4）疗效观察：从精神状态、脱水征象、生命体征、辅助检查 4 个方面观察。

2. 纠正体液量过多

（1）加强观察：评估脑水肿。

（2）去除病因及诱因：停止可能增加体液量的治疗；易引起 ADH 分泌过多的高危患者严格按计划补液。

（3）相应的治疗护理：控制入水（$700\sim1000ml/d$）；高渗液体及利尿剂；透析。

3. 维持皮肤和黏膜的完整

（1）加强观察。

（2）预防压疮。

（3）预防口腔炎。

4. 减少受伤的危险

（1）监测血压：告知血压低或不稳定的患者动作缓慢。

（2）建立适当且安全的模式：定制活动时间、量及形式。

（3）加强安全防护措施：去除危险物品，建立保护措施。

【钾代谢异常】

（一）钾代谢异常的分类、病因、临床表现及处理原则（表4-13）

表4-13 钾代谢异常的分类、病因、临床表现及处理原则

分类	病因	临床表现	处理原则
低钾血症：血清钾浓度低于3.5mmol/L	摄入不足，排出增加，钾在体内的分布异常	肌肉无力、胃肠道症状：蠕动缓慢、腹胀、恶心、呕吐；心脏功能异常：传导阻滞和节律异常；代谢性碱中毒、反常性酸性尿	治疗原发病补充钾盐
高钾血症：血清钾浓度高于5.5mmol/L	肾功能减退和应用抑制排钾的利尿剂、钾的分解代谢增强、静脉输液输入钾过多和（或）过速	微循环障碍：轻度：神志模糊、感觉异常、四肢软弱；严重：皮肤苍白、青紫、湿冷 心脏损害：心跳缓慢、心律不齐、心搏骤停	治疗原发病迅速降低血钾浓度

（二）护理措施

恢复血清钾水平，增强活动耐受力。

（1）检测血清钾。

（2）控制病因。

低钾：止吐　止泻　多食含钾食物。

高钾：禁食含钾食物和药物。

（3）控制血清钾于正常水平。

低钾：轻度缺钾，尽量口服补钾；重度缺钾或不能口服补钾者，静脉补钾（10％ KCl）。

静脉补钾时的注意事项：

（1）见尿补钾（尿量达到40ml/h 或 500ml/日）。

（2）浓度适宜（0.3％）。

（3）滴速勿快（20～40ml/h,60 滴/分）。

（4）控制总量（60～80ml/日,6 克/日）。

（5）禁止静脉推注。

高钾：使 K^+ 转入细胞内,静脉输注 5‰碳酸氢钠,静脉输入 25‰葡萄糖 100～200ml＋胰岛素,口服或直肠灌注阳离子交换树脂,血液透析/腹膜透析。

【钙代谢异常】

（一）钙代谢异常的分类、病因、临床表现及处理原则（表 4-14）

表 4-14　钙代谢异常的分类、病因、临床表现及处理原则

分类	病因	临床表现	处理原则
低钙血症：血清钙浓度低于 2.25mmol/L	急性重症胰腺炎、甲状旁腺受损、降钙素分泌亢进、应用氨基糖甙类抗生素、维生素 D 缺乏者等	易激动、口周和指(趾)尖麻木及针刺感、手足抽搐、肌疼痛等	处理原发病补钙
高钙血症：血清钙浓度高于 2.75mmol/L	甲状旁腺功能亢进、骨转移性癌、服用过量维生素 D、肾上腺功能不全等	便秘和多尿	处理原发病促进肾排泄

（二）护理措施

1. 提高血清钙水平,降低受伤的危险

（1）监测血清钙。

（2）防止窒息,观察呼吸频率和节律,并做好气管切开的配合。

（3）建立安全的活动模式和防护措施,如加床档、适当约束等。

2. 降低血清钙水平,以缓解便秘

（1）加强血清钙水平的监测。

（2)鼓励患者多饮水和多食富含纤维素的食物，以利排便。

（3)对严重便秘者，可采用灌肠或导泻的方式。

【酸碱平衡失调】

（一）酸碱平衡失调的分类、病因、临床表现及处理原则（表4-15)

表4-15 酸碱平衡失调的分类、病因、临床表现及处理原则

	分类	病因	临床表现	处理原则
代谢性酸碱平衡紊乱	代谢性酸中毒	酸性物质摄入过多、代谢性产酸太多、氢离子排出减少、碱性物质丢失过多	典型表现为呼吸深而快，呼气中带酮味，颜面潮红，心率加快，血压偏低，严重者有神志不清甚至昏迷	积极处理原发病和消除诱因，逐步纠正
	代谢性碱中毒	氢离子丢失过多、碱性物质摄入过多、低血钾、利尿剂的作用	呼吸变浅变慢，出现谵妄、精神错乱、嗜睡等	治疗原发病，纠正碱中毒，但纠正不宜过于迅速，同时需考虑补充氯化钾
呼吸性酸碱平衡紊乱	呼吸性酸中毒	暂时性高碳酸血症：呼吸道梗阻、支气管痉挛、急性肺水肿、麻醉过深、呼吸机使用不当等；持续性高碳酸血症：慢性阻塞性疾病，肺组织广泛纤维化、重度的肺气肿等	胸闷、气促、呼吸困难、持续性头痛、突发性心室纤颤等	治疗原发病，改善通气功能

续表

分类	病因	临床表现	处理原则
呼吸性碱中毒	常见于癔症、发热、颅脑损伤或病变、人工呼吸机辅助呼吸导致通气过度等	呼吸急促，眩晕，手足、口周麻木感、手足抽搐，肌腱反射亢进，常伴心率加快	治疗原发病，采取措施提高 $PaCO_2$，及时纠正电解质紊乱

（二）护理措施

1. 维持正常的气体交换

（1）消除或控制酸碱代谢紊乱的危险因素。

（2）观察：呼吸频率、呼吸肌的运动情况及呼吸困难程度。

（3）体位：半坐卧位。

（4）促进排痰。

（5）紧急处理：呼吸机、气道护理。

2. 改善和促进患者神智恢复。

3. 预防并发症

（1）加强观察：及时发现。如应用碳酸氢钠治疗酸中毒时，过量可出现代谢性碱中毒；长期吸入高浓度氧气时，可出现呼吸性碱中毒；慢性阻塞性肺疾病患者可发生二氧化碳麻痹；代谢性酸中毒未及时纠正可导致高钾血症等。

（2）治疗原发病。

第七节　临床常用急救技术

技术一　心肺复苏术

心肺复苏技术（cardio-pulmonary resuscitation，CPR）是针对呼吸、心搏骤停所采取的抢救技术，尤其在面对心搏骤停这一紧急情况时,该技术实施的早晚直接影响到患者的存活率。由于衡量心肺复苏是否成功的最终标准是患者脑功能的恢复,因此,在20世纪70年代,心肺复苏技术又进一步扩展成为心肺脑复苏(cardiopulmonary-cerebral resuscitation,CPCR),具体包括3个部分:基本生命支持、进一步生命支持和长期生命支持。

一般情况下,心脏停止跳动4～6分钟后,脑组织就会发生不可逆性的损害。如果我们在心脏停止跳动的5分钟内即为患者采取了心肺脑复苏技术,其存活率可达到45%左右;一旦超过10分钟,则存活率下降到10%以下。由此可见抢救措施越早开展,患者生存的可能性就越大。

一、导致心搏骤停的原因

(一)冠心病是最常见的原因,尤其是在急性心肌梗死早期。

(二)严重的电解质紊乱和酸碱平衡失调

严重的高血钾(血清钾≥6.5mmol/L)、低血钾、高血钙、高血镁均可导致心搏骤停的发生。酸中毒时,由于血钾的升高,也会发生心搏骤停。

(三)其他原因

1. 窒息、中毒、严重创伤等所导致的呼吸衰竭,甚至呼吸停止。

2. 各种原因的休克。

3. 各种突发的意外事件,如溺水、电击伤等。

4. 药物中毒或药物过敏等。

5. 手术及麻醉意外。

二、心搏骤停的判断

(一)症状与体征

1. 意识丧失。

2. 大动脉波动消失。

3. 呼吸停止或微弱。

4. 发绀。

5. 瞳孔散大。

判断心搏骤停最主要的依据就是临床体征。当患者意识突然丧失、大动脉搏动消失,诊断即成立。

注意:①对心搏骤停的判断必须快速、准确,应在 10 秒内完成。对怀疑心搏骤停的患者切忌反复进行心脏听诊和血压测量,以及心电图检查,以免延误抢救的最佳时机。②由于瞳孔的变化容易受到药物等因素的影响,且反应滞后,因此在临床工作中不能将瞳孔的变化作为确诊心搏骤停的依据。

(二)心电图表现

1. 心室颤动 在心搏骤停的早期最常见,约占 80%。心电图表现为 QRS 波消失,出现不规则的、连续的室颤波,频率为 200～400 次/min。(图 4-13)

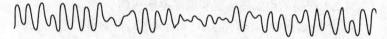

图 4-13 心室颤动

2. 心电机械分离 心肌的生物电活动仍然存在,但机械收缩缓慢而无效。(图 4-14)

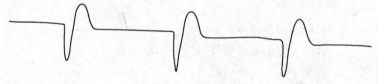

图 4-14 心电机械分离

3. 心室静止 心电图为一条直线。多在心脏停搏 3～5 分钟时出现。(图 4-15)

图 4-15 心室静止心电机械分离

三、心搏骤停的抢救流程

成人心搏骤停的抢救流程图见图 4-16。

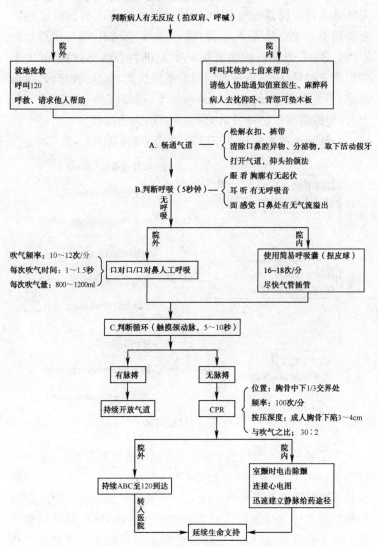

图 4-16 成人心搏骤停的抢救流程图

四、心肺脑复苏的基本措施

掌握心搏骤停的抢救流程以及心肺脑复苏技术至关重要，尤其是经过正规训练的 CPR 手法及其熟练程度与抢救成功率密切相关。在心搏骤停、心源性猝死等紧急情况，可提供正常血液供应 25%～30%，成为抢救生命的关键所在。同时提醒大家值得注意的是：应在最短时间内给予最快速、准确的综合判断与评价，在人力、物力均能保证的前提下，可以多种抢救措施一起上，以便取得较好的疗效，切忌等待或按教条进行。

心肺脑复苏术包括 3 个阶段、9 个步骤，见图 4-17。

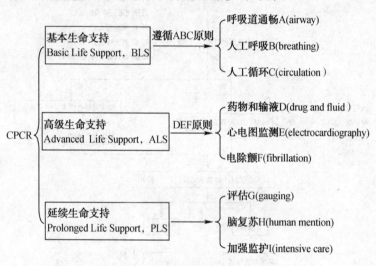

图 4-17　心肺脑复苏术

为了强调在 CPR 过程中各项抢救措施实施的程序，美国心脏协会提出了"生存链"的概念（图 4-18），包括"四早"，即早期启动 EMS（紧急医疗服务系统）；早期基本生命支持；早期除颤；早期给予高级生命支持。在紧急救治过程中，这些环节就像链条一样互相连接，任何一个环节的衔接不良都会导致抢救工作的整体失败。

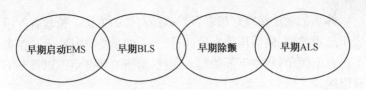

图 4-18 生存链示意图

(一)基本生命支持

基本生命支持是现场急救中或护士在病房巡视时患者突然发生紧急情况时,其他抢救设备尚未就绪时所采取的徒手抢救。包括 ABC 三步骤,即开放气道、人工呼吸、胸外心脏按压。

1. A(assessment＋airway)→判断意识和保持呼吸道通畅为施行人工呼吸及 CPR 的首要条件。

方法:仰头抬颏法(图 4-19)。

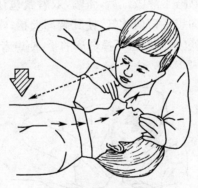

图 4-19 仰头抬颏法

第一步 一手拍喊患者以判断意识是否存在,另一手触摸颈动脉判断有无搏动。

第二步 医院外:立即拨打 120 急救电话,高声呼喊,请求他人援助。医院内:呼叫其他护士前来援助,同时通知值班医生、麻醉科立即到来。

第三步 摆放体位:协助患者取去枕仰卧位,用仰头抬颏法畅通气道。

仰头抬颏法是缓解患者舌后坠最有效的方法。抢救者一手置于患者前额,向后压使头后仰;另一手的示指、中指、无名指置于患者下颌角处,将下颏抬起。注意:勿压迫颈部组织以及颏下软组织。

第四步 清除呼吸道的异物或口鼻腔内的分泌物、血液、呕吐物等。有条件是可以使用吸引器进行吸引。若现场无此设备,可使患者头转向一侧,以利分泌物流出口外。对口腔内靠近口腔前部的固体异物,可用示指沿一侧口角进入后抠出。

2. B(Breathing)→人工呼吸 人工呼吸的方法很多,其中最方便有效的是口对口人工呼吸。

方法:使患者取仰卧,头后仰位,松解衣扣和裤带使患者放松,以免妨碍呼吸运动;抢救者一手捏住患者的鼻翼,一手托住下颏,并使口微张;平静吸气后,张嘴,双唇紧包住患者的口部,使用中等力量向患者口内吹气,使其胸部上抬;吹气结束,抢救者头稍抬侧转换气,同时松开捏鼻翼的手,使患者从鼻孔被动呼出气体。(图 4-20)

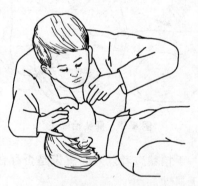

图 4-20 口对口人工呼吸

注意:①吹入的气量要比频率更重要。成人每次吹气时间约 2 秒,吹气频率 10～12 次/分钟(儿童为 20 次/分钟)。②口对口呼吸可以导致胃扩张的发生,主要见于气道不通畅、吹气过度的患者和小儿。胃扩张时可以导致胃内容物反流、误吸以及肺炎的发生。因此要注意保持气道通畅，吹气要适度，且吹气时避免压迫患者胸部。③对牙关紧闭或有口腔创伤的患者，在保持呼吸道通畅的情况下可采用口对鼻呼吸法。口对鼻呼吸法也是抢救溺水患者最好的方式。④对气管切开的患者可直接对气管套管进行人工呼吸。⑤有条件时可使用具有隔离作用的面罩或简易呼吸器等，在保证有效通气的同时，也可以对抢救者实施保护。

3. C(Circulation)→人工循环

(1)胸外心脏按压：是现场维持人工循环的首选方法。

按压部位确定的方法：以胸骨下切迹作为定位标志。抢救者一手示指、中指沿患者肋缘向上移，在两侧肋弓交界处寻找到胸骨下切迹，将示指、中指横放于胸骨下切迹的上方，示指上方胸骨的正中部位即时按压区。

按压的正规手法：抢救者两臂伸直，两手手指相互交叉并翘起，重叠放于按压区，垂直向下用力按压。

具体方法：使患者去枕仰卧于硬板床上或地上，头与心脏处同一水平；抢救者站立或跪于患者的一侧，一手掌根部置于按压区（胸骨中上 1/3 交界处），另一手掌交叉重叠于该手背上（正规手法）。两肘部伸直，借助身体的力量向脊柱方向垂直下压。下压深度：成人 4～5cm；婴幼儿 1～2cm 即可；下压后即放松胸骨，有利心脏舒张。此时手掌根部仍放于患者胸壁按压区，待胸骨还原到原来位置后再次进行下压，如此反复进行。

注意：①国际心肺复苏指南 2000 建议：不论 1 人或 2 人进行 CPR 时，成人的按压与通气之比为 15：2，儿童为 5：1。而目前临床上大多采用 2005 年国际心肺复苏指南则的要求，按压与通气之比为 30：2。且完成 5 个循环周期的操作后，就要对患者进行一次判断，即触摸颈动脉搏动和观察有无自主呼吸的出现（时间不超过 5 秒）。如果患者心跳和呼吸恢复，则给予严密观察，同时转入到后续的治疗与护理中。否则再持续进行 5

个循环周期的 CPR。②按压的位置要准确,按压时力量不宜过猛、过重,否则易引起肋骨骨折而发生血气胸或肝、脾破裂。

心肺复苏的有效指征:①能摸到颈、股动脉搏动;②收缩压在 8kPa(60mmHg)以上;③患者的面色、甲床、口唇、皮肤等色泽转红;④扩大的瞳孔缩小;⑤呼吸改善或出现自主呼吸;⑥昏迷变浅,出现反射或挣扎;⑦心电图可见波形改善。

(2)电除颤:现代心肺复苏现场抢救已由 ABC 扩展成为 ABCD,D 即 defibrillation,电击除颤。这是因为大多数成年人,所发生的非创伤性突发心搏骤停的原因是心室颤动,而早期除颤则是决定患者能否生存的最重要因素。在心搏骤停的 1 分钟内即给予除颤,生存率可以达到 90%,如 10 分钟后再进行除颤,生存率下降至 10% 以下。随着我国急救医疗技术水平的不断提高以及自动体外除颤仪(AED)的普及,心肺复苏的抢救成功率将会大大提高。

4. 婴幼儿的心肺复苏　临床上 3 岁以内为婴幼儿,5～13 岁为儿童。心肺复苏的实施与成年人基本相同,但强调以下几点:

(1)意识的判断:由于婴幼儿对言语不能反应,可手拍其足跟部或捏合谷穴,如哭泣,则认为有意识。

(2)人工呼吸:将婴幼儿头部轻轻后仰畅通呼吸道,以口对口鼻人工呼吸。但头部不能过度后仰,以免气管阻塞,婴幼儿韧带、肌肉松弛,故可一手托颈,以保持气道平直。

(3)判断脉搏:婴幼儿由于颈部肥胖短粗,颈动脉不易触及,用触摸肱动脉来判断心跳是否存在。肱动脉位于上臂内侧,肘和肩之间。抢救者大拇指放在上臂外侧,示指与中指轻轻压在内侧,即可感觉到脉搏。

(4)胸外按压部位:两乳头连线与胸骨正中线交界点下一横指处。按压多采用环抱法,双拇指重叠下压。

(5)胸外按压频率>100 次/分。胸外按压与人工呼吸之比为 5:1。

（二）高级生命支持

通常在医院内或转运途中进行。具体包括：直流电非同步除颤、气管插管、各种抢救药物的使用等。

1. **电击除颤** 而口对口人工呼吸、胸外心脏按压法和体外电击除颤是构成现代心肺复苏的 3 要素。如果是目击患者倒下或心电监视下波型为室颤时，则应将电击除颤放在第一位，立即给予非同步电击除颤。

（1）电极板的安放位置：一个电极板（APEX）放置在心尖部，即左侧腋前线或腋中线第 5 肋间；另一个电极板（STERNUM）放置在心底部，即右侧锁骨中线第 2 肋间。（图 4-21）

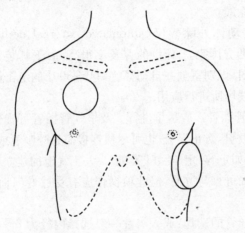

图 4-21 电极板的安放位置

强调：除颤位置绝对不能颠倒。即 apex（心尖）、sternum（心底），两手柄位置绝对不能颠倒。

（2）电极板大小的选择：成人为 14cm，儿童 8cm，婴儿 4～5cm。

（3）电击能量的选择：成人电击能量第 1 次和第 2 次采用 200～300J，第 3 次 360J。儿童首次 2J/kg，以后按 4J/kg 计算。

（4）实施步骤：①在两电极板上均匀涂抹导电糊。②将能量旋钮调至所需电量，再次确定非同步放电。③充电：按握手柄上的充电键或"charge"键，提示音响起表明充电完成。④放置电极板于正确位置，使之与胸壁皮肤紧贴，并施加10kg左右的力量。⑤放电：警示周围人员远离患者及病床，喊口令"一、二、三"，两手同时按下放电键放电。⑥若除颤成功，可将能量旋钮置于监护位置。

（5）注意事项：①电击时两电极板的距离要＞10cm，以防止形成短路导致电击失败。②电击除颤后，一般需要经过30秒，心脏才能恢复正常节律。因此，点击后应持续CPR，直到能摸到动脉搏动。③若心电监视显示为细颤型，应先给予心脏按压、氧疗以及静脉注射肾上腺素1～2mg等，使之转变为粗颤波，在进行电击除颤。

（6）自动体外除颤仪（automated external de-fibrillation，AED）：在西方国家。AED的普及率很高，由于其装置简单，能记录心电图，识别室颤并自动释放200～300J的电击能量，非常适合在公共场所进行应用。

2. 气管插管　应尽早进行。及早气管插管可确保氧疗、有利于气道吸引，防止误吸；也可尽快连接简易呼吸囊或其他机械通气装置（如定容/定压型呼吸机）。人工气道的建立，使呼吸道的管理更加可靠与方便，但此项操作应有受过专门训练的救护人员进行。

气管导管的选择：成人男性一般选择内径为8～8.5mm的气管导管，成人女性则选择7.5～8mm内径。

用物准备：喉镜（镜柄、镜片）、气管导管、导丝、牙垫、固定带，另备吸引器和吸痰管、简易呼吸囊（皮球）。

注意：气管插管的所需用物均应备用于抢救车中或抢救室易取之处，放置位置固定，每天有专人或固定班次负责检查喉镜灯是否明亮，与镜片连接有无松动，各导管型号是否齐备、标识是否清晰、是否在有效期内等，保证抢救进行时能够得心应手，顺利进行。

3. 抢救药物的使用

(1)迅速建立静脉通道:应该选择近心端的静脉,最理想的选择是肘窝处或肘窝以上的静脉,但要注意心搏骤停后,循环停止、周围静脉塌陷、静脉穿刺有一定难度,因此需要较高的穿刺技术。有条件时也可以将中心静脉置管作为首选给药途径。

除此之外,其他的给药途径还包括:气管内滴药和心内注射。

(2)常用的复苏药物:①肾上腺素:又称副肾素,是心脏复苏中最有效的药物,心室停搏,心电机械分离均适用。常用剂量:每次 1mg,静脉注射,每隔 3~5 分钟可重复给药一次。也可以经气管插管做气管内注射,用 10ml 生理盐水稀释后使用,剂量为静脉用药的 2~2.5 倍。②利多卡因:是心肺复苏时治疗和预防室性心律失常的首选药。用法:50~100mg,静脉注射,速度不宜超过 50mg,5~10 分钟后可重复给药,有效后可以 1~4mg/min 的速度,持续静脉点滴。也可由气管插管处注入。③阿托品:适用于心脏骤停时所伴随发生的心动过缓及心脏停搏。用法:每次 0.5~1mg,静脉注射,可每隔 5 分钟重复给药一次。在急性心肌梗死和心肌缺血时慎用。也可由气管插管处注入。④多巴胺:适用于 CPR 后心搏已恢复,但血压尚不稳定时。用法:从小剂量开始,2~20μg/(kg·min),根据血压情况调节滴速,直至维持在理想状态。⑤5%碳酸氢钠:目前碳酸氢钠的应用已经不作为抢救的一线药物。如果 CPR 开始及时,且通气充分,可暂时不使用;如果在心搏骤停前患者有明显的酸中毒,或者伴发有严重的高钾血症,可尽早给予适量的碳酸氢钠,前提是根据血气分析的结果来决定用量。注意补碳酸氢钠一定要在保证通气的前提使用,将 $PaCO_2$ 维持在 25~35mmHg。禁止从气管内滴入。

4. 其他药物治疗

(1)脱水药物:在血压平稳的基础上,为提高血浆渗透压,使脑组织脱水,颅内压下降,常选用 20%甘露醇液 125~250ml 和甘油果糖液,静脉点滴。必要时还可加用呋塞米。

（2）肾上腺皮质激素：为必用之药，首选地塞米松 10～20mg。静脉注射。可以起到保持毛细血管完整性，防止脑水肿的作用。

（3）镇静止痉药物：当患者出现躁动不安、抽搐时，可以根据医嘱适量使用镇静止痉剂，首选地西泮（安定）10mg，缓慢的静脉注射（成人应＜5mg/min）。

（4）促进脑细胞代谢的药物：包括 ATP、辅酶 A、细胞色素 C、胞磷胆碱、脑活素等。

（三）延续生命支持

心搏骤停的患者，经过基本生命支持和进一步生命支持之后，心跳恢复的可能性较大，但自主呼吸及大脑功能不一定同时恢复。因此仍必须给予持之以恒的生命支持。可将此类患者转入 ICU 病房，以脑复苏为重点，给予进一步的治疗与护理。脑复苏是心肺复苏的最终目的。

1. 一般观察项目　定时观察和监护心电图、血压、脉搏、呼吸、体温、神志、瞳孔、中心静脉压、尿量、肢体的感觉和运动功能等，注意监测电解质、肝肾功能、凝血机制、血气分析等，了解病情变化的动态信息。发现异常及时处理，以预防多器官功能障碍的发生。

2. 全身管理

（1）体位：仰卧位，床头抬高 30°，以减轻颅内压。

（2）亚低温疗法：对心搏骤停的患者，在不影响 CPR 下，可尽早采取降温措施，尤其在脑缺血缺氧的最初 10 分钟内是降温的关键时刻。一般采用头部戴电子冰帽，配合使用冰毯垫于躯干下或体表大血管处，如颈部、腋下、腹股沟等处放置冰袋，将体温维持在 33～35℃左右。在降温的同时配合使用冬眠药物，有助于增加降温效果和防止在降温过程中出现的寒战，不平稳的降温对患者弊多利少。常用药物：氯丙嗪 25～50mg，异丙嗪 25～50mg，每 6～8 小时肌内注射一次。

（3）维持血压：心搏骤停患者心跳恢复后，血压常不稳定。

应严密观察心电及血压的变化。一般患者将平均动脉压维持在正常(90mmHg)或稍高于正常水平(100～120mmHg),可以改善脑及其他重要脏器的血液灌注;而颅脑外伤者将血压维持在正常或轻度低血压。注意防止血压的过高或过低,过高可加重脑水肿,过低可加重脑及其他脏器的缺血、缺氧。

(4)呼吸的管理与控制:心搏骤停的患者在急诊抢救过程中,常采用紧急气管插管。进入 ICU 病房后,为加强呼吸道管理,对持续昏迷未醒者,可在插管 72 小时后(最长不超过 1 周)改为气管切开。

对无自主呼吸或自主呼吸微弱的患者,及早使用呼吸机辅助呼吸。在使用过程中,注意观察患者呼吸改善情况及动脉血气分析结果,一般将 $PaCO_2$ 控制在 25～35mmHg,$PaO_2 >$ 100mmHg,动脉血 pH7.35～7.45,同时注意加强气道湿化和吸痰。

(5)高压氧治疗:病情允许的情况下可及早使用。

技术二 各种抢救仪器的使用与维护

(一)心电监护仪的使用

心电监护是指用心电监护仪对被监护者进行持续不间断的心电功能监测,即通过心电监护仪反映心肌细胞电活动的变化。

工作原理:通过感应系统,如电极、探头、热敏电阻、压力传感器等,接受来自患者的各种信息,通过导线输入到换能系统并放大,进一步计算和分析,最后显示或输出到中心台,必要时打印信息资料。

现以迈瑞 PM-9000 Express 患者监护仪为例介绍监护仪的结构功能、使用方法、操作步骤及注意事项。

1. 结构与功能 能进行波形监护、参数测量、记录和药物计算等功能。轻巧,适于携带和转运患者使用;可以和中心监护系统连接,形成监护网络。

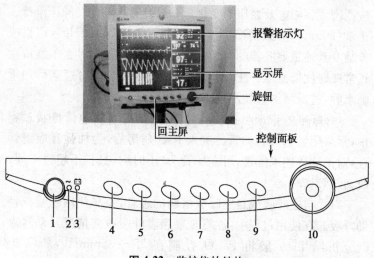

图 4-22　监护仪的结构

控制面板各键及功能：①电源开关：打开或关闭监护仪的电源。关闭电源时，需按住该键 2 秒以上。②交流电源状态指示灯：灯亮，说明已接通交流电源；灯灭，监护仪没有接通交流电源。③电池状态指示灯。④回主屏：无论在哪一级菜单，按下此键后回到主屏界面。⑤波形冻结：执行波形冻结和解除冻结操作。⑥报警暂停：执行报警暂停、系统静音和解除报警的操作，也可在各状态之间随意切换。⑦记录：启动或终止记录功能。⑧无创血压：启动或停止手动无创血压测量一次。⑨主菜单：按此键将弹出系统菜单。⑩旋钮：旋钮是该监护仪的主要控制键，可进行顺时针或逆时针旋转，也可进行"按下"操作。在主菜单界面，旋转旋钮锁定的方框称为光标；锁定光标，按下旋钮可以执行某个操作、选择某个选项、弹出某个菜单或某个菜单的下拉菜单。因此临床中也称"选择旋钮"。

2. 使用方法

ECG 监护步骤：

（1）皮肤的准备：ECG 波形的质量取决于电极获得电信号

的质量。为减少伪差的发生,需对安放电极处的患者皮肤进行处理。①剃除电极安放处的体毛。②用电极片上的小砂纸轻轻摩擦皮肤,以去除皮肤的角质层和油脂。③用肥皂水洗净皮肤(不可使用纯酒精,会增加皮肤的阻抗)。④待皮肤干燥后安放电极。如为纽扣式揿钮,应在安放前提前上好。

(2)导联的电极安放位置:以美国标准为例,五导联的电极安放位置:

RA-白色(右臂)电极——安放在锁骨下,靠近右肩。

LA-黑色(左臂)电极——安放在锁骨下,靠近左肩。

LL-红色(左腿)电极——安放在左下腹。

RL-绿色(右腿)电极——安放在右下腹。

V-棕色(胸部)电极——安放在胸壁(V1~V6任一位置上)。

以美国标准为例,三导联的电极安放位置:

RA-白色(右臂)电极——安放在锁骨下,靠近右肩。

LA-黑色(左臂)电极——安放在锁骨下,靠近左肩。

LL-红色(左腿)电极——安放在左下腹。

附 欧洲标准的导联名称和颜色的对应关系

五导联:　　　　　　　三导联:

R-红色——(右臂)电极　　R-红色——(右臂)电极

L-黄色——(左臂)电极　　L-黄色——(左臂)电极

F-绿色——(左腿)电极　　F-绿色——(左腿)电极

N-黑色——(右腿)电极

C-白色——(胸部)电极

(3)将监护导联和患者电缆相连。

(4)开启监护仪电源,自动进入标准工作界面。

(5)旋转旋钮,锁定"ECG"热键,按下,进入到"ECG 设置菜单",选择正确的导联类型、报警级别以及报警的上下限等。

(6)心电监护时的护理:①患者进行心电监护前,应常规做12 导联的心电图记录,以作为综合分析心脏电位变化的基础。

②监护导联所显示的 ECG 波形,只能反映出心律和心率的变化,并不能替代心电图的作用。如果监护过程中发现患者 ST 段异常或想获取更详细地心电图变化,应做常规导联心电图。③放置心电监护电极时,尤其是为冠心病患者进行监护时,必须提前留出需要除颤时放置电极板的位置,以防不测。④针对不同的患者、病情,选择最佳的监护导联放置部位,以取得清晰的 ECG 波形。⑤每天应定期检查电极安放部位的皮肤,如有过敏现象,应及时更换电极和改变安放位置。使用完毕的点击必须回收并进行适当的处理。

(7)心电监护时伪差产生的原因与处理:①肌电干扰:被监护者精神紧张,肌肉不能放松;低室温所致的肌肉不自主震颤;某些疾病导致患者采取强迫体位等,均可以导致监护仪上出现或大或小的肌颤波。目前新型的监护设备均配备有较强的防肌肉震颤功能,能够获得清晰的图像。②电极安放位置不合适,会产生类似电极脱落的基线不稳波形。电极连接松动或电极与皮肤接触不良,均可使基线不稳或产生杂波。为避免此种情况的发生,可通过更换电极或使用导电膏,使皮肤与电极紧密接触。③交流电干扰波:床旁其他设备的运作,也可能会影响监护仪的监测;二电极与金属物质的接触,如手机、钥匙、手表等,也会产生干扰波形。为消除干扰,可采用尽量去除患者身上的金属物质,减少附近各种电插头,连接地线等方法。

SpO_2 监护:

SpO_2 监护是一种连续的、无创伤测定血红蛋白氧合饱和度的方法。

(1)监护步骤:通常借助成人手指血氧探头进行。①开启监护仪电源;②将血氧探头安放在患者的适当部位;③将血氧探头电缆线一端的连接器与监护仪的 SpO_2 接口连接。

(2)注意事项:①血氧探头的电缆线应置于手背,保证指甲正对血氧探头光源射出的光线。②对患者进行长时间监护时,应每 2～3 小时检查一次血氧探头贴附位置,以免发生局部皮肤变红、起泡等。③血氧探头不要安放在有动脉导管或静脉注射管的肢体上,也不要与血压袖带放在同一肢体上,因为在血压测量的过程中血流闭塞会影响血氧饱和度读数。④如果存在碳氧血红蛋白、高铁血红蛋白或燃料等化学物品,SpO_2 值将会出现偏差,因此尽量避免选择染指甲油的手指进行监护。⑤某些情况可能会影响其测量的准确性,应加以注意,如超出血氧探头的最佳温度范围(28~42℃);受试部位血液循环不良;休克、贫血、低温或应用缩血管药物等。

NIBP(无创血压)的监测:

有手动测量、自动测量、连续测量 3 种模式。

(1)操作步骤:①开始测量前,必须确认正确的患者类型(成人、儿童、新生儿)。②根据患者的肢体尺寸选择合适的袖套,缠绕在患者的上臂或大腿上。③与充气管连接。④按下控制面板上的无创血压按键进行测量。手动模式下,每按一次无创血压按键,开始一次 NIBP 的测量;自动模式是监护仪按照设定的时间间隔自动重复地进行 NIBP 的测量;连续测量是指在 5 分钟内,连续的进行测量。

(2)影响无创血压测准确量的因素:袖带大小,袖带放置位置的过高或过低、休克、使用呼吸机的患者,患者发生抽搐、痉挛等。

(3)注意事项:①测量血压的肢体应与患者心脏处于同一水平。缠绕时松紧适宜,袖带宽度应是肢体周径的 40%。②不要在有静脉输液或插有导管的肢体上进行 NIBP 的测量。③监护过程中。经常检查肢体远端的色泽、温度和敏感度。一旦发现异常,应立即更换测量部位。如选用连续测量模式时间过长时,与袖带摩擦的肢体就可能会有皮肤瘀斑的发生。

3. 清洁与维护

(1)监护仪及传感器表面可用医用酒精擦拭,自然风干或用清洁、干爽的布清洁。

(2)血压袖带应保持清洁,污染后,可给予机洗或手洗。注意为延长其使用寿命,不能干洗。清洗前必须掏出橡胶袋。洗净后按常规方法进行消毒。

(3)禁止在患者监护仪的顶部放置能够释放电磁波的物品,其外接的电缆线均应平放或悬挂放置。

(二)除颤器的使用

电除颤的原理是能发出高能量、短时限的脉冲电流,使全部心肌在瞬间同时除极而处于不应期,抑制异位心律,为窦房结重新下传冲动,恢复有效心搏创造条件。目前临床使用的除颤器均为直流电除颤器。能将交流电转变为几千伏的高压直流电储存在一个电容中,在 2～4 毫秒内向心脏放电,功率最大可达360J。除颤器不仅能用于除颤,还可以用于心脏电复律。电复律时,同步触发装置能利用患者心电图的 R 波来触发,使电流仅在心动周期的绝对不应期中放出,避免心室颤动的发生;非同步除颤时,则可以在心动周期的任何时间放电,能迅速消除室颤。

1. 除颤的时机 早期除颤:《心肺脑复苏国际指南 2000》中要求,社区急救应在急救中心接到求救电话 5 分钟内完成电除颤;在医院要在(3±1)分钟内进行。只要具备除颤条件,必要时可以盲目除颤。

时机:①在监护状态下发生室颤或心搏骤停 2 分钟内立即除颤;②心搏骤停未及时发现,给予基本生命支持 2 分钟后行电击除颤。

室颤发生的早期一般为粗颤,心电图表现为较高电压的室颤波,波幅较宽大,此时除颤易于成功;随着心肌缺氧的加重,可由粗颤波转为细颤波,心电图表现为波形细微,此时除颤则不易成功。因此在除颤之前持续心脏按压、应用肾上腺素、氧疗等措施有助于转为粗颤,增加除颤成功的几率。

2. 方法

(1)在准备电击除颤的同时给予心电监护以确诊室颤。

(2)在电极板上均匀涂抹导电膏。

(3)选择所需电量,此时除颤仪会自动默认"非同步除颤模式"(如为同步电复律,则需按下"sync"键)。

(4)充电:按下握手柄上的充电键或"charge"键,提示音响起表明充电完成。

(5)暂停胸外心脏按压,放置两电极板于正确位置:一个电极板(APEX)放置在左侧腋前线或腋中线第 5 肋间,另一个电极板(STERNUM)放置在右侧锁骨中线第 2 肋间,两电极板紧压胸壁皮肤。

(6)警示周围人员远离患者及病床,喊口令"一、二、三",二手同时按下放电键放电。

(7)观察 BCG,继续行心肺复苏术。1 分钟后若室颤持续存在,可加大能量再次除颤。成人首次除颤电能为 200J,第二次300J,第三次可加至 360J。

(8)若除颤成功,可将能量旋钮置于监护位置。

3. 维护与保养

(1)除颤器是非常重要的抢救仪器,每日应检查其性能,以保证 100% 完好。

(2)除颤器应随时处于待机状态,电池应充满。在无操作时,连上电源即可充电。充电时间为 16 小时。充电时,电池灯闪烁;充满后电池灯常亮。

(3)尽量避免在潮湿环境中使用。若溅上水滴,必须马上擦净。

(4)在易燃、易爆的环境中禁止使用。

(5)安置稳妥,绝对避免坠落。

(三)呼吸机的使用

呼吸机是一种机械装置,能通过机械地控制和辅助人体的呼吸动作,来满足机体呼吸功能的需要。护士掌握呼吸机正确的使用方法、报警原因、人工气道护理,熟悉其基本参数设置,可以达到挽救患者,保证患者安全,降低感染率的目的。

1. 呼吸机的结构及工作原理

呼吸机主要由供气、呼气、控制三部分构成。供气部分是机器给患者提供吸入气量、吸气时间、吸入氧浓度(FiO_2)、吸气压力等；呼气部分时允许患者将气体呼出的装置，有呼气压力、容量、时间等参数设置；两者可以由呼吸机设置的参数控制，也可以受到患者呼吸状况的影响；控制部分是调节、控制吸气和呼气部分的主要结构，也是呼吸机的关键所在；此外还设有多种监测装置以及湿化器等。

自然状态下正常呼吸过程是负压呼吸，而呼吸机则属于正压通气，是利用机器将气体送入肺内，即吸气，停止送气后靠胸廓和肺的弹性回缩使气体排出体外，即"呼气"。两者正好相反。

目前临床中大多使用的为多功能型呼吸机，其功能齐全，性能完备，可以根据临床需要、患者的具体呼吸情况等信息来进行设置、自动切换和调节。

2. 呼吸机的通气模式

间歇正压通气（IPPV）是临床应用最早、最普遍的通气方式，是吸气相为正压，呼气相压力降为零的通气模式。

持续正压气道通气（CPAP）：是在患者有自主呼吸，在整个呼吸过程中人为地给予一定水平的正压。

间歇指令通气/同步间歇指令通气（IMV/SIMV）：呼吸机按照设置的呼吸参数，如潮气量、呼吸频率、吸/呼等给予患者指令性呼吸。

压力支持通气（PSV）：是辅助通气方式，是在患者有自主呼吸的条件下，每一次吸气都给予一定水平的压力支持，来增加患者的吸气能力、吸气量、吸气幅度。

呼气末正压（PEEP）：是呼吸机在吸气相时将气体压入肺内，在呼气末，气道压力仍保持在一定的正压水平。

3. 适应证与禁忌证

（1）适应证：①急、慢性呼吸衰竭；②心源性或非心源性肺水肿；③ARDS；④胸部创伤、多发性肋骨骨折、连枷胸；⑤呼吸中枢控制失调，神经-肌肉疾患；⑥呼吸性酸碱平衡失调；⑦大手术后通气弥散功能障碍等。

（2）禁忌证：①休克血容量未补足前；②严重的肺大泡、气胸和纵隔气肿；③大咯血气道未通畅前；④心肌梗死。

4. 使用呼吸机的基本步骤

（1）将呼吸机主机、空气压缩泵与供氧装置连接，接好湿化器及呼吸机各管路，连接模拟肺，打开电源。

（2）根据病情选择通气模式及各参数：①潮气量：成人 8～12ml/kg，儿童 5～6ml/kg，每分通气量成人 90～120ml/kg，儿童 120～150ml/kg。②呼吸频率：成人 12～15 次/分钟，学龄前儿童 20 次/分钟，婴幼儿 30 次/分钟，新生儿 40 次/分钟。③吸呼时间比（I：E）：一般将 I：E 按 1：1.5～2 调节，阻塞性通气障碍时宜选用较大潮气量、较慢频率 I：E 为 1：2 或 1：2.5；限制性通气障碍时应选用小潮气量、快频率 I：E 为 1：1.5。④气道压力：一般成人为 12～20cmH_2O，小儿 8～20cmH_2O，如气道压力突然降低，可能是通气导管系统漏气，如突然升高可能是通气导管系统堵塞。在遇到呼吸道阻力高，肺顺应性减低的患者，在确保血压的前提下，可将通气压力控制到 20～30cmH_2O，甚至更高，才能确保有效通气。此时应避免压力过高引起的肺气压伤和影响循环。⑤PEEP 的调节：最佳 PEEP 是氧浓度最低而达到最大的肺顺应性，最小的肺内分流，最高的氧输送，对循环无不良影响的最小 PEEP 值。一般在 15cmH_2O 左右。⑥吸入氧浓度（FiO_2）：一般不超过 40%，但在紧急状态下，为迅速纠正低氧血症，可应用较高浓度的 FiO_2（>60%），甚至可以更高，但时间应控制在 30 分钟至 1 小时。随着低氧血症的纠正，可逐渐降低至小于 60% 以下的安全水平。

（3）调节湿化器温度：一般 37℃。

（4）监测病情：注意观察患者的心率、血压、血氧饱和度、缺氧改善情况、潮气量、呼吸频率、气道压力等的变化。

（5）随时检查呼吸机管道连接情况；听诊两肺呼吸音，检查通气效果。

（6）人工通气后半小时常规做血气分析检查，根据结果调整各通气参数。

5. 呼吸机撤离的指标

(1)呼吸衰竭的原发病因已经去除或得到有效控制,患者自主呼吸能力强,咳嗽反射良好。

(2)FiO_2<40%～50%,患者在 SIMV 或低水平 PSV 时呼吸频率将至 5～8 次/分钟,PEEP<5～8cmH_2O 仍能达到较为正常的呼吸频率和满意的氧合状态。

(3)血气分析正常。

6. 注意事项及清洁保养

(1)使用呼吸机的患者床旁应备有简易呼吸器及各种急救物品,以防呼吸机出现故障或突然断电时应用。

(2)注意观察呼吸机运转情况,对呼吸机报警及时查明原因并处理。

(3)加强气道湿化,及时向湿化罐中添加蒸馏水,使之保持在所需刻度处。气道口湿化温度应保持在 37℃ 左右,同时注意温度过低达不到气道湿化作用、温度过高易致气道烫伤。

(4)注意保持集水瓶低于气道口的位置,及时倾倒集水瓶中的冷凝水,防止流入气道或进入机器内。

(5)对于使用中的呼吸机,湿化器中的蒸馏水应每日更换;每日清洗压缩泵和呼吸机上的过滤网;呼吸机管道每周更换1～2 次,遇有污染严重时随时更换。显示屏及控制面板每日用75%酒精进行擦拭,以保持清洁。

(6)呼吸机必须由专人负责管理,保证各种管路齐全,处于消毒备用状态。仪器外部清洁。

(7)各管道、湿化器、细菌过滤器在使用完毕后均要进行终末消毒处理。

(8)定期请呼吸机工程师检查呼吸机性能,更换氧电池、活瓣等零配件。

(四)电动洗胃机的使用

洗胃术是针对服毒患者或误服毒物患者所采取的一种急救

技术。目前临床上多采用电动洗胃法来进行。是将胃管插入患者胃内后与洗胃机相连,在机器设置的程序下自动的反复注入和吸出一定量的洗胃溶液,以达到冲洗并排除胃内容物,减轻或避免毒物吸收的目的。

1. 常用洗胃溶液

(1)生理盐水或者温开水,适用于毒物性质不明的急性中毒。

(2)1:5000～1:10 000 高锰酸钾溶液:适用于各种中毒。但禁用于拟除虫菊脂、对硫磷(1605)农药中毒。

(3)2%～5%碳酸氢钠溶液:常用于有机磷农药中毒,能使其分解失去毒性,但禁用于美曲膦脂中毒。不用于巴比妥类、苯二氮䓬类、亚硝酸盐、砷化物等中毒。

(4)0.2%～0.5%药用炭混悬液:适用于所用中毒,但对氰化物无效。

(5)0.2%硫酸铜:多用于无机磷中毒。

(6)10%硫代硫酸钠:多用于碘、酚中毒。

(7)2%～3%氧化镁溶液:可中和某些酸性物质及无机酸中毒。

(8)3%鞣酸:具有沉淀重金属及生物碱等毒物的作用。

2. 操作步骤

(1)接通洗胃机的电源线和地线,将各管道接好备用。

(2)神志清醒患者,向其说明洗胃意义,帮助患者消除紧张和不安;昏迷患者,向家属做好解释工作。

(3)清醒患者取坐位或半坐位,中毒较重者取左侧卧位。按照无菌操作的原则,正确留置洗胃管(洗胃管插入长度为 45～55cm)。

(4)胃管插入后,需验证胃管是否在胃内,可连接 50ml 灌洗器进行抽吸,如吸出胃内容物则证明胃管已在胃内即可进行洗胃。

(5)插管过程中,如患者出现呛咳、发绀、呼吸困难表明误入气管,应立即拔出,休息片刻后重新插入。

(6)连接洗胃管,打开电源开关,按"手吸键"吸出胃内容物,留取标本送检,然后按"手冲键",使洗胃液进入胃内,再按"自控键",这时洗胃机自动进行反复灌洗,每次灌洗液量约 200～400ml,直至洗出的溶液澄清无味为止。

(7)洗胃完毕,遵医嘱向胃管内注入解毒剂、导泻药或活性炭等后,拔除胃管。

(五)注意事项

1. 洗胃液的温度一般为 35℃左右。温度过高可使血管扩张,加速血液循环,促进毒物的吸收;温度过低则易加速胃肠蠕动,使毒物迅速排入肠道,不利于排毒。洗胃总液量成年人一般为 5000～10 000ml,儿童 3000～6000ml,根据病情可适量增减。

2. 洗胃前要评估患者病情,了解既往史。如为强酸、强碱及其他腐蚀性毒物中毒,禁忌洗胃;如伴有上消化道出血、食管静脉曲张、主动脉瘤、严重心脏病等禁忌洗胃;危重患者在保证呼吸道通畅的前提下,再行洗胃,必要时应作心电监护,洗胃同时开放静脉通道,以便及时用药。

3. 每次灌入液量不宜过大,以免驱毒物入肠或引起急性胃扩张。注意每次灌入量与洗出量基本平衡。

4. 在洗胃过程中应注意观察患者面色及生命体征变化,如患者感觉腹痛或洗出较多血性液时,应立即停止洗胃。

5. 灌洗须彻底,情况允许者,应更换体位,反复灌洗。

6. 洗胃结束将各管道、过滤器清洗干净,用 500mg/L 的含氯消毒液浸泡消毒 30 分钟后,清水冲净后干燥保存。

7. 每天均要对洗胃机的工作性能进行检查,处于良好备用状态。

8. 使用时过滤瓶中必须充满液体,以防止洗胃机内部的压力泵空转,缩短使用寿命。

(六)输液泵的使用

输液泵主要用于静脉、动脉加压微泵输液,目前已广泛应用于临床,也是在抢救及危重症患者工作中必不可少的治疗仪器。

1. 工作原理 输液泵是在微型计算机控制下通过控制步进电机,同步带传动,带动蠕动泵进行微量输液的。可严密精确控制药物输入的速度。此外还具有多项报警功能:如①操作报警:故障排除与重新开始输液时报警提示;②空气报警:输液器中存在空气即报警,并立即停止输入;③阻塞报警:在输液过程中一旦出现点滴不畅时即报警停止输液;④泵门未关闭或关紧即报警停泵;⑤电池预报警:在电池快用完时发出预报警。

2. 操作步骤

(1)使用前仔细检查主机,报警器功能。妥善固定在输液架合适位置。

(2)将输液瓶与输液瓶连接,排尽管内空气。

(3)将输液管装入沿输液泵凹槽装入,贴紧、固定后关紧门。

(4)打开电源开关。根据医嘱调整好每小时输液量、总输液量后,按开始键即可。

3. 注意事项及清洁保养

(1)定期检查仪器性能,保证处于良好工作状态。

(2)使用中密切观察设定量与实际输入量有无误差,如误差在10%以上时即停止使用。

(3)使用完毕及时用医用酒精或干爽布清除输液泵表面的污迹与尘埃,保持泵体清洁。

(七)微量注射泵的使用

微量注射泵是一种定容型输液泵,其优点是定时精准,流速稳定且用液量少,适合用来输入多巴胺、异丙肾上腺素、硝普钠、抗生素等药物。可使用20ml/50ml两种规格的一次性注射器。此外还具有如:残留报警、注射完毕报警、管路堵塞报警、针筒没有夹住报警、电源线脱落报警、电池欠压、耗尽报警、系统出错报警、遗忘操作报警等多项报警功能。

1. 临床用途

(1)早产儿、新生儿的生理维持量输液、输血等。

（2）心血管疾病药物的连续微量注射。

（3）持续注射麻醉药。

（4）血液透析、体外循环时注射抗凝剂。

2. 操作步骤

（1）将微量注射泵妥善固定于输液架上或放置于病床旁的合适位置。

（2）接通电源，交流电指示灯亮。

（3）将抽满药液的注射器连接好延长管、头皮针，排尽空气后放入注射泵的圈边固定槽内。

（4）将注射器活塞末端的推片卡入推槽中。

（5）根据医嘱设置参数，先按快进键排出药液后，为患者进行穿刺。穿刺成功后再按下启动键即可。

3. 注意事项及清洁保养

（1）使用注射泵的过程中，注意观察注射泵运行情况、药液输入情况及病情变化。

（2）一旦报警及时查明原因并处理，以免影响治疗及注射泵的运行。

（3）微量输液一定要从小剂量开始，逐渐增加，当输入降压药物时，应先将泵调好，然后再给患者注射，防止输入过多药量，对人体产生不良反应。

（4）用医用酒精或干爽布擦拭输液泵表面的污迹与尘埃，保持注射泵的清洁，备用。

（5）泵内充电电池每月应进行一次充、放电的时间检查。电池电量即将耗尽时将会发出报警声，应及时接通交流电，防止耗尽后损坏电池或降低电池的使用寿命。

（八）医用冰毯机的使用和保养

随着医学的进步，亚低温的临床应用越来越多，尤其在神经外科病房、神经内科、ICU、急诊科、小儿科等科室，对各类顽固性高热以及需要按照医嘱有效调节患者体温时，医用冰毯机能够起到迅速降低患者体温，迅速降低脑细胞温度、有效达到亚低温状态的作用。以 YYT-1C 型医用冰毯机为例介绍如下。

1. 适应证

(1)各种类型的顽固性高热。

(2)心肺复苏患者行亚低温治疗。

(3)颅脑损伤后的颅内压增高及中枢性高热。

(4)各种原因引起的昏迷急性期。

(5)各种颅脑手术前后的亚低温治疗。

2. 使用步骤

(1)将冰毯平铺于垫有棉褥的病床上,避免扭曲或打折成死结。

(2)在冰毯上垫床单或薄毛巾被,患者平躺于毯上。

(3)开机前检查水位指示窗口,向机内加入蒸馏水,水位至显示"正常"区域的中部。

(4)接通电源,打开电源开关。

(5)根据医嘱按需要设置温度值。先按"修改键",光标出现在要修改的数值下方,按"↑"键或"↓"下进行修改;当达到所需要的控制温度时,按下"确认键"即可;修改光标自动移到下一行。

(6)YYT-1C 型医用冰毯机为主机携带一毯一帽机型,因此可依次修改冰毯-体温-冰帽温度。

(7)待全部设置完成后,按"确认键",光标消失,设置完成。

(8)按"冰毯/冰帽"键,主机开始制冷,同时指示灯亮起,此时为冰毯制冷状态。

(9)将体温探头插入患者测试部位。如需配合使用冰帽,则在冰毯机工作 2 分钟后按下"冰毯/冰帽"键,冰帽指示灯亮,表明冰帽开始制冷降温。

(10)停止使用时,先按下"冰毯/冰帽"键,冰帽指示灯灭,冰帽开始回温,当帽温上升至 6℃,在显示屏上出现提示后关闭电源。

3. 注意事项及清洁保养

(1)在使用过程中,注意观察并记录患者的各项生命体征以

及降温的效果、仪器运行情况

（2）注意观察皮肤颜色的变化、特别是骨隆突处，因注意避免长期受压，定时移动肢体。

（3）控制面板上有"缺水、过热"的报警提示。一旦报警出现，必须立即处理。

（4）停止使用时，将冰毯进、出水管与冰毯机分离，将毯内的残存水倾倒干净，晾干备用。

（5）冰毯在使用及存放时都不得有完全折叠现象，以免阻塞制冷液体的正常流动及造成进出水管折断、扭曲，导致漏水。

（6）水箱中只能加入蒸馏水，禁止使用去离子水、酒精；禁止在无水状态下进行操作。

（7）加水时注意水箱水位显示，至正常区域的中部即可。水箱中的冷凝水应定期给予更换。

（8）开机状态下体温探头不能随意拔插，需在显示屏的提示下进行。

（9）每一个患者使用完毕的体温探头都应进行清洗消毒。注意保持机器外部的清洁、干燥，定期检查其性能，使之良好备用。

（九）简易呼吸囊的使用

呼吸囊-活瓣-面罩装置是最简单且最有效的人工呼吸器，目前在临床应用广泛，尤其在现场急救以及病房抢救过程中最为实用，使那些病情危急、来不及气管插管的患者能得到充分的氧气供应，从而改善缺氧状态。

1. 结构　简易呼吸囊由弹性呼吸囊、呼吸活瓣、面罩和衔接管组成。呼吸囊入口处装有单项活瓣，放松时空气进入；出口处通过呼吸活瓣与面罩或气管插管、气管切开接口处衔接。在呼吸囊入口处还有氧气接口，在吸氧时，可与氧气管直接相连，以 6～8L/min 的流量供氧。

2. 适应证　适用于无自主呼吸或自主呼吸微弱的紧急抢救。

3. 操作步骤

(1)连接呼吸囊、呼吸活瓣、面罩、氧气。

(2)开放气道,使患者取仰卧位,清除口鼻腔内的分泌物或呕吐物,松解患者衣领,一手托起患者下颏,一手置于患者头部,使头后仰。

(3)将面罩罩于患者口鼻,左手拇指、示指固定面罩,稍用力使患者口鼻与面罩紧密接合,其余三指放于颏下以维持头后仰位。

(4)右手挤压呼吸囊约 2/3 后,突然放松呼吸囊,使呼吸囊恢复原形。

(5)双手挤压呼吸囊的方法:两手捏住呼吸囊的中部。拇指相对,四指略分开,两手均匀挤压呼吸囊,待呼吸囊重新膨起后开始下一次挤压。如患者有自主呼吸,应尽量在患者吸气时挤压呼吸囊。

4. 使用注意事项

(1)每次挤压可产生 500~1000ml 气量,挤压时按 12~16 次/分的频率,反复有规律的进行。

(2)当患者自主呼吸出现后,应注意呼吸囊挤压的频次与患者呼吸的协调性。

(3)挤压呼吸囊时,压力不可过大,亦不可时大、时小、时快、时慢,以免影响呼吸功能的恢复。

(4)人面部、口唇(透过面罩透明部分可观察到)颜色的变化;生命体征、血氧饱和度的变化。

(5)简易呼吸囊在使用过程中最容易出现的问题是活瓣漏气,因此在日常工作中要定期检查、测试,维修与保养。

(6)使用完毕,将呼吸活瓣、接头、面罩拆开,用水洗净后,用 500mg/L 的含氯消毒液浸泡消毒 30 分钟,再用清水冲净后晾干,装配完整,测试无误后放置于抢救箱或抢救车中备用。

常用急救药品

（一）盐酸肾上腺素（AD，adrenaline）

【规格】　每支 1mg/1ml。

【用法和用量】

1. 抢救心脏骤停　静脉注射每次 1～2mg，每 3～5 分钟可重复给药一次。也可在气管插管后行气管内给药，用量为静脉注射用量的 2～2.5 倍，用 0.9％生理盐水 10ml 稀释后使用。

2. 抢救过敏性休克　如青霉素等引起的过敏性休克，皮下注射或肌内注射 0.5～1mg，必要时可每隔 5～15 分钟重复给药一次。

3. 治疗支气管哮喘　常采用皮下注射，每次 0.25～0.5mg，3～5 分钟即见效，但仅能维持 1 小时。必要时可重复注射 1 次。

4. 与局麻药合用　如在普鲁卡因，加入少量（约 1：200 000～1：50 0000，总量不超过 1mg）可减少手术部位的出血。

5. 制止鼻黏膜和齿龈出血　可用浸有 1：20 000～1：1000 溶液的纱布填塞出血处。

【注意】

1. 常见的副作用为心悸、血压升高、头痛、眩晕，有时可引起心律失常，严重者可由于心室颤动而死亡。

2. 如用量过大或皮下注射时误入血管后则可导致血压突然上升而出现脑出血发生的可能。

3. 严重器质性心脏病、高血压、心肌梗死、心源性哮喘、糖尿病、甲状腺功能亢进症、外伤性及出血性休克、妊娠等禁用，但心肺复苏时除外。

4. 对氯丙嗪等吩噻嗪类药物引起的血压下降，不能用肾上腺素予以纠正，反而会因肾上腺素对 β 受体的作用使血管进一步扩张，导致严重的休克。

5. 肾上腺素不能直接加入到碳酸氢钠溶液中，可降低疗效。

(二)盐酸多巴胺(dopamine)

【规格】 每支 20mg/2ml。

【作用】

1. 小剂量 $0.5\sim2\mu g/(kg\cdot min)$，能使脑、冠状动脉和肠系膜血管扩张，血流增加；能使肾血流量及肾小球滤过率增加，尿量及钠的排泄增加。

2. 中等剂量多巴胺 $2\sim4ug/(kg\cdot min)$，能使心排血量增加，收缩压升高，脉压可能增大，但作用较为缓和(不如异丙肾上腺素明显)。

3. 大剂量多巴胺 $5\sim10ug/(kg\cdot min)$，血管收缩明显，致使收缩压及舒张压均升高，此时肾动脉开始收缩，尿量减少。

使用多巴胺时要严格按照医嘱准确配制，根据患者的病情、血压、尿量等情况，合理调节浓度、剂量。

【适应证】 用于各种类型的休克。

【注意】

1. 大剂量使用或静脉点滴时速度过快可出现呼吸加速、心律失常，有时可诱发心绞痛，停药后即迅速消失。但过量使用则可导致快速型心律失常的发生。

2. 休克患者多巴胺的使用应放在补足血容量及纠正酸中毒之后。

3. 静脉滴注时，应密切观察患者的血压、心率、尿量和一般状况。注意穿刺部位的皮肤，一旦漏至皮下组织，可引起局部组织的坏死。

4. 不能与碱性药物合用，会失去活性。

(三)重酒石酸间羟胺(metaraminol，阿拉明，aramine)

【规格】 每支 10mg/1ml(相当于重酒石酸间羟胺 18.9mg)。

【作用】 升压作用。在临床中主要用于各种休克的早期或低血压状态。

【注意】

1. 不宜与碱性药物配伍使用。

2. 有甲状腺功能亢进症、高血压、充血性心力衰竭及糖尿病患者慎用。

3. 静脉滴注时应注意速度要慢，同时监测血压。

4. 连续使用容易产生蓄积作用，且易快速耐药，故不能长时间大剂量使用。

5. 由于吩噻嗪类药物，如氯丙嗪、奋乃静等，可以阻断间羟胺的 α-受体作用，保留其兴奋 β_1-受体的作用，使血管扩张。因此对使用吩噻嗪药物进行人工冬眠的患者，升压时禁忌使用间羟胺。

（四）重酒石酸去甲肾上腺素（noradrenaline，NA）

【规格】　每支 2mg/1ml。

【作用】

1. 使心肌收缩力加强，心排出量增高；使血管收缩，使血压升高。对有明显血流动力学改变的低血压、心源性休克效果好。一般用 1～2mg 加入生理盐水或 5％葡萄糖 250～500ml 内静滴，可用微量注射泵或输液泵调节滴数，血压平稳后可改用多巴胺、间羟胺静脉维持滴注。

2. 口服或胃管内注入治疗上消化道出血。用 4～8mg 加入到 100ml 冰盐水中，每次 10～20ml，1 日 3 次。

【注意】

1. 用药过程中须严密观察血压、心率、尿量，根据情况随时调整给药速度，保持血压在正常范围内，切忌血压过高或大起大落，以避免脑血管意外的发生。

2. 高血压、动脉硬化、器质性心脏病的患者，妊娠晚期的妇女忌用。

3. 经常检查穿刺部位的皮肤，严防药液外漏所致的局部皮肤缺血坏死。如发现异常，应立即更换穿刺部位，局部热敷，除使用血管扩张剂，还应尽快并给予普鲁卡因大剂量封闭。

4. 不宜与偏碱性药物(如氨茶碱等)配伍注射,以免失效;与碱性溶液中如碳酸氢钠等混合,可变成紫色,且药物活性也降低。

(五)异丙肾上腺素(isoprenaline)

【规格】 每支 1mg/2ml。

【作用】

1. 使心肌收缩力增强,心率加快,传导加速。治疗完全性房室传导阻滞、心搏骤停。一般用 0.5～1mg 加入到 5% 葡萄糖液 250～500ml 中静脉点滴,滴速一般控制在 2～20ug/min。

2. 扩张外周血管,减轻心脏负荷,以纠正低排血量和血管严重收缩的休克状态。

3. 使支气管平滑肌松弛,治疗支气管哮喘。在急性发作时,一般用 10mg 舌下给药,1 日 3 次。

【注意】

1. 常见的不良反应 头痛、恶心、眩晕等,有时可引起心动过速、室性心律失常等。

2. 快速性心律失常和低钾血症时禁用。

3. 心肌炎、心绞痛、心肌梗死、甲亢及嗜铬细胞瘤患者禁用。

4. 不宜与偏碱性药物(如氨茶碱等)配伍注射。

(六)尼可刹米(nikethamide,可拉明,coramine)

【规格】 每支 0.375mg/1.5ml。

【作用】 呼吸兴奋药。能选择性兴奋延髓呼吸中枢,使呼吸加深、加快。主要用于各种原因所致的中枢性呼吸及循环衰竭、麻醉药及其他中枢抑制药中毒等。

【注意】 不良反应少见。大剂量可致血压升高、心律失常、出汗、呕吐、震颤及肌肉强直等,反复给药时易引起惊厥。

(七)盐酸洛贝林(lobeline hydrochloride,山梗菜碱)

【规格】 每支 3mg/1ml。

【作用】 呼吸兴奋药。用于新生儿窒息、一氧化碳引起的窒息、吸入麻醉剂及其他中枢抑制药（如阿片、巴比妥类）中毒，及肺炎、白喉等传染病引起的呼吸衰竭。

【注意】 不良反应有恶心、呕吐、头痛、心悸等。剂量过大可产生呼吸麻痹和惊厥等中毒现象，必须严格掌握剂量。

（八）硫酸阿托品（Atropine）

【规格】 每支 0.5mg/1ml 或 1mg/1ml。

【作用】

1. 消除迷走神经对心脏的抑制作用，使心率加快，临床可用于治疗迷走神经过度兴奋所致的窦房结传导阻滞等缓慢性心律失常。

2. 利用有效松弛内脏平滑肌的作用，治疗内脏绞痛。一般用 0.5～1mg，肌内注射。

3. 抗休克，对各种感染性休克，可使用阿托品治疗，能解除平滑肌痉挛，改善微循环。但对于休克的同时伴有高热或心率过快的患者，不能使用阿托品。

4. 有机磷酸酯类中毒时，阿托品是首选药物。用量根据病情的程度而定。

【注意】

1. 常见不良反应 口干、皮肤潮红、心率加快、烦躁，严重时可引起惊厥、瞳孔扩大。对体温过高或有心动过速的患者禁止使用。

2. 青光眼及前列腺肥大者禁用。

3. 不宜与碱性药物配伍使用。

（九）盐酸利多卡因（lidocaine）

【规格】 有 3 种剂型：每支 0.1g/5ml、0.2g/10ml、0.4g/20ml。

【作用】

1. 本品属于Ⅰb类抗心律失常药，可广泛用于各种病因引起的急性室性心律失常，如急性心肌梗死、心肌炎、心脏手术或洋地黄所致的室性期前收缩及室性心动过速等。对房性心律失常及室上性心律失常一般无效。可采用 50～100mg 行静脉注射,1～2 分钟内注射完毕。如无效可于 5～10 分钟后重复给药,但总量不能超过 300mg;如有效可以维持量 1～4mg/min 行静脉滴注。

2. 为局部麻醉药,用于浸润麻醉、表面麻醉、硬膜外麻醉等。

【注意】 毒副作用的产生与剂量有关。

1. 常见的不良反应有头晕、嗜睡、恶心、呕吐、感觉异常、烦躁不安等,剂量过大时可引起惊厥及呼吸抑制、心搏骤停。因此必须严格掌握浓度和用药总量。

2. 药物过敏者禁用 严重房室传导阻滞、室内传导阻滞者禁用。

3. 有肝肾功能不全、休克、充血性心力衰竭的患者应慎用。

4. 用药期间应注意监测血压、心电图,并备用抢救设备。

(十) 硝酸甘油(nitroglycerin)

【规格】 每支 5mg/1ml;每片 0.1mg。

【作用】

1. 是防治冠心病心绞痛的常用药物。硝酸甘油可以舒张全身动脉和静脉,对冠脉也有明显扩张作用,减轻心脏负荷,减少心肌耗氧量,缓解心绞痛。

2. 降低血压,治疗充血性心力衰竭。

3. 对急性心肌梗死的治疗也有一定作用。

常用剂量:

1. 静脉滴注 5～10mg 加入 5% 葡萄糖溶液 250ml 中,以5～10ug/min 的速度维持。

2. 口服 0.3～0.6mg/次,舌下含服。

【注意】

1. 常见的不良反应主要由于扩张血管所致,如可出现眩晕、虚脱、心悸和体位性低血压表现,因此患者在突然改变体位时,应加以注意。有时还可出现头痛,为剧痛和呈跳动性、持续性头痛,一般在用药后立即发生,可立即报告医生,酌情处理。

2. 对心绞痛发作频繁的患者,在大便前含服,可预防发作。

3. 硝酸甘油片不可吞服。静脉使用时需严格控制给药速度。

4. 心肌梗死伴低血压、缩窄性心包炎、脑出血、颅内压增高、严重贫血、青光眼等患者禁用。

(十一)地塞米松磷酸钠(dexamethasone)

【规格】 每支 5mg/1ml。

【作用】 为糖皮质激素,具有抗炎、抗过敏、抗休克、免疫抑制作用,对急危重症患者的治疗有帮助。临床主要用于:

1. **各种休克** 如过敏性休克时,可与肾上腺素合用;感染性休克时,与抗生素联合应用,采用大剂量短程疗法,可救治危急重症患者等。

2. 早期大剂量使用还可应用于颅脑损伤、开颅手术、脑出血等引起的脑水肿。

3. 对某些严重变态反应性疾病、自身免疫系统疾病等也有一定作用。

常用剂量:地塞米松使用的剂量和疗程应根据病情的特殊性、预期的应用疗程以及可能出现的危害来决定,急危重症病例一般采用短程疗法(几天)。

一般静脉滴注,5～20mg/次,或遵医嘱。

【注意事项】

1. 胃溃疡、血栓性静脉炎、活动性肺结核、肠吻合手术后患者禁用或慎用,精神病患者或有癫痫病史者禁用或慎用,严重肝病者禁用。

2. 一般的外科患者不宜使用,以免造成伤口愈合不良。

3. 长期大量使用可引起类肾上腺皮质功能亢进综合征(库欣综合征)、诱发或加重感染、诱发或加重消化道溃疡,长期应用还可引起高血压和动脉粥样硬化、骨质疏松等。

（十二）**呋塞米**（furosemide，速尿）

【规格】 每支 20mg/2ml；每片 20mg。

【作用】 为高效利尿药，利尿作用迅速而强大，且作用时间短。临床上用于：

1. 治疗心源性水肿、肾性水肿、肝硬化腹水、循环功能障碍或血管障碍引起的周围性水肿。

2. 药物中毒时，可加速毒物的排泄。

3. 治疗肺水肿和脑水肿。

常用剂量：

1. 肌内或静脉注射时，用量根据病情的需要而定。一般为每次 20～160mg，不能与其他药物混合注射。

2. 口服，成人每天 40mg，随病情需要可逐渐增加至每天 80～120mg，每 4 小时 1 次，分服。

3. 长期应用者，采取间歇疗法，即给药 1～3 天，停药 2～4 天。

【注意】

1. 常见的不良反应 恶心、口渴、药疹、视力模糊等，有时可以发生肌肉酸痛、疲乏无力，主要与电解质紊乱，引起低血钠、低血钾、低血镁、碱血症等有关。因此用药期间应注意观察血压及电解质的变化

2. 可导致永久性或暂时性耳聋，多出现在静脉注射大剂量呋塞米时。因此要注意注射速度，同时避免与氨基糖苷类抗生素，如卡那霉素、链霉素等合用。

3. 不宜与酸性溶液配伍应用。

（十三）**去乙酰毛花苷**（lanatoside，西地兰，cedilanid-D）

【规格】 每支 0.4mg/2ml。

【作用】 常用的一种速效洋地黄类药物，能够增强心肌收缩力，增加心输出量，临床用于急性心力衰竭、快速房颤伴心力衰竭者或危重的充血性心力衰竭者。

常用剂量：开始静脉注射 0.4mg，2～4 小时后可再注射 0.2～0.4mg。

【注意】

1. 过量时可引起恶心、食欲不振、头痛、黄视等反应,中毒时可出现心动过缓、房室传导阻滞等。因此在用药过程中必须严密观察血压、心率、心律、心电图及电解质的变化。

2. 禁与钙剂、肾上腺素、麻黄碱等药物合用。

（十四）地西泮(diazepam,安定,Valium)

【规格】　每支 10mg/2ml。

【作用】　为苯二氮䓬类抗焦虑药,具有抗焦虑、镇静、催眠、抗惊厥及中枢性肌力松弛作用,是目前临床上最常用的催眠药。

临床主要用于:①焦虑症及各种神经官能症,口服 2.5～10mg/次,1 日 4 次;催眠时 5～10mg/次,临睡前服用。②控制癫痫持续状态,缓慢静脉注射 10～20mg,必要时间隔 3～4 小时后重复给药一次。注意给药速度,防止呼吸抑制。③各种原因引起的惊厥:如子痫、小儿高热惊厥等,2.5～10mg/次。④破伤风:镇静与减少抽搐发作。⑤各种原因,如脑血管意外所致的肌肉痉挛等。

【注意事项】　副作用的发生与剂量有关。

1. 使用后可有嗜睡、轻微头痛、乏力、运动失调等症状,老年人则更易出现以上反应。偶见低血压、呼吸抑制、皮疹、尿潴留、白细胞减少等。少数患者还可出现兴奋症状。

2. 少数患者长期应用可产生依赖性,停药时可出现戒断症状。

3. 青光眼、重症肌肉无力等患者禁用。

4. 酒精能增强地西泮的作用,用药期间应避免饮酒或服用含酒精的饮料。

5. 静脉注射过快可引起呼吸抑制,因此应注意给药速度宜慢。

（十五）氨茶碱(aminophyline)

【规格】　每支 0.25g/10ml。

【作用】

1. 对呼吸道平滑肌有直接松弛作用,益于改善呼吸功能,可用于治疗急慢性哮喘及其他阻塞性肺疾患。一般用 0.25～0.5g，加入到 5% 葡萄糖溶液 250～500ml 中静脉滴注。

2. 有扩张冠状动脉、胆管和强心利尿作用，主要用于治疗心功能不全和心源性哮喘、胆绞痛。

【注意】

1. 静脉注射过快或浓度过高可引起头晕、心悸，严重时可出现心律失常、血压剧降，抽搐等，甚至引起死亡。

2. 静脉注射氨茶碱时，必须稀释后缓慢注射，最好使用输液泵或注射泵，以防止血药浓度瞬间升高。

3. 片剂不可暴露在空气中，以免变黄失效。

（十六）纳洛酮（naloxone）

【规格】 每支 0.4g/1ml。

【作用】 为目前临床应用最广的阿片受体拮抗药。主要用于：

1. 解救吗啡类镇痛药或其他中枢抑制药所引起的急性中毒，拮抗呼吸抑制，促使患者苏醒。一般为每次 1.2～2mg，静脉注射。

2. 解救急性乙醇中毒。重度酒精中毒时首次 0.8～1.2mg，重复给药时可减至 0.4～0.8mg。

3. 纠正抗休克。成人一般为每次 0.4～0.8mg，肌内或静脉注射，根据病情的需要可重复给药。

【注意】 不良反应少见，偶可出现嗜睡、恶心、呕吐、心动过速、高血压和烦躁不安等，心功能不全和高血压患者慎用。

（十七）盐酸多巴胺

【规格】 每支 20mg/2ml。

【作用】 明显增强心肌收缩力和心输出量，主要用于心肌梗死后或心脏手术时心排血量低的休克患者；可改善心排血量低和心率慢的心力衰竭患者的左心室功能。常用剂量：一般用 20～40mg 加入 5% 葡萄糖溶液 250ml 中静脉滴注，以每分钟 2.5～10μg/kg 的剂量滴入。

【注意】

1. 可有心悸、恶心、头痛、气短等不良反应,减量后即可消失。

2. 快速心房颤动的患者禁用。

3. 用药期间应监测心电图、血压、心排出量等变化。

（十八）**盐酸胺碘酮**（amiodarone hydrochloride,可达龙）

【规格】　每支 150mg/3ml。

【作用】　抗心律失常药物。临床适用于各种类型的室性和室上性快速型心律失常,尤其是常用药物治疗无效时。

【注意】

1. 主要不良反应　胃肠道反应:食欲不振、恶心、腹胀、便秘等;皮肤色素沉着、对光敏感等,偶见皮疹,但停药后可自行消失。

2. 房室传导阻滞、心动过缓、甲状腺功能障碍及对碘过敏者禁用。

3. 长期服用者应定期拍胸片,以便及早发现肺间质纤维化的发生。

4. 在用药过程中必须严密监测生命体征的变化。

（十九）**甘露醇**（mannitol）

【规格】　每瓶 20％×250ml。

【作用】　为渗透性利尿剂。临床主要用于:

1. 治疗各种原因所致的脑水肿及颅内压增高,如脑出血、头部创伤、脑缺氧等。成人一般用 20％甘露醇 250～500ml 快速静脉滴注（20～30 分钟内输入）,必要时每 6～8 小时重复给药一次。

2. 治疗青光眼引起的眼内压升高,常用剂量为 1～2g/kg。

3. 有利尿的作用。

4. 肠道清洁。大剂量口服有泻下作用,将 20％甘露醇 250ml,用葡萄糖或氯化钠溶液 500～600ml 稀释后口服,用于纤维结肠镜检查前或肠道术前准备。

【注意】

1. 快速滴注可致一过性头痛、眩晕、发热、畏寒、胸痛、视力模糊以及注射部位疼痛等。

2. 室温较低时药液易析出结晶，可加温溶解后使用。

3. 滴注过程中严防药液外漏。

4. 心力衰竭、器质性肾衰竭少尿、水肿时禁用。

第四章

护理文件书写规范

第一节　基本原则和相关依据

各项护理文件记录应使用蓝黑墨水笔书写，内容应客观、真实、准确、及时、完整，表述准确，医学术语运用确切、字迹清晰、书面整洁、签全名。实习、试用期护士所写的护理记录，应经带教老师审阅、修改并签全名。基本原则如下：

1. 符合《医疗事故处理条例》及其配套文件以及卫生部《病历书写基本规范》的要求。

2. 符合临床基本的诊疗护理常规和规范。

3. 有利于保护医患双方合法权益，减少医疗纠纷。

4. 做到客观、真实、准确、及时、完整地记录患者病情的动态变化，有利于促进护理质量提高，为教学、科研提供可靠的客观资料。

5. 重点记录患者病情发展变化和医疗护理全过程。融科学性、规范性、创新性、实用性和可操作性为一体，体现护理的专业自身的特点、专业内涵和发展水平。

6. 规范护理管理，明确职责，谁执行、谁签字、谁负责，防止护理差错事故及纠纷发生。

7. 护理文书书写的时间　护理文书书写应当体现"实时性"，即在完成护理观察、评估或措施后即刻书写。

第二节　体温单的绘制要求

一、基本要求

1. 掌握生命体征的绘制方法。
2. 熟悉体温单楣栏等的填写。

二、培训目标

1. 体温、脉搏和呼吸曲线的绘制和血压等的记录,可反映出某种疾病的某一阶段,甚至反映出病情的好转及恶化。
2. 能够协助医生作出正确诊断并为预防、治疗和护理工作提供依据。

三、培训内容

(一)用物的准备

钢笔、红色碳素笔、蓝色碳素笔、黑色碳素笔、尺子。

(二)绘制方法

1. 楣栏的填写　用蓝钢笔填写姓名、年龄、性别、科别、科室、床号、住院号。

2. 住院日期

(1)每页第一日填写年、月、日,中间用横杠隔开。如 2009-6-18。

(2)后六天只填日。

(3)后六天中遇新的年度或月份开始则应填年、月、日或月、日。

3. 住院日数栏内填住院日数　用阿拉伯数字填写,自住院日起连续写至出院日。

4. 手术后日数栏内填手术后或分娩后日期数,以手术或分娩的次日为手术或分娩后第一日依次填写至第十四日止。

(1)如系第二次手术,则用分数表示,术后天数按新手术日期填写,以此类推。

(2)若在 14 天内行第二次手术,则将二次的第一次手术日数作为分子,如等一次手术后第 5 天,第二次手术后第 1 天,写作"1/2",之后依次填写至第二次手术的第十四日止。

5. 在 42~40℃ 之间的相应时间栏内,用红笔顶格纵写入院、手术、转科、分娩、出院、死亡,除手术不写时间外,其他一律用阿拉伯数字书写×时×分,要求具体到小时和分钟,该时间用汉字书写。

6. 一般患者每日测体温 1 次,新入院、手术后患者每日测 4 次,连测 3 天;体温在 37.5℃ 以上者,每日测 4 次;39℃ 以上者每 4 小时测一次,待体温正常 3 天后恢复每日测 1 次。脉搏与呼吸测量次数一般同体温测量次数。

7. 体温曲线绘制

(1)用蓝碳素笔绘制。

(2)腋温以"×"表示,肛温用"○"表示,口温用"●"表示。

(3)相邻两次温度用蓝线相连。

(4)体温与脉搏在同一点上则用蓝碳素笔画体温符号,再用红笔在其外画一圆圈。

(5)物理降温半小时后测得的体温,画在擦浴前温度的同一纵格内用红"○"表示,用红虚线和降温前的温度相连。

8. 脉搏曲线绘制

(1)用红碳素笔以"●"表示。

(2)相邻脉搏以红线相连。

(3)脉搏短绌时心率以"○"表示,相邻的心率用红线相连,脉率与心率之间用红斜线填满。

9. 呼吸曲线绘制

(1)用蓝色墨水笔填写。

(2)直接填写数字。

10. 底栏

（1）用蓝钢笔填写，只填数字，不填计量单位。

（2）大便填写次数，未解以"0"表示。

（3）灌肠以"E"表示，灌肠后解大便以"次数/E"表示。

（4）大便失禁以"＊"表示。

（5）解小便以次数表示，未解以"0"表示。

（6）小便失禁或留置尿管以"＊"表示。

（7）出入液量为 24 小时。

（8）血压、体重只填写数字，不写单位。

四、注意事项

1. "住院日数"从入院第一天开始写，直至出院。

2. 呼吸曲线以下各栏，包括页码，用蓝笔记录，以阿拉伯计数。

3. 出入液量的记录方法是出量为分子，入量为分母。

4. 呼吸少于 10 次/分钟时，在呼吸线 10 处写实际次数，并与相邻呼吸相连。

5. 体温单的绘制要求清晰，点圆线直，点线分明，大小粗细，颜色深浅一致，纸面清洁。

6. 患者如果有药物过敏史，应在体温单首页相应栏目内用黑蓝笔填写药物名称及括号，用红笔填写"＋"表示。多种药物过敏时，可依次填写。

第三节　临时医嘱单书写要求

一、基本要求

1. 掌握临时医嘱的概念。

2. 掌握临时医嘱的处理方法。

二、培训目标

1. 能识别临时医嘱。

2. 能独立处理临时医嘱。

三、培 训 内 容

1. 用物的准备　钢笔、临时医嘱单。

2. 临时医嘱的概念　临时医嘱是指 24 小时有效，只执行一次的医嘱，内容为临时处理的医疗措施，包括检查和治疗、处置。

3. 临时医嘱处理方法　①临时医嘱必须有处理时间和执行时间。②临时备用医嘱（SOS）执行后签字，未用者不签字。③有药物过敏试验的医嘱，应将结果填写在临时医嘱栏内。阳性反应者应用红笔注明"＋"，阴性者用蓝笔写"－"，并注明药物批号。④写错或取消临时医嘱时不可任意涂改，应在该医嘱上用红笔医嘱栏内写"取消"二字，签医生全名，并通知护士。每页超过三处要重抄。凡转科和出院时，在最后一项医嘱的下面画一红横线，表示停止执行以上医嘱。患者转科、出院或死亡，应在临时医嘱栏内注明转科、出院及死亡通知时间，停止有关执行单上所有医嘱。

四、注 意 事 项

1. 认真执行查对制度，医嘱处理完毕，需每班核对，每周护士长总核对两次，并由核对者签名和登记。

2. 医嘱较多、一张医嘱单不够记录时，可续一页，未用完部分仍按原格式依次抄录。

第四节　长期医嘱单书写要求

一、基 本 要 求

1. 掌握长期医嘱的概念。

2. 掌握长期医嘱的处理方法。

二、培训目标

1. 能识别长期医嘱。
2. 能独立处理长期医嘱。

三、培训内容

(一)用物的准备

钢笔、长期医嘱单、注射牌。

(二)长期医嘱的概念

医嘱是医师为患者制订各种诊疗的具体措施,医嘱单必须经治医师亲自填写,如实习医生填写需代教老师批准审查后方有效。长期医嘱指两次以上的定期医嘱,有效时间在 24 小时以上,医师注明停止时间后即失效。

长期医嘱包括的内容:疾病护理常规;护理级别;饮食;重病或病危;各种特殊体位;特殊处理:如测血压、脉搏、呼吸;记出入量;雾化吸入等;口服药;注射用药;静脉滴注药物。

(三)处理方法

1. 处理每项医嘱填写日期、时间,医嘱后签名。抄写通知单,上注射牌,并通知各班执行。静脉给药数药并用时,应合理分步开出医嘱,护士严格按医嘱分步执行。静脉输液联合应用应当分组滴注时,必须分组开写医嘱,应注意药物的配伍禁忌。

2. 凡属更改过多或有效医嘱分散,为了一目了然,防止差错,应整理医嘱。在原医嘱下,用一红色横线隔开,表示上面的医嘱作废,并在红线下标注"重整医嘱"字样,按顺序整理未停止的医嘱。如系转科或手术时,应在最后一项医嘱下面用红线表示以上医嘱作废。

3. 医嘱只能由有处方权的医生开写,并由本人亲自签署全名,代签或不签名者一律无效。护士如发现此种情况,可以拒绝处理。

4. 转科或手术后的医嘱,应分别在此前的最后一项下边用红铅笔画一红线，用蓝笔书写转科、手术后医嘱。

（四）注意事项

1. 医嘱内容应当准确、清楚，每项医嘱应当只包含一个内容。

2. 一般情况下，不得下达口头医嘱，手术中或抢救时的口头医嘱待术后及抢救结束后立即据实补记、补签。

3. 医嘱不得涂改，开错医嘱或某种原因需要取消时，医师应当使用红色墨水笔注明"取消"字样并签名。每页超过三处要重抄。

4. 处理医嘱发现错误医嘱，护士应拒绝处理。

第五节 一般护理记录单书写要求

一、基 本 要 求

1. 掌握护理计划的概念。

2. 掌握一般护理记录的书写方法。

二、培 训 目 标

能独立完成一般护理记录的书写。

三、培 训 内 容

（一）用物的准备

钢笔、一般护理记录单。

（二）护理计划及一般护理记录的概念

护理计划是根据护理问题或护理诊断而设计的使患者尽快、尽好地恢复健康的计划，是临床进行护理活动的依据。

一般护理记录指护士根据医嘱和病情对一般患者住院期间护理过程的客观记录。

（三）记录要求

1. 用黑蓝钢笔记录。

2. 楣栏内容　患者姓名、性别、年龄、科室、病室、床号、住院号。

3. 病情栏内记录按时间顺序所观察到的客观病情变化、采取的护理措施及效果。

4. 根据医嘱及患者病情决定记录频次，一般情况下入院当天要有首次记录，记录内容包括患者姓名、性别、年龄、入院时间、入院方式、入院诊断、主要症状及体征、心理状态，根据患者护理评估的情况，提出患者存在的护理问题、给予相应的护理措施及主要医嘱执行情况和效果。

5. 急诊入院连续记录 2 天，病情有变化及特殊治疗护理时应随时记录，无特殊情况者二级护理患者至少 3 天记录一次，三级护理患者每周至少记录 1~2 次。特殊检查前后各记录一次，手术前要记录术前准备情况，手术当天要有术后护理情况的记录，术后前 3 天。每天至少记一次。

6. 出院应记录出院时间、疾病转归、患者情况，出院后继续进行的治疗、护理及相关健康宣教内容，复诊时间地点等。

7. 其他各项记录，如交班小结、接班记录、转科小结、接收记录和死亡记录等。

8. 护士记录后及时签全名。

四、注意事项

1. 病情变化改特级护理或重危护理时应书写危重护理记录。

2. 病程中出现的新的护理问题或诊断，应及时采取相应措施，以满足患者护理上需求。

3. 护士长查房时对病情和护理问题或护理诊断的分析，以及护理措施意见，应详细记录，记录时应写明查房者的职务及全名。

4. 记录使用医学术语。

5. 记录中不可随意涂改，出现错误在错字上画双横线表示取消，但仍可看清原字迹，在书写正确记录。

第六节　危重患者护理及一级记录单书写要求

一、基本要求

1. 掌握危重患者护理记录的要求。
2. 掌握危重患者护理记录的书写方法。

二、培训目标

能独立完成危重患者护理记录的书写。

三、培训内容

1. 用物的准备　钢笔、危重患者护理记录单。

2. 危重患者护理记录的书写要求　危重患者护理记录系指护士根据医嘱和病情对危重患者住院期间护理过程的客观记录。应当根据相应专科的护理特点书写。

3. 记录要求　①医师开出病危、病重及一级护理后，护士应及时书写危重患者护理记录。②白天、夜间均用黑蓝钢笔记录。③楣栏内容包括：患者姓名、性别、年龄、科室、病室、床号、住院号。④病情栏内记录按日期时间顺序所观察到的客观病情变化、采取的护理措施及效果。⑤详细记录出入量：每餐食物记在入量栏内，食物含水量应及时准确记录实入量；静脉输入液体准确记录相应时间液体输入量；出量包括尿量、呕吐量、大便、各种引流液，除记录量外还应将颜色、性质记录于病情栏内。⑥根据医嘱及相应专科疾病护理特点及时、详细、准确记录生命体征及病情变化，记录时间应具体到小时、分钟，其中体温若无特殊变化时至少每日测量 4 次。病情栏内应客观记录患者 24 小时内病情观察情况、治疗、护理措施和效果。手术患者还应重点记录麻醉方式、手术名称、患者返回病室的时间及状况、伤口情况，引流情况等。⑦下午 7 时应小结日间(7am～7pm)液体出入量，在栏目中写"12

小时小结",并用蓝笔双线标识,次晨 7 时用蓝笔总结 24 小时 (7pm～7am)出入液量,并用红笔双线标识,然后记录在体温单上。总结时以实入量为准。⑧每次记录应在护士签名栏内签全名。

四、注意事项

1. 各专科应在病历书写基本要求的基础上,根据本专业疾病护理特点记录本专业的护理内容及效果。

2. 为减少重复书写,在认真书写护理记录的基础上,护士交班报告内容可直接交接。

3. 记录使用医学术语。

4. 记录中不可随意涂改,出现错误在错字上画双横线表示取消,但仍可看清原字迹,再书写正确记录。

第七节　手术患者护理记录书写要求

一、基 本 要 求

1. 掌握手术患者护理记录的要求。

2. 掌握手术患者护理记录的书写方法。

二、培 训 目 标

能独立完成手术患者护理记录的书写。

三、培 训 内 容

（一）用物的准备

钢笔、手术患者护理记录单。

（二）手术患者护理记录的书写要求

手术护理记录由巡回护士书写。及时记录手术中所用器械、敷料的清点、核对及护理情况。

（三）记录要求

1. 用黑蓝钢笔记录,字迹清楚、整齐、不漏项。

2. 记录内容　患者姓名、性别、年龄、科室、病室、床号、住院号、无菌包监测、血型、药物过敏史、术前诊断、生命体征、手术名称,手术间、手术部位等,术中输血、输液、尿量、引流管、离室时间、血压、脉搏、意识、皮肤等护理情况记录。

3. 手术所用无菌包的灭菌指示卡及植入体内医疗器具的标识,经检验后粘贴于手术护理记录的背面。

4. 物品的清点

(1)护士和巡回护士需清点、核对手术包中各种器械及敷料的名称、数量,并逐项记录。

(2)手术开始中追加的器械,敷料应及时记录。

(3)手术中需交班时,器械护士、巡回护士要共同交接清点情况,并由巡回护士如实记录,交接班双方签名。

(4)手术结束前,器械护士和巡回护士,共同清点台上、台下的器械、敷料,确认数量核对无误,告知医师。

(5)清点时。如发现器械、敷料的数量与术前不符,护士应及时与手术医师共同查找。

四、注意事项

1. "备注"栏内记录术中出现的特殊问题及处理情况,需医师签字的项目要请医师确认后签全名。

2. 器械护士和巡回护士在手术护理记录上签全名,字迹要清晰可辨。

3. 术毕,巡回护士将手术护理记录放于患者病历内,一同送回病房。

第八节　护理交班报告书写要求

一、基本要求

1. 掌握护理交班报告书写的内容。

2. 掌握护理交班报告的书写方法。

二、培训目标

能独立完成护理交班报告的书写。

三、培训内容

（一）用物的准备

蓝钢笔、红笔、护理交班报告记录单。

（二）护理交班报告的书写内容

1. 科室患者的动态 如患者总数、入院、出院、转科、转院、手术、分娩、病危、死亡等人数。

2. 当日手术、分娩、重危患者。

3. 准备手术、检查、待行特殊治疗的患者。

4. 其他需交接的事宜。

（三）记录要求

1. 填写楣栏及文件上所列项目 年、月、日，原有患者数、入院、出院、转出患者数、危重、手术、分娩、死亡患者数。

2. 根据下列顺序，按床号先后书写报告。

（1）先写离开病区的患者数（出院、转出、死亡），并注明离开的时间，转往何科，或呼吸、心跳停止时间。

（2）进入病区的患者数（新入院、转入），注明由何科或何院转来。

（3）病区内本班次重点护理的患者，即新入，手术，分娩，危重及有异常情况的患者。

（4）书写报告顺序，首先写明入院、转入、手术、分娩时间及体温、脉搏、呼吸、血压情况，然后再交主要病情，治疗及护理情况。

3. 交班报告，每页交班者签全名。

4. 交班内容

（1）新入院及转入的患者除应报告发病经过、主要症状、处理和患者的主诉外,还要交待应注意事项,如防止可能发生的变化等。

（2）已手术的患者须报告用何种麻醉,施行何种手术,麻醉的扼要情况,手术经过,清醒时间,回病室后情况,如血压的变化,伤口敷料有无渗血,引流液的情况以及排尿和镇痛药物应用情况。对预备手术者,应报告术前准备情况和术前用药。

（3）产妇应报告胎次、产程、分娩时间及会阴切口和恶露情况。

（4）危重患者,病情显著改变及施行特殊检查或治疗的患者应报告主诉、病情变化及生命体征,特殊的抢救治疗和应注意事项。

（5）患者的心理状态、睡眠情况、治疗效果和药物反应,均应做好记录并交班。

（6）交清下一班需要完成的事情,特殊治疗、检查,注明床号、姓名、检查项目。

四、注意事项

1. 各专科应根据本专业疾病护理特点记录相关交班内容。

2. 记录使用医学术语。

3. 记录中不可随意涂改,出现错误时,在错字上画双横线表示取消,但仍可看清原字迹,然后书写正确记录。

参 考 文 献

1. 姜安利. 新编护理学基础[M]. 北京：人民卫生出版社，2006.

2. 王建荣，张稚军. 基础护理技术操作规程与图解[M]. 北京：人民军医出版社，2003.

3. 章新琼. 护理技术创新学习与指导[M]. 上海：第二军医大学出版社，2007.

4. 蒋红，王树珍. 临床护理技术规范[M]. 上海：复旦大学出版社，2006.

5. 章晓幸. 护理技能训练与评价[M]. 浙江：浙江大学出版社，2006.

6. 潘纯梅. 新护理技术[M]. 北京：学技术文献出版社，1999.

7. 殷磊. 护理学基础[M]. 北京：人民卫生出版社，2002.

8. 李小萍. 护理学基础操作技术指导[M]. 北京：人民卫生出版社，2005.

9. 唐维新. 实用临床护理三基——操作篇[M]. 南京：南大学出版社，2004.

10. 耿莉华，宋雁宾. 最新护理技术操作流程与评分标准[M]. 北京：科学技术文献出版社，2005.

11. 张连荣. 临床实用护理技术[M]. 北京：军事医学科学出版社，2004.

12. 宋金霞，于兰贞. 新编护理技术操作标准与流程[M]. 北京：军事医学科学出版社，2007.

13. 陈英，沈宏. 留置导尿护理操作技术的进展[J]. 护理学杂志，2004，19(18)：78-80.

14. 董淑华，王建荣，潘庆联等. 静脉输液相关新技术的应用进展[J]. 中华护理杂志，2003，38(9)：719-721.

15. 谢延香，单伟颖，刘玲等. 静脉穿刺拔针按压方法的研究进展[J]. 中华实用护理杂志，2006，22(3B)：74-75.

16. 刘法丽，孙玉红，齐燕秋等. 清洁灌肠的护理进展[J]. 中华护理杂志，2006，41(1)：72-74.